LES ARMES DE LA LUMIÈRE

Ken Follett est né à Cardiff en 1949. Diplômé en philosophie de l'University College de Londres, il travaille comme journaliste à Cardiff puis à Londres avant de se lancer dans l'écriture. En 1978, *L'Arme à l'œil* devient un best-seller et reçoit l'Edgar du meilleur roman de l'association des Mystery Writers of America. Ken Follett ne s'est cependant pas cantonné à un genre ni à une époque : outre ses thrillers, tels que *Pour rien au monde*, il a signé des fresques historiques, telles que *Le Crépuscule et l'Aube*, *Les Piliers de la Terre*, *Un monde sans fin*, *Une colonne de feu*, ou encore sa trilogie du *Siècle* (*La Chute des géants*, *L'Hiver du monde*, *Aux portes de l'éternité*). Ses romans sont traduits dans plus de vingt langues et plusieurs d'entre eux ont été portés à l'écran. Ken Follett vit près de Londres.

Paru au Livre de Poche :

APOCALYPSE SUR COMMANDE
L'ARME À L'ŒIL
LE CODE REBECCA
CODE ZÉRO
COMME UN VOL D'AIGLES
LE CRÉPUSCULE ET L'AUBE
L'HOMME DE SAINT-PÉTERSBOURG
LES LIONS DU PANSHIR
LA MARQUE DE WINDFIELD
LA NUIT DE TOUS LES DANGERS
PAPER MONEY
LE PAYS DE LA LIBERTÉ
PEUR BLANCHE
LES PILIERS DE LA TERRE
POUR RIEN AU MONDE
LE RÉSEAU CORNEILLE
LE SCANDALE MODIGLIANI
LE SIÈCLE
1. La Chute des géants
2. L'Hiver du monde
3. Aux portes de l'éternité
TRIANGLE
LE TROISIÈME JUMEAU
UNE COLONNE DE FEU
UN MONDE SANS FIN
LE VOL DU FRELON

KEN FOLLETT

Les Armes de la lumière

ROMAN TRADUIT DE L'ANGLAIS PAR ODILE DEMANGE,
CHRISTEL GAILLARD-PARIS, VALENTINE LEŸS, RENAUD MORIN

ROBERT LAFFONT

Titre original :

THE ARMOR OF LIGHT

Publié par Viking, an imprint of Penguin Group, New York.

© Ken Follett, 2023, pour le texte et l'avant-propos.
© Éditions Robert Laffont, 2023, pour la traduction française du texte.
© Librairie Générale Française, 2024, pour la traduction française
de l'avant-propos (par Valentine Leÿs).
ISBN : 978-2-253-07156-3 – 1re publication LGF

Avant-propos

S'étonner devant la liberté

*Réflexions sur un demi-siècle
d'écriture romanesque*

La liberté est une anomalie. Depuis la naissance de la civilisation, la majeure partie des humains a vécu sous une forme ou une autre de tyrannie, sans aucun droit, y compris celui de voter. Dans le monde d'aujourd'hui encore, seule une minorité jouit de la liberté. Cela n'a rien d'étonnant. Ceux qui détiennent le pouvoir acceptent rarement de le céder et, par définition, ils sont bien placés pour s'y accrocher. Pour cette raison, les périodes historiques où des personnes se sont battues pour leurs droits et ont gagné le combat sont des moments forts et intrigants. Toute tentative de conquérir la liberté est toujours un combat du faible contre le fort – ce qui en fait forcément une bonne histoire.

J'ai écrit cinq longs romans historiques qui ont pour décor Kingsbridge, une ville anglaise fictive, et trois autres retraçant des moments de l'histoire du XXᵉ siècle. Pris ensemble, ces huit livres constituent une chronique de la civilisation occidentale sur le dernier millénaire. Cela n'était pas intentionnel. Je n'ai fait que fouiller l'histoire à la recherche de bons récits. Cependant, aujourd'hui, après cinquante ans passés à écrire des romans, je peux en regardant derrière moi remarquer que la liberté a été le thème dominant de mon œuvre.

Tout est parti de l'idée qu'une histoire devient plus intéressante et plus complexe quand les intrigues d'ordre personnel ont pour arrière-plan une crise historique réelle, comme une guerre ou une révolution. Je sais que certains des plus grands écrivains ont fait tout le contraire. La société que Jane Austen place sous son microscope était marquée par une guerre européenne qui a duré vingt-trois ans. Pourtant, pas une fois l'autrice ne mentionne Napoléon, l'impôt de guerre, les émeutes de la faim, les briseurs de machines ou encore la foule londonienne qui a attaqué à coups de pierre le carrosse royal aux cris de : « Pain et paix ! » Je n'ai jamais abordé l'écriture de cette manière. Toutes les meilleures histoires sont invraisemblables : leur donner un arrière-plan authentique produit un effet de réel et rend ainsi l'intrigue plus crédible.

Mes premiers romans étaient des thrillers : j'ai étudié l'histoire militaire pour identifier des moments où le travail d'un espion a transformé – ou aurait pu transformer – le cours d'une bataille. Et cette idée a été un succès. Dans les années 1970, des documents jusque-là secrets ont été rendus accessibles aux historiens dans le cadre de la règle des trente ans du gouvernement britannique : j'ai ainsi pu lire plusieurs livres consacrés au plan complexe de désinformation qui a été élaboré en amont du débarquement de D-Day. Les services secrets allemands ont été trompés et conduits à croire que les opérations auraient lieu dans la région de Calais. Leur armée a ainsi été prise par surprise quand l'armée anglo-américaine a débarqué en Normandie, à deux cent vingt kilomètres de là. Dans mon roman, un espion allemand fictif établi en Angleterre a vent de cette opération et tente de faire parvenir l'information jusqu'à son pays. Le livre, intitulé *L'Arme à l'œil*, est devenu mon premier best-seller.

J'ai écrit plusieurs autres thrillers fondés sur des événements réels, mais mon intérêt pour l'histoire s'est élargi. *Un monde sans fin* évoque la peste noire, apparue en 1347, qui a causé la mort d'au moins un tiers de la population de l'Europe, du Moyen-Orient et de l'Afrique du Nord. L'épidémie a été une catastrophe – mais aussi un tournant dans l'histoire intellectuelle de l'Europe. Le roman décrit la manière dont les habitants de Kingsbridge ont vécu la peste. Une large part de l'intrigue suit des hommes et des femmes pratiquant la médecine qui tentent d'endiguer l'épidémie. Au Moyen Âge, la médecine est sous le contrôle de l'Église : tous les docteurs sont des prêtres. Leur formation universitaire consiste à débattre sur des textes d'Hippocrate et de Galien : ils ne voient jamais aucun patient. Un remède typique de l'époque consiste à dissoudre dans du vin un fragment de parchemin sur lequel figure un verset de la Bible. Tout au long de l'épidémie de peste (et de mon roman), l'Église s'avère incapable d'aider les victimes de la maladie, ce qui a pour effet d'ébranler la foi du peuple dans la médecine cléricale et dans les ecclésiastiques en général. Symptôme de cette lente érosion de la confiance, la première traduction complète de la Bible en anglais est complétée en 1382 par John Wycliffe, un érudit qui a survécu à la peste noire. Malgré son excommunication, Wycliffe amorce ainsi un mouvement que plus rien ne pourra arrêter.

En dehors des prêtres, différentes catégories de personnes pratiquent la médecine au Moyen Âge : les chirurgiens-barbiers, les sorcières, les sages-femmes, les apothicaires et les nonnes, qui exercent tous contre la volonté de l'Église. Appuyant leurs thérapies sur l'expérience pratique, ils développent des techniques efficaces contre la peste noire. Ils confectionnent des masques de lin à porter sur le nez et la bouche. Ils se lavent fréquemment les mains (à une époque où l'on considère généralement que se laver est mauvais pour la santé). Ils avertissent les prêtres de ne pas se pencher trop près d'un patient pour recueillir sa dernière confession, mais plutôt de faire évacuer la pièce afin que la personne mourante n'ait pas besoin de murmurer. Certaines de ces personnes, notamment les nonnes, ont pris des notes sur leur travail et produit des livrets de conseils, que l'on appelait les « tracts de la peste » : c'est ce que fait le personnage de la nonne Caris dans *Un monde sans fin*. D'autres recopient ces tracts et y adjoignent des remèdes pour d'autres maladies. Les ouvrages qui en résultent constituent les premiers manuels médicaux empiriques de la civilisation occidentale.

Que nous dit cet exemple ? Malgré l'opposition d'une Église puissante, les modèles de pensée anciens reposant sur l'autorité religieuse sont discrédités, et les prêtres perdent leur monopole tant sur l'exercice de la médecine que sur une certaine conception de la vérité. Tout cela est remplacé par l'expérimentation empirique, l'observation et la transcription des résultats : ce sont les débuts de la médecine moderne, et même de la science moderne. Ce conflit s'inscrit dans une controverse qui fait rage pendant des années dans les universités de l'Europe et parmi l'intelligentsia islamique. L'un des deux camps considère que l'esprit humain est trop faible pour appréhender la Création et que la seule source de vérité est la révélation divine. L'autre soutient que nous pouvons en apprendre davantage sur la création de Dieu en l'observant. Dans l'Empire musulman, ce sont les prêtres qui ont remporté la bataille ; dans le monde chrétien, ils l'ont perdue.

Au commencement du Moyen Âge, les musulmans étaient en avance sur les chrétiens dans le domaine des mathématiques, de la science et de la médecine. Ils avaient conservé les textes de la Grèce antique tandis que les chrétiens en avaient perdu la plupart. (Le XIIe siècle connaît un formidable moment de multiculturalisme, lors duquel des moines anglais en Espagne traduisent les *Éléments* d'Euclide de l'arabe vers le latin.) La victoire du rationalisme en Europe et sa défaite au Moyen-Orient pourraient expliquer en partie pourquoi l'Empire musulman n'a pas, dans l'ensemble, connu le même essor dans les sciences, l'industrie et l'économie que l'Europe du Nord-Ouest. Ce moment est une première étape dans le combat des scientifiques et des philosophes pour le droit de s'appuyer sur la logique et la preuve, sans se soumettre aux volontés des gouvernements ou de l'Église : une lutte pour ce que l'on appelle aujourd'hui la liberté universitaire. Cette ligne narrative n'est qu'un exemple de la matière que j'ai pu trouver dans l'histoire des mouvements en faveur de la liberté. J'ai écrit sur le combat pour la liberté religieuse dans *Une colonne de feu* ; sur celui pour le suffrage des femmes dans *La Chute des géants* ; et sur celui pour les droits civiques dans *Aux portes de l'éternité*. *Les Armes de la lumière* retrace la lutte des ouvriers de l'industrie textile pour le droit à se syndiquer.

Quel rôle particulier la fiction peut-elle jouer dans la chronique de notre passé ? En premier lieu, un rôle éducatif. Les ventes de livres d'histoire sont de l'ordre de quelques milliers ; celles des romans historiques, de l'ordre du million. Trente-sept millions de personnes ont acheté mon roman *Les Piliers de la Terre*, découvrant ainsi comment les grandes cathédrales médiévales ont été construites et pourquoi. Mais il y a plus. L'imagination du romancier peut apporter sur l'histoire des éclairages qui restent hors de la portée de l'historien strictement factuel. Voici un exemple. Au cours des cinq derniers mois de 1914, au début de la Première Guerre mondiale, plus d'un million d'hommes britanniques se sont engagés dans l'armée. Pourquoi ? Les historiens attribuent cette tendance à un élan de ferveur patriotique, mais cela ne nous apprend pas grand-chose. Ces auteurs ne peuvent guère en dire plus sans tomber dans la spéculation. Or la spéculation est justement la spécialité des romanciers. Dans *La Chute des géants*, je m'attarde sur le personnage d'un jeune homme, Billy Williams. Je décris les raisons qui pourraient le pousser à s'engager ou non, en imaginant les conflits intérieurs qu'il exprime lorsqu'il débat avec son père sur les bons et les mauvais aspects de cette guerre et des guerres en général. La fiction ne saurait remplacer la recherche historique mais, paradoxalement, elle rend l'histoire plus réelle et plus divertissante.

Pour moi, raconter des histoires n'a jamais été un instrument au service d'une visée. Je considère cela comme une fin en soi et non comme un moyen d'éduquer mes lecteurs, qui sont des gens intelligents et bien informés et qui n'ont pas besoin que je leur dise quoi penser. Je suis passionné de politique et j'ai une énorme admiration pour *La Case de l'Oncle Tom* et *La Ferme des animaux*, mais je n'ai jamais écrit un seul roman politique. Mes positions politiques ne sont pas un mystère : un critique littéraire a un jour écrit, au sujet de *La Marque de Winfield*, que l'on s'aperçoit que Follett est de gauche parce que, lorsqu'il décrit en détail la robe raffinée que porte l'héroïne pour aller au bal, il ne peut s'empêcher d'ajouter que la femme de chambre a mis tout l'après-midi à la repasser. J'avance donc avec prudence. Mes livres contiennent occasionnellement des discussions politiques; dans ces scènes, je m'efforce de faire entendre les deux camps et de laisser la dispute sans résolution: c'est au lecteur de se faire son opinion. Paradoxalement, cela a souvent pour effet de laisser aux conservateurs les meilleures répliques. Ainsi, dans *Aux portes de l'éternité*, Fitz, un aristocrate soutenant le parti *tory*, a lors d'une discussion avec son petit-fils libéral la chance de prononcer cette réplique cinglante: «Nous, les conservateurs, nous avions raison à propos du communisme. Nous avions dit que ça ne marcherait pas, et c'est le cas.» Quoi qu'il en soit, à quelques exceptions près, la littérature opère en amont de la politique. S'il est rare qu'un roman transforme nos convictions, il peut cependant influencer les attitudes et les préjugés qui forment notre opinion. Notre manière de penser est façonnée par les personnes que nous rencontrons et par les expériences que nous vivons dans notre jeunesse, mais elle peut être élargie grâce à des récits imaginaires mettant en scène des personnes différentes de nous. L'habitude de la lecture nous ouvre l'esprit. C'est ainsi que l'on peut devenir un conservateur plus tolérant ou un libéral moins dogmatique.

Mes livres servent la cause de la liberté en mettant en scène la vie de ceux qui cherchent à la conquérir. Dans *Le Crépuscule et l'Aube*, dont l'action se déroule vers l'an mille avant Jésus-Christ, des personnages luttent pour la justice à une époque où le système juridique anglais n'existe que pour servir l'élite au pouvoir. À travers toutes les époques de l'histoire, y compris la nôtre, les Anglo-Saxons ont subi toutes sortes de maux causés par des tribunaux corrompus. C'est dans *L'Hiver du monde* que je m'approche au plus près d'une formulation explicite de mes valeurs. Carla et Frieda, deux personnages fictifs vivant dans l'Allemagne nazie de 1941, entendent parler d'un «hôpital» pour enfants handicapés (qui n'a, lui, rien de fictif), où l'on tue les jeunes enfants avant d'annoncer à leurs parents qu'ils sont morts de causes naturelles et ont été enterrés. Je finirai sur les pensées de Clara, qui s'interroge sur ce qu'elle peut faire pour combattre cette atrocité :

> *Qui aurait le courage de dénoncer publiquement ce qui se passait à Akelberg? Carla et Frieda l'avaient vu de leurs yeux et avaient un témoin en la personne d'Ilse König. Mais elles avaient besoin de quelqu'un qui défende leur cause. Il n'y avait plus de représentants élus : tous les députés du Reichstag étaient nazis. Il n'y avait plus non plus de vrais journalistes ; il ne restait que des flagorneurs professionnels. Les juges étaient tous nommés par le gouvernement nazi qu'ils servaient docilement. Carla n'avait jamais pris la mesure de la protection que représentaient les politiciens, la presse et les avocats. Sans eux, le gouvernement était libre d'agir comme bon lui semblait, et même d'assassiner des gens.*

La liberté est difficile à conquérir et facilement perdue. Mettre en scène cette vérité sous forme de fiction a été l'œuvre de ma vie.

Ken Follett

Ce livre est dédié aux historiens. Ils sont des milliers à travers le monde, assis dans des bibliothèques, penchés sur d'antiques manuscrits pour essayer de déchiffrer les mystérieux hiéroglyphes de langues mortes, tandis que d'autres, accroupis dans la poussière sur les sites d'édifices en ruine, tamisent la terre en quête de fragments de civilisations disparues. Ils sont plus nombreux encore à lire de la première à la dernière ligne des documents gouvernementaux infiniment rébarbatifs traitant de crises politiques oubliées de longue date. Leur poursuite de la vérité est incessante.

Sans eux, nous ne comprendrions pas d'où nous venons. Et nous aurions plus de mal encore à deviner où nous allons.

*Dépouillons-nous donc des œuvres des ténèbres,
et revêtons les armes de la lumière.*

Rom., XIII, 12

PARTIE I

Le métier à filer

De 1792 à 1793

1

Jusqu'à ce jour, Sal Clitheroe n'avait jamais entendu son mari pousser un tel cri. Après ce jour, elle ne l'entendit plus qu'en rêve.

Il était midi quand elle arriva à Brook Field. Elle sut l'heure à la qualité de la lumière scintillant faiblement à travers le nuage gris perle qui drapait le ciel. Le champ couvrait quatre arpents de boue, une surface plane longée d'un côté par un petit torrent, et par une colline basse à son extrémité sud. Le temps était froid et sec, mais il avait plu pendant toute une semaine et la terre détrempée collait à ses souliers faits maison, cherchant à les lui arracher des pieds tandis qu'elle traversait les flaques à grand-peine au milieu de gerbes d'eau. Heureusement, c'était une grande femme robuste, et elle était endurante.

Quatre hommes étaient occupés à la récolte hivernale de navets. Courbés, ils arrachaient et empilaient les racines brunes bosselées dans de larges paniers plats qu'on appelait des banneaux. Quand l'un d'eux avait rempli son banneau, il le portait au pied de la colline où il renversait les navets dans un solide tombereau de chêne à quatre roues. Ils avaient presque fini, constata Sal, car il n'y avait déjà plus de navets à cette extrémité du champ ; les hommes travaillaient désormais près de la colline.

Ils étaient tous vêtus à l'identique : chemise sans col, culottes tissées à la main et cousues par leur femme, surmontées de gilets de récupération, souvent jetés au rebut par des riches. C'était une pièce de vêtement inusable. Sal se rappelait l'élégant gilet croisé à rayures rouges et brunes de son père, orné d'un galon aux ourlets, abandonné par quelque citadin raffiné. Elle ne l'avait jamais vu porter autre chose, et on l'avait enterré avec.

Les hommes étaient chaussés de souliers éculés, inlassablement rafistolés. Tous étaient coiffés d'un chapeau, et chacun était différent : une casquette en peau de lapin, un grand chapeau de paille à large bord, une toque de feutre et un tricorne qui avait peut-être appartenu à un officier de marine.

Sal reconnut la casquette en peau de lapin : c'était celle de son mari, Harry. Elle l'avait fabriquée elle-même, après avoir piégé l'animal, l'avoir tué d'un coup de pierre, dépecé et mis à la marmite avec un oignon. Mais elle aurait reconnu Harry sans son couvre-chef, même de loin, à sa barbe rousse.

Harry était mince et sec, et plus robuste qu'il n'en avait l'air : il emplissait son banneau d'autant de navets que les plus costauds. La simple vision de son corps élancé et dur à l'autre bout d'un champ boueux embrasa en Sal une petite étincelle de désir, mi-plaisir, mi-impatience, comme lorsque, rentrant du froid, on se réjouit de sentir l'odeur chaude d'un feu de bois.

En traversant le champ, elle commença à entendre leurs voix. De temps en temps, l'un des hommes en hélait un autre. Suivait un bref échange qui s'achevait par un éclat de rire. Elle ne comprenait pas ce qu'ils disaient, mais devinait aisément la nature de leurs propos. C'étaient à n'en pas douter les plaisanteries faussement agressives de travailleurs, des insultes joviales et de gaillardes vulgarités, propos enjoués qui rompaient la monotonie d'un labeur répétitif.

Un cinquième homme les observait, debout à côté du tombereau, une courte cravache à la main. Il avait d'épais cheveux noirs coupés au menton et était mieux vêtu qu'eux, habit bleu et bottes noires cirées. Il s'appelait Will Riddick, il avait trente ans et c'était le fils aîné du châtelain de Badford. Le champ appartenait à son père, ainsi que le cheval et le tombereau. Will avait l'air de mauvaise humeur et Sal n'avait pas de mal à deviner pourquoi. Surveiller la récolte des navets n'était pas son travail, et il jugeait cela dégradant ; mais le régisseur de son père était tombé malade et Will avait été appelé pour le remplacer, ce qu'il faisait à contrecœur.

Le petit garçon de Sal avançait pieds nus à côté d'elle, trébuchant sur le sol bourbeux en essayant de ne pas se laisser distancer. Elle finit par se retourner et se pencher vers lui ; elle le souleva de terre sans effort, avant de poursuivre sa route en le portant sur un bras, la tête du petit reposant sur son épaule. Elle tenait son corps mince et chaud contre elle un peu plus serré que nécessaire, par pure tendresse.

Elle aurait aimé avoir d'autres enfants, mais avait fait deux fausses couches avant d'accoucher d'un bébé mort-né. Elle avait abandonné tout espoir et commencé à se dire que, pauvres comme ils l'étaient, un petit suffisait. Elle lui était profondément attachée, trop sans doute, car les jeunes enfants étaient souvent emportés par la maladie ou par un accident ; or elle savait que si elle le perdait, elle en aurait le cœur brisé.

Elle l'avait baptisé Christopher, mais quand il avait appris à parler, il avait abrégé son nom en Kit, et c'était ainsi qu'on l'appelait à présent. Âgé de six ans, il était petit pour son âge. Sal espérait qu'en grandissant, il ressemblerait à Harry, mince mais musclé. En tout cas, il avait hérité de la chevelure rousse de son père.

C'était l'heure du repas de midi, et Sal portait un panier contenant du pain, du fromage et trois pommes ridées. Elle était suivie à quelque distance par une autre villageoise, Annie Mann, une femme vigoureuse du même âge qu'elle ; deux autres arrivaient pour la même raison en sens inverse, descendant la colline, corbeille au bras, enfants à la remorque. Interrompant leur travail avec soulagement, les hommes essuyèrent leurs mains boueuses sur leurs culottes et prirent la direction du cours d'eau au bord duquel ils pourraient s'asseoir dans l'herbe.

Lorsqu'elle rejoignit le sentier, Sal déposa doucement Kit à terre.

Will Riddick tira du gousset de son gilet une montre attachée à une chaîne qu'il consulta d'un air revêche.

« Il n'est pas encore midi », cria-t-il.

Il mentait, Sal en était sûre, mais il était le seul à avoir une montre.

« Continuez à travailler, vous autres », ordonna-t-il.

Connaissant le caractère hargneux de Will, Sal ne fut pas surprise. S'il arrivait à son père, le châtelain, de se montrer insensible, Will était bien pire que lui.

« Vous pourrez dîner quand vous aurez fini », acheva-t-il.

La nuance de dédain avec laquelle il prononça le mot *dîner* semblait sous-entendre que le repas des ouvriers agricoles avait quelque chose de méprisable. Will lui-même rentrerait au manoir se gaver de rôti de bœuf et de pommes de terre, songea-t-elle, probablement arrosés d'un cruchon de bière forte.

Trois hommes seulement se penchèrent pour se remettre au travail. Le quatrième était Ike Clitheroe, l'oncle de Harry, un homme d'une cinquantaine d'années à la barbe grise. Sans élever la voix, il fit remarquer :

« Il serait préférable de ne pas trop charger la charrette, monsieur Riddick.

— J'en suis seul juge.

— Je vous demande pardon, insista Ike, mais ce frein est très usé.

— Cette foutue charrette est en parfait état, rétorqua Will. Je vous connais. Tout ce que vous voulez, c'est arrêter de travailler plus tôt. »

Le mari de Sal éleva alors la voix : Harry n'était jamais le dernier à se mêler à une altercation.

« Vous devriez écouter oncle Ike, dit-il à Will. Sinon, vous risquez de perdre votre tombereau, votre cheval et tous vos maudits navets par-dessus le marché. »

Les autres éclatèrent de rire. Mais il n'était jamais avisé de plaisanter aux dépens des maîtres. Avec un regard noir, Will lança :

« Je te conseille de fermer ton clapet, Harry Clitheroe. »

Sal sentit la petite main de Kit se glisser dans la sienne. Son père allait au conflit et, malgré son jeune âge, Kit sentait le danger.

L'insolence était le gros défaut de Harry. C'était un homme honnête et travailleur, mais il était persuadé que les nobles ne valaient pas mieux que lui. Si Sal l'aimait pour sa fierté et son indépendance d'esprit, les maîtres en revanche les appréciaient beaucoup moins, et son insubordination lui avait déjà valu des ennuis. Cependant, ayant donné son avis, il se tut et se remit au travail.

Les femmes posèrent leurs paniers au bord du ruisseau. Sal et Annie allèrent aider les hommes à ramasser les navets, tandis que les deux plus âgées s'asseyaient à côté des corbeilles.

Le travail fut bientôt fini.

Tous purent alors constater que Will avait eu tort de ranger le tombereau au pied de la colline. Il aurait dû le laisser une cinquantaine de mètres plus bas sur le chemin, pour permettre au cheval de prendre un peu d'élan avant d'aborder la pente. Après un instant de réflexion, il s'adressa aux hommes :

« Vous, poussez le tombereau pour aider le cheval à se mettre en train. » Puis il sauta sur le siège, déploya son fouet et cria : « Hue ! »

La jument grise se raidit. Les quatre ouvriers agricoles passèrent derrière le tombereau et poussèrent, leurs pieds glissant sur le chemin mouillé. Les muscles des épaules de Harry saillirent. Sal, qui était aussi robuste que n'importe lequel d'entre eux, les rejoignit. Le petit Kit en fit autant, ce qui arracha un sourire aux hommes.

Les roues s'ébranlèrent, la jument inclina la tête et tira, le fouet claqua et la charrette bougea. Les hommes reculèrent d'un pas et la suivirent des yeux alors qu'elle commençait à gravir la côte. Mais la jument ralentit et Will cria :

« Continuez à pousser ! »

Ils se précipitèrent, plaquèrent les mains à l'arrière du tombereau et recommencèrent. Le tombereau reprit de la vitesse. Sur quelques mètres, la jument alla bon train, les muscles puissants de ses épaules bandés sous les courroies de cuir ; néanmoins, elle ne put maintenir son allure. Elle ralentit, puis trébucha dans la boue glissante. Elle sembla reprendre pied, mais elle avait perdu son élan et la charrette s'arrêta brusquement. Will fouetta l'animal. Sal et les hommes eurent beau pousser de toutes leurs forces, ils furent incapables de retenir le tombereau dont les hautes roues de bois se mirent à tourner lentement en arrière.

Quand Will tira sur le levier du frein, tous entendirent un craquement sonore et Sal vit les deux moitiés d'un patin de frein en bois brisé jaillir de la roue arrière gauche. Elle entendit Ike maugréer:

« Je l'avais *bien* dit à cet imbécile. Je l'avais *bien* dit. »

Malgré tous leurs efforts, ils furent contraints de reculer et Sal eut le pressentiment d'un drame imminent. Le tombereau descendait la pente de plus en plus vite. Will hurla:

« Poussez donc, bande de fainéants!

— On ne peut pas le retenir », répliqua Ike en retirant ses mains de l'arrière du tombereau.

Le cheval glissa encore et cette fois, il tomba. Le harnais de cuir se déchira par endroits et la bête fut entraînée par le poids.

Will sauta du siège. Le tombereau, désormais incontrôlé, prit encore plus de vitesse. Instinctivement, Sal souleva Kit d'un bras et recula d'un bond pour éviter de se trouver sur le passage des roues.

« Dégagez tous », hurla Ike.

Les hommes s'égaillèrent à l'instant même où la charrette faisait un écart avant de basculer sur le côté. Sal vit Harry heurter violemment Ike, et ils tombèrent tous les deux. Ike s'affala sur le côté du sentier, mais Harry chuta sur la trajectoire du tombereau, qui s'abattit sur lui, le bord du lourd plateau de chêne lui écrasant la jambe.

C'est alors qu'il hurla.

Sal se figea, le cœur glacé de peur. Il était blessé, grièvement blessé. Durant quelques instants, tous observèrent la scène, horrifiés. Les navets s'échappèrent du tombereau et dévalèrent, certains roulant jusqu'au ruisseau où ils s'enfoncèrent au milieu d'éclaboussures. Harry hurlait toujours d'une voix rauque :

« Sal ! Sal !

— Dégagez le tombereau, vite ! » cria-t-elle.

Tous se précipitèrent pour soulever la charrette qui broyait la jambe de Harry, mais ses grandes roues rendaient la manœuvre difficile et Sal comprit qu'il faudrait la relever sur les jantes avant de pouvoir la remettre d'aplomb.

« Glissez vos épaules dessous ! » cria-t-elle encore et tous s'exécutèrent. Mais le bois était lourd et ils poussaient contre le versant de la colline. L'espace d'un instant, elle crut, terrifiée, qu'ils allaient lâcher la charrette qui retomberait sur Harry, l'écrasant une seconde fois.

« Allons, soulevez ! cria-t-elle encore. Tous ensemble !

— Ho, hiiiisse », firent-ils en chœur, et soudain la charrette bascula et se redressa, ses roues opposées touchant le sol dans un craquement bruyant.

Sal aperçut alors la jambe de Harry et l'horreur lui coupa le souffle : elle était aplatie de la cuisse au mollet. Des fragments d'os saillaient de la peau et ses culottes étaient imbibées de sang. Il avait les yeux fermés et un terrible gémissement sortait de ses lèvres entrouvertes. Elle entendit oncle Ike murmurer :

« Oh, mon Dieu, ayez pitié de lui. »

Kit se mit à pleurer.

Sal était sur le point de l'imiter, mais elle se domina : il fallait aller quérir de l'aide. Qui dans leur groupe courait le plus vite ? Son regard s'arrêta sur Annie.

« File au village, Annie, cours à toutes jambes et ramène Alec. »

Alec Pollock était le chirurgien-barbier.

« Demande-lui de nous retrouver chez moi. Alec saura quoi faire.

— Surveille mes petiots pendant ce temps, tu veux bien ? » dit Annie qui partit ventre à terre.

Sal s'agenouilla à côté de Harry, les genoux dans la boue. Il ouvrit les yeux.

« Aide-moi, Sal, gémit-il. Aide-moi.

— Je vais te ramener à la maison, mon chéri », répondit-elle.

Elle glissa les mains sous son corps, mais quand elle chercha à prendre la charge et à le soulever, il hurla encore. Sal retira ses mains en murmurant :

« Jésus, viens à mon secours. »

Elle entendit alors Will ordonner :

« Vous, les hommes, remettez les navets dans le tombereau. Allons, dépêchez-vous.

— Que quelqu'un le fasse taire avant que je m'en charge, siffla-t-elle entre ses dents.

— Et votre jument, monsieur Riddick ? demanda Ike. Elle peut se relever ? »

Il contourna la charrette pour examiner la bête, détournant ainsi l'attention de Will. Merci, oncle Ike, tu es un malin, songea Sal. Elle se tourna alors vers le mari d'Annie, Jimmy Mann, l'homme au tricorne.

«File à la scierie, Jimmy, lui dit-elle. Demande-leur de fabriquer en vitesse une civière avec deux ou trois planches assez larges pour que nous puissions transporter Harry.

— J'y vais.

— Aidez-moi à remettre ce cheval debout! cria Willy.

— Il ne marchera plus jamais, monsieur Riddick, observa Ike.

— Tu as sans doute raison, reconnut Will après un instant de silence.

— Allez donc chercher un fusil, poursuivit Ike. Ne laissez pas souffrir cette pauvre bête.

— Oui, acquiesça Will, mais il n'avait pas l'air très décidé et Sal prit conscience que, sous son apparence de crânerie, il était retourné.

— Vous devriez vous enfiler un bon coup de brandy, conseilla Ike, si vous avez votre flasque sur vous.

— Bonne idée.»

Pendant que Will buvait, Ike ajouta: «Ça ferait pas de mal non plus au pauvre gars qu'a eu la jambe broyée. Il souffrirait peut-être moins.»

Will ne répondit pas, mais, quelques instants plus tard, Ike s'approcha de Sal depuis l'autre côté du tombereau, une flasque d'argent à la main. Au même moment, Will s'éloigna vivement dans la direction opposée.

«Bien joué, Ike», murmura Sal.

Il lui tendit la flasque de Will et elle l'approcha des lèvres de Harry, laissant un mince filet d'alcool ruisseler dans sa bouche. Il s'étrangla, avala et ouvrit les yeux. Elle en fit couler davantage et il but goulûment.

« Qu'il avale tout ce qu'il peut, conseilla Ike. Personne ne sait ce qu'Alec sera obligé de lui faire. »

Sal s'interrogea un instant avant de comprendre qu'il envisageait qu'il faille amputer la jambe de Harry.

« Oh, non, s'écria-t-elle. Je vous en prie, mon Dieu.
— Redonne-lui du brandy. »

L'alcool ramena un peu de couleur sur le visage de Harry. Dans un chuchotement presque inaudible, il dit :

« J'ai mal, Sal, j'ai tellement mal.
— Le chirurgien arrive. »

Elle ne savait que dire d'autre et son impuissance la rendait folle.

Pendant qu'ils attendaient la civière, les femmes firent déjeuner les enfants. Sal donna à Kit les pommes qu'elle avait dans son panier tandis que les hommes commençaient à ramasser les navets répandus au sol et à les remettre dans le tombereau. Il faudrait bien le faire tôt ou tard.

Jimmy Mann revint, une porte en bois en équilibre précaire sur son épaule. Il la posa au sol, non sans mal, hors d'haleine après avoir porté cette lourde planche sur près d'un kilomètre.

« C'est celle de la nouvelle maison qui se construit près du moulin, expliqua-t-il. Ils m'ont dit d'en prendre soin. »

Il posa la porte à côté de Harry.

Il fallait à présent faire glisser celui-ci sur cette civière de fortune, une opération qui ne pouvait qu'être douloureuse. Sal s'agenouilla du côté de sa tête. Comme oncle Ike s'approchait pour l'aider, elle le pria d'un signe de reculer. Personne ne mettrait dans cette intervention autant de douceur qu'elle. Elle attrapa Harry par les bras, presque au niveau des épaules, et fit lentement pivoter son buste au-dessus de la porte. Il ne réagit pas. Elle le tira, centimètre par centimètre, jusqu'à ce que son torse repose sur le bois. Pour finir, il fallut bien qu'elle déplace ses jambes. Se mettant à califourchon au-dessus de lui, elle se baissa, empoigna ses hanches et, d'un mouvement décidé, fit passer ses membres inférieurs sur la porte.

Il hurla pour la troisième fois. Puis son cri faiblit, se transformant en sanglots.

« Soulevons-le », dit-elle.

Elle s'accroupit à un angle de la porte, et trois hommes prirent position aux trois autres coins.

« Doucement. Qu'il reste bien à plat. »

Ils s'emparèrent de la planche qu'ils hissèrent progressivement, se glissant dessous dès qu'ils le purent avant de la faire reposer en équilibre sur leurs épaules.

« Vous êtes prêts ? demanda-t-elle. Essayons de marcher d'un même pas. Un, deux, trois, partez. »

Ils s'éloignèrent à travers champs. En se retournant, Sal vit Kit, hébété et bouleversé, qui la suivait de près, portant son panier. Les deux enfants d'Annie avaient emboîté le pas à leur père, Jimmy, qui portait l'angle arrière gauche de la civière.

Badford était un gros village d'un bon millier d'habitants et la maison de Sal était à environ un kilomètre et demi. Le trajet serait long et lent, mais elle le connaissait si bien qu'elle aurait sans doute pu le faire les yeux fermés. Elle avait vécu ici toute sa vie et ses parents étaient enterrés au cimetière qui jouxtait l'église Saint-Matthieu. Le seul autre lieu qu'elle connaissait était Kingsbridge, et cela faisait dix ans qu'elle n'y était pas allée. Mais Badford avait changé depuis son enfance, et il n'était plus aussi facile de se rendre d'une extrémité du village à l'autre. Des idées nouvelles avaient transformé l'agriculture et le passage était désormais entravé par des clôtures et des haies. Les porteurs de civière étaient obligés de contourner des barrières et de suivre des sentiers sinueux entre des royaumes privés.

Des hommes qui travaillaient aux champs les rejoignirent, puis les femmes sortirent de chez elles pour voir ce qu'il se passait, accompagnées de petits enfants et de chiens. Tous les suivirent, bavardant entre eux et échangeant leurs points de vue sur ce malheureux Harry et son terrible accident.

Tout en marchant, l'épaule endolorie par le poids de la porte et de son mari, Sal se revit à cinq ans – du temps où on l'appelait Sally. Elle imaginait alors les terres qui s'étendaient autour du village comme un territoire flou mais circonscrit, un peu comme le jardin entourant la maison où elle vivait. Dans son esprit, le monde était à peine plus vaste que Badford. La première fois qu'on l'avait emmenée à Kingsbridge, elle en avait été tout étourdie : des milliers de gens, des rues grouillant de monde, les étals du marché débordants de nourriture, de vêtements et d'objets dont elle n'avait jamais entendu parler – un perroquet, un globe terrestre, un livre dans lequel on pouvait écrire, un plat d'argent. Et puis la cathédrale, d'une hauteur à vous couper le souffle, étrangement belle, froide et paisible à l'intérieur, ainsi qu'il convenait à la demeure de Dieu.

Kit était un peu plus âgé qu'elle ne l'avait été lors de ce premier voyage saisissant. Elle chercha à deviner les pensées qui lui occupaient l'esprit en cet instant précis. Sans doute avait-il toujours cru son père invulnérable – comme presque tous les petits garçons – et essayait-il de se familiariser avec l'idée de Harry allongé, blessé et impuissant. Kit était certainement terrifié et bouleversé. Elle devrait faire tout son possible pour le rassurer.

Ils arrivèrent enfin en vue de sa maison. C'était l'une des plus modestes du village, bâtie avec de la tourbe appliquée sur un entrelacs de branches et de rameaux qu'on appelait clayonnages. Les fenêtres étaient munies de volets, mais n'avaient pas de vitres.

« Kit, file ouvrir la porte », dit Sal.

Il obéit et ils portèrent immédiatement Harry à l'intérieur. La foule resta au-dehors, essayant de voir ce qu'il se passait dans la maison.

Celle-ci ne comportait qu'une pièce contenant deux lits, l'un étroit, l'autre large, les deux se résumant à de simples plateformes de planches brutes que Harry avait clouées ensemble. Chacune était couverte d'un matelas de toile rempli de paille.

« Posons-le sur le grand lit », intima Sal.

Ils abaissèrent précautionneusement jusqu'au lit la planche sur laquelle Harry était toujours allongé.

Les trois hommes et Sally se redressèrent, frottant leurs mains endolories et étirant leur dos courbaturé. Sal baissa les yeux sur Harry, pâle et immobile, le souffle presque imperceptible.

« Seigneur, je vous supplie de ne pas me le prendre », murmura-t-elle.

Kit s'approcha et se serra contre elle, le visage enfoui dans son ventre, moins ferme depuis sa naissance. Elle lui caressa la tête. Elle aurait voulu prononcer des paroles apaisantes, mais rien ne lui venait à l'esprit. Tout ce qui était vrai ne pouvait qu'être effrayant.

Elle remarqua que les hommes parcouraient sa maison du regard. Elle était pauvre, sans doute, mais celles qu'ils habitaient ne devaient pas être très différentes, car ils étaient tous ouvriers agricoles. Le rouet de Sal occupait le centre de la pièce. C'était un objet de belle facture, délicatement sculpté et soigneusement ciré. À côté de lui se dressait un petit tas de bobines sur lesquelles était enroulé le fil terminé, attendant que le drapier vienne le chercher. Ce rouet leur permettait de se payer quelques luxes : du thé sucré, du lait pour Kit, de la viande deux fois par semaine.

« Une bible ! » s'écria Jimmy Mann en posant les yeux sur l'unique autre objet précieux de la maison.

L'épais volume était posé au milieu de la table, son fermoir de laiton verdi par l'âge, sa reliure de cuir tachée par de nombreuses mains d'une propreté douteuse.

« Elle était à mon père, expliqua Sal.

— Mais tu es capable de la lire ?

— Il m'a appris. »

Ils furent impressionnés. Elle se douta qu'eux-mêmes ne savaient déchiffrer que quelques mots : leur nom, sans doute, et peut-être les prix notés à la craie aux étals du marché et dans les tavernes.

« Veux-tu que nous fassions glisser Harry de la porte pour l'allonger sur le matelas ? proposa Jimmy.

— Ce serait plus confortable pour lui, approuva Sal.

— Et moi, je serai soulagé quand j'aurai rendu cette porte à la scierie en bon état. »

Sal se positionna derrière le lit et s'agenouilla sur le sol de terre battue. Elle tendit les bras pour recevoir Harry au moment où il glisserait de la porte. Les trois hommes empoignèrent celle-ci de l'autre côté.

« Lentement, doucement », implora Sal.

Ils soulevèrent la planche qui s'inclina, et Harry glissa d'un centimètre en poussant un gémissement.

« Penchez-la un peu plus », conseilla-t-elle.

Cette fois, Harry glissa jusqu'au bord de la planche. Elle plaça ses mains sous son corps.

« Encore un peu, dit-elle, et tirez la porte d'un ou deux centimètres en arrière. »

Quand Harry bougea de nouveau, elle passa les mains puis les avant-bras sous lui, cherchant à le maintenir aussi immobile que possible. La méthode parut efficace, car il ne proféra pas une plainte. L'idée que ce silence était de mauvais augure lui traversa l'esprit.

Au dernier moment, ils retirèrent la porte un peu trop brusquement et la jambe brisée de Harry retomba sur le matelas dans un léger bruit sourd. Il poussa un nouveau hurlement. Et Sal fut rassurée de constater qu'il était encore en vie.

Annie Mann arriva alors, accompagnée d'Alec, le chirurgien. Son premier geste fut d'aller voir si ses enfants allaient bien. Puis son regard se posa sur Harry. Elle ne dit rien, mais son effroi n'échappa pas à Sal.

Alec Pollock était un homme soigné, vêtu d'un habit et de culottes usés mais soigneusement entretenus. Il n'avait d'autre formation médicale que celle que lui avait dispensée son père, qui avait exercé ce métier avant lui et lui avait légué les lames affûtées et autres outils constituant les seules qualifications requises d'un chirurgien.

Il portait un petit coffret de bois muni d'une poignée, qu'il posa alors par terre, près de l'âtre. Puis il regarda Harry.

Sal scruta le visage du chirurgien, en quête de quelque indice, mais son expression ne trahissait rien.

«Harry, m'entends-tu? demanda-t-il. Comment te sens-tu?»

Harry ne répondit pas.

Alec examina la jambe broyée. Sous elle, le matelas était maintenant imbibé de sang. Alec toucha les os qui avaient percé la peau. Harry poussa un cri de douleur, moins affreux cependant que ses hurlements. Alec enfonça le doigt dans la plaie et Harry cria encore.

Alec attrapa alors la cheville du blessé et souleva la jambe. Harry hurla.

«C'est grave, n'est-ce-pas?» interrogea Sal.

Alec se tourna vers elle, hésita, puis répondit simplement: «Oui.

— Que pouvez-vous faire?

— Je ne peux pas remettre les os brisés en place. Dans certains cas, c'est possible: si un seul os est cassé et s'il n'est pas trop déplacé, je peux, parfois, le remettre dans la bonne position, l'immobiliser avec une attelle et lui donner une chance de se ressouder. Mais l'articulation du genou est trop complexe et les os de Harry sont trop gravement endommagés.

— Alors…?

— Le risque le plus grave est que la contamination s'introduise dans la plaie et entraîne la corruption de la chair. Cela pourrait être fatal. La meilleure solution est d'amputer la jambe.

— Non, protesta-t-elle d'une voix frémissante de désespoir. Non, vous ne pouvez pas faire ça. Il a déjà souffert le martyre.

— Cela peut lui sauver la vie.

— Il doit bien y avoir un autre moyen.

— Je peux essayer de cautériser la plaie, dit-il d'un air dubitatif. Mais si cela ne réussit pas, il n'y aura pas d'autre recours que l'amputation.

— Essayez, je vous en prie.

— Fort bien.» Alec se baissa pour ouvrir son coffret.

«Sal, pouvez-vous remettre du bois sur le feu? Il faut qu'il soit très vif.»

Elle se hâta de relancer le feu sous la hotte à fumée.

Alec sortit de son coffre un bol en céramique et un cruchon bouché.

« J'imagine que vous n'avez pas de brandy ? demanda-t-il en se tournant vers Sal.

— Non, répondit-elle avant de se rappeler la flasque de Will qu'elle avait glissée dans sa robe. Si, j'en ai », se reprit-elle en la lui tendant.

Alec haussa les sourcils.

« Elle est à Will Riddick, expliqua-t-elle. C'est ce foutu abruti qui est responsable de l'accident. Si seulement c'était lui qui s'était fait démolir le genou. »

Alec affecta de ne pas avoir entendu cette insulte au fils du châtelain.

« Faites-en avaler le plus possible à Harry. S'il s'évanouit, tant mieux. »

Elle s'assit sur le lit à côté de Harry, lui souleva la tête et fit couler un filet de brandy dans sa bouche, pendant qu'Alec chauffait de l'huile dans le bol. Au moment où la flasque fut vide, l'huile bouillonnait, une vision qui donna la nausée à Sal.

Alec glissa un plat large et peu profond sous le genou de Harry. Un public horrifié observait la scène avec Sal : les trois ouvriers agricoles, Annie et ses deux enfants, et Kit, blême.

Le moment venu, Alec agit avec promptitude et précision. À l'aide de pinces, il retira le bol du feu et versa le liquide bouillant sur le genou broyé.

Harry poussa un hurlement plus affreux encore que tous les précédents et perdit connaissance.

Tous les enfants pleuraient.

L'odeur écœurante de la chair humaine calcinée s'éleva dans la pièce.

L'huile s'était accumulée dans le plat creux disposé sous la jambe de Harry, et Alec fit osciller le récipient pour qu'une partie du liquide bouillant enrobe la face interne du genou, parachevant ainsi la cautérisation. Puis il retira le plat, reversa l'huile dans son cruchon et le reboucha.

« J'enverrai ma facture au châtelain, dit-il à Sal.

— J'espère qu'il vous paiera. Moi, je ne peux pas.

— Il devrait. Un propriétaire foncier a des obligations à l'égard de ses ouvriers. Mais aucune loi ne l'y oblige. En tout état de cause, c'est une affaire entre lui et moi. Ne vous tracassez pas pour cela. Harry n'aura pas d'appétit. Essayez tout de même de le forcer à boire. Le mieux serait du thé. Sinon de la bière, ou de l'eau fraîche. Et qu'il ne prenne pas froid. »

Il entreprit de ranger son matériel dans son coffre.

« Y a-t-il autre chose que je puisse faire ? demanda Sal.

— Prier pour lui », répondit Alec en haussant les épaules.

2

Amos Barrowfield prit conscience qu'il se passait quelque chose d'inhabituel dès qu'il fut en vue de Badford.

Des hommes travaillaient aux champs, mais ils étaient moins nombreux que d'ordinaire. La route menant au village était déserte à l'exception d'une charrette vide. Il ne voyait même pas de chiens.

Amos était un drapier qui faisait travailler des ouvriers à façon. Ou plus exactement, le drapier était son père ; mais à cinquante ans, Obadiah était souvent essoufflé, et c'était donc Amos qui parcourait la campagne à la tête de plusieurs chevaux de bât pour passer dans les chaumières. Ses chevaux étaient chargés de sacs de laine brute, le produit de la tonte des moutons.

Les différentes étapes de la transformation des toisons en drap étaient pour l'essentiel confiées à des villageois qui travaillaient chez eux. Il fallait d'abord démêler et nettoyer les toisons, ce qu'on appelait écharpillage ou cardage. La laine était ensuite étirée en longs fils, qu'on enroulait sur des bobines. Enfin, les fils étaient tissés sur un métier et se transformaient en bandes de drap d'un mètre de large. La fabrication textile était la principale industrie de l'ouest de l'Angleterre et Kingsbridge en était le plus grand centre.

Amos songeait qu'après avoir mangé le fruit de l'arbre de la connaissance, Adam et Ève avaient dû se charger eux-mêmes de toutes ces tâches afin de confectionner les vêtements dont ils avaient couvert leur nudité, même si la Bible ne disait pas grand-chose du cardage et du filage, ni de la manière dont Adam avait bien pu fabriquer son métier à tisser.

En arrivant à la hauteur des premières maisons, Amos constata que tout le monde n'avait pas disparu. Un événement quelconque avait distrait les cultivateurs, mais ses ouvriers drapiers étaient chez eux. Ils étaient payés à la pièce et il n'était pas facile de les détourner de leur travail.

Il se présenta d'abord chez un cardeur appelé Mick Seabrook. Dans sa main droite, Mick tenait une grosse brosse garnie de dents métalliques ; dans la gauche, un bloc de bois ordinaire de la même dimension. Mick étirait une poignée de laine brute entre les deux planches, avant de passer et repasser inlassablement le peigne à carder d'un geste vigoureux. Une fois le fouillis de boucles sales mêlées de boue et de débris végétaux transformé en écheveau de fibres propres et rectilignes, il les tordait en un boudin grossier appelé ondin.

Dès qu'il aperçut Amos, Mick lui demanda : « On vous a parlé de l'accident de Harry Clitheroe ?

— Non, répondit Amos. Je viens d'arriver. Vous êtes le premier chez qui je passe. Alors, Harry ?

— Il s'est fait broyer la jambe par un tombereau qui a versé. Il paraît qu'il ne pourra plus jamais travailler.

— C'est affreux ! Comment cela s'est-il produit ?

— Les gens ne racontent pas tous la même chose. Will Riddick prétend que Harry faisait le malin, qu'il voulait prouver qu'il était capable de pousser tout seul un tombereau de navets. Mais Ike Clitheroe dit que c'est la faute de Will, qui les a obligés à trop charger le tombereau.

— Quel malheur pour Sal ! »

Amos connaissait les Clitheroe et pensait que leur union était un mariage d'amour. Harry n'était pas toujours commode, pourtant il se serait mis en quatre pour Sal. Quant à elle, elle avait beau le mener à la baguette, elle l'adorait.

« Je vais aller les voir tout de suite. »

Il paya Mick, lui laissa une nouvelle provision de toisons et repartit avec un sac d'ondins tout neufs.

Amos ne tarda pas à découvrir où étaient allés tous les villageois. Il y avait foule autour de la chaumière des Clitheroe.

Sal était fileuse. À la différence de Mick, elle ne pouvait pas travailler douze heures par jour car elle était prise par toutes sortes d'autres obligations : coudre les vêtements de Harry et Kit, cultiver des légumes dans leur jardin, acheter et préparer à manger, faire la lessive, le ménage et s'occuper de la totalité des tâches domestiques. Amos regrettait qu'elle ne puisse pas consacrer plus de temps à son rouet, car on manquait de fil en ce moment.

La foule s'écarta sur son passage. Il était connu

ici parce qu'il offrait à de nombreux villageois une possibilité d'échapper aux travaux agricoles très mal rémunérés. Plusieurs hommes le saluèrent chaleureusement et l'un d'eux annonça :

« Le chirurgien vient de partir, monsieur Barrowfield. »

Amos entra. Harry était allongé sur le lit, blanc et immobile, les yeux clos, la respiration superficielle. Plusieurs personnes se tenaient autour de lui. Quand les yeux d'Amos se furent habitués à la pénombre, il les reconnut presque toutes.

« Qu'est-il arrivé ? » demanda-t-il à Sal.

Le visage de la jeune femme se crispa dans une grimace d'amertume et de chagrin.

« Will Riddick a insisté pour que les hommes chargent un tombereau à l'excès et il a échappé à tout contrôle. Les hommes ont cherché à l'arrêter, mais il a basculé et a écrasé la jambe de Harry.

— Qu'a dit Alec Pollock ?

— Il voulait lui couper la jambe, mais je lui ai demandé d'essayer l'huile bouillante. » Elle baissa les yeux vers l'homme allongé sur le lit et ajouta tristement : « J'ai du mal à croire qu'un autre traitement aurait pu lui être d'un quelconque secours.

— Pauvre Harry, murmura Amos.

— J'ai bien peur qu'il ne s'apprête à traverser le Jourdain. »

Sa voix se brisa et elle fondit en larmes.

Une petite voix d'enfant s'éleva alors, dans laquelle Amos reconnut celle de Kit, visiblement affolé : « Ne pleure pas, Ma ! »

Les sanglots de Sal s'apaisèrent. Elle posa la main sur l'épaule du garçon et la serra.

« Tu as raison, Kit, il ne faut pas pleurer. »

Amos ne savait que dire. Cette scène intime d'affliction dans la triste maison d'une famille pauvre le laissait sans mots. Tout ce qui lui vint à l'esprit fut une information bassement matérielle.

« Je ne vous ennuierai pas en vous demandant de filer cette semaine.

— Oh si, je vous en supplie. J'ai besoin de ce travail, plus que jamais. Harry étant immobilisé, l'argent du filage m'est absolument indispensable. »

Un des hommes prit la parole, et Amos identifia Ike Clitheroe :

« Ce serait au châtelain de prendre soin de toi.

— Il devrait le faire, renchérit Jimmy Mann. Ce qui ne veut pas dire qu'il le fera. »

De nombreux propriétaires fonciers se sentaient responsables des veuves et des orphelins, mais ce n'était pas une obligation et le vieux Riddick était pingre.

Sal tendit le bras vers le tas de bobines posé à côté du rouet.

« J'ai presque fini le travail de la semaine dernière. Je suppose que vous dormez à Badford ?

— Oui.

— Je terminerai avant demain et vous livrerai le tout avant votre départ. »

Amos ne doutait pas qu'elle travaillerait toute la nuit au besoin.

« Vous êtes sûre ?

— Sûre et certaine.

— Fort bien. »

Amos sortit et détacha un sac sanglé sur la croupe du cheval de tête. Une fileuse pouvait venir à bout d'une livre de laine par jour, théoriquement, mais peu passaient toute leur journée au rouet : la plupart, comme Sal, associaient le filage à d'autres activités.

Il rentra le sac dans la maison et le posa par terre, à côté du rouet. Puis il se tourna vers Harry. Le blessé n'avait pas bougé. Il était pâle comme la mort, mais Amos n'ayant jamais vu personne mourir, il ne savait que penser. Autant ne pas laisser son imagination s'emballer, se dit-il.

Après avoir pris congé, il gagna un bâtiment situé à proximité de la maison de Sal, une ancienne étable dans laquelle Roger Riddick, le troisième et dernier fils du châtelain, avait aménagé un atelier. Amos et Roger avaient le même âge, dix-neuf ans, et avaient fréquenté ensemble l'école secondaire de Kingsbridge. Roger était un bon élève qui ne s'intéressait ni au sport, ni à l'alcool, ni aux filles, ce qui avait fait de lui le souffre-douleur de ses camarades jusqu'au jour où Amos s'était interposé pour prendre sa défense ; cette intervention avait scellé leur amitié.

Amos frappa à la porte et entra. Roger avait percé de grandes fenêtres dans le bâtiment et installé un établi devant l'une d'elles afin de profiter de la lumière du jour. Des outils étaient suspendus au mur à des crochets tandis que des boîtes et des pots s'alignaient, contenant des rouleaux de fil de fer, de petits lingots de différents métaux, des clous, des vis et de la colle. Roger s'amusait à fabriquer des jouets ingénieux :

une souris qui couinait et remuait la queue, un cercueil dont le couvercle se soulevait, laissant surgir un cadavre qui s'asseyait tout droit. Il avait aussi inventé une machine capable de déboucher les tuyaux quand la source de l'obstruction était distante de plusieurs mètres, même dans des canalisations coudées.

Roger accueillit Amos avec un grand sourire et posa le ciseau qu'il avait en main.

« Tu arrives à point nommé! s'écria-t-il. Je m'apprêtais à rentrer dîner. Veux-tu te joindre à nous?

— J'espérais que tu me le proposerais. Très volontiers, merci. »

Roger avait les cheveux blonds et le teint rose, contrairement à ses frères et à son père, tous très bruns, et Amos songea qu'il devait tenir de sa défunte mère, morte quelques années auparavant.

Ils quittèrent l'atelier dont Roger verrouilla la porte. Tout en se dirigeant vers le manoir, Amos menant ses chevaux, ils parlèrent de Harry Clitheroe.

« C'est l'entêtement de mon frère Will qui a provoqué cet accident », avoua franchement Roger.

Ce dernier poursuivait ses études à Kingsbridge College, une université fondée à Oxford au Moyen Âge par les moines de Kingsbridge. Les cours avaient commencé quelques semaines plus tôt, et c'était la première fois qu'il rentrait chez lui depuis. Amos aurait bien aimé pouvoir aller à l'université, mais son père avait exigé qu'il travaille dans son entreprise. Peut-être la situation évoluera-t-elle au fil des générations, se disait-il; j'aurai peut-être un fils qui ira à Oxford.

«C'est comment, l'université? demanda-t-il.

— Fabuleux, s'enthousiasma Roger. Des fêtes à n'en plus finir. J'ai perdu un peu d'argent aux cartes, malheureusement.

— Je voulais parler des études, corrigea Amos en souriant.

— Oh, ma foi, ce n'est pas trop mal. Rien d'excessivement difficile pour le moment. Je ne peux pas dire que j'apprécie beaucoup la théologie et la rhétorique. J'aime les mathématiques, mais les professeurs ne jurent que par l'astronomie. J'aurais mieux fait d'aller à Cambridge – il paraît que l'enseignement des mathématiques y est meilleur.

— J'y songerai quand mon fils sera en âge d'y entrer.

— Tu as l'intention de te marier?

— Je ne pense qu'à ça, mais ça ne risque pas de se produire de sitôt. Je n'ai pas un sou et mon père ne veut rien me donner avant que j'aie fini mon apprentissage.

— Ce n'est pas grave, au moins, ça te laisse le temps de courir les filles.»

Ce n'était pas le genre d'Amos qui changea immédiatement de sujet.

«Si ce n'est pas abuser, je serais heureux que tu m'offres un lit pour la nuit.

— Bien sûr. Père sera content de te voir. Il s'ennuie avec ses fils et il t'aime bien, malgré tes idées qu'il tient pour radicales. Il adore débattre avec toi.

— Je ne suis pas radical.

— Je le sais. Père devrait rencontrer certains des

51

gars que je croise à Oxford. Leurs opinions lui écorcheraient les oreilles.

— Je m'en doute », s'esclaffa Amos.

Il était dévoré d'envie en pensant à la vie que menait Roger, aux livres qu'il étudiait et aux discussions qu'il pouvait avoir avec un groupe de jeunes gens brillants.

Le manoir était une belle bâtisse de briques rouges dans le style jacobéen, dont les fenêtres étaient constituées de nombreux petits fragments de vitres sertis au plomb. Ils conduisirent les chevaux aux écuries où ils seraient abreuvés, et entrèrent dans le vestibule.

Cette maisonnée exclusivement masculine était d'une propreté douteuse et on y respirait de vagues relents de ferme. Amos aperçut même la queue d'un rat qui se tortillait pour passer sous une porte. Ils arrivèrent les premiers dans la salle à manger. Au-dessus de la cheminée était suspendu un portrait de la défunte épouse du châtelain, noirci par le temps et couvert de poussière, comme si personne ne prenait plus vraiment la peine de le regarder.

Le châtelain entra. C'était un grand homme rougeaud, d'un embonpoint excessif mais toujours vigoureux malgré la cinquantaine passée.

« Un championnat de boxe se dispute à Kingsbridge samedi, annonça-t-il avec enthousiasme. La Bête de Bristol défend son titre et offre une guinée à tout adversaire qui parviendra à rester debout pendant quinze minutes.

— Vous allez passer un excellent moment », opina Roger.

Sa famille était grande amatrice de sports, principalement la boxe et les courses de chevaux, avec un goût plus marqué encore pour ceux dont le résultat faisait l'objet de paris.

« Personnellement, poursuivit-il, je préfère les cartes. J'aime pouvoir calculer les risques. »

George Riddick, le cadet, les rejoignit. Plus grand que la moyenne, avec des cheveux noirs et des yeux bruns, il ressemblait beaucoup à son père, à cette différence près que ses cheveux étaient divisés par une raie au milieu.

Will arriva enfin, suivi de près par un majordome chargé d'un chaudron de soupe fumant dont les effluves mirent l'eau à la bouche d'Amos.

Un jambon, un fromage et une miche de pain étaient posés sur le buffet. Ils se servirent et le majordome versa du porto dans leurs verres.

Amos, qui avait pour habitude de saluer les domestiques, s'adressa au majordome :

« Bonjour, Platts, comment allez-vous ?

— Pas trop mal, monsieur Barrowfield », répondit Platts d'un ton bougon.

L'amabilité d'Amos ne rencontrait pas toujours d'écho auprès des serviteurs.

Will se coupa une grosse tranche de jambon et annonça :

« Le lord-lieutenant a convoqué la milice de Shiring. »

La milice était la force de défense territoriale. Les conscrits étaient tirés au sort, et jusqu'à présent, Amos y avait échappé. Aussi loin que remontaient ses souvenirs, la milice était restée inactive à l'exception de six semaines annuelles de formation, laquelle se limitait à aller camper dans les collines au nord de Kingsbridge, à défiler et former des carrés, et à apprendre à charger et tirer au mousquet. Or il semblait que tout cela était appelé à changer.

« Je l'ai entendu dire, en effet, confirma le châtelain. Shiring n'est pas seul concerné. Dix comtés ont été mobilisés. »

La nouvelle était surprenante. À quel genre de crise le gouvernement s'attendait-il ?

« En tant que lieutenant, reprit Will, je participerai à l'organisation de l'enrôlement. Cela m'obligera probablement à m'installer à Kingsbridge pendant un moment. »

Bien qu'Amos eût jusqu'alors évité la conscription, il risquait d'être appelé si de nouvelles troupes étaient levées. Il ne savait pas très bien ce qu'il préférait. Il n'avait aucune envie d'être soldat, mais après tout, ce serait peut-être mieux que de rester l'esclave de son père.

« Qui est le commandant ? demanda le châtelain. J'ai oublié.

— Le colonel Henry Northwood », répondit Will.

Henry, vicomte Northwood, était le fils du comte de Shiring. Commander la milice était un devoir traditionnel de l'héritier du comté.

« Le Premier ministre Pitt juge manifestement que la situation est grave », reprit le châtelain.

Plongés dans leurs réflexions, ils mangèrent et burent en silence avant que Roger ne repousse son assiette.

« La milice a deux missions, rappela-t-il pensivement : défendre le pays en cas d'invasion et réprimer les émeutes. Nous entrerons peut-être en guerre contre la France – je n'en serais pas surpris –, mais, le cas échéant, il faudrait tout de même aux Français plusieurs mois pour préparer une invasion, ce qui nous laisserait largement le temps de rassembler la milice. Je ne pense donc pas que ce soit la raison de cette convocation. En d'autres termes, le gouvernement s'attend sans aucun doute à des émeutes. J'aimerais bien savoir pourquoi.

— Tu le sais parfaitement, rétorqua Will. Cela fait à peine dix ans que les Américains ont renversé le roi pour créer une république et trois ans que la populace parisienne a donné l'assaut à la Bastille. Et que Brissot, ce démon français, a dit : "Nous ne serons pas calmés, tant que l'Europe, toute l'Europe, ne sera pas en flammes !" La Révolution se répand comme la vérole.

— Je ne crois pas qu'il y ait motif à paniquer, répondit Roger. Qu'ont réellement fait les révolutionnaires ? Accordé l'égalité civile et la liberté religieuse aux protestants, par exemple. En tant que pasteur protestant, George, tu ne peux que t'en féliciter, j'imagine. »

George était le pasteur de Badford.

« Nous verrons combien de temps ça dure, grommela-t-il.

— Ils ont aboli la féodalité, retiré au roi le droit d'embastiller les gens sans procès et instauré une monarchie constitutionnelle – le même régime que celui de la Grande-Bretagne. »

Tout ce que disait Roger était exact, ce qui n'empêchait pas Amos de penser qu'il se trompait. D'après ce que lui-même avait compris, on ne pouvait pas considérer qu'une vraie liberté régnait dans la France révolutionnaire : il n'y avait ni liberté d'expression, ni liberté de culte. En vérité, l'Angleterre était plus libérale.

Will s'emporta et prit la parole en brandissant l'index.

« Et les massacres de septembre ? Les révolutionnaires français ont assassiné des milliers de gens. Pas d'obligation de preuve, pas de jurys, pas de procès. "Espèce de contre-révolutionnaire !" "Contre-révolutionnaire toi-même !" Pan, pan ! Morts tous les deux. Certaines des victimes étaient des enfants !

— C'est une tragédie, je te l'accorde, convint Roger, et une tache sur la réputation de la France. Mais croyons-nous vraiment qu'il pourrait se passer la même chose ici ? Nos révolutionnaires n'attaquent pas les prisons, ils rédigent des pamphlets et adressent des lettres aux journaux.

— C'est ainsi que ça commence ! répliqua Will avant d'avaler une gorgée de vin.

— Pour moi, intervint George, c'est la faute des méthodistes. »

Roger éclata de rire.

« Et où cachent-ils leur guillotine ?

— Les enfants pauvres apprennent à lire dans leurs écoles du dimanche, poursuivit George en l'ignorant. Quand ils sont grands, ils lisent les écrits de Thomas Paine, s'indignent et rejoignent je ne sais quel club de mécontents. En toute logique, l'étape suivante est l'émeute.

— Vous êtes bien silencieux aujourd'hui, remarqua le châtelain en se tournant vers Amos. Vous nous aviez pourtant habitués à prendre fait et cause pour les idées nouvelles.

— J'ignore tout des idées nouvelles, répondit Amos. En revanche, j'ai constaté qu'il est toujours utile d'écouter les gens, fussent-ils illettrés et bornés. Les ouvriers travaillent mieux quand ils savent que vous vous souciez de ce qu'ils pensent. Voilà pourquoi, si les Anglais estiment qu'il faut réformer le Parlement, il me semble que nous devrions les écouter.

— Fort bien dit, approuva Roger.

— Mais j'ai du travail qui m'attend. » Amos se leva. « Je vous remercie encore, monsieur, pour votre aimable hospitalité. Je dois à présent poursuivre ma tournée, cependant, avec votre permission, je reviendrai ce soir.

— Bien sûr, bien sûr », acquiesça le châtelain.

Amos sortit.

Il consacra le reste de la journée à faire la tournée de ses artisans à façon, rassemblant le fruit de leur travail, les payant et leur laissant de nouvelles réserves de laine à transformer. Au soleil couchant, il retourna chez les Clitheroe.

Il entendit la musique de loin, une quarantaine ou une cinquantaine de personnes qui chantaient à gorge déployée. Comme Amos, les Clitheroe étaient méthodistes et ces derniers n'utilisaient pas d'instruments de musique pendant leurs offices ; en contrepartie, ils mettaient plus d'application à rester en mesure et chantaient souvent à quatre voix. Le cantique était « Love Divine, All Loves Excelling », une composition populaire de Charles Wesley, frère du fondateur du méthodisme. Amos hâta le pas. Il adorait les chants *a cappella* et était impatient de se joindre au chœur.

Badford abritait un groupe actif de méthodistes, à l'instar de Kingsbridge. Le méthodisme était encore un mouvement réformateur au sein même de l'Église d'Angleterre, essentiellement dirigé par des membres du clergé anglican. Même s'il était question de scission, la plupart des méthodistes recevaient toujours la communion dans l'Église anglicane.

En s'approchant, Amos aperçut une foule rassemblée autour de la chaumière de Sal et Harry. Plusieurs personnes s'éclairaient avec des torches dont les flammes projetaient des ombres vacillantes qui dansaient autour d'elles comme des esprits malins. Le chef officieux des méthodistes de Badford était Brian Pikestaff, un paysan indépendant qui possédait trente arpents. Comme il était propriétaire de sa terre, le châtelain ne pouvait pas lui interdire d'organiser des assemblées méthodistes dans sa grange. S'il avait été simple métayer, il aurait probablement été expulsé.

Le cantique s'acheva et Pikestaff parla de l'amour qui unissait Harry, Sal et Kit. C'était, déclara-t-il, un amour vrai, qui se rapprochait autant qu'il pouvait être donné à de simples mortels de l'amour divin qu'ils venaient de chanter. Certains fondirent en larmes.

Quand Brian eut fini, Jimmy Mann ôta son tricorne et se mit à improviser une prière, tenant son chapeau devant lui. C'était l'habitude chez les méthodistes : les membres de l'assemblée priaient ou proposaient un cantique, lorsque l'esprit les animait. En théorie, ils étaient tous égaux devant Dieu, bien que, dans les faits, les femmes aient rarement pris la parole.

Jimmy demanda au Seigneur d'accorder la guérison à Harry, afin qu'il puisse continuer à veiller sur sa famille. Mais sa prière fut brutalement perturbée par l'irruption de George Riddick, une lanterne à la main et un crucifix sur la poitrine. Il était en grande tenue liturgique : soutane, surplis à manches bouffantes et Canterbury Cap, une toque carrée aux angles marqués.

« C'est un scandale ! » hurla-t-il.

Jimmy s'interrompit, ouvrit les yeux, les referma et poursuivit :

« Oh, Dieu notre Père, entendez notre prière ce soir, nous Vous prions…

— Ça suffit ! aboya George, réduisant Jimmy au silence.

— Bonsoir, monsieur le pasteur, intervint alors Brian Pikestaff d'un ton débonnaire. Voulez-vous prier avec nous ? Nous demandons à Dieu de guérir notre frère Harry Clitheroe.

— C'est le clergé qui appelle les fidèles à la prière, fulmina George, et non l'inverse !

— Vous ne l'avez pas fait, pourtant, monsieur le pasteur », observa Brian.

Pendant un instant, George sembla décontenancé.

« Vous ne nous avez pas appelés à prier pour Harry, reprit Brian, ce malheureux Harry qui se tient, à l'heure même où nous parlons, sur la berge du grand fleuve obscur, attendant de savoir si la volonté de Dieu est qu'il le traverse cette nuit pour se présenter devant Lui. Si vous nous aviez appelés, monsieur le pasteur, nous serions volontiers venus prier avec vous à l'église Saint-Matthieu. Mais puisque vous ne l'avez pas fait, nous nous sommes réunis ici.

— Vous n'êtes que des villageois ignorants, vitupéra George. Voilà pourquoi Dieu place un homme d'Église au-dessus de vous.

— Ignorants ? »

C'était une voix de femme, et Amos reconnut celle d'Annie Mann, une de ses fileuses.

« Nous ne sommes pas ignorants au point de faire basculer un tombereau de navets », lança-t-elle.

Des cris d'approbation s'élevèrent, et on entendit même fuser quelques rires dispersés.

« Dieu vous a placés sous les ordres de ceux qui sont plus éduqués que vous, et il est de votre devoir de vous soumettre à leur autorité, et non de la défier. »

Les propos de George furent accueillis par un bref silence durant lequel tout le monde put entendre un gémissement sonore, déchirant, s'élever à l'intérieur de la maison.

Amos s'approcha de la porte et entra.

Sal et Kit étaient à genoux au pied du lit, les mains jointes en prière. Le chirurgien, Alec Pollock, se tenait à la tête du lit, les doigts serrés autour du poignet de Harry.

Harry gémit encore et Alec murmura : « Il s'en va, Sal. Il nous quitte.

— Oh, mon Dieu », se lamenta Sal, et Kit sanglota.

Amos se tenait sur le seuil, silencieux et immobile, attentif.

Une minute plus tard, Alec annonça :

« Il est parti, Sal. »

Sal serra Kit dans ses bras et ils pleurèrent ensemble.

« Ses souffrances sont enfin terminées, annonça Alec. Il a rejoint Notre Seigneur Jésus-Christ.

— Amen », répondit Amos.

3

Dans l'enclos du palais de l'évêque, là où jadis – selon la légende de Kingsbridge – les moines cultivaient leurs haricots et leurs choux, Arabella Latimer avait créé une roseraie.

Sa famille s'en était étonnée. Elle n'avait jamais manifesté d'intérêt pour le jardinage et consacrait tout son temps à ses devoirs à l'égard de son mari l'évêque : tenir sa maison, donner des dîners pour les dignitaires de l'Église et autres notables du comté et l'accompagner, vêtue de tenues coûteuses mais respectables. Et voilà qu'un beau jour, elle avait annoncé son intention de faire pousser des roses.

C'était une idée nouvelle dont s'étaient entichées quelques dames à la mode. Sans que l'on pût réellement parler de toquade, c'était déjà un engouement et Arabella, qui avait lu un article à ce sujet dans le *Lady's Magazine*, avait été séduite.

Elsie, son unique enfant, pensait que cette passion serait éphémère. Sans doute sa mère se lasserait-elle rapidement de se pencher et de biner, d'arroser et de fumer, et se découragerait vite de devoir nettoyer la terre qui se glissait obstinément sous ses ongles.

L'évêque, Stephen Latimer, avait grommelé «Pur feu de paille, croyez-moi», avant de se replonger dans la lecture de la *Critical Review*.

Ils s'étaient trompés tous les deux.

Quand Elsie sortit à huit heures et demie ce matin-là pour chercher sa mère, elle la trouva en compagnie d'un jardinier, occupée à entasser du fumier au pied de ses rosiers sous une averse de neige fondue. Apercevant Elsie, Arabella lui expliqua par-dessus son épaule, sans interrompre sa tâche : «Je les protège du gel.»

Elsie se demanda avec amusement si sa mère avait déjà tenu une pelle avant ce jour.

Elle regarda autour d'elle. Les rosiers n'étaient que des tiges nues en cette saison, mais le plan du jardin était visible. On y accédait par une arche en vannerie qui, en été, soutenait une avalanche de rosiers grimpants et menait à un carré de rosiers bas qui se transformeraient en une explosion de couleurs flamboyantes. Au-delà, un treillage fixé à une partie de mur en ruine – construit par ces mêmes moines pour abriter leur potager – offrait un support à des plantes grimpantes qui poussaient comme du chiendent à la belle saison, et fleurissaient en éclaboussures de couleurs vives, donnant l'impression que des anges maladroits avaient renversé leurs seaux de peinture.

Elsie avait longtemps jugé que l'existence de sa mère était d'un vide consternant, mais elle aurait préféré qu'elle se trouve un passe-temps moins superficiel que le jardinage. Elsie, il est vrai, était une idéaliste et une intellectuelle, alors qu'Arabella n'était ni l'une ni l'autre. Il y a un temps pour tout, disait son père en citant l'Ecclésiaste, un temps pour toute chose sous les cieux. Les roses apportaient un peu de joie dans la vie d'Arabella.

Il faisait froid, or Elsie avait quelque chose d'important à dire à sa mère.

« Vous en avez encore pour longtemps ? lui demanda-t-elle.

— J'ai presque fini. »

À trente-huit ans, Arabella était beaucoup plus jeune que son mari et restait très séduisante. Elle était grande et bien faite, avec une chevelure châtain clair aux nuances acajou. Son nez était constellé de taches de rousseur, ce que certains tenaient d'ordinaire pour une imperfection, mais qui, curieusement, ajoutait encore à son charme. Elsie ne ressemblait à sa mère ni par le physique – cheveux bruns et yeux noisette – ni par le caractère, mais certains lui concédaient un joli sourire.

Arabella tendit la pelle au jardinier et les deux femmes rentrèrent d'un pas vif. Arabella retira ses souliers et sa cape tandis qu'Elsie tamponnait ses cheveux humides avec une serviette.

« J'ai l'intention de parler à Père de l'école du dimanche ce matin », annonça Elsie.

C'était son grand projet. Le traitement infligé aux enfants dans sa ville natale la consternait. Ils commençaient souvent à travailler à sept ans et étaient occupés quatorze heures par jour du lundi au vendredi, et douze heures le samedi. La plupart n'apprenaient jamais à lire ou à écrire plus de quelques mots. Ils avaient grand besoin d'une école du dimanche.

Son père savait tout cela et semblait ne pas s'en soucier. Mais elle avait un plan pour le convaincre.

« J'espère qu'il est de bonne humeur, lança sa mère.

— Vous me soutiendrez, n'est-ce pas?

— Bien sûr. Je pense que c'est un projet magnifique. »

Elsie n'était pas prête à se contenter d'une vague expression de bienveillance.

« Je sais que vous éprouvez quelques doutes, mais – pardonnez-moi de vous dire cela – pourriez-vous les garder pour vous, juste aujourd'hui?

— Bien sûr, ma chérie. Je ne manque pas de tact, tu le sais. »

Si Elsie était loin d'en être convaincue, elle préféra pourtant n'en rien dire.

« Il soulèvera des objections, mais j'en fais mon affaire. Je voudrais simplement que vous murmuriez de temps en temps quelques paroles d'encouragement, comme "tout à fait" et "bonne idée", par exemple. »

Arabella parut plus amusée qu'agacée par l'insistance de sa fille.

« Ma chérie, j'ai compris ce que tu voulais me dire, ne t'inquiète pas. Tu es comme une actrice, ce ne sont pas des critiques raisonnées que tu souhaites, mais les applaudissements du public. »

Elsie feignit de ne pas avoir relevé l'ironie.

« Merci », dit-elle.

Elles passèrent dans la salle à manger. Les domestiques étaient alignés sur un côté de la pièce, par ordre de préséance : d'abord les hommes – majordome, palefrenier, valet de pied, cireur – puis les femmes – gouvernante, cuisinière, deux servantes et la bonne à tout faire. La table était dressée avec de la porcelaine peinte dans le style fleuri à la mode qu'on appelait chinoiserie.

Un numéro du *Times* datant de l'avant-veille était posé à côté des couverts de l'évêque. Le trajet de Londres à Bristol prenait une journée en empruntant la route à péage et il fallait encore un jour de plus pour arriver à Kingsbridge sur les routes de campagne, boueuses lorsqu'il pleuvait et creusées d'ornières le reste du temps. Cette rapidité semblait miraculeuse à ceux qui avaient l'âge de l'évêque et se rappelaient l'époque où il fallait compter une semaine pour couvrir cette distance.

L'évêque entra. Elsie et Arabella reculèrent leurs chaises et s'agenouillèrent sur le tapis, coudes sur les sièges, mains jointes. La fontaine à thé siffla pendant qu'il récitait les prières avec dévotion mais sans traîner, impatient qu'on lui serve son bacon. Dès le dernier amen prononcé, les domestiques retournèrent à leur besogne et le petit déjeuner fut prestement apporté de la cuisine.

Elsie mangea du pain beurré et sirota son thé en attendant le bon moment. Elle était nerveuse, car elle tenait passionnément à son école du dimanche. L'ignorance grossière de si nombreux enfants de Kingsbridge lui brisait le cœur. Elle observa discrètement son père pendant qu'il mangeait, essayant de deviner son humeur. Il avait cinquante-cinq ans et ses cheveux gris s'éclaircissaient. Il avait eu autrefois une stature imposante, grand et large d'épaules – Elsie se le rappelait à peine –, mais il aimait trop manger et s'était empâté, le visage rebondi, le tour de taille généreux, le dos voûté.

Une fois l'évêque repu de rôties et de thé et avant qu'il n'ait eu le temps d'ouvrir le *Times*, la servante, Mason, entra avec un pichet de lait frais et Elsie passa à l'attaque. Elle adressa à Mason un signe de tête discret. C'était un signal convenu d'avance et Mason savait ce qu'elle devait faire.

« J'aimerais vous poser une question, Père », commença Elsie.

Il était toujours plus judicieux de présenter ce qu'elle avait à dire à son père comme un appel à ses lumières : l'évêque aimait expliquer, mais n'appréciait pas qu'on prétende lui dicter ses actes.

« Je t'en prie, répondit-il avec un sourire bienveillant.

— Notre ville jouit d'une certaine réputation dans le monde de l'instruction. La bibliothèque de votre cathédrale attire des érudits de toute l'Europe occidentale. L'école secondaire de Kingsbridge est célèbre dans tout le pays. Et je n'oublie pas le Kingsbridge College d'Oxford, où vous avez vous-même étudié.

— Tout à fait exact, ma chère enfant, mais je sais tout cela.

— Néanmoins, notre échec est patent.

— Comment peux-tu dire une chose pareille ? »

Elsie hésita, mais elle s'était trop avancée. Le cœur battant à tout rompre, elle appela la servante :

« Entrez, Mason, je vous prie. »

Mason entra, traînant derrière elle un petit garçon crasseux d'une dizaine d'années qui dégageait une odeur incommodante. Chose surprenante, il ne parut pas intimidé de se trouver dans ce lieu.

« Père, permettez-moi de vous présenter Jimmy Passfield. »

Le garçonnet prit la parole avec l'arrogance, à défaut de la correction grammaticale, d'un duc.

« J'm'ai fait promettre des saucisses à la moutarde, mais j'en ai point encore vu.

— Qu'est-ce là, pour l'amour du ciel ? » s'exclama l'évêque.

Elle pria tout bas qu'il n'explose pas.

« Je vous en conjure, Père, écoutez. Une minute ou deux, pas davantage. »

Sans attendre son consentement, elle se tourna vers l'enfant et lui demanda :

« Sais-tu lire, Jimmy ? »

Elle retint son souffle, n'étant pas certaine de ce qu'il allait répondre.

« J'ai pas besoin de lire, dit-il d'un ton de défi. J'sais tout. J'peux vous dire les heures ousque passe la diligence tous les jours d'la semaine et j'ai même pas à regarder le bout de papier qu'est cloué à l'Auberge de la Cloche. »

L'évêque se racla la gorge, offusqué, mais Elsie l'ignora pour poser la question capitale :

« Connais-tu Jésus-Christ ?

— J'connais tout le monde ici et y a personne à Kingsbridge qui s'appelle comme ça. Juré craché. »

Il se frappa dans les mains, puis cracha dans le feu.

L'évêque fut tellement scandalisé qu'il ne pipa mot – ainsi que l'avait espéré Elsie.

Jimmy ajouta : « Y a un batelier qui remonte le fleuve depuis Combe de temps en temps et y s'appelle Jason Cryer. » Il tendit un doigt accusateur en direction d'Elsie. « J'parie que vous avez mal compris son nom.

— Tu vas à l'église ? insista Elsie.

— J'y suis été une fois, mais comme ils ont pas voulu me donner du vin, j'suis reparti.

— Tu ne veux pas que tes péchés te soient pardonnés ? »

Jimmy s'indigna.

« J'ai jamais commis un seul péché, et ce porcelet qu'a été volé à Mme Andrew rue du Puits, eh ben, j'ai rien à voir avec lui, d'abord, j'étais même pas là.

— Très bien, très bien, Elsie, coupa l'évêque, tu t'es parfaitement fait comprendre. Mason, emmenez cet enfant.

— Et donnez-lui des saucisses, ajouta Elsie.

— À la moutarde, précisa Jimmy.

— À la moutarde », répéta Elsie.

Mason et Jimmy sortirent.

Arabella applaudit en riant :

« Quel extraordinaire petit chenapan ! Il n'a peur de personne !

— Il n'a rien d'exceptionnel, Père, dit Elsie sérieusement. La moitié des enfants de Kingsbridge sont pareils. Ils n'ont jamais mis les pieds à l'école et si leurs parents ne les obligent pas à aller à l'église, ils ignorent tout de la religion chrétienne.»

Visiblement ébranlé, l'évêque demanda :

«Mais penses-tu que je puisse faire quelque chose pour y remédier ?»

C'était la question qu'elle attendait.

«Certains habitants de la ville parlent d'ouvrir une école du dimanche.»

Ce n'était pas tout à fait vrai. Cette école était l'idée d'Elsie et si quelques personnes l'avaient approuvée, l'affaire ne se ferait certainement pas sans elle. Mais il ne devait pas savoir combien il lui serait facile de contrarier ce projet.

«Mais il y a déjà des écoles pour les enfants en ville, objecta-t-il. Je crois que Mme Baines de la rue des Poissons leur enseigne de solides principes chrétiens. Je m'interroge davantage sur cet endroit du champ aux Amoureux où les méthodistes envoient leurs fils.

— Ces écoles sont payantes, je ne vous l'apprends pas.

— Comment pourraient-elles fonctionner autrement ?

— Ce dont je parle, c'est d'une école gratuite qui accueillerait les enfants pauvres le dimanche après-midi.

— Je vois.» Il préparait des objections, elle le savait. «Et as-tu songé à un local ?

— La Bourse de la laine, peut-être. Elle ne sert jamais le dimanche.

— Imagines-tu vraiment que le maire acceptera de mettre la salle de la Bourse de la laine à la disposition des enfants des pauvres ? La moitié d'entre eux ne sont même pas propres. Figure-toi que même dans la cathédrale, j'ai vu… Mais passons.

— Je suis sûre qu'il est possible de leur imposer un peu de discipline. Mais si nous ne pouvons pas utiliser la Bourse de la laine, il y a d'autres possibilités.

— Et qui se chargerait de l'enseignement ?

— Plusieurs personnes se sont proposées, parmi lesquelles Amos Barrowfield, qui a fréquenté l'école secondaire.

— Je me doutais qu'Amos était mêlé à cette histoire », murmura Arabella.

Elsie rougit et fit comme si elle n'avait rien entendu.

L'évêque ignora l'aparté de son épouse et ne remarqua pas l'embarras soudain d'Elsie.

« Le jeune Barrowfield est méthodiste, si je ne me trompe, observa-t-il.

— Le chanoine Midwinter a accepté de prêter son appui moral à l'école.

— Encore un méthodiste, même s'il est chanoine de la cathédrale.

— On m'a demandé d'être directrice, et moi, je ne suis pas méthodiste.

— Directrice ? Tu es bien jeune pour cela.

— J'ai vingt ans, et je suis suffisamment instruite pour apprendre à lire aux enfants.

— Cette affaire ne me plaît pas du tout », déclara l'évêque résolument.

Si Elsie ne fut pas surprise, le ton sans appel de son père la consterna. Elle avait prévu qu'il désapprouverait ce projet, et avait imaginé un plan pour le faire changer d'avis. Mais devant sa détermination, elle ne put que demander :

« Et pourquoi donc ?

— Vois-tu, mon enfant, il n'est pas bon que les classes laborieuses apprennent à lire et à écrire, dit-il sur le mode paternel du vieillard prodiguant sa sagesse à la jeunesse utopiste. Les livres et les journaux leur farcissent la tête d'idées qu'ils ne comprennent qu'à demi, ce qui les incite à ne plus se satisfaire du rôle que Dieu leur a assigné dans l'existence. Ces gens-là se mettent à cultiver d'absurdes idées d'égalité et de démocratie.

— Ils devraient tout de même pouvoir lire la Bible.

— Tu n'y penses pas ! Ils se méprennent alors sur le sens des Écritures et accusent l'Église établie de répandre une fausse doctrine. Ils se transforment en dissidents et en non-conformistes, avant de prétendre créer leurs propres Églises, à l'image des presbytériens et des congrégationalistes. Et des méthodistes.

— Les méthodistes n'ont pas d'Église à eux.

— Ce n'est qu'une question de temps. »

Son père était un excellent jouteur : il avait appris l'art du débat à Oxford. En temps normal, Elsie appréciait ces échanges d'idées, mais ce projet lui tenait trop à cœur pour qu'elle se laisse entraîner dans des arguties. Elle avait cependant invité un second visiteur susceptible de faire capituler son père, ce qui l'obligeait à poursuivre la discussion jusqu'à sa venue.

« Ne pensez-vous pas que la lecture de la Bible aiderait les membres des classes laborieuses à ne pas prêter l'oreille aux faux prophètes ?

— Ils feraient bien mieux d'écouter le clergé.

— Mais comme ils ne le font pas, c'est un vœu pieu. »

Arabella éclata de rire.

« Vous deux ! s'écria-t-elle. On se croirait en plein débat politique. Enfin, tout de même, il n'est pas question de la Révolution française, mais d'une école du dimanche, d'enfants assis par terre, qui grattent leur nom sur leur ardoise en chantant *Nous marchons vers Sion.* »

La servante glissa la tête par la porte et annonça :

« M. Shoveller est là, monseigneur.

— Shoveller ?

— Le tisserand, intervint Elsie. Tout le monde l'appelle Spade. Il apporte un rouleau d'étoffe que nous voudrions voir, Mère et moi. »

Elle se tourna vers la servante.

« Faites-le entrer, Mason, et servez-lui une tasse de thé. »

Un tisserand occupait dans la hiérarchie sociale un échelon très inférieur à celui de la famille d'un évêque, mais Spade était un homme charmant et bien élevé, qui avait acquis tout seul des manières raffinées pour vendre ses marchandises à la haute société. Il entra, chargé d'un rouleau de tissu. Séduisant dans le genre buriné, doté d'une chevelure indisciplinée et d'un sourire ravageur, il était toujours fort bien habillé de vêtements coupés dans les étoffes qu'il fabriquait.

« Je ne voudrais pas interrompre votre petit déjeuner, monseigneur », dit-il en s'inclinant.

Malgré un mécontentement manifeste, l'évêque fit contre mauvaise fortune bon cœur.

« Entrez, monsieur Shoveller, je vous en prie.

— C'est fort aimable à vous, monseigneur. »

Spade prit soin de s'installer à un endroit où il serait visible de tous et déroula une longueur d'étoffe.

« Voici ce que Mlle Latimer désirait voir. »

Elsie ne se passionnait pas pour les tissus – comme les roses de Mère, c'était un sujet trop frivole pour retenir son intérêt –, mais elle ne put qu'admirer les somptueuses couleurs de l'étoffe, un rouge terre et un jaune moutarde foncé dessinant un subtil motif à carreaux. Contournant la table, Spade le tint devant Arabella en veillant soigneusement à ne pas la toucher.

« N'importe qui ne peut pas porter ces teintes, mais elles vous vont à ravir, madame Latimer », dit-il.

Elle se leva et se regarda dans le miroir accroché au-dessus de la cheminée.

« En effet, approuva-t-elle. Elles sont plutôt seyantes.

— C'est un mélange de soie et de laine mérinos, expliqua Spade. D'une grande douceur – touchez-la. »

Arabella passa docilement la main sur l'étoffe.

« Un tissu chaud, mais léger, ajouta Spade. Idéal pour un manteau ou une cape de printemps. »

Coûteux aussi, songea Elsie, mais l'évêque était riche et semblait ne jamais regarder à la dépense s'agissant d'Arabella.

Spade passa derrière celle-ci et drapa l'étoffe autour de ses épaules. Elle rassembla les plis au niveau de l'encolure et se tourna légèrement à droite, puis à gauche, afin de se contempler sous différents angles.

Mason tendit à Spade une tasse de thé. Il posa le rouleau de tissu sur une chaise pour qu'Arabella puisse continuer à prendre des poses, puis s'assit à table pour boire.

« Nous étions en train de discuter d'un projet d'école du dimanche gratuite pour les enfants des familles pauvres, dit alors Elsie.

— Je suis navré de vous avoir interrompus.

— Pas du tout. Je serais heureuse d'avoir votre avis.

— Je pense que c'est une excellente idée.

— Mon père craint pourtant qu'une telle école n'endoctrine les enfants en leur inculquant les idées méthodistes. Le chanoine Charles devrait en être le parrain, et Amos Barrowfield fera partie des enseignants.

— Monseigneur est très sage », déclara Spade.

Il était censé soutenir Elsie, et non l'évêque.

« Bien que méthodiste moi-même, poursuivit Spade, je n'en suis pas moins convaincu qu'il faut apprendre aux enfants les vérités fondamentales et ne pas leur embrouiller l'esprit par des subtilités doctrinales. »

C'était un argument plein de bon sens, mais Elsie constata que son père restait de glace.

« Pourtant, si tous ceux qui donnent des cours dans votre école sont méthodistes, mademoiselle Latimer, reprit Spade, il serait bon que, pour donner le choix aux familles, l'Église anglicane ouvre sa propre école du dimanche. »

L'évêque émit un grognement de surprise. Il ne s'était pas attendu à cela.

« Et je suis certain, continua Spade, que bien des habitants seraient ravis que l'évêque en personne raconte à leurs enfants des récits bibliques. »

Elsie réprima à grand-peine un éclat de rire. Le visage de son père était l'image même de l'horreur. La perspective de lire des histoires de la Bible aux enfants malpropres des pauvres de Kingsbridge faisait plus que le rebuter.

« Mais Spade, observa Elsie, c'est moi qui dirigerai l'école et je peux veiller à ce qu'on n'enseigne aux enfants que les éléments de notre foi qui sont communs à l'Église anglicane et aux réformateurs méthodistes.

— Oh! Dans ce cas, je retire tout ce que j'ai dit. Au demeurant, je suis certain que vous ferez un merveilleux professeur. »

L'évêque parut soulagé.

« Ma foi, si tu y tiens tant, je ne m'opposerai pas à ton projet, dit-il à Elsie. Mais le devoir m'appelle. Je vous souhaite une bonne journée, monsieur Shoveller. »

Il quitta la pièce.

« Elsie, avais-tu tout préparé ? demanda Arabella.

— Bien sûr. Et merci, Spade – vous avez été brillant.

— Je vous en prie. »

Il se tourna vers Arabella.

«Madame Latimer, si vous souhaitez vous faire confectionner un vêtement dans ce joli tissu, ma sœur sera ravie de s'en charger.»

La sœur de Spade, Kate Shoveller, était une habile couturière et tenait dans la Grand-Rue un atelier avec une autre femme, Rebecca Liddle. Les vêtements qu'elles réalisaient étaient à la mode, et leurs affaires étaient florissantes.

Souhaitant remercier Spade du service qu'il lui avait rendu, Elsie s'adressa à sa mère :

«Vous devriez lui commander un manteau, il vous irait à merveille.

— Tu as sans doute raison, approuva Arabella. Je vous prie, dites à Mlle Shoveller que je passerai la voir.

— Avec grand plaisir», acquiesça Spade en s'inclinant.

4

Sal resta éveillée toute la nuit qui précéda l'enterrement. Lorsqu'elle ne pleurait pas Harry, elle se rongeait les sangs en se demandant comment elle réussirait à joindre les deux bouts sans son salaire.

Le corps de son mari gisait dans l'église froide, enveloppé dans un linceul, et elle avait le grand lit tout à elle. Ce vide la glaçait et elle ne cessait de frissonner. Elle n'avait plus dormi seule depuis la veille de son mariage, huit ans auparavant.

Kit était couché dans le petit lit et sa respiration régulière lui apprenait qu'il dormait. Lui au moins était capable d'oublier sa peine dans le sommeil.

Agitée par des souvenirs doux-amers et par l'angoisse de l'avenir, elle somnola par intermittence jusqu'à ce que les premières lueurs du jour blanchissent le pourtour des volets. Elle se leva alors et alluma le feu, puis s'assit à son rouet en attendant que Kit se réveille avant de préparer leur petit déjeuner composé de pain au gras et de thé. Elle serait bientôt trop pauvre pour acheter du thé.

L'enterrement était prévu pour l'après-midi. La

chemise de Kit était usée jusqu'à la corde et irrémédiablement déchirée. Ne voulant pas qu'il présente mal en un jour pareil, elle décida de retoucher une vieille chemise de Harry pour la mettre à sa taille et s'assit pour la recouper.

Elle avait presque fini de coudre quand elle entendit des coups de feu. C'était probablement Will Riddick qui chassait la perdrix dans le champ du Moulin. Il était responsable de sa soudaine pauvreté et avait le devoir de l'aider. La colère lui monta à la gorge et elle décida de l'affronter.

« Reste ici, dit-elle à Kit. Passe un coup de balai en m'attendant. »

Elle sortit dans le froid du matin.

Will était effectivement dans le champ avec son setter noir et blanc. Alors qu'elle s'approchait de lui par-derrière, une nuée d'oiseaux s'éleva du bois voisin. Will suivit leur envol du canon de son fusil et tira deux fois. C'était un habile tireur et deux oiseaux gris aux ailes rayées, à peu près de la taille de pigeons, tombèrent en tournoyant. Un homme sortit du couvert des arbres ; à ses cheveux raides et à sa charpente osseuse, Sal reconnut Platts, le majordome du manoir. Il était manifestement chargé d'effaroucher les oiseaux pour le fils de son maître.

Courant vers le point où ils étaient tombés, le chien rapporta une perdrix, puis la seconde. Will cria à Platts :

« Encore ! »

Sal avait à présent rejoint l'endroit où il se tenait.

Elle se rappela qu'il n'y avait jamais rien à gagner

à insulter les puissants. S'il était parfois possible de les amener à se conduire décemment par la persuasion, la flatterie, voire par le remords, il ne fallait pas essayer de les défier. Toute tentative pour leur forcer la main ne faisait que les raidir davantage.

« Qu'est-ce que tu veux ? lui demanda Will brutalement.

— Je voudrais savoir ce que vous allez faire pour moi…, dit-elle avant d'ajouter, avec un peu de retard, … monsieur. »

Il rechargea son fusil.

« Pour quelle raison devrais-je faire quelque chose pour toi ?

— Parce que Harry travaillait sous vos ordres. Parce que vous avez trop chargé la charrette. Parce que vous n'avez pas écouté l'avertissement d'oncle Ike. Parce que vous avez tué mon mari. »

Will s'empourpra.

« C'était sa faute, entièrement. »

Elle se força à conserver un ton conciliant et raisonnable.

« Il y a peut-être des gens qui croient ce que vous leur avez dit, mais vous, vous savez la vérité. Vous étiez présent. Moi aussi. »

Il se tenait là, nonchalant, tenant mollement son fusil qu'il maintenait cependant pointé sur elle. Elle ne doutait pas que la menace fût intentionnelle, mais ne pensait pas qu'il appuierait sur la détente. Il aurait du mal à faire passer cela pour un accident deux jours après avoir tué son mari.

« Tu viens me demander l'aumône, c'est ça ?

— Je viens vous demander ce que vous m'avez pris : le salaire de mon mari, huit shillings par semaine.

— Tu ne peux pas m'obliger à te payer huit shillings par semaine, répliqua-t-il d'un air faussement amusé. Pourquoi ne te cherches-tu pas un autre mari ? »

Son regard la parcourut de la tête aux pieds, relevant avec mépris sa robe terne et ses souliers faits maison.

« Tu devrais bien pouvoir trouver quelqu'un qui voudra de toi. »

Elle ne se sentit pas insultée. Elle se savait attirante. Il était arrivé plus d'une fois à Will lui-même de lui jeter des regards concupiscents. Pourtant, elle se voyait mal se remarier un jour. Mais ce n'était pas un argument à lui opposer en cet instant.

« Dans ce cas, vous pourrez cesser de me payer, dit-elle.

— Encore faudrait-il que j'aie l'intention de commencer. »

On entendit un battement d'ailes lorsque d'autres oiseaux s'envolèrent, il pivota et tira. Deux nouvelles perdrix tombèrent. Le chien en rapporta une et courut chercher la seconde.

Will ramassa l'oiseau par les pattes.

« Tiens, dit-il à Sal. Tu n'as qu'à prendre cette perdrix. »

Il y avait du sang sur la poitrine gris pâle, mais l'oiseau était encore vivant. Sal fut tentée. Avec une perdrix, elle pourrait préparer un bon dîner pour Kit et elle.

« En dédommagement de ton mari, lança alors Will. Le marché me paraît équitable. »

Elle en eut le souffle coupé, comme sous l'effet d'un coup de poing. Elle était incapable de parler. Comment osait-il comparer la valeur de son mari à celle d'une perdrix ? S'étranglant de colère, elle fit demi-tour et s'éloigna rapidement. Il avait toujours l'oiseau en main.

Elle bouillonnait de rage et si elle était restée, elle aurait prononcé des mots qu'elle risquait de regretter.

Elle traversa le champ d'un pas lourd en direction de sa maison, puis changea d'avis et décida d'aller voir le châtelain. Ce n'était pas le prince charmant, mais il était moins inhumain que Will. Et il fallait bien que quelqu'un l'aide.

La porte d'entrée du manoir était interdite aux villageois. Elle fut vaguement tentée de violer la règle, mais hésita. Elle ne voulait pas passer par-derrière, ce qui l'aurait obligée à parler aux domestiques. Ils la forceraient à attendre qu'ils aient demandé au châtelain s'il était disposé à la recevoir, et il risquait de refuser. Il y avait également une porte latérale qu'empruntaient les villageois quand ils venaient payer leur loyer. Elle savait qu'elle donnait sur un petit couloir qui rejoignait le grand vestibule et le bureau du châtelain.

Elle fit le tour de la maison et tenta sa chance par la porte latérale. Elle n'était pas verrouillée.

Elle entra.

La porte du bureau était ouverte et une odeur de tabac lui chatouilla les narines. Jetant un coup d'œil à l'intérieur, elle aperçut le châtelain à sa table de travail. Il fumait la pipe et prenait des notes dans un registre. Elle frappa à la porte et dit :

« Je vous demande pardon, monsieur. »

Il leva les yeux et retira sa pipe de sa bouche.

« Que fais-tu ici ? demanda-t-il d'un ton irrité. Ce n'est pas le jour du loyer.

— L'entrée sur le côté était ouverte et il faut que je vous parle de toute urgence. »

Elle entra et referma la porte du bureau derrière elle.

« Pourquoi n'es-tu pas passée par l'entrée des domestiques ? Pour qui te prends-tu ?

— Monsieur, il faut que je sache ce que vous comptez faire pour moi maintenant que j'ai perdu mon mari. J'ai un enfant à nourrir et à vêtir. »

Il hésita. Sal songea que s'il pouvait, il se déroberait sûrement à ses obligations. D'un autre côté, elle devinait qu'il n'avait pas la conscience tranquille. En public, il nierait certainement toute responsabilité de Will dans la mort de Harry. Mais il n'était pas aussi mauvais que son fils. Elle vit l'indécision et la honte batailler sur son visage rougeaud. Puis il sembla se durcir et répondit :

« L'aide aux indigents est là pour ça. »

Les propriétaires fonciers du village versaient chaque année une somme pour secourir les pauvres de la paroisse. Ces fonds étaient administrés par l'Église.

« Va voir le pasteur, poursuivit le châtelain. C'est lui le Surveillant des pauvres.

— Monsieur, le pasteur Riddick déteste les méthodistes. »

De l'air de celui qui abat son atout, le châtelain rétorqua :

« Dans ce cas, tu n'as qu'à ne pas être méthodiste.

— L'aide aux indigents n'est pas censée être réservée à ceux qui sont d'accord avec le pasteur.

— L'argent est distribué par l'Église d'Angleterre.

— Mais ce n'est pas l'argent de l'Église ! Il vient des propriétaires. Auraient-ils donc tort de croire à la justice de l'Église ? »

Le châtelain sentait l'exaspération le gagner.

« Tu es de ceux qui se croient en droit de reprendre leurs supérieurs, c'est bien cela ? »

Sal perdit tout espoir. Les disputes avec ceux qui gouvernaient se terminaient toujours ainsi. La noblesse avait raison par définition, en dépit des lois, des promesses ou de la logique. Seuls les pauvres devaient obéir aux règles.

Ses dernières forces l'abandonnèrent. Elle n'avait plus qu'à aller mendier auprès du pasteur Riddick, qui ferait tout son possible pour ne pas l'aider.

Elle sortit de la pièce sans ajouter un mot, quitta le manoir par la porte latérale et rentra chez elle, brisée et accablée.

Elle fit les dernières retouches à la chemise de Kit et ils déjeunèrent de pain et de fromage. Quand ils entendirent la cloche sonner, ils se mirent en route pour l'église Saint-Matthieu. Il y avait déjà du monde, et la nef était bondée. L'église était une petite construction médiévale qu'il aurait fallu agrandir pour faire place à la population villageoise en expansion, mais les Riddick ne voulaient pas dépenser l'argent nécessaire.

Certains des paroissiens présents n'avaient pas très bien connu Harry et Sal se demanda pourquoi ils avaient pris sur leur temps de travail pour venir à son enterrement ; puis elle comprit que sa mort n'avait rien d'ordinaire. Elle n'était due ni à la maladie ni à la vieillesse, ni à quelque accident inévitable, autant de causes habituelles. Harry était mort du fait de la stupidité et de la brutalité de Will Riddick. En assistant à la cérémonie, les villageois affirmaient clairement que la vie de Harry avait de l'importance et qu'on ne pouvait pas ignorer sa disparition.

Le pasteur Riddick sembla le comprendre. Il entra, en soutane et surplis, et contempla avec étonnement la foule qui se pressait dans l'église. L'air contrarié, il s'approcha promptement de l'autel et commença l'office. Sal était convaincue qu'il aurait préféré ne pas célébrer ces obsèques, mais il était le seul homme d'Église de Badford. Et dans un gros village, les honoraires versés pour tous les baptêmes, mariages et funérailles finissaient par représenter une prime non négligeable venant s'ajouter à son salaire.

Il parcourut la liturgie au pas de charge, au point que les fidèles commencèrent à manifester leur mécontentement par des murmures. Les ignorant, il poursuivit du même train jusqu'au bout. Sal y était presque indifférente. Elle ne cessait de penser qu'elle ne reverrait plus jamais Harry et ne pouvait que pleurer.

Oncle Ike avait réuni des porteurs de cercueil que l'assemblée suivit jusqu'au cimetière. Brian Pikestaff prit place à côté de Sal et posa un bras réconfortant autour de ses épaules tremblantes.

Après une dernière prière, le corps fut déposé dans la tombe.

La cérémonie terminée, le pasteur s'approcha de Sal. Alors qu'elle s'attendait à des condoléances hypocrites, il lui dit :

« Mon père m'a parlé de votre visite. Je passerai chez vous cet après-midi. »

Puis il s'éloigna à grands pas.

Lorsqu'il fut parti, Brian Pikestaff prononça un bref éloge funèbre. Il parla de Harry avec affection et respect, et ses paroles furent accueillies par des signes de tête approbateurs et des « Amen » murmurés autour de la tombe. Il récita une prière, puis ils chantèrent tous « Love's Redeeming Work Is Done ».

Sal serra la main de quelques proches amis, les remerciant d'être venus, puis elle prit Kit par la main et s'éloigna rapidement.

Elle n'était pas chez elle depuis longtemps quand Brian arriva, apportant une plume et un petit flacon d'encre.

« J'ai pensé que tu serais contente de noter le nom de Harry dans ta bible, dit-il. Je ne reste pas – tu me rendras la plume et l'encrier quand tu pourras. »

Elle était plus habile à lire qu'à écrire, mais pouvait consigner des dates et recopier n'importe quel texte. Le nom de son mari figurait déjà dans son livre, avec la date de leur mariage, et lorsqu'elle s'assit à la table, le volume devant elle, elle se remémora ce jour, huit ans auparavant. Elle se rappela le bonheur qu'elle avait éprouvé en l'épousant. Elle avait mis une robe neuve, celle qu'elle portait aujourd'hui. En prononçant les paroles *jusqu'à ce que la mort nous sépare*, elle n'aurait jamais imaginé que cette heure viendrait aussi vite. Pendant quelques instants, elle laissa peser sur elle tout le fardeau de sa peine.

Puis elle essuya ses larmes et écrivit, lentement et soigneusement : *Harold Clitheroe, mort le 4 décembre 1792.*

Elle aurait aimé ajouter quelque chose sur la manière dont il était mort, mais ne savait pas comment écrire des mots tels qu'*écrasé par un tombereau* ou *tué par la stupidité du fils du châtelain* ; au demeurant, il était sans doute plus sage de ne pas consigner pareilles informations noir sur blanc.

La vie devait reprendre son cours, et elle s'installa à son rouet, travaillant à la lumière qui entrait par la porte ouverte. Assis à côté d'elle, comme souvent, Kit lui passait les mèches de laine non filée. Sal les glissait au fur et à mesure dans l'orifice tout en actionnant la roue qui entraînait l'épinglier et torsadait la laine pour en faire un brin de fil serré. Il avait l'air pensif et finit par lui demander :

« Pourquoi est-ce qu'il faut qu'on soit mort avant d'aller au paradis ? »

Elle s'était elle-même posé autrefois ce genre de questions, mais dans son souvenir, elle était déjà plus grande, plus près de douze ans que de six. Elle n'avait pas tardé à comprendre que les éléments déroutants de la religion trouvaient rarement d'explication satisfaisante, et elle avait cessé d'interroger les adultes. Elle avait le pressentiment que Kit se montrerait plus opiniâtre.

« Je ne sais pas, avoua-t-elle. Personne ne sait. C'est un mystère.

— Quelqu'un est déjà allé au paradis sans être mort ? »

Elle était sur le point de lui répondre non quand une vague réminiscence vint lui chatouiller l'esprit et, après quelques instants de réflexion, la mémoire lui revint.

« Oui, c'est arrivé à un homme. Il s'appelait Élie.

— Alors on ne l'a pas enterré dans un cimetière à côté d'une église ?

— Non. »

Elle était presque sûre qu'il n'existait pas d'églises du temps des prophètes de l'Ancien Testament, mais elle préféra ne pas corriger l'erreur de Kit.

« Comment est-ce qu'il est allé au paradis ?

— Il a été emporté par un tourbillon. » Et pour couper court à la question qui ne manquerait pas de suivre, elle ajouta : « Je ne sais pas pourquoi. »

Il resta silencieux et elle soupçonna qu'il pensait à son père qui était là-haut au paradis, avec Dieu et les anges.

Mais Kit avait une autre question à lui poser.

« Pourquoi tu as besoin de la grande roue ? »

Cette fois, elle pouvait lui répondre.

« La roue est bien plus grande que l'épinglier qu'elle fait tourner – tu vois ?

— Oui.

— Alors quand la roue fait un tour, l'épinglier en fait cinq. Ça veut dire que l'épinglier va beaucoup plus vite.

— Mais tu n'aurais qu'à faire tourner l'épinglier.
— C'était le cas avant l'invention de la grande roue. Mais c'est dur de faire tourner l'épinglier très vite. On se fatigue rapidement. Alors qu'on peut faire tourner la grande roue lentement toute la journée. »

Il observa la machine, abîmé dans ses pensées. Ce n'était pas un petit garçon comme les autres. Sal savait que toutes les mères pensaient cela de leurs enfants, surtout quand elles n'en avaient qu'un ; cela ne l'empêchait pas d'être convaincue que Kit était différent. Quand il serait grand, elle ne voulait pas qu'il soit obligé de trimer comme une bête de somme et de vivre, comme elle, dans une maison en tourbe sans cheminée. Il valait mieux que ça.

Elle avait eu des rêves, un jour. Elle avait voué un vrai culte à sa tante Sarah, la sœur aînée de sa mère, qui avait quitté le village pour s'installer à Kingsbridge où elle vendait des ballades dans les rues, tout en les chantant pour en faire la réclame. Elle avait épousé l'imprimeur de ses ballades et avait appris l'arithmétique pour tenir sa comptabilité. Pendant un temps, elle était revenue au village une ou deux fois par an, élégante, posée, sûre d'elle, apportant de coûteux présents, de la soie pour une robe, un poulet vivant, un bol en verre. Elle parlait de ce qu'elle avait lu dans les journaux : la Révolution américaine, le débarquement du capitaine Cook en Australie, la nomination de William Pitt, à vingt-quatre ans, au poste de Premier ministre. Sal aurait voulu être comme tante Sarah. Et puis elle était tombée amoureuse de Harry et son existence avait pris une tout autre direction.

Elle avait du mal à imaginer celle que suivrait la vie de Kit, mais elle en connaissait le début, qui était d'apprendre. Elle lui avait enseigné les lettres et les chiffres, et il savait déjà écrire les trois lettres de son nom dans la terre avec un bâton. Mais elle-même n'était pas très instruite, et elle ne tarderait pas à être au bout de ses connaissances.

Le village avait une école dirigée par le pasteur – la famille Riddick contrôlait à peu près tout ici. La scolarité coûtait un penny par jour. Sal y envoyait Kit chaque fois qu'elle parvenait à mettre un penny de côté, mais ce n'était pas fréquent, et Harry n'étant plus là, cela risquait fort d'être impossible. Elle était plus décidée que jamais à ce que Kit fasse son chemin dans la vie, sans pourtant savoir comment l'y aider.

« Et si nous lisions ? suggéra Kit.

— Bonne idée. Va chercher le livre. »

Il traversa la pièce et prit la bible sur la table. Il la posa par terre pour que chacun d'eux la voie tout en travaillant.

« Qu'allons-nous lire ? demanda-t-il.

— Pourquoi pas l'histoire du garçon qui a tué le géant ? »

Elle ramassa le lourd volume qu'elle ouvrit au chapitre XVII du premier livre de Samuel.

Ils se remirent au travail pendant que Kit ânonnait. Elle devait l'aider à déchiffrer tous les noms propres et un certain nombre de mots. Quand elle était petite, elle avait demandé qu'on lui explique le sens de « six coudées et un empan », ce qui lui permit d'apprendre à Kit que Goliath ne mesurait pas loin de trois mètres de haut.

Tandis qu'ils se débattaient tous deux avec le mot *térébinthes*, George Riddick entra sans frapper.

Kit interrompit sa lecture et Sal se leva.

« Que vois-je ? demanda le pasteur. Vous lisez ?

— L'histoire de David et Goliath, monsieur le pasteur, se justifia Sal.

— Hum. Vous autres méthodistes, vous vous entêtez à lire la Bible tout seuls. Vous feriez mieux d'écouter votre pasteur. »

Ce n'était pas le moment de se laisser entraîner dans un débat.

« C'est le seul livre de la maison, monsieur le pasteur, et je ne pensais pas que la sainte parole de Dieu pourrait causer du tort à cet enfant. Pardonnez-moi si j'ai fait erreur.

— Bien, ce n'est pas pour cela que je suis venu. »

Il regarda autour de lui, cherchant un siège. Comme il n'y avait pas de chaise dans la maison, il tira vers lui un tabouret à trois pieds.

« Vous souhaitez que l'Église vous accorde l'aide aux indigents. »

Sal se mordit les lèvres pour ne pas dire que cet argent n'appartenait pas à l'Église. Elle devait faire preuve d'humilité, faute de quoi il risquait de tout lui refuser d'emblée. Concrètement, rien n'entravait le bon vouloir du Surveillant des pauvres et il n'y avait au-dessus de lui personne à qui Sal pût s'adresser. Elle baissa donc les yeux et répondit :

« Oui, monsieur le pasteur, je vous en prie.

— À combien se monte le loyer de cette maison ?
— Six pence par semaine, monsieur le pasteur.
— La paroisse le prendra en charge. »

Bien sûr, pensa Sal, votre premier souci est de veiller à ce que le propriétaire ne perde pas d'argent. Elle était tout de même soulagée de savoir que Kit et elle auraient toujours un toit sur leur tête.

« Mais vous gagnez correctement votre vie comme fileuse.

— Amos Barrowfield paye un shilling la livre de laine filée, et j'arrive à faire trois livres par semaine, à condition de veiller presque toute une nuit.

— Ce qui fait trois shillings, soit presque la moitié du salaire d'un ouvrier agricole.

— Les trois huitièmes, monsieur le pasteur », rectifia-t-elle.

Les approximations étaient dangereuses quand le moindre penny comptait.

« Eh bien, il est temps que Kit se mette à travailler. »

Sal fut prise de court. « Mais il a six ans !

— Oui, et il en aura bientôt sept. C'est l'âge habituel pour qu'un enfant commence à gagner son pain.

— Il n'aura sept ans qu'en mars.

— Le 25. J'ai vérifié la date dans le registre paroissial. Nous n'en sommes pas loin. »

C'était dans plus de trois mois, une éternité pour un enfant aussi jeune. Mais Sal présenta une autre objection.

« Quel travail pourrait-il faire ? C'est l'hiver et personne n'embauche en cette saison.

— Nous avons besoin d'un cireur au manoir. »

C'était donc cela.

«En quoi consisterait son travail?

— Apprendre à cirer les chaussures et à les faire briller, évidemment. Et d'autres tâches comparables: aiguiser les couteaux, rentrer du bois, vider et nettoyer les vases de nuit, ce genre de choses.»

Sal tourna les yeux vers Kit qui écoutait, les yeux écarquillés. Il était si petit, si vulnérable qu'elle avait envie de pleurer. Néanmoins, le pasteur avait raison: il était presque temps qu'il commence à travailler.

«Cela ne lui fera pas de mal d'apprendre comment se conduire dans une demeure respectable. Ainsi, quand il sera adulte, il sera peut-être moins insolent que son père.»

Sal préféra ignorer l'affront fait à Harry.

«Combien sera-t-il payé?

— Un shilling par semaine, ce qui est très correct pour un enfant.» C'était vrai, Sal le savait. «Bien sûr, il sera aussi nourri et vêtu. Il ne peut pas être habillé comme cela», poursuivit-il en regardant les bas rapiécés de Kit et son manteau trop grand.

La perspective d'avoir des vêtements neufs ragaillardit Kit.

«Et il couchera au manoir, bien sûr», ajouta le pasteur.

Cette idée consterna Sal, sans l'étonner pourtant: la plupart des domestiques dormaient sur place. Elle resterait seule. La vie qui l'attendait allait être bien morne.

Kit était désemparé, lui aussi, et ses yeux s'inondèrent de larmes.

«Cesse de pleurnicher, mon gars, et sois heureux qu'on t'offre une maison chauffée et de quoi manger à satiété. Il y a des garçons de ton âge qui travaillent dans les mines de charbon.»

C'était également vrai, Sal ne l'ignorait pas.

«Je veux ma maman, sanglota Kit.

— Moi aussi, j'aimerais avoir ma mère, mais elle est morte. Tu as encore la tienne et tu auras une demi-journée de congé tous les dimanches après-midi pour aller la voir.»

Kit redoubla de pleurs.

«Il vient de perdre son père, intervint Sal tout bas, et maintenant, il a l'impression de perdre sa mère.

— Peut-être, mais ce n'est pas le cas et il s'en rendra compte dimanche prochain quand il rentrera chez vous.

— Parce que vous comptez l'emmener aujourd'hui? s'écria Sal, bouleversée.

— Inutile d'attendre. Plus vite il commencera, plus vite il s'y habituera. Mais si vos besoins sont moins pressants que vous ne le dites…

— Très bien.

— Je vais donc l'emmener tout de suite.

— Je me sauverai! se rebiffa Kit d'une voix aiguë.

— Dans ce cas, on partira à ta recherche, fit le pasteur en haussant les épaules, on te ramènera et on te fouettera.

— Je me sauverai encore!

— Et on te ramènera de nouveau; encore qu'à mon avis, la première correction devrait suffire.

— Maintenant, Kit, cesse de pleurer, dit Sal d'une

voix ferme bien qu'elle fût elle-même au bord des larmes. Ton père n'est plus là, et te voilà obligé de devenir un homme plus tôt que prévu. Si tu es sage, on te donnera à déjeuner et à dîner et aussi de beaux vêtements.

— Le châtelain déduira de ses gages trois pence par semaine pour sa nourriture et sa boisson, annonça le pasteur, et six pence par semaine pour ses vêtements pendant les quarante premières semaines.

— Mais alors, il ne touchera que trois pence par semaine !

— Et il ne vaudra pas davantage, dans les premiers temps.

— Et l'aide aux indigents ? Je toucherai combien ?

— Rien, bien sûr, répondit le pasteur avec une feinte indignation.

— Mais comment vivrai-je ?

— Vous pourrez filer tous les jours, maintenant que vous n'avez plus à vous occuper de votre mari ni de votre fils. Vous devriez pouvoir doubler vos revenus, selon moi. Vous toucherez donc six shillings par semaine et n'aurez à faire face qu'à vos seules dépenses. »

Sal savait que pour toucher pareille somme, elle devrait filer douze heures par jour, six jours par semaine. Les mauvaises herbes envahiraient son potager, elle porterait des vêtements élimés et se nourrirait de pain et de fromage, mais elle s'en sortirait. Kit aussi.

Le pasteur se leva.

« Viens avec moi, mon gars.

— Kit, je te verrai dimanche, dit Sal, et tu me raconteras tout. Embrasse-moi, maintenant. »

Ses larmes coulaient toujours, mais il se blottit dans ses bras et elle l'embrassa, puis elle se dégagea de son étreinte en disant :

« N'oublie pas tes prières, et Jésus veillera sur toi. »

Le pasteur prit fermement la main de Kit et ils sortirent de la maison.

« Sois bien sage, n'oublie pas ! » cria encore Sal.

Puis elle s'assit et pleura.

*

Durant toute la traversée du village, le pasteur Riddick ne lâcha pas la main de Kit. Ce n'était pas une pression amicale et rassurante ; elle était bien plus solide que cela, assez vigoureuse pour empêcher Kit de s'enfuir. Mais il n'en avait pas l'intention. La mention du fouet l'effrayait suffisamment pour l'en dissuader.

Tout lui faisait peur à présent : il avait peur parce qu'il n'avait plus de père, peur parce qu'il avait quitté sa mère, peur du pasteur, de la rancune de Will et de la toute-puissance du châtelain.

Alors qu'il trottinait à côté du pasteur, pressant le pas de temps en temps pour ne pas se laisser distancer, les villageois, et surtout ses amis et leurs parents, le regardaient avec curiosité ; mais personne ne dit rien, personne n'osa interroger le pasteur.

Sa peur redoubla à l'approche du manoir. C'était le plus grand bâtiment du village, plus grand que l'église et construit de la même pierre jaune. Il connaissait bien l'extérieur, mais il le voyait à présent d'un regard nouveau. La façade était percée en son milieu d'une porte surmontée d'un porche à laquelle on accédait par quelques marches, et il dénombra onze fenêtres, deux de part et d'autre de la porte, cinq à l'étage et deux encore dans le toit. Lorsqu'ils furent plus près, il constata qu'il y avait également un sous-sol.

Il n'avait pas la moindre idée de ce qu'une demeure aussi immense pouvait abriter. Il se rappela que Margaret Pikestaff lui avait dit qu'à l'intérieur tout était en or, même les chaises, mais il la soupçonnait de confondre avec le paradis.

L'église était vaste, parce que tout le monde au village devait pouvoir y entrer pour assister à l'office, alors que le manoir n'était habité que par quatre personnes, le châtelain et ses trois fils, auxquels s'ajoutaient quelques domestiques. Que faisaient-ils de toute cette place ? La maison de Kit n'avait qu'une pièce pour trois personnes. Le manoir était mystérieux, ce qui le rendait sinistre.

Le pasteur le conduisit jusqu'au sommet des marches et lui fit franchir la grande porte en disant :

« Tu n'entreras jamais par ici si tu n'es pas avec le châtelain ou l'un de nous, ses trois fils. Il y a une porte sur l'arrière pour tous les domestiques. »

Je fais donc partie des domestiques, songea Kit. Je suis celui qui cire les chaussures. Si seulement je savais comment on cire les chaussures. Je me demande quelles sont les tâches des autres domestiques. Est-ce qu'il leur arrive de se sauver, d'être ramenés au manoir et fouettés ?

La porte d'entrée se referma derrière eux et le pasteur lâcha la main de Kit.

Ils se trouvaient dans un vestibule plus grand que l'intérieur de la maison de Kit. Les murs couverts de lambris de bois sombre étaient percés de quatre portes et une vaste cage d'escalier menait à l'étage. Une tête de cerf au-dessus de la cheminée regardait Kit d'un air menaçant, mais elle semblait incapable de bouger, et il était presque certain qu'elle n'était pas en vie. La pièce était très sombre, il y régnait une légère odeur déplaisante que Kit fut incapable d'identifier.

Une des quatre portes s'ouvrit, laissant apparaître Will Riddick. Kit essaya de se cacher derrière le pasteur, cependant Will l'aperçut et lui jeta un regard noir.

« George, ne me dis pas que c'est le petit garnement de Clitheroe !

— C'est bien lui, confirma le pasteur.

— Pourquoi diable l'amènes-tu ici ?

— Calme-toi, Will. Nous avons besoin d'un cireur.

— Pourquoi lui ?

— Parce qu'il est disponible et que sa mère a besoin d'argent.

— Je ne veux pas de ce foutu galopin dans la maison. »

La mère de Kit n'employait jamais des mots comme *foutu* ou *diable*, et elle fronçait les sourcils les rares fois où ils franchissaient les lèvres de Pa. Kit ne les avait jamais prononcés.

« Ne sois pas bête, dit George. C'est un bon petit. »

Le visage de William devint encore plus rouge.

« Je sais bien que tu penses que Clitheroe est mort par ma faute.

— Je n'ai jamais dit cela.

— Tu as amené ce garçon ici pour m'en faire éternellement reproche. »

Kit ne connaissait pas le mot *reproche*, mais devina que Will ne souhaitait pas qu'on lui rappelle ce qu'il avait fait. Or l'accident *s'était* produit à cause de Will, même un enfant pouvait le comprendre.

Si Kit avait toujours eu envie d'avoir un frère pour pouvoir jouer avec lui, il n'avait jamais imaginé que des frères puissent se disputer de la sorte.

« De toute façon, reprit George, c'est Père qui a eu l'idée d'embaucher ce garçon.

— Très bien. Je parlerai à Père. Il le renverra à sa mère.

— À ta guise. Ça m'est égal », fit le pasteur en haussant les épaules.

Will traversa le vestibule et disparut par une autre porte. Kit se demanda comment il parviendrait un jour à se repérer dans une maison aussi compliquée.

Mais il avait une préoccupation plus importante en tête.

« Est-ce qu'on va me renvoyer chez moi ? s'enquit-il avec espoir.

— Non, répondit le pasteur. Le châtelain change rarement d'avis et il ne le fera certainement pas pour éviter de heurter la sensibilité de Will. »

Le désespoir s'abattit à nouveau sur Kit.

« Il faut que tu connaisses le nom des pièces, reprit le pasteur en ouvrant une porte. Voici le salon. Regarde rapidement. »

Kit fit un pas inquiet à l'intérieur de la pièce et la parcourut des yeux. Il eut l'impression qu'elle contenait plus de meubles qu'il n'y en avait dans tout le village. Il vit des tapis, des fauteuils, une multitude de petites tables, des rideaux, des coussins, des tableaux et des bibelots. Un piano aussi, bien plus grand que le seul qu'il eût jamais vu, celui qui se trouvait chez les Pikestaff.

Il n'avait pas encore fini de tout assimiler quand le pasteur le tira en arrière et referma la porte pour le conduire à la suivante.

« Salle à manger. »

Cette pièce était plus simple : une table entourée de chaises en occupait le centre, et plusieurs buffets étaient disposés le long des murs. Ceux-ci étaient ornés de peintures d'hommes et de femmes. Kit fut intrigué par un objet en forme d'araignée suspendu au plafond, dans lequel étaient fichées des dizaines de bougies. C'était peut-être un endroit commode où ranger les bougies ; ainsi, quand la nuit tombait, il suffisait d'en prendre une et de l'allumer.

Ils traversèrent le vestibule.

« Salle de billard. »

Elle contenait une autre sorte de table, aux angles relevés et sur la surface verte de laquelle étaient posées des balles de couleur. Kit, qui n'avait encore jamais entendu le mot *billard*, se demanda avec perplexité ce qu'on pouvait bien y faire.

« Bureau », annonça George devant la quatrième porte.

C'était celle qu'avait franchie Will et le pasteur ne l'ouvrit pas. Kit entendit des éclats de voix provenant de l'intérieur.

« Ils parlent de toi », expliqua le pasteur, mais Kit ne parvint pas à distinguer ce qu'ils disaient.

Tout au fond du vestibule se trouvait une porte verte qu'il n'avait pas encore remarquée. Le pasteur le fit passer par là pour accéder à une partie de la maison où régnait une atmosphère très différente : il n'y avait pas de tableaux aux murs, les sols étaient nus et les menuiseries auraient eu grand besoin d'une couche de peinture. Ils descendirent un escalier pour rejoindre le sous-sol et se retrouvèrent dans une pièce où deux hommes et deux femmes étaient assis à une table, prenant un dîner précoce. Tous se levèrent à l'arrivée du pasteur.

« Voici notre nouveau cireur, annonça celui-ci. Kit Clitheroe. »

Ils le dévisagèrent avec intérêt. Le plus âgé des hommes vida sa bouche avant de demander :

« Le fils de l'homme qui...

— Exactement. »

Désignant celui qui venait de parler, le pasteur déclara :

« Kit, voici Platts, le majordome. Tu l'appelleras monsieur Platts et tu feras tout ce qu'il te dira. »

Platts avait un gros nez couvert de petites veinules rouges.

« À côté de lui, c'est Cecil, le valet de pied. »

Cecil était jeune et son cou était déformé par une bosse qui, comme Kit le savait, s'appelait un furoncle.

Le pasteur lui désigna ensuite une femme d'âge mûr au visage rond.

« Mme Jackson est la cuisinière et Fanny, que tu vois ici, est la bonne à tout faire. »

Fanny devait avoir douze ou treize ans, estima Kit. Maigrichonne et boutonneuse, elle avait l'air presque aussi effrayée que lui.

« Vous aurez sans doute tout à lui apprendre, Platts, reprit George. Son père était insolent et rebelle, alors si le petit fait mine de suivre le même chemin, n'hésitez pas à lui administrer une solide correction.

— Oui, monsieur, je n'y manquerai pas », acquiesça Platts.

Kit serra les dents pour ne pas pleurer, mais les larmes lui montèrent aux yeux et ruisselèrent sur ses joues.

« Il lui faudra des vêtements, intervint la cuisinière. Il a l'air d'un épouvantail.

— Il y a une malle d'habits d'enfants quelque part, dit Platts. Ils devaient être à vos frères et vous-même quand vous étiez petits. Avec votre permission, nous pourrions voir si elle contient des effets à sa taille.

— Je vous en prie, faites », répondit le pasteur.

Lorsque le pasteur fut sorti, Kit regarda les quatre domestiques, s'interrogeant sur ce qu'il devait faire ou dire. Ne trouvant rien, il resta immobile et muet.

Au bout d'un moment, Cecil prit la parole : « Ne t'inquiète pas, bonhomme, on ne frappe personne ici. Viens plutôt souper. Assieds-toi donc à côté de

Fanny et sers-toi une part de la tourte au porc de Mme Jackson.»

Kit se dirigea vers l'extrémité de la table et s'assit sur le banc, à côté de la petite bonne. Celle-ci s'empara d'une assiette, d'un couteau et d'une fourchette, et coupa une tranche de la grosse tourte qui trônait au milieu de la table.

«Merci, mademoiselle», dit Kit.

L'appréhension lui coupait l'appétit, mais comme tous le regardaient, il prit un morceau de la tranche posée dans son assiette et se força à l'avaler. C'était la première fois de sa vie qu'il mangeait de la tourte au porc et il trouva cela étonnamment délicieux.

Le repas fut à nouveau interrompu, cette fois par Roger, le plus jeune fils du châtelain.

«Il est là?» demanda-t-il en entrant.

Tous se levèrent et Kit les imita.

«Bonjour, monsieur Roger, dit Platts.

— Ah, te voilà, jeune Kit, lança Roger. Je vois qu'on t'a servi de la tourte. J'en déduis que tout ne va pas si mal.»

Ne sachant que répondre, Kit se contenta de murmurer :

«Merci, monsieur Roger.

— Maintenant, écoute-moi, Kit. Je sais que ce n'est pas drôle de partir de chez soi, mais tu dois être courageux, tu sais. Tu veux bien essayer?

— Oui, monsieur Roger.

— Ne soyez pas trop dur avec lui, Platts, poursuivit le jeune homme en se tournant vers le majordome. Vous savez ce qu'il a vécu.

— Oui, monsieur, nous le savons tous. »

Le regard de Roger se posa sur les autres.

« Je compte sur vous. Manifestez-lui un peu de compassion, surtout au début. »

Kit ne connaissait pas le mot *compassion*, mais devina qu'il devait signifier quelque chose comme pitié.

« Ne vous inquiétez pas, monsieur Roger, dit Cecil.
— Bien. Merci. »

Roger sortit et tous se rassirent.

Roger était un homme merveilleux, songea Kit.

Lorsqu'ils eurent terminé leur repas, Mme Jackson fit du thé et en tendit une tasse à Kit, avec beaucoup de lait et un morceau de sucre, ce qui était également merveilleux.

Et puis Platts se leva. « Merci, madame Jackson. »

Les trois autres lui firent écho. « Merci, madame Jackson. »

Supposant qu'il était censé les imiter, Kit remercia la cuisinière, lui aussi.

« Tu es un bon garçon, approuva Cecil. Maintenant, je vais te montrer comment on cire une paire de souliers. »

5

Amos Barrowfield travaillait dans un entrepôt glacé à l'arrière de la maison familiale, voisine de la cathédrale de Kingsbridge. L'après-midi touchait à sa fin, et il s'apprêtait à prendre la route de bonne heure le lendemain matin, préparant le chargement des petits chevaux de bât que l'on nourrissait dans l'étable adjacente.

Il se hâtait car il espérait avoir le temps de retrouver une fille.

Comme il rassemblait les sacs en ballots faciles à arrimer sur les bêtes dans l'aube hivernale, il constata qu'il n'avait pas assez de fil. C'était contrariant. Son père aurait dû en acheter à la Bourse de la laine de Kingsbridge, dans la Grand-Rue.

Dépité à l'idée de devoir différer ses projets pour la soirée, il sortit de la grange, traversa la cour, humant au passage une odeur de neige, et entra dans la maison. C'était une vieille et majestueuse demeure, en piteux état : le toit, qui avait perdu quelques tuiles, fuyait et un seau avait été disposé sur le palier de l'étage pour recueillir l'eau qui en coulait. Ce bâtiment en brique comportait une cuisine en sous-sol, deux étages principaux et un étage mansardé. La famille Barrowfield ne se composait que de trois membres, mais les activités professionnelles occupaient la quasi-totalité du rez-de-chaussée et plusieurs domestiques logeaient également sur place.

Amos traversa d'un pas vif le vestibule au sol de marbre noir et blanc et entra dans le bureau d'accueil, qui avait sa propre porte sur la rue. Une grande table disposée au centre croulait sous les rouleaux d'étoffe que vendaient les Barrowfield : flanelle moelleuse, gabardine à tissage serré, drap fin pour pardessus, cariset pour les marins. Obadiah possédait des connaissances sans égales sur tout ce qui était types de lainage et styles de tissage traditionnels, mais il refusait de se diversifier. Amos était convaincu qu'il y avait beaucoup d'argent à gagner en vendant des séries limitées d'étoffes de luxe, mélanges d'angora, de mérinos et de soie, alors que son père préférait rester en terrain familier.

Obadiah était assis devant un bureau, le nez dans un épais registre, une lampe à bougie à côté de lui. Physiquement, les deux hommes ne se ressemblaient en rien : le père était petit et chauve, alors que le fils était grand, avec une abondante chevelure ondulée. Obadiah avait le visage rond et le nez retroussé ; Amos avait le visage allongé, et le menton fort. Ils étaient tous deux vêtus d'étoffes coûteuses, pour mettre en valeur les articles qu'ils vendaient, mais si Amos était soigné et guindé, la cravate de son père était dénouée, son gilet déboutonné, ses bas plissés.

« Il n'y a pas de fil, lui reprocha Amos sans préambule. Comme vous le savez sans doute. »

Obadiah leva les yeux, visiblement agacé d'être dérangé. Amos se prépara à une dispute : son père était devenu irascible depuis près d'une année.

« Je n'y peux rien, répliqua Obadiah. Je n'en ai pas trouvé à un coût raisonnable. Aux dernières enchères, un drapier du Yorkshire a tout raflé à un prix ridiculement élevé.

— Et que voulez-vous que je dise à nos tisserands ? »

Obadiah soupira comme un homme importuné, et répondit :

« Dis-leur de prendre une semaine de repos.

— Et de condamner leurs enfants à rester le ventre creux ?

— Je ne travaille pas pour nourrir les enfants des autres. »

C'était la différence majeure entre le père et le fils. Contrairement à Obadiah, Amos se jugeait responsable de ceux dont le gagne-pain dépendait de lui. Mais n'ayant aucune envie de reprendre cette discussion, il préféra changer d'angle d'attaque.

« Si quelqu'un d'autre leur propose du travail, ils l'accepteront.

— Qu'il en soit ainsi. »

C'était plus que de l'irascibilité, songea Amos. On aurait presque dit que son père se désintéressait de ses affaires. Que lui arrivait-il ?

« Nous risquons de perdre définitivement nos artisans, reprit Amos. Et alors, nous manquerons de tissu à vendre. »

Obadiah haussa la voix.

« Que veux-tu que j'y fasse ? demanda-t-il d'un ton exaspéré et furieux.

— Je ne sais pas. C'est vous le patron, comme vous ne cessez de me le répéter.

— Règle ce problème, veux-tu ?

— Je ne suis pas payé pour diriger l'entreprise. À dire vrai, je ne suis pas payé du tout.

— Tu n'es qu'un apprenti ! Et tu le seras jusqu'à tes vingt et un ans. C'est la coutume.

— Non, répliqua Amos qui commençait à s'échauffer. La plupart des apprentis touchent un salaire, même modeste. Moi, je ne reçois rien. »

Le seul effort de la dispute avait suffi à mettre Obadiah hors d'haleine.

« Tu ne payes ni tes repas, ni tes vêtements, ni ton logement – pourquoi aurais-tu besoin d'argent ? » haleta-t-il.

Amos en avait besoin pour pouvoir inviter une fille à sortir avec lui, mais il n'en dit rien à son père.

« Pour ne pas me sentir traité comme un enfant.

— Est-ce la seule raison que tu puisses avancer ?

— J'ai dix-neuf ans, et c'est moi qui abats le plus gros du travail. J'ai droit à un salaire.

— Tu n'es pas encore un homme, c'est donc moi qui décide.

— Oui, oui, c'est vous qui décidez. Voilà pourquoi nous manquons de fil. »

Amos sortit en tapant du pied.

Il était aussi perplexe qu'exaspéré. Son père était incapable d'entendre raison. Était-ce l'âge qui le rendait aussi acariâtre et avaricieux ? Il n'avait pourtant que cinquante ans. Où fallait-il chercher ailleurs la raison de ce comportement ?

Sans argent, Amos se sentait effectivement traité en enfant. Une fille pouvait avoir soif et lui demander de lui payer une chope de bière dans une taverne. Il voulait avoir de quoi lui acheter une orange à un étal du marché. Sortir avec elle était la première étape quand on voulait fréquenter une jeune fille respectable de Kingsbridge. Les autres n'intéressaient guère Amos. Il connaissait l'existence de Bella Lovegood, de son vrai nom Betty Larchwood, qui n'était pas une jeune fille respectable. Plusieurs garçons de son âge se vantaient d'avoir couché avec elle, et un ou deux disaient peut-être vrai. Amos n'aurait pas été tenté, même s'il avait eu l'argent nécessaire. Bella lui inspirait de la pitié, pas du désir.

Et s'il éprouvait des sentiments sincères pour une fille et souhaitait l'inviter à aller voir une pièce au théâtre de Kingsbridge, ou à assister à un bal dans la salle des fêtes ? Avec quoi payerait-il les billets ?

Il regagna l'entrepôt et se hâta de finir d'empaqueter son matériel. L'insouciance qui avait conduit son père à manquer de fil le tracassait. Le vieux perdait-il la tête ?

Il avait faim, mais n'avait pas le temps de dîner avec ses parents. Il se rendit donc à la cuisine, où il vit sa mère, assise près du feu et vêtue d'une robe bleue confectionnée dans une douce étoffe de laine d'agneau tissée par un des artisans de Badford. Elle bavardait avec la cuisinière, Ellen, qui s'appuyait contre la table. Sa mère lui tapota affectueusement l'épaule et Ellen lui sourit tendrement : les deux femmes l'avaient gâté pendant la plus grande partie de sa vie.

Il se coupa quelques tranches de jambon qu'il mangea debout, avec un morceau de pain et une tasse de bière légère tirée du fût. Tout en mangeant, il demanda à sa mère :

« Est-ce que vous êtes sortie avec Père avant votre mariage ? »

Elle sourit avec la pudeur d'une adolescente, et l'espace d'un instant, il eut l'impression que ses cheveux gris redevenaient bruns et lustrés, que ses rides disparaissaient et qu'une belle jeune femme se tenait devant lui.

« Bien sûr, répondit-elle.

— Où alliez-vous ? Que faisiez-vous ?

— Pas grand-chose. Nous mettions nos habits du dimanche et nous flânions en ville, c'est tout, nous regardions les boutiques, nous causions avec des amis de notre âge. Cela doit te paraître bien ennuyeux, j'imagine. Mais j'étais aux anges, parce que j'aimais vraiment beaucoup ton père.

— Vous faisait-il des cadeaux ?

— Pas souvent. Un jour, au marché de Kingsbridge, il m'a acheté un ruban bleu pour mes cheveux. Je l'ai toujours, dans mon coffre à bijoux.

— Il avait donc de l'argent.

— Évidemment. Il avait vingt-huit ans et ses affaires étaient prospères.

— Étiez-vous la première fille avec qui il sortait ?

— Amos ! intervint Ellen. Est-ce une question à poser à ta mère !

— Pardon. Ça m'a échappé. Excusez-moi, Mère.

— Cela n'a pas d'importance.

— Il faut que j'y aille.

— Tu vas à la réunion méthodiste ?

— Oui. »

Elle lui donna un penny qu'elle sortit de sa bourse. Les méthodistes vous laissaient assister aux réunions sans verser d'obole si vous expliquiez que vous n'aviez pas les moyens ; Amos l'avait fait pendant un temps, mais quand sa mère l'avait appris, elle avait insisté pour lui donner quelques pièces. Son père s'y était opposé : pour lui, les méthodistes étaient des fauteurs de troubles. Or, pour une fois, sa mère lui avait tenu tête.

« Mon fils ne demandera jamais la charité, avait-elle protesté, indignée. Quelle honte ! »

Et Obadiah avait cédé.

Amos la remercia pour le penny et sortit à la lueur des réverbères. Kingsbridge avait équipé la rue principale et la Grand-Rue de réverbères à huile financés par le conseil municipal, convaincu que l'obscurité favorisait la criminalité.

D'un bon pas, il gagna la Salle méthodiste, située dans la Grand-Rue. C'était un bâtiment en brique ordinaire, peint en blanc, avec de grandes fenêtres symbolisant la lumière de l'Esprit. Certains l'appelaient parfois la chapelle, mais ce n'était pas une église consacrée, comme l'avaient souligné les méthodistes quand ils avaient levé des fonds pour sa construction auprès des petits drapiers et des artisans prospères qui composaient la majorité de leurs membres. De nombreux méthodistes auraient été heureux de rompre avec l'Église anglicane, alors que d'autres préféraient rester en son sein pour la réformer de l'intérieur.

Tout cela n'intéressait pas beaucoup Amos. Pour lui, la religion se définissait par la manière dont on vivait. C'est pourquoi il avait été irrité d'entendre son père dire : « Je ne travaille pas pour nourrir les enfants des autres. » Obadiah le traitait de jeune idéaliste sans cervelle. Il a peut-être raison, pensa-t-il. Et peut-être Jésus était-il comme lui.

Il appréciait les discussions animées du groupe d'études bibliques de la Salle méthodiste parce qu'il pouvait donner son avis et être écouté avec courtoisie et respect, au lieu qu'on lui ordonne de se taire et d'ajouter foi à tout ce que disaient le clergé, les vieux ou son père. Ces réunions présentaient en outre un avantage supplémentaire. Beaucoup de jeunes de son âge y assistaient, transformant ainsi involontairement ce local en foyer de la jeunesse comme il faut. Les jolies filles ne manquaient pas.

Ce soir-là, il espérait en voir une en particulier. Elle s'appelait Jane Midwinter et était à ses yeux la plus jolie de toutes. Il pensait souvent à elle quand il parcourait la campagne à cheval au milieu de champs à perte de vue. Il ne pouvait pas en être certain, mais il avait l'impression qu'elle l'aimait bien.

Il entra dans la salle. On n'aurait pu imaginer plus grande différence avec la cathédrale – ce qui était probablement délibéré. Il n'y avait ni statues, ni tableaux, ni vitraux, ni argenterie liturgique incrustée de pierres précieuses. Le mobilier se limitait à des chaises et des bancs. La clarté de la lumière divine entrait à flots par les fenêtres et se reflétait sur les murs peints dans une teinte pastel. Dans la cathédrale, le silence sacré n'était rompu que par les voix éthérées du chœur ou par les psalmodies d'un membre du clergé, alors qu'ici, tout le monde pouvait prendre la parole, prier ou proposer un cantique. Ils chantaient à pleine voix, sans accompagnement, selon la tradition méthodiste. Leur culte était marqué par une exubérance absente des offices anglicans.

Il parcourut la pièce du regard et se réjouit de constater que Jane était déjà là. Son cœur battit plus vite à la vue de son teint pâle et de ses sourcils noirs. Elle portait une robe de cachemire de la même nuance délicate de gris que ses yeux. Malheureusement, ses amies occupaient déjà les places autour d'elle.

Amos fut accueilli par le père de Jane, le chef des méthodistes de Kingsbridge, le chanoine Charles Midwinter, un homme séduisant et charismatique, à la longue et épaisse chevelure argentée. Un chanoine était un ecclésiastique membre du chapitre, le conseil de direction de la cathédrale. L'évêque de Kingsbridge tolérait le méthodisme du chanoine Midwinter, à contrecœur toutefois. Cette réticence était compréhensible, selon Amos : comment un évêque aurait-il pu apprécier un mouvement qui réclamait la réforme de l'Église ?

Le chanoine Midwinter serra la main d'Amos et lui demanda :

«Comment va ton père?
— Ni mieux ni plus mal. Il est très essoufflé et doit absolument éviter de soulever des balles de tissu.
— Il serait sans doute préférable qu'il se retire et te confie son entreprise.
— Si seulement…
— Il est vrai qu'un homme qui a été aussi longtemps le patron a toujours du mal à céder sa place.»

Concentré sur ses propres griefs, Amos n'avait pas songé que la situation pouvait également être douloureuse pour son père. Il en eut un peu honte. Le chanoine Midwinter avait l'art de vous tendre un miroir. C'était plus éloquent qu'un sermon sur le péché.

Il se rapprocha de Jane et prit place sur un banc à côté de Rupe Underwood, son aîné du haut de ses vingt-cinq ans. Rupe était un fabricant de rubans, une entreprise lucrative quand les gens avaient de l'argent à dépenser, mais nettement moins quand ils n'en avaient pas.

«Il va neiger, fit remarquer Rupe.
— Pourvu que tu te trompes! Je dois aller à Lordsborough demain.
— Tu auras intérêt à enfiler deux paires de bas.»

Amos ne pouvait pas se permettre de prendre un jour de congé, quel que fût le temps. Tout le fonctionnement de leur entreprise dépendait de la circulation des matériaux qu'il assurait. Il faudrait qu'il y aille, quitte à geler.

Avant qu'Amos ait pu s'approcher encore un peu de Jane, le chanoine Midwinter engagea le débat par la lecture d'un passage des Béatitudes de l'Évangile selon Matthieu. « Heureux les pauvres en esprit, car le royaume des cieux est à eux. » Cette déclaration de Jésus semblait bien ésotérique aux oreilles d'Amos, et il ne l'avait jamais vraiment comprise. Il écouta avec attention et plaisir les échanges d'arguments, mais était trop décontenancé pour y apporter une contribution personnelle. *Voilà qui me donnera matière à réflexion sur la route demain*, songea-t-il ; *cela m'évitera au moins de ne penser qu'à Jane*.

Puis on servit le thé avec du lait et du sucre, dans des tasses posées sur des soucoupes en faïence ordinaire. Les méthodistes adoraient le thé, une boisson qui ne rendait jamais violent, stupide ni lascif, quel que fût le nombre de tasses qu'on en buvait.

Cherchant Jane du regard, Amos constata que Rupe l'avait devancé. Le rubanier avait une longue mèche blonde qui lui retombait sur le front et de temps en temps, il rejetait la tête en arrière pour dégager ses yeux, un geste qui agaçait singulièrement Amos.

Il remarqua les chaussures de Jane, dont le sobre cuir noir était agrémenté d'un ruban formant un gros nœud en guise de lacets, et dont les talons hauts la grandissaient de deux ou trois centimètres. Il la vit rire aux propos de son interlocuteur et lui tapoter le buste dans un geste de feinte réprimande. Lui préférait-elle Rupe ? Il espérait que non.

En attendant que Jane soit libre, il bavarda avec David Shoveller, que tous appelaient Spade. C'était un tisserand hautement qualifié de trente ans, spécialisé dans les étoffes de luxe qu'il vendait à des prix élevés. Il avait plusieurs employés, dont d'autres tisserands. Comme Amos, il portait des vêtements confectionnés dans les produits qu'il fabriquait et arborait ce jour-là un manteau de tweed dans un tissage bleu et blanc moucheté de rouge et de jaune.

Amos appréciait toujours les conseils de Spade : il était intelligent sans être jamais condescendant. Il lui parla alors de son problème de fil.

« Il y a effectivement une pénurie, lui confirma Spade. Pas seulement à Kingsbridge, mais partout. »

Spade lisait des journaux et des revues, ce qui lui permettait d'être toujours bien informé.

« Comment est-ce possible ? demanda Amos, perplexe.

— Je vais te le dire, répondit Spade qui avala une gorgée de thé chaud tout en rassemblant ses pensées. Quelqu'un a inventé un dispositif qu'on appelle la navette volante. Tu actionnes une poignée et la navette glisse d'un côté du métier à l'autre. Cela permet au tisserand de travailler à peu près deux fois plus vite. »

Amos en avait entendu parler.

« J'avais cru comprendre que ce système n'avait pas encore été adopté.

— Pas ici, en effet. Personnellement, je l'utilise, mais la plupart des tisserands de l'ouest de l'Angleterre le refusent. Ils sont convaincus que c'est le diable qui fait bouger la navette. En revanche, elle est déjà très répandue dans le Yorkshire.

— Mon père dit que c'est un drapier du Yorkshire qui a raflé tout le fil à la dernière vente aux enchères.

— Maintenant tu sais pourquoi. Pour fabriquer

deux fois plus de tissu, il faut deux fois plus de fil. Or nous fabriquons le fil au rouet, comme cela se fait depuis la nuit des temps sans doute.

— Il nous faut donc plus de fileuses. Tu manques de fil, toi aussi ?

— J'ai senti le vent tourner et j'ai constitué des réserves. Je m'étonne que ton père n'ait pas agi comme moi. Obadiah a toujours été prévoyant.

— Il ne l'est plus », répliqua Amos avant de se retourner. Il avait constaté que Jane ne bavardait plus avec Rupe et ne voulait pas laisser à un autre le temps de l'accaparer.

Il traversa la salle en quelques pas, tenant sa tasse et sa soucoupe.

« Bonsoir, Jane, dit-il.

— Bonsoir, Amos. Quelle discussion passionnante, n'est-ce-pas ? »

Il n'avait aucune envie de parler des Béatitudes.

« J'adore votre robe.

— Merci.

— Elle est de la même couleur que vos yeux. »

Elle inclina la tête sur le côté et sourit, une pose dont elle était coutumière et qui lui asséna la bouche de désir.

« Alors comme ça, vous avez remarqué mes yeux ?

— Est-ce inhabituel ?

— Bien des hommes ne savent même pas de quelle couleur sont les yeux de leur femme. »

Amos éclata de rire.

« J'ai peine à l'imaginer. Puis-je vous poser une question ?

— Oui, mais je ne vous promets pas de vous répondre.

— Accepteriez-vous de sortir avec moi?»

Elle sourit encore, mais secoua la tête et il comprit sur-le-champ que ses rêves étaient condamnés.

«Je vous aime bien, dit-elle. Vous êtes très gentil.»

Il ne voulait pas être gentil. Il avait dans l'idée que les filles ne tombaient pas amoureuses des garçons qu'elles trouvaient gentils.

«Mais, poursuivit-elle, je ne veux pas m'attacher à un garçon qui n'a que des espérances à offrir.»

Il en resta muet. Il n'estimait pas n'avoir que des espérances à offrir, et fut bouleversé qu'elle se fasse cette image de lui.

Ils demeurèrent encore un moment les yeux dans les yeux, puis elle posa doucement la main sur son bras d'un air navré et s'éloigna.

Amos rentra chez lui.

6

Kit fut réveillé à cinq heures par Fanny, la petite bonne de treize ans. Son visage maigre et boutonneux était surmonté de fins cheveux châtain clair glissés sous un bonnet blanc crasseux, mais comme elle était gentille avec Kit et l'aidait à faire son travail, il l'adorait. Il l'appelait Fan.

Ce matin-là, elle était porteuse de mauvaises nouvelles :

« M. Will est rentré.

— Oh, non !

— Il est arrivé hier soir. »

Kit fut consterné. Will Riddick le détestait et s'en prenait à lui à la moindre occasion. Le jour où le service de la milice l'avait appelé à Kingsbridge, Kit en avait rendu grâce à Dieu. Son absence avait duré six semaines bénies, mais à présent, c'était la fin du répit.

Will n'étant pas un lève-tôt, Kit pouvait encore compter sur quelques heures de tranquillité.

Kit et Fan s'habillèrent rapidement et se déplacèrent en silence à travers la maison froide et obscure, s'éclairant avec une chandelle à mèche de jonc que portait Fan. Seul, Kit aurait eu peur des ombres que la flamme projetait dans les hautes pièces ; avec elle, il se sentait en sécurité.

La première tâche de Fan consistait à nettoyer l'âtre de toutes les cheminées du rez-de-chaussée et celle de Kit à nettoyer les chaussures ; cependant, comme ils aimaient travailler ensemble, ils partageaient ces deux corvées. Ils retirèrent les cendres froides, passèrent des chiffons enduits de mine de plomb sur les ferronneries avant de les fourbir, puis préparèrent les feux avec du petit bois et des bûches pour pouvoir les allumer dès que la famille se lèverait.

Ils bavardaient tout bas en travaillant. La famille de Fan avait contracté une mauvaise fièvre six hivers plus tôt, et elle était la seule rescapée. Elle confia à Kit qu'elle avait de la chance d'avoir été embauchée au manoir. Au moins, ils étaient nourris et habillés, et avaient un toit au-dessus de leur tête. Elle ne savait pas ce qu'elle serait devenue autrement.

Après avoir entendu son histoire, Kit fut moins enclin à s'apitoyer sur lui-même. Après tout, il avait encore sa mère.

Une fois les cheminées en ordre, ils longèrent le couloir desservant les chambres à coucher en ramassant les chaussures qu'ils descendirent par l'escalier de service jusqu'à la salle des bottes. Ils devaient nettoyer les souliers de toute trace de boue, y appliquer de la graisse à chaussures mélangée à du noir de fumée et faire briller le cuir jusqu'à ce qu'on puisse se voir dedans. Kit avait vite mal aux bras à force de frotter, mais Fan lui avait montré comment faire reluire les chaussures sans se fatiguer, en crachant dessus. Ses bras n'en étaient pas moins beaucoup plus faibles que ceux de Fan, qui finissait habituellement le travail à sa place.

Quand la famille venait prendre le petit déjeuner, ils pouvaient s'occuper des chambres. Chacune était équipée d'une cheminée et d'un vase de nuit à couvercle. Ils commençaient par nettoyer le foyer et par préparer le feu, comme ils l'avaient fait dans les pièces du rez-de-chaussée, puis Kit descendait le pot de chambre, le vidait et le lavait dans l'arrière-cuisine avant de le remonter dans la chambre pendant que Fan faisait le lit et rangeait. Puis ils passaient à la chambre suivante.

Ce jour-là, ils ne parvinrent pas au bout de leur tâche.

Les problèmes surgirent dans la chambre de Will. Comme il était le dernier à se lever, ils nettoyaient sa chambre après les autres. La besogne allait vite maintenant que Kit y était habitué, et ils avaient généralement fini bien avant que Will remonte.

Pas ce jour-là.

Fan astiquait encore les ferronneries et Kit venait de ramasser le pot de chambre quand Will entra, en tenue d'équitation, cravache à la main. Il avait manifestement oublié son chapeau, car il le prit sur la commode.

Remarquant soudain leur présence, il sursauta en poussant un cri d'effroi. Il ne lui fallut cependant qu'un moment pour reprendre ses esprits.

« Qu'est-ce que vous fichez ici, tous les deux ? » hurla-t-il.

Il savait parfaitement ce qu'ils faisaient, mais était furieux de s'être laissé surprendre.

Ils eurent si peur que Fan renversa la bouteille de mine de plomb, tachant le tapis, tandis que Kit lâchait le pot de chambre, dont le contenu se répandit au sol. Il contempla, horrifié, la flaque d'urine s'élargir par terre autour de trois étrons marron.

« Espèces d'idiots ! » rugit Will.

Quand il se mettait en colère, ses yeux paraissaient sur le point de jaillir de leurs orbites. Attrapant Kit par le bras, il lui assena un grand coup de cravache sur le derrière. Kit hurla de douleur et chercha à se dégager, mais Will était bien trop fort.

Will le frappa encore et Kit sanglota de désespoir.

« Lâchez-le ! » hurla Fan d'une voix stridente tout en se jetant sur Will.

Celui-ci envoya brutalement Kit à terre et empoigna Fan.

« Ah, tu en veux aussi, toi ! »

Kit entendit le sifflement du fouet suivi d'un claquement lorsque les lanières s'abattirent sur elle. Se relevant, il vit Will retrousser la jupe de Fan pour fouetter ses petites fesses maigrelettes.

Kit aurait voulu défendre Fan aussi courageusement qu'elle l'avait défendu, mais il avait trop peur et ne savait que pleurer.

Une autre voix s'éleva alors.

« Bon sang, mais que se passe-t-il ici ? Will, tu as perdu la tête ? »

C'était Roger, le frère de Will. Celui-ci cessa de frapper Fan et se tourna vers lui.

«Ne te mêle pas de ça.

— Laisse ces enfants tranquilles, espèce de brute, reprit Roger.

— Je te conseille de faire attention si tu ne veux pas y goûter à ton tour.»

Il en fallait davantage pour effrayer Roger, pourtant petit et menu alors que Will était grand et robuste.

«Essaye si tu veux, dit-il en souriant. Au moins, le combat sera plus équitable. Prendrais-tu donc plaisir à fouetter le derrière des petites filles?

— Ne sois pas idiot.»

Ils avaient beau se quereller, Kit constata que Will commençait à se calmer. Il était éperdument reconnaissant à Roger de les avoir tirés d'affaire, Fan et lui. Will aurait pu les tuer.

«Je ne comprends décidément pas pourquoi tu rosses ces deux pauvres gamins avec autant de hargne, lança Roger à Will.

— Les enfants doivent être corrigés, tout le monde le sait. Ça leur apprend à obéir. Les filles surtout, si on veut qu'elles deviennent des épouses honnêtes qui respectent leur mari.

— Parce que tu t'y connais en épouses, triple buse? Viens donc prendre ton petit déjeuner, ça t'adoucira peut-être le caractère.»

Will posa les yeux sur Kit et Fan, et Kit frissonna d'effroi. Mais Will se contenta de dire:

«Nettoyez cette porcherie si vous ne voulez pas recevoir une nouvelle rossée.»

D'une voix terrifiée, ils répondirent en chœur:

«Tout de suite, monsieur Riddick.»

Will sortit, suivi par Roger.

Kit se précipita vers Fan et enfouit son visage dans sa robe, tremblant de tous ses membres. Elle le prit dans ses bras et le serra contre elle.

« Ce n'est rien, ce n'est rien, lui dit-elle. Ça ne te fera plus mal dans une minute. »

Il serra les dents. « Je crois que ça va déjà mieux.

— Alors, viens, dit-elle en relâchant son étreinte. Nettoyons tout ça. »

*

Le dimanche après-midi, il vit sa mère.

Une fois la table débarrassée après le déjeuner de la famille Riddick, les domestiques étaient libres jusqu'au coucher. Ma l'attendait comme d'habitude à la porte arrière du manoir. Il se jeta dans ses bras et la serra de toutes ses forces, enfonçant la tête dans son sein moelleux. Puis il lui prit la main pour traverser le village.

Quand ils arrivèrent chez eux, ils s'assirent au rouet, comme au bon vieux temps, juste eux deux. Il lui passait les mèches de laine cardée et elle les glissait dans l'orifice du mécanisme tout en tournant la roue. Des fuseaux de fil terminé étaient posés par terre et Kit remarqua :

« Tu en as fait beaucoup. Amos sera content.

— Raconte-moi à quoi tu t'es occupé », dit-elle.

Tout en travaillant, il lui confia ce qu'il s'était passé durant la semaine : les tâches dont il s'était chargé, ce qu'il avait mangé, les moments où il avait été heureux et ceux où il avait eu peur. Elle se fâcha si fort contre Will Riddick qu'il se hâta de changer de sujet pour parler de Fan et de sa gentillesse. Il l'aimait tant, ajouta-t-il, que quand ils seraient grands, il se marierait avec elle.

« Nous verrons, dit Ma en souriant. Mais je croyais que c'était avec moi que tu voulais te marier. C'est ce que tu affirmais quand tu étais petit.

— C'est bête. On ne peut pas se marier avec sa mère, tout le monde sait ça.

— Tu ne le savais pas quand tu avais trois ans. »

Bavarder avec sa mère le dimanche aidait Kit à mieux supporter le reste de la semaine. Il détestait Will, mais la plupart des habitants du manoir n'étaient ni bons ni cruels, et Roger et Fan étaient de son côté. Il idolâtrait Roger.

Il se sentait déjà adulte en racontant à Ma comment il faisait le ménage et lustrait les souliers, et se rengorgea quand elle lança :

« Mais dis-moi, tu es un vrai petit travailleur ! »

L'après-midi s'écoula trop vite. Ma avait généralement une gâterie pour lui : une tranche de jambon, un bol de lait frais, une orange. Ce jour-là, elle lui donna une rôtie avec du miel.

Le goût persistait encore dans sa bouche le soir, sur le chemin de retour jusqu'au manoir. Quand ils s'en approchèrent et qu'il se rappela qu'il ne reverrait pas sa mère durant toute une semaine, il se mit à pleurer.

« Voyons, le gronda-t-elle. Tu auras bientôt sept ans. Tu es grand maintenant. Tu dois te comporter en petit homme. »

Il fit de son mieux, mais ses larmes continuaient à couler.

À la porte de derrière, il se cramponna à elle. Elle le serra contre elle un long moment, puis dénoua ses bras et le poussa de l'autre côté du battant qu'elle referma sur lui.

*

Le lundi, Kit était chargé de nettoyer et de fourbir les selles et tous les harnachements. Certains étaient salis par l'usage, et tous devaient être frottés à la graisse à chaussures pour conserver au cuir sa souplesse et son imperméabilité. Kit travaillait dans l'arrière-cuisine pendant que Fan balayait les tapis de l'étage. Les selles étaient lourdes et Kit devait les porter une par une pour traverser la cour depuis l'écurie.

Il n'aimait pas les chevaux. Ils lui faisaient peur. Il n'avait jamais vu aucun de ses parents à cheval.

Le châtelain et ses fils avaient dix bêtes à l'écurie. Le vieux Riddick se déplaçait en cabriolet, une voiture à deux roues et à capote, tirée par un robuste poney. Le pasteur George et M. Roger avaient leurs propres chevaux, une grande jument pour le pasteur et un hongre agile pour Roger. Will préférait les hunters robustes et rapides et il en possédait deux, dont l'un, un étalon bai foncé appelé Steel, était une acquisition récente. S'y ajoutaient quatre chevaux d'attelage.

Lorsqu'il entra dans la cour chargé d'un faisceau de courroies, Kit aperçut Steel à côté du montoir. Un vieux palefrenier, Nobby, cherchait à l'immobiliser en le tenant par le bridon. Ce n'était pas une mince affaire : le cheval était rétif et encensait comme s'il voulait se débarrasser de sa bride. Il avait les yeux écarquillés, les dents dénudées et les oreilles couchées en arrière. Sa queue battait l'air rapidement et ses antérieurs étaient écartés comme s'il s'apprêtait à se précipiter de l'avant.

Kit commença à traverser la cour, en se tenant à bonne distance du cheval.

Will était déjà sur le montoir, un pied dans un étrier et les rênes en main. Il s'apprêtait à enfourcher Steel sous le regard attentif de Roger.

« Si j'étais toi, je lui ferais faire lentement un tour du pré au pas pendant quelques minutes pour le calmer, observa Roger. Il est de mauvaise humeur.

— Foutaise, rétorqua Will. Il est fougueux, voilà tout. Ce qu'il lui faut, c'est une demi-heure à plein galop. Il sera plus tranquille après. »

Il balança sa jambe gauche par-dessus le dos du cheval.

« Ouvre la barrière, Nobby. »

Dès que le palefrenier lâcha la bride, Steel se mit à piaffer nerveusement sur le côté. Will tira les rênes en criant :

« Tiens-toi tranquille, démon ! »

Le cheval l'ignora et recula.

Soudain, il fut juste à côté de Kit.

« Attention, Kit ! » cria Roger.

Kit se figea de terreur.

Sciant du bridon, Will jeta un coup d'œil par-dessus son épaule et hurla :

« Dégage, petit imbécile ! »

Kit se retourna, fit deux pas en avant et glissa dans un tas de crottin. Il lâcha les courroies et tomba. Il vit Roger se précipiter vers lui, mais les postérieurs de Steel s'approchaient dangereusement. Will poussait des hurlements incohérents et maniait la cravache, tandis que Nobby cherchait à attraper la bride, mais le cheval reculait toujours.

Alors que Steel était presque sur lui, Kit se releva à quatre pattes. C'est alors qu'il vit le sabot de l'étalon se dresser. Le fer à cheval le frappa à la tête.

Il éprouva une douleur atroce, puis il perdit connaissance.

*

Lorsqu'il reprit conscience, il souffrait d'un terrible mal de tête. De sa courte vie, il n'avait jamais eu aussi mal. Au même moment, il entendit une voix d'homme dire :

« Il a de la chance de s'en être tiré vivant. »

Comme il se mettait à gémir de douleur, la voix reprit :

« Il revient à lui. »

Ouvrant les yeux, Kit reconnut Alec Pollock, le chirurgien, dans son habit élimé.

« J'ai mal à la tête, sanglota Kit.

— Assieds-toi et bois ça, lui dit Alec. C'est du cordial de Godfrey. Il contient du laudanum qui apaisera la douleur. »

Un autre homme s'approcha du lit, et Kit reconnut

les cheveux blonds et le teint rose de Roger, qui glissa un bras sous ses aisselles et le souleva avec douceur en position assise. Le mouvement aggrava son mal de tête.

Alec approcha une tasse de la bouche de Kit en disant :

« Fais attention, n'en renverse pas – le laudanum coûte cher. »

Kit but. Il ne savait pas ce qu'était le laudanum, mais la boisson ressemblait à du lait chaud. Peut-être Alec avait-il mis quelque chose dedans, comme du sucre dans le thé.

« Allonge-toi maintenant, et reste aussi tranquille que tu peux. »

Kit obéit. Il avait encore mal à la tête, mais était plus calme et cessa de pleurer.

« Tu sais ce qu'il t'est arrivé ? lui demanda Alec.

— J'ai laissé tomber toutes les courroies ! Je ne l'ai pas fait exprès. Je regrette.

— Et ensuite ?

— Je crois que Steel m'a donné un coup de sabot.

— Tu t'en souviens, c'est bien. Comment va ta tête à présent ? »

Kit constata avec étonnement que la douleur avait reflué.

« Un peu mieux.

— C'est grâce à la potion que je t'ai donnée.

— Est-ce que je vais avoir des ennuis parce que j'ai lâché les courroies ?

— Non, Kit, le rassura Roger. Tu n'auras pas d'ennuis. Tu n'y es pour rien.

— Ah, tant mieux ! »

— Maintenant, écoute-moi, reprit Alec. Je vais t'expliquer quelque chose.

— Oui, monsieur.

— L'os de ta tête s'appelle le crâne. Je pense que le coup de sabot de Steel y a créé une petite fissure. Elle guérira toute seule si tu restes vraiment immobile pendant les six semaines à venir. »

Six semaines! C'était si long que Kit imaginait mal pouvoir demeurer allongé pendant tout ce temps.

« Fanny t'apportera à manger, et quand tu auras besoin de te soulager, elle te donnera un récipient spécial dont tu pourras te servir sans avoir à te lever. »

Kit regarda autour de lui pour la première fois. Il n'était pas dans la triste chambre mansardée où il partageait habituellement un lit avec Platts et Cecil : les draps y étaient gris et les murs peints en vert. Cette chambre-ci avait un papier peint à motif fleuri et les draps étaient blancs.

« Où suis-je? demanda-t-il.

— Dans la chambre d'amis, répondit Roger.

— Au manoir?

— Oui.

— Pourquoi est-ce que je suis ici?

— Parce que tu as été blessé. Tu y resteras jusqu'à ce que tu sois rétabli. »

Kit fut gêné à l'idée d'être traité comme un invité. Il se demanda ce qu'en pensait le châtelain.

« Mais je dois nettoyer les souliers, dit-il avec inquiétude.

— Fanny s'en chargera, le tranquillisa Roger en riant.

— Fan ne peut pas, elle a déjà beaucoup trop de travail.

— Ne t'en fais pas, Kit. Nous trouverons une solution et Fanny s'en sortira très bien.»

Comme Roger semblait s'amuser des angoisses de Kit, celui-ci n'en parla plus. Une autre pensée lui traversa cependant l'esprit :

«Est-ce que je peux aller voir ma mère?

— N'y compte pas, répondit Alec. Pas de mouvement inutile, je te l'ai dit.

— Mais ta mère viendra te rendre visite, intervint Roger. J'y veillerai.

— Oh, oui, je vous en prie. J'ai tellement envie de la voir! S'il vous plaît.»

7

Amos rêvait qu'il avait une longue conversation intime avec Jane Midwinter. Leurs têtes étaient délicieusement proches, ils parlaient tout bas et le sujet de leur entretien était éminemment personnel. Une sensation de chaleur et de bonheur l'envahissait. Mais Rupe Underwood surgissait soudain derrière lui, cherchant à attirer son attention. Refusant d'interrompre ce délicieux tête-à-tête avec Jane, Amos commença par ignorer Rupe, jusqu'au moment où celui-ci le secoua par l'épaule. Il comprit alors qu'il rêvait, mais aurait tant voulu que ce songe se poursuive qu'il fit comme si de rien n'était. Le stratagème fut inefficace et il abandonna son rêve avec toute la tristesse d'un ange déchu tombant sur terre.

« Amos, réveille-toi. »

C'était la voix de sa mère. Il faisait encore nuit. Il n'était pourtant pas dans ses habitudes de le réveiller le matin : il se levait toujours largement à temps pour vaquer à ses occupations et quittait généralement la maison alors qu'elle était encore au lit. De plus, se rappela-t-il, c'était dimanche.

Il ouvrit les yeux et s'assit. Elle se tenait près du lit, une bougie à la main, tout habillée.

« Quelle heure est-il ? » demanda-t-il.

Elle fondit en larmes.

« Amos, mon fils chéri. Ton père est mort. »

Sa première réaction fut l'incrédulité.

« Mais il allait parfaitement bien hier soir au dîner !
— Je sais. »

Elle s'essuya le nez avec sa manche, ce qu'elle n'aurait jamais fait en temps ordinaire et ce geste acheva de le convaincre.

« Que s'est-il passé ?
— Je me suis réveillée, je ne sais pas pourquoi. Il a dû faire un bruit... ou j'ai senti que quelque chose n'allait pas. Je lui ai parlé mais il n'a pas répondu. J'ai allumé la bougie de ma table de chevet pour le regarder. Il était allongé sur le dos, les yeux ouverts, le regard fixe. Il ne respirait plus. »

Se réveiller à côté d'un cadavre devait être une affreuse expérience, songea Amos.

« Pauvre Maman. »

Il lui prit la main.

Elle tenait à tout lui raconter.

« Je suis allée réveiller Ellen et nous avons lavé son corps. »

Elles avaient dû être très silencieuses, pensa Amos ; il est vrai qu'il avait le sommeil lourd.

« Nous l'avons enveloppé dans un linceul et avons posé des pennies sur ses paupières pour lui fermer les yeux. Puis j'ai fait ma toilette et je me suis habillée. Et je suis venue te prévenir. »

Amos repoussa ses couvertures et se leva en chemise de nuit.

« Je veux le voir. »

Elle hocha la tête comme si elle s'y attendait.

Ils traversèrent ensemble le palier jusqu'à la chambre conjugale.

Obadiah était allongé sur le lit à baldaquin, la tête posée sur un oreiller blanc immaculé, le corps recouvert d'une couverture étroitement bordée, plus soigné dans la mort qu'il ne l'avait été de son vivant. Amos avait entendu parler de cadavres qui avaient si bonne mine qu'on aurait pu les croire en vie, mais ce n'était pas le cas de son père. Il s'était éteint, et ce qu'Amos avait sous les yeux n'était qu'une enveloppe. Curieusement, c'était d'une terrible évidence. Il n'aurait su dire ce qui, dans son visage, lui donnait cette impression, mais cela ne laissait pas de place au doute. La mort était manifeste.

Le chagrin qui s'empara de lui fut si violent qu'il fondit en pleurs. Il sanglota bruyamment et versa un torrent de larmes. En même temps, une partie de son esprit s'interrogeait sur les motifs de sa peine. Son père n'avait jamais été gentil ni généreux avec lui, il l'avait traité comme un cheval de trait, une bête de somme dont la seule valeur était son utilité. Cela ne l'empêchait pas de se sentir perdu et de pleurer sans discontinuer. Il s'essuya le visage à plusieurs reprises, mais ses larmes continuaient à couler.

Quand le plus gros de la tempête fut passé, sa mère lui dit :

« Va t'habiller maintenant, et descends à la cuisine

prendre une tasse de thé. Nous avons beaucoup à faire et rester occupés nous aidera à supporter notre chagrin. »

Avec un signe de tête, il se laissa conduire hors de la chambre de ses parents. De retour dans la sienne, il commença à s'habiller. Sans réfléchir, il enfila ses vêtements de tous les jours et dut les retirer. Il choisit un manteau gris foncé avec un gilet et une cravate noire. La routine des nœuds à faire et des boutons à fermer l'apaisa et quand il se présenta à la cuisine, il avait repris ses esprits.

Il s'assit à table.

« Il faut penser aux obsèques, lui dit sa mère en lui tendant une tasse de thé. Je voudrais que l'office soit célébré à la cathédrale. Ton père était un homme important à Kingsbridge, il a droit à cet honneur.

— Voulez-vous que je demande à l'évêque ?
— Si tu veux bien.
— Évidemment. »

Ellen posa une assiette de rôties beurrées devant Amos. Il pensait n'avoir pas d'appétit, mais l'odeur le fit saliver. Il en prit une et la mangea de bon cœur avant de demander :

« Et la veillée funèbre ?
— Je m'en chargerai avec Ellen.
— Avec un peu d'aide supplémentaire, commenta Ellen.
— Mais il faudra que je sorte de l'argent du coffre, ajouta sa mère.
— Je vais m'en occuper, dit Amos. Je sais où est la clé. »

Il prit une nouvelle rôtie.

Elle lui adressa un sourire noyé de larmes.

«C'est ton argent maintenant, je suppose. L'entreprise est à toi, elle aussi.

— Comme je n'ai que dix-neuf ans, j'imagine que tout vous appartiendra au moins jusqu'à mes vingt et un ans.

— C'est quand même toi, l'homme de la maison», dit-elle en haussant les épaules.

C'était vrai, et il l'était devenu plus tôt que prévu. Lui qui était depuis longtemps impatient de prendre les choses en main ne ressentait à présent pas le moindre tressaillement de satisfaction. Il était plutôt désemparé à l'idée de devoir administrer l'entreprise sans pouvoir s'appuyer sur les connaissances et l'expérience paternelles.

Il tendit la main pour reprendre une rôtie, mais il n'y en avait plus.

Le jour se levait au-dehors.

«Ellen, dit sa mère, fais le tour de la maison et vérifie que tous les rideaux sont tirés.»

Ce signe apprendrait aux passants qu'il y avait eu un décès dans la maison.

«Je me charge de recouvrir les miroirs», ajouta-t-elle.

C'était également la coutume, mais Amos en ignorait la raison.

«Il faut commencer à prévenir tout le monde, dit-il pensant au maire et au rédacteur en chef de la *Kingsbridge Gazette*. Je ferais sans doute bien d'aller voir l'évêque tout de suite, s'il n'est pas trop tôt.

— Il considérera comme un geste de courtoisie

d'être le premier averti, remarqua sa mère. Il est pointilleux sur ce genre de choses. »

Amos enfila un pardessus et sortit dans la fraîcheur de ce dimanche matin. La maison de son père – la sienne à présent – était située dans la Grand-Rue. Il rejoignit l'intersection entre cette artère et la rue principale, le cœur commerçant de la ville, dont les quatre angles étaient occupés respectivement par la Bourse de la laine, l'hôtel de ville qui avait remplacé l'ancienne halle de la guilde, la salle des fêtes et le théâtre de Kingsbridge. Puis il tourna dans la rue principale et descendit la colline, passant devant la cathédrale. Le cimetière était situé côté nord. Bientôt, le corps de son père y reposerait, songea-t-il, mais son âme était déjà au paradis.

Le palais épiscopal, en face de l'Auberge de la Cloche, était une somptueuse demeure aux hautes fenêtres, agrémentée d'un porche raffiné, le tout construit en pierres provenant de la carrière où s'étaient approvisionnés les bâtisseurs de la cathédrale. Amos reconnut Linda Mason, la servante d'âge mûr qui le fit entrer dans le vestibule.

« Bonjour, Linda, j'aimerais voir monseigneur l'évêque.

— Il se repose après les laudes, lui répondit-elle. Puis-je lui dire de quoi il s'agit ?

— Mon père est mort cette nuit.

— Oh, Amos, je suis vraiment navrée !

— Merci.

— Je vais prévenir monseigneur que tu es là. Réchauffe-toi un peu en attendant. »

Il tira une chaise devant le feu de charbon et parcourut le vestibule du regard. La pièce était décorée avec goût en teintes claires, avec plusieurs tableaux de paysages insipides. Il n'y avait pas de représentations religieuses, sans doute parce qu'elles fleuraient un peu trop le catholicisme.

Elsie, la fille de l'évêque, arriva quelques instants plus tard. Amos sourit, heureux de la voir. Elle était intelligente et ne manquait pas de caractère, et ils projetaient de créer l'école du dimanche ensemble. Il l'aimait bien, mais elle n'avait évidemment pas le charme irrésistible de Jane Midwinter. Elsie n'était pas une beauté, la bouche un peu trop large et le nez un peu trop long. Toutefois – comme il put s'en convaincre une nouvelle fois –, elle avait un sourire charmant.

«Bonjour, monsieur Barrowfield, dit-elle, que faites-vous ici?

— Je suis venu voir monseigneur l'évêque. Mon père est mort.»

Elle lui serra le bras dans un geste de compassion.

«Quel malheur pour vous! Et pour votre mère!

— Ils ont été mariés pendant vingt ans, opina-t-il.

— Plus on passe de temps ensemble, plus la séparation doit être douloureuse.

— Vous avez sûrement raison. Mais je ne vous ai pas croisée depuis quelques jours. Quelles sont les nouvelles de l'école du dimanche?

— Les gens imaginent, me semble-t-il, une petite pièce dans laquelle je me chargerai seule d'apprendre à lire à une dizaine d'enfants. Mais je vois les choses en plus grand: je voudrais accueillir plus d'enfants, une centaine peut-être, et leur apprendre aussi à écrire et à compter. Et pour les attirer, j'envisage de leur distribuer une part de gâteau à la fin de la leçon.

— C'est une bonne idée. Quand pourrons-nous commencer ?

— Je ne sais pas exactement. Bientôt, sûrement. Mais voici mon père. »

L'évêque descendait le large escalier en grande tenue sacerdotale.

« Père, dit Elsie. Amos Barrowfield est ici. Son père Obadiah a rendu l'âme.

— Mason me l'a annoncé. »

L'évêque serra la main d'Amos.

« Un bien triste jour pour vous, monsieur Barrowfield, déclara-t-il de la voix retentissante qu'il prenait en chaire. Mais nous pouvons nous consoler de cette perte, vous et moi, en sachant que votre père est auprès du Christ, ce qui est le sort le plus enviable, ainsi que nous l'a appris l'apôtre Paul.

— Merci, monseigneur. Ma mère a tenu à ce que vous en soyez le premier informé.

— Quelle délicate attention de sa part !

— Et elle m'a prié de vous demander s'il serait possible de célébrer les obsèques dans la cathédrale.

— Je pense que oui. C'est le droit d'un échevin, pratiquant régulier de surcroît. Je devrai évidemment consulter mes confrères ecclésiastiques, mais je ne vois pas pourquoi ils refuseraient leur accord.

— Ce sera d'un grand réconfort pour ma mère.

— Bien. Il faut maintenant que je dirige les prières de la maisonnée. Viens, Elsie. »

L'évêque et sa fille entrèrent dans la salle à manger, et Amos ressortit par la porte d'entrée.

*

Deux jours plus tard, Amos et cinq drapiers, tous coiffés de chapeaux noirs, portèrent la bière depuis la maison des Barrowfield, empruntant la Grand-Rue et la rue principale, avant d'entrer dans la cathédrale, où ils la posèrent sur des tréteaux disposés devant l'autel.

Amos fut surpris par l'importance de la foule qui se massait dans la nef. Plus de cent personnes étaient là, deux cents peut-être. Jane se trouvait parmi elles, ce qui lui fit plaisir.

La cathédrale inspirait à Amos des sentiments ambivalents. Les méthodistes n'aimaient pas le faste de l'Église traditionnelle, les habits de cérémonie et les ornements incrustés de pierres précieuses ; ils préféraient célébrer le culte dans un local ordinaire sobrement décoré. Ce qui se passait dans l'esprit du croyant, voilà ce qui les intéressait. Pourtant, Amos se sentait toujours transporté par les grands piliers de la cathédrale et par ses voûtes qui s'élevaient vers le ciel. La seule chose qu'il détestait vraiment dans l'Église d'Angleterre était son attitude dogmatique. Le clergé anglican prétendait lui faire croire ce qu'il voulait, alors que les méthodistes respectaient son droit à avoir une opinion personnelle.

L'Église avait la même attitude que son père, désormais couché dans son cercueil.

Il était enfin libéré de la tyrannie paternelle, songea-t-il alors que la messe commençait, mais cette liberté n'était pas dénuée d'inquiétude. Il serait obligé de rester à Kingsbridge pour recevoir les clients et acheter de la laine et devrait donc être remplacé pour ses tournées. Il avait l'intention de constituer des réserves de matériaux afin de faire face à des pénuries inattendues, mais ce n'était pas si facile car cela imposait d'acheter quand les cours étaient bas. S'il était décidé à développer son entreprise, il ne savait pas, en revanche, comment trouver plus d'artisans, des fileuses surtout. J'ai besoin d'aide, songea-t-il, maintenant que le vieux n'est plus là. Je n'avais pas prévu ça.

Il était tellement absorbé par ses soucis que la fin de l'office le prit par surprise et qu'il lui fallut un moment pour se rappeler qu'il devait aider à soulever le cercueil.

Ils portèrent Obadiah jusqu'à l'entrée de la nef, sortirent par le grand portail ouest et se dirigèrent vers le nord de l'église où se trouvait le cimetière. Ils passèrent devant le monumental tombeau du prieur Philip, le moine qui avait pris l'initiative de la construction de la cathédrale, plus de six cents ans auparavant, et s'arrêtèrent devant la tombe fraîchement creusée.

La vision de la fosse et du tas de terre meuble qui se dressait à côté frappa Amos puissamment. Elle n'avait pourtant rien d'inhabituel ni d'inattendu ; ce qui le bouleversa fut l'idée que le corps de son père reposerait dans ce trou froid et boueux jusqu'au Jugement dernier.

Après une dernière prière, ils descendirent le cercueil dans la tombe.

Amos préleva une poignée de terre sur le tas. Il s'arrêta un instant au bord de la fosse, les yeux baissés, ému par la terrible irrévocabilité du geste qu'il s'apprêtait à accomplir. Puis, desserrant les doigts, il laissa la terre ruisseler sur le cercueil. Quand sa main fut vide, il se retourna.

Sa mère l'imita alors au milieu de gros sanglots, prenant une poignée de terre et la jetant dans la tombe avant de s'éloigner en titubant. Lorsque les autres participants s'alignèrent pour attendre leur tour, elle prit le bras d'Amos et lui dit:

« Ramène-moi chez nous. »

Ellen avait transformé la maison, la préparant à recevoir une nombreuse assemblée. Une barrique de bière avait été installée dans le vestibule, accompagnée de plusieurs dizaines de chopes de faïence, et la table de la salle à manger était couverte de pâtisseries, de tartes, de gâteaux au fromage et de pain à la mélasse. À l'étage, le salon avait été aménagé pour recevoir les notables, avec du xérès, du madère et du vin de Bordeaux, ainsi qu'une collation plus raffinée : friands au chevreuil, poisson salé, tourte au poisson et crevettes.

Devant ce spectacle, la mère d'Amos se ressaisit. Elle ôta son manteau et entreprit de vérifier tous les préparatifs. Amos s'apprêta à accueillir les invités, qui ne tardèrent pas à arriver. Il serra des mains, remercia les gens pour leurs condoléances, proposa aux invités ordinaires de se servir de la bière et dirigea vers l'étage les plus éminents, dont le chanoine Midwinter et Jane. Il avait l'impression d'être un tisserand, répétant inlassablement les mêmes gestes jusqu'à ce qu'ils deviennent presque mécaniques.

Les événements qui se déroulaient en France étaient sur toutes les lèvres. Les révolutionnaires avaient décapité le roi Louis XVI, puis déclaré la guerre à l'Angleterre. Spade affirma que le plus gros de l'armée britannique régulière se trouvait en Italie ou dans les Antilles. La milice de Shiring s'entraînait désormais tous les jours dans les champs situés à la périphérie de Kingsbridge.

Amos avait hâte de pouvoir bavarder avec Jane et quand les invités commencèrent à prendre congé, il se mit à sa recherche. Peut-être le prendrait-elle plus au sérieux maintenant qu'il était à la tête d'une entreprise ? Elle avait l'esprit pragmatique, ce qui était une qualité pour une épouse, se dit-il, même si cela manquait quelque peu de romantisme.

Montant à l'étage, il la trouva sur le palier. Elle était vêtue d'une élégante robe de flanelle noire chatoyante qui se mariait à ravir avec ses cheveux noirs.

« J'ai rêvé de vous », lui chuchota-t-il pour éviter les oreilles indiscrètes.

Elle posa sur lui ses yeux gris qui ne manquaient jamais de l'émouvoir.

« Était-ce un joli rêve, au moins ? demanda-t-elle. Ou bien un cauchemar ?

— Un très joli rêve. J'aurais voulu qu'il dure éternellement. »

Elle écarquilla les yeux, l'air faussement surpris.

« J'ose espérer que vous vous y conduisiez décemment !

— Oh, oui. Nous causions, c'est tout, comme en ce moment, mais c'était... comment vous dire ? Parfait.

— De quoi parlions-nous ?

— Je ne sais plus très bien, mais le sujet était apparemment très important pour nous deux.

— J'ai peine à imaginer..., fit-elle avec un haussement d'épaules. Et comment cela s'est-il terminé ?

— Je me suis réveillé.

— C'est l'inconvénient des rêves. »

Chaque fois qu'il était en sa présence, il regrettait d'avoir à parler, car il aurait préféré passer son temps à la regarder. Elle n'avait pas besoin de faire quoi que ce soit : elle l'ensorcelait sans le vouloir.

« Tout mon univers a été bouleversé depuis la dernière fois que nous nous sommes parlé, remarqua-t-il.

— Je suis vraiment peinée pour votre père.

— Nous nous étions beaucoup querellés, lui et moi, au cours de la dernière année, et je suis étonné que sa disparition m'afflige à ce point.

— C'est toujours la même chose avec les familles. Même si on les déteste, on les aime quand même. »

C'étaient des paroles pleines de sagesse, pensa-t-il ; telles que le père de Jane aurait pu en prononcer.

Ne sachant comment lui poser la question qui lui brûlait les lèvres, il préféra ne pas tourner autour du pot.

« Accepteriez-vous de sortir avec moi ?

— Vous me l'avez déjà demandé, et je vous ai déjà répondu. »

Sans être très encourageant, ce n'était pas non plus un refus catégorique.

« Je pensais que vous auriez peut-être changé d'avis, expliqua-t-il.

— Et pourquoi cela ?

— Parce que je ne suis plus un garçon qui n'a rien d'autre à offrir que des espérances.

— Bien sûr que si, objecta-t-elle, sourcils froncés.

— Non, protesta-t-il en secouant la tête. Je suis propriétaire d'une entreprise lucrative. Et d'une maison. Je pourrais me marier demain.

— Votre entreprise est lourdement endettée. »

Pris de court, il recula d'un pas comme si elle l'avait menacé.

« Endettée ? Mais non, voyons, pas du tout.

— C'est pourtant ce que dit mon père. »

Amos fut surpris. Le chanoine Midwinter n'était pas du genre à colporter des rumeurs infondées.

« Comment cela ? De combien ? À qui ?

— Vous ne saviez pas ?

— Je ne sais toujours pas.

— Je ne saurais vous dire pourquoi, ni à combien se monte le prêt, mais je sais à qui cet argent doit être remboursé : à l'échevin Hornbeam. »

La stupeur d'Amos restait entière. Il connaissait Hornbeam, bien sûr ; tout le monde le connaissait. Il avait assisté à la veillée funèbre et Amos l'avait vu à peine une minute plus tôt qui discutait avec son ami Humphrey Frogmore. Hornbeam était arrivé à Kingsbridge quinze ans auparavant et avait acheté le commerce d'étoffes appartenant au beau-père du chanoine Midwinter, l'échevin Drinkwater, dont il avait fait la plus grosse entreprise de la ville. Obadiah avait respecté ses compétences d'homme d'affaires, sans vraiment l'apprécier pour autant.

« Pourquoi mon père lui aurait-il emprunté de l'argent ? À lui ou à un autre, au demeurant ?

— Je l'ignore. »

Amos regarda autour de lui, cherchant des yeux un homme de haute taille au visage renfrogné, vêtu sobrement mais de façon coûteuse, sa seule concession à la vanité étant les boucles châtaines de sa perruque.

« Il était là, fit remarquer Jane, mais je suis presque sûre qu'il est parti.

— Je vais le rattraper.

— Amos, attendez.

— Pourquoi ?

— Parce que ce n'est pas quelqu'un de bienveillant. Quand vous lui parlerez de cette affaire, il vaudrait mieux que vous ayez toutes les informations en main. »

Amos se força à prendre le temps de réfléchir.

« Vous avez raison, acquiesça-t-il au bout de quelques instants. Merci.

— Attendez que vos invités soient partis. Aidez votre mère à ranger la maison. Tirez l'état de vos finances au clair. Et ensuite seulement, allez voir Hornbeam.

— C'est exactement ainsi je vais agir », approuva Amos.

Jane partit avec son père, mais certains invités s'attardèrent, retenant Amos. Au rez-de-chaussée, un groupe semblait décidé à rester jusqu'à ce que la barrique soit vide. La mère d'Amos et Ellen commencèrent à ranger autour d'eux, débarrassant la vaisselle sale et les reliefs de nourriture. Amos finit par demander aux derniers traînards de bien vouloir rentrer chez eux.

Puis il se dirigea vers le bureau.

Au cours des deux journées qui avaient suivi le décès de son père, il avait été trop occupé par les dispositions funéraires pour consulter les comptes. Il regrettait à présent de n'avoir pas pris le temps de le faire.

Le bureau lui était aussi familier que le reste de la maison, mais il s'aperçut alors qu'il ne savait pas où tout était rangé. Des factures et des reçus s'empilaient dans des tiroirs et dans des cartons posés par terre. Un cahier contenait des noms et des adresses, à Kingsbridge et ailleurs, sans autre indication. S'agissait-il de clients, de fournisseurs, ou d'autres personnes encore ? Un buffet était chargé d'une bonne dizaine de volumineux livres de comptes, certains debout, d'autres couchés, dont aucun ne portait de titre. Chaque fois qu'il avait posé à son père des questions d'ordre financier, il s'était entendu dire qu'il n'avait pas à s'en soucier avant ses vingt et un ans.

Il commença par les livres de comptes, en prenant un au hasard. Tout lui parut parfaitement intelligible. Le registre indiquait les rentrées et les sorties d'argent au jour le jour, et le total en fin de mois. La plupart des mois, les recettes dépassaient les dépenses, ce qui signifiait qu'un profit avait été réalisé. De temps en temps, il y avait une perte. Revenant à la première page, il constata que ce volume remontait à sept ans.

Il trouva le registre le plus récent. Vérifiant les totaux mensuels, il constata que les recettes étaient habituellement inférieures aux dépenses. Il fronça les sourcils. Comment était-ce possible ? Il consulta les livres des deux dernières années et s'aperçut que les pertes avaient augmenté progressivement. Son père avait néanmoins consigné plusieurs grosses rentrées, suivies de cette indication mystérieuse : « Du compte H. » Il s'agissait de chiffres ronds – dix livres, quinze livres, vingt –, mais chaque somme compensait approximativement le déficit des quelques mois précédents. S'y ajoutait la mention de petites sommes régulières portant l'indication : « Int. 5 % ».

Une image commençait à se former dans son esprit, et elle était franchement inquiétante.

Obéissant à une intuition, il se reporta à la dernière page du volume le plus récent, dans lequel il remarqua une courte colonne intitulée : « Compte H. » La première date remontait à dix-huit mois. Chaque donnée correspondait à une entrée dans les comptes mensuels. La plupart des chiffres de la dernière page étaient négatifs.

Amos fut atterré.

Son père perdait de l'argent depuis deux ans. Il avait emprunté pour couvrir ses pertes. Deux entrées positives sur la dernière page révélaient qu'il avait remboursé une partie de cet argent, mais avait rapidement été obligé de contracter un nouvel emprunt.

« Int. » signifiait intérêts, et « H. » ne pouvait être que Hornbeam. Jane avait raison.

Le solde au bas de la dernière page était de cent quatre livres, treize shillings et huit pence.

Amos était anéanti. Il s'était cru l'héritier d'une entreprise viable et se retrouvait en réalité avec une dette colossale sur le dos. Une somme de cent livres représentait le prix d'achat d'une belle maison à Kingsbridge.

Il devait la rembourser. Aux yeux d'Amos, il était mal et honteux de devoir de l'argent et de ne pas s'acquitter de sa dette. Il ne pourrait plus se regarder dans la glace s'il agissait de la sorte.

S'il parvenait à inverser les pertes et à engranger un modeste profit d'une livre par mois, il mettrait presque neuf ans à s'acquitter de cette créance – et c'était sans compter la nourriture de sa mère et lui.

Voilà qui expliquait la pingrerie et les cachotteries de son père au cours des dernières années. Obadiah avait dissimulé ses pertes – dans l'espoir, peut-être, de redresser la situation, sans pourtant avoir entrepris grand-chose à cette fin, semblait-il. Ou peut-être la maladie qui s'était manifestée par son essoufflement lui avait-elle également affecté l'esprit.

Amos en apprendrait davantage de la bouche de Hornbeam. Mais il ne pourrait pas se contenter de lui poser des questions. Il fallait qu'il le rassure en lui annonçant que la dette serait remboursée le plus rapidement possible. Il devrait l'impressionner par sa détermination.

Et Hornbeam n'était pas son seul souci. Tous les

entrepreneurs de Kingsbridge auraient les yeux rivés sur lui. Ayant connu son père et constaté qu'Amos le secondait avec compétence, ils se montreraient bienveillants à son égard, dans un premier temps du moins. Mais s'il commençait par faire faillite, leur amitié ne durerait guère. Il fallait absolument les convaincre qu'Amos ne ménageait pas sa peine pour s'acquitter des dettes de son père.

Hornbeam se montrerait-il compréhensif, malgré ses airs sévères ? Il avait aidé Obadiah à affronter ses difficultés financières, ce qui était bon signe – encore, évidemment, qu'il ait réclamé des intérêts. Et il connaissait Amos depuis qu'il était petit, ce qui n'était sûrement pas sans importance.

Ragaillardi par ces réflexions optimistes, Amos sortit du bureau par la porte donnant sur la rue et se dirigea vers la résidence de Hornbeam.

Elle se situait au nord de la Grand-Rue, près de l'église Saint-Marc, dans un quartier autrefois délabré où d'anciennes rangées de vieilles maisons mitoyennes avaient été rasées pour faire place à de grandes demeures neuves avec des écuries. Celle de Hornbeam avait des fenêtres symétriques et un portique à colonnes de marbre. Amos se rappelait que, d'après son père, Hornbeam avait engagé un architecte de Bristol à bas prix, lui avait donné un recueil de modèles de projets de Robert Adam et demandé une version bon marché de palais classique. Sur un côté et légèrement en retrait par rapport au bâtiment principal se trouvait une cour d'écurie où un palefrenier grelottant lavait une calèche.

Un valet à la mine lugubre ouvrit la porte à Amos. Quand celui-ci demanda à voir l'échevin Hornbeam, l'homme dit :

« Je vais voir s'il est là, monsieur », d'une voix chagrine.

Dès qu'il entra dans le vestibule, Amos fut frappé par l'atmosphère sombre, formelle et stricte de la demeure. Une horloge de parquet égrenait bruyamment les minutes et deux chaises en chêne ciré à dossier droit n'offraient qu'un maigre confort. Il n'y avait pas de tapis. Au-dessus d'une cheminée éteinte, dans un cadre doré, était accroché un portrait de Hornbeam, l'air rébarbatif.

Pendant qu'Amos attendait, le fils de Hornbeam, Howard, surgit d'un escalier menant au sous-sol, tel un secret de famille soudain divulgué. C'était un grand gaillard, plutôt affable en l'absence de son père. Les deux jeunes gens avaient fréquenté la même école secondaire de Kingsbridge ; Howard, de deux ans le cadet d'Amos, faisait partie des cancres. Le père avait transmis son intelligence et sa détermination à sa benjamine, Deborah, qui, bien sûr, n'avait pas été autorisée à aller à l'école secondaire.

Howard salua Amos et ils échangèrent une poignée de main. Le valet à la triste figure réapparut pour annoncer que M. Hornbeam était disposé à recevoir Amos.

« Je vais le conduire, Simpson », intervint Howard.

Il conduisit Amos vers une porte située au fond du vestibule et le fit entrer dans le bureau de Hornbeam avant de se retirer.

La pièce avait tout d'une cellule : pas de tapis, pas de tableaux, pas de tentures, et un feu maigrelet dans un âtre étriqué. Le maître des lieux était assis à une table de travail, portant encore sa tenue d'enterrement. Âgé d'un peu moins de quarante ans, il avait un visage charnu barré de sourcils épais. Il retira hâtivement les lunettes qu'il avait sur le nez, comme s'il était gêné d'en avoir besoin. Il ne proposa pas à Amos de s'asseoir.

Ayant quelque habitude de l'hostilité, le jeune homme ne s'émut guère de la froideur de Hornbeam. Il avait affronté des tisserands et des fileuses mécontents ainsi que des clients insatisfaits, et savait qu'il était toujours possible de les fléchir.

« Merci, monsieur, d'être venu aux obsèques de mon père », dit-il.

Hornbeam, toujours embarrassé en société, haussa les épaules mal à propos.

« Nous étions tous deux échevins, expliqua-t-il avant d'ajouter après un instant de silence, et amis. »

Il n'offrit à Amos ni thé ni vin.

Debout devant le bureau comme un écolier ayant commis quelque bêtise, Amos se lança :

« Je me suis permis de venir vous voir car je viens d'apprendre que Père vous avait emprunté de l'argent. Il ne m'en avait jamais parlé.

— Cent quatre livres, précisa Hornbeam.

— Treize shillings et huit pence », compléta Amos en souriant.

Hornbeam ne lui rendit pas son sourire.

« Oui.

— Je vous remercie de l'avoir aidé dans une mauvaise passe. »

Craignant qu'Amos n'imagine qu'il avait l'habitude de prodiguer des largesses, Hornbeam préféra clarifier les choses :

« Ne me prenez pas pour un philanthrope. Je lui ai réclamé des intérêts.

— De cinq pour cent. »

Pour un prêt personnel risqué, le taux n'était pas exorbitant.

À court de réponse, Hornbeam inclina la tête en signe d'acquiescement et, comprenant que toute opération de charme serait inefficace face à l'impassibilité d'airain de son interlocuteur, Amos poursuivit :

« Quoi qu'il en soit, il est de mon devoir de rembourser ce prêt.

— En effet.

— Même si je ne suis pas responsable de ce problème, je n'en suis pas moins dans l'obligation de le résoudre.

— Poursuivez, je vous écoute. »

Amos rassembla ses idées. Il avait un plan, qu'il pensait judicieux. Suffisamment peut-être pour adoucir l'humeur atrabilaire de Hornbeam.

« Pour commencer, il faudra que j'assure la rentabilité de l'entreprise, afin de ne plus avoir besoin d'emprunter. Père avait constitué un vieux stock qui n'avait pas la faveur des clients : je baisserai les prix pour m'en défaire. J'ai également l'intention de me concentrer sur des étoffes de meilleure qualité, que je pourrai vendre plus cher. Je pense réussir ainsi à dégager de premiers profits dans un an et pouvoir commencer à rembourser mes dettes le 1ᵉʳ janvier 1794.

— Vraiment ? »

Ce n'était pas une réaction très encourageante. Hornbeam aurait dû être plus rassuré que cela d'apprendre que son argent lui serait rendu. Il est vrai qu'il avait toujours été taciturne.

« J'espère ensuite rendre l'entreprise encore plus profitable, poursuivit Amos sans se décourager, pour pouvoir vous rembourser plus rapidement.

— Et comment comptez-vous vous y prendre ?

— Pour l'essentiel, en développant mon entreprise. J'embaucherai d'abord plus de fileuses, afin d'assurer mon approvisionnement en fil, et ensuite, plus de tisserands. »

Hornbeam hocha la tête comme s'il approuvait, et Amos respira un peu plus librement. Espérant lui soutirer une approbation plus manifeste, il ajouta :

« J'espère que mon plan vous paraît réaliste. »

Au lieu de lui répondre, Hornbeam lui posa une question :

« Quand pensez-vous avoir épongé l'intégralité de vos dettes ?

— Un délai de quatre ans me paraît raisonnable. »

Hornbeam resta silencieux un long moment, avant de lâcher :

« Je vous donne quatre jours.

— Que voulez-vous dire ? demanda Amos, interloqué.

— Exactement ce que j'ai dit. Je vous donne quatre jours pour me rembourser.

— Mais… je viens de vous expliquer…

— Maintenant, c'est moi qui vais vous expliquer quelque chose. »

Amos fut pris d'un mauvais pressentiment, mais il se mordit la langue et se contenta de murmurer :

« Je vous en prie.

— Ce n'est pas à vous que j'ai prêté de l'argent, mais à votre père. Je le connaissais, et j'avais confiance en lui. À présent, il est mort. Je ne vous connais pas, je ne vous fais pas confiance et je n'ai aucune amitié pour vous. Je n'ai pas la moindre intention de vous prêter de l'argent, ni de vous autoriser à reprendre le prêt de votre père.

— Ce qui signifie ?

— Que vous devrez me rembourser sous quatre jours.

— Je ne peux pas.

— Je le sais parfaitement. C'est pourquoi, dans quatre jours, votre entreprise m'appartiendra.

— Vous ne pouvez pas faire ça ! protesta Amos, pétrifié.

— Bien sûr que si. Je m'étais entendu sur ce point avec votre père et il a signé un contrat en ce sens. Vous trouverez, j'en suis sûr, un exemplaire de ce document quelque part dans ses papiers. J'en ai gardé un moi-même.

— Autrement dit, il ne m'a rien laissé.

— Tout votre stock m'appartient, et dès la semaine prochaine, mes représentants commenceront à faire la tournée des artisans qui travaillaient pour vous. L'entreprise continuera de tourner. Mais ce sera la mienne. »

Amos dévisagea durement Hornbeam. Il avait envie de lui demander *Pourquoi me haïssez-vous ?* Il ne lut pourtant aucune haine sur ses traits, tout au plus une satisfaction sournoise que révélait une infime esquisse de sourire triomphant, à peine plus qu'un frémissement à la commissure des lèvres.

Hornbeam n'était pas malveillant. Il n'était que cupide et impitoyable.

Malgré le désarroi d'Amos, sa fierté l'emporta.

« Je vous reverrai dans quatre jours, monsieur Hornbeam », dit-il en se dirigeant vers la porte.

Et il sortit.

8

Devant son métier à tisser, Spade enroulait du fil sur la lisse verticale pour former la trame, fixant les brins soigneusement afin qu'ils restent tendus. Entendant frapper à la porte, il leva les yeux et Amos entra.

Spade s'étonna de le voir par monts et par vaux aussi peu de temps après l'enterrement de son père. Amos paraissait moins affligé qu'accablé. C'était inhabituel de sa part : même s'il lui arrivait d'avoir l'air inquiet ou furieux, son optimisme juvénile ne l'abandonnait jamais. Or il semblait en cet instant avoir abandonné tout espoir. Spade fut pris d'un élan de compassion.

« Bonjour, Amos, dit-il. Veux-tu une tasse de thé ?
— Volontiers. Je sors de chez Hornbeam et il ne m'a même pas offert un foutu verre d'eau. »
Spade éclata de rire.
« Il prétendra sûrement n'avoir pas les moyens.
— Le salaud !
— Viens me raconter tout ça. »
Spade possédait un entrepôt et un atelier jouxtant

un modeste logement de célibataire. Il se chargeait personnellement d'une large part du travail de tissage, mais employait aussi d'autres tisserands dont l'un, Sime Jackson, était presque aussi qualifié que lui. Le tissage était un travail bien payé, mais Spade était ambitieux et n'avait pas l'intention de s'en contenter.

Il conduisit alors Amos dans son appartement privé, un logement spartiate qui contenait un lit étroit, une table ronde et un âtre. Spade mettait toute sa créativité dans son tissage, auquel il vouait une vraie passion.

«Assieds-toi», dit-il en lui désignant une chaise en bois.

Il posa une bouilloire sur le feu, versa une cuillerée de thé dans une théière et s'assit sur un tabouret en attendant que l'eau soit chaude.

«Alors dis-moi, qu'est-ce que ce vieux démon manigance?»

Amos tendit les mains vers les flammes. Il semblait au comble du malheur et Spade fut navré pour lui.

«J'ai découvert que cela fait deux ans que l'entreprise de mon père perd de l'argent, avoua Amos.

— Hum. Obadiah donnait effectivement l'impression de manquer singulièrement d'énergie.

— Mais Hornbeam lui a tenu la tête hors de l'eau en lui consentant des prêts.

— Hornbeam n'est pourtant pas du genre à tendre la main à un collègue dans le besoin, s'étonna Spade en fronçant les sourcils.

— Il lui a réclamé des intérêts.

— Cela va de soi. Combien lui dois-tu?

— Cent quatre livres, treize shillings et huit pence. »

Spade siffla entre ses dents.

« Ça fait une sacrée somme.

— Tu imagines ma situation ? J'ai encore peine à y croire, soupira Amos, et Spade fut ému par le désarroi du jeune homme. Je suis un marchand honnête et je travaille dur, mais me voilà en faillite. J'ai l'impression d'être un fieffé imbécile. Comment une chose pareille a-t-elle pu se produire ? »

Le pauvre garçon était au supplice. Spade se leva, plongé dans ses réflexions, et versa l'eau bouillante sur les feuilles de thé.

« Il va falloir que tu le rembourses, voilà tout. Il te faudra peut-être des années pour y parvenir, mais ta réputation en sortira grandie.

— Des années, en effet. Le problème est que Hornbeam ne m'a accordé que quatre jours.

— Quoi ? C'est impossible ! À quoi songe-t-il ? »

Spade remua le contenu de la théière et le versa dans des tasses.

« J'ai dit à Hornbeam que je n'y arriverais pas.

— Et qu'a-t-il répondu ?

— Qu'il mettrait la main sur mon entreprise. Il a conclu un accord avec mon père. »

Spade comprit tout.

« C'est donc ça !

— Que veux-tu dire ? *C'est donc ça* quoi ?

— Je comprenais mal qu'un homme aussi près de ses sous que Hornbeam ait accepté de mettre de l'argent dans une affaire qui battait de l'aile. Maintenant, je sais. »

Il tendit une tasse à Amos.

« Il n'a pas agi par bonté d'âme. Il s'attendait à ce que ton père boive le bouillon et avait prévu d'emblée de reprendre votre entreprise pour agrandir la sienne.

— Est-il vraiment aussi retors ?

— Il est insatiable. Il voudrait posséder le monde entier.

— Je ferais aussi bien de lui tordre le cou, quitte à être pendu pour meurtre.

— Évite ça pour le moment, répondit Spade en souriant. Je n'aurais guère de plaisir à te voir pendu et la plupart des habitants de Kingsbridge non plus.

— Y a-t-il une autre solution ?

— Combien de temps as-tu dit que Hornbeam t'a accordé ?

— Quatre jours. Pourquoi ?

— Je réfléchis, c'est tout. »

Le visage d'Amos s'éclaira.

« À quoi penses-tu ?

— N'espère pas trop. J'essaie d'imaginer une autre issue, mais je ne suis pas sûr que ça marche.

— Dis-moi.

— Non, non, il faut encore que ça mûrisse. »

Amos fit un effort manifeste pour dominer son impatience.

« Entendu. Toutes tes propositions seront les bienvenues.

— Nous sommes mardi. Dans quatre jours, nous serons samedi. Reviens me voir vendredi après-midi.

Amos vida sa tasse et se leva.

« Tu ne peux vraiment pas m'en dire un peu plus ?

— Les chances sont très faibles, tu sais. Je t'expliquerai ça vendredi.

— Eh bien, merci au moins de t'en occuper. Tu es un véritable ami, Spade. »

Après son départ, Spade resta assis un moment, plongé dans ses réflexions. Il avait du mal à comprendre Hornbeam. C'était un homme riche, une personnalité importante de Kingsbridge, il était échevin et juge de paix. Il était l'époux d'une femme aimable et docile, qui lui avait donné deux enfants. Quelle était sa motivation ? Il possédait plus d'argent qu'il n'en pouvait dépenser, car il n'était pas homme à organiser des réceptions somptueuses, à s'offrir une écurie de course ni à fréquenter les luxueux cercles de jeu londoniens où une seule carte pouvait vous faire perdre plusieurs centaines de livres d'un coup. Pourtant, il était rapace au point de ne pas hésiter à profiter de l'inexpérience du fils d'un défunt pour essayer de s'emparer de son entreprise.

Peut-être serait-il tout de même possible de déjouer ses plans.

Une idée commençait à germer dans son esprit.

Spade enfila son pardessus, sortit dans le froid et prit la direction de la demeure du chanoine Midwinter.

Les habitations les plus anciennes et les plus élégantes de Kingsbridge appartenaient à l'Église et étaient réservées au haut clergé. Midwinter occupait une demeure jacobéenne en face de la cathédrale, l'adresse sans doute la plus prisée de la ville. On introduisit Spade dans un confortable salon décoré dans le style classique qui était à la mode depuis qu'il était en âge de remarquer ce genre de détails : un plafond peint d'une teinte vive, des sièges aux pieds grêles et, sur le manteau de la cheminée, une paire de grands vases couleur crème, ornés de festons et de guirlandes – sans doute fabriqués dans la célèbre manufacture de porcelaine de Josiah Wedgwood. Spade devina que cette pièce avait été aménagée par la défunte épouse de Midwinter.

Le chanoine prenait le thé avec sa fille Jane. Elle était plutôt belle, songea Spade, avec ses grands yeux gris. Tout le monde savait qu'Amos en était amoureux, et Spade n'avait pas de mal à comprendre pourquoi, bien qu'il la trouvât personnellement un peu froide et peut-être légèrement rouée. La pire commère de la ville, Belinda Goodnight, avait confié à Spade que Jane n'épouserait jamais Amos.

Midwinter avait également deux fils, des garçons intelligents, plus âgés que Jane, qui étudiaient tous deux à l'université d'Édimbourg. Les méthodistes préféraient en effet envoyer leurs fils dans des universités écossaises, où l'on insistait moins sur le dogme de l'Église d'Angleterre et où l'on accordait plus d'importance à des matières utiles comme la médecine et la mécanique.

Midwinter et Jane accueillirent Spade chaleureusement. Il s'assit et accepta une tasse de thé. Après quelques échanges de politesses, il leur raconta l'histoire d'Amos et de Hornbeam.

Jane fut scandalisée.

« Comment Hornbeam a-t-il pu faire une chose pareille, le jour de l'enterrement du père d'Amos ?

— Nous pouvons compter sur lui pour que les documents soient parfaitement en règle, commenta Midwinter, et pour que le contrat soit juridiquement incontestable.

— C'est certain, approuva Spade.

— On doit pouvoir l'en empêcher, non? s'écria Jane.

— Il y a peut-être une solution, acquiesça Spade. C'est la raison pour laquelle je suis ici.

— Allez-y», l'encouragea Midwinter.

Spade exposa l'idée qu'il avait conçue.

«Amos est un garçon intelligent, dur à la peine. Moyennant un délai suffisant, je suis convaincu qu'il pourrait rembourser sa dette.

— C'est précisément ce que lui refuse Hornbeam, releva Midwinter.

— Et si quelques-uns d'entre nous se cotisaient et prêtaient à Amos l'argent nécessaire pour rembourser Hornbeam samedi?

— Quelle excellente idée!» s'enthousiasma Jane.

Midwinter hocha la tête lentement et murmura: «L'affaire ne serait pas sans risque, certes, mais comme vous le dites, il y a de fortes chances pour qu'Amos finisse par être en mesure de s'acquitter de sa dette.

— Nous devrions rassembler suffisamment d'hommes désireux de soutenir un ami méthodiste en difficulté, ne pensez-vous pas?

— J'en suis sûr.»

L'approbation de Midwinter rassura Spade, mais celui-ci pouvait encore faire quelque chose pour garantir le succès de son projet : contribuer lui-même au fonds d'emprunt.

« Personnellement, je serais heureux de prêter dix livres, annonça-t-il.

— Parfait.

— Si vous pouviez me soutenir, monsieur le chanoine, en souscrivant vous-même pour un montant de dix livres, je serais en position de force pour convaincre d'autres méthodistes de se joindre à nous. »

Il y eut un instant de silence, et Spade attendit, sur les nerfs, la réponse de Midwinter.

« Oui, je veux bien mettre dix livres », dit enfin celui-ci.

Spade poussa intérieurement un soupir de soulagement et poursuivit :

« Il faudra fixer une échéance de remboursement. Dans dix ans à dater d'aujourd'hui, par exemple.

— Cela me paraît raisonnable.

— Et demander des intérêts à Amos.

— Bien sûr.

— Amos va devoir épargner tout son argent pour rembourser ce prêt, dit Jane pensivement. Il restera pauvre pendant au moins dix ans.

— En effet, acquiesça Spade. Mais surtout, monsieur le chanoine, j'aimerais que vous soyez trésorier du fonds.

— Vous pourriez fort bien vous en charger, protesta Midwinter en haussant les épaules. Tout le monde connaît votre honnêteté.

— Mais vous êtes chanoine de la cathédrale, sourit Spade. Avec vous, il n'y a aucun risque.

— Très bien. »

Jane applaudit.

« Ainsi, Amos sera tiré d'affaire… un jour.

— Ce n'est pas encore fait, remarqua Spade. Je viens seulement de mettre les choses en train. »

*

Spade aimait beaucoup l'atelier de sa sœur. Kate et lui partageaient la passion des étoffes : les couleurs, les différents types de tissage, la douceur moelleuse du mérinos, la lourde solidité du tweed. Leur père avait été tisserand et leur mère couturière, si bien qu'ils étaient nés dans l'industrie textile exactement comme les princes et les princesses naissaient dans l'oisiveté et le luxe.

Il examina le manteau que Kate avait cousu pour Arabella Latimer, l'épouse de l'évêque. Il avait un col cape à trois volants, des manches serrées et une taille haute et froncée depuis laquelle l'étoffe descendait en plis jusqu'aux chevilles, exhibant de riches couleurs et un discret motif écossais.

« Il lui ira à merveille, admira Spade. J'en étais certain.

— J'espère bien, commenta Kate. Il lui coûte une fortune.

— Fais-moi confiance, je sais ce qui plaît aux femmes. »

Kate émit un petit bruit dédaigneux et Spade éclata de rire.

Kate arborait pour sa part une débauche de dentelle :

un châle en dentelle sur les épaules, de longs ruchés de dentelle aux poignets, et une surjupe en dentelle. Elle avait un joli visage et la dentelle l'avantageait; mais la véritable raison de cette profusion était qu'elle avait investi dans un stock important, dont elle faisait ainsi l'article à sa clientèle.

L'atelier de couture occupait le rez-de-chaussée d'une maison de la Grand-Rue où Spade et Kate avaient grandi et où cette dernière vivait avec sa compagne, Rebecca. Le premier étage était occupé par des chambres qui pouvaient servir de cabines d'essayage. L'appartement de Kate et Rebecca était au dernier étage, et la cuisine au sous-sol.

Spade admirait encore le manteau de Mme Latimer quand son beau-frère descendit l'escalier, vêtu d'un uniforme de milicien flambant neuf. Kate ne réalisait pas couramment de vêtements pour hommes, mais Freddie Caines était le jeune frère de la défunte épouse de Spade. Il avait dix-huit ans et venait d'être engagé dans la milice; Kate lui avait confectionné son uniforme par faveur spéciale.

«Ma foi, admira Kate, tu es superbe.»

C'était vrai, et le jeune homme le savait, comme le montrait le sourire qui éclairait son visage.

«Tu seras la seule recrue de toute la milice de Shiring à porter un uniforme fait sur mesure», remarqua Spade.

Les officiers commandaient leurs uniformes à des tailleurs, mais les subalternes portaient des modèles de confection bien meilleur marché.

« Je peux le garder ? demanda Freddie. J'ai envie que les autres me voient.

— Bien sûr, répondit Kate.

— Je viendrai chercher mes vieux vêtements plus tard – ils sont en haut. »

Freddie venait de partir quand Mme Latimer franchit la porte donnant sur la rue, le bout du nez rougi par le froid. Spade s'inclina et Kate fit la révérence : l'épouse d'un évêque méritait le respect.

Mais Arabella Latimer était une femme toujours affable et sans manières. Ses yeux se posèrent immédiatement sur le manteau neuf étalé sur la table.

« C'est le mien ? Quelle merveille ! »

Elle caressa et froissa l'étoffe entre ses deux mains, savourant ostensiblement son toucher. C'est une femme sensuelle, songea Spade. Quand on pense qu'elle vit avec ce gros évêque. Quel gâchis !

« Voulez-vous l'essayer ? proposa Kate. Vous pouvez retirer votre cape, si vous voulez. »

Mme Latimer était encore en tenue de deuil. Spade passa derrière elle.

« Permettez-moi de vous aider. »

Une odeur grisante de pommade parfumée s'élevait de ses boucles cuivrées.

Elle se défit de sa cape d'un mouvement d'épaules et Spade la suspendit à un crochet. Dessous, elle portait une soie d'une rare élégance, de la teinte brun-noir du bois carbonisé. Mme Latimer savait se mettre en valeur.

Kate prit le manteau neuf et le tint devant Arabella pour qu'elle puisse l'enfiler.

Spade la regarda attentivement, se concentrant davantage sur elle que sur le manteau. Ses cheveux étaient une palette de nuances chaudes – thé fort, feuille d'automne, gingembre et froment – que le manteau faisait merveilleusement ressortir.

Elle boutonna le vêtement.

« Il est un peu étroit », remarqua-t-elle.

Kate ouvrit la porte donnant sur l'atelier.

« Becca, peux-tu venir jeter un coup d'œil ? »

Rebecca arriva depuis la pièce du fond, munie d'une pelote à épingles et d'un dé à coudre. Elle offrait un vif contraste avec Kate, avec son allure et ses vêtements ordinaires, ses cheveux tirés en chignon et ses manches retroussées. Elle fit la révérence devant Mme Latimer, puis tourna autour d'elle, observant le manteau d'un œil critique.

« Hum, fit-elle avant d'ajouter, comme si elle se rappelait ce qu'il convenait de dire : Il est superbe.

— C'est vrai, acquiesça Kate.

— Mais il est trop étroit au niveau du corsage », observa alors Becca.

Tirant un bout de craie de sa manche, elle traça une marque sur le manteau.

« De deux centimètres », précisa-t-elle.

Passant derrière Mme Latimer, elle glissa les mains sur les côtés du manteau.

« La taille aussi, dit-elle en faisant une nouvelle marque à la craie. Les épaules en revanche sont parfaites. »

Elle recula d'un pas.

«J'aime beaucoup le tombé de la jupe. Et tout le reste est sans défaut.»

Mme Latimer se regarda dans la psyché.

«Ciel! J'ai le nez tout rouge.

— C'est le gin, lança Spade.

— David!» protesta Kate.

Elle n'utilisait son vrai prénom que pour le réprimander – exactement comme avait fait leur mère.

«C'est cette bise glaciale, rectifia Mme Latimer, mais le petit rire dont elle accompagna ces propos montrait qu'elle ne s'était pas froissée de la plaisanterie. J'ai hâte de pouvoir le mettre.

— Je peux vous le retoucher pour demain, proposa Becca.

— Ce serait merveilleux!» s'exclama Mme Latimer.

Elle déboutonna le manteau que Kate l'aida à retirer tandis que Spade lui tendait sa cape. Tout en nouant le ruban qui la retenait à l'encolure, elle confirma à Becca :

«Je passerai demain.

— Merci, madame.»

Mme Latimer sortit.

«Quelle femme séduisante! s'écria Kate. Belle et charmante, et quelle silhouette!

— Si elle te plaît tant, fit Becca d'une voix tranchante, tente ta chance auprès d'elle, je t'en prie.

— Je le ferais si je n'avais pas déjà mieux, ma chérie.»

Becca s'adoucit.

«De toute manière, ajouta Kate, elle ne partage pas nos goûts.

— Qu'en sais-tu ? s'étonna Becca.

— Elle apprécie trop mon frère pour cela.

— Sornettes », rétorqua Spade en riant.

Il sortit par la porte de derrière. Quand Kate et lui avaient hérité de la maison, Spade avait construit son entrepôt sur l'arrière, sur le site d'un ancien verger, laissant à sa sœur la jouissance de l'habitation.

Kate et Becca vivaient comme mari et femme pour toutes les choses importantes de la vie. Elles s'aimaient et partageaient le même lit. Elles faisaient preuve d'une extrême discrétion, mais Spade, très proche de sa sœur, était dans le secret depuis des années. Il était convaincu que personne ne se doutait de rien.

Il traversa la cour. En arrivant devant son entrepôt, il vit la haute silhouette d'Amos Barrowfield franchir la grille donnant sur la ruelle arrière.

C'était vendredi, et Spade l'attendait. Amos était l'image même de la nervosité, pâle, fébrile, les yeux écarquillés. Spade ouvrit la porte de l'entrepôt et s'effaça pour le laisser passer.

« Entre », dit-il.

Il le conduisit à son appartement privé, où ils s'assirent avant que Spade n'annonce :

« J'ai des nouvelles pour toi.

— Bonnes ou mauvaises ? » demanda Amos avec inquiétude.

Spade glissa la main sous sa chemise et en sortit une feuille de papier.

« Lis. »

Amos tendit la main et prit le document.

C'était une lettre de change manuscrite sur la banque Thomson de Kingsbridge, le plus ancien des trois établissements bancaires de la ville, ordonnant le versement de la somme de cent quatre livres, treize shillings et huit pence à Joseph Hornbeam.

Amos en demeura sans voix. Quand il releva la tête vers Spade, ses yeux étaient remplis de larmes.

« C'est un prêt, évidemment, précisa Spade.

— Je ne peux pas y croire. Je suis sauvé. »

Spade chercha à le calmer en lui exposant tous les détails de l'opération.

« Le chanoine Midwinter a accepté d'être l'administrateur d'un fonds constitué par un groupe d'amis méthodistes qui se sont cotisés pour te tirer d'embarras.

— Quelle chance j'ai !

— Je te conseille pourtant de ne pas ébruiter l'origine de cet argent. Cela ne regarde personne.

— Bien sûr.

— Et tu devras verser quatre pour cent d'intérêt et rembourser le principal dans dix ans. »

Le regard qu'Amos posa sur Spade exprimait un sentiment proche de la vénération.

« C'est toi qui as tout arrangé, Spade, j'en suis certain.

— Le chanoine Midwinter m'a aidé.

— Comment pourrai-je jamais vous remercier ? »

Spade secoua la tête.

« Travaille dur, administre bien ton entreprise et rembourse tout le monde le jour venu. C'est tout ce que je te demande.

— Je le ferai, je te le jure. Quel soulagement, si tu savais ! J'en rends grâce à Dieu, et à toi. »

Spade se leva.

« Ce n'est pas tout. Il nous reste à empêcher Hornbeam de te jouer un autre de ses mauvais tours.

— Je t'écoute.

— Tu vas commencer par signer un contrat de prêt avec le chanoine Midwinter en présence d'un juge de paix. Il faudra ensuite que tu remettes la lettre de la banque à Hornbeam, ce que je te conseille vivement de faire en présence du même juge.

— Lequel ? »

Ils étaient plusieurs à Kingsbridge, et certains, comme Humphrey Frogmore, étaient les âmes damnées de Hornbeam.

« J'ai déjà parlé à l'échevin Drinkwater, le président des juges, dit Spade. C'est le beau-père de Midwinter, comme tu le sais certainement.

— Très bon choix. »

Drinkwater était connu pour son honnêteté.

« Il faudra que tu le paies, bien entendu. Il te demandera cinq shillings. Les juges se font souvent rétribuer ce genre de services.

— Je peux me le permettre, maintenant », fit Amos avec un grand sourire.

Ils quittèrent l'entrepôt et se rendirent d'abord chez Amos pour que celui-ci sorte les cinq shillings de son coffre. Puis ils se dirigèrent vers le domicile de Drinkwater, dans la rue des Poissons. C'était une vieille maison à colombages, sans prétention.

Drinkwater les attendait dans une pièce qui lui

servait de bureau, assis derrière une table sur laquelle étaient posés tous les ustensiles nécessaires : plumes, papier, encre, sable et cire à cacheter. Chauve, il s'était coiffé ce jour-là d'une perruque pour bien montrer qu'il exerçait une fonction officielle.

Il lut tout haut l'accord de prêt que Spade lui remit.

« Parfaitement en règle », conclut-il, et il le fit glisser à travers la table. Amos prit une plume, la plongea dans l'encrier et signa de son nom. Drinkwater contresigna ensuite en qualité de témoin.

Amos prit le document, le saupoudra de sable pour sécher l'encre, puis le roula soigneusement et le glissa dans sa chemise.

« Il ne me reste plus qu'à travailler suffisamment pour pouvoir vous rembourser.

— Tu y parviendras, le rassura Drinkwater. Nous avons tous confiance en toi. »

Amos semblait un peu effrayé par la tâche qui l'attendait, mais déterminé à s'en sortir.

Drinkwater enfila un vieux pardessus légèrement élimé et les trois hommes sortirent, prenant la direction de la demeure de Hornbeam.

Pendant qu'ils attendaient dans le vestibule, Amos contempla le portrait de Hornbeam et murmura :

« La dernière fois que j'ai mis les pieds ici, j'ai eu le pire choc de ma vie.

— Aujourd'hui, c'est Hornbeam qui risque d'être drôlement secoué », commenta Spade.

Un valet les fit entrer dans le bureau de l'échevin, visiblement surpris de les voir.

« Qu'est-ce donc ? demanda-t-il contrarié. J'attendais le jeune Barrowfield, pas une délégation.

— C'est au sujet du prêt du jeune Barrowfield, expliqua Spade.

— Si vous êtes venus plaider l'indulgence, vous perdez votre temps.

— Oh, non, rassurez-vous, protesta Spade. Nous n'attendons aucune indulgence de votre part. »

Un soupçon de méfiance ébranla l'attitude arrogante de Hornbeam.

« Bien, mon temps est précieux, que voulez-vous ?

— Rien, dit Spade. En revanche, Barrowfield a quelque chose pour vous. »

Amos lui tendit la lettre de change.

« Hornbeam, intervint Drinkwater, avant de présenter cette traite à la banque, vous devrez remettre tous les documents en votre possession relatifs aux dettes contractées auprès de vous par le défunt Obadiah Barrowfield. Je suppose qu'il s'agit de la liasse de papiers posée sur votre bureau, mais si vous n'êtes pas en mesure de mettre la main dessus sur-le-champ, je vous somme de rendre au jeune Barrowfield la lettre qu'il vient de vous donner. »

Le visage empâté de Hornbeam devint blême, puis rose, et enfin rouge de colère. Ignorant Drinkwater, il s'adressa directement à Amos :

« Où as-tu trouvé cet argent ? » hurla-t-il.

Bien que manifestement troublé, Amos répondit d'une voix ferme :

« Je ne crois pas que cela vous regarde, monsieur l'échevin. »

Bien joué, Amos, songea Spade.

« Tu l'as volé ! glapit Hornbeam.

— Je puis vous assurer, Hornbeam, intervint alors Drinkwater, qu'il s'est procuré cet argent tout à fait honnêtement. »

Hornbeam s'en prit alors au juge :

« De quel droit vous immiscez-vous dans cette affaire ? Elle ne vous concerne pas !

— Je suis ici en qualité de juge de paix pour être témoin d'une transaction juridique, le remboursement d'une dette, expliqua Drinkwater d'une voix douce. Pour éviter qu'il ne subsiste le moindre doute, peut-être pourriez-vous rédiger une note fort simple indiquant que Barrowfield a intégralement remboursé sa dette à votre égard. J'en serai témoin et Barrowfield pourra conserver ce document.

— Tout cela dissimule quelque supercherie, j'en suis certain !

— Calmez-vous avant de prononcer des paroles que vous pourriez regretter, conseilla Drinkwater. Vous comme moi sommes juges de paix, et il ne serait pas convenable que nous nous querellions comme des charretiers. »

Hornbeam s'apprêtait à crier de plus belle, mais il se maîtrisa. Sans ajouter un mot, il s'empara d'une feuille de papier, y griffonna rapidement quelques mots et la tendit à Drinkwater qui l'examina.

« Hum, dit-il. C'est à peine lisible. »

Il prit néanmoins une plume, signa le document et le tendit à Amos.

Hornbeam reprit la parole, mâchoires serrées.

« Si notre affaire est terminée, je vous souhaite à tous une bonne soirée. »

Les trois se levèrent et sortirent en marmonnant des au revoir.

Une fois dans la rue, Spade éclata de rire.

« Quelle scène ! s'écria-t-il. Il était au bord de l'apoplexie !

— Je regrette qu'il se soit montré grossier avec vous, monsieur l'échevin, dit Amos à Drinkwater.

— Je me suis fait un ennemi ce soir, acquiesça celui-ci en hochant la tête.

— Je pense que nous nous sommes tous les trois fait un ennemi de Hornbeam, ajouta Spade après un instant de réflexion.

— Je ne sais comment vous remercier tous les deux. C'est un ennemi redoutable.

— Sans doute, acquiesça Spade. Mais il y a des circonstances où un homme doit faire ce qui est juste, un point c'est tout. »

*

Spade passa à l'atelier de sa sœur le lendemain matin, espérant apercevoir Mme Latimer quand elle viendrait chercher son manteau retouché. La chance lui sourit. Arabella entra telle une brise tiède et il songea une fois de plus qu'elle était diablement séduisante.

Quand elle essaya le manteau, il parcourut son corps du regard, prétendant vérifier le tomber. Elle avait des courbes ravissantes, et il ne put s'empêcher d'imaginer ses seins sous ses vêtements.

Il croyait être discret, mais elle surprit son regard, à son grand embarras. Elle haussa les sourcils une fraction de seconde et se tourna vers lui avec une expression de sincère curiosité, comme si son œillade l'avait surprise sans lui déplaire vraiment.

Mortifié de s'être fait prendre, il détourna prestement les yeux, sentant ses joues s'empourprer.

« Il vous va très bien, murmura-t-il.

— C'est vrai, approuva Kate. Je crois que Becca a accompli un travail remarquable.

— Excusez-moi, mesdames, intervint alors Spade, mes affaires m'appellent », et il sortit par la porte de derrière.

Il s'en voulait de sa goujaterie. En même temps, la réaction de Mme Latimer l'intriguait. Elle n'avait pas été offensée. On aurait presque pu croire qu'elle n'était pas mécontente qu'il ait remarqué sa poitrine.

Il songea : que m'arrive-t-il ?

Cela faisait dix ans qu'il était célibataire, depuis la mort de son épouse Betsy. Tout désir n'avait pas disparu de sa vie, bien au contraire. Il lui était arrivé de penser à plusieurs autres femmes. Il n'était pas rare que les veufs se remarient, souvent avec des femmes plus jeunes. Mais les jouvencelles ne l'intéressaient pas : il fallait être jeune pour épouser une jeune femme, pensait-il. Et puis il y avait eu Cissy Bagshaw, la veuve d'un drapier, une femme de son âge, dotée d'un solide esprit pratique. Elle lui avait fait comprendre clairement qu'elle ne demandait qu'à partager son lit pour ce qu'elle avait appelé un « essayage », comme s'ils pouvaient s'essayer réciproquement, à l'image de vêtements neufs. Il l'aimait bien, mais ce n'était pas suffisant. Son amour pour Betsy avait été une passion, et il n'était pas prêt à se contenter de moins.

Mais voilà qu'il avait l'impression inattendue qu'Arabella Latimer pourrait bien lui inspirer un sentiment proche de la passion. Quelque chose lui remuait l'âme quand elle était près de lui. Ce n'était pas seulement son physique, bien que celui-ci ne le laissât pas indifférent. C'était également le regard amusé, mais en même temps légèrement critique, qu'elle semblait poser sur le monde. Il voyait celui-ci du même œil.

Quand il s'imaginait vivre avec elle comme mari et femme, il sentait qu'ils ne se lasseraient pas de faire l'amour et ne manqueraient jamais de sujets de discussion.

Et elle n'avait pas été contrariée qu'il ait remarqué ses seins.

Mais elle était déjà mariée.

À l'évêque.

Bien, songea-t-il, il vaudrait mieux que je l'oublie.

9

Quand l'euphorie d'avoir échappé au piège de Hornbeam commença à se dissiper, les pensées d'Amos se tournèrent vers les années à venir. Il se trouvait au pied d'une pente escarpée. Il était prêt à travailler dur – il en avait l'habitude –, mais cela suffirait-il ? S'il réussissait à développer son affaire, il serait en mesure de rembourser plus rapidement sa dette, et même de commencer à amasser un peu d'argent. Mais la pénurie de fil risquait d'être un obstacle. Comment s'en procurer davantage ?

L'idée d'augmenter la rémunération des fileuses lui traversa l'esprit. Ce travail étant presque exclusivement réservé aux femmes, il était mal payé. Si les tarifs augmentaient, seraient-elles plus nombreuses à s'engager dans cette activité ? Il n'en était pas certain. Les femmes avaient d'autres obligations et certaines n'avaient tout simplement pas le temps. Par ailleurs, le textile était une industrie conservatrice : si Amos augmentait ses tarifs, d'autres drapiers de Kingsbridge l'accuseraient de ruiner le commerce.

Mais l'idée de devoir lutter durant des années pour joindre les deux bouts était accablante.

Un soir tard, il croisa Roger Riddick dans la rue des Poissons.

« Alors ça, Amos ! Salut, ma vieille branche, dit Roger, grand amateur d'argot estudiantin. Crois-tu que je pourrais passer la nuit chez toi ?

— Bien sûr, avec plaisir, répondit Amos. J'ai assez profité de votre hospitalité au manoir de Badford pour te rendre la pareille. Tu peux rester un mois si tu veux.

— Non, non, je rentre chez moi demain. Mais figure-toi que j'ai perdu tout mon argent chez Culliver et que je vais devoir me serrer la ceinture jusqu'au versement de la prochaine rente paternelle. »

Hugh Culliver, surnommé Sport, tenait un établissement dans la rue des Poissons. Le rez-de-chaussée était occupé par une taverne et un café, le premier étage par un tripot et le second par un bordel. Roger était un habitué de l'étage du milieu.

« Tu pourras souper avec nous, le rassura Amos.

— Magnifique. »

Ils se mirent en route.

« Et à part ça, demanda Roger, comment ça va pour toi ?

— Comme ci, comme ça. Figure-toi que la fille que j'aime me préfère un rubanier à cheveux jaunes.

— Tu devrais pouvoir régler ce problème au dernier étage de chez Culliver. »

Amos ignora la suggestion. Les prostituées ne le tentaient pas le moins du monde.

« S'y ajoute que j'ai un sacré chemin à parcourir

avant de pouvoir commencer à rembourser les dettes de mon père.

— Crois-tu que cette guerre nuira à tes affaires ? Les Français volent de victoire en victoire : en Savoie, à Nice, en Rhénanie, en Belgique.

— Une grande partie du drap fabriqué dans l'ouest de l'Angleterre est exportée vers le continent européen, et la guerre perturbera certainement ce négoce. En contrepartie, l'armée devrait passer de grosses commandes : elle aura besoin de beaucoup d'uniformes. J'espère profiter d'une partie de cette aubaine – à condition de réussir à me procurer du fil. »

Ils arrivèrent chez les Barrowfield. La mère d'Amos avait préparé un dîner de jambon et d'oignons au vinaigre avec du pain et de la bière. Elle ajouta rapidement un couvert pour Roger, puis alla se coucher en disant :

« Je vous laisse causer, les garçons. »

Roger but une longue gorgée de bière.

« Tu disais qu'il y a pénurie de fil ?

— Oui. Spade l'attribue à la navette volante. Les tisserands travaillent plus vite, mais pas les fileuses.

— Je suis allé récemment à Combe et j'ai visité une manufacture de coton qui appartient au père d'un de mes camarades d'université. »

Amos hocha la tête. Si l'essentiel de l'industrie du coton était localisé dans le nord de l'Angleterre et dans les Midlands, on trouvait néanmoins quelques manufactures dans le Sud, principalement dans des villes portuaires comme Combe et Bristol, où l'on déchargeait le coton brut.

« Tu sais que les cotonniers ont inventé une machine à filer ?

— J'en ai entendu parler. Mais on ne peut pas s'en servir pour la laine.

— On l'appelle la spinning jenny – c'est un système incroyable, s'enthousiasma Roger, qui adorait les machines, surtout les plus compliquées. Une seule personne peut filer huit bobines à la fois. Et l'appareil est si facile à utiliser qu'une femme devrait être capable de s'en servir.

— Si seulement j'avais une machine capable de travailler huit fois plus vite que le vieux rouet, soupira Amos. Mais les fibres de coton sont plus solides que la laine. La laine se casse trop facilement.

— C'est un problème, reconnut Roger, pensif. Mais je ne vois pas pourquoi il serait insurmontable. S'il était possible de réduire la tension sur les fils, on pourrait sans doute l'utiliser pour la laine plus épaisse, plus grossière, en réservant le rouet à main pour les toisons plus fines... Il faut que j'examine cette machine de plus près. »

Amos commença à entrevoir une lueur d'espoir. Il n'ignorait rien de l'ingéniosité dont Roger faisait preuve dans son atelier de Badford.

« Que dirais-tu d'une petite excursion à Combe ? proposa-t-il.

— Pourquoi pas ? répondit Roger en haussant les épaules.

— La diligence s'y rend après-demain. Nous devrions y être en milieu d'après-midi.

— C'est entendu, acquiesça Roger. Je n'ai rien

d'autre à faire maintenant que j'ai perdu tout mon argent. »

*

Amos passa une réclame dans la *Kingsbridge Gazette* et dans le *Combe Herald* :

À l'attention de messieurs les drapiers
M. Amos Barrowfield a le plaisir d'annoncer
que l'entreprise fondée de longue date par son père,
feu M. Obadiah Barrowfield,
poursuit ses activités sans interruption.
Spécialité d'étoffes de grande qualité :
mohair, mérinos, casimir fantaisie
purs ou mélangés à la soie, au coton et au lin.
IL SERA RÉPONDU À TOUTES DEMANDES
PAR RETOUR DU COURRIER.
M. Amos Barrowfield
Grand-Rue
Kingsbridge

Il montra son annonce à Spade dans la Salle méthodiste.

« Parfait, répondit celui-ci. Sans critiquer ton père, tu laisses entendre que ses récents revers de fortune appartiennent au passé et que l'entreprise a désormais à sa tête un nouveau directeur plus dynamique.

— Exactement, approuva Amos, tout content.

— Je suis absolument convaincu des vertus de la réclame, poursuivit Spade. Si elle ne suffit pas à elle seule à faire vendre tes produits, elle crée des possibilités nouvelles.»

Amos était bien de cet avis.

Le thème de l'étude biblique de la soirée était l'histoire de Caïn et Abel, mais, une fois le sujet du meurtre évoqué, tous se mirent à parler de l'exécution du roi de France. L'évêque de Kingsbridge avait prononcé un sermon dans lequel il affirmait que les révolutionnaires français avaient commis un meurtre.

Ce point de vue était partagé par la noblesse, le clergé et la majorité de la classe dirigeante britanniques. William Pitt, le Premier ministre, était farouchement hostile aux révolutionnaires français. Mais les Whigs, l'opposition libérale, étaient divisés : si la majorité approuvait Pitt, une minorité non négligeable estimait que la révolution présentait un certain nombre d'aspects positifs. Ce dissentiment se retrouvait dans la population : une minorité faisait campagne pour des réformes démocratiques sur le modèle français, tandis qu'une majorité prudente restait loyale au roi George III et s'opposait à la révolution.

Rupe Underwood était dans le camp de Pitt.

«Il s'agit d'un meurtre, purement et simplement, lança-t-il avec indignation. C'est un acte inique.»

Sa mèche lui tomba dans les yeux, et il rejeta la tête en arrière pour la repousser. Puis il lança un coup d'œil à Jane.

Amos comprit que Rupe se donnait en spectacle pour attirer l'attention de la jeune fille qui était, ce soir-là comme toujours, un modèle d'élégance dans une robe bleu marine avec un chapeau à haute coiffe d'allure masculine. Se laisserait-elle séduire par l'opinion éminemment morale de Rupe ?

Spade voyait les choses d'un autre œil, ce qui lui arrivait très souvent.

« Le jour même où le roi de France a été guillotiné, ici, à Kingsbridge, nous avons pendu Josiah Pond, coupable d'avoir volé un mouton. Était-ce un meurtre ? »

Amos aurait bien aimé trouver quelque chose d'intelligent à dire pour impressionner Jane et ridiculiser Rupe, mais il ne savait pas très bien dans quel camp il était, ni ce qu'il pensait de la Révolution française.

« Louis était roi par la volonté de Dieu, objecta Rupe pieusement.

— Et Josiah pauvre par la volonté de Dieu », rétorqua Spade.

Fichtre, songea Amos, pourquoi n'ai-je pas pensé à cela ?

« Josiah Pond était un voleur, jugé et condamné par un tribunal, reprit Rupe.

— Et Louis un traître, accusé de conspiration avec les ennemis de son pays, répliqua Spade. Il a été jugé et condamné, exactement comme Josiah. À cette différence près que le crime de trahison est plus grave que le vol d'un mouton, si vous voulez mon avis. »

Amos songea qu'il n'avait pas besoin de ridiculiser Rupe, car Spade s'en chargeait fort bien.

« La souillure de cette exécution entachera tous les Français pendant des siècles, s'écria Rupe d'un ton grandiloquent.

— Et toi, Rupe, demanda Spade en souriant, portes-tu une tache comparable ? »

Rupe fronça les sourcils, ne comprenant pas où l'autre voulait en venir.

« Je n'ai jamais tué de roi, à l'évidence.

— Pourtant, tes ancêtres comme les miens ont exécuté Charles Ier, roi d'Angleterre, il y a quelque cent quarante ans. D'après ton raisonnement, nous devrions en porter encore la souillure. »

Rupe parut quelque peu démonté.

« Rien de bon ne peut sortir de l'exécution d'un roi, affirma-t-il, visiblement à court d'arguments.

— Je ne suis pas de ton avis, le reprit Spade avec douceur. Depuis qu'en Angleterre, nous avons tué notre roi, nous avons joui de plus d'un siècle de liberté religieuse grandissante, tandis que les Français étaient obligés d'être catholiques – jusqu'à maintenant. »

Estimant que Spade allait trop loin, Amos trouva enfin les mots qui lui permettraient de participer à la discussion :

« Un nombre terrifiant de Français ont été tués pour un simple délit d'opinion, releva-t-il.

— Alors Spade, enchaîna Rupe, que réponds-tu à Amos ?

— Je réponds qu'Amos a raison, dit Spade à la surprise générale. Mais je me rappelle aussi les paroles de Notre Seigneur : "Ôte premièrement la poutre de ton œil, et alors tu verras comment ôter la paille de l'œil de ton frère." Au lieu de nous concentrer sur les torts que commettent les Français, sans doute ferions-nous mieux de nous interroger sur les réformes qu'il conviendrait d'entreprendre ici, dans notre propre pays.

— Mes amis, intervint le chanoine Midwinter. Il me semble que nous avons porté le débat suffisamment loin pour ce soir. Quand nous nous quitterons tout à l'heure, nous pourrions peut-être tous nous interroger sur ce que Notre Seigneur penserait de la situation en nous rappelant qu'il a lui-même été exécuté.»

Amos en fut interloqué. Il était facile, surtout ici, dans l'intérieur sobre de la Salle méthodiste, devant ses murs chaulés et son mobilier ordinaire, d'oublier que la religion chrétienne regorgeait de sang, de torture et de mort. Les catholiques étaient plus réalistes, avec leurs représentations de la crucifixion et leurs tableaux de martyrs.

«Notre Seigneur, poursuivit Midwinter, réprouverait-il que l'on ait guillotiné le roi de France ? Le cas échéant, approuverait-il qu'on ait pendu Josiah Pond ? Je ne vous donnerai pas de réponses à ces questions. Mais je pense qu'y réfléchir à la lumière des enseignements de Jésus pourrait éclairer nos esprits et nous faire comprendre que ces sujets ne sont pas simples. Et maintenant, fermons les yeux et prions.»

Ils inclinèrent tous la tête.

La prière fut brève.

«Oh Seigneur, donne-nous le courage de lutter pour ce qui est juste et l'humilité de reconnaître nos torts. Amen.

— Amen», dit Spade d'une voix forte.

*

La diligence qui assurait la liaison entre Bristol et Combe s'arrêta à Kingsbridge devant l'Auberge de la Cloche, sur la place du marché. Amos et Roger s'installèrent à l'extérieur. Amos ne pouvait pas se permettre de prendre des places intérieures et Roger n'avait pas d'argent.

« Je te rembourserai ! » promit Roger, mais Amos refusa. S'il aimait bien Roger, il savait aussi qu'il n'était pas sage de prêter de l'argent à des joueurs.

La diligence quitta la place du marché et descendit la rue principale, dont la plupart des maisons étaient devenues des commerces. Elle franchit le fleuve sur la double travée du pont de Merthin, qui devait son nom à son constructeur médiéval. Depuis la rive droite, elle gagna l'île aux Lépreux, passa devant l'hôpital de Caris, puis roula jusqu'à la rive sud. Elle parcourut ensuite les rues tortueuses du faubourg prospère qu'on appelait le champ aux Amoureux. Amos imaginait que dans un passé lointain, c'était ici que se retrouvaient les couples non mariés désireux de trouver un peu de solitude. Il n'y avait plus de champs ici, cependant, mais certains jardins étaient plantés de vergers. La diligence longea ensuite un certain nombre d'habitations modestes disséminées, avant de déboucher enfin dans la campagne.

Il faisait froid, mais ils étaient tous deux vêtus d'épais pardessus ainsi que d'écharpes tricotées et de chapeaux. Roger fumait la pipe. Dans les tavernes où la diligence s'arrêtait pour changer de chevaux, ils achetaient des boissons chaudes : thé, soupe ou whisky allongé d'eau bouillante.

Amos était débordant d'optimisme. Il essayait de se convaincre qu'il était prématuré de se réjouir, mais ne pouvait s'empêcher de penser que l'idée de Roger allait transformer son entreprise. Une machine capable de filer huit bobines à la fois !

Ils passèrent la nuit dans une pension et se rendirent le matin suivant chez l'ami de Roger, Percy Frankland. Le père de Percy était un homme prospère, qui les invita à partager un copieux petit déjeuner avec sa femme, Percy et leurs deux autres enfants adolescents. Amos ne mangea pas grand-chose. Cette visite le rendait nerveux, car il craignait que ses espoirs ne soient déçus.

Immédiatement après le petit déjeuner, ils rejoignirent l'entrepôt construit sur le terrain de la maison des Frankland. Le rez-de-chaussée était consacré au stockage ; le filage s'effectuait à l'étage supérieur.

Quand Amos entra enfin dans la salle de filage, il lui fallut un moment pour donner du sens à ce qu'il avait sous les yeux ; puis il comprit qu'il n'y avait pas qu'un métier à filer, mais plusieurs sur toute une rangée.

Chaque machine ressemblait à une petite table, à hauteur de taille, d'un peu moins d'un mètre de long sur la moitié de large, posée sur quatre pieds robustes. Deux personnes, une femme et un enfant, en assuraient le fonctionnement. La femme se tenait devant un des bords étroits, les fils s'étirant jusqu'aux broches, à l'autre extrémité. De la main droite, elle actionnait une grande roue située sur un côté. La roue faisait tourner les huit broches qui enroulaient le coton en un fil serré. Quand elle jugeait que le fil était suffisamment serré, elle poussait de sa main gauche une traverse qui alimentait la machine de huit nouvelles longueurs de fibres de coton.

La salle contenait huit machines.

Amos demanda à M. Frankland en lui désignant l'enfant :

« Et le petit, que fait-il ?

— C'est le rattacheur, il rattache les fils cassés pour sa mère », répondit M. Frankland.

Ils regardèrent un petit garçon d'environ onze ans réparer une rupture de fil. Il rampa sous la machine pour que sa mère ne soit pas obligée d'interrompre son travail. Les ouvriers du textile étaient payés à la quantité qu'ils produisaient, jamais au nombre d'heures de travail. Le garçonnet prit les extrémités de deux fils et les posa dans sa paume gauche en les faisant se chevaucher de cinq ou six centimètres. Puis, de la paume droite, il frotta les fils ensemble par petits coups, en appuyant fermement. Quand il releva la main droite, les deux fils s'étaient entremêlés pour n'en faire à nouveau qu'un. Le processus avait duré quelques secondes.

Amos remarqua que les paumes du petit étaient devenues calleuses à force de frotter les fibres. Il prit sa main droite et en caressa la corne.

« J'ai les mains dures, remarqua le petit fièrement. Elles ne saignent plus. »

Amos se tourna alors vers M. Frankland : « Les fils

doivent se casser souvent pour que vous ayez besoin d'un rattacheur en permanence.

— En effet. »

C'était une mauvaise nouvelle.

« Si le coton se rompt souvent, dit Amos à Roger, la laine risque de se déchirer tout le temps. Il arrive même à des fileuses aussi habiles que Sal Clitheroe de casser un fil de temps à autre.

— Y a-t-il un moment, au cours du processus, demanda Roger au garçonnet, où le risque de rupture du fil est plus grand ? Tu comprends ce que je veux dire ?

— Oui, maître, acquiesça le petit. C'est quand on tend un fil détendu. Surtout si la vieille tire d'un coup trop sec.

— Dans ce cas, je pourrai peut-être y remédier », annonça Roger à Amos.

Amos était fou de joie. Cette machine pourrait lui fournir tout le fil dont il avait besoin pour développer son entreprise. Mais elle pourrait lui être plus utile encore. Elle pourrait lui éviter d'avoir à parcourir la campagne pour faire la tournée des villageois qui travaillaient à façon. S'il avait dans son entrepôt une salle remplie de fileuses, elles lui fourniraient plus de fil que toutes les villageoises. De plus, si l'une d'elles tombait malade et ne pouvait pas travailler, il n'aurait pas à attendre une semaine pour en être informé. La machine lui permettrait de mieux contrôler sa production.

Réprimant son enthousiasme, il chercha à se montrer pragmatique.

« J'ignore encore s'il est possible de modifier la

spinning jenny afin qu'elle puisse fonctionner avec de la laine, dit-il à M. Frankland, mais si c'est le cas, où pourrais-je m'en procurer une ?

— Il y a plusieurs endroits qui en fabriquent dans le nord du pays. »

M. Frankland hésita un instant avant d'ajouter : « Ou bien, je pourrais vous en vendre une. Je ne vais pas tarder à remplacer ces machines par un plus gros modèle qu'on appelle une mule jenny. Elle file quarante-huit fils à la fois.

— Quarante-huit ! s'écria Amos, abasourdi.

— Des broches germant comme les pousses de rhubarbe au mois de mai », commenta Roger.

Amos se concentra sur les détails pratiques.

« Quand pensez-vous recevoir votre mule jenny ?

— Je l'attends d'un jour à l'autre.

— Et combien demanderiez-vous pour une spinning jenny d'occasion ?

— Elles m'ont coûté six livres. Et ces machines sont inusables. Je pourrais donc vous en vendre une pour quatre livres. »

Et je l'aurais dans quelques jours, songea Amos.

Il parviendrait sans doute à rassembler quatre livres, mais il ne lui resterait plus rien en cas de coup dur.

Son esprit, pourtant, revenait incessamment à la même question : fonctionnerait-elle avec de la laine ? Et la réponse était immuable : le seul moyen de le savoir était d'essayer.

Il hésitait tout de même.

« Un maître cotonnier doit passer voir les machines demain.

— Je vous ferai connaître ma décision avant ce soir, promit Amos. En tout cas, merci pour votre proposition. J'apprécie vivement. »

M. Frankland sourit en hochant la tête.

« Et maintenant, poursuivit Amos, il va falloir que j'aie une sérieuse discussion avec mon ingénieur. »

Ils se serrèrent tous la main, et Amos s'éloigna avec Roger.

Ils se rendirent à la taverne où ils commandèrent un repas léger. Roger était débordant d'enthousiasme, son visage rose empourpré d'émotion.

« Je sais comment diminuer le taux de rupture des fils, annonça-t-il. Je vois ça très clairement.

— Bien », murmura Amos.

Il était arrivé à un moment décisif. S'il allait jusqu'au bout de ce projet et que l'affaire capotait, il devrait se résoudre à consacrer encore de très longues années à épargner pour rembourser sa dette. En revanche, si les choses marchaient bien, il pourrait commencer à gagner beaucoup d'argent.

« C'est risqué, dit-il à Roger.

— J'aime les risques, répondit Roger.

— Je les déteste », répliqua Amos.

Mais il acheta la machine.

*

Amos décida d'être optimiste et de répondre à un appel d'offre pour un contrat militaire sans attendre la livraison de la spinning jenny.

Le colonel de la milice de Kingsbridge était Henry,

vicomte Northwood, fils et héritier du comte de Shiring. Cette fonction était le plus souvent purement honorifique, mais dans la tradition de Shiring, le fils du comte était un colonel actif. Northwood était également député de Kingsbridge au Parlement : selon Spade, la noblesse aimait que les responsabilités décisives restent dans la famille.

Northwood habitait d'ordinaire Earlscastle avec son père, mais après la convocation de la milice, il avait loué la maison Willard, une grande bâtisse située sur la place du marché, suffisamment spacieuse pour loger le colonel et plusieurs officiers supérieurs de l'état-major. La légende de Kingsbridge prétendait que cette demeure avait appartenu jadis à Ned Willard, qui avait joué un rôle important à la cour de la reine Élisabeth, bien que personne ne sût exactement lequel.

L'arrivée de Northwood à Kingsbridge n'était pas passée inaperçue dans la bonne société : âgé de vingt-trois ans et célibataire, c'était de loin le meilleur parti du comté.

Amos ne l'avait jamais rencontré et ne connaissait personne qui aurait pu jouer les intermédiaires. Il décida donc de se rendre à la maison Willard et de tenter sa chance.

Il fut arrêté dans le vaste vestibule par un homme d'une quarantaine d'années en uniforme de sergent : culottes blanches et guêtres, courte veste rouge et haut shako. Le rouge de la veste tirait plutôt sur le rose terne, signe d'une teinture de mauvaise qualité.

« Que voulez-vous, mon jeune monsieur ? demanda sèchement le sergent.

— Je suis venu parler au vicomte Northwood, votre colonel.

— Vous attend-il ?

— Non. Veuillez lui dire qu'Amos Barrowfield souhaite lui parler de votre uniforme.

— De mon uniforme ? s'indigna le sergent.

— Oui. Il devrait être rouge, et non pas rose. »

Le sergent examina sa manche, sourcils froncés.

« Je souhaiterais que la milice de Shiring soit correctement vêtue, poursuivit Amos, et je suis certain que le vicomte Northwood partage mon sentiment. »

Le sergent hésita un long moment avant de dire :

« Attendez ici. Je vais voir. »

Le vestibule où Amos patientait était très animé : des hommes passaient d'une pièce à l'autre d'un pas pressé et conversaient avec vivacité quand ils se croisaient dans l'escalier, engendrant une atmosphère d'efficacité trépidante. Les officiers qui appartenaient à l'aristocratie avaient la réputation d'être le plus souvent oisifs et nonchalants ; mais peut-être Northwood n'était-il pas comme eux.

Le sergent revint.

« Suivez-moi, je vous prie », dit-il.

Il conduisit Amos dans une vaste pièce située sur l'avant de la demeure et percée d'une fenêtre qui donnait sur la façade ouest de la cathédrale. Northwood était assis derrière un grand bureau. Une belle flambée brûlait dans l'âtre.

Juste à côté du bureau, vêtu d'un uniforme de lieutenant et serrant entre ses doigts une liasse de papiers, était assis un homme qu'Amos connaissait :

Archie Donaldson, un méthodiste. Amos lui adressa un signe de tête et s'inclina devant le vicomte.

Northwood ne portait pas de perruque et ses cheveux bouclés étaient coupés court. Son visage, marqué par un grand nez, avait l'air affable, mais ses yeux jaugèrent Amos avec une intelligence aiguë. J'ai une minute pour l'impressionner, songea le jeune homme, faute de quoi, je me retrouverai dehors sans avoir le temps de dire ouf.

« Amos Barrowfield, monsieur le vicomte, drapier de Kingsbridge.

— Que reprochez-vous à l'uniforme du sergent Beach, Barrowfield ?

— Il a été teint en rouge garance, une teinture végétale qui est en réalité plus rose que rouge et se décolore rapidement. Cela n'a pas grande importance s'agissant des soldats ordinaires, mais l'étoffe destinée aux sergents et autres sous-officiers devrait être teinte à la gomme laque, la sécrétion d'un insecte parasite qui donne un rouge profond – tout en étant moins coûteuse que la cochenille, qui permet d'obtenir le vrai "rouge britannique", un carmin vif utilisé pour les uniformes d'officiers.

— J'aime les gens qui connaissent leur métier, approuva Northwood, à la grande satisfaction d'Amos. Je suppose que vous souhaiteriez fournir le tissu des uniformes de la milice, c'est bien cela ?

— Je serais heureux de vous offrir un drap résistant et imperméable en quatre cent cinquante grammes pour les soldats de deuxième classe et pour les sergents. Pour les officiers, je vous propose un drap plus léger, extrafin, tout aussi solide mais avec une finition plus douce, tissé à partir de laine espagnole importée tout spécialement à cette fin. Les étoffes de luxe sont ma spécialité, monsieur le vicomte.

— Je vois. »

Amos était lancé.

« Quant aux tarifs… »

Northwood leva la main pour lui intimer le silence.

« J'en sais suffisamment, merci. »

Amos se tut, s'attendant à un refus. Pourtant, loin de le congédier, Northwood se tourna vers Donaldson.

« Écrivez un billet, je vous prie. »

Donaldson prit une feuille de papier et plongea une plume dans l'encrier.

« Demandez au commandant d'avoir la bonté de s'entretenir avec Barrowfield à propos du drap destiné aux uniformes. »

Northwood s'adressa alors à Amos.

« Je souhaite que vous rencontriez le commandant Will Riddick. »

Amos réprima un grognement de surprise.

« Riddick se charge de tous les achats avec l'assistance du fourrier. Il a un bureau ici, juste en haut de l'escalier. Je vous remercie d'être venu me voir. »

Amos s'inclina et sortit, dissimulant tant bien que mal sa consternation. Il pensait avoir fait bonne impression à Northwood, mais cela n'avait probablement servi à rien.

Il trouva Riddick à l'étage supérieur, dans une petite pièce située sur l'arrière de la maison et tout embrumée par la fumée de pipe. Will portait un manteau rouge et des culottes blanches. Il salua Amos d'un air méfiant.

Amos mobilisa toutes ses réserves de bonhomie pour lancer d'une voix enjouée :

« Quel plaisir de te voir, Will. Je viens de parler au colonel Northwood. Il m'a chargé de te faire passer ce message. »

Amos lui tendit le billet.

Will le lut, laissant les yeux posés sur le papier plus longtemps qu'il ne semblait nécessaire pour déchiffrer ces brèves lignes. Puis il parut prendre une décision.

« Tu sais quoi ? Allons en discuter devant une chope.

— Comme tu voudras », répondit Amos, peu tenté pourtant par une bière matinale.

Ils sortirent de la maison. Amos avait pensé qu'ils iraient à La Cloche, qui n'était qu'à quelques pas, mais Will le conduisit vers le bas de la ville et s'engagea dans la rue des Poissons. Au grand désarroi d'Amos, il s'arrêta devant l'établissement de Sport Culliver.

« Est-ce que cela t'ennuierait beaucoup que nous allions ailleurs ? demanda Amos. Cet endroit a mauvaise réputation.

— Balivernes, rétorqua Will. Nous prendrons un verre, c'est tout. Personne ne t'obligera à monter à l'étage. »

Il entra et Amos le suivit, espérant qu'aucun méthodiste ne l'apercevrait.

Il n'était encore jamais venu, et trouva que le

rez-de-chaussée ressemblait de façon rassurante à n'importe quelle autre taverne : rien, ou presque, ne trahissait les activités prohibées qui se déroulaient aux autres étages. Il essaya d'y puiser quelque réconfort, mais son malaise persistait. Ils s'installèrent dans un coin tranquille et Will commanda deux chopes de bière brune.

Amos décida d'aller droit au but.

« Je peux te proposer du drap ordinaire pour les uniformes de recrues à un shilling le mètre, dit-il. Personne ne te fera un meilleur prix. La même étoffe teinte à la gomme laque pour les sergents et autres sous-officiers, à trois pence de plus. Et du drap extra-fin pour les officiers, rouge britannique, à seulement trois shillings et six pence le mètre. Si tu déniches un drapier de Kingsbridge prêt à t'offrir de meilleures conditions, je veux bien manger mon chapeau.

— Où te procureras-tu le fil ? J'ai entendu parler de pénurie. »

Amos s'étonna que Will soit aussi bien informé.

« J'ai mes sources », répondit-il.

C'était presque vrai : la spinning jenny devait être livrée d'un jour à l'autre.

« Quelles sources ?

— Je ne peux pas te le dire. »

Un serveur apporta la bière et attendit à côté de leur table. Will regarda Amos, qui comprit qu'il était censé payer. Il sortit quelques pièces de sa bourse et les tendit à l'homme.

Will prit une grande lampée de bière et poussa un soupir de satisfaction.

« Supposons que la milice ait besoin d'une centaine d'uniformes de sergents.

— Il te faudrait cent mètres de drap teint à la gomme laque à un shilling et trois pence, soit douze livres et dix shillings. Si tu me passes commande tout de suite, j'arrondis et je te le laisse à douze livres. C'est une remise excessive, mais je sais que ce drap te donnera toute satisfaction et que tu renouvelleras ta commande. »

Amos avala une petite gorgée de bière pour dissimuler sa nervosité.

« Ça me paraît correct, acquiesça Will.

— Tant mieux. »

Amos était aussi surpris qu'enchanté. Il ne s'était pas attendu à conclure aussi facilement une vente avec Will. Et même s'il ne s'agissait pas d'une très grosse commande, ce ne serait peut-être qu'un début.

« Je fais un saut chez moi pour préparer une facture et je te la rapporte à signer dans quelques minutes.

— Parfait.

— Merci », dit Amos.

Il leva sa chope et la tendit à Will pour qu'il trinque, afin de sceller leur accord. Ils burent tous les deux.

« Un dernier point, reprit Will. Établis une facture de quatorze livres. »

Amos le regarda, perplexe.

« Mais le montant est de douze livres.

— Et je t'en paierai effectivement douze.

— Alors comment pourrais-je t'en facturer quatorze ?

— C'est ainsi que ça se fait dans l'armée. »

Amos comprit enfin.

« Ah ! Tu diras à tes supérieurs que le prix était de quatorze livres, tu m'en verseras douze et tu en garderas deux pour toi. »

Will ne démentit pas.

« C'est une commission cachée ! s'indigna Amos.

— Plus bas ! lui intima Will en parcourant du regard la salle vide. Un peu de discrétion, bon sang !

— Mais c'est malhonnête !

— Et alors ? C'est comme ça que marchent les affaires. Je ne peux pas croire que tu sois naïf à ce point ! »

Amos se demanda un moment si Will disait vrai et si aucun contrat de ce genre ne se concluait sans pot-de-vin. Peut-être était-ce une des choses que son père ne lui avait pas apprises. Mais se rappelant que de nombreux drapiers de Kingsbridge étaient méthodistes, il fut convaincu qu'ils ne se rendraient jamais coupables de malversation.

« Il n'est pas question que je t'établisse une fausse facture.

— Dans ce cas, tu n'obtiendras pas la commande.

— Parce que tu crois trouver un drapier disposé à te graisser la patte ?

— Je ne le crois pas, j'en suis sûr. »

Amos secoua la tête.

« Eh bien, ce n'est pas comme ça que les méthodistes font des affaires.

— Pauvre imbécile ! » lança Will, et il vida sa chope.

10

Will Riddick regagna Badford la veille du jour où prirent fin les six semaines d'alitement forcé de Kit.

La malchance voulut que le protecteur de Kit, Roger, soit parti une semaine auparavant. Il logeait chez Amos Barrowfield à Kingsbridge, avaient entendu dire les domestiques, travaillant sur un mystérieux projet dont personne ne savait rien.

Kit avait été impatient de pouvoir enfin se lever.

Tout au début, quand sa tête le faisait souffrir et qu'il n'était pas encore remis du choc, il n'avait même pas eu envie de bouger. Il était si fatigué qu'il ne demandait qu'à rester au fond de son lit chaud et moelleux. Trois fois par jour, Fanny l'aidait à s'asseoir et le nourrissait de flocons d'avoine, de gruau ou de pain trempé dans du lait chaud. Le simple effort de manger l'épuisait et il s'allongeait dès qu'il avait vidé son bol.

L'évolution avait été progressive. Il lui arrivait de pouvoir observer des oiseaux par les carreaux de sa chambre et il avait persuadé Fan de déposer des miettes sur le rebord de fenêtre pour les attirer. Elle passait souvent un petit moment avec lui après le dîner des domestiques, et quand ils n'avaient pas d'autre sujet de conversation, il lui racontait les histoires de la Bible que sa mère lui avait apprises : l'arche de Noé, Jonas et la baleine, Joseph et sa tunique de plusieurs couleurs. Fan ne connaissait pas beaucoup de récits bibliques. Devenue orpheline à sept ans, elle était venue travailler au manoir, où personne ne songeait à raconter des histoires à un enfant. Elle ne savait ni lire, ni même écrire son nom. Kit découvrit avec étonnement qu'on ne lui versait pas de gages.

« C'est comme si je travaillais pour mes parents, lui avait-elle expliqué. C'est ce que dit le châtelain. »

Quand Kit en avait informé sa mère, celle-ci avait répondu : « Moi, j'appelle ça de l'esclavage. » Puis elle avait regretté ses propos, et recommandé à Kit de ne jamais les répéter.

Ma venait le voir tous les dimanches après-midi. Elle entrait par la porte de la cuisine et montait par l'escalier de service pour ne pas risquer de croiser le châtelain ou ses fils. D'après Fan, ils ne savaient même pas qu'elle venait.

Kit avait fini par avoir hâte de reprendre une vie normale. Il avait envie de s'habiller et de manger à la cuisine avec les autres domestiques. Il se réjouissait même à l'idée de nettoyer les âtres et de cirer les chaussures avec Fan.

Mais son enthousiasme s'effaça d'un coup. Will étant dans la maison, Kit se sentait plus en sécurité claquemuré dans sa chambre.

Le jour de sa libération, il dut rester au lit jusqu'à

ce que le chirurgien l'ait examiné. Peu après le petit déjeuner, Alec Pollock entra dans sa chambre vêtu de son habit élimé.

« Comment va mon jeune patient, après ces six semaines ?

— Tout à fait bien, monsieur, répondit Kit, préférant dire la vérité malgré la crainte que lui inspirait Will. Je suis sûr que je peux recommencer à travailler.

— J'ai l'impression que tu vas mieux, oui.

— Je vous remercie pour le lit et la nourriture.

— Oui, oui, c'est bon. Mais dis-moi : quel est ton nom complet ?

— Christopher Clitheroe. »

Kit se demanda pourquoi le chirurgien lui posait cette question.

« En quelle saison sommes-nous ?

— À la fin de l'hiver, presque au début du printemps.

— Te rappelles-tu comment s'appelait la mère de Jésus ?

— Marie.

— Bien. J'ai l'impression que le satané cheval de Will ne t'a pas trop endommagé le cerveau. »

Kit comprit alors pourquoi le chirurgien lui avait posé des questions aussi simples : il voulait s'assurer que son esprit fonctionnait correctement.

« Ça veut dire que je peux reprendre mon travail ? demanda-t-il.

— Pas encore, non. Tu peux rentrer chez toi, mais il faudra que tu évites les efforts pendant encore trois semaines. »

C'était un soulagement : il échapperait à Will un peu plus longtemps. Et d'ici là, peut-être celui-ci serait-il obligé de retourner à Kingsbridge. Kit reprit courage.

« Garde le bandage autour de ta tête pour que les autres garçons pensent à faire attention à toi quand vous jouez, recommanda encore Alec. Pas de football, pas de course, pas de bagarres et encore moins de travail.

— Mais ma mère a besoin de cet argent. »

Alec sembla ne pas prendre cet argument très au sérieux.

« Tu pourras retravailler quand tu seras complètement rétabli.

— Je ne suis pas paresseux.

— Personne ne t'accuse de l'être, Kit. Tout le monde pense qu'un cheval dangereux t'a donné un coup de sabot à la tête, ce qui est la vérité. Maintenant, je vais aller parler à ta mère. Profite bien de ta dernière matinée au lit. »

*

Kit avait terriblement manqué à Sal. Elle avait été presque aussi désespérée qu'à la mort de Harry. Elle n'aimait pas être seule chez elle, sans personne avec qui parler. Elle n'avait pas pris conscience jusqu'alors que son existence tout entière tournait autour de son fils. Elle éprouvait le besoin constant de s'assurer qu'il allait bien : A-t-il faim ? A-t-il froid ? Est-il dans les parages ? Est-il en sécurité ? Or, durant les six dernières semaines, d'autres qu'elle avaient veillé sur lui, pour la première fois depuis sa naissance.

Elle accueillit Alec Pollock avec joie. Elle savait que cela faisait six semaines jour pour jour que le cheval de Will avait blessé Kit. Elle quitta son rouet.

« Il va assez bien pour se lever ?

— Oui. Ça aurait pu être très grave, mais je pense qu'il est tiré d'affaire.

— Dieu vous bénisse, Alec.

— C'est un petit gars intelligent. Il a six ans, disiez-vous ?

— Presque sept, maintenant.

— Il est avancé pour son âge.

— C'est ce que je pense aussi, mais les mères ne sont-elles pas toujours convaincues d'avoir des enfants exceptionnels ?

— Si, et quelle que soit la réalité, s'esclaffa Alec. Je l'ai remarqué, moi aussi.

— Donc, il est sur pied.

— Oui, mais je voudrais que vous le gardiez à la maison pendant encore trois semaines. Empêchez-le de jouer à des jeux d'extérieur ou d'avoir des activités trop brutales. Il ne faudrait surtout pas qu'il tombe et se refasse mal à la tête.

— J'y veillerai.

— Mais au bout de ces trois semaines, il pourra reprendre une vie parfaitement normale.

— Je vous suis tellement reconnaissante. Je ne sais pas comment vous payer.

— J'enverrai ma note au châtelain en croisant les doigts. »

Après son départ, Sal enfila ses souliers, mit son chapeau et posa une couverture sur ses épaules. Il faisait encore froid, mais il ne gelait plus.

Dans les champs, les hommes avaient commencé les labours de printemps. Les villageois la saluaient tandis qu'elle se faufilait entre les maisons, et à tous, elle répétait la même chose :

« Je vais enfin chercher mon petit Kit au manoir pour le ramener à la maison, Dieu soit loué. »

Elle marchait vite. Elle n'avait pas de vraie raison de se hâter, mais maintenant que Kit était sur le point d'être libéré, tout nouveau délai lui était insupportable.

Elle entra par la porte de la cuisine, comme d'habitude, et gravit l'escalier de service. Quand elle vit Kit debout dans la chambre, vêtu des guenilles qu'il portait le jour où il était venu s'installer au manoir, elle fondit en larmes.

Toujours en pleurs, elle s'agenouilla et le serra doucement dans ses bras.

« Ne t'en fais pas, je pleure de bonheur », lui expliqua-t-elle. Elle était infiniment soulagée qu'il ne soit pas mort, mais garda cette pensée pour elle.

Elle reprit enfin ses esprits et se releva. Remarquant alors la présence de Fanny debout près du lit, elle la prit dans ses bras, elle aussi.

« Merci d'avoir été aussi gentille avec mon fils.

— C'est bien naturel, répondit Fanny, il est si mignon. »

Kit se blottit contre Fanny, déposa un baiser sur sa joue boutonneuse et lui dit :

« Je reviendrai bientôt t'aider à faire les cheminées et les souliers.

— Prends ton temps et surtout, rétablis-toi. »

Sal prit Kit par la main et ils sortirent de la chambre. Will était là, sur le palier.

Sal poussa involontairement un cri d'effroi, et resta figée un instant. Elle sentit la menotte de Kit se crisper de peur. Puis elle esquissa une révérence, baissant la tête pour ne pas croiser le regard de Will, et chercha à passer devant lui sans avoir à lui parler.

Il lui barra le chemin.

Kit esquissa un mouvement de recul et essaya de se cacher derrière les jupes de sa mère.

« Inutile de le ramener, lança Will. Ce garnement n'est bon à rien. »

Sal réprima sa colère. Will n'en avait-il pas suffisamment fait ? Il avait tué son mari et blessé son fils, et pourtant, il continuait à la narguer. D'une voix tremblante, elle répliqua :

« J'obéirai aux ordres du châtelain, pour sûr.

— Mon père ne sera que trop heureux de se débarrasser de cet avorton.

— Dans ce cas, permettez-nous de prendre congé, monsieur. Bonne journée. »

Will ne s'écarta pas.

Sal s'approcha alors de lui et le regarda bien en face. Elle était presque aussi grande que lui et aussi large. Elle changea involontairement de ton.

« Laissez-moi passer », dit-elle d'une voix basse mais parfaitement intelligible, sans réussir tout à fait à dissimuler sa colère.

208

Elle aperçut un éclair de peur dans les yeux de Will, qui sembla regretter d'avoir provoqué cet affrontement. Cependant, il refusa de céder, manifestement décidé à lui créer des ennuis.

« Tu me menaces ? » demanda-t-il.

Son mépris n'était pas vraiment convaincant.

« Prenez ça comme vous voulez. »

Fanny intervint alors d'une voix aiguë, terrifiée.

« Kit doit rentrer chez lui, monsieur Will. C'est le chirurgien qui l'a dit.

— Je me demande pourquoi mon père a pris la peine d'appeler le chirurgien. La perte n'aurait pas été grande si ce morveux était mort. »

C'en fut trop pour Sal. Souhaiter la mort de quelqu'un était une terrible malédiction et Will avait déjà failli tuer Kit. Sans réfléchir, elle leva vivement son bras droit et frappa Will à la tempe. Elle avait le dos musclé et les bras robustes, et le coup s'abattit dans un bruit sourd et audible.

Will tituba, étourdi, et tomba au sol en poussant un cri de douleur.

Médusée, Fanny retint son souffle.

Baissant les yeux sur Will, Sal constata que du sang lui sortait de l'oreille. Elle fut horrifiée par son geste.

« Que Dieu me pardonne », murmura-t-elle.

Will ne fit aucun effort pour se relever et resta à terre, gémissant.

Kit fondit en larmes.

Sal lui prit la main et l'obligea à contourner Will, qui continuait à geindre de douleur. Il fallait quitter le manoir au plus vite. Elle entraîna Kit vers l'escalier et lui fit dévaler les marches. Ils traversèrent la cuisine sans dire un mot aux autres domestiques qui les regardèrent passer.

Ils sortirent par la porte de derrière et rentrèrent chez eux.

*

Elle fut convoquée par le châtelain dans l'après-midi.

Elle avait enfreint la loi, évidemment. Elle s'était rendue coupable d'un crime, aggravé par le fait qu'elle n'était qu'une villageoise qui s'était permis d'agresser un gentilhomme. Elle s'était fourrée dans un terrible pétrin.

Faire respecter la loi et l'ordre était du ressort des juges de paix, qu'on appelait aussi magistrats. Nommés par le lord-lieutenant, le représentant du roi dans le comté, ce n'étaient pas des juristes, mais des propriétaires fonciers. Une ville comme Kingsbridge en comptait plusieurs, mais dans un village, il n'y en avait généralement qu'un, et à Badford, c'était le châtelain Riddick.

Les délits graves étaient jugés par deux juges de paix au minimum, et les accusations passibles de la peine de mort devaient être examinées par un juge de cour d'assises. En revanche, les délits mineurs comme l'ivresse, le vagabondage et les violences ordinaires pouvaient être présentés à un juge qui siégeait seul, généralement à son domicile.

Le châtelain Riddick serait tout à la fois le juge et le jury de Sal.

Il la déclarerait coupable, à n'en point douter, mais quelle peine lui infligerait-il ? Un juge pouvait condamner un contrevenant à passer une journée au pilori, assis par terre, les jambes liées, un châtiment qui tenait surtout de l'humiliation.

La peine que redoutait Sal était le fouet, une punition couramment infligée par les juges et qui était monnaie courante dans l'armée et dans la marine. La flagellation était généralement publique. Le condamné était attaché nu ou à demi nu à un poteau – tout vêtement avait du reste de fortes chances d'être réduit en charpie durant le supplice. Le fouet le plus souvent employé était le redoutable chat à neuf queues, dont les neuf lanières de cuir étaient incrustées de pierres et de clous destinés à déchirer la peau plus rapidement.

L'ivresse sur la voie publique était passible de six coups de fouet, les rixes de douze. Pour avoir agressé un gentilhomme, elle risquait d'être condamnée à vingt-quatre coups, une vraie torture. Dans l'armée, les hommes en recevaient souvent plusieurs centaines : certains en mouraient. Les châtiments civils étaient moins sévères, et pourtant très cruels.

Elle partit immédiatement pour le manoir, emmenant Kit avec elle – elle ne pouvait pas le laisser seul. Tandis qu'ils marchaient côte à côte, elle réfléchissait à ce qu'elle pourrait dire pour sa défense. Will était au moins partiellement responsable de ce qu'il s'était produit, mais il serait imprudent de le faire remarquer : son geste n'en serait que plus sévèrement puni.

Les nobles étaient libres de se trouver des excuses lorsqu'ils commettaient une infraction, alors que les gens du commun étaient censés être contrits : toute tentative de justification lui vaudrait probablement une peine plus lourde.

Au manoir, Platts, le majordome, la fit entrer dans la bibliothèque, où elle trouva le châtelain assis à un bureau. Will était à côté de lui, l'oreille bandée. Le pasteur George avait pris place à une table latérale sur laquelle étaient posés une plume, de l'encre et un grand registre. Personne n'invita Sal à s'asseoir.

« Bien, commença le châtelain, Will, peux-tu nous dire ce qu'il est arrivé ?

— Cette femme m'a barré le chemin sur le palier de l'étage. »

Il mentait déjà, mais Sal garda le silence.

« Je lui ai demandé de me laisser passer, poursuivit Will, et elle m'a frappé à la tête. »

Le châtelain se tourna vers Sal :

« Qu'as-tu à déclarer pour ta défense ?

— Je regrette profondément ce geste, répondit Sal. Tout ce que je peux dire, c'est que les tragédies qui se sont abattues sur ma famille ces derniers mois m'ont fait perdre la tête.

— Ce n'était pas une raison pour agresser Will, objecta le châtelain.

— Je me suis mis en tête que M. Will était en partie responsable de la mort de mon mari et de la terrible blessure de mon fils. J'ai eu l'impression qu'il n'éprouvait aucune pitié pour moi et traitait mon fils comme s'il n'avait aucune importance.

— Aucune importance? s'écria Will. Regardez ce morveux! Il ne vaut pas tripette – et je devrais verser des larmes sur lui? C'est vrai, je ne lui accorde aucune importance. Ces villageois ont trop d'enfants, c'est un fait. Personne ne pleurera s'il y en a un de moins.

— Sa mère pleurerait, monsieur», répliqua Sal d'une voix qu'elle s'efforça de charger d'humilité.

Le châtelain jeta un regard réprobateur à Will et eut l'air mal à l'aise. Le vieux Riddick était un homme dur, mais il était moins inflexible que son fils aîné. Sal avait conscience que Will ne servait pas sa cause par ce genre de discours. Il affichait son mépris pour un petit garçon, ce qui ne pouvait pas lui valoir le respect, même de la part de sa famille.

«Pardonnez-moi, monsieur, reprit Sal, mais Kit est mon seul enfant.

— Heureusement encore! intervint Will. Tu n'es même pas capable de t'en occuper: il a fallu que nous l'accueillions ici pour lui assurer le vivre et le couvert.

— Monsieur, avant la mort de mon mari, jamais je n'ai demandé l'aide de la paroisse, que ce soit avant ou après mon mariage.

— Ha! Bien sûr, tout est de la faute des autres, c'est ça?» railla Will.

Sal se contenta de le regarder droit dans les yeux sans dire un mot.

Son silence fut suffisamment éloquent pour pousser le châtelain à réagir.

«Bien, il me semble que la situation est claire. À

moins que l'un ou l'autre d'entre vous n'ait quelque chose à ajouter.

— Cette femme doit être fouettée, déclara Will.

— C'est une peine légitime pour qui a commis un acte de violence contre un gentilhomme, commenta le châtelain.

— Non, je vous en supplie! implora Sal.

— Néanmoins, poursuivit le châtelain, cette femme a beaucoup souffert récemment, sans qu'elle en soit responsable.

— Alors que comptez-vous faire?» s'indigna Will.

Le châtelain s'en prit alors à lui.

«Je t'ai suffisamment entendu mon garçon, tais-toi, lui dit-il, et Will tressaillit. Je suis ton père – crois-tu que je sois fier de la manière dont tu as traité une humble famille du village?»

Will fut trop stupéfait pour répondre.

Le châtelain se tourna à nouveau vers Sal.

«J'éprouve une certaine compassion pour toi, Sal Clitheroe, mais il m'est impossible de fermer les yeux sur la faute que tu as commise. Si tu restes au village, tu seras fouettée. Mais si tu pars, l'affaire sera oubliée.

— Partir! s'exclama Sal.

— Je ne peux pas te laisser continuer à vivre ici sans t'infliger de sanction. Sinon, tout le monde saura que tu es celle qui a impunément frappé le fils du châtelain.

— Où voulez-vous donc que j'aille?

— Je n'en sais rien et je ne m'en soucie pas. En revanche, si tu n'es pas partie demain au lever du jour, tu recevras trente-six coups de fouet.

— Mais...

— Tais-toi à présent. Tu t'en tires à bon compte. Quitte cette demeure dès maintenant, et Badford avant le point du jour. »

Elle redressa les épaules.

« Et estime-toi sacrément heureuse », lança encore Will.

Elle prit Kit par la main et ils sortirent.

*

Tout le monde au village savait que Sal avait flanqué Will Riddick par terre et de nombreux amis l'attendaient à la sortie du manoir. Annie Mann lui demanda comment l'entrevue s'était déroulée. Consciente qu'il lui serait pénible de raconter toute l'histoire, Sal préférait n'avoir à le faire qu'une fois. Elle dit alors à Annie de prévenir les autres de la retrouver chez Brian Pikestaff.

Quand elle y arriva, Brian, qui avait passé sa journée aux champs, nettoyait sa charrue boueuse. Elle lui demanda l'autorisation de rassembler tout le monde dans sa grange et comme elle l'avait prévu, il accepta volontiers.

En attendant ses amis, Sal chercha à mettre un peu d'ordre dans ses pensées. Elle avait du mal à imaginer ce que serait sa vie désormais. Où irait-elle ? Que ferait-elle ?

Quand tout le monde fut réuni, elle raconta en détail ce qui s'était passé. Les villageois murmurèrent des imprécations en apprenant que Will regrettait que Kit ne soit pas mort, applaudirent quand elle leur confirma qu'elle l'avait mis à terre et restèrent bouche bée d'effroi quand elle leur annonça sa condamnation au bannissement.

« Je partirai demain matin de très bonne heure, leur annonça-t-elle. Je souhaiterais simplement que vous priiez pour moi. »

Brian se leva et improvisa une prière, implorant Dieu de poser un regard bienveillant sur Sal et Kit et de veiller sur eux en toutes circonstances. Puis les questions fusèrent. Tous lui demandèrent ce qu'elle se demandait elle-même, et elle n'avait aucune réponse à leur donner.

Brian se montra pragmatique.

« Vous devrez partir avec ce que vous pouvez porter, rien de plus. Nous garderons le reste de tes possessions ici, bien à l'abri dans cette grange. Une fois que vous serez installés quelque part, tu pourras revenir avec une charrette pour chercher tes affaires. »

Sa sollicitude et sa bonté firent monter les larmes aux yeux de Sal.

« Ma tante a une pension de famille à Combe – bon marché et propre, intervint alors Mick Seabrook, le cardeur.

— Cela ne sera peut-être pas inutile, observa Sal tout en songeant que Combe était à deux jours de marche, une distance redoutable pour quelqu'un qui avait rarement quitté Badford. Mais il va falloir que je gagne ma vie. Je ne peux pas prétendre à l'aide aux indigents – on ne vous l'accorde que dans votre paroisse de naissance.

— Et la carrière d'Outhenham ? suggéra Jimmy Mann. Ils ont toujours besoin de main-d'œuvre.

— Tu crois qu'ils embauchent des femmes ? » demanda Sal, sceptique.

Sans être jamais allée à Outhenham, elle n'ignorait rien des préjugés des hommes.

« Je ne sais pas, mais tu es solide comme un homme, répondit Jimmy.

— C'est bien ce qui leur déplaît. »

Tous souhaitaient l'aider et multipliaient les suggestions, mais ces idées n'étaient que spéculations et Sal et Kit risquaient de mourir de faim avant d'avoir eu le temps de les étudier. Au bout d'un moment, elle les remercia et prit congé, tenant Kit par la main.

La nuit était tombée pendant qu'elle était dans la grange, mais elle n'eut pas de peine à trouver son chemin dans la pénombre. Demain soir en revanche, elle serait dans un lieu inconnu.

De retour chez elle, elle réchauffa un peu de bouillon pour le dîner et coucha Kit.

Elle était assise près du feu à broyer du noir lorsque quelqu'un frappa à la porte. Ike Clitheroe, l'oncle de Harry, entra accompagné de Jimmy Mann, qui tenait son tricorne entre ses mains.

« Les amis ont fait une collecte, expliqua oncle Ike. Ce n'est pas grand-chose. »

Jimmy lui tendit son chapeau qui contenait un petit tas de pennies et quelques shillings. Ike avait raison, ce n'était pas grand-chose, mais cette aide serait peut-être cruciale au cours des jours à venir, qui promettaient d'être difficiles. Les sans-abri étaient obligés d'acheter à manger dans les tavernes, ce qui revenait plus cher.

Jimmy glissa les pièces sur la table, un petit ruisseau brun et argenté. Sal n'ignorait pas combien il était difficile aux pauvres de se défaire de leurs maigres économies.

« Je ne peux pas vous dire… » Elle s'étrangla et recommença : « Je ne peux pas vous dire à quel point je suis heureuse d'avoir de si bons amis. »

Et combien je suis malheureuse de devoir les laisser, songea-t-elle.

« Que Dieu te bénisse, Sal, dit Ike.

— Toi aussi, et toi, Jimmy. »

Après leur départ, elle alla se coucher, mais elle mit longtemps à s'endormir. Les gens disaient *Dieu te bénisse*, pourtant il arrivait que Dieu ne les entende pas, et ces derniers temps elle s'était sentie maudite. Dieu lui avait envoyé d'excellents amis, mais aussi de puissants ennemis.

Elle pensa à tante Sarah. Elle avait quitté le village de son plein gré et était partie à Kingsbridge vendre des ballades dans les rues. Sal l'avait toujours admirée. Peut-être ce départ la mettrait-il, elle aussi, sur la voie de la réussite ? Elle n'avait jamais vraiment souhaité vivre au village avant de rencontrer Harry.

Comme pour tante Sarah, Kingsbridge serait peut-être également une bonne destination pour elle.

Plus elle y réfléchissait, plus l'idée lui semblait judicieuse. Elle pouvait s'y rendre en une demi-journée, même si c'était une longue marche pour les petites jambes de Kit. En outre, elle connaissait quelqu'un en ville : Amos Barrowfield. Peut-être pourrait-elle continuer à filer pour lui. Et puis qui sait, il pourrait sans doute l'aider à trouver une chambre où loger avec son fils.

Avoir ainsi cerné quelques possibilités l'aida à se sentir un peu mieux. Elle était épuisée physiquement et nerveusement, et le sommeil finit par l'emporter. Elle se réveilla pourtant avant l'aube. Ne sachant pas précisément l'heure qu'il était, elle se déplaça dans la maison à la faible lueur des braises encore rougeoyantes dans l'âtre. Elle rassembla les quelques effets qu'elle voulait emporter.

Il fallait qu'elle prenne le rouet de sa mère. Il était lourd et elle aurait à le porter sur plus de quinze kilomètres, mais il serait peut-être son unique moyen de subsistance.

Elle n'avait pas de vêtements de rechange et mettrait son unique robe, son unique paire de souliers et son seul chapeau. Elle regretta de n'avoir pas de chaussures pour Kit, mais il n'en avait jamais porté avant de partir travailler au manoir. Son manteau était beaucoup trop grand, ce qui était aussi bien, car il lui irait encore pendant plusieurs années.

Elle emporterait sa marmite, son couteau de cuisine et le peu de provisions qui restaient dans la maison. Elle hésita devant la bible de son père, mais décida de la laisser : Kit ne pouvait pas manger un livre.

Elle se demanda si elle aurait un jour assez d'argent pour louer une charrette et venir chercher ses meubles. Ils n'étaient pas nombreux – deux lits, une table, deux tabourets et un banc – mais c'était Harry qui les avait fabriqués, et elle les aimait.

Lorsqu'à l'est, la première lueur grise pâlit le ciel au-delà des champs, elle réveilla Kit et prépara du porridge. Elle lava ensuite la marmite, les bols et les cuillers et les noua avec un vieux bout de ficelle. Elle fourra la nourriture dans un sac qu'elle confia à Kit. Puis ils sortirent et Sal ferma la porte, certaine qu'elle ne l'ouvrirait plus jamais.

Ils se rendirent d'abord à l'église Saint-Matthieu. Là, au cimetière, se dressait une simple croix en bois portant l'inscription *Harry Clitheroe* soigneusement peinte en blanc sur la barre de traverse.

«Mets-toi à genoux ici pendant quelques instants», dit-elle à Kit.

Il eut l'air intrigué mais ne posa pas de question, et ils s'agenouillèrent tous les deux sur la tombe.

Sal pensa à Harry : à son corps maigre et nerveux, à son esprit de contradiction, à l'amour qu'il éprouvait pour elle et à sa tendresse pour Kit. Il était maintenant au paradis, elle en était sûre. Elle se rappela la période où il lui avait fait la cour : les premières approches, les premiers baisers, les mains qui se frôlaient, leurs retrouvailles clandestines dans les bois après la messe du dimanche, leurs corps qui se cherchaient, et enfin, la prise de conscience qu'ils voulaient passer leur vie ensemble. Elle se rappela aussi qu'il était mort dans d'affreuses souffrances et se demanda comment tant de cruauté pouvait répondre à la volonté de Dieu.

Elle improvisa tout haut une prière, ainsi que

le faisaient les méthodistes à leurs réunions. Elle demanda à Harry de veiller sur elle et sur leur enfant, et pria Dieu de l'aider à s'occuper de Kit. Elle lui demanda pardon d'avoir péché en frappant Will, mais ne réussit pas à se convaincre de prier afin que son oreille guérisse rapidement. Elle demanda que ses épreuves prennent bientôt fin, puis elle dit amen et Kit répéta amen après elle.

Ils se levèrent et sortirent du cimetière.

« Où allons-nous maintenant ? demanda Kit.

— À Kingsbridge », répondit Sal.

*

Amos et Roger avaient consacré les quelques journées précédentes à adapter la spinning jenny.

Ils avaient travaillé dans une pièce située à l'arrière de l'entrepôt d'Amos, derrière une porte verrouillée pour éviter que l'existence de la nouvelle machine ne s'ébruite avant qu'ils soient prêts.

Ils procédaient à des essais avec de la laine anglaise, plus solide que les produits espagnols ou irlandais d'importation et dont les longues fibres limitaient les risques de rupture. Roger avait noué lâchement un ondin à chacune des huit broches, avant de les faire passer par les pinces qui les maintenaient tendus pendant le filage. Puis Amos mit la machine en marche.

Le filage manuel était un art qui exigeait un apprentissage, alors que le fonctionnement de la machine était on ne peut plus simple. De la main droite, Amos fit tourner lentement la grande roue, entraînant la rotation des broches, qui tordaient les fils. Puis il arrêta la roue et poussa précautionneusement la traverse, sur toute la longueur de la machine, pour alimenter les broches en nouveaux ondins.

« Ça marche ! s'écria-t-il, ravi.

— Chez les Frankland, observa Roger, la roue tournait bien plus vite. »

Amos accéléra, et les fils commencèrent à se déchirer.

« Exactement ce que nous avions craint, commenta Roger.

— Comment peut-on y remédier ?

— J'ai quelques idées. »

Pendant plusieurs jours, Roger s'était livré à différents essais. La méthode la plus efficace consistait à lester les fils pour qu'ils restent en tension pendant toutes les étapes du processus. Ils avaient encore tâtonné un moment pour définir le poids idéal. Ce jour-là, à la fin d'une matinée d'essais décevants, ils venaient de réussir, lorsque la mère d'Amos les appela pour le déjeuner.

Sal conservait des souvenirs très précis de Kingsbridge. Bien que sa dernière visite remontât à dix ans, l'expérience avait été suffisamment marquante pour qu'elle en retienne tous les détails. Elle put alors constater combien la ville avait changé.

En approchant depuis les hauteurs du nord, elle reconnut les repères familiers : la cathédrale, la Bourse de la laine coiffée d'un dôme et le fleuve avec son pont aux célèbres cintres jumeaux. La ville lui parut cependant plus grande, surtout dans le quartier sud-ouest, où les maisons étaient plus nombreuses que dans son souvenir. Mais elle découvrit aussi quelque chose de nouveau. Sur la rive opposée du fleuve, en amont du pont, là où ne s'étendaient jadis que des champs, elle aperçut une demi-douzaine de longs bâtiments élevés percés de rangées de grandes fenêtres, tous proches de l'eau. Elle se rappela vaguement avoir entendu parler de constructions de ce genre : c'étaient des manufactures, où l'on fabriquait du tissu. Les bâtiments étaient étroits et les fenêtres hautes afin que les ouvriers voient parfaitement ce qu'ils faisaient. La présence de l'eau était indispensable au foulage et au feutrage, ainsi qu'à la teinture ; et aux endroits où le courant était rapide, il pouvait aussi actionner des machines. Sans doute certaines de ces constructions étaient-elles déjà là dix ans plus tôt, songea-t-elle, car Kingsbridge était une cité de drapiers avant même sa naissance. Mais autrefois, les bâtiments étaient dispersés et de dimensions modestes. Ils avaient gagné en taille et en nombre, au point de créer un véritable quartier manufacturier.

« Nous sommes presque arrivés, Kit. »

L'enfant trébuchait d'épuisement. Elle l'aurait volontiers porté, mais elle était déjà encombrée de son rouet et de sa marmite.

Ils entrèrent dans la ville. Sal demanda à une femme à l'air aimable où habitait Amos Barrowfield, et elle lui indiqua une maison voisine de la cathédrale.

Une servante leur ouvrit la porte.

« Je suis une des fileuses de M. Barrowfield, dit Sal. J'aurais aimé lui parler.

— Qui dois-je annoncer ? demanda la servante méfiante.

— Sal Clitheroe.

— Oh ! Nous avons entendu parler de vous. »

Elle baissa les yeux sur Kit.

« Est-ce le petit garçon qui s'est pris un coup de sabot ?

— Oui, c'est Kit.

— Je suis certaine qu'Amos voudra vous voir. Entrez. Je m'appelle Ellen. »

Elle leur fit traverser la maison.

« Ils sont encore à table, mais ils ont presque fini. Puis-je vous servir un peu de thé à tous les deux ?

— Avec grand plaisir. »

Ellen les conduisit à la salle à manger. Amos était à table en compagnie de Roger Riddick. Ils furent très surpris, l'un comme l'autre, de voir Sal et Kit.

Sal fit la révérence avant d'annoncer à brûle-pourpoint :

« J'ai été bannie de Badford.

— Pour quelle raison ? s'étonna Roger.

— Je regrette d'avoir à vous apprendre, monsieur Roger, répondit Sal toute penaude, que j'ai frappé votre frère Will à la tête et l'ai fait tomber par terre. »

Il y eut une seconde de silence, puis Roger éclata de rire, imité presque aussitôt par Amos.

« Bravo ! s'exclama Roger. Ça fait longtemps qu'il méritait un bon coup de poing. »

Lorsque le calme fut revenu, Sal reprit la parole :

«C'est bien beau de rire, mais me voilà sans toit. Monsieur Barrowfield, si je pouvais trouver un logement ici à Kingsbridge, j'aimerais pouvoir continuer à filer pour vous. Si vous voulez encore de moi, bien sûr.

— Évidemment! Quelle question!» s'écria Amos.

Sal se sentit soudain plus légère.

«Je serai ravi de continuer à vous acheter du fil», renchérit Amos. Puis il hésita un instant avant d'ajouter:

«Mais j'ai une meilleure idée. Il n'est pas exclu que je puisse vous proposer un travail un peu mieux payé que le filage au rouet.

— De quoi s'agirait-il?

— Je vais vous montrer ça, proposa Amos en se levant. Allons à l'entrepôt. Nous avons une nouvelle machine, Roger et moi.»

PARTIE II

La révolte des ménagères

1795

11

Sal et Kit travaillaient pour Amos depuis plus de deux ans. Ils avaient changé de local, car l'entreprise était devenue trop importante pour l'entrepôt situé derrière la maison d'Amos. Pour abriter ses six métiers à filer et sa salle de foulage, il avait loué une petite manufacture proche du fleuve au nord-ouest de Kingsbridge, où le courant était assez rapide pour actionner les marteaux à fouler qui battaient et compressaient l'étoffe.

Ils travaillaient de cinq heures du matin à sept heures du soir, à l'exception du samedi – jour béni – où ils s'arrêtaient à cinq heures de l'après-midi. Tous les enfants étaient constamment fatigués. Mais tout de même, la vie était plus facile qu'autrefois. La mère de Kit avait suffisamment d'argent, ils habitaient une maison chauffée équipée d'une vraie cheminée et – bonheur suprême – ils avaient échappé aux brutes de Badford qui avaient tué son père. Il espérait ne plus jamais vivre dans un village.

La guerre avait pourtant entraîné des dégradations, lentes et progressives. À neuf ans, Kit avait déjà quelques notions de l'argent et n'ignorait pas que les impôts de guerre avaient provoqué une hausse générale des prix, alors que le salaire des ouvriers du textile était resté inchangé. Le pain n'était pas taxé, mais une mauvaise récolte avait fait augmenter son prix. Pendant un moment, après avoir appris le fonctionnement de la spinning jenny, Sal avait été assez riche pour qu'ils puissent se payer du bœuf, du thé sucré et du gâteau ; à présent, ils mangeaient du lard et buvaient de la bière légère. Tout compte fait, c'était mieux que de vivre au village.

La meilleure amie de Kit s'appelait Sue. Elle avait à peu près son âge et, comme lui, elle n'avait plus de père. Elle travaillait avec sa mère, Joanie, sur le métier à filer voisin de celui de Sal à la manufacture de Barrowfield.

Ce jour-là n'était pas un jour comme les autres. Tous les ouvriers avaient pu s'en convaincre dès leur arrivée à la manufacture en découvrant, au rez-de-chaussée, près du foulon, un objet emballé dans de la toile à sac dont les dimensions faisaient penser à un lit à baldaquin ou à une diligence. Il avait dû être livré durant la nuit, après qu'ils étaient tous rentrés chez eux.

Ils n'avaient parlé que de cela pendant la demi-heure de pause déjeuner et la mère de Kit avait affirmé que c'était certainement une nouvelle machine. Mais personne n'en avait encore jamais vu d'aussi grande.

Roger Riddick, l'ami d'Amos Barrowfield, arriva en milieu d'après-midi. Kit n'avait jamais oublié la gentillesse que lui avait témoignée Roger du temps de Badford. Il se rappelait aussi que c'était lui qui avait adapté la première spinning jenny d'Amos au filage de la laine. La manufacture comptait à présent six machines et Amos avait envisagé d'en acquérir d'autres avant que la guerre ne commence à nuire aux affaires.

Amos fit cesser le travail une demi-heure plus tôt qu'à l'ordinaire et demanda aux ouvriers de les rejoindre, Roger et lui, au rez-de-chaussée autour du mystérieux objet. Il fit également interrompre le fonctionnement du moulin à foulon, dont le martèlement et les cliquetis auraient couvert sa voix. Il prit la parole :

« Il y a quelque temps, M. Shiplap de Combe m'a demandé cinq cents mètres de tiretaine. »

C'était une grosse commande, Kit lui-même le savait, et tous applaudirent.

« Je lui ai présenté un devis de cinquante-cinq livres, poursuivit Amos, et j'aurais été prêt à descendre jusqu'à cinquante. Or il m'en a proposé trente-cinq, affirmant connaître un autre drapier de Kingsbridge disposé à faire affaire à ce prix-là. Ce que je sais, moi, c'est que pour pouvoir conclure pareil contrat, un drapier n'a qu'un moyen : réduire la paye de ses ouvriers. »

Un murmure de mécontentement s'éleva. Les hommes et les femmes qui entouraient Kit parurent d'humeur soupçonneuse et rebelle. Ils n'aimaient pas qu'on parle de baisser les tarifs à la pièce.

« J'ai donc décliné son offre, annonça Amos au soulagement manifeste de tous. Vous imaginez bien que ce n'est pas de gaieté de cœur que j'ai refusé une commande. Elles sont aujourd'hui moins nombreuses qu'autrefois et si la situation ne s'améliore pas, je me verrai dans l'obligation de licencier certains d'entre vous. »

L'inquiétude gagna Kit. Il savait qu'en ce moment, aucun drapier de Kingsbridge n'embauchait et il avait entendu sa mère dire que les patrons ne remplaçaient pas ceux qui partaient, parce qu'ils ignoraient ce que l'avenir leur réservait et combien de temps la guerre durerait encore. Le dilemme d'Amos était loin d'être unique.

« Mais j'ai trouvé une solution. Je sais comment exécuter la commande de M. Shiplap sans baisser le tarif à la pièce et sans renvoyer un seul ouvrier. »

Un silence absolu régnait. Kit sentait la méfiance des ouvriers, qui hésitaient à croire Amos.

Amos et Roger tirèrent alors sur la toile qui recouvrait la mystérieuse acquisition et la laissèrent tomber au sol. Quand l'objet s'offrit entièrement aux regards, Kit fut plus perplexe que jamais. Il n'avait jamais rien vu de tel.

Personne d'autre non plus, à l'évidence. Tous marmonnaient, intrigués.

Kit dénombra huit rouleaux métalliques cylindriques formant une pyramide noire, qui lui rappelèrent un empilement de conduites d'eau qu'il avait vu un jour dans la Grand-Rue. Ces cylindres semblaient garnis de clous. L'ensemble était monté sur une solide plateforme de chêne reposant sur des pieds courts et épais.

C'était une machine, certes, mais à quoi servait-elle ?

Amos répondit à la question que tous se posaient.

«Voici la solution à notre problème. C'est une machine à carder.»

Kit savait ce qu'était le cardage. Il n'avait pas oublié Mick Seabrook, un cardeur à la main de Badford. Mick se servait de peignes à dents de fer, et Kit constata alors que chaque rouleau était entouré d'une couverture de cuir dans laquelle étaient plantés des clous qui ressemblaient aux dents des brosses de Mick.

«Ce genre de machines existe depuis longtemps, poursuivit Amos, mais elles ne se sont imposées qu'au cours des dernières années, et celle-ci est la version la plus récente. On insère la toison entre la première paire de rouleaux, et les clous démêlent la laine et tendent les fibres.

— Mais les cardeurs doivent passer et repasser leur peigne toute la journée», fit remarquer Kit.

L'intervention du petit garçon fut accueillie par des rires, mais un instant plus tard, Joanie prit la parole à son tour.

«Tout de même, il a raison.

— C'est vrai, acquiesça Amos. Voilà pourquoi il y a plusieurs rouleaux. Un passage ne suffit pas. La toison passe donc entre une deuxième paire de rouleaux, dont les dents sont plus rapprochées ; puis dans une troisième, une quatrième, chacune réalisant un peignage plus fin, éliminant plus d'impuretés et étirant les fibres pour qu'elles soient plus droites.

— Cette machine a été conçue pour traiter le coton,

or la laine est plus souple, précisa Roger. J'ai donc modifié les dents métalliques pour qu'elles soient moins tranchantes, et j'ai élargi l'espace entre les rouleaux inférieurs et supérieurs pour que le processus soit moins agressif.

— Nous l'avons essayée, et ça marche », ajouta Amos.

Sal éleva alors la voix :

« Et qui actionne les rouleaux ?

— Personne, répondit Amos. Comme le foulon, la machine à carder est mue par la puissance du fleuve, canalisée dans le bief et transmise aux rouleaux par l'intermédiaire de rouages et de chaînes. Un homme suffit pour surveiller le mécanisme et procéder à de très légers ajustements pendant son fonctionnement.

— Et les cardeurs à la main, que feront-ils ? » demanda Joanie.

C'était une bonne question, songea Kit ; l'existence de machines à carder mues par des roues hydrauliques risquait de rendre Mick et les autres cardeurs inutiles.

Amos avait manifestement prévu la question.

« Je ne vous mentirai pas, répondit-il. Vous me connaissez tous – vous savez que je ne veux pas que qui que ce soit perde son gagne-pain. Le choix est simple. Je peux renvoyer cette machine là où je l'ai trouvée, oublier la commande de M. Shiplap et dire à la moitié d'entre vous de ne pas revenir demain parce que je n'ai pas de travail pour eux. Je peux aussi vous garder tous et baisser mes tarifs à la pièce. Troisième solution : nous maintenons les tarifs au niveau actuel, nous acceptons la commande de M. Shiplap et vous conservez tous votre emploi – grâce à la cardeuse mécanique.

— Vous n'avez qu'à utiliser votre argent personnel pour maintenir l'entreprise à flot, lança Joanie d'un ton de défi.

— Je n'en ai pas assez, avoua Amos. Je n'ai pas encore fini de rembourser les dettes que mon père m'a laissées il y a trois ans. Et savez-vous comment il s'est endetté? demanda-t-il d'une voix vibrante d'émotion. En faisant tourner son affaire à perte. Si je peux vous promettre quelque chose, c'est que je ne tomberai pas dans ce piège. Jamais.

— Il paraît que ces machines ne font pas du bon travail, intervint une femme, accueillie par un murmure d'approbation.

— Moi, je trouve ça diabolique, renchérit une autre. Tous ces clous… »

Kit avait déjà entendu ce genre de propos au sujet des machines. N'en comprenant pas le fonctionnement, les profanes se persuadaient que c'était l'œuvre d'un lutin enfermé à l'intérieur. Mieux informé qu'eux, Kit savait que les machines ne dissimulaient aucun petit démon.

Un silence mécontent se fit, puis la mère de Kit prit la parole:

«Cette machine ne me plaît pas. Je n'ai pas envie que les cardeurs perdent leur gagne-pain.»

Elle parcourut du regard l'assemblée, principalement composée de femmes.

«Mais j'ai confiance en M. Barrowfield. S'il affirme que nous n'avons pas le choix, je le crois. Je regrette, Joanie. Nous devons accepter la machine à carder. »

Amos resta muet.

Les ouvriers échangèrent des regards, puis un brouhaha de commentaires, essentiellement à mi-voix, s'éleva : ils étaient contrariés, mais n'étaient pas en colère. Ils semblaient surtout résignés. Ils s'éloignèrent peu à peu, l'air pensif, se disant bonsoir calmement.

Sal, Kit, Joanie et Sue partirent ensemble. Ils rentrèrent chez eux d'un pas lourd alors que tombait le crépuscule. Il avait plu dans la journée, pendant qu'ils étaient à la manufacture, et le soleil couchant se reflétait dans les flaques. Ils traversèrent la place du marché au moment où un allumeur de réverbères en faisait le tour avec sa flamme. Au centre de la place, les instruments de châtiment se dressaient dans le demi-jour : le gibet, le pilori et le poteau de flagellation – en réalité deux poutres verticales et une traverse, où l'on attachait les malfaiteurs, mains nouées au-dessus de la tête, pour les fouetter. Le sang séché avait laissé des traces brunes sur le bois. Kit détourna les yeux en passant : ces objets le terrifiaient.

Lorsqu'ils approchèrent de la cathédrale, les cloches se mirent à sonner. Les sonneurs se rassemblaient pour répéter tous les lundis soir. Kit savait qu'il y avait sept cloches : la plus aiguë, la cloche numéro un, était appelée la cloche soprano et la plus grave, la numéro sept, la cloche ténor. Généralement, les sonneurs commençaient par une série simple, faisant tinter les sept par ordre descendant, de la plus haute à la plus basse, un-deux-trois-quatre-cinq-six-sept. Ils passeraient bientôt à un enchaînement plus compliqué. Kit s'intéressait aux modifications de la mélodie qu'ils réalisaient en variant la succession des cloches. Il y trouvait une logique satisfaisante.

Sal et Kit partageaient une maison avec Sue et sa famille, dans le quartier modeste situé au nord-ouest de la ville. La cuisine, où ils préparaient les repas et mangeaient, était située à l'arrière du rez-de-chaussée. La pièce de devant était occupée par Jarge, l'oncle de Sue, de cinq ans le cadet de Joanie avec ses vingt-cinq printemps, qui était tisserand dans une des manufactures de Hornbeam. Jarge faisait partie des sonneurs de cloches et c'était à lui que Kit devait l'essentiel de ses connaissances.

Il y avait deux lits à l'étage. Joanie et Sue dormaient ensemble dans la chambre de devant, Sal et Kit dans celle qui donnait sur l'arrière. La plupart des pauvres partageaient leur lit pour avoir plus chaud, réduisant ainsi leurs dépenses de bois ou de charbon.

La soupente était occupée par Dottie Castle, la tante de Joanie. Vieille et en mauvaise santé, elle gagnait quelques sous en raccommodant des chaussettes et en rapiéçant des pantalons.

À peine arrivé, Kit s'allongea sur le lit qu'il partageait avec sa mère – le grand lit qu'ils avaient fait venir de Badford. Il sentit Sal lui retirer ses chaussures et tirer une couverture sur lui, et s'endormit aussitôt.

Elle le réveilla un peu plus tard et, les jambes un peu vacillantes, il descendit pour le dîner, composé de lard avec des oignons et de pain au gras. Ils étaient tous affamés et mangèrent rapidement. Joanie nettoya la poêle à frire avec une tranche de pain qu'elle partagea entre les enfants.

Dès qu'ils eurent fini leur repas, les deux petits allèrent se coucher ; le sommeil s'empara de Kit presque immédiatement.

*

Sal se lava le visage, puis se brossa les cheveux qu'elle noua d'un vieux ruban rouge. Elle monta jusqu'à la soupente et demanda à tante Dottie de bien vouloir surveiller les enfants pendant une heure ou deux.

« S'ils se réveillent, donnez-leur un peu de pain, dit-elle. Et prenez-en, vous aussi, si vous avez faim.

— Non, merci, mon petit. J'ai eu plus qu'assez. Je n'ai pas besoin de grand-chose à rester assise ici toute la journée. Vous qui travaillez, il faut que vous mangiez plus.

— Si vous le dites. »

Elle passa voir Kit, déjà profondément endormi. Une ardoise et un clou étaient posés près du lit. Tous les soirs, Sal consacrait un peu de temps à des exercices d'écriture, recopiant des passages de la Bible, son unique livre. Elle progressait. Le dimanche, elle donnait une leçon à Kit, mais les autres jours, il était trop fatigué.

Elle l'embrassa sur le front et gagna l'autre chambre. Joanie était en train de se coiffer d'un chapeau orné de fleurs qu'elle avait brodées elle-même. Elle donna un baiser à Sue qui dormait, elle aussi. Puis les deux femmes quittèrent la maison.

Elles descendirent la rue principale. Le centre-ville était animé, les gens sortant de chez eux pour la soirée, en quête de distraction, de compagnie et peut-être d'amour. Sal, quant à elle, avait renoncé à l'amour. Elle était convaincue que Jarge, le frère de Joanie, n'aurait pas demandé mieux que de l'épouser, mais elle l'en avait découragé. Elle avait aimé Harry et il s'était fait tuer, et elle ne voulait pas risquer de souffrir autant à nouveau, ni mettre son bonheur entre les mains de nobles qui pouvaient commettre un meurtre en toute impunité.

Elles traversèrent la place. La Cloche était un grand établissement dont la porte cochère s'ouvrait sur une cour et des écuries. Au-dessus de l'arche d'entrée était suspendue – évidemment – une cloche, que l'on actionnait pour avertir que la diligence était sur le point de partir. Autrefois, elle sonnait aussi pour inviter les habitants à venir assister à un spectacle, mais les représentations se donnaient désormais au théâtre.

La Cloche avait une grande salle qui servait de débit de boisson et où une rangée de fûts formait comme une barricade. Elle résonnait de conversations et de rires bruyants et était enfumée par les pipes. Les sonneurs étaient déjà là, assis autour de leur table habituelle près de la cheminée, coiffés de chapeaux usés, des chopes de grès devant eux. Comme ils étaient payés un shilling par tête pour sonner les cloches, ils avaient toujours de l'argent pour se payer une bière le lundi soir.

Sal et Joanie commandèrent une pinte de bière chacune et le serveur leur annonça que le prix était passé de trois à quatre pence.

« Comme le pain, commenta-t-il. Et pour la même raison : le blé est trop cher. »

Quand Sal et Joanie s'assirent, Jarge leur jeta un regard maussade.

« Nous étions en train de parler de la nouvelle machine de Barrowfield », leur dit-il.

Sal but une grande gorgée. Elle n'aimait pas être ivre et, de toute façon, n'avait jamais de quoi se payer plus d'une chope, mais elle aimait le goût malté et l'éclat chaud de la bière.

« C'est une machine à carder, précisa-t-elle.

— Une machine à affamer les gens, voilà comment je l'appelle, moi, répliqua Jarge. Ces dernières années, quand les patrons ont cherché à introduire des machines modernes dans l'ouest de l'Angleterre, il y a eu des émeutes et ils ont reculé. Il faudrait faire pareil. »

Sal secoua la tête.

« Tu peux dire ce que tu veux, mais cette machine m'a sauvée. Amos Barrowfield était sur le point de renvoyer la moitié d'entre nous, parce que le drap ne se vend pas assez cher, mais grâce à la nouvelle machine, il peut faire des affaires tout en acceptant un prix inférieur, et moi, je continue à travailler à la jenny. »

Ce raisonnement était loin de plaire à Jarge, mais dans la mesure où Sal, en revanche, lui plaisait, il réprima sa colère.

« Et Sal, les fileuses à la main, que leur diras-tu à propos de la nouvelle machine ?

— Je ne sais pas, Jarge. Tout ce que je sais, c'est que j'étais sans le sou et sans toit jusqu'à ce qu'Amos me confie la première spinning jenny et qu'aujourd'hui, j'aurais peut-être perdu ce travail s'il n'avait pas acheté la cardeuse mécanique. »

Alf Nash intervint. Sans être lui-même sonneur, il se joignait souvent à eux et Sal se demandait s'il n'avait pas le béguin pour Joanie. Il était d'ailleurs assis à côté d'elle. Alf était crémier et comme ses vêtements étaient régulièrement éclaboussés de lait, il sentait toujours le fromage. Sal aurait été surprise que Joanie tombe amoureuse de lui.

« Sal a raison, Jarge », acquiesça Alf.

Sime Jackson, un tisserand qui travaillait avec Spade, était un des membres les plus avisés du groupe.

« Je vois mal comment résoudre ce problème. Les machines en aident certains, et prennent leur travail à d'autres. Qu'est-ce qui est préférable ? C'est difficile à dire.

— Voilà bien ce qui nous tracasse, convint Sal. Nous connaissons les questions, mais nous n'avons pas de réponses. Nous ne sommes pas assez savants pour ça. Il faudrait que nous en apprenions plus.

— Apprendre ? Ce n'est pas pour les gens comme nous, répliqua Alf. On ne va pas à l'université d'Oxford, nous autres. »

Spade prit la parole pour la première fois. Il était maître des cloches, soit chef d'orchestre des sonneurs.

« Tu te trompes, Alf. Dans tout le pays, les ouvriers

s'instruisent. Ils fréquentent des bibliothèques et des cercles de lecture, des sociétés musicales et des chorales. Ils appartiennent à des groupes d'études bibliques et assistent à des débats politiques. La London Corresponding Society a plusieurs centaines de sections. »

Cette idée enthousiasma Sal.

« Voilà ce que nous devrions faire : étudier et apprendre. C'est quoi, cette Corresponding Society ?

— Une association qui a été créée pour débattre de la réforme du Parlement. Réclamer le droit de vote pour les travailleurs, ce genre de choses. Elle s'est répandue un peu partout.

— Pas à Kingsbridge, releva Jarge.

— C'est dommage, regretta Sal. C'est exactement ce dont nous avons besoin. »

Un autre sonneur, Jeremiah Hiscock, un imprimeur qui avait un atelier dans la rue principale, s'exprima à son tour :

« J'ai entendu parler de cette London Corresponding Society. Mon frère, qui vit à Londres, imprime certains de leurs textes. Il apprécie beaucoup ces gens. Il dit qu'ils prennent toutes leurs décisions au vote majoritaire. Qu'il n'y a pas de différence entre patrons et ouvriers à leurs réunions.

— Ça montre bien que c'est possible ! renchérit Jarge.

— Je ne sais pas, murmura Sime inquiet. On risque de nous traiter de révolutionnaires.

— La London Corresponding Society ne veut pas la révolution, reprit Spade, mais la réforme.

— Un instant, coupa Alf. Est-ce qu'on n'a pas jugé des membres de cette société pour trahison juste avant le Noël dernier ?

— Si, effectivement, on en a jugé trente, confirma Spade, grand lecteur de journaux. On les a accusés de comploter contre le roi et le Parlement. Le seul reproche qu'on avait à leur encontre était d'avoir fait campagne pour la réforme parlementaire. Apparemment, dire que notre gouvernement n'est pas parfait est aujourd'hui considéré comme un crime.

— Je ne me rappelle plus s'ils ont été pendus, reprit Alf.

— Ils ont eu l'aplomb d'appeler le Premier ministre, William Pitt, au tribunal, et il a dû reconnaître qu'il y a treize ans, il a lui-même plaidé pour la réforme du Parlement. L'affaire s'est terminée dans les rires, et le jury a rejeté toutes les accusations. »

Sime n'était pourtant pas encore rassuré.

« Peut-être, mais je n'aimerais pas être jugé pour trahison. Un jury de Londres peut fort bien prendre une décision, et un jury de Kingsbridge une autre.

— Je me fiche pas mal des jurys, lança Jarge. Je serais prêt à courir le risque.

— Tu es courageux comme un lion, Jarge, observa Sal, mais cela ne suffit pas toujours. Il faut aussi être intelligent.

— Sal a raison, approuva Spade. Créez une société, oui, mais ne la présentez pas comme une section du groupe londonien – ce serait attirer les ennuis. Appelez-la…, je ne sais pas moi, la Société socratique, par exemple.

— J'comprends même pas ce que ça veut dire, protesta Jarge.

— Socrate était un philosophe grec qui pensait qu'on pouvait accéder à la vérité par la discussion et le débat. C'est le chanoine Midwinter qui me l'a appris. Il m'a dit que j'étais socratique parce que j'aime le débat.

— J'ai connu un marin grec, autrefois. Il buvait comme un trou, mais c'était pas un foutu philosophe, ça, c'est sûr. »

Les autres s'esclaffèrent.

« Donnez-lui le nom que vous voudrez, reprit Spade, pourvu qu'il n'ait rien de subversif. Organisez une première réunion sur un autre sujet, n'importe quoi, la science, les théories d'Isaac Newton par exemple. N'en faites pas un secret – informez-en la *Kingsbridge Gazette*. Constituez un comité directeur. Demandez au chanoine Midwinter d'en être le président. Que tout cela ait l'air parfaitement respectable, au début en tout cas.

— Oui ! Il faut absolument qu'on fasse ça ! s'enthousiasma Sal.

— Mais qui acceptera de venir parler de science à quelques ouvriers de Kingsbridge ? » s'inquiéta Jeremiah.

Tous reconnurent que ce serait sans doute impossible. C'est alors que Sal eut une inspiration :

« Je connais quelqu'un qui est allé à Oxford. »

Ils lui jetèrent tous des regards sceptiques, à l'exception de Joanie, qui dit en souriant :

« Tu penses à Roger Riddick.

— Exactement. C'est un ami d'Amos Barrowfield et il vient souvent à la manufacture.

— Peux-tu voir avec lui s'il serait d'accord? s'enquit Spade.

— Pour sûr. J'ai été la première à travailler sur sa spinning jenny et je suis toujours sur la même machine. Il ne manque jamais de s'arrêter pour me demander si elle marche bien.

— Il ne trouvera pas ça trop hardi de ta part?

— Je ne crois pas. Il n'est pas comme son frère Will.

— Alors tu lui poseras la question?

— Dès que je le verrai. »

Ils se quittèrent peu après. Tandis qu'elles rentraient chez elles, Joanie interrogea Sal:

« Tu es sûre à propos de cette affaire?

— Quelle affaire?

— La création de cette société.

— Oui. J'ai hâte qu'on s'y mette.

— Pourquoi?

— Parce que je passe tout mon temps à trimer, à dormir et à m'occuper de mon fils et que je n'ai pas envie que ma vie se résume à ça. »

Elle repensa à sa tante Sarah, qui racontait ce qu'elle lisait dans les journaux.

« Mais tu risques de t'attirer des ennuis.

— Pas pour vouloir mieux comprendre la science.

— Il ne s'agira pas seulement de science. Ils veulent tous parler de liberté, de démocratie et des droits de l'homme. Tu le sais parfaitement.

— Tout de même, les Anglais sont censés avoir le droit d'exprimer leur opinion.

— Ce ne sont que de belles paroles destinées aux nobles et aux propriétaires. Ces gens-là ne pensent pas que les travailleurs comme nous doivent avoir des opinions.

— Mais ceux de Londres n'ont pas été condamnés.

— N'empêche que Sime a raison – tu ne peux pas être sûre qu'un jury de Kingsbridge agisse comme celui de Londres. »

Sal ne put s'empêcher de penser que Joanie n'avait peut-être pas tort.

Joanie poursuivit :

« Si les ouvriers des manufactures se mettent à parler politique, les échevins et les juges de paix vont s'inquiéter – et leur première impulsion sera de punir une poignée de gens pour intimider les autres. Ça ne pose peut-être pas de problème à Jarge et Spade, ils n'ont pas d'enfants. Si on les déporte en Australie ou même si on les pend, ils seront les seuls à en souffrir. Mais toi, tu as Kit, et moi, j'ai Sue. Qui s'occupera d'eux si nous ne sommes plus là ?

— Oh, mon Dieu, tu as raison. »

Le projet de Société socratique l'avait tellement séduite qu'elle n'avait pas songé aux risques.

« Mais j'ai promis de parler à Roger Riddick et je ne peux pas laisser tomber les autres.

— Sois prudente, tout de même. Sois très prudente.

— Oui, acquiesça Sal. Je te le promets. »

12

Dans une chapelle latérale de la cathédrale de Kingsbridge se trouvait une fresque représentant sainte Monique, la patronne des mères. C'était une peinture médiévale qui avait été blanchie à la chaux au moment de la Réforme ; mais en deux siècles et demi, la couche de chaux s'était effritée, laissant apparaître le visage de la sainte. Elle avait la peau claire, ce qui laissait Spade perplexe, car la sainte était d'origine africaine.

Il y alluma un cierge le premier jour du mois d'août, douze ans exactement après la mort de son épouse, Betsy. Dehors, des nuages couraient dans le ciel et, lorsque le soleil perça, il éclaira les arches de la nef, transformant brièvement les pierres grises en fulgurations argentées.

Spade regardait pensivement la flamme de la bougie, plongé dans ses souvenirs de Betsy. Il se rappelait à quel point tous deux, alors âgés de dix-neuf ans seulement, avaient été enthousiastes à l'idée de s'installer ensemble dans une petite maison à la périphérie de Kingsbridge. Ils avaient eu l'impression d'être des enfants qui jouaient aux mariés. Son métier à tisser et le rouet de Betsy avaient occupé l'une des deux petites pièces, et ils avaient préparé leurs repas et dormi dans la cuisine. Lorsqu'il travaillait, il pouvait à tout moment lever les yeux et voir la tête sombre de Betsy penchée sur le fuseau : il n'était jamais malheureux. Leur euphorie avait été à son comble lorsqu'elle était tombée enceinte ; ils parlaient pendant des heures de leur enfant à venir : serait-il beau, intelligent, grand, espiègle ? Mais Betsy était morte en couches, et leur enfant n'avait jamais respiré.

Le temps s'écoula imperceptiblement, jusqu'au moment où il se rendit compte qu'il n'était pas seul. Se retournant, il aperçut Arabella Latimer qui l'observait. Sans un mot, elle lui tendit une rose rouge – de son jardin, supposa-t-il. Devinant son intention, il prit la fleur et la déposa délicatement au centre de l'autel.

Sur le marbre pâle, elle était du rouge éclatant d'une tache de sang fraîche.

Arabella s'éloigna en silence.

Spade resta quelques instants perdu dans ses pensées. Une rose rouge était symbole d'amour. Elle était destinée à Betsy. Mais c'était à Spade qu'Arabella l'avait donnée.

Il sortit de la chapelle. Elle l'attendait dans la nef.
« Vous me comprenez, dit-il.

— Bien sûr. Vous venez dans cette même chapelle le 1er août de chaque année.

— Vous l'avez remarqué.

— Vous faites cela depuis longtemps.

— Douze ans.

— Les méthodistes n'ont pas l'habitude de prier les saints.

— Je suis un drôle de méthodiste. Suivre les règles n'est pas mon fort. » Spade haussa les épaules. « Ce qu'il y a de mieux chez les méthodistes, c'est que, pour eux, le cœur compte plus que les règles.

— C'est ce que vous pensez également ?

— Oui.

— Moi aussi.

— Vous devriez rejoindre les méthodistes. »

Elle sourit.

« Vous imaginez le scandale ? L'épouse de l'évêque ! » Elle se retourna et ramassa une pile d'aubes d'enfants de chœur tout juste lavées qu'elle avait déposées sur les fonts baptismaux. « Il faut que je range ça dans la sacristie. »

Il n'avait pas envie que la conversation se termine.

« Je suppose que vous ne faites pas la lessive vous-même, madame Latimer. »

Cela allait de soi.

« Je suis chargée de vérifier le travail, répondit-elle.

— Si c'est moi qui porte ces aubes dans la sacristie, vous pourrez vérifier si j'ai bien travaillé. » Il lui prit des mains la pile de vêtements qu'elle lui abandonna volontiers.

« J'ai parfois l'impression que je passe la moitié de ma vie à surveiller le travail des autres. Sans les livres, je ne sais pas comment j'occuperais mon temps.

— Qu'aimez-vous lire ? s'intéressa Spade.

— J'ai un livre sur les droits des femmes, de Mary Wollstonecraft. Mais il faut que je le cache. »

Spade n'eut pas besoin de lui demander pourquoi. L'évêque désapprouverait vivement la lecture d'un tel ouvrage, il en était sûr.

« J'aime aussi les romans, ajouta-t-elle. L'*Histoire de Tom Jones, enfant trouvé*. » Elle sourit. « Vous me faites penser à Tom Jones. »

Ils traversèrent la nef ensemble. Ce n'était pas grand-chose, mais il sentait une tension entre eux, comme un secret inexprimé.

Il n'avait pas oublié ce qui s'était passé deux ans plus tôt dans l'atelier de sa sœur, quand elle l'avait surpris en train d'admirer sa silhouette et avait haussé les sourcils, visiblement plus intriguée qu'offensée. Ce regard était resté gravé dans sa mémoire et, malgré tous ses efforts, il n'avait jamais pu l'oublier.

Il la suivit jusqu'à une porte basse du transept sud. La sacristie était une petite pièce nue contenant une étagère, un miroir et un grand coffre en chêne appelé chapier. Elle en souleva le lourd couvercle et Spade y déposa soigneusement les aubes. Arabella éparpilla de la lavande séchée pour éloigner les mites.

Elle se tourna alors vers lui en disant : « Douze ans. »

Il la regarda. Le soleil apparut au-dehors, et un rai de lumière filtra d'une petite fenêtre pour tomber sur les cheveux d'Arabella, faisant ressortir leurs reflets cuivrés qui semblèrent briller de mille feux.

« Je me rappelais combien tout était plaisant lorsque nous étions jeunes et naïfs. Délices innocentes. Qui ne se reproduiront plus jamais.

— Vous étiez amoureux de Betsy.

— L'amour est ce qu'on peut avoir de meilleur au monde, et le pire qu'on puisse perdre.»

L'espace d'un instant, le chagrin l'accabla, et il dut refouler ses larmes.

«Non, vous faites erreur, objecta-t-elle. Le pire, c'est d'être pris au piège et de savoir que vous ne le trouverez jamais.»

Spade fut surpris, non par le contenu de ses propos – que lui et d'autres auraient pu deviner – mais par l'intimité de cet aveu. Cependant, il était aussi curieux que surpris, et demanda: «Comment est-ce arrivé?

— Le garçon que je voulais en a épousé une autre. J'ai cru avoir le cœur brisé, mais j'étais simplement en colère. Et quand Stephen a demandé ma main, j'ai accepté, par pur esprit de vengeance.

— Stephen était beaucoup plus âgé que vous.

— Deux fois mon âge.

— J'ai du mal à imaginer que vous ayez pu agir de façon aussi impulsive.

— Je manquais de discernement quand j'étais jeune. Je ne suis pas devenue d'une grande sagesse, mais j'étais bien pire avant.» Elle se détourna et referma le couvercle du coffre. «C'est vous qui m'avez posé la question, précisa-t-elle.

— Pardonnez mon indiscrétion.

— La plupart des hommes m'auraient expliqué ce que j'aurais dû faire.

— Je n'ai aucune idée de ce que vous auriez dû faire.

— Ce que peu d'hommes seraient prêts à admettre.»

C'était vrai, et Spade éclata de rire.

Arabella se dirigea vers la porte. Spade posa la main sur la poignée, mais avant qu'il ait le temps de lui ouvrir, elle l'embrassa.

Un baiser maladroit. Elle se jeta sur lui et ses lèvres se posèrent au petit bonheur, sur son menton.

Elle n'a pas beaucoup d'expérience dans ce domaine, pensa-t-il.

Mais elle se reprit très vite et l'embrassa sur la bouche. Puis elle recula, mais il sentit que ce n'était pas fini. En effet, un instant plus tard, elle l'embrassait encore, posant ses lèvres sur les siennes, où elles s'attardèrent. Elle est sérieuse, se dit-il. Il posa les mains sur les épaules d'Arabella et lui rendit son baiser, caressant ses lèvres des siennes. Elle s'accrocha à lui, pressant son corps contre lui.

Quelqu'un pourrait entrer, s'inquiéta-t-il. Il ne savait pas comment Kingsbridge traiterait un homme qui avait embrassé la femme de l'évêque, mais il était trop submergé par le plaisir pour s'arrêter. Elle lui prit les mains pour les poser sur sa poitrine et il sentit ses seins moelleux lui remplir les paumes. Lorsqu'il les pressa tendrement, elle émit un faible gémissement rauque.

Reprenant soudain ses esprits, elle s'écarta et le regarda intensément dans les yeux.

« Que Dieu me protège », murmura-t-elle. Puis elle se détourna, ouvrit la porte et sortit précipitamment.

Spade resta immobile, songeur : que s'était-il passé ?

*

L'échevin Joseph Hornbeam aimait avoir sous les yeux un copieux petit déjeuner : bacon, rognons et saucisses, œufs, rôties et beurre, thé et café, lait et crème. Il ne mangeait pas grand-chose – il n'avalait qu'un café crème et des rôties –, mais savoir qu'il pouvait festoyer comme un roi s'il le souhaitait suffisait à son bonheur.

Sa fille, Deborah, était comme lui, alors que son épouse, Linnie, et leur fils, Howard, mangeaient de bon appétit, comme en témoignaient leurs rondeurs. Il en allait de même des domestiques qui consommaient les restes.

Hornbeam lisait le *Times*.

« L'Espagne a fait la paix avec la France, annonça-t-il entre deux gorgées de café crémeux.

— Mais la guerre n'est pas finie, n'est-ce pas ? » intervint Deborah.

Elle avait l'esprit vif : elle tenait de lui.

« Non. Elle n'est pas finie pour l'Angleterre. Nous n'avons pas conclu la paix avec ces assassins, ces révolutionnaires français, et j'espère que nous ne la conclurons jamais. »

Il posa sur Deborah un regard critique. Elle n'était pas très séduisante, songea-t-il, bien qu'il fût toujours difficile de juger la beauté de ses propres enfants. Elle avait une abondante chevelure brune et ondulée et de beaux yeux marron, mais son menton était trop grand. À dix-huit ans, elle était en âge de se marier. Peut-être pourrait-on l'orienter vers un époux utile pour l'entreprise familiale.

« Je t'ai vue parler à Will Riddick au théâtre », lui dit-il.

Elle le regarda droit dans les yeux. À la différence de son frère et de sa mère, elle n'avait pas peur de lui. Deborah était respectueuse, mais n'était pas soumise.

« Ah oui ? répliqua-t-elle d'une voix neutre.

— Tu l'apprécies ? poursuivit Hornbeam avec une feinte désinvolture.

— Oui, je l'aime bien, répondit-elle après un instant de réflexion. C'est le genre d'homme qui obtient ce qu'il veut. Pourquoi cette question ?

— Nous faisons de bonnes affaires ensemble, lui et moi.

— Comme les contrats de l'armée.

— Exactement, acquiesça-t-il, tout en appréciant sa sagacité. Je l'ai invité à dîner ce soir. Je suis heureux qu'il te plaise, nous devrions passer une bonne soirée. »

Simpson, le valet, entra dans la pièce et annonça : « Monsieur l'échevin, le laitier souhaiterait vous parler.

— Le laitier ? s'étonna Hornbeam. Que me veut-il ? »

Hornbeam parlait rarement aux commerçants qui approvisionnaient la maison. Il se souvint alors qu'il avait prêté de l'argent à cet homme : il s'appelait Alfred Nash. Il se leva, laissa tomber sa serviette sur sa chaise et sortit.

Nash attendait dans l'entrée de service, qui servait de salle des bottes. Son manteau et son chapeau dégoulinaient de pluie. L'odeur de lait aigre que dégageait Nash chatouilla les narines de Hornbeam.

« Pourquoi êtes-vous venu ici, Nash ? s'enquit-il sèchement, espérant que ce n'était pas pour lui demander encore de l'argent.

— J'ai quelques informations à vous donner, monsieur l'échevin. »

C'était une autre affaire.

« Je vous écoute.

— Il se trouve que j'ai appris une nouvelle susceptible de vous intéresser et il m'a paru bon de vous en informer, puisque vous avez eu l'amabilité de me prêter l'argent nécessaire à l'agrandissement de ma laiterie.

— Très bien. De quoi s'agit-il ?

— David Shoveller, l'homme qu'on appelle Spade, vient de créer à Kingsbridge une section de la London Corresponding Society. »

C'était effectivement une information intéressante. « Vraiment ? Diable ! »

Hornbeam détestait Spade. Il avait fait échouer son projet nourri de longue date de reprendre l'entreprise d'Obadiah Barrowfield, dont Amos avait hérité. Le prêt que Spade avait mis sur pied pour Amos avait déjoué tous les desseins de Hornbeam.

Nash poursuivit : « Et comme vous êtes le président de la Reeves Society…

— Oui, bien sûr. » Le gouvernement avait créé les Sociétés Reeves, des organisations provinciales pour s'opposer à la London Corresponding Society. Celle de Kingsbridge avait tenu quelques réunions sans intérêt avant d'être dissoute, mais Hornbeam disposait toujours d'une liste utile d'hommes bien-pensants hostiles au radicalisme.

« Quels sont les autres membres de ce nouveau groupe ?

— Jarge Box, un tisserand. Et Sal Clitheroe, qui travaille sur une spinning jenny pour Amos Barrowfield. Et même si ce n'est qu'une femme, ils l'écoutent. »

Ces gens exaspéraient Hornbeam.

« Tout ce qu'ils veulent, c'est nous entraîner dans le caniveau avec eux, dit-il avec amertume. Nous allons écraser ces fauteurs de troubles comme de la vermine. Spade sera pendu pour trahison. »

Nash parut décontenancé par la véhémence de Hornbeam. « Mais il paraît que les hommes de Londres ont été acquittés, fit-il remarquer.

— Faiblesse, faiblesse. Voilà ce qui permet à ce genre de choses de prospérer. Mais Londres est Londres. Ici, nous sommes à Kingsbridge.

— Oui, monsieur.

— Surveillez cette affaire de près pour moi, Nash, voulez-vous ?

— Oui, monsieur. Ils m'ont proposé de faire partie de leur comité.

— Avez-vous accepté ?

— J'ai dit que j'y réfléchirais.

— Rejoignez le comité. Cela vous permettra d'être informé de tout.

— Très bien, monsieur.

— Et vous me ferez un rapport sur toutes leurs activités.

— Je serai heureux de vous rendre service.
— Nous leur donnerons une bonne leçon.
— Oui, monsieur. Me permettrez-vous de vous entretenir d'un autre sujet ? »

Hornbeam avait deviné que Nash avait quelque chose à lui demander. On n'avait jamais rien sans rien.

« Je vous écoute.
— Les affaires vont mal, avec les impôts de guerre, le prix des denrées alimentaires et toute cette main-d'œuvre qui ne trouve pas assez de travail.
— Je sais. La situation n'est pas facile pour moi non plus. »

C'était faux. Hornbeam tirait profit des contrats de l'armée. Mais il avait pour principe de ne jamais reconnaître qu'il s'en sortait bien.

« Si vous acceptiez de renoncer à mon prochain remboursement trimestriel, cela me serait d'un grand secours.
— Un report.
— Oui, monsieur. Je finirai par tout rembourser, bien sûr.
— Bien sûr. Je vous autorise à ignorer le prochain versement.
— Merci, monsieur. »

Nash porta la main à sa casquette.
Hornbeam retourna à son petit déjeuner.

*

Quelques jours plus tard, Roger Riddick se présenta à la manufacture de Barrowfield.

Plus Sal y songeait, plus il lui semblait important que Roger soit le premier conférencier de la Société socratique. Personne ne pouvait rien avoir à redire à une causerie scientifique. De plus, étant le fils du châtelain de Badford, Roger appartenait à l'élite dirigeante. Mieux encore, il ne demanderait pas à être payé, ce qui était important car l'association n'avait pas les moyens de verser d'honoraires.

Elle connaissait Roger depuis qu'il était petit. Les enfants ne s'arrêtaient pas aux différences de classe, et le fils d'un châtelain était libre de barboter dans un ruisseau avec la progéniture de simples ouvriers agricoles. Elle avait vu Roger grandir et, à l'adolescence, il avait montré qu'il ne ressemblait pas au reste de sa famille.

Ce qui ne voulait pas dire qu'il ferait tout ce qu'elle lui demanderait.

Il avait beaucoup mûri, constata Sal en le voyant entrer dans la salle de filage. Âgé désormais d'une bonne vingtaine d'années, il était toujours séduisant, mince et blond, mais ce n'était pas le genre d'homme qui lui plaisait – il manquait de virilité à son goût. Il n'en avait pas moins beaucoup de charme, surtout lorsqu'il affichait son sourire espiègle. Toutes les femmes l'appréciaient, et il se prêtait même parfois à un badinage léger.

«Bonjour, Sal, comment va la vieille machine? Toujours aussi solide? lança-t-il.

— Oui, et la spinning jenny aussi, monsieur Riddick.»

C'était une plaisanterie qu'ils avaient déjà échangée bien des fois, et qui les faisait toujours rire.

«Elle semble si petite, à présent, observa Roger. De nos jours, on en fabrique qui ont quatre-vingt-seize broches.

— C'est ce que j'ai entendu dire.»

Roger remarqua alors la présence de Kit.

«Bonjour, mon garçon. Comment va ta tête?

— Parfaitement bien, monsieur, répondit Kit.

— Tant mieux.»

Les autres femmes avaient cessé de travailler pour les écouter. Assise devant la machine d'à côté, Joanie demanda: «Pourquoi n'êtes-vous pas à Oxford, monsieur Riddick?

— Parce que je ne suis plus étudiant. J'ai fini mes trois années.

— J'espère que vous avez réussi vos examens.

— Oui. J'étais premier de la classe pour ce qui est de perdre de l'argent aux cartes.

— Maintenant, vous savez tout sur tout.

— Oh non! Seules les femmes savent tout.»

Les autres applaudirent.

«Après Noël, je partirai étudier dans une autre université, l'Académie prussienne des sciences, à Berlin, ajouta-t-il.

— La Prusse! s'exclama Sal. Mais vous allez devoir apprendre l'allemand.

— Et le français. Je ne sais trop pourquoi, mais les cours se donnent en français là-bas.

— Encore des études! Vous n'en finirez donc jamais?

— Je crois bien qu'on n'a jamais fini d'apprendre, en effet.

— Vous savez, les gens de Kingsbridge vont commencer à s'instruire, alors faites attention, nous risquons de vous rattraper.

— Que veux-tu dire ? demanda-t-il en fronçant les sourcils.

— Nous sommes en train de créer une nouvelle association appelée la Société socratique.

— Vous créez une Société socratique... »

Il cherchait, constata-t-elle, à dissimuler son étonnement.

« Et les autres m'ont chargée de vous prier d'assurer la conférence inaugurale.

— Vraiment ? » Il était toujours sur la réserve, ce qui amusa Sal. « Une conférence, murmura-t-il, cherchant manifestement à rassembler ses idées. Eh bien, ma foi.

— Nous pensions que vous pourriez nous parler d'Isaac Newton.

— Vraiment ?

— Mais vous êtes libre de choisir n'importe quel sujet scientifique.

— Voyons... à Oxford, j'ai étudié le système solaire. »

Elle n'avait aucune idée de ce qu'était le système solaire.

Devinant sa perplexité, il ajouta :

« Tu sais, le Soleil, la Lune et les planètes, et la manière dont ils tournent en rond. »

Le sujet ne lui parut pas passionnant. Mais après tout, qu'est-ce que j'en sais ? se dit-elle.

« J'ai fabriqué une petite maquette qui montre comment les planètes se déplacent les unes par rapport aux autres. J'ai fait ça pour m'amuser, mais cela pourrait aider les gens à comprendre », ajouta-t-il.

Cette idée était plus séduisante. Et Roger se laissait convaincre facilement, songea Sal avec optimisme.

« Cette maquette s'appelle un orrery, précisa-t-il. Du nom de son inventeur.

— Vous devriez la montrer à tout le monde, monsieur Riddick. Je pense que ce serait très bien.

— Oui, pourquoi pas ? »

Elle réprima un sourire de triomphe.

Amos Barrowfield apparut.

« Tu empêches les femmes de travailler, Roger, remarqua-t-il.

— Elles sont en train de créer une Société socratique.

— Pas pendant leurs heures de travail, j'espère. »

Amos passa le bras autour des épaules de Roger. « Viens voir fonctionner la machine à carder. C'est une merveille. »

Ils s'éloignèrent, mais Roger s'arrêta au sommet de l'escalier.

« Tu me préciseras la date, lança-t-il à Sal. Envoie-moi un message.

— Comptez sur moi », répondit-elle.

Les deux hommes s'éclipsèrent.

« Et comment tu lui enverras un message, Sal ? Tu sais à peine écrire, intervint une des femmes.

— Attends un peu de voir », rétorqua Sal.

*

Arabella se conduisait avec Spade comme s'il ne s'était rien passé. Lorsqu'ils se croisaient sur la place du marché, dans l'atelier de sa sœur ou dans la cathédrale, elle lui souriait froidement, lui adressait quelques mots de politesse, puis passait son chemin ; comme si elle ne lui avait jamais offert de rose rouge, comme s'ils n'avaient jamais été seuls ensemble dans la sacristie et comme si elle ne l'avait jamais embrassé d'une bouche affamée ou n'avait jamais collé les mains de Spade sur ses seins.

Il ne savait qu'en penser. Il aurait voulu demander conseil à quelqu'un, ce qui n'était pas dans ses habitudes, mais ne pouvait en parler à personne. Bien qu'ils n'aient pas fait grand-chose – un baiser qui avait duré une minute, alors qu'ils étaient tout habillés –, c'était suffisant pour les mettre en danger tous les deux, et surtout Arabella, car on rejetait toujours la faute sur les femmes.

Peut-être cela resterait-il sans lendemain. Peut-être voulait-elle qu'on ne parle jamais de ce baiser, qu'on l'enterre avec eux et qu'on l'oublie jusqu'au Jugement dernier. Le cas échéant, il serait déçu, ce qui ne l'empêcherait pas d'agir comme elle l'entendait. Il avait toutefois l'intuition qu'elle ne s'en tiendrait pas là. Ce baiser n'avait pas été dicté par la désinvolture, la coquetterie, le jeu, la bagatelle. C'était un baiser plein d'émotion, qui venait du cœur.

Il essaya d'imaginer la vie d'Arabella. L'évêque était bien plus âgé qu'elle, mais ce n'était pas tout : il aurait parfaitement pu être un vieil homme ingambe et énergique, éperdument amoureux d'elle. Or il était lourd, lent, imbu de sa personne et dépourvu d'humour. Peut-être ne restait-il plus rien du désir qui leur avait fait concevoir Elsie. Spade n'était jamais monté à l'étage du palais épiscopal, cependant il était persuadé qu'ils faisaient chambre à part.

Et cette situation durait probablement depuis longtemps, assez longtemps pour qu'une femme de moins de quarante ans, normalement constituée, soit frustrée et en colère, et commence à nourrir des fantasmes à propos d'autres hommes.

Pourquoi Spade? Il savait, bien qu'il eût hésité à en parler à quiconque, qu'il plaisait aux femmes. Il aimait bavarder avec elles parce qu'elles avaient du bon sens. S'il posait à une femme une question sérieuse, telle que : « Qu'espérez-vous dans la vie ? », elle pourrait répondre : « Je veux avant tout que mes enfants deviennent des adultes heureux, qu'ils aient une bonne situation et si possible des enfants à eux. » S'il posait la même question à un homme, il avait de bonnes chances d'obtenir une réponse stupide, du genre : « Je veux épouser une pucelle de vingt ans avec de gros seins, propriétaire d'une taverne. »

Si Spade avait raison et si Arabella finissait par céder à son désir et cherchait à nouer une vraie liaison avec lui, comment réagirait-il? La question était superflue, comprit-il immédiatement. Il ne prendrait pas de décision rationnelle; il ne s'agissait pas de l'achat d'une maison. Le sentiment qu'il éprouvait pour elle était une digue prête à rompre à tout moment. C'était une femme intelligente et passionnée qui semblait amoureuse de lui, et il n'essaierait même pas de résister.

Les conséquences risquaient pourtant d'être dramatiques. Il n'avait pas oublié ce qui était arrivé à lady Worsley, affreusement humiliée. Il avait dix-huit ans à l'époque et était amoureux de Betsy, mais il avait déjà pris l'habitude de lire les journaux, généralement des numéros périmés, jetés par des riches. Lady Worsley avait eu un amant. Son mari avait intenté un procès à cet homme, lui réclamant vingt mille livres, la valeur qu'il attribuait à la chasteté de son épouse. Vingt mille livres représentaient une somme considérable, suffisante pour acheter une des plus belles maisons de Londres. L'amant, qui n'était pas un gentilhomme, avait soutenu devant le tribunal que la chasteté de lady Worsley n'avait aucune valeur, puisqu'elle avait déjà commis l'adultère avec vingt autres hommes avant lui. Le moindre détail de la vie sentimentale de lady Worsley avait été exposé au tribunal, relaté dans la presse et avait suscité l'émoi de l'opinion publique dans de nombreux pays. Prenant le parti de l'amant, le tribunal n'avait accordé à sir Richard qu'un shilling de dommages et intérêts laissant ainsi entendre que la chasteté de lady Worsley ne valait pas davantage, un verdict d'un mépris cruel.

Voilà le genre de cauchemar qui pouvait attendre Spade s'il faisait l'amour avec la femme d'un évêque.

Et ce serait Arabella qui en souffrirait le plus.

*

Spade franchit la grandiose entrée à colonnade de la salle des fêtes de Kingsbridge, où devait bientôt s'ouvrir la première réunion de la Société socratique.

Il espérait que tout se déroulerait au mieux. Sal et les autres avaient placé de grands espoirs dans ce projet. Les ouvriers de Kingsbridge cherchaient à se cultiver et méritaient de réussir. Spade lui-même estimait qu'il s'agissait d'un grand pas en avant pour la ville. Il voulait que Kingsbridge fût un endroit où l'on considérait les ouvriers comme des êtres humains à part entière, et non comme une simple « main-d'œuvre ». Mais qu'adviendrait-il si la conférence leur était incompréhensible ? Et si les auditeurs pleins d'ennui commençaient à s'agiter ? Ou pire encore, si personne ne venait ?

Il pénétra dans le bâtiment en même temps qu'Arabella Latimer et sa fille Elsie. Les notables de la ville étaient intéressés. Il secoua son chapeau pour en faire tomber les gouttes de pluie et s'inclina devant les deux femmes.

« J'ai appris que vous étiez allé à Londres, monsieur Shoveller, dit Arabella d'un air pincé. J'espère que votre séjour a été agréable. »

C'était le genre de banalités qu'on échangeait lors de mondanités et la froideur d'Arabella le déçut, néanmoins il joua le jeu.

« J'y ai pris grand plaisir et j'ai conclu de bonnes affaires, madame Latimer. Et que s'est-il passé à Kingsbridge ?

— Rien que de bien ordinaire », dit-elle sans le

regarder. Puis elle répéta tout bas : « De bien ordinaire. »

Spade se demanda si Elsie percevait la tension entre eux. Les femmes étaient sensibles à ce genre de choses. Mais Elsie n'en montra rien.

« J'aimerais tant me rendre à Londres. Je n'y suis jamais allée. Est-ce aussi passionnant qu'on le dit? demanda-t-elle.

— Oui, certainement, répondit Spade. C'est aussi plein de monde, de bruit et de saleté. »

Ils entrèrent dans la salle de jeu où devait se tenir la conférence. Elle était presque pleine, ce qui apaisa l'une des inquiétudes de Spade.

Une caisse en bois était posée sur une table au milieu de la pièce, et Spade devina qu'elle contenait l'orrery de Roger Riddick. Les chaises et les bancs étaient disposés en cercle autour de la table.

Le public était bigarré, rassemblant des nantis arborant leurs plus beaux atours aussi bien que des ouvriers vêtus de leurs manteaux habituels et coiffés des chapeaux usés qu'ils portaient tous les jours. Il remarqua que les ouvriers avaient tous pris place à l'arrière sur les bancs, tandis que les nantis s'étaient installés devant, sur les chaises. Cela n'avait rien d'une obligation, il en était conscient; le public avait dû recréer instinctivement une division sociale. Il ne savait pas vraiment s'il fallait s'en amuser ou s'en attrister.

Seule une poignée de femmes étaient venues, ce qui n'étonna pas Spade : sans leur être interdits, ce genre d'événements étaient censés être destinés aux hommes.

Se détournant de Spade, Arabella tendit le bras vers l'autre côté de la pièce où deux ou trois femmes étaient assises ensemble et dit à Elsie : « Allons nous asseoir là-bas, veux-tu ? », montrant clairement qu'elle préférait éviter le voisinage de Spade. Il comprit, mais eut l'impression d'être rejeté.

Elsie regarda dans la direction désignée par sa mère. L'espace d'une seconde, Spade sentit alors la main d'Arabella se poser sur son bras. Elle le serra fugacement avant de traverser la pièce. Bien que bref, ce geste transmettait sans conteste un message d'intimité.

Spade en fut vaguement étourdi. Une jeune fille sans expérience pouvait envoyer de faux signaux, mais aucune femme mûre ne toucherait ainsi un homme si elle n'était pas sérieuse. Elle lui rappelait de cette manière leur entente tacite et lui demandait de ne pas tenir compte de sa froideur apparente.

Il était ravi, mais bien décidé à ne pas réagir. C'était elle qui courait le plus grand risque, c'était donc à elle de prendre l'initiative. Il se contenterait de suivre.

Jarge Box s'approcha de lui, manifestement irrité. Comme il n'en fallait pas beaucoup pour irriter Jarge, Spade ne s'inquiéta pas.

« Quelque chose ne va pas ? lui demanda-t-il calmement.

— Il y a tant de maîtres ici ! » s'indigna Jarge.

C'était vrai. Spade repéra Amos Barrowfield, le vicomte Northwood, l'échevin Drinkwater et Will Riddick.

« Est-ce tellement grave ? reprit Spade.

— Nous n'avons pas créé cette association pour eux !

— Tu as raison, acquiesça Spade. D'un autre côté, leur présence ici nous évitera peut-être d'être accusés de trahison.

— Ça ne me plaît pas.

— Nous en reparlerons plus tard. Nous avons une réunion de comité après la conférence.

— Entendu », dit Jarge, momentanément calmé.

Ils s'assirent. Le chanoine Midwinter se leva et demanda le silence, avant de déclarer :

« Je vous souhaite la bienvenue à la première séance de la Société socratique de Kingsbridge. »

Ceux qui étaient au fond de la salle applaudirent.

« Dieu nous a donné la capacité d'apprendre, poursuivit Midwinter, et de comprendre le monde qui nous entoure : la nuit et le jour, les vents et les marées, l'herbe qui croît et les créatures qui s'en nourrissent. Et il nous a donné cette capacité à tous, riches et pauvres, de vile ou de noble extraction. Cela fait des siècles que Kingsbridge est un centre d'étude, et cette nouvelle société est la plus récente manifestation de cette tradition sacrée. Que Dieu bénisse la Société socratique.

— Amen, répondirent plusieurs voix.

— Notre orateur de ce soir, reprit Midwinter, est M. Roger Riddick, récemment diplômé de l'université d'Oxford. Il nous parlera du système solaire. Monsieur Riddick, je vous laisse la parole. »

Roger se leva et s'approcha de la table. Il avait l'air détendu, pensa Spade ; peut-être avait-il déjà fait ce genre de choses à l'université. Avant de commencer, Roger fit lentement un tour complet sur lui-même, regardant l'assistance avec un sourire aimable.

« Si je tourne comme cela mais plus vite, j'aurai l'impression que vous bougez à toute vitesse autour de moi, dit-il en continuant à tourner. Ainsi, quand la Terre tourne, créant le jour et la nuit, nous avons l'impression que le Soleil se déplace, qu'il se lève le matin et se couche le soir. Pourtant, les apparences sont trompeuses. Vous ne bougez pas, n'est-ce pas? Alors que moi, si. Et le Soleil ne bouge pas, c'est la Terre qui bouge. » Il s'arrêta en disant: « J'ai la tête qui tourne », et le public se mit à rire.

« La Terre tourne, mais elle vole également. Elle fait tout le tour du Soleil une fois par an. Comme une balle de cricket, elle peut pivoter tout en volant dans les airs. Et la Terre est l'une des sept planètes qui font toutes la même chose. Voilà qui se complique, n'est-ce pas? »

Il y eut des gloussements et des murmures d'approbation. Spade pensa: Roger est vraiment doué, dans sa bouche, tout cela paraît pur bon sens.

« J'ai fabriqué une maquette pour montrer comment les planètes tournent autour du Soleil. »

Les auditeurs se penchèrent en avant sur leur siège alors qu'il ouvrait la caisse posée sur la table et en sortait un appareil qui ressemblait à une série de petits disques métalliques empilés. Au centre dépassait une tige au bout de laquelle se trouvait une boule jaune.

« C'est ce qu'on appelle un orrery ou un planétaire, expliqua Roger. La boule jaune représente le Soleil. »

Spade était content. Tout se passait bien. Il aperçut Sal et constata qu'elle était radieuse.

Chaque disque était relié à une tige en L à l'extrémité de laquelle était collée une petite boule.

« Les petites boules représentent des planètes, expliqua Roger. Mais cette maquette a un défaut. Quelqu'un pourrait-il me dire lequel ? »

La salle resta silencieuse pendant quelques minutes, puis Elsie se lança :

« Elle est trop petite. »

L'intervention d'une femme provoqua un murmure de désapprobation, mais Roger lança d'une voix forte :

« Exact ! »

Elsie n'avait pas fréquenté l'école secondaire, car les filles n'y étaient pas admises, mais Spade se rappela qu'elle avait eu un précepteur pendant un certain temps.

« Si cette maquette était à l'échelle, poursuivit Roger, la Terre serait plus petite qu'une goutte d'eau et se trouverait à presque dix mètres de l'autre côté de la salle. En réalité, le Soleil est à cent cinquante millions de kilomètres de Kingsbridge. »

Tous réagirent par des exclamations de surprise.

« Et toutes les planètes sont en mouvement, comme nous allons le voir. » Il parcourut l'assistance du regard. « Qui est le plus jeune ici ? »

Immédiatement, une voix fluette se fit entendre : « Moi, moi. »

Les yeux de Spade survolèrent la pièce et il vit un petit garçon roux se lever : Kit, le fils de Sal. Il devait avoir environ neuf ans maintenant, calcula Spade. Son empressement suscita des rires, mais Kit ne voyait rien de drôle. C'était un enfant plutôt sérieux.

« Viens par ici, dit Roger en se tournant vers le public. Je vous présente Kit Clitheroe, né à Badford, comme moi. »

Kit s'approcha de la table sous les applaudissements.

« Prends doucement cette manivelle. Oui, comme ça. Maintenant, tourne-la lentement. »

Les planètes se mirent à se déplacer autour du Soleil.

Kit observait, fasciné, l'effet des tours de manivelle.

« Les planètes se déplacent toutes à des vitesses différentes ! remarqua-t-il.

— Tu as raison », acquiesça Roger.

Kit regarda de plus près.

« C'est parce que vous avez mis des petites roues dentées. Comme dans un mécanisme d'horlogerie », dit-il sur un ton admiratif.

Spade avait deviné que la maquette de Roger utilisait un système d'engrenage, mais il était surpris et impressionné qu'un enfant de neuf ans le comprenne. Tous les ouvriers travaillaient avec des machines, évidemment, mais tous n'en comprenaient pas le fonctionnement.

Roger renvoya Kit à sa place en ajoutant :

« Dans quelques minutes, tous ceux qui le souhaitent pourront essayer de faire tourner le mécanisme. »

Poursuivant son exposé, il nomma toutes les planètes et indiqua leur distance par rapport au Soleil. Il montra la Lune, reliée à la Terre par une courte tige, puis expliqua que certaines autres planètes avaient une ou plusieurs lunes. Il montra comment l'inclinaison de la Terre entraînait la différence entre l'été et l'hiver. L'auditoire était subjugué.

Il termina son exposé sous des applaudissements enthousiastes, puis les gens se pressèrent autour de la table, impatients d'essayer de faire tourner les planètes autour du Soleil.

Finalement, le public se dispersa. Roger rangea sa machine dans sa boîte et partit en compagnie d'Amos Barrowfield. Lorsqu'il ne resta plus que les membres du comité, ils disposèrent quelques bancs en cercle et s'assirent.

L'humeur était triomphante.

« Je vous félicite tous, déclara le chanoine Midwinter. C'est vous qui avez rendu cette réunion possible. En réalité, vous n'aviez pas besoin de moi.

— Ce n'est pas ce que je voulais ! maugréa Jarge, mécontent. Le système solaire, c'est bien beau, mais nous avons besoin d'en savoir plus sur la manière de faire changer les choses pour que nos enfants n'aient pas faim.

— Jarge a raison, intervint Sal. C'était un bon début, qui a donné de nous une image respectable, mais à quoi cela nous sert-il quand les prix des denrées alimentaires sont très élevés et que les gens ne trouvent pas de travail ? »

Spade ne pouvait que les approuver.

L'imprimeur Jeremiah Hiscock déclara alors : « Nous devrions peut-être parler des *Droits de l'homme*, le livre de Thomas Paine.

— Je crois qu'on y dit qu'une révolution est justifiée lorsque le gouvernement est incapable de défendre les droits du peuple, ce qui revient à affirmer que la Révolution française était une bonne chose, répondit calmement Midwinter.

— Ce qui pourrait nous valoir des ennuis », conclut Sime Jackson.

Spade avait lu *Les Droits de l'homme* et était un franc partisan des idées de Tom Paine, mais il comprenait les réticences exprimées par Midwinter et Jackson.

« J'ai une meilleure idée, dit-il alors. Choisissez un livre qui critique Paine.

— Mais pourquoi ? protesta Jarge.

— Prenez, par exemple, *Les Raisons de contentement à l'adresse des éléments laborieux du public britannique*, un ouvrage de l'archidiacre Paley. »

Jarge s'indigna.

« Mais à quoi penses-tu ? Il n'est pas question d'encourager ce genre de choses !

— Calme-toi, Jarge. Je vais te dire ce que je pense. Que nous choisissions Paine ou Paley, le sujet est le même, à savoir la réforme du gouvernement britannique, et nous aurions donc la même discussion. En revanche, elle paraîtra différente à ceux qui n'appartiennent pas à notre association. Et comment pourraient-ils nous reprocher de débattre d'un livre qui s'adresse à nous et nous exhorte à être satisfaits de notre sort ? »

Jarge eut tour à tour l'air furieux, déconcerté et pensif, et il finit par sourire : « Bon sang, Spade, tu es sacrément malin.

— Je prends ça comme un compliment, répondit Spade, et les autres gloussèrent.

— Excellente idée, Spade, intervint Midwinter. Notre groupe pourra juger les arguments de l'archidiacre Paley d'une faiblesse décevante, bien sûr, mais personne n'aura lieu d'y voir une trahison.

— La London Corresponding Society a publié une brochure intitulée *Réponse à l'archidiacre Paley*, ajouta Jeremiah. Je le sais parce que mon frère l'a imprimée pour eux. J'en ai même un exemplaire à la maison. Je pourrais en imprimer plusieurs.

— Ce serait très utile, approuva Sal, mais n'oubliez pas qu'on s'adresse aussi à des gens qui ne savent peut-être pas lire. Ce serait bien de trouver un orateur qui viendrait présenter le sujet.

— Je connais quelqu'un, dit Midwinter. Un ecclésiastique qui enseigne à Oxford, Bartholomew Small. Il est un peu moins conformiste que les autres professeurs. Sans être révolutionnaire, il est favorable aux idées de Paine.

— Parfait, dit Spade. Pourriez-vous lui transmettre notre invitation, s'il vous plaît ? » Il se tourna vers les autres membres du comité. « Il faut garder ce projet secret le plus longtemps possible, et ne l'annoncer qu'à la dernière minute. Croyez-moi, beaucoup d'hommes dans cette ville préfèrent laisser les ouvriers dans l'ignorance. Donner l'information trop tôt, c'est laisser à nos ennemis le temps de s'organiser. Discrétion absolue : voilà le mot d'ordre. »

Tous l'approuvèrent.

13

Au cours de son enfance à Londres, Hornbeam avait été terrifié par les juges et par les châtiments qu'ils pouvaient infliger. À présent qu'il était lui-même juge, il n'avait plus rien à craindre. Néanmoins, tout au fond de lui, persistait un vague malaise, l'ombre d'un souvenir, qui lui faisait fugacement froid dans le dos lorsque le greffier annonçait l'ouverture de la séance de la cour de justice trimestrielle de la Saint-Michel et que les procès commençaient ; il devait alors toucher sa perruque pour se rappeler qu'il faisait désormais partie des maîtres.

La salle du conseil de l'hôtel de ville servait également de salle d'audience pour les sessions trimestrielles. Hornbeam aimait la solennité de cette vieille enceinte. Les lambris vernis et les poutres anciennes confirmaient l'importance de son statut. Mais lorsqu'elle était remplie des malfaiteurs de Kingsbridge et de leurs familles en larmes, il regrettait qu'elle ne fût pas mieux ventilée. Il détestait l'odeur des pauvres.

Avec l'aide d'un greffier qui avait suivi une formation juridique, les juges discutaient des affaires de vol, d'agression et de viol devant un jury composé de propriétaires fonciers de la ville. Ils jugeaient tous les crimes et délits, à l'exception de ceux passibles de la peine de mort pour lesquels ils devaient convoquer un grand jury chargé de décider s'il y avait lieu de renvoyer l'affaire devant les assises, l'instance supérieure.

Ce jour-là, ils avaient à se prononcer sur de nombreuses affaires de vols. Le mois de septembre était arrivé et, pour la deuxième année consécutive, la récolte avait été mauvaise. Un pain de quatre livres coûtait désormais un shilling, soit près du double du prix habituel. Les gens chapardaient de la nourriture, ou volaient quelque chose qu'ils pourraient vendre facilement pour acheter de quoi manger. Ils étaient prêts à tout. Ce n'était toutefois pas une excuse aux yeux de Hornbeam, qui réclamait de lourdes peines. Les voleurs devaient être punis, faute de quoi tout le système s'effondrerait et tout le monde finirait à la rue.

En fin d'après-midi, les juges se rassemblèrent dans un local plus petit pour déguster du madère et un quatre-quarts. Les décisions les plus importantes de la vie municipale étaient souvent prises lors de ces moments informels. Et ce jour-là, Hornbeam en profita pour aborder le sujet de la Société socratique de Spade avec l'échevin Drinkwater, président du tribunal.

«Cela me paraît dangereux, déclara Hornbeam. Il trouvera des orateurs qui sèmeront le trouble en racontant aux ouvriers qu'ils sont sous-payés et exploités et qu'ils devraient se soulever et renverser leur souverain comme l'ont fait les Français.

— Je suis de votre avis, approuva Will Riddick, devenu châtelain de Badford et juge de paix à la mort de son père. Cette femme violente, Sal Clitheroe, appartient à cette bande. Elle a été bannie de Badford pour avoir cherché à m'agresser. »

Hornbeam connaissait une autre version de l'histoire, dans laquelle Sal avait bel et bien frappé Riddick et l'avait mis à terre, mais on pouvait comprendre que Riddick préfère passer ce détail humiliant sous silence.

Si Hornbeam espérait que les autres juges prendraient conscience du danger, il fut déçu. L'échevin Drinkwater glissa un doigt sous sa perruque pour gratter son crâne chauve et déclara calmement :

« J'ai assisté à cette séance. Elle était consacrée au système solaire. Il n'y a pas de mal à cela. »

Hornbeam soupira. Drinkwater n'avait jamais connu qu'une vie confortable. Il avait hérité de l'entreprise de son père, l'avait revendue à Hornbeam, avait acheté une dizaine de grandes maisons qu'il louait et, depuis lors, il vivait dans l'oisiveté. Il ne savait pas que la prospérité pouvait être fragile ; il n'avait tiré aucune leçon de la Révolution française. Son opposition n'était pas surprenante, mais Hornbeam n'en devait pas moins lutter contre le sentiment de panique qui s'emparait de lui lorsque des gens aux idées libérales étaient aveugles à la menace d'insurrection des couches inférieures de la société. Il but une gorgée de vin doux, s'efforçant de paraître détendu.

«Ils sont très malins, reprit-il. Mais il s'avère que je sais qu'ils ont l'intention de prôner une réforme du Parlement à leur deuxième séance.»

Drinkwater secoua la tête.

«Vous faites erreur, Hornbeam, si je puis me permettre. Mon gendre, le chanoine Midwinter, m'a dit qu'ils étudiaient le livre de l'archidiacre Paley, qui affirme que les travailleurs devraient être satisfaits et ne pas s'agiter en faveur d'une réforme ou d'une révolution.

— Votre gendre ne sera plus chanoine très longtemps, s'écria Riddick en pointant un doigt accusateur vers Drinkwater. Il a rompu avec l'Église d'Angleterre et va devenir le pasteur méthodiste de la ville. Les méthodistes organisent déjà une collecte pour pouvoir lui verser un salaire.

— Mais Paley est toujours archidiacre, rétorqua Drinkwater. Et son ouvrage est destiné à être étudié par les travailleurs. Je ne vois vraiment pas comment quiconque pourrait s'y opposer.»

Regardant autour de lui et constatant qu'il n'avait pas réussi à convaincre ses collègues, Hornbeam préféra ne pas insister.

«Fort bien», dit-il à contrecœur.

De toute manière, il avait un plan de secours.

Les juges se séparèrent et Hornbeam quitta l'hôtel de ville avec Riddick. Il pleuvait fort, comme cela avait été le cas tout l'été, ils relevèrent le col de leur manteau et enfoncèrent leur chapeau sur leur tête. Cette deuxième année de mauvais temps avait fait grimper en flèche le prix du blé; Hornbeam en avait acheté une centaine de boisseaux qu'il avait stockés dans un entrepôt. Il prévoyait de doubler sa mise lorsqu'il vendrait.

Tout en marchant, Riddick prit la parole d'un ton hésitant, ce qui n'était pas dans ses habitudes.

« Je dois vous avouer... que j'admire énormément votre fille, Deborah. Elle est... tout à fait charmante, et aussi, euh, très, euh, intelligente. »

Il avait à moitié raison. Deborah était intelligente et sa silhouette déliée de jeune fille de dix-neuf ans n'était pas déplaisante à regarder, mais elle n'était pas vraiment charmante. Riddick n'en était pas moins tombé amoureux, ou du moins avait-il décidé qu'elle ferait une bonne épouse. Hornbeam était content : son projet avançait. Cependant, il s'efforça de ne rien laisser paraître de sa satisfaction.

« Merci, répondit-il sans s'engager.

— Je tenais à vous le dire.

— Je vous en remercie.

— Vous savez quels sont ma situation et mes moyens », poursuivit Riddick. Il était fier d'être châtelain de Badford, même si l'autorité qu'il exerçait sur un petit millier de villageois seulement ne lui permettait d'appartenir qu'à la petite noblesse foncière. « Je suppose que je n'ai pas besoin de vous prouver que je serai en mesure de lui assurer le style de vie auquel elle est habituée.

— Non, bien sûr. »

Hornbeam s'intéressait plus aux responsabilités de Riddick au sein de la milice de Shiring ; il lui versait d'importantes commissions – et en avait pour son argent. D'autres fournisseurs faisaient la queue pour graisser la patte à Riddick et vendre leurs produits à l'armée à des prix exorbitants. Tout le monde était gagnant.

« J'ignore si Deborah partage mes sentiments, mais j'aimerais chercher à m'en assurer, avec votre permission », ajouta Riddick.

Hornbeam refréna son enthousiasme, de crainte d'encourager Riddick à réclamer un généreux contrat de mariage.

« Vous avez ma permission et mes meilleurs vœux.
— Je vous remercie. »

Deborah était suffisamment sensée pour comprendre qu'elle devait contracter un mariage propice aux affaires de son père, et elle semblait apprécier Riddick. Mais celui-ci avait la réputation de traiter durement ses villageois, ce qui risquait de la rebuter, mettant ainsi Hornbeam en difficulté.

Les deux hommes arrivèrent chez Hornbeam.

« Entrez un instant, proposa-t-il à Riddick. Je voudrais vous entretenir d'autre chose. »

Ils retirèrent leurs manteaux mouillés et les suspendirent à une patère, laissant l'eau dégouliner sur le sol carrelé. Apercevant son fils qui traversait le vestibule, Hornbeam lui dit : « Demande à quelqu'un de venir éponger ça, Howard.

— Tout de suite », répondit celui-ci, obéissant. Et il se dirigea vers l'escalier menant au sous-sol.

Hornbeam se rappela qu'il devait également se préoccuper de trouver une épouse pour son fils. Howard n'essaierait même pas de la choisir lui-même et se contenterait de celle que son père lui imposerait. Néanmoins, quelle femme aurait envie d'épouser ce garçon ? Une femme qui souhaiterait vivre dans l'aisance et l'abondance, mais ne devait pas compter sur ses appas pour s'assurer pareille existence. Pour parler clair, une fille ambitieuse mais quelconque. Hornbeam allait devoir ouvrir l'œil.

Il conduisit Riddick dans son bureau, où un feu brûlait dans l'âtre. Il remarqua que son invité regardait avidement la carafe de sherry posée sur le buffet. Toutefois, ils venaient de prendre du madère dans la salle de l'hôtel de ville et Hornbeam estimait qu'il n'était pas indispensable qu'un homme boive du vin chaque fois qu'il s'asseyait.

« Je suis navré que vous n'ayez pas obtenu gain de cause auprès des autres juges, déclara Riddick. J'ai fait de mon mieux, malheureusement ils ne m'ont pas suivi.

— Ne vous inquiétez pas. Tous les chemins mènent à Londres, comme on dit.

— Vous avez un plan de secours. » Riddick sourit et hocha la tête d'un air entendu. « J'aurais dû m'en douter.

— Je n'ai pas dit à Drinkwater tout ce que je savais.

— Vous avez gardé une carte dans votre manche.

— Exactement. Jeremiah Hiscock imprime des exemplaires d'un pamphlet de la London Corresponding Society intitulé *Réponse à l'archidiacre Paley*. J'ai cru comprendre que ce texte réfute tout ce que dit Paley. Ils ont l'intention de les distribuer lors de la prochaine réunion.

— Qui vous l'a dit ? »

C'était Nash, le laitier, mais Hornbeam évita de répondre. Il se toucha l'aile du nez pour intimer la discrétion à son interlocuteur.

« Je préfère garder cela pour moi, si vous voulez bien me pardonner.

— Comme vous voudrez. Que pouvons-nous faire de ces informations ?

— Cela me paraît très simple. Je soupçonne le pamphlet d'être suffisamment séditieux pour être délictueux. Si c'est le cas, Hiscock sera accusé. »

Riddick acquiesça.

« Et comment nous y prendrons-nous ?

— Nous irons chez Hiscock avec le shérif, nous fouillerons les lieux et, s'il est coupable, nous exercerons notre droit de juges de prononcer un jugement d'urgence. »

Riddick sourit. « Bien.

— Allez trouver Phil Doye immédiatement. Demandez-lui de nous rejoindre ici demain à l'aube. Qu'il vienne avec un agent.

— Fort bien. »

Riddick se leva pour prendre congé.

« Ne dites pas au shérif Doye de quoi il s'agit. Inutile que la nouvelle s'ébruite et que cela permette à Hiscock de brûler les preuves avant notre arrivée. De toute façon, Doye n'a pas besoin d'explication, il suffit que deux juges lui assurent que la perquisition est indispensable.

— Et elle l'est, indéniablement.

— Rendez-vous demain à l'aube.

— Vous pouvez compter sur moi. »

Riddick sortit.

Hornbeam resta assis à contempler les flammes. Des hommes comme Spade et le chanoine Midwinter se croyaient intelligents, mais ils ne faisaient pas le poids. Il mettrait fin à leurs activités subversives.

Il songea alors qu'il prenait un risque. Les informations d'Alf Nash pouvaient être erronées. Hiscock pouvait également avoir imprimé les brochures et les avoir dissimulées, ou les avoir confiées à un autre afin qu'elles soient mises en lieu sûr. Pareilles éventualités étaient contrariantes. S'il opérait une descente chez Hiscock à l'aube avec le shérif et un agent et ne découvrait rien de compromettant, il se ridiculiserait. Or s'il y avait une chose qu'il était incapable de supporter, c'était l'humiliation. Il était un homme important et méritait le respect. Malheureusement, il fallait parfois prendre des risques. Au cours de ses quarante années d'existence, il en avait pris fréquemment et s'en était toujours sorti – généralement plus riche qu'avant.

Linnie, son épouse, ouvrit la porte du bureau et jeta un coup d'œil à l'intérieur. Il l'avait épousée vingt-deux ans auparavant, et elle ne lui convenait plus. S'il avait pu revenir en arrière, il aurait fait un meilleur choix. Elle n'était pas belle et parlait comme une Londonienne de basse extraction, ce qu'elle était. Elle s'accrochait obstinément à des habitudes comme poser une grosse miche de pain sur la table et en couper des tranches avec un grand couteau au fur et à mesure des besoins. Mais il serait trop difficile de se débarrasser d'elle. Obtenir le divorce était compliqué, il fallait que le Parlement adopte une loi privée, et la réputation d'un homme en sortait ternie. Par ailleurs, elle tenait correctement la maison et se montrait disponible chaque fois qu'il avait envie de faire l'amour, ce qui n'était pas fréquent. Et puis les gens de maison l'appréciaient, ce qui mettait de l'huile dans les rouages domestiques.

Les serviteurs n'aimaient pas Hornbeam. Ils le craignaient, et il préférait cela.

« Le dîner est prêt, nous pouvons passer à table, si vous le souhaitez, lui dit-elle.

— J'arrive tout de suite », répondit-il.

*

Simpson, le valet à la triste figure, le réveilla de bonne heure en lui annonçant : « Une matinée pluvieuse, monsieur. Je suis navré. »

Pas moi, se dit Hornbeam, en songeant aux céréales stockées dans son entrepôt, qui lui rapportaient de l'argent à chaque averse.

« M. Riddick est là avec le shérif et l'agent Davidson », ajouta Simpson, comme s'il annonçait une mort tragique. Il parlait toujours sur le même ton chagrin et prenait même l'air affligé pour faire savoir que le dîner était servi.

Hornbeam but le thé que Simpson lui avait apporté et s'habilla rapidement. Riddick attendait dans le vestibule. Il parlait tout bas au shérif Doye, un petit homme suffisant coiffé d'une perruque bon marché.

Doye portait un lourd bâton surmonté d'un gros pommeau de granit poli en guise de poignée, un objet qui pouvait passer pour une canne tout en servant d'arme redoutable au besoin.

Près de la porte se tenait l'agent, Reg Davidson, un homme à la large carrure, et dont le visage portait la marque de plusieurs bagarres : un nez cassé, un œil à demi clos et la cicatrice d'un coup de couteau sur la nuque. Hornbeam songea que si Davidson n'avait pas été agent, il aurait probablement gagné sa vie comme voleur de grand chemin, attaquant et détroussant les imprudents qui transportaient de l'argent après la tombée de la nuit.

Les manteaux des trois hommes dégoulinaient de pluie.

Hornbeam leur exposa leur mission.

« Nous allons chez Jeremiah Hiscock, dans la rue principale.

— À l'imprimerie, crut bon de préciser Doye.

— Exactement. Je crois que Hiscock a imprimé un pamphlet séditieux et, dans ce cas, il est coupable de trahison. Si j'ai raison, il sera pendu. Nous allons l'arrêter et confisquer les brochures en question. Sans doute protestera-t-il bruyamment en faisant valoir sa liberté d'expression, mais je ne pense pas qu'il vous opposera une vraie résistance.

— Ses employés ne seront pas encore au travail, ajouta Davidson. Il n'y aura donc personne pour nous tenir tête. » Il avait l'air déçu.

Hornbeam partit en tête. Les quatre hommes longèrent rapidement la Grand-Rue avant de descendre la rue principale. Les gargouilles de la cathédrale déversaient des trombes d'eau de pluie. L'imprimerie était située tout en bas de la rue, à portée de vue du fleuve ; l'eau était haute et le courant puissant.

Comme tous les artisans de Kingsbridge à l'exception des plus prospères, Hiscock vivait sur son lieu de travail. Il n'y avait pas de sous-sol et la façade de la maison n'avait pas été modifiée. Hornbeam en conclut que l'imprimerie était à l'arrière.

« Frappez à la porte, Doye », ordonna-t-il.

Le shérif frappa quatre fois avec le pommeau de son bâton. La famille qui habitait la maison saurait ainsi qu'il ne s'agissait pas d'une visite de politesse d'un aimable voisin.

La porte fut ouverte par Hiscock lui-même, un homme grand et mince d'une trentaine d'années, qui avait enfilé à la hâte un manteau sur sa chemise de nuit. Il comprit immédiatement qu'il avait des ennuis, et la peur qui traversa soudain son regard donna à Hornbeam un frisson de plaisir.

Doye prit la parole d'un ton bouffi de suffisance.

« Les juges ont été informés que ces locaux sont utilisés pour imprimer des documents séditieux. »

Hiscock trouva le courage de lui répondre.

« Nous vivons dans un pays libre. Les Anglais ont le droit d'exprimer leurs opinions. Nous ne sommes pas des serfs russes.

— Votre liberté ne comprend pas le droit de renverser le souverain… comme chacun sait, fût-il le dernier des imbéciles », répondit Hornbeam. Il fit un geste pour inviter Doye à entrer.

« Poussez-vous », lança Doye à Hiscock, en faisant irruption dans la maison.

Hiscock s'écarta pour les laisser passer et Hornbeam suivit Doye, les deux autres sur les talons.

Après cette entrée magistrale, Doye sembla pris d'un doute quant à la marche à suivre. Après un moment d'hésitation, il dit : « Euh… Hiscock, vous avez l'ordre d'accompagner les juges jusqu'à votre imprimerie. »

Hiscock leur fit traverser la maison. Dans la cuisine, son épouse effrayée, une servante déconcertée et une petite fille qui suçait son pouce les dévisagèrent. Il attrapa une lampe à huile au passage. La porte arrière donnait directement sur un atelier qui sentait le métal huilé, le papier neuf et l'encre.

Hornbeam regarda autour de lui, incertain tout d'abord devant ces machines inconnues, mais il ne tarda pas à tout identifier. Il repéra des tiroirs contenant des lettres en métal soigneusement triées en colonnes, un cadre dans lequel les lettres étaient disposées pour former des mots et des phrases, et un lourd appareil muni d'un long manche qui devait être la presse. Tout autour étaient empilés des paquets et des caisses de papier, des feuilles vierges, d'autres déjà imprimées.

Il regarda les lettres que contenait le cadre : il devait s'agir du travail en cours. Peut-être était-ce la brochure compromettante, pensa-t-il, le cœur battant un peu plus vite. Mais il était incapable de déchiffrer les mots.

« Plus de lumière », exigea-t-il, et Hiscock s'empressa d'allumer plusieurs lampes. Hornbeam ne parvenait toujours pas à lire les mots rangés dans le cadre : ils semblaient écrits à l'envers. « C'est un code ? » demanda-t-il d'un air accusateur.

Hiscock lui jeta un regard méprisant.

« Ce que vous voyez est l'image inversée de ce qui apparaîtra sur le papier », dit-il. Avant d'ajouter d'un ton méprisant : « Comme chacun sait, fût-ce le dernier des imbéciles. »

À cette remarque, Hornbeam comprit que les lettres métalliques reproduisaient l'image imprimée en sens inverse, et il se sentit stupide.

« Évidemment », répliqua-t-il brusquement, piqué par la saillie de Hiscock, *Comme chacun sait, fût-ce le dernier des imbéciles.*

Observant à nouveau les caractères, il s'aperçut qu'il s'agissait d'un calendrier pour l'année à venir, 1796.

« Les calendriers sont ma spécialité. Vous trouverez sur celui-ci toutes les fêtes religieuses de l'année. D'où sa popularité auprès du clergé », précisa Hiscock.

Hornbeam se détourna avec impatience.

« Ce n'est pas ce que nous cherchons. Ouvrez tous ces cartons et déballez les paquets. Nous savons qu'il y a de la propagande révolutionnaire quelque part ici.

— Et quand vous aurez compris votre erreur, vous m'aiderez bien évidemment à réemballer les cartons et à ficeler les paquets ? » rétorqua Hiscock.

Une question aussi stupide ne méritant pas de réponse, Hornbeam l'ignora.

Doye et Davidson entreprirent de fouiller les locaux, sous le regard de Hornbeam et Riddick. La porte s'ouvrit sur l'épouse de Hiscock, une femme mince aux traits joliment ciselés. Son expression de défi manquait un peu de force de conviction. «Que se passe-t-il? demanda-t-elle.

— Ne t'inquiète pas, ma douce, lui répondit Hiscock. Le shérif cherche quelque chose qui n'est pas ici.»

L'assurance de Hiscock inquiéta vaguement Hornbeam.

«Vous mettez un désordre épouvantable», fit remarquer Mme Hiscock au shérif.

Doye ouvrit la bouche pour parler, mais ne sut apparemment pas quoi dire, et la referma aussitôt.

Hiscock invita sa femme à regagner la cuisine pour préparer le petit déjeuner de leur fille, Emmy.

Mme Hiscock hésita, manifestement contrariée d'être ainsi congédiée mais, au bout d'un moment, elle disparut.

Hornbeam regarda autour de lui. La femme avait raison, l'imprimerie commençait à ressembler à un véritable capharnaüm, et surtout, ils n'avaient rien découvert de subversif.

«Il n'y a que des calendriers, ou presque, dit Doye. Un carton de prospectus pour le théâtre, avec la date des prochains spectacles, et une réclame pour une nouvelle boutique qui vend de la vaisselle de luxe.

— Alors, vous êtes satisfait, Hornbeam? lança Hiscock.

— Monsieur l'échevin, je vous prie.»

Il craignait que la conclusion de cette opération ne

soit terriblement gênante. S'entêtant pourtant, il dit : « C'est ici, quelque part. Fouillez le logement. »

Ils inspectèrent le rez-de-chaussée, en vain. Le mobilier de l'appartement était modeste mais confortable. Hiscock et sa femme surveillaient attentivement les recherches. L'étage était occupé par trois chambres auxquelles s'ajoutait une pièce mansardée probablement destinée à la servante. Ils examinèrent d'abord ce qui était de toute évidence la chambre conjugale, où un grand lit était encore défait, jonché de couvertures colorées et d'oreillers froissés. Tandis que Doye fouillait la commode de Mme Hiscock, celle-ci lui demanda sur un ton sarcastique : « Vous trouvez quelque chose d'intéressant dans mes sous-vêtements, shérif?

— Ne t'inquiète pas, ma douce. On les aura mis sur une fausse piste », dit Hiscock.

Toutefois, sa voix légèrement tremblante persuada Hornbeam qu'ils étaient peut-être sur le point de faire une découverte.

Ils ne trouvèrent rien dans la penderie ni dans l'armoire à couvertures. Une bible de grand format, reliée en cuir brun, était posée à côté du lit; ce n'était pas un exemplaire ancien, mais il avait été abondamment feuilleté. Hornbeam s'en empara et l'ouvrit. C'était la version courante du roi Jacques. Il tourna les pages et quelque chose en tomba. Il se pencha pour le ramasser.

Il s'agissait d'une brochure de seize pages, dont la couverture portait le titre suivant : *Une réponse à l'archidiacre Paley.*

«Bien, bien, bien, lâcha Hornbeam avec un soupir de satisfaction.

— Il n'y a rien de subversif là-dedans», dit Hiscock, qui avait blêmi. D'un air désespéré, il ajouta: «C'est un texte d'aide à l'étude de la Bible.»

Hornbeam ouvrit la brochure au hasard.

«Page trois. "Des bienfaits de la Révolution française".» Il leva les yeux, ses lèvres tordues en un rictus. «Pourriez-vous me dire, je vous prie, où la Bible mentionne la Révolution française?

— Livre des Proverbes, chapitre vingt-huit, répondit Hiscock sans hésiter, et il cita: "Comme un lion rugissant et un ours affamé, ainsi est le méchant qui domine sur un peuple pauvre."»

Sans lui prêter attention, Hornbeam poursuivit son examen du pamphlet. «Page cinq. "De quelques avantages de la forme républicaine de gouvernement".

— L'auteur a le droit d'exprimer son opinion, répliqua Hiscock. Je n'approuve pas nécessairement tout ce qu'il affirme.

— Dernière page: "La France n'est pas notre ennemie".» Hornbeam leva les yeux au ciel. «Si ce n'est pas discréditer nos forces militaires, je ne sais pas ce que c'est.»

Il se tourna vers Riddick.

«Il me semble que cet homme a été trouvé en possession de matériel séditieux qui relève de la trahison. Qu'en pensez-vous?

— Je suis de votre avis.»

Hornbeam se retourna vers Hiscock.

« Deux juges t'ont déclaré coupable. La trahison est un crime passible de pendaison. »

Hiscock se mit à trembler.

« Nous allons sortir un instant pour délibérer. » Hornbeam ouvrit la porte et la tint pour laisser passer Riddick. Lorsqu'ils furent sur le palier, Hornbeam referma le battant derrière eux, laissant le shérif et l'agent avec les Hiscock.

« Nous ne pouvons pas nous-mêmes le pendre, déclara Riddick. Et je ne suis pas sûr que la cour d'assises le jugera coupable.

— Vous avez raison, concéda Hornbeam. Malheureusement, rien ne prouve qu'il ait imprimé ou diffusé par quelque autre biais ce poison. Il n'est pas impossible que les brochures aient déjà été emportées pour être cachées en un lieu secret, mais ce n'est qu'une supposition.

— Le condamnerons-nous donc au fouet ?

— C'est le mieux que nous puissions faire.

— Une douzaine de coups, peut-être.

— Plus, déclara Hornbeam, se souvenant du ton dédaigneux avec lequel Hiscock avait dit : *Comme chacun sait, fût-ce le dernier des imbéciles*.

— Comme vous voudrez. »

Ils rentrèrent dans la chambre.

« Ta peine sera légère, compte tenu de ton délit, annonça-t-il à Hiscock. Tu seras fouetté sur la grand-place.

— Non ! s'écria Mme Hiscock.

— Tu recevras cinquante coups de fouet. »

Hiscock chancela et faillit tomber.

Mme Hiscock se mit à sangloter irrépressiblement.

« Shérif, conduisez-le à la prison de Kingsbridge », ordonna Hornbeam.

*

Spade était assis devant son métier à tisser quand Susan Hiscock fit irruption dans son atelier, tête nue, ses cheveux bruns trempés par la pluie, ses grands yeux rougis par les pleurs.

« Ils l'ont emmené ! s'écria-t-elle.

— Qui ?

— L'échevin Hornbeam, le châtelain Riddick et le shérif Doye.

— Qui ont-ils emmené ?

— Mon Jerry… et il va être fouetté !

— Calmez-vous. Venez avec moi. » Il la fit entrer dans son appartement. « Asseyez-vous. Je vais vous faire du thé. Respirez profondément et dites-moi tout. »

Elle lui raconta l'histoire pendant qu'il mettait une bouilloire sur le feu et rassemblait des feuilles de thé, une théière, du lait et du sucre. Il mit beaucoup de sucre dans le thé, pour lui redonner des forces. Son récit le troubla. Malgré toutes les précautions qu'il avait prises, Hornbeam passait à l'attaque contre la Société socratique.

Quand elle eut fini, il s'indigna :

« Cinquante coups de fouet ! C'est scandaleux. Nous ne sommes pas dans la marine. »

Cinquante coups de fouet ne relevaient pas de la

punition, mais de la torture. Hornbeam cherchait à terroriser les gens. Il était farouchement déterminé à empêcher les travailleurs de Kingsbridge de s'instruire.

« Que faire ? interrogea Susan Hiscock.

— Vous devriez aller rendre visite à Jerry en prison.

— M'y autorisera-t-on ?

— Je parlerai à Gil, le geôlier. Son vrai nom est George Gilmore. Il vous laissera entrer. Donnez-lui un shilling.

— Oh, Dieu merci, au moins je pourrai voir Jerry.

— Apportez-lui de la nourriture chaude et un pichet de bière. Ça l'aidera à garder le moral.

— Entendu. » Susan avait repris des couleurs. Pouvoir faire quelque chose pour Jeremiah l'avait réconfortée.

Spade dut pourtant se résoudre à aggraver encore son malheur : « Il aura aussi besoin d'un vieux pantalon et d'une large ceinture de cuir.

— Pourquoi ? s'étonna-t-elle.

— Son pantalon sera réduit en lambeaux par le fouet, se força-t-il à dire. Et la ceinture lui protégera les reins. »

Certains hommes pissaient du sang pendant des semaines. Quelques-uns ne s'en remettaient jamais.

« Oh, mon Dieu. »

Susan se remit à pleurer, plus doucement, de chagrin plus que de panique.

Spade lui posa alors la question qui le tracassait.

« Ont-ils dit qui a dénoncé votre mari ?

— Non.

— Vous n'en avez aucune idée ?

— Non. »

Spade hocha la tête, songeur. C'était forcément un membre du comité. Il envisageait deux ou trois possibilités, mais la plus vraisemblable était qu'il s'agissait d'Alf Nash. Ce laitier avait toujours eu quelque chose de sournois.

J'en aurai le cœur net, se dit-il tristement.

Susan ne se souciait guère de savoir qui était le traître. Elle pensait à son mari.

« Je vais lui apporter une potée de lard et de haricots. Sa mère lui en faisait toujours. » Elle se leva. « Merci, Spade.

— Transmettez-lui mes meilleurs… » Spade ne savait pas comment achever sa phrase. Vœux ? Salutations ? « Transmettez-lui toute mon amitié, dit-il enfin.

— Je n'y manquerai pas. »

Elle s'éloigna, accablée de chagrin, mais plus calme à présent et résolue. Spade retourna à son métier à tisser et réfléchit à ce qui s'était passé tout en travaillant. Si à l'avenir la Société socratique avait besoin de travaux d'impression, il devrait faire appel à quelqu'un d'autre, à quelqu'un qui soit hors d'atteinte des juges de Kingsbridge, probablement un imprimeur de Combe.

Il n'eut pas le temps d'abattre beaucoup de travail avant d'être interrompu à nouveau, cette fois par sa sœur Kate, qui portait un tablier de toile dans lequel étaient fichées des épingles.

«Peux-tu venir à la maison? Quelqu'un voudrait te voir.

— Qui?»

Elle baissa la voix, bien qu'il n'y eût personne à proximité. «La femme de l'évêque.»

Spade ressentit un mélange d'effervescence et d'appréhension. Croiser Arabella était déjà un événement en soi mais, cette fois, elle demandait à le voir. Si leur attirance mutuelle était dangereuse, ce n'était pourtant pas suffisant pour l'empêcher de répondre à son appel.

«Tout de suite», et il se hâta de traverser la cour, balayée par la pluie, avec Kate.

Une fois à l'intérieur, Kate lui précisa:

«À l'étage, porte de droite. Il n'y a personne d'autre là-haut.

— Merci.»

Spade gravit l'escalier. Les trois pièces du premier étage étaient des chambres, mais servaient surtout de salons d'essayage pour les clientes. Arabella se tenait dans la plus grande. Elle était debout près du lit, vêtue du manteau à carreaux que Kate avait confectionné dans le tissu fabriqué par Spade trois ans auparavant.

Spade s'adressa à elle dans les règles:

«Madame Latimer! C'est un honneur.» Il remarqua qu'elle était agitée.

«Fermez la porte», chuchota-t-elle.

Il obtempéra.

«Que se passe-t-il?

— Jeremiah Hiscock est condamné à être fouetté pour détention d'un pamphlet séditieux.

— Je sais. Sa femme vient de me le dire. Les nouvelles vont vite. Pourquoi êtes-vous aussi inquiète ?

— Parce que vous pourriez être le prochain ! » murmura-t-elle, bouleversée.

Son affolement émut Spade. Mais avait-elle raison de s'inquiéter ? Enfreignait-il la loi ? Il n'avait pas de documents séditieux en sa possession, mais ne pouvait nier avoir participé à l'organisation d'une réunion susceptible de critiquer le gouvernement, de remettre en cause le bien-fondé de la guerre contre la France et de plaider en faveur du républicanisme. Quant à savoir s'il s'agissait d'un vrai délit, la question n'était pas claire, mais les juges disposaient de larges pouvoirs d'interprétation de la loi.

Le fouet était un châtiment douloureux et humiliant. Pourtant, il ne pouvait pas se désengager à présent de la Société socratique. Hornbeam et Riddick étaient des brutes et des escrocs, et il était impensable de les laisser gouverner Kingsbridge comme s'ils appartenaient à la famille royale.

« Je ne pense pas être en danger, dit-il à Arabella, réussissant à paraître plus sûr de lui qu'il ne l'était.

— Cette simple idée m'est insupportable, avoua-t-elle en se jetant dans ses bras. J'ai si souvent et si longuement pensé à votre corps que je ne puis m'empêcher d'imaginer votre peau lacérée, entaillée, ensanglantée. »

Il la serra contre lui.

« Vous êtes vraiment inquiète », murmura-t-il, déconcerté par la force de sa passion.

Elle recula et s'essuya les yeux.

« Vous devez renoncer à cette Société socratique. Elle ne vous vaudra que des problèmes. L'évêque assure que les juges ne la toléreront pas.

— Je ne peux pas y renoncer.

— C'est votre orgueil qui parle!

— Peut-être.

— Sérieusement, tous ces discours révolutionnaires servent-ils à quelque chose? Ils ne font que rendre les gens mécontents de leur sort.

— C'est également ce que soutient l'évêque?

— Oui, en effet, mais n'a-t-il pas raison?

— Il ne peut pas comprendre. Les gens comme moi tiennent à leur liberté d'opinion et au droit de l'exprimer. Vous ne pouvez pas imaginer combien c'est important.

— Vous dites *les gens comme moi*. Pensez-vous donc que je sois différente?

— Ma foi, oui. Vous êtes l'épouse de l'évêque. Vous pouvez faire ce que vous voulez.

— Vous savez bien que ce n'est pas vrai. Si je pouvais faire ce que je veux, je serais dans ce lit avec vous. »

Elle le regarda, et il admira la merveilleuse couleur brun orangé de ses yeux. « Nue », ajouta-t-elle.

Il n'en revenait pas. Il n'avait jamais entendu une femme parler ainsi, et encore moins l'épouse d'un évêque. Son euphorie dépassait toute mesure. « Voilà qui vaudrait la peine d'être fouetté », dit-il.

Elle s'approcha et déboutonna son manteau. L'invitation était évidente, et il la caressa, explorant ses courbes, sentant sa chair chaude à travers sa robe.

Leurs yeux ne se quittaient pas pendant que ses mains découvraient son corps. Il était sûr qu'ils allaient faire l'amour dans l'instant, là, sur le lit.

Il entendit alors la voix de Kate : « Vous pouvez monter l'essayer, madame Tolliver. »

Spade et Arabella se figèrent.

Des pas résonnèrent dans l'escalier, et une autre voix dit : « Oh, merci. »

Spade se tourna vers la porte. Elle était fermée, mais il n'y avait pas de clé dans la serrure. Il remarqua qu'Arabella avait blêmi. Debout derrière la porte, il garda la pointe de sa chaussure appuyée contre le battant pour l'empêcher de s'ouvrir.

Puis il entendit le bruit d'une autre poignée qu'on tournait et d'une autre porte qu'on ouvrait. Mme Tolliver était entrée dans la chambre située sur le côté opposé du palier. La porte se referma, puis quelqu'un toqua discrètement et Kate chuchota : « Tout va bien, la voie est libre. »

Spade ouvrit à Arabella.

« Passez devant. »

Elle partit sans un mot.

Baissant les yeux vers la serrure, Kate remarqua : « Je ferais mieux de trouver une clé. »

Il savait qu'elle garderait son secret. Lui-même gardait le sien depuis des années. Il se rappelait être entré dans la chambre de sa sœur lorsqu'ils étaient adolescents, et l'avoir vue embrasser les seins d'une amie. Il était sorti précipitamment mais, plus tard, ils avaient parlé et elle lui avait alors confié qu'elle aimait les femmes, et non les hommes. Personne ne devait le savoir, avait-elle ajouté. Il lui avait promis de ne rien dire, et il avait tenu parole.

Elle lui jeta alors un regard insistant.

« Sois prudent, pour l'amour du ciel.

— Cette phrase, je te l'ai répétée souvent, sourit-il. Que veux-tu ? Nous prenons des risques par amour.

— Ce n'est pas la même chose. Personne ne soupçonne deux femmes. Personne n'imagine qu'on puisse faire l'amour sans avoir de phallus. En revanche, tu es célibataire et elle est l'épouse de l'évêque : si quelqu'un l'apprend, on te crucifiera. »

On ne le crucifierait pas, bien sûr, mais on pourrait l'empêcher de continuer à traiter des affaires à Kingsbridge.

« Nous n'avons jamais rien fait, protesta-t-il. Enfin… rien qu'un baiser.

— Mais vous n'allez pas en rester là, ou je me trompe ?

— Eh bien… »

Elle secoua la tête, accablée.

« Nous faisons la paire, toi et moi. »

Ils descendirent l'escalier ensemble. Spade sortit par la porte de derrière et traversa la cour pour se rendre dans son propre logement.

Il devait impérativement parler à Alf Nash. Voir si ses réactions trahissaient des signes de culpabilité. À cette heure-là, Alf était sûrement à sa laiterie. Spade mit son chapeau et son manteau, prit son pot à lait et ressortit.

Alf était seul dans sa boutique, comptant l'argent de sa tournée du matin. Il avait le visage rond et respirait la santé, ce qui n'avait rien d'étonnant avec tout ce beurre et ce fromage à manger. Spade posa son pot à lait sur le comptoir.

Alf plongea un gobelet gradué dans un seau de lait. Spade attendit qu'il soit concentré sur le liquide qu'il versait dans son pot pour lui demander : « Tu as appris qu'ils ont arrêté Jeremiah ? » Il attendit la réponse en observant attentivement le visage d'Alf.

Celui-ci répondit d'une voix ferme, sans la moindre hésitation.

« On me l'a répété plus d'une dizaine de fois au cours de ma tournée. Tout le monde en parle. » Il finit de verser le lait et ajouta : « Un penny, s'il te plaît, Spade. » Son visage ne trahissait pas la moindre émotion, mais il évita le regard de Spade.

Spade lui tendit une pièce.

Il était convaincu qu'Alf était coupable, mais voulait en avoir le cœur net. Soudain, il trouva un moyen. Se penchant au-dessus du comptoir, il lui dit sur le ton de la confidence :

« Ils n'ont mis la main que sur un seul pamphlet, l'original rapporté de Londres.

— C'est ce que j'ai entendu dire.

— Heureusement, Jeremiah a terminé d'imprimer les exemplaires hier et les a cachés dans mon atelier. »

C'était un mensonge.

Alf croisa enfin le regard de Spade.

« Dans ton atelier ? C'est malin. »

Alf m'a cru, pensa Spade avec satisfaction. « Nous avons damé le pion à ce salaud de Hornbeam, ajouta-t-il avant de broder pour rendre son mensonge plus convaincant encore. Nous aurons tous les exemplaires qu'il nous faut pour la réunion.

— Excellente nouvelle », commenta Alf, mais son ton restait dénué d'émotion, et Spade eut la certitude qu'il jouait la comédie.

Il prit son pot à lait et se dirigea vers la porte. Néanmoins, il avait encore une chose à dire. Il revint sur ses pas.

« Ne répète à personne ce que je viens de te confier, c'est entendu ?

— Cela va de soi, acquiesça Alf.

— N'en discute même pas avec les autres membres du comité. Les murs ont des oreilles.

— Je serai muet comme une tombe », déclara Alf.

*

Une heure avant midi, une foule se rassembla malgré la pluie sur la place du marché pour assister au châtiment de Hiscock. Les marchandises étaient exposées sur les étals et l'Auberge de la Cloche était ouverte, mais les gens n'avaient pas beaucoup d'argent à dépenser. Néanmoins, la place était bondée, à l'exception d'un espace autour du poteau de flagellation, que les gens évitaient comme s'il était infecté et qu'ils craignaient d'être contaminés.

Le bourreau de Kingsbridge était debout près du poteau, fouet à la main. Il s'appelait Morgan Ivinson et fouetter les condamnés relevait de ses fonctions. Il était impopulaire, mais ne s'en souciait guère, ce qui était aussi bien, car personne ne voulait être l'ami d'un bourreau. Il était payé une livre par semaine, plus une livre pour chaque exécution – un salaire confortable pour peu de travail.

Il touchait deux shillings et six pence pour une flagellation.

Jeremiah fut conduit sur la place depuis la prison de Kingsbridge située à côté de l'hôtel de ville. Nu jusqu'à la taille, les mains attachées devant lui, il fut escorté dans la rue principale par deux agents. Lorsque la foule rassemblée sur la place l'aperçut, un murmure de sympathie se fit entendre.

Si le condamné était un cambrioleur ou un coupeur de bourse, la foule le conspuait, lui criait des insultes et allait même jusqu'à lui jeter des ordures : les gens détestaient les voleurs. Ce cas était différent. Tout le monde connaissait Jeremiah et il n'avait fait de mal à personne. Il avait lu un pamphlet qui prônait la réforme, et la plupart de ceux qui étaient présents pensaient que la réforme n'avait déjà que trop tardé. Aussi les quolibets furent-ils rares, et lorsque quelques gamins qui avaient pris place près du poteau de flagellation se mirent à siffler, d'autres dans la foule les firent taire.

Spade, debout sur les marches de la cathédrale, observait la scène. À côté de lui, Joanie portait ce qui ressemblait à un grand drap de lit propre.

« C'est pour quoi faire ? lui demanda Spade.

— Tu verras », répondit Joanie.

Sal était venue, elle aussi. Elle s'adressa à Spade : « Dis-moi, Spade, qui nous a trahis ? Quelqu'un a dit à Hornbeam que Jeremiah allait imprimer ce pamphlet. Qui était-ce ?

— Je l'ignore, mais j'en aurai le cœur net.

— Le moment venu, intervint Jarge, préviens-moi.

— Pourquoi ?

— Je tiens à expliquer son erreur à cet homme. »

Spade comprit. Il savait quelle forme prendrait l'explication de Jarge, et ce ne serait pas de paisibles paroles de sagesse.

Le shérif Doye se fraya autoritairement un chemin à travers la foule. Les agents firent avancer Jeremiah jusqu'au poteau de flagellation, une construction rudimentaire composée de trois poutres en bois dessinant la forme d'un chambranle. Les juges qui avaient prononcé la sentence, Hornbeam et Riddick, suivaient.

Jeremiah fut disposé dans le rectangle de bois comme un personnage dans un cadre. Ses mains furent liées à la traverse supérieure exposant ainsi toute la surface de son dos.

Le fouet était l'habituel chat à neuf queues, dont la puissance destructrice des neuf lanières était encore accrue par les pierres et les clous incrustés dans le cuir. Ivinson le secoua, comme pour en éprouver le poids et en redressa soigneusement les lanières.

Toutes les villes et tous les villages disposaient d'un tel instrument de torture. Tous les navires de la Royal Navy et toutes les unités de l'armée aussi. On le croyait essentiel au maintien de l'ordre public et de la discipline militaire. Certains disaient qu'il dissuadait les gens de commettre des crimes et de se livrer à des comportements pernicieux, mais Spade en doutait.

Un membre du clergé sortit de la cathédrale. Spade, Jarge, Sal et Joanie s'écartèrent pour le laisser passer. Spade ne le connaissait pas, mais son jeune âge lui fit supposer qu'il s'agissait d'un auxiliaire. L'évêque ne se serait pas abaissé à assister à un châtiment aussi ordinaire, mais l'Église devait montrer qu'elle l'approuvait. Apercevant les vêtements ecclésiastiques, la foule fit un peu moins de bruit. L'homme psalmodia une prière d'une voix sonore, demandant à Dieu de pardonner son crime au coupable. Les « Amen » furent rares.

Sur un signe de tête de Hornbeam, Ivinson vint se placer derrière Jeremiah, sur la gauche, de façon à ce que son bras droit puisse prendre de l'élan.

La foule se tut.

Ivinson frappa.

Le bruit du fouet sur la peau fut sonore. Jeremiah garda le silence. Son dos se zébra de rouge, mais le sang ne perla pas.

Ivinson recula le bras et frappa à nouveau. Cette fois, des gouttes de sang apparurent.

Ivinson ne se hâtait pas : la punition n'était pas censée être rapide. Et s'il se fatiguait, la torture durerait plus longtemps, voilà tout. Il balança son bras une troisième fois, frappa une troisième fois et Jeremiah commença à saigner en plusieurs endroits. Il poussa un gémissement.

Les coups de fouet continuaient de pleuvoir. De nouvelles entailles apparurent sur le dos de Jeremiah.

Pour varier, Ivinson le frappa aux jambes, déchirant son pantalon et dénudant ses fesses.

« Dix », lança le shérif Doye. C'était lui qui était chargé de compter les coups.

Le dos de Jeremiah fut bientôt couvert de sang. Le fouet ne frappait plus la peau, mais la chair, et Jeremiah se mit à hurler de douleur. Le shérif compta : « Vingt. » La torture devenait pénible à voir et certains spectateurs s'éloignèrent, pleins de dégoût et d'ennui aussi, mais la plupart restèrent pour assister au châtiment jusqu'au bout. Jeremiah criait maintenant chaque fois que le fouet s'abattait et, entre les coups, il laissait échapper un bruit affreux, entre sanglot et gémissement.

« Trente. »

Ivinson commençait à fatiguer et s'interrompait plus longtemps entre les coups, mais il semblait frapper toujours aussi fort. Quand le fouet se soulevait, il projetait des fragments de peau et de chair, et les spectateurs reculaient, écœurés par ces parcelles d'être humain qui tombaient sur eux telle une pluie vivante.

Jeremiah était nu à présent, à l'exception de ses chaussures et de la ceinture de cuir qui protégeait ses reins. Il n'avait presque plus la force de crier et pleurait comme un enfant.

« Quarante », annonça Doye et Spade remercia Dieu : c'était bientôt fini.

À quarante-cinq, Jarge se tourna vers Joanie.

« Maintenant. »

Spade vit le frère et la sœur traverser la foule en direction du poteau de flagellation.

Jeremiah avait les yeux fermés, mais il pleurait encore.

Le dernier coup fut donné et Doye dit enfin : « Cinquante. »

Jarge prit position devant Jeremiah. Les agents lui délièrent les mains et il s'effondra, mais Jarge le retint. Joanie déplia le drap et en couvrit le dos ravagé de l'imprimeur. Jarge le fit pivoter, et Joanie enroula le drap autour de Jeremiah pour dissimuler sa nudité. Jarge le retourna à nouveau, se baissa et laissa l'homme presque inconscient tomber sur son épaule, puis il se redressa.

Il porta alors Jeremiah chez lui, auprès de sa femme.

*

Deux jours plus tard, Spade fut réveillé à l'aube par des coups violents frappés à la porte de son atelier.

Il savait qui c'était. Moins de quarante-huit heures auparavant, il avait confié à Alf Nash que des brochures subversives étaient dissimulées dans son atelier. Alf l'avait cru et, ainsi que Spade l'avait prévu, avait transmis ce faux renseignement à Hornbeam, qui en avait parlé au shérif Doye. Il avait reconnu les coups péremptoires du shérif.

Le traître était bien Alf et il était tombé dans le piège.

« J'arrive ! » répondit Spade.

Il prit néanmoins son temps pour enfiler son pantalon et ses chaussures, sa chemise et son gilet. Il n'était pas question d'affronter les autorités à moitié nu. Il était essentiel d'avoir l'air respectable.

Les coups reprirent, plus forts, plus insistants.

«Un instant! cria-t-il. J'arrive!» Puis il alla ouvrir.

Comme il s'y attendait, il reconnut Hornbeam, Riddick, Doye et Davidson.

Doye déclara: «Les juges ont été informés que des imprimés séditieux relevant de la trahison sont dissimulés dans ces locaux.»

Spade se tourna vers Hornbeam, qui lui jeta un regard assassin.

«Vous êtes le bienvenu, monsieur l'échevin.»

Hornbeam eut l'air perplexe.

«Le bienvenu?

— Bien sûr.» Spade sourit. «Vous allez fouiller les lieux de fond en comble et laver mon nom de cette vilaine rumeur. Je vous en serai très reconnaissant.» Il vit l'inquiétude altérer les traits du visage de Hornbeam. «Entrez, je vous prie.» Il tint la porte et s'écarta tandis que les quatre hommes se précipitaient à l'intérieur.

Ils commencèrent par regarder autour d'eux.

«Vous allez avoir besoin de lumière», remarqua Spade. Il entreprit d'allumer plusieurs lampes et en remit une à chacun. Ils avaient tous l'air mal à l'aise. Habitués à ce que les occupants de maisons perquisitionnées se montrent hostiles et cherchent à les empêcher d'entrer, ils étaient déconcertés par l'amabilité de Spade.

Ils examinèrent les balles de tissu de l'atelier, soulevèrent les couvertures du lit de Spade et inspectèrent son métier à tisser et ceux des tisserands qu'il employait, comme si des centaines de brochures avaient pu être dissimulées dans la chaîne et la trame des étoffes.

Ils finirent par renoncer. La colère et la frustration de Hornbeam étaient telles qu'il semblait sur le point d'exploser.

Spade raccompagna les quatre hommes. Il faisait jour à présent, et la Grand-Rue était animée, les gens allaient au travail et les boutiques s'ouvraient. Spade insista pour serrer la main d'un Hornbeam furieux, le remerciant de sa courtoisie d'une voix suffisamment forte pour attirer l'attention des passants. En un rien de temps, toute la ville saurait que Hornbeam avait fouillé l'atelier de Spade et était reparti bredouille.

Spade regagna son logement et prépara le petit déjeuner. Il lavait son assiette quand Jarge entra.

« J'ai tout entendu. Pourquoi le shérif Doye pensait-il que tu détenais des pamphlets subversifs ?

— Parce que Alf Nash le lui a dit. »

Jarge avait du mal à comprendre.

« Mais ce n'était pas vrai.

— Bien sûr que non.

— Alors pourquoi Alf le pensait-il ?

— Parce que quelqu'un le lui a dit.

— Qui ?

— Moi.

— Mais… » Jarge eut l'air déconcerté. « Attends un peu. »

Spade sourit en le voyant réfléchir. Enfin, il eut une illumination.

«Décidément, tu es rusé comme un renard, Spade.»

Ce dernier hocha la tête.

«Ça prouve qu'Alf Nash est un traître. Par conséquent, c'est sûrement lui qui a dénoncé Jeremiah, reprit Jarge.

— C'est bien ce que je pense.

— Je crois savoir ce qu'il nous reste à faire, ajouta Jarge sombrement.

— Je n'en doute pas», conclut Spade.

14

À la table du petit déjeuner, Hornbeam couvait Isobel Marsh d'un regard spéculatif.

On l'appelait Bel, et pourtant ce n'était pas une beauté. Cependant, elle était vive et la famille de Hornbeam l'aimait bien. Bel avait passé la nuit chez eux. Deborah et Bel regardaient les gravures d'une revue intitulée *La Galerie de la mode* et riaient des chapeaux à large bord ornés de rubans, de plumes et d'épingles qu'elles jugeaient ridicules.

Howard riait avec elle, et c'était ce qui avait attiré l'attention de Hornbeam. Il étudia alors Bel plus minutieusement. Elle avait des yeux bleus lumineux, une bouche rouge et pleine, dont les lèvres avaient du mal à se joindre en raison de ses incisives proéminentes. Elle ferait une épouse tout à fait acceptable pour Howard.

Son père, Isaac Marsh, possédait la teinturerie la mieux gérée de la ville. Il avait une bonne dizaine d'employés et gagnait beaucoup d'argent. Quelques années plus tôt, Hornbeam s'était discrètement renseigné pour savoir si Marsh souhaitait vendre son entreprise. Elle aurait superbement complété l'empire de Hornbeam. Mais la réponse avait été négative.

Cependant, Bel était fille unique. Si elle épousait Howard, ils hériteraient de la teinturerie, qui reviendrait alors à Hornbeam.

En observant la tablée qui s'offrait à ses regards, Howard s'exclama : « On dirait une famille de pigeons qui aurait fait son nid dans un chapeau. » Les filles gloussèrent et Bel donna une petite tape espiègle sur le bras de Howard. Il fit semblant de souffrir terriblement et déclara qu'elle lui avait cassé le bras. Bel rit de plus belle. Elle avait l'air de l'apprécier.

Hornbeam n'avait encore jamais vu Howard courtiser de jeune fille. Dans son genre, le garçon savait s'y prendre. Il ne tenait certainement pas cela de son père. Eh bien, pensa Hornbeam, je vais peut-être finir par mettre la main sur la teinturerie.

Sa femme, Linnie, réclama un peu plus de lait au valet. Affichant sa mine lugubre habituelle, Simpson répondit :

« Je suis désolé, madame, mais il n'y a plus de lait pour le moment. »

Hornbeam en fut agacé. Les domestiques ne pouvaient-ils pas se débrouiller pour qu'il y ait suffisamment de lait pour le petit déjeuner familial ? D'une voix contrariée, il demanda : « Comment se fait-il que nous manquions de lait ?

— Nash n'a pas livré ce matin, monsieur, et j'ai été obligé d'envoyer la petite bonne à la laiterie. Elle ne devrait pas tarder.

— Ce n'est pas grave, Simpson, fit Linnie, nous pouvons attendre quelques minutes.

— Merci, madame. »

Hornbeam n'aimait pas l'indulgence de Linnie à l'égard des domestiques, pourtant il garda le silence car il réfléchissait à quelque chose de plus important. L'annonce de Simpson l'avait alarmé. Alf Nash n'avait pas livré de lait ce matin. Pourquoi ?

Le résultat négatif de la fouille de l'atelier de Spade tourmentait Hornbeam. Il soupçonnait le rusé tisserand d'avoir eu le temps de déplacer les textes compromettants, probablement après avoir été averti de l'éventualité d'une perquisition. Mais qui avait bien pu le prévenir ? Pour le moment, Hornbeam était incapable de le deviner. Quoi qu'il en fût, il s'était passé quelque chose depuis. Pour quelle raison Nash avait-il dû renoncer à sa tournée matinale ?

Inquiet, Hornbeam se leva. Linnie haussa un sourcil : il n'avait pas fini son café.

« Un problème à régler », marmonna-t-il en guise d'explication, et il quitta la pièce.

Il mit son manteau et son chapeau, et enfila une paire de bottes d'équitation pour éviter d'avoir les jambes mouillées, puis sortit. Sous la pluie, il gagna rapidement la laiterie où il entra avec soulagement. Il y avait du monde, essentiellement des domestiques des grandes maisons du nord de la Grand-Rue, tous chargés de pots à lait de différentes tailles. Sa servante, Jean, était parmi eux, mais il ne montra pas qu'il l'avait vue.

Pauline, la sœur de Nash, était derrière le comptoir,

s'affairant à servir le nombre inhabituel de clients aussi rapidement que possible. Hornbeam bouscula tout le monde pour arriver jusqu'à elle. «Bonjour, mademoiselle Nash.»

Elle lui lança un regard froid. «Bonjour, monsieur l'échevin. Je suis navrée que vous n'ayez pas pu être livré.

— Peu importe, dit-il avec impatience. Je suis venu parler à Nash.

— Malheureusement, il est malade et est alité. Voulez-vous du lait? Je peux vous prêter un pot...»

Hornbeam n'était pas d'humeur à tolérer l'insolence d'une femme. Il haussa le ton.

«Conduisez-moi à lui, voulez-vous?»

Elle hésita, rechignant à obéir, mais n'eut pas le courage de le défier.

«Si vous insistez», fit-elle d'un air renfrogné.

Il contourna le comptoir. Pauline abandonna ses clients pour l'accompagner jusqu'au logement. Il la suivit dans l'escalier. Elle ouvrit une porte et passa la tête à l'intérieur de la pièce. «L'échevin Hornbeam est là, Alfie, annonça-t-elle. Tu te sens de force à le recevoir?»

Hornbeam l'écarta pour entrer. L'odeur de lait caillé lui signala immédiatement qu'il était bien dans la chambre de Nash. Elle était décorée sobrement, dans des tons unis, sans la moindre touche féminine telle que des coussins, des bibelots ou des tissus brodés. Bien que Nash eût une trentaine d'années, il était toujours célibataire.

Il était allongé sur les couvertures et Hornbeam

constata avec effroi qu'il était presque entièrement enveloppé de bandages. Une jambe et un bras étaient sanglés dans des attelles, et sa tête était entourée d'un pansement. Le sang qui suintait dessinait des taches. Il avait une mine épouvantable.

Il s'exprimait d'une voix pâteuse, comme s'il avait mal à la bouche.

« Entrez, monsieur Hornbeam. »

Plantée sur le seuil, les mains sur les hanches, Pauline invectiva Hornbeam : « C'est votre faute. »

Hornbeam était furieux. Gardant cependant son sang-froid, il dit sèchement : « Ce sera tout, mademoiselle Nash. »

Elle l'ignora. « J'espère que vous êtes venu pour réparer ce que vous avez fait.

— Je n'ai rien fait.

— Retourne au magasin, Pauline, intervint Nash. Tu nous fais perdre de l'argent à rester ici. »

Contrariée, elle quitta la pièce sans saluer d'une révérence.

« Que vous est-il arrivé ? » demanda Hornbeam.

Nash répondit sans regarder l'échevin – peut-être le moindre mouvement de tête le faisait-il souffrir. Le regard rivé au plafond, il raconta :

« Ce matin, avant l'aube, comme je me rendais à l'étable pour commencer à travailler, j'ai été attaqué par trois hommes masqués et armés de gourdins. »

C'était ce qu'avait redouté Hornbeam. Et il était convaincu que Spade était derrière cette agression.

« Manifestement, le chirurgien est passé vous voir.

— Il dit que j'ai un bras cassé et un tibia fêlé.

— Vous semblez très calme.

— J'étais tout sauf calme jusqu'à ce qu'il m'administre du laudanum. »

Le laudanum était de l'opium dissous dans de l'alcool.

Hornbeam prit une chaise et s'assit près de Nash. Réprimant sa colère, il parla d'une voix mesurée.

« Réfléchissez bien. Malgré les masques qu'ils portaient, certains de ces hommes vous ont-ils paru familiers ? »

Il n'imaginait pas que Spade ait été parmi eux : il était trop malin pour cela. Mais les auteurs de l'attaque étaient peut-être des membres de son entourage.

« Il faisait nuit, répondit Nash d'un ton désespéré. Je n'ai presque rien vu. Je me suis retrouvé à terre en un rien de temps. Je n'avais qu'une idée en tête : échapper à ces gourdins.

— Qu'avez-vous entendu ?

— Des grognements. Aucun d'eux n'a parlé.

— Vous n'avez pas crié ?

— Si, jusqu'à ce qu'ils m'écrasent la bouche.

— Vous ne pouvez donc pas les identifier.

— Bien sûr que si. Ce sont ceux qui ont créé la Société socratique, répondit Nash, indigné.

— Évidemment.

— Ils sont furieux que Hiscock ait été fouetté et ont appris, je ne sais comment, que j'en suis responsable. Je suis certain qu'ils auraient accepté sans broncher qu'on lui administre une dizaine de coups de fouet. Mais vous êtes allé trop loin. »

Hornbeam ignora la critique.

« Il nous est impossible d'établir leur culpabilité si vous n'avez reconnu personne. Vous ne pouvez pas vous présenter au tribunal et déclarer qu'ils vous ont battu parce que vous les avez espionnés pour mon compte.

— Je ne peux rien faire alors ? Que dirai-je au shérif Doye ? Il viendra sûrement ici me poser des questions.

— Ne vous en faites pas pour Doye. Dites-lui simplement que des hommes masqués vous ont attaqué. Vous ont-ils volé quelque chose ?

— Ils ont pris mon sac de monnaie, des pennies et des demi-pennies, c'est tout. Ça ne faisait même pas cinq shillings.

— Des hommes sont morts pour moins de cinq shillings. Cela suffira pour que la *Kingsbridge Gazette* publie un article. Mais, en réalité, vos agresseurs n'en avaient pas après votre argent. Ils ne l'ont pris que pour faire croire à une agression pour vol et détourner les soupçons de la Société socratique.

— Personne ne sera dupe.

— Non, mais nous aurons du mal à défendre notre cause. Il va falloir l'aborder sous un autre angle. »

Ils restèrent silencieux durant quelques instants. Hornbeam était plongé dans ses réflexions. « C'est ce diable de Spade qui a tout manigancé, c'est certain. C'est probablement lui qui a découvert que vous les avez espionnés.

— Qu'est-ce qui vous donne à penser une chose pareille ? »

Hornbeam commençait à comprendre.

« Il vous a affirmé que les pamphlets se trouvaient dans son atelier. Il ne l'a dit à personne d'autre. Quand j'y suis allé pour les chercher, il a eu la preuve que c'était vous qui m'aviez prévenu, et que c'était donc vous l'espion.

— Et les pamphlets n'y ont jamais été cachés.

— Ils n'ont peut-être même jamais été imprimés.

— C'était un piège.

— Et nous sommes tombés dedans. »

Spade était sacrément intelligent, songea Hornbeam, furieux. Il faudrait l'écraser. Oui, songea-t-il, comme une blatte sous mon talon.

« Mon rôle d'espion s'arrête ici, annonça Nash.

— Absolument. Vous ne m'êtes plus d'aucune utilité.

— Je ne peux pas dire que j'en sois désolé. Vous devrez néanmoins m'aider financièrement. Le chirurgien assure qu'il faudra des mois avant que je puisse recommencer ma tournée.

— Demandez à quelqu'un d'autre de livrer le lait.

— C'est ce que je vais faire. Mais je serai obligé de le payer, probablement douze shillings par semaine.

— Je couvrirai vos frais aussi longtemps que vous serez invalide.

— Il y a aussi les honoraires du chirurgien. »

Hornbeam ne voyait aucun moyen d'échapper à ces dépenses. S'il refusait, Nash irait se plaindre dans toute la ville, et l'intégralité de l'affaire serait éventée. Tout le monde saurait qu'il avait engagé un espion pour trahir la Société socratique, ce qui serait du plus mauvais effet.

« C'est entendu », conclut-il.

L'argent n'était cependant pas le principal souci de Hornbeam. Il s'était fait duper par Spade, ce qui le rendait fou de rage. Il lui fallait réagir.

Il se leva pour partir.

« Prévenez-moi quand vous aurez trouvé quelqu'un pour livrer le lait, et je vous enverrai l'argent. »

Il rejoignit la porte, impatient de s'éclipser avant que Nash ne puisse formuler d'autres exigences. Il jeta un coup d'œil derrière lui : le laitier était immobile, blanc comme un linge, les yeux au plafond. Hornbeam sortit.

Il rumina en marchant sous la pluie. Il avait l'impression de perdre le contrôle des événements, ce qui l'inquiétait. Par deux fois déjà, il avait tenté, vainement, de mettre fin aux activités de la Société socratique : pour commencer, l'échevin Drinkwater avait refusé d'interdire l'association et voilà que le châtiment de Hiscock se retournait contre lui.

Le vrai problème, pensa-t-il avec exaspération, était que la loi était trop floue et trop faible. Le pays avait besoin que la sédition soit réprimée plus efficacement. Les journaux évoquaient des lois plus sévères contre la trahison. Les députés devraient cesser de bavasser, se remuer et passer à l'action. À quoi servait le Parlement sinon à maintenir la paix et à écraser les fauteurs de troubles ?

Le député de Kingsbridge était le vicomte Northwood.

Northwood n'avait jamais pris ses obligations parlementaires très au sérieux et, depuis que le pays était en guerre et la milice active, il avait une bonne excuse. Il se rendait cependant encore à Westminster de temps en temps, et pourrait se laisser convaincre de défendre de nouvelles lois contre des associations comme la Société socratique.

Arrivé sur la place du marché, Hornbeam entra dans la maison Willard.

Tapant ses chaussures mouillées sur le sol du vestibule pour en faire tomber la pluie, il s'adressa à un sergent aux cheveux grisonnants.

« Échevin Hornbeam. Je souhaite une entrevue immédiate avec le colonel Northwood. »

Le sergent répondit d'un ton hautain :

« Je vais aller voir si le colonel peut vous recevoir. »

C'était un comportement typique d'un parvenu de condition modeste, songea Hornbeam. L'homme avait probablement été majordome avant d'être enrôlé dans la milice.

« Comment vous appelez-vous ? » demanda Hornbeam.

L'homme n'appréciait visiblement pas d'être interrogé, mais n'était pas assez courageux pour tenir tête à un échevin.

« Sergent Beach.

— Allez-y, Beach. »

Northwood était membre des Whigs, plus libéraux que les Tories, se rappela Hornbeam en attendant d'être reçu. Il n'en avait pas moins une réputation d'efficacité militaire, laquelle s'accompagnait généralement d'une attitude intraitable face à l'insubordination.

Tout bien pesé, il y avait de bonnes chances pour que Northwood s'oppose à la Société socratique.

Hornbeam décida de ne pas faire état de ce qui était arrivé à Alf Nash. Il fallait éviter de donner l'impression d'agir par vengeance personnelle. Mieux valait se présenter comme un citoyen soucieux du bien-être de tous.

Le sergent Beach fut vite de retour : à la différence de son sergent, Northwood était apparemment conscient du rang de Hornbeam. Quelques instants plus tard, celui-ci fut introduit dans une pièce spacieuse située à l'avant de la maison, avec un âtre dans lequel brûlait une belle flambée et une vue imprenable sur la façade ouest de la cathédrale.

Northwood était assis derrière un grand bureau. À ses côtés se tenait un jeune homme en uniforme de lieutenant, manifestement un assistant. Hornbeam constata avec étonnement que Jane Midwinter, la séduisante fille de cette canaille de chanoine, était également présente, vêtue comme un soldat d'une veste rouge. Elle était assise sur le bord du bureau de Northwood, comme s'il lui appartenait.

Lorsqu'elle vit Hornbeam, elle se leva et fit la révérence tandis qu'il s'inclinait poliment. Il se souvenait d'avoir entendu Deborah et Bel parler de Jane et dire qu'elle avait jeté son dévolu sur Northwood ; sans doute était-elle là pour poursuivre son dessein et conquérir le cœur du jeune homme. Il était inhabituel de rendre des visites de courtoisie en milieu de matinée, mais Jane Midwinter était de ces jolies femmes qui se croyaient tout permis.

À en croire Deborah et Bel, Jane n'avait aucune chance de prendre le vicomte dans ses rets car elle avait un père méthodiste. Mais en voyant l'expression hébétée de Northwood, Hornbeam eut l'impression qu'elles se trompaient.

Il espérait qu'elle n'avait pas l'intention de rester. À son grand soulagement, elle se dirigea alors vers la porte, envoya un baiser à Northwood et sortit.

Northwood rougit, l'air embarrassé, et dit :

« Asseyez-vous, monsieur l'échevin.

— Merci, monsieur le vicomte. »

Hornbeam prit une chaise. La faiblesse de Northwood à l'égard de Jane laissait supposer que c'était un tendre, ce qui n'était pas une bonne nouvelle. L'époque exigeait des hommes à poigne.

Toutes les époques exigeaient des hommes à poigne.

« Puis-je vous offrir quelque chose ? proposa affablement Northwood. Quel temps épouvantable ! »

Un plateau avec une cafetière et un pot de crème était posé sur le bureau de Northwood. Hornbeam se souvint qu'il n'avait pas terminé son petit déjeuner.

« Je ne refuserais pas une tasse de café, surtout avec un nuage de crème.

— Mais bien sûr. Une tasse propre, sergent, et plus vite que ça.

— Tout de suite, mon colonel. »

Beach sortit.

Northwood était courtois mais direct.

« Monsieur l'échevin, je suppose que vous n'êtes pas ici pour une simple visite de politesse ?

— J'espère que le tissu des uniformes de la milice que je vous ai livré vous a donné toute satisfaction ?
— Je suppose. Personne ne s'en est plaint.
— Parfait. Je sais que vous déléguez la responsabilité des achats, mais si pour une raison ou pour une autre, vous souhaitiez me parler de tissu, je serais évidemment ravi de vous être utile.
— Merci », dit Northwood avec une certaine impatience.

Hornbeam en vint rapidement à l'objet de sa visite.

« Mais c'est notre député que je suis venu voir aujourd'hui, davantage que le commandant de notre milice. J'espère ne pas être importun.
— Bien sûr que non.
— La Société socratique créée par Spade, c'est-à-dire David Shoveller, avec plusieurs habitants de basse extraction, m'inquiète. Je suis convaincu que ses véritables objectifs sont subversifs.
— Oh, vraiment ? J'ai assisté à leur première séance. »

C'était fâcheux.

« Je l'ai trouvée plutôt intéressante, poursuivit Northwood. Et parfaitement anodine.
— C'est vous dire combien Spade est rusé, monsieur le vicomte. Ces gens-là ont l'art de vous inspirer un faux sentiment de sécurité. »

Northwood n'apprécia pas qu'on suggère qu'il aurait pu se laisser abuser.

« Je ne vois aucun signe de tendances violentes.
— J'ai entendu dire que leur deuxième séance sera consacrée à la réforme du Parlement. »

Northwood ne parut pas très ému.

« C'est une autre affaire, bien sûr », convint-il, sans paraître inquiet pour autant.

Le sergent apporta une tasse et une soucoupe en porcelaine, versa du café et de la crème et les tendit à Hornbeam tandis que Northwood poursuivait :

« Tout dépend de ce qui est dit. Mais il n'est évidemment pas question d'interdire cette réunion à l'avance. Organiser une réunion pour discuter du Parlement n'est contraire à aucune loi.

— C'est là tout le problème, déclara Hornbeam. Cela *devrait* être contraire à la loi. Il paraît d'ailleurs que Westminster envisage de durcir les lois contre la sédition.

— Hum. C'est exact. Le Premier ministre Pitt souhaite sévir. Mais les Anglais ont le droit d'avoir leurs opinions. Nous sommes un pays libre, dans la limite du raisonnable.

— En effet. Et je suis un fervent partisan de la liberté d'expression. » C'était loin d'être vrai, mais c'était une bonne chose à dire. « Cependant, nous sommes en guerre, et le pays doit être uni contre ces maudits Français. »

Northwood secoua la tête.

« La répression peut aller trop loin, vous savez. »

Ce risque n'avait jamais inquiété Hornbeam.

« Je ne vois pas très bien où vous voulez en venir.

— Vous avez certainement entendu parler de ce qui est arrivé à Alf Nash, le laitier. »

Hornbeam fut surpris. Comment Northwood avait-il pu en être déjà informé ?

« Quel est le rapport ?

— On dit que Nash a accusé l'imprimeur qui a été fouetté, et qu'il s'agissait de représailles.

— C'est scandaleux ! » protesta Hornbeam, tout en sachant pertinemment que c'était vrai. Spade et ses amis avaient déjà fait circuler cette histoire dans toute la ville, devina-t-il.

« De temps à autre, je fais fouetter des hommes, déclara Northwood. C'est un châtiment approprié en cas de vol ou de viol. Mais une douzaine de coups suffisent. L'homme est endolori, et humilié devant ses amis, et il jure de ne plus jamais courir ce risque. En revanche, les peines de cinquante coups ou plus sont considérées comme de la cruauté gratuite et suscitent la compassion pour le contrevenant. Il devient un héros. Il exhibe ses cicatrices comme des médailles militaires. Le coupable se transforme en victime. »

Hornbeam comprit qu'il ne parviendrait à rien.

« Tout ce que je peux affirmer, c'est que l'ensemble des négociants de Kingsbridge souhaitent l'interdiction des réunions subversives.

— Je n'en suis pas surpris. Mais nous avons également des devoirs envers nos inférieurs. Un cheval qui ne quitte jamais l'écurie s'affaiblit rapidement. »

Constatant qu'il perdait son temps, Hornbeam se leva brusquement.

« Je vous remercie de m'avoir reçu, monsieur le vicomte. »

Northwood resta assis.

« C'est toujours un plaisir de discuter avec un de mes plus éminents électeurs. »

Hornbeam repartit, éprouvant une appréhension proche de la panique. Il venait de subir trois défaites. Les forces du chaos trouvaient des alliés dans les lieux les plus inattendus.

Il avait besoin de réfléchir et ne voulait pas rentrer chez lui où il risquait d'être dérangé par des problèmes domestiques. Traversant la place du marché, il entra dans la cathédrale. Le calme qui y régnait et la fraîcheur des pierres grises l'aidèrent à se concentrer.

Les gens étaient trop confiants, c'était le cœur du problème. Ils n'imaginaient pas qu'un club destiné aux travailleurs désireux de s'instruire pût être dangereux. Mais Hornbeam était moins naïf. Il fallait qu'il réveille les autres de leur torpeur. Toute association qui encourageait les ouvriers à s'exprimer librement ouvrait la porte à une insurrection latente.

Or si la prochaine séance tournait à la violence, tout le monde comprendrait qu'il avait raison.

Peut-être serait-il possible d'arranger cela ?

Oui, pensa-t-il, la solution était là.

Une explosion de violence lors de la réunion inciterait la ville à se retourner contre l'association. Sans doute y aurait-il des controverses sur qui l'avait déclenchée, toutefois, peu de gens s'en soucieraient. Leur attachement à la liberté d'expression ne survivrait pas à quelques vitres brisées.

Mais comment faire ?

Il pensa immédiatement à Will Riddick. Sa famille avait beau appartenir à la petite noblesse foncière, cela n'empêchait pas Will de fréquenter les crapules de Kingsbridge. Il passait beaucoup de temps dans l'établissement malfamé de Sport Culliver. Il devait connaître quelques vauriens.

Hornbeam ressortit sous la pluie pour se rendre chez Riddick.

Le majordome prit le manteau et le chapeau trempés de Hornbeam et les suspendit près du feu dans le vestibule.

« M. Riddick est en train de prendre son petit déjeuner, monsieur l'échevin », dit-il.

Hornbeam regarda sa montre de gousset. Il était presque midi. Will n'était pas matinal.

Le majordome ouvrit une porte et demanda : « Êtes-vous en mesure de recevoir l'échevin Hornbeam, monsieur ? »

La voix de Riddick résonna : « Faites-le entrer. »

Hornbeam entra dans la salle à manger et constata que Riddick n'était pas seul. Une jeune femme en chemise de nuit surmontée d'un peignoir, ses longs cheveux noirs décoiffés, était assise à ses côtés. Une assiette d'os à moelle, fendus et grillés, était posée devant eux sur la table et tous deux se servaient à la cuiller, engloutissant la moelle avec délectation.

« Entrez, Hornbeam, dit Riddick. À propos, je vous présente… »

Manifestement, le prénom de la jeune fille lui échappait.

« Mariana, dit-elle en jetant un regard coquin à Hornbeam. Je suis espagnole, voyez-vous. »

Espagnole, mon œil, pensa Hornbeam.

« Servez-vous, proposa aimablement Riddick. Ces os à moelle sont délicieux. »

Il prit une chope et but une longue gorgée. Ses yeux étaient injectés de sang.

« Non, merci », répondit Hornbeam. Il se tourna vers le majordome qui s'apprêtait à sortir. « Mais je prendrais volontiers une tasse de café fort avec de la crème.

— Tout de suite, monsieur. »

Hornbeam s'assit. Partager la table de Mariana le mettait mal à l'aise. La prostitution l'écœurait. Mais il avait besoin de Will.

« J'ai essayé d'obtenir l'interdiction de cette prétendue Société socratique créée par Spade.

— Et par cette vache enragée de Sal Clitheroe.

— Alf Nash s'est fait rouer de coups et le vicomte Northwood, notre député, refuse de nous aider.

— Mais vous avez un plan, sûrement ? demanda Riddick d'un air entendu.

— Oh, zut ! s'exclama Mariana. J'ai fait tomber un morceau de moelle sur ma poitrine. Peux-tu m'aider à me nettoyer, Willy ? »

Riddick prit une serviette et essuya la partie supérieure des seins, parfaitement visible, de Mariana.

« Tu aurais pu te servir de ta langue », remarqua-t-elle.

C'en fut trop pour Hornbeam.

« Will, serait-il possible de vous parler en privé ?

— Bien sûr, répondit Riddick. Allons, laisse-nous, mon cœur. »

Mariana se leva, l'air boudeur.

« Je te réserve ma langue pour plus tard, chérie.

— Je t'attendrai. »

Une fois la porte refermée, Hornbeam déclara :

« Il est temps que vous renonciez à ce genre de choses. Vous allez prochainement vous marier – avec ma fille.

— Bien sûr, bien sûr, répondit Will, visiblement embarrassé. En réalité, je faisais mes adieux à Mariana, voilà tout.

— Bon. »

Hornbeam ne le crut pas une seconde, mais il n'insista pas. Il n'était pas disposé à mettre en péril les gros bénéfices qu'il réalisait grâce à Riddick.

« Je serai un mari modèle, promit Riddick. La vie de célibataire, c'est fini pour moi.

— Je suis heureux de l'entendre. Partager son petit déjeuner avec une putain dépasse vraiment les bornes d'un comportement respectable. »

Le domestique revint avec le café de Hornbeam.

« Alors, ce plan, reprit Riddick. Pourriez-vous me l'exposer ?

— Tous ceux qui sont susceptibles d'assister aux réunions de Spade sont déjà favorables à la réforme du Parlement. Il peut fort bien n'y avoir personne pour présenter un point de vue différent. Il faut mettre sur pied une opposition vigoureuse.

— Vigoureuse ? »

Riddick avait l'esprit vif, constata Hornbeam.

« Je ne doute pas qu'il y ait en ville un certain nombre de jeunes fervents patriotes qui seraient horrifiés par le genre d'inepties que profèrent Spade et Sal. »

Riddick hocha lentement la tête.

«Je suppose que vous en connaissez quelques-uns.

— Je sais où les trouver, oui. Il faudrait commencer par l'Auberge de l'Abattoir, au bord du fleuve.»

La piste semblait prometteuse.

«Pensez-vous pouvoir en convaincre certains d'assister à la prochaine réunion?

— Oh, certainement, dit Riddick en souriant de toutes ses dents. Nous pourrons compter sur eux.»

15

Amos croisa Rupe Underwood dans la Grand-Rue et songea qu'ils ne s'étaient pas vus depuis longtemps. Les méthodistes avaient enfin fait scission avec l'Église anglicane et Rupe était probablement de ceux qui avaient décidé de rester dans l'Église établie. Amos lui posa franchement la question.

« Alors tu nous as laissés tomber, nous, les méthodistes ?

— C'est Jane que j'ai laissée tomber », répondit Rupe avec aigreur. Il rejeta la tête en arrière pour repousser la mèche de cheveux qui lui tombait dans les yeux. « Ou plus exactement, elle m'a laissé tomber. »

C'était une nouvelle importante pour Amos.

« Que s'est-il passé ? »

Le visage avenant de Rupe se crispa en une grimace de déception et de ressentiment.

« Elle m'a quitté, voilà tout. Alors tu peux l'avoir. Je ne serai même pas jaloux. Elle est toute à toi, si tu le souhaites.

— Elle a rompu vos fiançailles ?

— Nous n'avons jamais été officiellement fiancés.

Nous avions conclu un "accord". Il n'a plus lieu d'être. Au revoir, m'a-t-elle dit, et que Dieu te bénisse. »

Bien que navré pour Rupe, Amos ne pouvait s'empêcher de voir naître une lueur d'espoir. Si Jane ne voulait plus de Rupe, y avait-il une chance qu'elle veuille de lui ? Il osait à peine y penser.

« T'a-t-elle expliqué pourquoi elle voulait rompre ?
— Elle n'a pas dit la vérité. Elle prétend s'être rendu compte qu'elle ne m'aimait pas. Je ne suis même pas sûr qu'elle m'ait jamais aimé. La vérité, c'est que je ne suis pas assez riche pour elle. »

Amos avait toujours du mal à comprendre.

« Il a tout de même dû se produire quelque chose qui l'a fait changer d'avis.
— Oui. Son père a démissionné du clergé anglican. Il n'est plus chanoine de la cathédrale.
— Je sais, mais... » Il comprit soudain. « Maintenant, il est pauvre.
— Il vivra de ce que la congrégation méthodiste pourra trouver pour le payer. Plus de tenues élégantes pour Jane, plus de servantes pour l'habiller et la coiffer, plus de dessous brodés. »

La mention des dessous de Jane heurta Amos. Rupe ne pouvait quand même pas avoir posé les yeux sur les dessous de Jane. Il était vrai qu'ils formaient une sorte de couple depuis longtemps. Lui aurait-elle accordé quelques privautés ?

Certainement pas.

Amos préféra ne plus y penser.

« Est-elle tombée amoureuse d'un autre ? demanda-t-il.

— Pas que je sache. Elle fait la coquette avec tout le monde. Howard Hornbeam est sans doute le célibataire le plus riche de Kingsbridge. Peut-être jettera-t-elle son dévolu sur lui. »

C'était possible, songea Amos. Howard n'était pas très intelligent, et moins séduisant encore, mais il était affable, contrairement à son père.

« Howard a quelques années de moins que Jane, je crois.

— Ce n'est pas cela qui la retiendra », répondit Rupe.

*

Le dimanche, après les offices du matin dans les églises et chapelles de la ville, certains habitants de Kingsbridge avaient l'habitude de se rendre au cimetière. Amos ressentait parfois le besoin de se plonger quelques minutes dans le souvenir de son père et allait de la chapelle méthodiste au cimetière de la cathédrale.

Il s'arrêtait toujours devant le tombeau du prieur Philip. C'était le plus grand monument du lieu. Philip, un moine du XIIe siècle, était une figure légendaire, bien que l'on ne sût pas grand-chose de lui. Selon le Livre de Timothée, une histoire de la cathédrale commencée au Moyen Âge et complétée ultérieurement, Philip aurait été à l'origine de la reconstruction de la cathédrale, détruite par un incendie.

Détournant les yeux du monument, Amos aperçut Jane Midwinter devant une autre tombe, à quelques mètres, vêtue de gris foncé. Depuis sa conversation avec Rupe, il espérait avoir l'occasion de lui parler. Le moment était mal choisi, mais il ne put résister à la tentation. Il la rejoignit et déchiffra l'épitaphe :

Janet Emily Midwinter
4 avril 1750
12 août 1783
Épouse bien-aimée de Charles,
mère de Julian, Lionel et Jane
« Elle est auprès du Christ,
ce qui est de loin le sort le plus enviable. »

Il essaya d'imaginer la mère de Jane, mais c'était difficile.

« Je me souviens à peine d'elle, dit-il. Je devais avoir dix ans quand elle est morte.

— Elle aimait les beaux vêtements, les fêtes et les commérages. Elle appréciait les aristocrates. Elle aurait été ravie de rencontrer le roi. »

Les yeux de Jane étaient humides. Il en eut le cœur serré. Mais jouait-elle la comédie ? C'était souvent le cas.

« Et vous êtes comme votre mère, commenta-t-il, énonçant une évidence.

— À la différence de mes frères. » Julian et Lionel étaient partis étudier dans des universités écossaises. « Ils sont tous les deux comme mon père, ils ne pensent qu'à travailler, jamais à s'amuser. J'aime beaucoup mon père, mais ce genre de vie n'est pas pour moi. »

Elle était d'une humeur inhabituelle, songea-t-il ; il ne l'avait jamais vue aussi honnête à propos d'elle-même.

« Et le problème de Rupe est qu'il est, lui aussi, comme mon père », ajouta-t-elle.

La plupart des drapiers de Kingsbridge vivaient ainsi. Ils travaillaient dur et avaient peu de temps à consacrer aux loisirs.

Amos eut un éclair de lucidité.

« Moi aussi, j'imagine.

— En effet, mon cher Amos, bien que rien ne m'autorise à vous critiquer. Où est la tombe de votre père ? »

Il lui offrit son bras, et elle posa une main légère sur sa manche, en un geste qui était amical sans être intime tandis qu'ils traversaient le cimetière.

Elle ne lui avait jamais parlé aussi affectueusement, et pourtant elle était en train de lui expliquer pourquoi elle ne serait jamais sa dulcinée. Je ne comprends pas les femmes, pensa-t-il.

Ils arrivèrent devant la tombe de son père. Il s'agenouilla et retira quelques débris qui jonchaient la dalle : des feuilles mortes, un bout de chiffon, une plume de pigeon, une bogue de châtaigne.

« Je suppose que je suis comme mon père, moi aussi, observa-t-il en se relevant.

— Peut-être. Mais vous avez des principes si nobles que cela vous rend redoutable.

— Je ne suis pas redoutable, quoique cela ne me déplairait pas de l'être », répliqua-t-il en riant.

Elle secoua la tête.

« Disons que je n'aimerais pas être votre ennemie. »

Il plongea son regard dans ses grands yeux gris.
« Ni mon épouse, ajouta-t-il tristement.
— Ni votre épouse. Je suis désolée, Amos. »
Il mourait d'envie de l'embrasser.
« Moi aussi », dit-il.

*

Le théâtre de Kingsbridge ressemblait à une grande maison de ville de style classique, avec des rangées de fenêtres identiques. L'intérieur était composé d'une grande salle avec des bancs disposés sur un sol plan que surmontait une estrade à une extrémité. Des balcons soutenus par des piliers de bois longeaient les murs. Les places les plus chères se trouvaient sur la scène elle-même, et Amos avait l'impression que les riches, vêtus de coûteux atours, faisaient partie du spectacle.

La première pièce de la soirée était *Le Juif de Venise*, et la toile de fond montrait une ville au bord de l'eau avec des bateaux et des barques. Elsie entra et s'assit à côté d'Amos. Ils dirigeaient ensemble l'école du dimanche depuis plus de deux ans et ils étaient devenus d'excellents amis.

Amos n'avait jamais vu de pièce de Shakespeare. Il avait assisté à des ballets, des opéras et des pantomimes, mais c'était sa première pièce de théâtre et il se réjouissait de la voir. Elsie avait déjà assisté à des représentations de Shakespeare et avait lu la pièce qui allait être donnée.

« Son vrai titre est *Le Marchand de Venise*, dit-elle.

— Ils doivent vendre plus de billets en mettant *Juif* au lieu de *Marchand*.

— Je suppose que oui. »

Il y avait des Juifs à Combe et à Bristol qui se livraient essentiellement au commerce de réexportation, achetant du tabac en Virginie pour le revendre sur le continent européen. Beaucoup de gens les détestaient, mais Amos ne comprenait pas pourquoi. Après tout, ils croyaient au même Dieu que les anglicans et les méthodistes.

« Il paraît que Shakespeare est difficile à comprendre, s'inquiéta Amos.

— Quelquefois. Le langage est démodé, mais si vous écoutez attentivement, vous serez tout de même ému.

— Spade dit que ça peut être violent.

— Oui, et même sanguinaire de temps à autre. Il y a une scène dans *Le Roi Lear*... »

Amos vit entrer Jane Midwinter.

Elsie changea alors de sujet.

« Vous savez sans doute que Jane a rompu avec le pauvre Rupe Underwood.

— Oui. Il en est très amer.

— Mais franchement, à quoi pense-t-elle ? Elle l'a laissé languir pendant deux ans et, maintenant, elle le renvoie comme un mauvais serviteur.

— Rupe n'est pas très riche et elle veut vivre confortablement. C'est le désir de beaucoup de gens.

— J'aurais dû me douter que vous lui trouveriez des excuses, répliqua Elsie. Cette fille ne sait pas ce qu'est l'amour. »

Amos haussa les épaules.

« Je ne suis pas sûr de le savoir, moi non plus.

— L'homme qui tombe amoureux de Jane n'a pas de chance. »

Les critiques d'Elsie à l'égard de Jane mettaient Amos mal à l'aise.

« Jane fait partie de ces femmes qui sont aimées des hommes et détestées des femmes, je ne sais pourquoi, dit-il.

— Moi si. »

Le public fit silence et Amos désigna la scène du doigt, soulagé d'échapper à cette discussion. Trois acteurs avaient fait leur apparition, et le premier déclara : *Ma foi, je ne sais pas pourquoi j'ai cette tristesse.*

« Moi, je sais pourquoi je l'ai », murmura alors Elsie.

Amos se demanda ce qu'elle avait voulu dire, mais fut rapidement captivé par la pièce. Lorsque Antonio expliqua avoir toute sa fortune dans des bateaux qui se trouvaient en mer, Amos murmura à Elsie :

« Je comprends ça, avoir des marchandises de valeur en transit, se faire un sang d'encre en se demandant si elles arriveront à bon port. »

La deuxième scène, où Portia se plaignait de ne pas être libre de choisir son mari et de devoir épouser le vainqueur d'une épreuve consistant à choisir entre trois coffrets, l'un en or, le deuxième en argent et le dernier en plomb, l'agaça.

« Pourquoi son père ferait-il une chose pareille ? C'est absurde.

— C'est un conte de fées, expliqua Elsie.
— Je n'ai plus l'âge des contes de fées. »

L'histoire prit un peu de vie avec l'apparition de Shylock dans la troisième scène. Il entra en trombe, affublé d'un faux nez et d'une perruque qui ressemblait à un buisson rouge vif et, lorsque le public le hua, il se précipita sur l'avant-scène et montra les dents. Au début, les spectateurs se moquèrent de lui. Puis vint le moment où il accepta de prêter trois mille ducats à Antonio, tout en lui imposant un gage s'il ne le remboursait pas à temps. *Si vous ne me remboursez pas, tel jour, en tel endroit, la somme ou les sommes énoncées dans l'acte, qu'il soit stipulé que vous perdrez une livre pesant de votre belle chair, laquelle sera coupée et prise dans telle partie de votre corps qui me plaira!* déclara Shylock avec une malveillance sournoise.

« Il n'acceptera jamais », dit Amos, qui eut le souffle coupé en entendant Antonio répondre : *Ma foi, j'y consens : je signerai ce billet.*

Un ballet fut donné pendant l'entracte, mais la plupart des spectateurs l'ignorèrent, préférant aller se dégourdir les jambes, acheter à boire et à manger, et bavarder avec leurs amis. Elsie s'éclipsa. Le bruit des conversations se transforma en brouhaha. Amos remarqua que Jane se dirigeait tout droit vers le vicomte Northwood. C'était une incorrigible arriviste, mais Henry Northwood ne semblait pas s'en offusquer. Amos s'approcha pour essayer d'entendre ce que Jane disait.

« Mon père affirme que nous ne devrions pas haïr les Juifs. Qu'en pensez-vous, lord Northwood ?

— Je dois dire que je n'apprécie guère les étrangers, quels qu'ils soient, répondit Northwood.

— Je vous approuve. »

Jane approuverait tout ce que dirait Northwood, songea Amos amer. Elle ne détestait pas vraiment les Juifs, mais elle adorait les aristocrates.

« Les Anglais sont les meilleurs, poursuivit Northwood.

— En effet. Mais j'aimerais tout de même voyager. Êtes-vous déjà allé à l'étranger ?

— J'ai passé un an sur le continent. J'ai appris quelques mots de français et d'allemand, et j'ai acheté des tableaux en Italie.

— Quelle chance vous avez ! Vous aimez la peinture ?

— J'ai des goûts de militaire, vous savez. J'aime les tableaux qui représentent des chevaux et des chiens.

— J'aimerais beaucoup les voir un jour.

— Ma foi, oui, bien sûr, mais ils sont à Earlscastle et j'ai fort à faire ici à Kingsbridge. La milice, même si elle ne sert pas à l'étranger, s'est chargée de la défense de notre pays afin que l'armée régulière puisse aller combattre à l'étranger. »

Amos remarqua que Henry était devenu loquace maintenant que la conversation portait sur l'armée.

« Mais il faut évidemment que la milice soit prête à se battre », ajouta Henry.

Jane n'avait visiblement aucune envie de parler de la milice.

« Je ne suis jamais allée à Earlscastle », poursuivit-elle.

Amos ne s'attarda pas pour entendre la réponse de Henry à cet appel du pied, car le spectacle reprenait. Il se hâta de regagner sa place. Alors qu'il s'asseyait, Elsie lui demanda :

« Pourriez-vous me raccompagner chez moi après le spectacle ?

— Volontiers », répondit-il.

Elle eut l'air enchantée, sans qu'il comprenne pourquoi.

Il était fasciné par Shylock et agacé par les amants de Belmont, mais il n'avait jamais rien vu de tel et, à la fin, il aurait voulu aller voir d'autres pièces de Shakespeare.

« J'aurai peut-être besoin que vous m'expliquiez certaines choses », dit-il à Elsie qui, une fois de plus, parut ravie.

Alors qu'ils s'apprêtaient à quitter le théâtre, il se tourna vers elle.

« Pensez-vous que Jane pourrait épouser Northwood ? N'est-elle pas d'un rang trop inférieur ? Il deviendra comte de Shiring à la mort de son père, alors qu'elle est la fille d'un simple ecclésiastique, méthodiste de surcroît. La comtesse de Shiring peut être amenée à rencontrer le roi, il me semble. Mais vous en savez plus que moi sur ce genre de choses. »

C'était exact. En tant que fille d'évêque, Elsie était plus proche de la noblesse que des drapiers. Elle aurait sans doute pu épouser Northwood elle-même, bien qu'Amos fût persuadé qu'elle n'en avait aucune envie. De plus, elle entendait tous les potins des visiteurs reçus au palais épiscopal.

« Ce serait difficile, répondit-elle, mais pas impossible. Il arrive que des nobles épousent des femmes qui n'appartiennent pas à leur milieu. D'un autre côté, il a été décidé depuis des années que Henry épouserait sa cousine germaine Miranda, l'unique enfant de lord Combe, ce qui permettra de réunir les deux domaines.

— Mais un accord peut être rompu, rétorqua Amos. L'amour triomphe de tout.

— Non, vous vous trompez », conclut Elsie.

*

Trois enfants d'une même famille furent enterrés au cimetière de Saint-Luc par une matinée froide et humide de septembre. Ils avaient fréquenté régulièrement l'école du dimanche d'Elsie, et elle les avait vus devenir chaque semaine plus pâles et plus maigres. Une grosse part de gâteau n'avait pas suffi à les sauver.

Leur père travaillait sur un moulin à foulon à Kingsbridge jusqu'au jour où la tête d'un marteau s'était détachée du manche et avait été projetée vers lui, le frappant mortellement à la tête. Après l'accident, sa famille était allée s'installer dans une pièce bon marché, située dans la cave d'une maison à demi effondrée. La mère avait tenté de gagner sa vie comme couturière, ce qui l'obligeait à laisser ses enfants dans cette cave pendant qu'elle cherchait des gens qui avaient besoin d'un travail de couture rapide et bon marché. Les petits étaient tombés malades, atteints de la toux et de la respiration sifflante courantes chez ceux qui vivent dans des sous-sols humides ; ils étaient si faibles qu'ils avaient tous succombé en un seul jour. Leur mère sanglotait devant la tombe, la tête couverte d'un chiffon de coton parce qu'elle n'avait pas de chapeau. Le psaume chanté était « Le Seigneur est mon berger », et Elsie eut la pensée blasphématoire que le berger n'avait guère pris soin de ces trois agneaux-là.

L'église Saint-Luc était une petite construction en brique située dans un quartier pauvre, et le pasteur portait des bas noirs grossièrement reprisés pour couvrir ses jambes maigres. Un nombre surprenant de gens étaient rassemblés autour de la tombe, la plupart vêtus misérablement. Ils chantaient sans enthousiasme, pensant peut-être que le berger n'avait pas fait grand-chose pour eux non plus.

Elsie se demanda si leur chagrin se transformerait un jour en colère et, si oui, combien de temps il faudrait pour cela.

Elle-même était angoissée tout en se sentant impuissante. Elle se dit qu'elle aurait pu emmener ces trois enfants chez elle et les nourrir tous les jours dans la cuisine de l'évêché ; mais c'était un rêve sans espoir, elle en était consciente. Il fallait pourtant agir, pensa-t-elle.

Au moment où l'on descendit les cercueils, pitoyablement minuscules, dans la tombe, Amos Barrowfield prit place à côté d'Elsie. Il portait un long manteau noir et chantait le cantique d'une puissante voix de baryton. Ses joues étaient mouillées, par les larmes, la pluie ou les deux.

Sa présence apaisa et réconforta Elsie. Elle oublia qu'elle était gelée, trempée et malheureuse. Amos ne faisait pas disparaître les problèmes, il les faisait simplement paraître moins graves et plus faciles à résoudre. Elle glissa son bras sous le sien et il serra sa main contre sa poitrine dans un geste de compassion.

Après l'enterrement, ils s'éloignèrent ensemble, toujours bras dessus, bras dessous.

« Ce ne seront pas les seuls, lui dit-elle à voix basse. D'autres de nos enfants mourront.

— Je sais. Le gâteau ne suffit pas.

— Nous pourrions sûrement leur servir autre chose... » Elle réfléchissait à voix haute. « Peut-être du bouillon. Pourquoi pas ?

— Essayons de voir comment nous pourrions organiser cela. »

C'était ce qu'elle aimait chez Amos. Avec lui, tout semblait possible. Peut-être était-ce parce qu'il avait lui-même réussi à surmonter tant de difficultés après la mort de son père. Cette expérience lui avait inspiré un optimisme égal au sien.

« Au lieu de faire des gâteaux, nos amis pourraient préparer du bouillon avec des pois et des navets, suggéra-t-elle.

— Oui, et avec des morceaux de viande bon marché comme du collier de mouton. »

Amos tira sur le bout de son nez, comme il avait coutume de le faire quand il réfléchissait.

« Accepteront-ils ?

— Tout dépend de qui leur demande. Le pasteur Charles pourrait-il sonder les méthodistes ?

— Je verrai avec lui.

— Quant à moi, je m'occuperai des anglicans.

— Nous pourrions aussi passer chez les boulangers le dimanche matin pour leur demander le pain rassis qu'ils n'ont pas vendu la veille.

— Ils vendent leurs restes à bas prix le samedi soir, dans l'heure qui précède la fermeture, mais ils en ont peut-être encore…

— Nous pouvons toujours leur poser la question. »

Arrivés devant le palais épiscopal, ils s'arrêtèrent et Elsie demanda, les yeux brillants d'impatience :

« Vous voulez bien que nous essayions ? »

Amos hocha solennellement la tête.

« Je pense que nous devons le faire. »

Elle avait envie de l'embrasser, au lieu de quoi elle lui lâcha le bras.

« Dimanche prochain ?

— Entendu. Le plus tôt sera le mieux. »

Ils se séparèrent.

Réticente à entrer immédiatement dans le palais, elle gagna la cathédrale, un lieu toujours propice à la réflexion. Il n'y avait pas d'office. Il fallait qu'elle mette au point les détails de leur projet et trouve le moyen de nourrir les enfants affamés, mais Amos occupait toutes ses pensées. Il était loin d'imaginer l'amour qu'elle lui vouait : il croyait qu'ils étaient amis, rien de plus. Et il s'était bêtement entiché de Jane Midwinter, une fille qui ne lui rendait pas son amour et qui, de toute manière, était loin de le mériter. Elsie voulait prier, demander à Dieu de faire qu'Amos l'aime et oublie Jane, mais elle se reprocha son égoïsme : on ne demandait pas à Dieu de régler ce genre de choses.

Dans le bas-côté sud, elle passa devant deux hommes qui se querellaient. Elle reconnut Stan Gittings, joueur invétéré, et Sport Culliver, propriétaire du plus grand tripot de la ville. Aucun des deux ne fréquentant régulièrement l'église, ils étaient probablement venus se disputer à l'abri de la pluie. Cela n'avait rien d'étonnant. Les gens venaient souvent ici pour discuter d'un problème, d'une affaire, voire d'une aventure amoureuse. Dans le cas présent, il semblait s'agir d'argent, mais elle n'y prêta guère attention.

Elle remarqua alors un inconnu agenouillé devant le maître-autel. C'était apparemment un jeune homme, enveloppé dans un grand manteau qui cachait ses vêtements, de sorte qu'Elsie ne put dire s'il s'agissait d'un ecclésiastique. Son visage était relevé, mais ses yeux étaient fermés et ses lèvres remuaient en une intense prière silencieuse. Elle se demanda qui c'était.

Elle s'apprêtait à s'asseoir tranquillement dans le transept sud quand, dans le bas-côté, la discussion s'envenima. Les hommes haussèrent le ton et prirent des postures agressives. Elle envisagea d'intervenir, de leur suggérer de sortir, mais, après mûre réflexion, décida qu'ils risquaient moins d'en venir aux mains à l'intérieur de l'église. Renonçant à l'idée de jouir d'un moment de paix, elle se dirigea vers la sortie et passa devant les deux hommes sans rien dire.

Derrière elle, Culliver hurla :

« Si tu paries avec de l'argent que tu n'as pas, tu dois en assumer les conséquences ! »

Une autre voix s'éleva immédiatement, indignée : « Je vous ordonne de quitter ce lieu saint sur-le-champ ! »

Se retournant, elle vit que le jeune homme qui priait au pied du maître-autel avait quitté sa place et se dirigeait à grands pas vers les deux querelleurs, son visage – plutôt séduisant, remarqua-t-elle – se colorant sous l'effet de la colère.

« Dehors ! cria-t-il à Gittings et Culliver. Dehors, tout de suite ! »

Gittings, un homme décharné, aux vêtements usés, prit l'air penaud et s'apprêta à détaler, mais Culliver ne fut pas intimidé. Non seulement il était grand et solidement bâti, mais il était aussi l'un des plus riches habitants de la ville. Il n'était pas du genre à se laisser marcher sur les pieds.

« Qui diable êtes-vous donc ? demanda-t-il à l'inconnu.

— Je m'appelle Kenelm Mackintosh », répondit le jeune homme d'un ton orgueilleux.

Il était attendu, Elsie le savait. La démission du chanoine Midwinter avait provoqué au sein du clergé de la cathédrale un certain nombre d'avancements qui avaient laissé un poste vacant parmi les collaborateurs personnels de l'évêque, et le père d'Elsie avait choisi un parent éloigné, un jeune ecclésiastique qui avait récemment obtenu son diplôme de l'université d'Oxford. C'était donc lui. Il venait certainement de descendre de la diligence.

Il déboutonna rapidement son manteau pour laisser apparaître son habit sacerdotal.

« Je suis l'assistant de monseigneur Latimer. Vous êtes ici dans la maison de Dieu. Je vous ordonne de poursuivre votre querelle ailleurs. »

Remarquant alors la présence d'Elsie, Culliver s'adressa à elle :

« Pour qui se prend-il ? Un vrai petit père fouettard !

— Rentrez chez vous, Sport, dit Elsie tout bas. Et si vous laissez Stan Gittings jouer à crédit, c'est à vous d'en assumer les conséquences. »

Manifestement furieux d'être ainsi rabroué par une jeune fille, Sport parut sur le point d'argumenter ; mais il se ravisa et, bientôt, les deux hommes s'éloignèrent en direction du portail sud.

Elsie regarda le nouveau venu avec intérêt. Il devait avoir à peu près son âge, vingt-deux ans, et il était assez beau pour être une fille, avec une abondante chevelure blonde et de remarquables yeux verts. Et il ne manquait pas de courage, pour tenir tête à une brute comme Culliver. Son visage affichait cependant une expression mécontente : il n'était manifestement pas satisfait de la manière dont l'affrontement s'était terminé.

« Ils ne pensaient pas à mal, lui dit Elsie.

— J'aurais pu avoir raison d'eux tout seul, répondit Mackintosh d'un ton hautain, mais je vous remercie tout de même. »

Susceptible, se dit-elle. Mais qu'importe.

« Ils semblent vous prendre pour une personne d'autorité, poursuivit-il, visiblement surpris qu'une jeune femme ait réussi à calmer deux hommes en colère.

— D'autorité ? s'étonna-t-elle. Pas vraiment. Je suis Elsie Latimer, la fille de l'évêque.

— Je vous demande pardon, mademoiselle Latimer, dit-il, visiblement décontenancé. J'étais loin de penser…

— Vous n'avez pas à vous excuser. Et cela nous a permis de faire connaissance. Avez-vous déjà rencontré l'évêque ?

— Non. J'ai fait porter ma malle à l'évêché et suis venu directement ici pour remercier Dieu de m'avoir permis de faire bon voyage. »

Quelle dévotion, songea-t-elle, mais était-elle sincère ou de pure forme ?

« Dans ce cas, permettez-moi de vous conduire à l'évêque.

— Volontiers. »

Quittant la cathédrale, ils traversèrent la place.

« Il paraît que vous êtes écossais.

— Oui, répondit-il sèchement. Est-ce important ?

— Pas pour moi. Je m'étonne simplement que vous n'ayez pas d'accent.

— Je m'en suis défait à Oxford.

— Délibérément ?

— Je n'ai pas regretté de le perdre. L'université n'est pas exempte de certains préjugés. »

Bien qu'anodins, ses propos étaient teintés d'une nuance d'amertume.

« Je suis navrée de l'apprendre. »

Ils entrèrent dans le palais épiscopal et Elsie le conduisit jusqu'au cabinet de travail de son père, une pièce confortable, sans bureau, où brûlait un grand feu.

« M. Mackintosh est arrivé, père, dit-elle.
— Ses bagages sont déjà là ! »

L'évêque se leva du fauteuil rembourré dans lequel il était assis et serra avec enthousiasme la main du jeune homme.

« Bienvenue, mon cher.
— Je suis très honoré d'être ici, monseigneur, et je vous remercie en toute humilité de ce privilège. »

L'évêque se tourna vers Elsie.

« Merci, ma chérie », dit-il, la congédiant ainsi.

Elle l'ignora pourtant.

« Je viens d'assister à l'enterrement de trois enfants de l'école du dimanche, tous de la même famille. Leur père est mort, leur mère a fait tout ce qu'elle pouvait pour les nourrir, ils ont pris froid dans la pièce humide où ils vivaient et sont tous morts en un jour.

— Ils sont maintenant au côté de leur père céleste », commenta l'évêque en hochant la tête.

Sa fatuité irrita Elsie. Haussant le ton, elle répliqua :

« Leur père céleste demandera peut-être pourquoi leurs voisins n'ont rien fait pour les aider. Jésus a dit : "Pais mes agneaux", comme vous vous en souvenez certainement.

— Il me semble que tu ferais mieux de laisser la théologie au clergé, Elsie. »

Il adressa un clin d'œil complice à Mackintosh, lequel répondit par un sourire flagorneur.

« Très bien », dit-elle avant d'ajouter d'un air de défi : « Ce qui ne m'empêchera pas de servir un bouillon nourrissant aux agneaux du Seigneur.

— Vraiment ? s'étonna-t-il.

— Oui. Du moins à ceux qui fréquentent mon école du dimanche.

— Et comment t'y prendras-tu ?

— Notre cuisine est largement assez grande et vous remarquerez à peine l'augmentation de la facture d'épicerie.

— Notre cuisine ? se récria-t-il. Tu as vraiment l'intention de nourrir les enfants pauvres de la ville depuis notre cuisine ?

— Pas uniquement. Les amis de l'école du dimanche en feront autant.

— C'est absurde. On manque de denrées alimentaires à travers tout le pays. Nous ne pouvons pas nourrir tout le monde.

— Pas tout le monde, seulement mes élèves de l'école du dimanche. Comment puis-je leur demander d'être bons et gentils comme Jésus et les renvoyer chez eux le ventre creux ? »

L'évêque se tourna vers le nouveau venu.

« Qu'en pensez-vous, monsieur Mackintosh ? »

Mackintosh parut mal à l'aise : il n'avait guère envie d'arbitrer le débat entre Elsie et son père. Après un instant d'hésitation, il répondit :

« Tout ce dont je suis sûr, c'est qu'il est de mon devoir de me laisser guider par mon évêque, et j'imagine qu'il en va de même pour Mlle Latimer. »

Il n'était pas aussi courageux qu'Elsie l'avait cru. Elle ajouta alors :

« Les méthodistes sont particulièrement enthousiastes. »

C'était davantage un espoir qu'une réalité, mais elle décida d'y voir un pieux mensonge.

Son père réfléchit. Il ne voulait pas paraître moins généreux que les méthodistes.

« Combien d'enfants fréquentent l'école du dimanche ?

— Jamais moins de cent. Parfois deux cents.

— Vraiment ! s'écria Mackintosh surpris. Les écoles du dimanche se tiennent généralement dans une petite pièce qui rassemble à peine plus d'une dizaine d'enfants.

— Vous comptez les nourrir tous, tes amis méthodistes et toi ? demanda l'évêque à Elsie.

— Bien sûr. Nous avons aussi beaucoup d'anglicans parmi nos amis.

— Je pense que tu devrais en parler à ta mère et lui demander ce qu'elle en pense. »

Réprimant un sourire de triomphe, Elsie s'efforça de garder une expression impassible.

« Oui, Père », répondit-elle.

16

Lorsque Sal avait lancé l'idée de la Société socratique, elle n'avait pas imaginé qu'elle prendrait une telle ampleur. Elle se souvenait de la désinvolture avec laquelle elle avait dit : « Voilà ce que nous devrions faire : étudier et apprendre. C'est quoi, cette Corresponding Society ? » Elle avait imaginé une dizaine de personnes dans une salle au-dessus d'une taverne. Après le succès de la conférence de Roger Riddick, elle avait commencé à voir les choses autrement. Plus d'une centaine de personnes y avaient assisté et la *Kingsbridge Gazette* lui avait consacré un article. Et ce triomphe était le sien. Si Jarge et Spade l'avaient encouragée et aidée, elle en avait été la force motrice. Elle était fière de ce qu'elle avait réalisé.

Désormais, elle estimait que la société n'était qu'un premier pas. Elle s'inscrivait dans un mouvement qui se développait à travers tout le pays, celui de travailleurs qui s'instruisaient, lisaient et assistaient à des conférences. Et ce mouvement répondait à un objectif. Les travailleurs voulaient avoir leur mot à dire sur la manière dont leur pays était gouverné. Quand il y avait la guerre, ils devaient se battre, et quand le prix du pain augmentait, ils avaient faim. Nous souffrons, raisonnait-elle, c'est donc à nous de décider.

Que de chemin j'ai parcouru depuis Badford, songea-t-elle.

Un mois plus tard, la deuxième séance de la Société socratique paraissait devoir être encore plus importante. Les travailleurs de Kingsbridge étaient furieux de la hausse des prix, des denrées alimentaires surtout. Certaines villes avaient été le théâtre d'émeutes du pain, souvent menées par des femmes ne sachant plus comment nourrir leur famille.

La réunion était prévue un samedi, le jour où le travail s'achevait deux heures plus tôt que d'habitude. Quelques minutes avant, Sal et Jarge se rendirent chez le pasteur Charles Midwinter pour rencontrer l'orateur invité, le révérend Bartholomew Small.

Le pasteur Midwinter avait quitté la résidence du chanoine, une demeure qui était presque un palais. Son nouveau domicile, à proximité de la salle méthodiste, n'était guère plus grand qu'une maison d'ouvrier. Sal songea que ce changement avait dû leur faire l'effet d'une déchéance, surtout à Jane qui aspirait à jouir de ce que la vie avait de meilleur.

Midwinter les reçut dans son salon et leur offrit du sherry. Sal n'était pas à l'aise et Jarge était encore plus gêné qu'elle. Ils s'étaient habillés du mieux qu'ils pouvaient, mais les semelles de leurs chaussures étaient rapiécées et leurs vêtements délavés. Le pasteur leur fit cependant un éloge appuyé :

« Révérend Small, je vous présente les deux cerveaux de la classe laborieuse de Kingsbridge.

— Je suis très honoré de faire votre connaissance », dit Small, un homme mince, à la voix douce, qui ressemblait à l'image que Sal s'était toujours faite d'un professeur : cheveux gris, lunettes, dos voûté par des années passées dans les livres.

« En vérité, mon révérend, répondit Jarge, c'est Sal, notre cerveau. »

L'éloge embarrassa Sal. Je n'ai rien d'un cerveau, pensa-t-elle. Mais cela ne fait rien, j'apprends.

« Combien de personnes attendez-vous ce soir ? demanda Small.

— Environ deux cents, répondit Sal.

— Tant de monde ! Je suis habitué à avoir en face de moi une dizaine d'étudiants, pas davantage. »

Il paraissait un peu nerveux, ce qui surprit Sal tout en lui redonnant confiance en elle.

Le pasteur Midwinter vida son verre de sherry et se leva. « Il ne faut pas être en retard. »

Ils remontèrent la rue principale, où les gouttes de pluie scintillaient à la lumière des réverbères. Alors qu'ils approchaient de la salle des fêtes, Sal remarqua avec étonnement une douzaine de membres de la milice de Shiring devant le bâtiment, mouillés mais élégants dans leurs uniformes, armés de mousquets. Le beau-frère de Spade, Freddie Caines, était parmi eux. Pourquoi étaient-ils venus ?

Son effroi fut à son comble quand elle aperçut Will Riddick en leur compagnie, portant une épée, assurant manifestement le commandement.

Elle se posta devant lui, mains sur les hanches.

« Que faites-vous ici ? Nous n'avons pas besoin de vous ni de vos soldats. »

Il lui rendit son regard, avec une expression où le mépris se mêlait d'un soupçon de crainte.

« En qualité de juge de paix, j'ai fait venir la milice en cas de troubles à l'ordre public, répondit-il d'un air suffisant.

— Des troubles ? s'étonna-t-elle. Il s'agit d'un groupe de discussion. Il n'y aura pas de troubles.

— Nous verrons bien. »

Une question lui vint à l'esprit et elle fronça les sourcils. « Pourquoi le vicomte Henry Northwood n'est-il pas venu ?

— Le colonel Northwood est absent aujourd'hui. »

C'était regrettable. Northwood ne se serait jamais livré à une telle provocation. Will était aussi malveillant que stupide. Et il nourrissait contre Sal une rancune personnelle.

Mais elle ne pouvait rien faire.

En pénétrant dans le bâtiment, elle aperçut le shérif Doye et l'agent Davidson près de l'entrée, cherchant à faire comme s'ils ignoraient combien ils étaient impopulaires.

Les sièges étaient disposés en rangs face à un pupitre. Sal constata qu'il y avait beaucoup de monde, davantage encore qu'à la première séance. De nombreux artisans – tisserands et teinturiers, gantiers et cordonniers – se mêlaient aux ouvriers des manufactures. Spade était assis à l'arrière avec les sonneurs de cloches.

L'imprimeur Jeremiah Hiscock était venu mais, de toute évidence, il n'était pas encore complètement remis de sa flagellation : il était pâle et visiblement inquiet, et la bosse que dessinait son manteau laissait supposer qu'il avait encore le dos couvert d'épais bandages. Son épouse, Susan, était assise à ses côtés, l'air farouche, comme pour défier quiconque de traiter son mari de criminel.

Susan et Sal faisaient partie de la petite poignée de femmes présentes dans la salle. On disait souvent que la politique était l'affaire des hommes, et certaines femmes le croyaient, ou feignaient de le croire.

Sal distingua dans l'auditoire un groupe de jeunes gens qu'elle avait vus traîner autour de l'Auberge de l'Abattoir, au bord du fleuve. Elle murmura à Jarge : « Je n'aime pas l'allure de ces gars-là.

— Je les connais, dit Jarge. Mungo Landsman, Rob Appleyard, Nat Hammond. Mieux vaut les garder à l'œil. »

Sal et Jarge s'assirent au premier rang avec Midwinter et le révérend Small. Une minute plus tard, Spade se leva et s'approcha du pupitre. Un murmure étonné s'éleva : tout le monde savait que Spade était intelligent et qu'il lisait les journaux, mais tout de même, ce n'était qu'un tisserand.

Il brandit un exemplaire de la brochure intitulée *Les Raisons de contentement à l'adresse des éléments laborieux du public britannique*. « Nous devrions être très attentifs à ce que dit M. Paley, commença-t-il. Il fait preuve d'une grande sagesse sur la bonne manière d'administrer nos affaires ici, dans l'ouest de l'Angleterre, car il est archidiacre… de Carlisle. »

Les rires fusèrent. Carlisle était situé à la frontière écossaise, à quelque cinq cents kilomètres de Kingsbridge.

Il poursuivit dans la même veine. Sal avait parcouru la brochure de Paley et savait qu'elle contenait des réflexions prétentieuses et condescendantes à propos des travailleurs. Spade lut les plus blessantes d'une voix impassible et, à chaque citation, les rires redoublaient. Il se mit alors à amuser la galerie, feignant d'être perplexe et offensé par les réactions des auditeurs, ce qui ajouta à leur hilarité. Les Tories eux-mêmes riaient de bon cœur, sans la moindre hostilité, sans la moindre interruption. Midwinter se pencha vers Sal.

« Cela se passe bien », remarqua-t-il.

Spade regagna sa place sous les acclamations et les applaudissements, et Midwinter présenta le révérend Small.

À l'image de Paley, Small était un philosophe, et son approche resta théorique. Il ne mentionna ni la Révolution française ni le Parlement britannique. Ses arguments concernaient le droit de gouverner. Il reconnut que les rois étaient choisis par Dieu, mais les ducs, les banquiers et les commerçants l'étaient également. Comme aucun d'eux n'était parfait, personne ne pouvait prétendre régner de droit divin. L'auditoire commença à s'impatienter, à s'agiter, à échanger des réflexions. Sal était déçue, mais au moins Small ne tenait aucun propos incendiaire.

Soudain, quelqu'un se leva en criant : « *God save the King !* » Sal reconnut Mungo Landsman.

« Oh, non ! » s'écria-t-elle.

Plusieurs hommes l'imitèrent, se levant pour crier « *God save the King !* » avant de se rasseoir.

C'était le groupe de l'Auberge de l'Abattoir, releva Sal, mais les trois que Jarge avait identifiés avaient apparemment été rejoints par d'autres. Que se passait-il ? se demanda-t-elle, consternée. Small n'ayant rien dit sur le roi George en particulier, son discours ne pouvait guère les avoir offusqués. Avaient-ils prévu d'intervenir quelle que fût la teneur de la conférence ? Pour quelle raison auraient-ils décidé de venir jouer les perturbateurs ?

Small poursuivit son discours, mais les interruptions reprirent aussitôt. Une voix cria : « Traître ! », une autre « Républicain ! », puis « Niveleur ! ».

Sal se retourna sur son siège.

« Vous ne pouvez pas savoir ce qu'il est si vous ne l'écoutez pas », lança-t-elle furieuse.

« Putain ! » crièrent-ils avant d'ajouter : « Papiste » et « Française ».

Jarge se leva et se dirigea lentement vers le fond de la salle, s'approchant des agitateurs. Il fut rejoint par son ami Jack Camp, qui était encore plus costaud que lui. Ils n'adressèrent pas la parole aux fauteurs de troubles, et se contentèrent de rester debout, bras croisés, regardant droit devant eux.

« Je crains le pire, Sal, chuchota Midwinter. Nous devrions peut-être clôturer la séance dès à présent. »

Sal le regarda, effondrée.

« Non, protesta-t-elle malgré son inquiétude. Cela reviendrait à céder.

— Mais nous éviterions sans doute le pire. »

Il avait peut-être raison, songea Sal, mais elle ne supportait pas de s'avouer vaincue.

Small ne reprit sa conférence que pour être coupé par de nouveaux cris.

« On dirait qu'ils cherchent vraiment la bagarre ! soupira Sal.

— Tout cela était convenu d'avance, j'en suis certain, dit Midwinter. Quelqu'un est bien décidé à discréditer notre Société socratique. »

Il voyait juste, pensa Sal écœurée. Le groupe de l'Auberge de l'Abattoir ne réagissait pas aux propos de Small, ils respectaient un plan préétabli.

Et Riddick n'en ignorait rien, comprit-elle ; voilà pourquoi il était venu avec la milice. C'était un complot.

Qui était derrière ce coup monté ? Les notables de la ville étaient hostiles à la Société socratique, mais iraient-ils jusqu'à orchestrer une émeute ?

« Qui a bien pu faire ça ? demanda-t-elle.

— Quelqu'un qui a peur », répondit Midwinter.

Sal ne savait pas ce qu'il voulait dire.

Les spectateurs assis à proximité des agitateurs commencèrent à se lever et à s'éloigner, craignant manifestement que la séance ne dégénère.

Renonçant à poursuivre sa conférence, le révérend Small s'assit.

Midwinter se leva alors et déclara d'une voix forte :

« Je vous propose une pause d'un quart d'heure, qui sera suivie d'un débat. »

Sal espérait que ces paroles ramèneraient le calme, mais il n'en fut rien, constata-t-elle avec désespoir. Les gens se ruaient vers la sortie. Sal ne quittait pas des yeux les gars de L'Abattoir. Ils ne bougèrent pas, visiblement satisfaits de la panique qu'ils avaient provoquée.

Elle remarqua qu'en s'enfuyant, une femme bouscula Mungo Landsman. Il chancela avant de lui assener un coup de poing en plein visage. Du sang jaillit de son nez. Jarge frappa Mungo. En un rien de temps, une demi-douzaine de personnes se battaient.

Sal aurait aimé flanquer par terre certains de ces fauteurs de troubles, mais elle résista à la tentation. Où était le shérif ? À peine cette question lui eut-elle traversé l'esprit qu'elle vit Doye entrer par la porte du fond. Pourquoi était-il sorti ? La réponse vint immédiatement : Will Riddick et la milice arrivèrent sur ses talons. Les soldats, secondés par l'agent Davidson, entreprirent de faire cesser les combats. Ils arrêtèrent des hommes, les ligotèrent et les obligèrent à s'allonger sur le sol. Oubliant soudain leurs griefs, la plupart des combattants prirent la fuite.

« Je vais veiller à ce qu'ils arrêtent ces voyous de L'Abattoir », déclara Sal se dirigeant d'un pas décidé vers les soldats.

Will Riddick s'interposa.

« Ne te mêle pas de ça, Sal Clitheroe, déclara-t-il, avant d'ajouter avec un sourire mauvais : Je ne voudrais pas que tu sois blessée.

— Comme vous étiez dehors, vous ne pouvez pas savoir qui a provoqué cette rixe, mais moi, je peux vous le dire.

— Garde ça pour les juges, rétorqua Riddick.

— Mais vous êtes juge ! Vous ne voulez pas savoir ?

— Je suis occupé. Dégage. »

Sal commença à dresser mentalement la liste de tous ceux qui avaient été arrêtés. Certains appartenaient à la bande de L'Abattoir, mais d'autres étaient leurs victimes. Jarge en faisait partie.

Riddick leur ordonna à tous de se relever. Ils furent attachés ensemble et emmenés hors de la salle. Sal et Midwinter les suivirent. Ils se rendirent à la prison de Kingsbridge, juste en face de la salle des fêtes, où les prisonniers furent accueillis par Gilmore, le geôlier. Alors qu'ils disparaissaient à l'intérieur du bâtiment, Sal s'adressa à Riddick :

« Vous avez intérêt à ce que tous ceux que vous avez arrêtés soient déférés devant les juges. Et à ce que personne ne soit relâché par favoritisme. »

L'expression de Riddick lui apprit que c'était exactement ce qu'il avait prévu de faire.

« Ne t'inquiète pas », lança-t-il d'un ton désinvolte.

Midwinter intervint : « La moindre partialité de votre part discréditerait les poursuites contre tous les autres, me semble-t-il.

— Laissez-moi m'occuper de la loi, monsieur le pasteur. Et occupez-vous de la théologie. »

*

Les juges se réunirent le lundi matin dans l'antichambre de la salle du conseil. Hornbeam était ravi que la deuxième séance de la Société socratique eût tourné à la bagarre – comme il l'avait prévu – mais il n'avait pas chômé depuis. Il avait passé son dimanche à préparer le procès, à étudier les bases de l'accusation et à planifier des peines sévères.

Tous les jurés étaient des hommes âgés de vingt et un à soixante-dix ans qui possédaient à Kingsbridge des biens fonciers d'une valeur égale ou supérieure à un loyer annuel de quarante shillings. Ces hommes jouissaient aussi du droit de vote, en vertu de ce qu'on appelait le suffrage censitaire à quarante shillings. Ils constituaient l'élite dirigeante de la ville et, en général, n'hésitaient pas à déclarer les travailleurs coupables.

Le shérif était chargé de constituer le jury et il était censé choisir ses membres au hasard. Néanmoins, Hornbeam estimait qu'on ne pouvait pas compter sur certains de ceux qui auraient pu être désignés, et il avait donc demandé à Doye d'exclure les méthodistes et autres non-conformistes, susceptibles de sympathiser avec des gens qui cherchaient à créer un groupe de discussion. Doye avait accepté sans rechigner.

Une seule chose chagrinait Hornbeam : Spade n'avait pas été arrêté.

L'échevin Drinkwater était Premier juge, et c'était lui par conséquent qui présiderait. Hornbeam craignait qu'il ne fît preuve de trop d'indulgence, mais espérait que l'inflexibilité de Will Riddick compenserait.

Pendant que les juges attendaient que les accusés arrivent depuis la prison, Hornbeam lisait le *Times*, feignant d'être détendu.

« Les royalistes ont été vaincus en France, une fois de plus, dit-il. Je ne sais rien de ce jeune général, Napoléon Bonaparte. Quelqu'un a-t-il entendu parler de lui ?

— Pas moi, répondit Drinkwater en ajustant sa perruque devant un miroir.

— Moi non plus, renchérit Riddick, qui lisait peu les journaux.

— Il a l'air diabolique, poursuivit Hornbeam. Il a, paraît-il, déployé quarante canons dans les rues de Paris et a décimé les royalistes en les prenant sous la mitraille. Il a continué même après que son cheval a été abattu sous lui.

— Je n'aime pas ces histoires d'hommes qui se font tuer à coups de canon. Où est passé l'esprit chevaleresque ? Une bataille doit se livrer homme contre homme, pistolet contre pistolet, épée contre épée, déclara Drinkwater.

— Peut-être, convint Hornbeam. Je regrette tout de même que le général Bonaparte ne soit pas de notre côté. »

Le greffier entra et annonça que la cour était prête.

« Très bien, dites-leur de se taire », ordonna Drinkwater.

Les trois juges entrèrent et prirent place dans la salle d'audience.

La salle était bondée. Il y avait une bonne dizaine d'accusés, de nombreux témoins ainsi que les familles et les amis, auxquels s'ajoutaient des curieux venus simplement pour ne pas manquer un événement important dans la ville. Le jury était assis sur des bancs d'un côté de la salle. Tous les autres étaient debout.

Il n'y avait aucun juriste, à l'exception du greffier des juges, Luke McCullough. Il était rare que les avocats se présentent devant les juges, sauf peut-être à Londres. Dans la plupart des cas, la victime servait de procureur. Ce jour-là, la bagarre ayant eu lieu en public, le shérif Doye était chargé de l'accusation.

Il lut la liste des personnes accusées de voies de fait simples, dont Jarge Box, Jack Camp et Susan Hiscock. Les gars de L'Abattoir – Mungo Landsman, Rob Appleyard et Nat Hammond – n'y figuraient pas. Hornbeam avait en effet enjoint au shérif de les relâcher sans retenir de charge contre eux. Cependant, ils étaient venus en qualité de témoins.

Riddick s'adressa tout bas à Hornbeam : « Quel dommage que cette salope de Sal Clitheroe n'ait pas été arrêtée. »

Drinkwater prit la parole :

« Comme l'un des accusés, Jarge Box, faisait également partie des organisateurs de l'événement, nous traiterons son cas en premier. »

Hornbeam se rendit compte qu'il n'était pas le seul à avoir préparé ce procès. Que Drinkwater eût fait preuve d'une telle prévoyance l'étonna. Mais peut-être avait-il discuté avec son gendre, le pasteur Midwinter, un homme plus intelligent que lui, qui avait pu le conseiller sur la meilleure façon de procéder. Et Jarge Box semblait avoir été informé lui aussi, car il ne sembla pas surpris d'être appelé en premier.

Box était accusé d'avoir agressé Mungo Landsman et il plaida non coupable. Landsman jura de dire la vérité et déclara que Box l'avait jeté à terre avant de le rouer de coups de pied. On demanda à Box s'il avait quelque chose à dire.

« Si vous le permettez, messieurs les juges, j'aimerais vous dire ce qui s'est passé », commença-t-il, et Hornbeam fut convaincu que cette phrase avait été répétée. De surcroît, Box était vêtu d'un manteau correct et de chaussures en bon état, certainement empruntés pour la circonstance.

« Très bien, nous vous écoutons », répondit Drinkwater.

Ce cadre officiel rendait Box nerveux, mais il surmonta son anxiété et s'exprima d'un ton ferme.

« La réunion s'est déroulée dans le calme et dans la paix pendant près d'une heure avant le début des troubles, affirma-t-il. Le révérend Small, d'Oxford... »

Hornbeam l'interrompit :

« Small n'était pas le seul orateur, n'est-ce pas ? »

Cette question décontenança Box. Il lui fallut un moment pour rassembler ses idées, puis il répondit : « Spade a parlé. Je veux dire, David Shoveller.

— De quoi a-t-il parlé ? demanda Hornbeam.

— Euh... du livre de l'archidiacre Paley destiné aux travailleurs.

— Est-il exact qu'il a fait rire le public ?

— Il n'a fait que lire des passages du livre.
— Avec une drôle de voix ?
— De sa voix normale.
— Si les gens rient à la lecture d'un livre, intervint Drinkwater, c'est peut-être la faute de l'auteur et non du lecteur. » Les spectateurs pouffèrent. « Poursuivez, Box. »

Box se sentit encouragé. « Le révérend Small parlait des monarques en général, mais pas spécialement du roi George, quand Mungo Landsman s'est levé et a crié : "*God save the King!*" D'autres se sont alors mis debout eux aussi et ont crié la même chose. Nous n'avons pas compris ce qui leur avait déplu. On aurait dit qu'ils étaient venus dans l'intention de semer la zizanie. Nous nous sommes même demandé si on ne les avait pas payés pour faire ça. »

Un cri jaillit des rangs des spectateurs : « Exactement ! »

C'était une voix de femme, et Riddick marmonna : « C'est cette satanée Clitheroe. »

Box poursuivit :

« M. Small a continué son discours mais ils l'ont encore interrompu, le traitant de traître, de républicain et de niveleur. Mme Sarah Clitheroe leur a dit qu'ils ne pouvaient pas savoir ce qu'il était s'ils ne l'écoutaient pas, mais ils ont crié qu'elle était une putain, ce qui n'est qu'un vil mensonge. »

Hornbeam l'interrompit à nouveau.

« Tu parles bien de Sal Clitheroe ? »

On disait qu'elle était la véritable organisatrice de la Société socratique.

«Oui», répondit Box.

Hornbeam se tourna vers Sal en disant :

«La femme qui a été bannie du village de Badford pour avoir agressé le fils du châtelain?»

Mis sur la défensive, Box garda le silence un instant avant de répliquer : «Riddick avait tué son mari.»

Will Riddick prit la parole depuis le banc des juges. «C'est complètement faux.

— Nous ne sommes pas là pour juger cette affaire, s'impatienta Drinkwater. Poursuivez votre déclaration, Box.

— Oui, monsieur le juge. Jack Camp et moi, on est allés se mettre près des fauteurs de troubles, mais ça n'a servi à rien. Il y avait tellement de bruit que l'orateur n'a pas pu continuer, alors le pasteur Midwinter a demandé une pause, espérant que Mungo et ses amis se tairaient ou partiraient, pour qu'on puisse avoir une discussion calme et apprendre quelque chose. Mais beaucoup de gens se sont précipités vers les portes, je pense que les cris les avaient effrayés et qu'ils ont préféré rentrer chez eux.»

Hornbeam l'interrompit une troisième fois.

«Venons-en aux faits. As-tu attaqué Mungo Landsman?»

Ne se laissant pas détourner de son récit, Jarge poursuivit : «Lydia Mallet essayait de sortir quand elle a bousculé Mungo qui l'a frappée au visage.

— Lydia Mallet est-elle ici?» demanda Drinkwater.

Une jeune femme s'approcha. Elle était jolie, mais son nez et sa bouche étaient rouges et enflés.

« C'est Mungo Landsman qui vous a fait cela ? » interrogea Drinkwater.

Elle hocha la tête en signe d'acquiescement.

« Je vous prierai de répondre oui, si telle est votre intention.

— Vi, dit-elle, et tout le monde rit. Déjolée, je peux pas paler collectement, ajouta-t-elle, et les rires redoublèrent.

— Je pense que nous pouvons prendre cela pour une confirmation, décida Drinkwater avant de se tourner vers le shérif. Si ce récit est exact, je m'étonne que Landsman ne soit pas parmi les accusés.

— Manque de preuves, monsieur le juge », répondit le shérif Doye.

Drinkwater ne fut manifestement pas satisfait de cette réponse, mais il préféra ne pas pousser plus avant.

« Que s'est-il passé ensuite, Box ?

— J'ai flanqué Mungo par terre.

— Pourquoi ?

— Il avait frappé une femme, voyons ! répondit Jarge, indigné.

— Et pourquoi l'as-tu frappé ? demanda Hornbeam.

— Pour qu'il ne se relève pas.

— Vous n'auriez pas dû faire cela. Nul n'a le droit de se substituer aux représentants de la loi. Vous auriez dû dénoncer Landsman au shérif, intervint Drinkwater.

— Phil Doye était sorti pour aller chercher la milice !

— Vous auriez pu le signaler plus tard. C'est assez, Box, je pense que nous avons toutes les informations dont nous avons besoin. »

Le déroulement du procès contrariait Hornbeam. Personnellement, il n'aurait jamais laissé Box raconter une histoire interminable sur la façon dont la violence avait été provoquée. Le jury risquait de faire preuve de compréhension. Que les gars de L'Abattoir aient été relâchés avait manifestement irrité Drinkwater.

Comme d'habitude, toutes les affaires seraient présentées à la cour avant qu'elle ne demande au jury de rendre ses verdicts. Ce n'était pas une pratique satisfaisante : à la fin de la journée, les jurés avaient oublié une grande partie de ce qu'ils avaient entendu. D'un autre côté, lorsqu'ils hésitaient sur le verdict à prononcer, ils se rangeaient généralement du côté de l'accusation, ce que Hornbeam tenait pour une bonne chose car, selon lui, presque tous ceux qui étaient en difficulté avec la loi méritaient un châtiment.

Les affaires se succédaient, et se répétaient. A avait donné un coup de poing à B parce que B avait bousculé C. Chaque accusé criait à la provocation. Aucune des blessures n'était très grave : contusions, côtes fêlées, une dent arrachée, une entorse au poignet. Dans chacun des cas, Drinkwater s'efforça de souligner que la provocation ne justifiait pas la violence. Pour finir, le jury déclara tous les accusés coupables.

Il était temps pour les juges de décider des peines à infliger. Ils s'entretinrent à voix basse.

« La flagellation s'impose selon moi, dit Hornbeam.

— Non, il n'en est pas question, s'opposa Drinkwater. Je pense que nous devrions les condamner à une journée de pilori.

— Avec la possibilité de remplacer cette peine par une amende de dix shillings », suggéra Hornbeam à voix basse. Il voulait pouvoir sauver ses protégés.

« Non, dit fermement Drinkwater. Ils doivent tous recevoir le même châtiment. Je ne veux pas que la moitié d'entre eux soient au pilori tandis que les autres se promèneront en ville simplement parce que quelqu'un aura payé leur amende. »

C'était effectivement ce que Hornbeam avait prévu, mais il savait reconnaître qu'il était vaincu et se contenta de dire : « Très bien. »

Comme toujours, il avait un plan de secours.

*

Hornbeam méprisait les travailleurs, surtout en nombre, et les pires à ses yeux étaient la populace londonienne. Cela ne l'empêcha pas d'être outré par ce qu'il lut dans le journal le lendemain matin. Alors que le roi se rendait au Parlement, son carrosse avait été attaqué par des vandales qui avaient scandé : « Du pain et la paix ! » Des pierres avaient jailli, brisant la vitre du carrosse.

On avait agressé le roi à coups de pierres ! Hornbeam n'avait jamais entendu parler de pareil affront au monarque. C'était de la haute trahison. Pourtant, alors même qu'il bouillait d'indignation, il songea que cette information pourrait lui être utile lors de son entrevue avec le lord-lieutenant, le comte de Shiring, qui devait avoir lieu le jour même. Il plia soigneusement le journal et le glissa dans une poche de son manteau avant de sortir.

Il était fier de la voiture qui l'attendait devant la porte d'entrée. Elle avait été fabriquée spécialement pour lui par John Hatchett, le carrossier royal de Long Acre, à Londres. Enfant, il avait vu des véhicules de ce type et avait toujours rêvé d'en avoir un. Il s'agissait d'un modèle appelé berline, rapide mais stable, qui ne risquait guère de verser à grande vitesse. La caisse était bleue avec un décor de lignes dorées, et la peinture vernie étincelait.

Riddick était déjà à l'intérieur. Ils se rendaient ensemble à Earlscastle. Le lord-lieutenant aurait sûrement du mal à ignorer une plainte déposée par deux juges.

Ils traversèrent la place du marché, déjà animée bien qu'il fût encore très tôt. Hornbeam arrêta la voiture pour qu'ils puissent voir les prisonniers.

L'instrument de supplice qu'on appelait pilori immobilisait les jambes du condamné, l'obligeant à rester assis par terre dans une position inconfortable toute la journée. Le châtiment était plus humiliant que douloureux. Ce matin-là, les douze personnes jugées coupables étaient exposées aux yeux de la population sous la pluie.

Souvent, les coupables, dans l'incapacité de riposter, étaient raillés et maltraités. Il arrivait même qu'on leur jetât des immondices prélevées sur les tas de fumier. Les vraies violences étaient interdites, mais la frontière était mince. Les habitants présents ce jour-là sur la place ne manifestaient pourtant aucune hostilité. Ils n'éprouvaient que compassion pour les condamnés.

Hornbeam n'en avait cure. Il ne souhaitait pas être populaire. Cela ne vous faisait pas gagner d'argent.

Il observa Jarge Box, le meneur, et sa sœur Joanie, assis côte à côte. Ils n'avaient pas l'air de souffrir beaucoup. Joanie discutait avec une femme chargée d'un panier à commission. Jarge buvait de la bière dans une chope, sans doute apportée par un sympathisant.

Hornbeam aperçut alors Sal Clitheroe, celle qui avait tout organisé et n'avait même pas été poursuivie. Elle se tenait à côté de Box, une lourde pelle en bois sur l'épaule. Elle était là pour le défendre en cas de besoin. Hornbeam douta que quelqu'un ose la défier.

Tout cela lui déplaisait au plus haut point.

«Les vrais coupables sont les organisateurs, et ils ne sont pas là, remarqua Riddick.

— À notre retour d'Earlscastle cet après-midi, nous devrions pouvoir exercer un plus grand contrôle sur les tribunaux de la ville», répondit Hornbeam.

Il ordonna au cocher de poursuivre son chemin.

Le voyage était long. Pour tuer le temps, Riddick proposa quelques parties de faro mais Hornbeam refusa. Il n'aimait pas les jeux de cartes, et moins encore ceux qui pouvaient vous faire perdre de l'argent.

Riddick lui demanda s'il connaissait bien le comte.

« À peine », répondit-il. Dans son souvenir, c'était une version plus âgée du vicomte Northwood, avec le même grand nez et les mêmes yeux perçants, mais surmontés d'un crâne chauve au lieu de boucles brunes. « Je l'ai rencontré en quelques occasions officielles et il m'a fait passer un entretien avant de me nommer juge. C'est à peu près tout.

— J'en suis au même point que vous.

— Bien sûr, il ne comprend rien aux affaires, mais presque tous les nobles sont dans ce cas. Ils s'imaginent que la richesse vient de la terre. Ils vivent encore au Moyen Âge. »

Riddick hocha la tête.

« Le fils manque de trempe. Il a tendance à vouloir faire de l'Angleterre un pays de liberté. J'ignore si son père est pareil.

— Nous n'allons pas tarder à le savoir. »

L'enjeu était de taille. Si la réunion se déroulait comme il l'espérait, Hornbeam serait nettement plus puissant à son retour à Kingsbridge.

Quelques heures plus tard, ils aperçurent enfin Earlscastle. Ce n'était plus un château fort, bien qu'on ait conservé une courte section de muraille, avec ses créneaux et ses meurtrières. La partie moderne de la demeure était en brique rouge, percée de longues fenêtres à petits carreaux sertis au plomb, et était équipée de nombreuses et hautes cheminées qui crachaient de la fumée vers les nuages chargés de pluie. Les freux perchés dans de grands ormes poussèrent des cris méprisants lorsque Hornbeam et Riddick descendirent de voiture et se précipitèrent à l'intérieur.

« J'espère que le comte va nous inviter à déjeuner, dit Riddick alors qu'ils enlevaient leurs manteaux dans le vestibule. Je meurs de faim.

— N'y comptez pas », rétorqua Hornbeam.

Le comte les accueillit dans sa bibliothèque et non au salon, signifiant ainsi qu'ils étaient d'un rang social inférieur au sien et qu'il considérait cette entrevue comme une réunion d'affaires. Il portait une veste couleur prune et une perruque grise.

Hornbeam fut surpris d'apercevoir le vicomte Northwood, sans son uniforme et en tenue d'équitation. Sans doute était-il à Earlscastle le soir de la séance de la Société socratique. Sa présence était une mauvaise surprise. Il était peu probable qu'il approuve le plan que Hornbeam s'apprêtait à présenter.

Une bonne flambée brûlait dans l'énorme cheminée. Hornbeam s'en réjouit, car il avait eu froid durant le voyage.

Un valet leur offrit du sherry et des biscuits. Hornbeam déclina l'offre, préférant avoir les idées claires.

Il raconta ce qui s'était passé lors de la séance de la Société socratique : un orateur révolutionnaire, les protestations de citoyens fidèles au roi, les menaces et les violences de brutes républicaines qui avaient provoqué une émeute.

Le comte écoutait attentivement, mais l'expression de Northwood trahissait son scepticisme, et il demanda : « Y a-t-il eu des morts ?

— Non, mais plusieurs blessés.

— Graves ? »

Hornbeam s'apprêtait à répondre affirmativement, mais il lui vint à l'esprit que Northwood avait peut-être reçu un rapport de son aide de camp, le lieutenant Donaldson. Il préféra donc s'en tenir à la vérité.

« Pas vraiment, admit-il.

— Il s'agissait plus d'une bagarre que d'une émeute », reprit Northwood, faisant écho à ce que Drinkwater avait dit au tribunal. Oui, quelqu'un avait dû informer le vicomte, c'était certain.

« Douze individus ont été déférés en justice, poursuivit Hornbeam. L'échevin Drinkwater a présidé la séance et c'est alors que les choses ont commencé à mal tourner. Il a d'abord réduit les accusations à de simples agressions. Le jury a été raisonnable et a prononcé la culpabilité des douze accusés. Mais Drinkwater a insisté pour que les peines restent légères. Ils ont tous été condamnés à un jour de pilori. Ils y sont en ce moment même, à discuter avec les passants et à se faire servir des chopes de bière.

— Autrement dit, on tourne la justice en dérision, ajouta Riddick.

— Vous estimez donc que l'affaire est sérieuse, conclut le comte.

— Oui, en effet, approuva Hornbeam.

— Avez-vous une idée de ce qu'il convient de faire ? »

Hornbeam prit une profonde inspiration. Le moment était crucial. « L'échevin Drinkwater a soixante-dix ans. L'âge ne fait pas tout, bien sûr, ajouta-t-il précipitamment, se rappelant que le comte approchait de la soixantaine. Mais il se trouve que Drinkwater a accédé à cette étape bénigne de la maturité où certains hommes penchent vers l'indulgence – une attitude qui convient à un grand-père, peut-être, mais pas au président des juges.

— Êtes-vous en train de me demander de révoquer Drinkwater ?

— Comme juge, oui. Il restera échevin, cela va sans dire.

— Et je suppose, Hornbeam, que vous souhaitez devenir président à la place de Drinkwater, n'est-ce pas ? intervint Northwood.

— J'accepterais humblement cette position si on me la proposait.

— Le choix de l'échevin Hornbeam s'impose, monsieur le comte, appuya Riddick. C'est le plus gros drapier de la ville et il sera certainement maire tôt ou tard. »

Les dés sont jetés, pensa Hornbeam ; nous avons plaidé notre cause. Reste à voir comment elle sera reçue.

Le comte semblait dubitatif.

« Je ne suis pas certain que les faits rapportés justifient un renvoi. Pareille mesure me semble très radicale. »

C'était ce qu'avait redouté Hornbeam.

« N'en faisons pas une montagne. Un Anglais est libre de ses opinions et la Société socratique de Kingsbridge est un groupe de débat. Quelques nez ensanglantés ne font pas une révolution. Il ne me semble pas que cette société représente la moindre menace ni pour Sa Majesté le roi George ni pour la Constitution britannique», poursuivit Northwood.

Encore un homme qui prend ses désirs pour la réalité, songea Hornbeam, mais il garda cette idée pour lui.

Le silence se fit. Le comte avait visiblement pris sa décision et son fils semblait satisfait de la tournure que prenait la conversation. Riddick avait l'air déconcerté. Il manquait d'intelligence et ne savait absolument pas comment réagir.

Mais Hornbeam avait encore un atout dans sa manche, ou plus exactement dans sa poche.

«Je me demande, monsieur le comte, si vous avez lu le journal aujourd'hui, dit-il en sortant le *Times*. Il paraît que les Londoniens ont lancé des pierres contre le roi.

— Bonté divine! s'écria le comte.

— Je ne savais pas cela, s'étonna Riddick.

— Est-ce vrai? s'enquit Northwood.

— Si j'en crois cet article, les gens criaient: "Du pain et la paix."»

Hornbeam déplia le journal et le tendit au comte. Après avoir lu quelques lignes, celui-ci s'exclama: «Ils ont brisé les vitres de son carrosse!

— Je dramatise peut-être, reprit Hornbeam, avec une parfaite mauvaise foi. Pourtant, il me semble que ceux d'entre nous qui exercent l'autorité dans ce pays devraient réagir plus fermement contre les agitateurs et les révolutionnaires.

— Je commence à me demander si vous n'avez pas raison», murmura le comte.

Northwood garda le silence.

« Ces gens sont des monstres, dit Riddick.

— C'est ainsi que naissent les révolutions, ne croyez-vous pas ? demanda Hornbeam. Les idées subversives conduisent à la violence, et c'est le début de l'escalade.

— Vous voyez peut-être juste », fit le comte.

Le père pliait, pensa Hornbeam, mais le fils restait un obstacle.

C'est alors qu'une jeune femme entra dans la pièce, vêtue d'un costume d'équitation coûteux et coiffée d'un joli petit chapeau. Elle fit une révérence devant le comte avant de dire : « Je vous prie de m'excuser, mon oncle, je ne voudrais pas vous interrompre, mais les autres cavaliers attendent mon cousin Henry. »

Northwood se leva.

« Je vous demande pardon, mademoiselle Miranda. Une conversation importante... » Il n'avait manifestement aucune envie de partir.

Mais le comte prit la parole :

« Nous t'excuserons, Henry. Merci pour ton aide. »

Hornbeam comprit que la jeune femme était la cousine de Henry, Miranda Littlehampton. La rumeur les disait officieusement fiancés. Hornbeam était loin de s'y connaître en amour, mais il lui sembla que Miranda était plus éprise que Henry.

Northwood la suivit néanmoins, et Hornbeam s'en félicita.

« Jolie fille », dit Riddick avec admiration.

Tais-toi donc, imbécile, pensa Hornbeam. Le comte ne te demande pas ton avis sur sa future bru.

« Je vous remercie, monsieur le comte, de nous avoir reçus, M. Riddick et moi, aujourd'hui, s'empressa-t-il d'ajouter. Nous sommes heureux d'avoir eu ce privilège et sommes conscients que cette conversation a été de la plus haute importance pour votre comté et plus particulièrement pour la ville de Kingsbridge. »

Ce n'était que boniment, mais il permit de détourner l'attention du comte de la remarque grossière de Riddick sur Miranda.

« Oui, acquiesça le comte. Je vous remercie de m'avoir informé de ces événements. Il me semble opportun de suivre votre suggestion et d'annoncer à Drinkwater qu'il est temps pour lui de prendre sa retraite. »

Ah, c'est gagné, pensa Hornbeam avec une intense satisfaction, tout en gardant un visage de marbre.

« Je vais écrire à Drinkwater, poursuivit le comte.

— Si vous voulez que je lui remette votre missive…, proposa Hornbeam avec empressement.

— Vous n'y songez pas, répondit gravement le comte. Drinkwater pourrait y voir un manque de courtoisie. Je confierai ma lettre à Northwood. »

Hornbeam comprit qu'il avait triomphé un peu trop vite.

« Oui, monsieur le comte, c'était irréfléchi de ma part.

— Je suppose que vous avez hâte de reprendre la route. Vous avez un long trajet jusqu'à Kingsbridge. »

Le ton du comte était sans réplique. Et il ne proposerait pas à ses visiteurs de rester pour le déjeuner. Hornbeam se leva.

« Avec votre permission, monsieur le comte, nous allons prendre congé. »

Le comte tendit la main pour tirer la sonnette et, une minute plus tard, un valet apparut. Hornbeam et Riddick s'inclinèrent et regagnèrent le vestibule. Le comte ne se donna pas la peine de les raccompagner.

Ils enfilèrent leurs manteaux et sortirent. La voiture de Hornbeam attendait, luisante de pluie. Ils montèrent et les chevaux se mirent en marche.

« Je dois avouer, Hornbeam, dit alors Riddick, que vous êtes une ordure redoutablement intelligente.

— Oui, acquiesça Hornbeam, je sais. »

17

Les ouvriers étaient payés le samedi, à cinq heures de l'après-midi, lorsque le travail s'arrêtait dans les manufactures. Si leurs horaires de travail étaient immuables, le montant de leur salaire dépendait de la quantité de fil qu'ils avaient fabriquée. Sal et Kit en produisaient généralement assez pour gagner environ douze shillings. Trois ans plus tôt, elle aurait eu l'impression d'être riche mais, depuis, les mauvaises récoltes avaient provoqué une hausse du prix des denrées alimentaires tandis que les impôts de guerre avaient fait augmenter le coût d'autres produits de première nécessité. Désormais, douze shillings suffisaient à peine pour une semaine.

Sal et Joanie allèrent immédiatement payer leur loyer, marchant sous une pluie fine, suivis par Kit et Sue. Un logement avec une cheminée était encore plus important que la nourriture. On mourait plus vite de froid que de faim. Les arriérés de loyer étaient le premier pas sur la pente descendante conduisant au dénuement le plus total.

Leur maison appartenait à l'évêché, mais le bureau

chargé du recouvrement des loyers était situé dans le quartier pauvre où elles vivaient. Le montant s'élevait à un shilling par semaine, soit douze pence, et Sal en payait cinq, car elle occupait un peu moins de la moitié du logement. Après avoir remis la somme due, elles gagnèrent la place du marché. La nuit était tombée, mais des lampes éclairaient les étals.

Sal demanda à un boulanger un pain ordinaire de quatre livres.

« Ça vous fera un shilling et deux pence, lui dit-il.
— Hier encore, vous m'avez demandé un shilling et un penny, protesta Sal scandalisée, et sept pence il y a seulement un an ! »

Le boulanger avait l'air épuisé, comme s'il avait écouté la même complainte toute la journée.

« Je sais. La farine coûtait treize shillings le sac, alors qu'elle en coûte vingt-six aujourd'hui. Que dois-je faire ? Si je vends à perte, je serai ruiné dans une semaine. »

Sal était convaincue qu'il exagérait ; elle n'en comprenait pas moins son point de vue. Elle acheta un pain, et Joanie en fit autant. Mais comment feraient-elles si le prix augmentait encore ?

Ce problème n'était pas propre à Kingsbridge. Spade disait que c'était la même chose dans tout le pays. Dans certaines villes, des femmes s'étaient révoltées, et ces mouvements avaient souvent commencé à la porte d'une boutique.

Au marché couvert situé du côté sud de la cathédrale, un boucher avait disposé un étal appétissant – rôtis de bœuf, de porc et de mouton – mais tout était trop cher. Sal se mit en quête de faisan ou de perdrix, des gibiers à plumes squelettiques et à la viande filandreuse, qu'elle comptait faire mijoter en ragoût. Généralement, on en trouvait facilement à cette période de l'année, mais, ce jour-là, il n'y en avait pas.

« C'est à cause du temps, expliqua le boucher. Quand il fait sombre et pluvieux, les forestiers ne peuvent pas voir le gibier, et encore moins attraper ces bestioles. »

Sal et Joanie tentèrent de se rabattre sur la viande séchée et fumée, le lard et le bœuf salé, mais ces produits eux-mêmes étaient trop chers. Finalement, elles achetèrent de la morue salée.

« J'aime pas ça », pleurnicha Sue, et Joanie la rabroua :

« Tu devrais t'estimer heureuse, il y a des enfants qui n'ont que du gruau à manger. »

Sur le chemin du retour, elles passèrent devant la salle des fêtes, où des réjouissances étaient sur le point de commencer. Des voitures s'arrêtaient devant l'entrée et les dames prenaient grand soin de ne pas éclabousser leurs robes fabuleuses en se précipitant à l'intérieur du bâtiment. À l'arrière, on déchargeait des livraisons de dernière minute : d'énormes sacs de pain, des jambons entiers et des tonnelets de porto. Il y avait manifestement encore des gens qui pouvaient s'offrir ce genre de choses.

Joanie s'adressa à un porteur chargé d'une corbeille d'oranges d'Espagne.

« Qui donne cette fête ?

— L'échevin Hornbeam, répondit-il. On célèbre un double mariage. »

Sal en avait entendu parler. Howard Hornbeam avait épousé Bel Marsh et Deborah Hornbeam Will Riddick. Sal était prête à plaindre n'importe quelle fille qui serait l'épouse de Will Riddick.

« Ce sera une réception magnifique, ajouta le porteur. On attend deux cents personnes. »

Cela représentait plus de la moitié des électeurs de la ville. Hornbeam était devenu président des juges et se présenterait certainement un jour au poste de maire. Dans certaines villes, cette fonction était exercée à tour de rôle pendant un an par les différents échevins, mais à Kingsbridge, le maire était élu et restait en place jusqu'à sa retraite ou jusqu'à ce que les échevins le renvoient. Le maire actuel, Fishwick, était en bonne santé et populaire. Mais Hornbeam attendait son heure.

Elles rentrèrent chez elles. Sal déposa le pain et le poisson salé dans la cuisine. Plus tard, elles laisseraient le feu s'éteindre et se rendraient à l'Auberge de la Cloche avec les enfants. En économisant ainsi sur le bois de chauffage, elles pourraient s'offrir une chope. Cette pensée la réjouit. D'autant plus que le lendemain était leur jour de repos.

Joanie appela tante Dottie à l'étage. Jarge entra dans la cuisine et ils s'assirent autour de la table pendant qu'il découpait le poisson. Comme Dottie ne descendait pas, Joanie dit à Sue :

« Monte vite chercher ta tante. Elle doit dormir. »

Sue fourra du pain dans sa bouche et gravit les marches.

Elle revint une minute plus tard en disant :

« Elle ne veut pas parler. »

Après un instant de silence, Joanie s'exclama :

« Oh, mon Dieu ! »

Elle se précipita dans l'escalier, suivie par les autres, et tous s'entassèrent dans la chambre mansardée de Dottie. La vieille dame était allongée sur le lit. Ses yeux étaient grands ouverts, mais elle ne voyait rien ; sa bouche était ouverte, elle aussi, mais aucun souffle n'en sortait. Ayant déjà vu la mort, Sal connaissait son visage et sut, sans l'ombre d'un doute, que Dottie avait rendu l'âme. Joanie, muette, avait les joues baignées de larmes. Machinalement, Sal chercha un battement de cœur, puis posa les doigts sur le poignet de la vieille dame. En soulevant son corps, elle se rendit compte de sa maigreur. Elle ne l'avait pas encore remarquée, et elle s'en voulut.

Voilà ce qui arrivait quand on manquait de nourriture, Sal le savait : c'étaient les plus jeunes et les plus âgés qui mouraient.

Les enfants avaient les yeux écarquillés d'effroi. Sal envisagea de leur demander de sortir, puis décida de les faire rester. Ils verraient beaucoup de morts dans leur vie, alors autant s'y habituer le plus tôt possible.

Dottie était la sœur de la mère de Joanie et l'avait élevée après la mort de sa maman. Joanie était accablée de chagrin. Elle s'en remettrait, mais Sal devrait prendre les choses en main pendant un moment.

Dottie était également la tante de Jarge, même s'ils n'avaient jamais été proches. De toute manière, une grande partie des tâches à accomplir incombait aux femmes.

Sal et Joanie devraient laver le corps et l'envelopper dans un linceul – une lourde dépense à ajouter à toutes les hausses de prix. Sal se rendrait ensuite chez le pasteur de Saint-Marc pour organiser l'enterrement. S'il pouvait avoir lieu le lendemain, un dimanche, cela leur permettrait à tous de travailler normalement le lundi et d'éviter ainsi de perdre une journée de salaire.

« Jarge, dit Sal, pourrais-tu faire dîner les enfants pendant que Joanie et moi nous occupons du corps de cette pauvre Dottie ?

— Oh, dit-il, ah oui, vous deux, descendez avec moi. »

Il sortit de la chambre avec les enfants.

Sal retroussa ses manches.

*

Elsie et sa mère, Arabella, étaient assises sur un des côtés de la salle de bal et regardaient les danseurs évoluer au rythme de la gavotte. Les femmes portaient des jupes amples, des manches évasées et des ruches bouffantes, le tout dans des couleurs vives, ainsi que d'impressionnantes tours de cheveux ornées de rubans, tandis que les hommes étaient vêtus de gilets ajustés et de fracs aux épaules marquées.

« Je m'étonne de voir ces gens danser, remarqua

Elsie à voix haute. Nous sommes en train de perdre la guerre, le peuple peut à peine se payer du pain et on a jeté des pierres sur le carrosse du roi. Comment pouvons-nous être aussi frivoles ?

— C'est dans des moments pareils qu'on a le plus besoin de frivolité, répondit sa mère. On ne peut pas passer son temps à pleurer misère.

— Sans doute. Ou peut-être ceux qui sont ici ne se soucient-ils ni de la guerre, ni du roi, ni des ouvriers affamés.

— Il serait plaisant de vivre ainsi, si cela était possible. Le bonheur de l'apathie. »

Voilà qui n'est pas pour moi, pensa Elsie, qui préféra pourtant se taire. Elle aimait beaucoup sa mère, mais n'avait pas grand-chose en commun avec elle. Pas plus qu'avec son père. Il lui arrivait de se demander d'où elle venait.

Elle tenta d'imaginer à quel genre d'enfants pourraient donner naissance les deux couples de jeunes mariés qui occupaient la piste de danse. La progéniture de Howard Hornbeam serait probablement grassouillette et paresseuse, comme lui.

« Howard a l'air un peu perdu, mais heureux, observa-t-elle.

— Les fiançailles ont été courtes, et il paraît qu'il n'a pas vraiment eu son mot à dire dans le choix de la mariée, ajouta Arabella. Il a de quoi avoir l'air perdu.

— Il ne semble pas mécontent de sa fiancée, en tout cas.

— Malgré ses dents de lapin.

— Il se dit sans doute que ça aurait pu être bien

pire. L'échevin Hornbeam aurait pu lui trouver une femme affreuse.

— Et Bel Marsh peut être satisfaite pour la même raison. Howard est un gentil garçon, il ne ressemble pas du tout à son père.

— Bel a l'air tout à fait contente d'elle», acquiesça Elsie.

Elle reporta son attention sur l'autre couple, qui paraissait plus guindé. Le châtelain Riddick négligerait ses enfants, elle en était sûre, et ils ne s'en porteraient que mieux.

«Je suis sûre que Riddick veut simplement quelqu'un pour administrer sa maison, ce qui lui permettra de passer son temps à boire, à jouer et à fréquenter les prostituées.

— Il n'est pas impossible que Deborah voie les choses d'un autre œil. Regarde son menton. C'est celui d'une fille qui sait ce qu'elle veut.

— Tant mieux. Je serais ravie de voir Riddick aux prises avec une femme à poigne.»

Kenelm Mackintosh vint s'asseoir à côté d'Elsie.

«Quelle agréable fête! lança-t-il. Deux couples qui trouvent le bonheur dans les liens sacrés du mariage.»

L'avenir nous dira s'ils trouvent le bonheur, pensa Elsie.

«Les liens du mariage sont-ils aussi sacrés lorsque celui-ci a été arrangé par les parents?» demanda-t-elle.

Il hésita un instant avant de répondre:

«C'est le choix de Dieu qui compte.»

C'était une réponse évasive, mais Elsie n'insista pas.

La gavotte s'acheva et on annonça un menuet, qui se dansait en couple. Le teinturier Isaac Marsh, le père de Bel, s'inclina devant Arabella pour l'inviter.

« Avec plaisir », dit-elle en se levant.

Cela n'avait rien de rare. Arabella était sans doute la femme d'âge mûr la plus séduisante de Kingsbridge, et beaucoup d'hommes ne demandaient qu'à danser avec elle. Aimant être l'objet d'attention et d'admiration, elle acceptait volontiers les invitations.

« Qu'attendriez-vous d'une épouse ? demanda Elsie à Mackintosh.

— Qu'elle soutienne ma vocation sacrée, répondit-il promptement.

— Voilà qui est très sage, approuva-t-elle. Les gens mariés doivent se soutenir l'un l'autre, précisa-t-elle, ajoutant ainsi une nuance de réciprocité à sa réponse.

— Exactement. » Il n'avait pas remarqué qu'elle avait modifié le sens de sa phrase. « Et vous ? Qu'attendriez-vous du mariage ?

— Des enfants. J'imagine une grande maison remplie d'enfants… quatre, peut-être cinq, tous en bonne santé et heureux, avec des jouets, des livres et des animaux de compagnie.

— Eh bien, telle est certainement la volonté de Dieu. Vous ne continueriez évidemment pas à diriger l'école du dimanche une fois mariée.

— Bien sûr que si. »

Il fronça les sourcils.

« Ne vous consacreriez-vous pas à votre mari ?

— Je pourrais certainement conjuguer les deux. Après tout, l'école du dimanche est l'œuvre de Dieu.
— Oui, c'est vrai », acquiesça-t-il à contrecœur.

Leur entretien avait pris un tour très personnel, songea Elsie. Elle n'avait cherché qu'à faire une brèche dans l'audace désinvolte avec laquelle il faisait du mariage un synonyme de bonheur, mais il avait dévié la conversation pour savoir si elle envisageait de poursuivre son travail après le mariage, ou de se consacrer pleinement à son mari. Voyait-il en elle une épouse éventuelle ?

Avant d'avoir eu le temps de réagir à ces propos, elle aperçut l'homme qu'elle aurait épousé sans hésiter un instant. Amos portait un nouveau frac rouge foncé sur un gilet rose pâle. Prenant conscience qu'il n'avait pas encore rencontré Mackintosh, Elsie fit les présentations.

« J'ai beaucoup entendu parler de vous, bien sûr. Mlle Latimer passe une grande partie de son temps avec vous, remarqua Mackintosh d'un ton vaguement désapprobateur.

— Nous dirigeons l'école du dimanche ensemble, répondit Amos. Il me semble que vous connaissez mon ami Roger Riddick. Il vient de passer son diplôme à Oxford, comme vous, je crois.

— Il m'est arrivé de croiser Riddick une ou deux fois, en effet, acquiesça Mackintosh d'un air circonspect.

— Il part pour Berlin en janvier.

— Je crains que nous n'ayons évolué, lui et moi, dans des cercles assez différents.

— Cela ne me surprend pas, dit Amos en riant. Roger est un joueur invétéré, ce qui n'est pas un passe-temps convenable pour un étudiant en théologie. Mais cela ne l'empêche pas d'être un brillant mécanicien.

— Dites-moi, quelle formation avez-vous suivie avant d'enseigner à l'école du dimanche ? » demanda Mackintosh.

Amos n'en avait suivi aucune, et Elsie reprocha intérieurement son indélicatesse à Mackintosh.

« Quand je repense à ma propre scolarité, répondit Amos après un instant d'hésitation, je me dis que les meilleurs professeurs étaient ceux qui savaient s'exprimer clairement. Un esprit confus produit des phrases obscures. Je fais donc de mon mieux pour que tout soit facilement intelligible.

— Amos est très doué pour cela », ajouta Elsie.

Mackintosh s'obstina :

« Mais vous n'avez pas fait d'analyse systématique des Écritures. »

Elsie comprit que Mackintosh essayait d'affirmer sa supériorité. Il avait relevé qu'Elsie passait beaucoup de temps avec Amos. Peut-être, s'il avait des vues sur elle, considérait-il celui-ci comme un rival.

Si tel était le cas, il avait raison.

« Cela ne m'empêche pas de bien connaître les Écritures, rétorqua Amos gaillardement. J'assiste à l'étude biblique des méthodistes une fois par semaine, et ce depuis des années.

— Ah, je vois, dit Mackintosh avec un sourire condescendant. L'étude biblique des méthodistes. »

Il soulignait qu'il avait lui-même étudié à l'université, contrairement à Amos. Elsie n'ignorait pas que les jeunes hommes se comportaient ainsi. Sa mère, qui ne reculait pas devant certaines grossièretés, lui avait présenté ces rivalités masculines comme une forme de concours pour savoir qui pissait le plus loin.

Son père les rejoignit d'un pas lent. Il paraissait fatigué et Elsie se demanda avec inquiétude s'il n'était pas souffrant.

Mackintosh se leva avec empressement pour le saluer.

« Monseigneur.

— Soyez gentil, allez me chercher l'archidiacre, voulez-vous ? lui demanda l'évêque, très essoufflé. Je dois lui parler des offices de demain.

— Tout de suite, monseigneur. »

Mackintosh s'éloigna à grands pas, tandis que l'évêque poursuivait son chemin.

« Roger m'a confié que Mackintosh n'était pas très populaire à Oxford, dit Amos à Elsie.

— Vous a-t-il expliqué pourquoi ?

— C'est un flagorneur qui n'a de cesse de s'attirer les faveurs des gens importants.

— Il est ambitieux, me semble-t-il.

— Vous paraissez l'apprécier. »

Elsie secoua la tête.

« Non, mais il ne me déplaît pas non plus.

— Vous n'avez pourtant rien en commun avec lui. »

La tournure que prenait la conversation contraria Elsie, qui fronça les sourcils.

« Pourquoi cherchez-vous à le dénigrer ?
— Parce que je vois clair dans son jeu.
— Vraiment ?
— Il veut vous épouser pour servir sa carrière.
— Ah bon ? rétorqua-t-elle, furieuse. C'est ce que vous croyez ? Eh, bien… »

Sa réaction échappa à Amos qui poursuivit :

« Cela va de soi. Le gendre d'un évêque est assuré d'obtenir de l'avancement dans l'Église.
— Et vous en êtes sûr, s'agaça-t-elle.
— Oui.
— Vous n'envisagez donc pas un instant que le révérend Mackintosh ait pu tomber amoureux de moi, tout simplement.
— Non, bien sûr que non.
— Qu'est-ce qui vous permet de juger improbable qu'un jeune homme tombe amoureux de moi ? »

Amos parut enfin comprendre ce que pouvaient sous-entendre ses propos.

« Ce n'est pas ce que je voulais dire, protesta-t-il avec véhémence.
— Vous semblez pourtant le penser.
— Vous ne savez pas ce que je pense.
— Bien sûr que si. Les femmes savent toujours ce que pensent les hommes. »

Jane Midwinter apparut alors, toute vêtue de soie noire.

« Je n'ai pas de cavalier avec qui danser », se plaignit-elle.

Amos se leva d'un bond. « Vous en avez un à présent », dit-il, et il l'entraîna sur la piste.

Elsie était au bord des larmes.

Sa mère revint s'asseoir.

« Comment va Père ? Il m'a paru un peu faible. Je me suis même demandé s'il n'était pas malade.

— Je ne sais pas, répondit Arabella. Il dit qu'il va bien. Mais il souffre d'embonpoint et le moindre effort semble le fatiguer.

— Oh, mon Dieu !

— Mais il y a autre chose qui te tracasse, n'est-ce pas ? » lui demanda Arabella avec perspicacité.

Elsie ne pouvait rien cacher à sa mère.

« Amos m'a contrariée.

— Voilà qui est inhabituel, s'étonna Arabella. Tu l'apprécies beaucoup, non ?

— Oui, mais il veut épouser Jane Midwinter.

— Qui a elle-même jeté son dévolu sur le vicomte Northwood. »

Elsie décida de parler de Mackintosh à sa mère.

« Je crois que M. Mackintosh veut m'épouser.

— C'est un fait. J'ai bien vu les regards qu'il te jette.

— Vraiment ? » Elsie n'avait rien remarqué. « Je ne pourrai jamais l'aimer, vous savez. »

Arabella haussa les épaules.

« Il n'y a jamais eu de grande passion entre ton père et moi. Il est affreusement prétentieux, mais il m'a apporté confort et stabilité, et je lui en sais gré. Quant à lui, il me trouve extraordinaire, qu'il soit béni. Mais pour lui comme pour moi, ce n'est pas le genre d'amour qui exige absolument d'être consommé… si tu vois ce que je veux dire. »

Elsie avait compris. L'intimité de cette conversation la gênait autant qu'elle la fascinait.

« Et à présent ? demanda-t-elle. Êtes-vous heureuse de l'avoir épousé ?

— Bien sûr ! » répondit Arabella en souriant. Elle tendit la main et prit celle d'Elsie. « Autrement, dit-elle, je ne t'aurais pas. »

*

Personne ne travaillait les jours fériés. Les grandes fêtes religieuses étaient des journées de repos pour tous les ouvriers de Kingsbridge. Il y avait le Vendredi saint, le lundi de Pentecôte, la Toussaint et le jour de Noël, auxquels s'ajoutait une fête qui n'était célébrée qu'à Kingsbridge : la Saint-Adolphe, à la fin de l'année. Adolphe était le saint patron de la cathédrale et une foire spéciale se tenait le jour de sa fête.

Une fine bruine tombait, plus supportable que les récentes averses torrentielles. À cette époque de l'année, les agriculteurs devaient décider combien de têtes de bétail ils pouvaient se permettre de garder pendant l'hiver. Ils abattaient les autres, raison pour laquelle, généralement, le prix de la viande baissait. En outre, la plupart des agriculteurs avaient mis de côté une partie de leur récolte de céréales pour la vendre plus tard, lorsqu'ils auraient écoulé la pléthore estivale.

Sal, Joanie et Jarge se rendirent sur la place du marché, espérant y dénicher de bonnes affaires, peut-être du bœuf ou du porc bon marché, et les enfants les accompagnèrent, heureux de cette distraction.

Ils furent déçus. Il n'y avait pas beaucoup de denrées alimentaires à vendre et rien n'était bon marché. Les prix mettaient les femmes en colère. Leur inquiétude à l'idée de ne pas pouvoir nourrir leur famille devenait intolérable. Même celles qui ignoraient le nom du Premier ministre affirmaient qu'il fallait s'en débarrasser. Elles voulaient que la guerre se termine. Certaines disaient que le pays avait besoin d'une révolution, comme celles qui avaient eu lieu en Amérique et en France.

Sal acheta des tripes de mouton, qu'il fallait faire bouillir pendant des heures afin qu'elles soient assez tendres pour être mastiquées, et auxquelles seuls les oignons avec lesquels on les faisait cuire prêtaient quelque saveur. Elle aurait aimé avoir un peu de bonne viande pour Kit – un si petit garçon qui travaillait si dur.

Sur le côté nord de la place, près du cimetière, des céréales étaient vendues aux enchères. Les sacs étaient empilés derrière le commissaire-priseur, chaque tas appartenant à un vendeur différent. Sal entendit les boulangers marmonner, furieux des tarifs pratiqués.

« Si je payais le grain à ce prix, s'écria l'un d'eux, mon pain coûterait plus cher que le bœuf ! »

« Le plus gros lot du jour, cent boisseaux de blé, annonça alors le commissaire-priseur. Combien m'offrez-vous ? »

« Regarde là-bas, dit Joanie. Derrière la femme au chapeau rouge. »

Sal scruta la foule.

« C'est bien celui que je crois ?

— Tu veux parler de l'échevin Hornbeam ?

— Il me semblait l'avoir reconnu. Que fait-il à une vente de céréales ? Il est drapier.

— Il est peut-être simplement curieux, comme nous.

— Curieux comme une fouine. »

À mesure que le prix du lot augmentait, un brouhaha mécontent s'élevait de la foule des travailleurs présents. Ils ne pourraient jamais se payer du pain fait avec ce blé.

« Le fermier qui vend ce lot va gagner beaucoup d'argent », remarqua Joanie.

Une idée se fit jour dans l'esprit de Sal.

« Ce n'est peut-être pas un fermier, murmura-t-elle.

— Qui d'autre aurait du blé à vendre ?

— Quelqu'un qui l'a acheté à un fermier au moment de la récolte et qui l'a gardé jusqu'à ce que le prix soit au plus haut. » Elle se souvint d'un mot qu'elle avait lu dans un journal. « Un spéculateur.

— Quoi ? fit Jarge interloqué. Ce n'est pas illégal ?

— Je ne crois pas, dit Sal.

— Alors ça devrait l'être. »

Sal était de son avis.

Le grain fut vendu à un prix qui dépassait son imagination. Il dépassait également les moyens de n'importe quel boulanger de Kingsbridge.

Plusieurs hommes commencèrent à ramasser les sacs et à les charger sur une charrette à bras. Chaque sac contenait un boisseau et pesait environ soixante livres, les hommes travaillaient par deux, chacun saisissant une extrémité du sac avant de le balancer et de le jeter sur la charrette. Sal n'en reconnut aucun. Sans doute n'étaient-ils pas de la ville.

«Je me demande qui a acheté ce grain», dit Sal tout haut.

Une femme, devant elle, se retourna. Sal la connaissait vaguement; elle s'appelait Mme Dodds.

«Je ne sais pas, dit-elle, mais l'homme au gilet jaune qui parle au commissaire-priseur est Silas Child, le marchand de céréales de Combe.

— Vous pensez que c'est lui l'acheteur? demanda Joanie.

— Ça paraît probable, non? Et ceux qui ramassent les sacs doivent être ses bateliers.

— Ce qui veut dire que ces céréales vont sortir de Kingsbridge.

— En effet.

— Eh bien, ce n'est pas juste, s'écria Joanie avec colère. Le grain de Kingsbridge ne devrait pas aller à Combe.

— Il se peut même qu'il aille plus loin, reprit Mme Dodds. J'ai entendu dire que nos céréales sont vendues à la France, car les Français sont plus riches que nous.

— Comment peut-on vendre du grain à l'ennemi?

— Certains hommes sont prêts à tout pour de l'argent.

— C'est vrai, et que le diable les emporte», lança Jarge.

La charrette fut rapidement chargée et deux hommes l'emportèrent, chacun tenant une poignée.

En tournant dans la rue principale, les hommes s'inclinèrent en arrière pour faire contrepoids, l'empêchant ainsi de dévaler la pente.

« Kit et Sue, suivez cette charrette, voyez où elle va, puis revenez me le dire aussi vite que possible », demanda Sal aux enfants.

Ils partirent en courant.

Sime Jackson s'approcha et s'adressa à Sal :

« On dit que ce chargement de cent boisseaux part en France. »

La rumeur allait déjà bon train.

Plusieurs femmes se massèrent autour de la deuxième charrette et haranguèrent les hommes. De loin, Sal entendit les mots « France » et « Silas Child » et, soudain : « Du pain et la paix ! » C'était le slogan que les émeutiers de Londres avaient crié au roi.

Silas Child, dans son gilet jaune, avait l'air inquiet.

Hornbeam avait disparu.

Kit et Sue revinrent, essoufflés d'avoir remonté à toutes jambes la rue principale.

« La charrette s'est arrêtée au bord du fleuve, annonça Kit.

— Ils chargent les sacs sur une barge, ajouta Sue.

— J'ai demandé à qui elle était et un homme m'a répondu qu'elle est à Silas Child, poursuivit Kit.

— Nous avons la réponse à notre question », conclut Sal.

Mme Dodds, qui avait écouté Kit, se tourna vers sa voisine.

« Vous avez entendu ça ? On est en train de charger notre grain sur une barge de Combe. »

La voisine se tourna vers une autre femme à qui elle répéta la nouvelle.

« Je vais aller voir par moi-même », dit Joanie.

Sal faillit lui conseiller d'être prudente, mais Joanie était aussi têtue que son frère Jarge. Elle s'élança à travers la place sans demander leur avis aux autres. Sal, Jarge et les enfants suivirent. Mme Dodds leur emboîta le pas et d'autres dans la foule eurent la même idée. Elles se mirent à crier : « Du pain et la paix. »

Sal vit Will Riddick, visiblement pressé, entrer dans la maison Willard, le quartier général de la milice. En passant devant la fenêtre, elle aperçut Hornbeam à l'intérieur, qui regardait dehors, le front plissé d'inquiétude.

*

Hornbeam se trouvait dans le bureau de Northwood.

« Vous devez arrêter ça immédiatement, dit-il à Riddick.

— Je ne sais pas trop comment…

— Faites ce qu'il faut. Rassemblez vos miliciens.

— Le colonel Northwood a donné congé aux hommes pour la Saint-Adolphe.

— Et Northwood ? Où diable est-il ?

— À Earlscastle.

— Encore !

— Oui. Beaucoup de ses hommes sont là, sur la place, avec leurs petites amies. »

C'était exact. Hornbeam jeta un coup d'œil au-dehors, frémissant d'exaspération. Les miliciens étaient en uniforme – ils n'étaient pas assez riches pour avoir une tenue de rechange – mais ils profitaient de ce jour férié comme tout le monde.

« Certaines villes sont gardées par une milice d'un autre comté, dit-il. C'est beaucoup mieux, car cela évite ce genre de fraternisation. Les hommes sont plus enclins à réprimer des fauteurs de troubles qu'ils ne connaissent pas.

— Vous avez raison, mais Northwood refuse, répondit Riddick. Il prétend que c'est contraire à la tradition.

— Northwood est un fieffé imbécile.

— Le duc de Richmond s'y oppose également. Il est maître général de l'artillerie. Il affirme que ce système rend le recrutement plus difficile. Les hommes n'ont pas envie de s'éloigner de chez eux. »

Hornbeam était conscient de ne pas pouvoir lutter contre des ducs et des vicomtes aussi longtemps, du moins, qu'il ne serait pas député.

« Allez les trouver et ordonnez-leur de se rassembler.

— Cela ne va pas leur plaire, hésita Riddick.

— Ils n'auront pas d'autre solution que de faire ce qu'on leur dit. À mon sens, nous ne sommes pas loin de l'émeute. »

Riddick ne pouvait qu'obtempérer.

« Très bien. »

Il passa dans le vestibule et Hornbeam le suivit.

Le sergent Beach était de faction.

« Monsieur ?

— Fais le tour de la place et va parler à tous les

hommes en uniforme. Dis-leur de venir ici. Distribue-leur des mousquets et des munitions. Qu'ils se rassemblent ensuite en rangs sur les quais. »

Le sergent parut embarrassé et prêt à protester, mais il croisa le regard de Hornbeam et se ravisa.

« Tout de suite, monsieur. »

Il sortit.

Voyant le jeune lieutenant Donaldson descendre l'escalier, Riddick s'adressa à lui : « Sortez les mousquets et les munitions.

— Oui, monsieur. »

Deux soldats arrivèrent, l'air maussade. Riddick leur parla sèchement :

« Boutonnez vos tuniques, vous deux. Essayez d'avoir l'air de soldats. Où sont vos chapeaux ?

— Je n'ai pas pris le mien, monsieur, répondit le premier, qui ajouta avec ressentiment : C'est un jour férié.

— Ça l'était. Ça ne l'est plus. Secouez-vous. Le sergent Beach vous donnera un fusil. »

Son compagnon était Freddie Caines qui, si les souvenirs de Riddick étaient exacts, avait un lien de parenté avec Spade, l'agitateur.

« Sur qui devrons-nous tirer, monsieur ? demanda-t-il.

— Sur ceux que je vous désignerai. »

L'idée ne plaisait manifestement pas à Caines.

Donaldson revint, chargé de mousquets et de munitions. Hornbeam n'était pas un militaire, mais il savait que les mousquets à silex ordinaires étaient à âme lisse et manquaient donc de précision. Dans certains régiments d'infanterie, on distribuait aux tireurs d'élite des fusils dont le canon comportait une rainure hélicoïdale permettant de faire tourner la balle qui filait alors en ligne droite; mais la plupart des soldats, face aux troupes ennemies, tiraient généralement dans le tas et la précision n'était pas une priorité.

Ce jour-là, les ennemis seraient une foule de civils – majoritairement des femmes – et la précision ne serait pas non plus nécessaire.

Donaldson remit à chaque homme un fusil et une poignée de cartouches en papier. Les hommes rangèrent les munitions dans les étuis en cuir imperméables qu'ils portaient à la ceinture.

Deux nouveaux miliciens arrivèrent et Riddick répéta ses instructions. D'autres suivirent, puis le sergent Beach revint.

« C'est tout, monsieur, annonça-t-il.

— Quoi ? »

Entre quinze et vingt hommes s'alignaient dans le vestibule.

« Ils étaient au moins une centaine sur la place !

— Pour tout vous dire, commandant, quand ils ont vu ce qui se passait, nombre d'entre eux ont disparu.

— Dresse-moi la liste. Ils seront tous fouettés.

— Je ferai de mon mieux, monsieur, mais je ne pourrai pas vous donner les noms de ceux à qui je n'ai pas parlé, si vous voyez…

— Oh, ferme-la, imbécile. Convoque tout le monde dans ce bâtiment, les officiers et leurs hommes. Nous ramasserons les autres sur le chemin du fleuve.

— Quel manque de discipline ! s'écria Hornbeam, agacé.

— C'est à n'y rien comprendre, répliqua Riddick. Je me fais un devoir d'ordonner au moins une flagellation par semaine, pour mettre les hommes au pas. Les villageois de Badford ne m'ont jamais causé de problèmes. Qu'est-ce qui ne tourne pas rond chez ces miliciens ?

— Mon commandant, ne faudrait-il pas donner lecture du Riot Act[1], la loi sur les émeutes ? demanda Donaldson.

— Vous avez raison, approuva Riddick. Envoyez un homme chercher le maire. »

*

Le groupe de mécontents progressait lentement dans la rue principale. Tout le monde les regardait passer et certains se joignirent à eux. Sal fut étonnée de la rapidité avec laquelle la foule grossissait. Avant même d'arriver à mi-chemin, ils étaient au moins une centaine, dont une majorité de femmes. Sal entendit parmi les badauds un homme crier : « Qu'on appelle la milice ! » Elle commença à penser que ce qu'elle faisait n'était pas très prudent. Bien sûr, on avait le droit de savoir où allait le grain, mais la foule ne

---

1. Loi votée par le Parlement en 1714, autorisant les autorités locales à déclarer illégal tout rassemblement de plus de douze personnes (*N.d.T.*).

semblait pas d'humeur à se contenter de poser des questions.

Elle s'inquiéta pour Jarge. Il avait bon cœur mais la tête près du bonnet.

« Ne commets pas d'imprudence, s'il te plaît », lui dit-elle.

Il lui jeta un regard noir. « Une femme n'a pas à donner de conseils à un homme.

— Pardonne-moi, mais je n'ai pas envie que tu sois fouetté comme Jeremiah Hiscock.

— Je suis assez grand pour savoir ce que j'ai à faire. »

Elle se demanda pourquoi elle se souciait tant de Jarge. C'était le frère de sa meilleure amie, mais elle n'était pas responsable de lui pour autant.

Joanie avait pris de l'avance et marchait en tête du cortège. Sal regarda autour d'elle, s'assurant que les enfants la suivaient de près.

Lorsqu'ils atteignirent le fleuve, ils se dirigèrent vers l'ouest, longeant la berge, jusqu'à ce qu'ils découvrent la charrette à bras devant l'Auberge de l'Abattoir. Elle était déjà à moitié déchargée. Un batelier hissa un sac sur son épaule, puis traversa une planche courte et étroite jusqu'au pont. Un deuxième homme faisait le trajet inverse. C'était un travail pénible, mais ils avaient l'air robustes.

Joanie se posta devant la charrette, mains sur les hanches, menton levé d'un air agressif. Le batelier l'interpella :

« Qu'est-ce que tu veux ?

— Que vous arrêtiez de travailler », répondit-elle.

Il parut intrigué, puis éclata de rire et rétorqua d'un ton méprisant : « Je travaille pour M. Child, pas pour toi.

— C'est du blé de Kingsbridge. Il ne peut pas aller à Combe, ni en France.

— Ça ne te regarde pas.

— Bien sûr que si. Vous ne pouvez pas charger cette barge.

— Qui m'en empêchera ? Toi ?

— Oui. Moi et toutes les autres.

— Une bande de femmes ?

— Exactement. Une bande de femmes qui ne veulent pas envoyer leurs enfants se coucher le ventre vide. Elles ne vous laisseront pas emporter ce grain.

— Bon, ce n'est pas tout ça, j'ai du travail. »

Il se pencha pour attraper un sac.

Joanie posa un pied dessus.

L'homme recula le bras et lui donna un coup de poing sur le côté de la tête. Elle tituba et recula. Sal cria, furieuse.

Le batelier se repencha sur le sac mais, avant qu'il n'ait eu le temps de le ramasser, il fut attaqué par une demi-douzaine de femmes. C'était un homme vigoureux et il riposta énergiquement, donnant de puissants coups de poing qui mirent à terre deux ou trois femmes, immédiatement remplacées par d'autres. Sal s'apprêtait à rejoindre la mêlée, cependant ce ne fut pas nécessaire : les femmes empoignèrent le batelier par les bras et par les jambes et le plaquèrent au sol.

Voyant ce qu'il se passait, son collègue, qui descendait de la barge pour charger un autre sac, se joignit à la bagarre, frappant les femmes et essayant de libérer son compagnon. Deux autres bateliers sautèrent à terre et vinrent lui prêter main-forte.

Se retournant, Sal constata que Kit et Sue étaient juste derrière elle. D'un mouvement preste, elle les attrapa et, un enfant sous chaque bras, se fraya un chemin à travers la foule. Elle ne tarda pas à apercevoir une voisine bienveillante, Jenny Jenkins, une veuve sans enfant qui aimait beaucoup Kit et Sue. « Jenny, peux-tu les raccompagner à la maison pour qu'ils soient en sécurité ?

— Bien sûr », répondit Jenny. Elle prit chaque enfant par la main et s'éloigna.

Jarge, qui se tenait juste derrière elle, lança :

« Bien joué, dit-il. Bonne idée. »

Sal jeta un regard par-dessus l'épaule de Jarge. Trente ou quarante miliciens arrivaient, sous la conduite de Will Riddick. Le beau-frère de Spade, Freddie Caines, était parmi eux. Les soldats riaient en découvrant la scène qui se déroulait au bord de l'eau, acclamant les femmes de Kingsbridge qui rossaient les bateliers de Combe. Elle entendit Riddick rugir :

« Mais par le diable, qu'est-ce que vous faites ? Rassemblement ! »

Le sergent répéta l'ordre, mais les hommes l'ignorèrent.

Au même moment, les bateliers qui étaient restés sur la place pour charger des charrettes descendirent la rue principale en courant, bousculant brutalement la foule, se portant sans aucun doute à la rescousse de leurs camarades. Certains portaient des armes improvisées, des bâtons, des masses, tout ce qu'ils avaient pu trouver, qu'ils maniaient sans pitié pour écarter les gens de leur chemin.

Devant L'Abattoir, le maire Fishwick donnait lecture du Riot Act. Personne ne l'écoutait.

Sal entendit Riddick crier : « Portez... armes ! »

Elle avait déjà entendu ce commandement. Les hommes de la milice passaient des journées à s'entraîner dans un champ sur l'autre rive du fleuve, à proximité de la manufacture de Barrowfield. Les exercices de tir comportaient une vingtaine de mouvements différents. Après *Portez... armes*, on entendait *Posez... armes*, *Levez armes* et *Baïonnette au canon*. Elle avait oublié les autres. Les hommes avaient accompli ces mouvements si souvent qu'ils étaient devenus automatiques, comme ceux de Sal quand elle faisait fonctionner la spinning jenny. Spade lui avait expliqué que ces exercices étaient censés apprendre aux soldats à exécuter tous ces gestes sans réfléchir lors d'un combat, malgré le chaos environnant. Sal s'était toujours demandé si c'était vraiment efficace.

Elle put voir, ce jour-là, que les hommes étaient réticents, leurs mouvements lents et mal coordonnés, mais d'un autre côté, ils ne désobéissaient pas.

Chaque homme arrachait d'un coup de dent l'extrémité d'une cartouche en papier et versait un peu de poudre dans le bassinet d'amorçage. Il insérait ensuite le corps de la cartouche dans le canon et la tassait fermement à l'aide de la baguette située dessous. Kit, qui s'intéressait aux machines de toutes sortes, avait expliqué à Sal que le mécanisme de mise à feu produisait une étincelle qui mettait le feu à la poudre d'amorçage; la flamme passait alors par le petit trou appelé lumière pour embraser la grosse charge de poudre et envoyer la balle à travers les airs.

Tout de même, songea Sal, les gars de Kingsbridge comme Freddie Caines ne tireraient certainement pas sur leurs propres femmes?

Sans quitter Riddick des yeux, elle chuchota à Jarge: «Peux-tu me trouver une pierre?

— Facile.»

La rue était pavée, et les roues en fer des charrettes qui venaient au bord de l'eau en endommageaient constamment la surface, effritant le mortier. On avait beau réparer régulièrement la chaussée, il y avait toujours des pierres détachées. Jarge lui en tendit une. La surface lisse et ronde s'adapta parfaitement dans sa paume droite.

Elle entendit Riddick crier:

«Préparez... armes!»

C'était l'avant-dernier ordre, et les hommes se tenaient au garde-à-vous, fusils pointés vers le ciel.

Puis on entendit: «Feu!»

Les hommes dirigèrent leurs mousquets vers la foule, mais aucun ne tira.

«Feu!» répéta Riddick.

Elle vit Freddie commencer à jouer avec son arme, ouvrant le mécanisme de mise à feu, inspectant le bassinet d'amorçage, et d'autres suivirent rapidement son exemple. Sal savait qu'une arme pouvait ne pas faire feu pour toutes sortes de raisons: le silex ne produisait pas d'étincelle, la poudre était humide, la poudre d'amorçage s'était allumée mais la flamme n'avait pas traversé la lumière.

Il était presque impensable, cependant, que ce genre d'incident survînt simultanément sur vingt-cinq fusils.

Oui, c'était impossible.

Sal entendit Freddie dire :

« Tout est humide, sergent. C'est à cause de la pluie. La poudre mouillée ne vaut rien.

— Foutaises ! hurla Riddick, le visage empourpré.

— Ils ne tireront pas sur leurs propres amis et voisins, voyez-vous, monsieur », intervint le sergent.

Riddick bouillonnait de rage.

« Dans ce cas, c'est moi qui vais tirer ! » lança-t-il en arrachant un mousquet des mains d'un des miliciens. Comme il mettait en joue, Sal lança la pierre qui atteignit Riddick juste à l'arrière du crâne. Il lâcha le mousquet et s'écroula sur le sol.

Sal poussa un soupir de satisfaction.

Puis Jarge cria : « Attention, Sal ! »

Quelque chose la frappa à la tête et elle perdit connaissance.

*

Quand Sal revint à elle, elle était étendue sur une surface dure. Elle avait mal à la tête. Elle ouvrit les yeux et vit la partie inférieure d'un toit de chaume. Elle se trouvait dans une grande pièce où régnait une odeur de bière éventée, de cuisine et de tabac. Elle était dans une taverne, allongée sur une table. Elle tourna la tête pour regarder autour d'elle, mais la douleur était trop forte.

Elle entendit Jarge lui demander : « Comment ça va, Sal ? » d'une voix étrangement chargée d'émotion.

Elle essaya encore de tourner la tête et, cette fois, ce fut moins pénible. Elle distingua au-dessus d'elle le visage de Jarge, debout à ses côtés.

« J'ai un mal de tête terrible.

— Oh, Sal, s'écria-t-il, j'ai cru que tu étais morte. »

Avec étonnement, elle le vit fondre en larmes.

Se penchant vers Sal, il posa la tête à côté de la sienne. Lentement, précautionneusement, elle passa les bras autour de ses larges épaules et l'attira contre sa poitrine. Elle était surprise par la réaction de Jarge. Elle s'était demandé trois ans plus tôt s'il n'avait pas envie de l'épouser, mais comme elle l'avait découragé, elle avait supposé que sa flamme s'était éteinte.

Elle s'était manifestement trompée.

Il pleurait tout bas et ses larmes inondèrent le cou de Sal.

« Un batelier t'a frappée avec un madrier, dit-il. Je t'ai rattrapée juste avant que tu ne tombes à terre. » Il murmura : « J'ai eu peur de t'avoir perdue.

— Il faudra frapper plus fort que ça pour me tuer, rétorqua-t-elle.

— Tiens, bois ça », dit une voix de femme.

Sal tourna de nouveau prudemment la tête et vit l'épouse de l'aubergiste qui lui tendait un verre. Le tenancier était un voyou, mais son épouse était quelqu'un de bien.

« Aide-moi à me redresser », demanda Sal à Jarge,

qui passa un bras puissant sous ses aisselles et la souleva pour l'asseoir. Elle resta un peu étourdie un moment, puis retrouva ses esprits et prit le verre. La boisson sentait le brandy. Elle en but une gorgée, se sentit mieux, puis avala le reste d'un trait.

« C'est exactement ce qu'il me fallait !

— Sacrée Sal », s'exclama Jarge, qui riait et pleurait en même temps.

Il donna une pièce à la femme qui emporta le verre vide.

« J'ai réglé son compte à Will Riddick, pas vrai ? reprit Sal.

— Pour sûr, répondit Jarge en riant.

— Quelqu'un m'a vue ?

— Tout le monde était trop occupé à essayer d'échapper aux bateliers.

— Tant mieux. On en est où maintenant ?

— On dirait que ça se calme. »

Sal tendit l'oreille. Elle entendait des femmes et des hommes crier, parfois avec colère, mais rien qui fît penser à une émeute : pas de hurlements, pas de verre brisé, pas de bruits de casse.

Faisant pivoter ses jambes, elle posa les pieds sur le sol. Elle eut un nouveau vertige, fugace.

« J'espère que Joanie va bien.

— La dernière fois que je l'ai vue, elle essayait d'apaiser tout le monde. »

Sal se mit debout sans difficulté.

« Accompagne-moi par-derrière, Jarge, pour me laisser le temps de tenir sur mes jambes. »

Il plaça un bras autour de ses épaules pour la

soutenir tandis qu'elle le tenait par la taille. Ils sortirent lentement par la porte de derrière et arrivèrent dans la cour. Ils passèrent alors devant la porte ouverte de la grange.

Prise d'une violente impulsion, Sal se tourna vers Jarge et mit ses deux bras autour de son cou.

« Embrasse-moi, Jarge. »

Il inclina la tête vers la sienne et l'embrassa avec une douceur surprenante.

Elle n'avait pas échangé de baiser amoureux avec un homme depuis trois ans et avait oublié à quel point c'était bon.

Elle se dégagea et dit :

« J'ai bu du brandy... mon haleine suffirait à t'enivrer.

— Je pourrais m'enivrer rien qu'en te regardant », lui répondit Jarge.

Elle le dévisagea attentivement et lut de la tendresse dans ses yeux.

« Je t'ai sous-estimé, Jarge », mumura-t-elle, et elle l'embrassa encore.

Ils furent alors emportés par une pressante ardeur sexuelle. Il lui caressa le cou et les seins, puis glissa la main entre ses jambes. Submergée par le désir, elle comprit qu'il s'en fallait de quelques secondes pour qu'il veuille être en elle et pour qu'elle le veuille, elle aussi.

Elle le repoussa, regarda autour d'elle et chuchota : « Dans la grange. »

Ils entrèrent et Jarge referma la porte. Dans la pénombre, Sal distingua des tonneaux de bière et des sacs de pommes de terre, ainsi qu'un cheval qui s'ennuyait dans sa stalle. Puis elle se retrouva dos au mur, tandis que Jarge retroussait sa robe. Voyant à côté d'elle une caisse en bois pleine de bouteilles vides, elle leva une jambe et posa le pied dessus. Elle était mouillée, trempée même, et il glissa en elle sans effort. Elle se rappela alors combien cette impression de plénitude était délicieuse. Jarge cria « Aaah », d'une voix vibrante. Ils bougèrent ensemble, d'abord lentement, puis plus vite.

La fin arriva rapidement, et elle lui mordit l'épaule pour ne pas crier. Ils restèrent ainsi, Jarge toujours en elle, enlacés, serrés l'un contre l'autre. Après quelques instants, elle se remit à bouger et, en l'espace de quelques secondes, les spasmes du plaisir reprirent, plus vifs encore.

Il y eut une troisième fois avant que, trop épuisée pour rester debout, elle se dégageât de son étreinte et s'effondrât sur le sol, où elle s'assit, adossée au mur de la grange. Jarge se laissa tomber à côté d'elle. Tandis qu'elle reprenait son souffle, elle le vit se frictionner l'épaule et se souvint de l'avoir mordu.

« Oh, je t'ai fait mal ? lui demanda-t-elle. Pardon.

— Tu n'as pas à me demander pardon de quoi que ce soit, je t'assure », répondit-il, et elle pouffa de rire.

Elle remarqua que le cheval la regardait avec une vague curiosité.

Non loin, une clameur s'éleva et Sal fut ramenée au présent.

« Pourvu que que tout aille bien pour Joanie, dit-elle.

— Nous ferions mieux d'aller voir. »

Ils se relevèrent.

Sal fut à nouveau prise de vertige, mais c'était de plaisir cette fois, et elle se remit rapidement. Elle prit néanmoins le bras de Jarge pour contourner l'auberge avant de déboucher sur les quais.

Ils se retrouvèrent à l'arrière d'une foule tournée vers le fleuve. D'un côté se tenait un petit groupe de miliciens de Shiring, en uniforme, mousquet à la main, mais ils avaient la mine rebelle et maussade. Will Riddick était assis sur le seuil d'une maison et quelqu'un examinait l'arrière de sa tête. De toute évidence, ses hommes avaient continué à refuser de tirer. Dans certaines villes, avait-elle entendu dire, la milice se rangeait du côté des ménagères révoltées et les aidait à voler de la nourriture.

Les barges avaient disparu.

À l'avant de la foule, Joanie, montée sur quelque chose pour se grandir, criait : « Nous ne sommes pas des voleurs. Il n'est pas question de voler le blé. »

La foule maugréait, sans l'interrompre pourtant, attendant de voir ce qu'elle allait dire.

Jarge et Sal se frayèrent un chemin jusqu'à elle. Le grain avait été déchargé de la barge et Joanie était debout sur une pile de sacs.

« Ce que je dis, moi, c'est que les boulangers de Kingsbridge peuvent acheter ce grain... au prix qu'il valait avant la guerre, déclara Joanie.

— Pourquoi dit-elle ça ? » demanda Jarge tout bas.

Mais Sal pensait avoir compris où Joanie voulait en venir.

« À condition, ajouta Joanie, qu'ils s'engagent à vendre un pain de quatre livres à l'ancien prix, soit sept pence ! »

La foule exprima son approbation.

« Si un boulanger essaie d'enfreindre cette règle, il recevra la visite… de quelques femmes de Kingsbridge… qui lui expliqueront… ce qu'il doit faire. »

Une acclamation s'éleva.

« Que quelqu'un essaie de trouver M. Child. Il ne doit pas être bien loin. Il a un gilet jaune. Dites-lui de venir chercher son argent. La somme sera inférieure à ce qu'il a versé, mais c'est mieux que rien. Et que les boulangers se mettent en rang. S'il vous plaît, approchez et préparez votre argent. »

Jarge secouait la tête, stupéfait.

« Ma sœur ? Quel numéro ! »

Mais Sal était inquiète.

« Pourvu qu'elle n'ait pas d'ennuis.

— Elle a empêché la foule de mettre la main sur le blé… les juges devraient lui donner une récompense !

— Depuis quand sont-ils justes ? » répliqua Sal en haussant les épaules.

Plusieurs boulangers de Kingsbridge approchèrent. Le gilet jaune de Silas Child fit son apparition. Suivit une discussion portant, devina Sal, sur le prix précis du boisseau de céréales trois ans plus tôt. Mais, apparemment, on finit par s'entendre. L'argent changea de mains et les apprentis des boulangers commencèrent à repartir, des sacs de grain sur les épaules.

« Ma foi, on dirait que c'est fini, fit remarquer Jarge.
— J'en mettrais pas ma main au feu », dit Sal.

*

Le lendemain, Joanie fut accusée par les juges réunis en session mensuelle d'avoir fomenté une émeute, un crime passible de la peine capitale.

Personne ne s'y attendait. C'est elle qui avait dissuadé la foule de voler le grain, et pourtant elle risquait la peine de mort.

L'audience du jour ne permettait pas, cependant, de la déclarer coupable. Les juges n'étaient pas habilités à prononcer une condamnation à mort. Ils ne pouvaient que convoquer un grand jury qui aurait le choix entre renvoyer l'affaire à une instance supérieure, les assises – ou rejeter l'accusation.

« Ils ne peuvent pas t'inculper », dit Jarge à Joanie, qui avait une énorme ecchymose sur la joue gauche.

Sal, qui avait une bosse sur la tête, en était moins sûre.

Le pauvre Freddie Caines avait été fouetté à l'aube pour avoir incité les miliciens à la mutinerie. Spade avait annoncé à Sal que Freddie s'était engagé dans l'armée régulière, préférant pointer son fusil contre les ennemis de l'Angleterre, plutôt que contre ses voisins. Il rejoindrait le 107e régiment d'infanterie (celui de Kingsbridge).

Fort de son nouveau titre, Hornbeam présidait la séance, Will Riddick assis à son côté. Personne ne doutait du parti auquel ils se rangeraient, mais ce n'était pas eux qui avaient le dernier mot : la décision serait prise par le jury.

Sal était presque sûre que Hornbeam ignorait que Jarge était l'un de ses tisserands. Il employait plusieurs centaines d'ouvriers et ne pouvait pas tous les connaître, ni même la plupart. S'il le découvrait, il risquait de renvoyer Jarge. À moins qu'il ne préfère qu'il soit à la manufacture en train de tisser plutôt que dehors, à échauffer les esprits.

Le shérif Doye avait constitué le jury et Sal observa attentivement les jurés lorsqu'ils prêtèrent serment. C'étaient tous des hommes d'affaires prospères de Kingsbridge, fiers et conservateurs. Beaucoup des habitants de Kingsbridge qui auraient pu exercer cette fonction avaient des idées libérales – certains étaient même méthodistes : Spade, Jeremiah Hiscock, le lieutenant Donaldson et d'autres, mais aucun d'entre eux n'avait été convoqué. De toute évidence, Hornbeam avait donné des directives à Doye.

Joanie plaida non coupable.

Le premier témoin fut Joby Darke, un batelier, qui déclara que Joanie l'avait attaqué et qu'il s'était défendu.

« Nous avions chargé environ la moitié des sacs sur la barge quand elle est arrivée avec les autres et a voulu m'empêcher de faire mon travail, déclara-t-il. Je l'ai écartée de mon chemin, c'est tout.

— Ah, oui ? l'interrompit Joanie. Et comment j'ai fait ça ? Comment je t'ai empêché de faire ton travail ?

— Tu t'es mise devant moi.

— J'ai posé le pied sur un sac de blé, pas vrai ?

— Oui.
— Ça t'a fait mal ? »

L'assistance éclata de rire.

« Bien sûr que non », répondit Darke, visiblement embarrassé.

Sal commença à être plus optimiste.

Joanie posa un doigt sur son ecchymose.

« Alors pourquoi tu m'as frappée à la tête ?
— C'est pas moi. »

Plusieurs membres du public protestèrent : « Si ! C'est toi !
— Silence ! » cria Hornbeam.

Spade s'avança.

« Je l'ai vu, dit-il. Je suis prêt à jurer que Joby Darke a frappé Joanie à la tête. »

Bravo, Spade, pensa Sal. Il était drapier, mais défendait la cause des ouvriers.

« Quand je souhaiterai que vous preniez la parole, Shoveller, je vous le ferai savoir, s'agaça Hornbeam. Continuez, Darke. Que s'est-il passé ensuite ?
— Elle est tombée.
— Et ensuite ?
— Ensuite, une demi-douzaine de femmes m'ont sauté dessus.
— Quel veinard ! » cria quelqu'un, et tous s'esclaffèrent.

Hornbeam poursuivit :

« Qui était à la tête de ces femmes ?
— Elle, Joanie, celle qui est accusée.
— Elle a conduit la foule de la place du marché jusqu'aux quais ?

— Oui. »

C'était vrai, convint Sal.

« Elle a donc été l'instigatrice de l'émeute. »

C'était très exagéré, mais Darke acquiesça.

Joanie demanda : « Combien de fois t'ai-je frappé, Joby ?

— Si tu m'as frappé, je n'ai rien senti, se vanta-t-il avec un grand sourire.

— Tu continues pourtant de répéter que j'ai déclenché une émeute ?

— C'est toi qui as fait venir toutes ces femmes.

— Et elles t'ont rossé ?

— Pas exactement, mais je n'arrivais plus à m'en débarrasser.

— Donc, elles ne t'ont pas rossé ?

— Elles m'ont empêché de faire mon travail.

— Oui, tu l'as déjà dit et redit.

— Et c'est toi qui les as fait venir.

— Qu'est-ce que j'ai dit pour les faire aller au bord du fleuve ?

— Tu as dit : "Suivez-moi", ce genre de choses.

— J'ai dit ça quand ?

— Je l'ai entendu quand j'ai quitté la place du marché.

— Tu dis que j'ai incité les femmes à te suivre.

— Oui.

— Et que je t'ai empêché de travailler.

— Oui.

— Mais tu as dit que vous aviez déjà chargé la moitié des sacs avant que j'arrive avec les femmes.

— C'est exact.

— Tu as donc dû quitter la place du marché bien avant les femmes.

— Oui.

— Alors si tu étais déjà sur le quai en train de décharger des sacs, comment tu as pu m'entendre leur dire de me suivre ?

— Ha, ha ! » s'exclama Jarge.

Hornbeam fronça les sourcils en se tournant vers lui.

« Il t'a peut-être fallu du temps pour les convaincre, suggéra Darke.

— La vérité, c'est que tu ne m'as jamais entendue leur dire de me suivre, parce que je ne le leur ai jamais dit. Tu inventes, c'est tout.

— Non, ce n'est pas vrai.

— Tu es un menteur, Joby Darke. »

Joanie lui tourna le dos.

Elle s'en était bien sortie, pensa Sal, mais avait-elle réussi à persuader le jury ?

Les autres bateliers firent des récits comparables, mais se contentèrent de déclarer que les femmes les avaient attaqués et qu'ils s'étaient défendus ; et, songea Sal, le témoignage confus de Darke jetait un doute sur les leurs.

Joanie présenta alors sa propre version des faits, soulignant que son rôle essentiel avait été d'empêcher la foule de s'emparer des sacs de blé.

Hornbeam l'interrompit : « Mais vous les avez vendus ! »

C'était indiscutable.

« À un prix correct, oui, reconnut Joanie.

— Le prix du blé est fixé par le marché. Vous ne pouvez pas en décider.

— C'est pourtant ce que j'ai fait hier, non ? »

Les spectateurs rirent.

« Et j'ai remis l'argent à M. Child, ajouta Joanie.

— Mais c'était beaucoup moins que ce qu'il avait versé.

— Et qui lui a vendu du blé à un prix aussi élevé ? Était-ce vous, monsieur l'échevin ? Quel profit en avez-vous tiré ? »

Hornbeam chercha à lui couper la parole, mais elle éleva la voix pour couvrir celle de l'échevin.

« Peut-être devriez-vous à présent rendre cet argent à M. Child. Ce ne serait que justice, après tout. »

Hornbeam rougit de colère.

« Faites attention à ce que vous dites.

— Je vous demande pardon, monsieur.

— Je ne vois guère de différence entre ce que tu as fait et le vol.

— Il y en a une, pourtant. Je n'y ai rien gagné. Mais cela n'a pas d'importance, je crois.

— Et pourquoi ?

— Parce que je ne suis pas accusée de vol. Je suis accusée d'avoir provoqué une émeute. »

C'était malin, songea Sal. Mais cela servirait-il sa cause ? Les maîtres n'aimaient pas que les travailleurs soient trop intelligents. Je ne vous paie pas pour penser, aimaient-ils à dire ; je vous paie pour que vous fassiez ce qu'on vous dit de faire.

« Je pense que Luke McCullough confirmera mes propos, poursuivit Joanie.

McCullough, le greffier, répondit d'un ton acerbe : « Je ne réponds pas aux questions des accusés. »

Hornbeam n'en fut pas moins troublé. Son interrogatoire avait pris une mauvaise direction.

« Vous avez provoqué une émeute, volé, puis vendu le blé de M. Child.

— Et j'ai donné l'argent à M. Child.

— Souhaitez-vous appeler des témoins ?

— Certainement. »

Sal témoigna, suivie de Jarge, de Mme Dodds et de plusieurs autres. Tous affirmèrent que Joanie n'avait pas demandé aux gens de la suivre, qu'elle n'avait attaqué personne et qu'elle avait empêché le blé d'être volé.

Le jury se retira dans une salle latérale.

Sal, Jarge et Spade se regroupèrent autour de Joanie. Elle était inquiète pour les mêmes raisons que Sal.

« Vous pensez que j'ai trop fait la maligne ?

— Je ne sais pas, répondit Spade. Si tu t'étais montrée humble et douce, ils auraient pensé que tu avais des remords et que, donc, tu étais coupable. Il valait mieux te montrer un peu énergique.

— Les jurés sont tous de Kingsbridge, intervint Jarge. À n'en point douter, ils savent que ce n'est pas bien de vendre le blé de notre ville à l'extérieur alors qu'il y a ici des gens qui ne peuvent pas se nourrir.

— Un point sur lequel ils s'entendent toujours, c'est leur droit de faire du profit, sans se soucier de ceux qui risquent d'en souffrir, remarqua Spade.

— C'est foutrement vrai », acquiesça Jarge.

Le jury revint.

Sal s'adressa à Jarge à voix basse. « Débrouille-toi pour ne pas te faire fouetter, Jarge.

— Qu'est-ce que tu veux dire ?

— Si l'affaire tourne mal pour Joanie, ne hurle pas, ne menace pas le jury ou les juges. Ça ne t'avancera à rien sinon à être puni. Cette canaille de Riddick serait ravie de te voir fouetté. Ferme-la, quoi qu'il arrive. Tu peux faire ça ?

— Évidemment. »

Le jury se présenta devant les juges.

« Qu'avez-vous décidé ? demanda Hornbeam.

— De la renvoyer devant la cour d'assises », répondit l'un d'entre eux.

Un cri de protestation s'éleva de la foule.

Sal regarda Jarge.

« Tais-toi et reste calme, c'est compris ? »

Jarge se contenta de murmurer : « Qu'ils soient maudits. »

18

Sal était au lit, dans les bras de Jarge, la tête sur son épaule. Ses seins s'écrasaient contre son torse qui se soulevait et s'abaissait au rythme de sa respiration. À part leurs souffles, il n'y avait aucun bruit dans la maison : Kit et Sue dormaient profondément à l'étage. Dehors, dans la rue, à quelque distance de là, deux ivrognes se disputaient, mais pour le reste, la ville était calme. Le cou de Sal était humide de transpiration et les draps étaient rêches sur ses jambes nues.

Elle était heureuse. Cela lui avait tellement manqué, presque à son insu : l'intimité rassurante d'un homme, le pur plaisir de la chair. Après la mort de Harry, elle avait renoncé à l'amour. Pourtant, avec le temps, insensiblement, elle s'était attachée à Jarge, à ce grand gaillard fort, passionné et impétueux et, à présent, elle était heureuse d'être dans ses bras. Depuis le jour de l'émeute et leur coup de folie dans la grange derrière L'Abattoir, elle avait passé toutes ses nuits avec lui. Son seul regret était d'avoir attendu aussi longtemps.

Alors que sa respiration s'apaisait et que l'euphorie

s'estompait, elle pensa à la pauvre Joanie, couchée dans la prison de Kingsbridge. Joanie avait une couverture et Sal lui apportait à manger tous les jours, mais le bâtiment était froid et les lits étaient durs. Sal ne décolérait pas. C'étaient ceux qui tiraient profit des prix élevés qui auraient dû être envoyés aux assises.

On ne savait jamais comment un procès pouvait tourner, mais l'audience de la session mensuelle s'était mal passée, ce qui était un mauvais présage. Ils n'iraient tout de même pas jusqu'à pendre Joanie, se disait Sal. Mais qu'en savait-elle? Depuis que le carrosse du roi avait été pris pour cible et depuis les émeutes de la faim, l'atmosphère avait changé : l'élite dirigeante britannique était d'humeur impitoyable. À Kingsbridge, les commerçants ne faisaient plus crédit, les propriétaires expulsaient les locataires au moindre arriéré de loyer et les juges prononçaient des peines sévères. Hornbeam et Riddick étaient des hommes cruels en toutes circonstances, mais ils jouissaient désormais du soutien d'un grand nombre de leurs pairs. Comme Spade ne cessait de le répéter, les maîtres avaient peur.

S'y ajoutaient des inquiétudes financières. Joanie ne gagnait rien, Sue non plus, mais il fallait bien les nourrir. Sal avait loué le grenier à une veuve, et elle ne versait que quatre pence par semaine, car il s'agissait d'une seule pièce, sans cheminée.

Sal soupira et Jarge l'entendit.

« Dis-moi à quoi tu penses, demanda-t-il avec la sensibilité qu'il manifestait parfois.

— Nous n'avons pas assez d'argent. »

Elle sentit qu'il haussait les épaules. « Rien de nouveau alors », dit-il.

Elle lui retourna la question. « Et toi, à quoi penses-tu ?

— Que nous devrions nous marier. »

Elle fut surprise, encore qu'à la réflexion, elle aurait dû s'y attendre. Ils vivaient ensemble comme mari et femme, et s'occupaient ensemble de sa nièce à lui et de son fils à elle ; ils agissaient comme une famille.

« Nous autres, ouvriers, nous ne sommes pas très à cheval sur ce genre de choses, poursuivit Jarge, mais, sous peu, nos amis et nos voisins s'attendront à ce que nous régularisions la situation. »

Il avait raison. Les nouvelles circulaient vite, et tôt ou tard, le pasteur ne manquerait pas de se présenter à leur porte pour leur rappeler que leur union exigeait la bénédiction de Dieu. Était-ce vraiment ce qu'elle voulait ? Pour le moment, elle était heureuse, mais avait-elle la confiance nécessaire pour déclarer au monde qu'elle appartenait à Jarge ?

« Et en plus… », reprit-il, mais il hésita, s'agita et se gratta la cuisse, autant de signes dont elle savait qu'ils révélaient un gros effort pour exprimer une émotion inhabituelle.

Elle l'encouragea. « Et en plus quoi ?

— Eh bien, j'aimerais t'épouser parce que je t'aime. » Embarrassé, il ajouta : « Voilà, c'est fait, je l'ai dit. »

Cette fois, elle ne fut pas surprise, mais émue. Elle n'avait cependant pas encore beaucoup pensé à son avenir avec Jarge. Il pouvait être gentil, il était d'une grande loyauté à l'égard de ses amis et de sa famille, mais ses accès de violence la faisaient réfléchir. Elle avait observé que cette tendance se rencontrait fréquemment chez les hommes forts que le monde foulait aux pieds, et qui étaient déconcertés par son injustice. Or la loi ne protégeait guère les femmes.

«Je t'aime aussi, Jarge, dit-elle.

— Eh bien, c'est d'accord, alors!

— Pas tout à fait.

— Comment ça?

— Jarge, mon Harry ne m'a jamais fait de mal.

— Et...?

— Certains hommes, beaucoup d'hommes, pensent que le mariage les autorise à corriger une femme... avec leurs poings.

— Je sais.

— Tu sais, mais tu en penses quoi?

— Je n'ai jamais frappé une femme et ne le ferai jamais.

— Jure-moi que jamais tu ne nous frapperas, Kit et moi.

— Tu ne me fais pas confiance? demanda-t-il l'air peiné.

— Je ne t'épouserai que si tu m'en fais solennellement la promesse, insista-t-elle. Mais ne promets rien si tu n'es pas sincère.

— Je ne vous frapperai jamais, ni Kit ni toi, je le jure devant Dieu.

— Dans ce cas, j'accepte de t'épouser, et volontiers, même.

— Très bien.» Il se tourna vers elle pour la prendre

dans ses bras. «Je vais passer chez le pasteur pour qu'il publie les bans.» Il était heureux.

Elle l'embrassa sur la bouche et posa la main sur son sexe flasque. Elle ne voulait que le tapoter affectueusement, mais il durcit rapidement sous sa main.

«Encore? demanda-t-elle. Déjà?
— Si tu veux.
— Oh, oui, dit-elle. Je veux bien.»

*

Après la communion dans la Salle méthodiste, le pasteur Charles Midwinter fit une annonce.

«Ces derniers jours, le Premier ministre Pitt a fait passer deux nouvelles lois que nous devons connaître, déclara-t-il. Spade va vous les expliquer.»

Spade se leva.

«Le Parlement a adopté une loi contre le crime de trahison et une autre qui limite le droit de rassemblement. Ces lois font un crime de toute critique contre le gouvernement ou le roi, et interdisent également d'organiser une réunion dans l'objectif de critiquer le gouvernement ou le roi.»

Amos en avait déjà été informé et il était hostile à ces mesures. Son attachement à une religion anticonformiste avait fait de lui un défenseur passionné de la liberté d'expression. Personne n'avait le droit d'imposer le silence à autrui, pensait-il.

D'autres membres de l'assemblée n'avaient pas réfléchi aux nouvelles lois, et le résumé brutal de Spade provoqua un brouhaha indigné.

Lorsque le bruit reflua, Spade poursuivit :

« Nous ne savons pas exactement comment ces lois seront appliquées, mais, en principe du moins, une séance comme celle qu'a organisée la Société socratique pour débattre du livre de l'archidiacre Paley serait illégale. Le tribunal n'aurait pas à prouver qu'il y a eu une émeute, la simple critique suffirait.

— Mais nous ne sommes pas des serfs ! se récria le lieutenant Donaldson. Ils veulent revenir au Moyen Âge, ou quoi ?

— Ça évoque plutôt le règne de la Terreur à Paris, quand on a exécuté tous ceux qui étaient soupçonnés de ne pas être favorables à la Révolution, objecta Rupe Underwood.

— C'est juste, acquiesça Spade. Certains journaux parlent d'ailleurs de la Terreur de Pitt.

— Comment diable justifient-ils de telles lois ?

— Pitt a prononcé un discours dans lequel il a déclaré que le peuple devait se tourner vers le Parlement, et vers lui seul, pour obtenir réparation des griefs qu'il pouvait avoir, en sachant que tout serait fait pour soulager ses maux.

— Mais le Parlement ne représente pas le peuple. Il représente l'aristocratie et la noblesse foncière.

— En effet. Personnellement, j'ai trouvé le discours de Pitt risible. »

Susan Hiscock, la femme de l'imprimeur qui avait été fouetté, prit alors la parole :

« Sommes-nous donc des criminels pour avoir organisé ce débat ?

— En un mot, oui, répondit Spade.

— Mais pourquoi ont-ils fait cela ?

— Ils ont peur, répondit-il. Ils sont incapables de gagner la guerre et de nourrir la population. Kingsbridge n'est pas la seule ville où il y ait eu une émeute de la faim. Entendre les gens crier "Du pain et la paix" et les voir jeter des pierres au roi les terrifie. Ils pensent qu'on va tous les guillotiner. »

Le pasteur Midwinter se leva à nouveau.

« Nous sommes des méthodistes. Cela veut dire que nous estimons que chacun a le droit d'avoir ses propres convictions au sujet de Dieu. Cela n'est pas encore illégal. Mais nous devons être prudents. Quoi que nous pensions du Premier ministre Pitt, de son gouvernement et de la guerre, il convient désormais de garder nos opinions pour nous, au moins jusqu'à ce que nous sachions quelles seront les conséquences de ces nouvelles lois.

— Je suis de votre avis », approuva Spade.

Spade et Midwinter étaient les deux hommes les plus respectés des cercles libéraux de Kingsbridge, et les fidèles acceptèrent leurs paroles.

À la fin de la réunion, Amos s'approcha de Jane Midwinter. Si elle ne pouvait plus renouveler sa garde-robe tous les deux mois comme elle le faisait avant que son père soit devenu un simple pasteur en renonçant à ses fonctions de chanoine de la cathédrale, elle n'en était pas moins irrésistible dans son manteau rouge anglais surmonté d'un chapeau d'allure militaire.

Pour une fois, elle ne s'était pas éclipsée immédiatement après l'office. Habituellement, elle faisait en sorte de traverser la place à l'instant précis où les fidèles anglicans sortaient de la cathédrale, afin de pouvoir minauder avec le vicomte Northwood. Mais il était à Earlscastle.

« Votre ami Northwood a manqué l'émeute, remarqua Amos.

— Je suis sûre qu'il n'y aurait pas eu d'émeute si le vicomte avait été à la tête de la milice. Au lieu de cet imbécile de Riddick », rétorqua-t-elle.

Riddick était un imbécile, Amos en convenait, mais il n'était pas sûr que Henry aurait pu empêcher l'émeute mieux que n'importe qui.

« Pourquoi est-il allé à Earlscastle ?

— À mon avis, il voulait annoncer à son père qu'il ne souhaite pas épouser sa cousine Miranda.

— Vous l'a-t-il dit ?

— Pas clairement.

— Croyez-vous que c'est vous qu'il désire épouser ?

— J'en suis sûre », répondit-elle gaiement, mais Amos ne la crut pas.

Plongeant son regard dans la brume argentée des yeux de Jane, il lui demanda : « L'aimez-vous ? »

Elle aurait fort bien pu raisonnablement lui faire remarquer que cela ne le regardait pas, mais elle répondit à sa question.

« Je serai très heureuse d'être l'épouse de lord Northwood. »

À son ton provocant, Amos devina qu'elle affirmait quelque chose dont elle était loin d'être certaine.

« Je deviendrai comtesse et toutes mes amies

appartiendront à la noblesse. J'aurai de beaux vêtements que je porterai pour assister à des fêtes prodigieuses. Je serai présentée au roi. Il me demandera probablement de devenir sa maîtresse, et je répondrai : "Mais voyons, Majesté, ne serait-ce pas un péché ? " et je ferai semblant de le regretter. »

Jane n'ayant jamais embrassé les vertus méthodistes de modestie et d'abnégation, ces propos ne choquèrent pas Amos. Elle suivait la religion de son père sans convictions sérieuses. Si elle épousait Northwood, elle regagnerait le giron de l'Église anglicane en un rien de temps.

« Mais vous n'aimez pas Northwood, insista-t-il.

— Vous parlez comme mon père.

— Votre père est le meilleur homme de Kingsbridge, et la comparaison m'honore grandement. Mais je persiste à penser que vous n'aimez pas Northwood.

— Amos, vous êtes très gentil, et je vous aime beaucoup, mais cela ne vous autorise pas à être importun.

— Je vous aime. Vous le savez.

— Nous serions affreusement malheureux ensemble, une abeille diligente mariée à un papillon.

— Vous pourriez être la reine des abeilles.

— Amos, vous ne pouvez pas faire de moi une reine.

— Vous êtes déjà la reine de mon cœur.

— Quel poète ! »

Je me ridiculise, se dit-il. Il n'en restait pas moins que Northwood ne l'avait pas demandée en mariage. Il ne l'avait même pas invitée à rencontrer son père.

Peut-être ne le ferait-il jamais.

*

Sal et Jarge se marièrent à l'église Saint-Luc un samedi soir après le travail. Ils n'avaient pas assez d'argent pour donner une fête et seuls Kit et Sue les accompagnèrent à l'église. Cependant, à la grande surprise de Sal, Amos Barrowfield et Elsie Latimer les y rejoignirent et signèrent en tant que témoins. Puis Amos la surprit encore en lui annonçant qu'un petit fût de bière et une bourriche entière d'huîtres les attendaient dehors.

« Serait-il possible de les partager avec Joanie ? demanda Sal.

— Bien évidemment, répondit Amos. Il suffira que je donne un shilling à Gil Gilmore et que je lui offre une chope de bière pour qu'il ne soit que trop heureux de nous laisser entrer. »

Les mariés et leurs invités quittèrent l'église et se rendirent à pied à la prison, composée de deux vieilles et grandes maisons réunies en une seule, avec des barreaux aux fenêtres et des verrous à toutes les portes. Gil les conduisit joyeusement jusqu'à la cellule où Joanie était enfermée. Le plancher était inégal, les murs étaient couverts de moisissures et l'âtre froid et vide, mais personne ne s'en préoccupa. Cinq adultes et deux enfants eurent tôt fait de réchauffer cette petite pièce. Amos servit de la bière à tout le monde tandis que Jarge ouvrait les huîtres avec son couteau de poche. Gil proposa de leur vendre un pain pour accompagner le festin, et réclama le prix exorbitant de deux shillings, mais Amos paya sans sourciller en disant : « Faisons-lui gagner un peu d'argent pour compléter son salaire ! »

« Mon frère…, déclara Joanie en levant sa chope pour porter un toast. J'étais persuadée qu'il ne trouverait jamais de femme correcte, et voilà qu'il a choisi la meilleure de toutes, que Dieu le bénisse.

— Eh oui ! Et maintenant, qui osera dire que je ne suis pas malin ?

— Ils étaient faits l'un pour l'autre, ajouta Amos. Deux êtres aux bras solides et au grand cœur. Quant à Kit, c'est le garçon le plus intelligent de l'école du dimanche. »

Elsie s'empressa d'ajouter : « Et Sue l'élève la plus populaire. »

Sal était euphorique. Elle s'était attendue à passer une soirée tranquille à la maison devant un ragoût de mouton, et on lui offrait un banquet.

« Je parie que les mariages des nobles ne sont pas aussi amusants, dit-elle. Avec tous leurs vêtements empesés et leurs belles manières.

— Ma bonne dame, sachez que je suis lady Johanna, duchesse de Shiring », lança Joanie.

Kit et Sue éclatèrent de rire.

Jouant le jeu, Sal fit une révérence et lui donna la réplique : « Votre condescendance m'honore, duchesse Johanna, mais je tiens à vous faire savoir que je suis la comtesse de Kingsbridge, et donc presque aussi bien que vous. »

Joanie se tourna vers Jarge et lui lança : « Toi, ouvre-moi une autre huître.

— Ma chère duchesse, vous vous méprenez. Je ne suis pas un majordome, je suis l'évêque de Box, et ne saurais ouvrir d'huître avec mes mains blanches comme neige », rétorqua Jarge. Il montra ses paumes hâlées, couvertes de cicatrices et d'une propreté douteuse.

« Cher évêque, je vous trouve très séduisant, embrassez-moi donc », dit Sal en s'étranglant de rire.

Jarge l'embrassa sous les applaudissements de tous.

Sal regarda autour d'elle et constata que les êtres qui comptaient le plus dans sa vie étaient tous là : son fils, son mari, sa meilleure amie, la fille de cette amie, la femme qui faisait l'école à Kit, et Amos, le maître qui lui avait toujours porté chance. Il y avait des gens cruels et méchants à Kingsbridge comme partout ailleurs, mais tous ceux qui étaient réunis dans cette pièce étaient bons.

« Voilà à quoi doit ressembler le paradis », songea-t-elle.

Elle avala une autre huître et but une longue rasade de bière avant d'ajouter :

« Et je doute qu'il y ait au paradis quelque chose d'aussi bon que des huîtres avec de la bière. »

*

Kingsbridge était fière d'être une ville d'assises. Ce symbole de prestige en faisait le lieu le plus important du comté de Shiring. La visite semestrielle d'un juge londonien était un événement majeur de la vie sociale de Kingsbridge, et il recevait toujours plus d'invitations qu'il n'en pouvait accepter.

Le conseil municipal lui souhaita la bienvenue en organisant un somptueux bal des Assises. Les échevins n'étaient cependant pas des hommes prodigues : les billets d'entrée étaient chers et le bal profitable.

La demeure de Hornbeam n'étant qu'à quatre cents mètres de la salle des fêtes et la soirée étant belle, il s'y rendit à pied avec sa famille. Les interminables pluies de l'été et de l'automne avaient enfin cessé, bien trop tard malheureusement pour sauver les récoltes.

Le groupe de Hornbeam était composé de trois couples : lui-même et Linnie, Howard et Bel, ainsi que Deborah et Will Riddick. Les jeunes gens portaient des gants blancs et des chaussures lustrées, et avaient attaché leurs cravates en énormes nœuds que Hornbeam jugeait ridicules. Les décolletés des jeunes femmes étaient plus échancrés qu'il ne l'aurait souhaité, mais il n'avait plus le temps de leur demander de se changer.

Devant l'entrée à colonnade s'étaient rassemblés de nombreux citadins, en majorité des femmes qui avaient drapé des châles autour de leurs épaules grelottantes, pour observer l'arrivée des riches de la ville. Elles s'extasiaient devant leurs beaux bijoux dont on faisait étalage et applaudissaient les tenues les plus extravagantes : un manteau jaune vif, une fourrure blanche, un haut chapeau orné de plumes et de rubans. Ignorant la populace, Hornbeam gardait le regard fixé droit devant lui, tandis que sa famille saluait de la main ou d'un signe de tête leurs connaissances en se frayant un passage à travers la foule admirative.

Ils furent enfin à l'intérieur. Les édiles avaient dépensé une petite fortune en bougies, et toute la salle était brillamment illuminée, leur permettant de découvrir une multitude de femmes magnifiquement vêtues et d'hommes élégants. Hornbeam lui-même fut impressionné. Pour des mondanités de cette importance, les drapiers de Kingsbridge et leurs familles exhibaient leurs plus belles étoffes. Les hommes avaient revêtu des habits couleur pourpre, bleu vif, jaune citron ou brun profond. Les femmes portaient des carreaux audacieux et des rayures de couleurs vives, des plis et des fronces, des ceintures de tissu et des mètres de dentelle. On aurait dit une réclame massive pour le génie collectif de la ville.

Les gens se mettaient en ligne pour une contredanse, où le couple principal ne cessait de changer. Hornbeam remarqua que le vicomte Northwood y participait. Étonnamment, il avait l'air d'avoir déjà bu une bonne quantité de champagne.

« J'espère que les musiciens savent jouer la valse, dit Deborah.

— Il n'en est pas question », répondit immédiatement Hornbeam.

Il n'avait jamais vu de valse, mais avait entendu parler de l'engouement que suscitait cette nouvelle danse.

« Tu oublies que c'est le bal des Assises, un divertissement respectable organisé par le conseil municipal. Les danses obscènes n'y ont pas leur place. »

Deborah avait l'habitude de céder à son père mais, cette fois, elle lui tint tête.

« La valse n'a rien d'obscène voyons ! À Londres, tout le monde la danse.

— Nous ne sommes pas à Londres et nous n'autorisons pas les danses dans lesquelles les gens se collent face à face. C'est indécent. Ils peuvent même ne pas être mariés !

— Rassurez-vous, Père, dit Howard en souriant, aucune fille ne risque de tomber enceinte en dansant la valse. »

Les autres rirent à gorge déployée.

Hornbeam en fut contrarié. « Cette remarque n'était pas utile, Howard, surtout en présence de dames.

— Oh ! Pardon, répondit Howard.

— Père, intervint Deborah, vous parlez comme un vieux drapier qui refuserait d'utiliser de nouvelles machines. Vous feriez bien de vous mettre au goût du jour ! »

Hornbeam fut piqué au vif. Il n'estimait pas être vieux jeu.

« C'est une comparaison ridicule », dit-il avec colère. Deborah était la seule de la famille à être capable de lui tenir tête.

« Peut-être juste une ou deux valses ?

— Il n'y aura pas de valse. »

Les jeunes renoncèrent et rejoignirent la contre-danse. Hornbeam constata, avec une grimace de dégoût, qu'Amos Barrowfield y participait.

Décidément, il y avait toujours quelque chose pour gâcher sa bonne humeur.

441

*

Rentrée chez elle après le mariage, Sal s'assit à la table de la cuisine avec une plume d'oie et un petit flacon d'encre qu'elle avait empruntés et ouvrit la bible de son père. Elle écrivit la date, suivie du mot *Mariage*, avant de demander : « Comment écrit-on Jarge ?

— Qu'est-ce que tu fais ? lui demanda Jarge.

— Je note la date de notre mariage dans la bible familiale.

— C'est un beau livre », remarqua-t-il, en jetant un coup d'œil par-dessus l'épaule de Sal.

C'était un ouvrage ancien, mais il possédait un solide fermoir en laiton et était imprimé en grosses lettres faciles à lire.

« Il a dû coûter cher, observa Jarge.

— Sans doute. C'est mon grand-père qui l'a acheté. Comment écris-tu ton prénom ?

— Je ne sais pas, je ne l'ai jamais vu écrit.

— Autrement dit, si je l'écris de travers, tu ne le remarqueras pas.

— Et ça me sera bien égal », répondit-il en riant.

Sal écrivit :

Jarj Boks et Sarah Clitheroe

« C'est parfait », approuva Jarge.

Sal eut l'impression que l'orthographe n'était pas correcte, mais il était trop tard. Elle souffla sur l'encre pour la sécher. Lorsqu'elle cessa de briller et devint d'un noir terne et sans reflet, elle referma le volume.

« Maintenant, allons voir les invités arriver au bal », proposa-t-elle.

*

Elsie n'était pas une excellente danseuse, mais elle aimait danser avec Amos, gracieux et assuré. La contredanse nécessitait une grande énergie et ils quittèrent la piste essoufflés.

Ce soir-là, la salle des fêtes présentait un aspect très différent de celui qu'elle avait lors des leçons de l'école du dimanche d'Elsie. Elle retrouvait en effet sa véritable fonction, avec de la musique et des bavardages, des bouchons qui sautaient et des verres qui se remplissaient et se vidaient, pour se remplir encore, rapidement. Mais elle la préférait quand ses seuls occupants étaient des enfants pauvres résolus à s'instruire.

« Eh bien, aujourd'hui, je suis allée en prison. C'est une première, dit-elle à Amos.

— Je connais Sal depuis longtemps. Elle aimait beaucoup son premier mari, Harry, et je suis vraiment content de la voir heureuse à nouveau, répondit Amos.

— Vous êtes vraiment gentil, Amos.

— Cela m'arrive. »

Sachant que les compliments le mettaient mal à l'aise, elle changea promptement de sujet.

« Je suis désolée que la Société socratique ait été dissoute.

— Spade et le pasteur Midwinter ont pensé que cela valait mieux.

— C'est dommage.

— Comme il reste un peu d'argent, ils vont s'en servir pour créer un club d'échange de livres.

— C'est bien, mais ce ne sera pas très utile pour ceux qui ne savent pas lire.

— Au contraire, les hommes y adhèrent pour apprendre à lire. »

Il regarda par-dessus l'épaule d'Elsie et son expression changea.

Elle se retourna en se demandant ce qui avait attiré son attention. Jane Midwinter parlait à Northwood. J'aurais dû m'en douter, pensa Elsie. Elle entendit Jane dire :

« Venez au buffet et mangez quelque chose avant de continuer à boire du champagne. Je ne voudrais pas que vous vous couvriez de honte. »

C'était le genre de propos qu'une épouse ou une fiancée pouvait tenir.

Elsie reporta son attention sur Amos et lui demanda :

« Que ferez-vous si Jane épouse Northwood ?

— Elle ne l'épousera pas. Le comte ne le permettra pas.

— Mais que feriez-vous si c'était le cas ? insista-t-elle.

— Je ne sais pas. » Amos avait l'air mal à l'aise. « Rien, sans doute. » Son visage s'éclaira. « Nous sommes en guerre et Northwood sera bien obligé de se battre tôt ou tard. S'il meurt au combat, Jane sera à nouveau seule. »

Cette pensée cruelle ne ressemblait pas à Amos.

«Autrement dit, vous attendez et vous espérez.
— C'est un peu cela. Excusez-moi.»

Il la quitta pour suivre Jane et Northwood.

La désolation s'abattit sur Elsie. Elle n'avait plus aucun espoir. Amos resterait fidèle à Jane même si elle en épousait un autre.

Il était grand temps qu'elle affronte la réalité.

J'ai vingt-deux ans et je suis célibataire, se dit-elle. Tout ce que je veux, c'est une maison remplie d'enfants. Bel Marsh est devenue Bel Hornbeam, et Deborah Hornbeam Deborah Riddick; elles auront donc sans doute bientôt des enfants, alors que moi, je m'accroche encore à un homme qui en aime une autre.

Je n'ai aucune envie de rester vieille fille. Je dois oublier Amos.

Elle prit une coupe de champagne pour se remonter le moral.

*

Arabella Latimer était ravissante dans une robe couleur rouille confectionnée dans un cachemire de Spade. Le corsage froncé et la taille haute mettaient en valeur sa poitrine généreuse. Spade avait peine à la quitter des yeux.

«Si je réussis à convaincre l'orchestre de jouer une valse, accepterez-vous de la danser avec moi? lui demanda-t-il.

— Ce serait très volontiers, répondit-elle. Mais je ne sais pas danser la valse.

— Je vous montrerai. J'ai appris à Londres. C'est facile. Beaucoup d'autres la découvriront. Personne n'a encore jamais dansé la valse à Kingsbridge.

— C'est entendu. J'espère que le clergé ne sera pas scandalisé.

— Les ecclésiastiques aiment être scandalisés. Ça leur donne des frissons. »

Spade s'approcha de l'estrade où étaient installés les musiciens et, lorsque la danse s'acheva, il montra au chef d'orchestre une pièce d'argent d'une couronne, l'équivalent de cinq shillings, et lui demanda : « Pourriez-vous jouer une valse ?

— Bien sûr, répondit le chef d'orchestre. Mais je crains que ça ne plaise pas à l'échevin Hornbeam. »

Cette remarque agaça Spade, qui se força cependant à sourire.

« M. Hornbeam n'obtient pas toujours ce qu'il veut », dit-il en réprimant son irritation. Il brandit la pièce. « C'est comme vous voudrez », ajouta-t-il.

Le chef d'orchestre prit l'argent.

Spade rejoignit Arabella.

« C'est une danse à trois temps : *Un* deux trois, *Un* deux trois. Vous reculez avec votre pied gauche, puis vous faites un pas de côté et en arrière du pied droit, puis vous rapprochez vos pieds, comme ces étrangers qui claquent des talons en s'inclinant. »

Il se tenait face à elle, sans la toucher, et ils exécutèrent ensemble quelques pas.

Arabella comprit rapidement le principe.

« Ce n'est vraiment pas difficile », dit-elle.

Elle avait les yeux brillants et pleins d'ardeur, et

Spade commença à penser qu'elle était peut-être aussi éprise de lui qu'il l'était d'elle.

Personne ne leur prêtait grande attention. À l'occasion de ce genre de bals, on voyait souvent les gens s'enseigner mutuellement les pas compliqués de danses minutieusement chorégraphiées, comme le cotillon, dans lequel quatre couples qui ne se touchent que par les mains forment un carré.

Une allemande s'acheva et les musiciens s'interrompirent brièvement. Le chef d'orchestre annonçait habituellement la prochaine danse pour permettre aux gens de se préparer, mais, cette fois-ci, il ne dit rien, craignant peut-être que la valse ne s'arrête avant même d'avoir commencé et qu'il ne doive rendre ses cinq shillings. La musique reprit sans aucune annonce, mais le rythme sautillant de la valse était parfaitement reconnaissable. L'assistance parut déconcertée par cette musique inhabituelle.

«Allons-y, dit Spade. Posez votre main droite sur mon épaule gauche.» Il mit la main sur la taille de la jeune femme, tiède et doucement galbée. Il tenait l'autre main d'Arabella à hauteur d'épaule. Leurs corps se touchaient.

«C'est extrêmement intime», remarqua-t-elle. Mais ce n'était pas un reproche.

Spade fit le premier pas et elle s'y adapta souplement. En un rien de temps, ils valsaient comme s'ils l'avaient fait maintes et maintes fois.

«Nous sommes les seuls à danser», constata alors Arabella.

Spade prit conscience que le brouhaha des

conversations et des rires s'était un peu estompé et que de nombreuses personnes l'observaient en train de danser avec l'épouse de l'évêque. Il se demanda alors s'il n'avait pas commis une erreur. Il ne voulait pas qu'Arabella ait des ennuis avec son mari.

Il remarqua que Hornbeam le fixait d'un air furieux.

«Oh, mon cher, tout le monde nous regarde», murmura Arabella.

Spade tenait la femme qu'il aimait dans ses bras et n'avait pas envie de s'interrompre.

«Qu'ils aillent tous au diable, lança-t-il entre ses dents.

— Vous êtes fou, et je vous adore», dit-elle en riant.

Deborah Hornbeam entraîna alors Will Riddick, imité par son frère Howard avec sa jeune épouse, Bel, et les deux couples se mirent à valser.

«Dieu merci, soupira Arabella.

— Ils se sont exercés chez eux. Je parie que Hornbeam n'en savait rien», dit Spade.

D'autres couples se joignirent à eux et, bientôt, une centaine de personnes valsaient, ou essayaient. Prenant de l'assurance, Spade serra légèrement le corps d'Arabella contre le sien, et elle réagit en se pressant plus près encore tandis qu'ils tournoyaient autour de la pièce. Elle lui chuchota à l'oreille : «Oh, mon Dieu, c'est comme baiser.»

Spade sourit de bonheur.

«Si vous pensez que baiser ressemble à cela, murmura-t-il, c'est que vous ne l'avez pas fait comme il faut.»

*

La valse finie, le chef d'orchestre annonça un cotillon et Kenelm proposa à Elsie d'être sa partenaire, ce qu'elle accepta. Il la conduisait à la perfection, et elle espéra que sa propre maladresse passerait ainsi inaperçue.

« Allons prendre une coupe de champagne », suggéra-t-il quand la musique s'arrêta.

C'était la troisième de la soirée pour Elsie et elle était détendue.

« Avez-vous beaucoup dansé à Oxford ? lui demanda-t-elle.

— Non. Faute de femmes, répondit-il avant d'ajouter : Enfin, de femmes avec lesquelles un futur ecclésiastique pût envisager de danser.

— Cessez, dit-elle.

— Cesser quoi ?

— De critiquer. Cela manque de charme. Vous êtes un ecclésiastique, tout le monde suppose donc que vous ne vous intéressez pas à des femmes inconvenantes. Il est inutile de le rappeler. »

Son front se plissa de ressentiment et il parut s'apprêter à argumenter, puis il hésita et prit l'air songeur.

*

Amos aimait danser et savait valser, mais il y avait renoncé pour suivre Jane et Northwood – qui ne se rendirent compte de rien tant ils étaient absorbés l'un par l'autre. Le comportement d'Amos était répréhensible, il le savait, mais personne d'autre ne l'avait remarqué, pour le moment en tout cas.

Jane et Northwood se rendirent au buffet, dansèrent, puis s'éloignèrent en direction de la terrasse. Ils franchirent enfin les portes donnant sur le jardin éclairé pour la soirée.

L'air nocturne était froid et il n'y avait pas beaucoup de monde dehors. Amos sentit comme un goût de brume sur ses lèvres.

Jane avait jeté une cape sur ses épaules pour se protéger du froid. Les deux jeunes gens se promenaient paisiblement, allant et venant. Si les pas de Northwood étaient quelque peu hésitants, Jane, quant à elle, était parfaitement maîtresse d'elle-même. Il était difficile de distinguer leurs visages dans la pénombre, mais leurs têtes s'inclinaient l'une vers l'autre et leur conversation était manifestement animée.

Amos s'adossa au mur du bâtiment, comme quelqu'un qui a envie de prendre l'air. Il se passait quelque chose d'important entre Jane et Northwood, quelque chose qui dépassait le marivaudage.

Puis ils disparurent.

Ils s'étaient glissés derrière un bosquet de hauts buissons, comprit-il. Ils étaient à présent à l'abri de tous les regards. Que faisaient-ils ? Il devait le découvrir. Il traversa la pelouse, sans pouvoir s'en empêcher.

En s'approchant, il constata qu'il pouvait les

apercevoir à travers les branchages. Ils s'enlaçaient et s'embrassaient, et il entendit Northwood gémir de passion. Il était furieux et, en même temps, avait honte de jouer les voyeurs. Northwood était en train de faire ce dont Amos avait toujours rêvé. Il était partagé entre l'envie d'aller régler son compte au vicomte et celle de s'éclipser discrètement.

Il vit la main de Northwood s'approcher de la poitrine de Jane.

Amos s'avança de quelques pas.

«Non», murmura Jane tout en repoussant la main de Northwood.

Amos se figea.

«L'homme que j'épouserai pourra me caresser les seins autant qu'il le voudra, et je ne demanderai qu'à le laisser faire», dit Jane en prenant les deux mains de Northwood dans les siennes.

Amos entendit Northwood retenir son souffle avant de dire:

«Jane, voulez-vous m'épouser?
— Oh, Henry! s'écria-t-elle. Oui!»

Ils s'embrassèrent à nouveau, mais Jane se dégagea. Elle prit la main de Northwood et ils sortirent de derrière les buissons. Amos tourna rapidement les talons et fit semblant de flâner et de n'être là que par hasard.

Jane ne se laissa pas abuser par son stratagème.

«Amos, nous sommes fiancés!»

Sans s'arrêter, elle entraîna Northwood dans la salle des fêtes. Amos leur emboîta le pas.

Tenant fermement le vicomte par le bras, Jane

s'approcha de son père, le pasteur Midwinter, qui s'entretenait avec l'échevin Drinkwater et les deux jeunes femmes de la famille Hornbeam, Deborah et Bel.

«Père, dit Jane, Henry voudrait vous parler.»

Le message était d'autant plus clair que Jane avait utilisé le prénom de Northwood. Deborah et Bel poussèrent un cri de joie.

Northwood était éméché, mais sa bonne éducation vint à son secours et il déclara:

«Monsieur, me donnerez-vous la permission de demander sa main à votre fille?»

Le pasteur hésita. Le dernier espoir d'Amos était que Midwinter trouve un prétexte et demande à Northwood de venir le voir le lendemain, afin qu'ils puissent discuter convenablement de sa proposition.

Mais Drinkwater, le grand-père de Jane, ne put contenir sa joie.

«C'est merveilleux!» s'écria-t-il.

Bel Hornbeam annonça alors tout haut:

«Jane va épouser le vicomte Northwood! Hourra!»

Midwinter n'appréciait visiblement pas la manière dont les choses se déroulaient. Mais s'il disait non à sa fille, elle serait déshonorée. Après un long silence, il annonça finalement à Northwood:

«Oui, monsieur le vicomte, je vous autorise à lui demander sa main.

— Merci», dit Northwood.

Deborah Riddick murmura, admirative: «Bien joué, mademoiselle Midwinter.»

Elle avait manifestement conscience que Jane avait habilement manœuvré.

Jane prit alors la main de Northwood, lui fit face et déclara : « Je n'aurai d'autre mission dans la vie que de faire le bonheur de mon merveilleux mari. »

Amos se détourna, sortit et rentra chez lui.

*

En voyant Amos partir, Elsie comprit à son attitude qu'il s'était passé quelque chose de grave. Il ne lui fallut pas longtemps pour découvrir de quoi il s'agissait. En l'espace de quelques minutes, une effervescence s'était emparée de la salle, les gens discutaient avec animation, d'une voix apparemment surprise, et vaguement scandalisés. Kenelm Mackintosh s'approcha alors d'elle et lui annonça :

« Northwood a demandé Jane Midwinter en mariage et Jane a accepté.

— Tiens, tiens, dit Elsie. Jane a donc obtenu l'homme qu'elle voulait. » Et pas moi, ajouta-t-elle silencieusement.

« Vous n'êtes pas étonnée ?

— Pas vraiment. Jane intrigue depuis des mois pour parvenir à ses fins.

— Mais son père est méthodiste… et Northwood sera un jour comte de Shiring !

— Et Jane comtesse.

— Je crains que le méthodisme ne soit bientôt considéré comme un élément à part entière du christianisme anglais.

— Pourquoi pas ? Le protestantisme est bien devenu un élément à part entière du christianisme européen. »

Cette réplique le déconcerta un instant et Elsie s'amusa à le voir se débattre pour trouver une réponse. Et sa beauté rendait le spectacle plus plaisant encore.

« Il vous arrive d'être terriblement impertinente, dit-il enfin.

— Eh bien, monsieur Mackintosh, il semblerait que vous commenciez à me connaître. »

Il la regarda un moment en silence avant de reprendre : « Vous êtes remarquablement intelligente.

— Ma foi, quel compliment, surtout de la part d'un homme !

— Voilà que vous redoublez d'impertinence.

— J'en suis consciente.

— Et pourtant je vous admire. »

C'était un message codé qui signifiait : *Je suis en train de tomber amoureux de vous*. Elle retint la raillerie qui lui brûlait les lèvres. Elle avait bien senti qu'il nourrissait une certaine tendresse pour elle, et il ne fallait pas se moquer d'un sentiment sincère. D'un autre côté, il ne l'avait jamais regardée avec le désir transparent qu'elle avait perçu dans les regards qu'Amos jetait à Jane. Elle ne put s'empêcher de se rappeler les propos d'Amos : *Il veut vous épouser pour servir sa carrière. Le gendre d'un évêque est assuré d'obtenir de l'avancement dans l'Église.*

« Êtes-vous ambitieux ?

— Ambitieux d'accomplir l'œuvre de Dieu,

indéniablement. Et mon épouse aura la joie de m'aider à Le servir.»

Il parlait par clichés mais paraissait sincère.

«Accomplir l'œuvre de Dieu, sans doute, approuva-t-elle, mais à quel titre?

— Si telle est Sa volonté, je crois que je pourrais Le servir comme évêque. J'ai reçu l'éducation nécessaire et je suis dévoué et travailleur.

— Diriez-vous que vous êtes fier?»

Cet interrogatoire le mettait mal à l'aise, mais il le subit stoïquement.

«Il m'est arrivé d'avoir à me confesser du péché d'orgueil, en effet.»

C'était honnête.

«J'aime les enfants, déclara-t-elle. Et vous?

— Je n'ai jamais eu l'occasion de le savoir. Je n'ai pas de sœur et je n'ai qu'un frère qui a douze ans de plus que moi. Il est allé travailler à Manchester au moment où je partais à Oxford. Il n'y a guère d'avenir en Écosse pour les jeunes gens ambitieux.

— Pour certains, l'œuvre de Dieu peut être l'enseignement.

— Je suis bien de votre avis. Jésus a dit: "Laissez les petits enfants, et ne les empêchez pas de venir à moi, car le Royaume des cieux est pour ceux qui leur ressemblent."

— Vous essayez d'apporter votre concours à l'école du dimanche, mais vous n'êtes jamais à l'aise avec les petits.

— Peut-être pourriez-vous m'y aider.»

C'était la première fois qu'elle le voyait manifester de l'humilité. Dans le fond, c'était un homme bien.

« J'ai parlé à votre père », dit alors Mackintosh.

Elle s'affola. Il allait la demander en mariage et elle ne savait que lui répondre. Regardant autour d'elle, elle remarqua :

« Je ne vois pas mon père.

— Il est parti. Il ne se sentait pas bien. Sa santé m'inquiète un peu. »

Elsie essaya de gagner du temps en ajoutant :

« Et ma mère ?

— Elle lui a dit qu'elle trouverait quelqu'un pour la raccompagner, et qu'il ne devait pas s'inquiéter.

— Très bien.

— J'ai expliqué à votre père que je me suis pris d'amour pour vous...

— J'en suis très honorée. »

C'était une phrase de pure forme qui ne l'engageait ni dans un sens ni dans l'autre.

« ... et je lui ai dit que je nourrissais l'espoir que vous puissiez vous attacher à moi. »

Je n'en sais rien, pensa-t-elle, je n'en sais vraiment rien.

« Mademoiselle Latimer – ou puis-je vous dire ma très chère Elsie –, voulez-vous m'épouser ? »

Et voilà, il lui fallait à présent prendre une décision dont dépendrait toute sa vie à venir.

Dans la mesure où il était possible de lire dans le cœur d'autrui, elle savait qu'Amos ne l'épouserait jamais. Et au cours de ces quelques minutes, elle avait décelé chez Mackintosh une facette qu'il ne lui avait encore jamais montrée. Il pourrait faire un bon père, après tout.

Elle ne l'aimerait jamais passionnément. Mais le mariage de ses parents n'avait pas été différent. Et lorsqu'elle avait demandé à sa mère si elle était heureuse d'avoir épousé son père, celle-ci avait répondu : *Bien sûr ! Autrement, je ne t'aurais pas*. C'est ce que j'éprouverai, moi aussi, pensa Elsie ; je serai heureuse de m'être mariée à cause des enfants.

Si j'avais dix-huit ans, je refuserais. Mais j'en ai presque vingt-trois. Et je ne suis pas aussi habile que Jane avec les hommes. Je ne sais pas incliner la tête en souriant timidement pour parler d'une voix basse et intime, afin qu'ils soient obligés de se pencher vers moi pour m'entendre. J'ai essayé, mais je me sens fausse et ridicule. Je veux pourtant que quelqu'un m'embrasse le soir, j'ai envie d'avoir des enfants, de les aimer et de les élever pour en faire des êtres bons, intelligents et gentils. Je ne veux pas vieillir seule.

Je ne veux pas être un jour une vieille femme sans enfants.

« Je vous remercie de l'honneur que vous me faites, Kenelm. Oui, je veux bien vous épouser, finit-elle par répondre.

— Dieu soit loué », dit-il.

*

Spade prit sa clé personnelle pour déverrouiller la porte du porche nord de la cathédrale. Il entra, Arabella sur ses talons. Il faisait plus froid à l'intérieur que dehors. Lorsqu'il referma la porte, il n'y vit plus rien. Au toucher, il trouva le trou de la serrure et la verrouilla derrière lui.

« Tenez-vous à mes basques et suivez-moi, dit-il à Arabella. Je devrais pouvoir trouver mon chemin dans l'obscurité. »

Les bras tendus devant lui comme un aveugle pour éviter de se heurter à un pilier, il se dirigea vers l'ouest, cherchant à avancer en ligne droite. Au bout de quelques secondes, il se mit à distinguer vaguement les fenêtres, de vagues formes en ogive gris foncé se détachant sur le noir de jais de la maçonnerie. Lorsqu'il fut au niveau de la dernière fenêtre, il sut qu'il n'était plus qu'à deux ou trois pas du mur du fond. Ses mains effleurèrent les pierres froides et il changea de direction pour suivre le mur jusqu'à l'angle du narthex, un vestibule situé sous le clocher. Il trouva une porte qu'il déverrouilla. Dès qu'ils furent à l'intérieur, il la referma à clé.

Ils gravirent l'escalier en colimaçon jusqu'à la salle des cordes.

« Je ne vois rien ! » murmura Arabella.

Il la prit alors dans ses bras et l'embrassa. Elle lui rendit son baiser avec fougue, tenant sa tête entre ses mains, enfonçant les doigts dans ses cheveux. Il caressa ses seins à travers sa robe, savourant leur poids, leur douceur et leur chaleur.

« Mais je veux vous voir, protesta-t-elle.

— J'ai laissé un sac après la répétition de lundi dernier, dit Spade le souffle court. Ne bougez pas, je vais le chercher. »

Il traversa le sol couvert de nattes, sentant les cordes effleurer son manteau. Il se mit à genoux et tâtonna jusqu'à ce que ses doigts se posent sur la sacoche en cuir qu'il avait cachée là. Il en sortit une bougie et un briquet à amadou, puis alluma la chandelle. Il n'y avait pas de fenêtre dans la salle des cordes, si bien que la flamme ne pouvait être vue de l'extérieur.

Il se retourna et la regarda. Ils échangèrent un sourire à la lumière de la bougie.

« Vous aviez tout prévu, commenta Arabella. Vous êtes malin.

— Il s'agissait plus d'une vague rêverie que d'un vrai plan. »

Lorsque la flamme fut plus vive, il fit couler de la cire sur le plancher, puis y posa la base de la bougie qu'il maintint en place jusqu'à ce que la cire ait suffisamment durci.

« Allongeons-nous par terre, proposa-t-elle. Tant pis si ce n'est pas très confortable.

— J'ai une meilleure idée. »

Le sol était couvert des nattes utilisées par les sonneurs de cloche pour réduire l'usure des cordes lorsqu'elles frôlaient le sol. Il en prit plusieurs et les disposa en tas pour en faire une couche.

« Vous avez pensé à tout !

— Cela fait des mois que j'imagine ce moment.

— Moi aussi », gloussa-t-elle.

Il s'allongea et leva les yeux vers elle.

Il la vit avec étonnement debout au-dessus de lui qui relevait la jupe de sa robe jusqu'à la taille. Ses jambes étaient blanches et galbées. Il s'était demandé si elle portait des dessous, une nouvelle mode osée, mais ce n'était pas le cas, et les poils de son pubis étaient acajou foncé. Il eut envie de les embrasser.

Son érection dessinait une bosse sous le rabat de ses culottes, et il en fut embarrassé – il savait bien que c'était idiot, mais il n'y pouvait rien.

Arabella ne partageait visiblement pas son embarras. Elle se mit à califourchon sur les jambes de Spade et déboutonna ses culottes, libérant ainsi son pénis.

« Oh, qu'il est beau! s'écria-t-elle, en le prenant dans sa main.

— Je suis sur le point d'exploser, avoua Spade.

— Non, attendez-moi! » Elle se déplaça légèrement et le glissa en elle. « Ne poussez pas, pas encore. » Lorsqu'il fut entièrement en elle, elle se pencha en avant, l'attrapa par le haut des bras et l'embrassa. Puis elle releva la tête, le regarda droit dans les yeux et commença à bouger lentement. Il lui tint les hanches et suivit sa cadence.

« Gardez les yeux ouverts, dit-elle. Je veux que vous me regardiez. »

La tâche n'était pas déplaisante, pensa-t-il, avec ses cheveux roux qui voltigeaient autour de sa tête, ses yeux cuivrés écarquillés, sa bouche ouverte et son buste magnifique qui se soulevait et s'abaissait au rythme de ses halètements. Qu'ai-je fait pour mériter cette femme merveilleuse?

Il aurait voulu que cet instant dure toujours, mais il n'était pas sûr de pouvoir tenir une minute de plus. Ce fut pourtant elle qui, la première, se laissa emporter par le plaisir. Elle lui serra les bras au point de lui faire mal, mais il ne s'en souciait guère car il était lui aussi transporté, et ils se rejoignirent au point culminant.

«C'est tellement bon, dit-elle en s'effondrant sur son torse. Tellement bon.»

Il l'entoura de ses bras et lui caressa les cheveux.

«Quelle chance que vous ayez les clés», ajouta-t-elle après quelques minutes.

Cette remarque l'amusa et il pouffa. Elle rit avec lui.

Puis elle balbutia, le souffle court:

«Tout ce que je vous ai dit! Tout ce que j'ai fait! En temps normal, je ne... Je veux dire que je n'ai jamais... Oh, mon Dieu! Il vaut mieux que je me taise.»

Un instant plus tard, elle reprit:

«J'aurais voulu que ça dure plus longtemps, mais je n'ai pas pu attendre.

— Ne vous en faites pas, répondit-il. Demain n'est pas loin.»

*

Aux assises, les témoignages à charge contre Joanie furent les mêmes, mais ceux de la défense furent, selon Sal, plus convaincants. Amos Barrowfield jura que Joanie travaillait pour lui depuis des années, qu'elle avait toujours été honnête et respectable, n'avait jamais été violente et n'était pas du genre à inciter les gens à l'émeute. D'autres notables de Kingsbridge déposèrent dans le même sens: le pasteur

Midwinter, Spade, et même le pasteur de Saint-Luc. Et Silas Child reconnut que Joanie lui avait remis l'intégralité du produit de la vente des céréales.

Le jury délibéra longuement, ce qui n'avait rien d'étonnant. Celui de la session mensuelle n'avait fait que décider s'il convenait de la renvoyer aux assises. Cette fois, c'était une question de vie ou de mort.

« Qu'en penses-tu ? demanda Sal à Spade.

— Qu'elle ait donné l'argent à Child sert grandement sa cause. Ce qui joue contre elle, c'est la foule qui a jeté des pierres contre le carrosse du roi.

— Mais Joanie n'y était pour rien ! protesta Jarge, debout à côté de Sal.

— Je ne dis pas que c'est juste, mais cette agression contre le roi les pousse tous à être plus sévères. »

Il sous-entendait par là qu'elle risquait d'être condamnée à mort, Sal le savait.

« Dieu veuille que tu aies tort, répliqua-t-elle avec ferveur.

— Amen », répondit Spade.

Le public de la salle d'audience ne s'intéressait pas qu'au procès. Les deux fiançailles qui avaient eu lieu lors du bal de la salle des fêtes étaient sur toutes les lèvres et le futur mariage de Northwood avec Jane faisait grand bruit. La veille, Jane Midwinter avait assisté à la communion à la cathédrale et non à la Salle méthodiste, et s'était assise à côté de Northwood, comme s'ils étaient déjà mariés. Le pasteur Midwinter avait ensuite invité Northwood à partager leur déjeuner dominical dans sa modeste demeure, et Northwood avait accepté. Tout le monde s'interrogeait cependant sur la réaction de son père, le comte de Shiring. Sans doute s'opposerait-il à cette union, même si, pour finir, il ne pouvait empêcher son fils de vingt-sept ans d'épouser la jeune fille de son choix.

Les fiançailles d'Elsie Latimer et Kenelm Mackintosh suscitaient moins de commentaires, bien que certains se soient étonnés qu'Elsie ait répondu favorablement à la demande du jeune ecclésiastique.

Les deux mariages seraient certainement célébrés dans la cathédrale. Sal regarda Jarge et la différence entre ces noces à venir et son propre mariage lui inspira un sourire narquois. Et pourtant, même si elle l'avait pu, elle n'aurait rien changé au sien.

Mais si je disais ça, personne ne me croirait, pensa-t-elle.

Le jury regagna la salle et le greffier demanda à son président si les jurés avaient déclaré Joanie coupable ou non coupable.

« Coupable », répondit le président.

Joanie chancela et sembla sur le point de tomber, mais Jarge la retint.

Une rumeur d'indignation s'éleva des rangs du public.

Sal vit un sourire sur les lèvres de Will Riddick. Si seulement je l'avais tué en lui jetant cette pierre, songea-t-elle.

« Que la prisonnière rejoigne le banc des accusés, dit le juge. Vous avez été reconnue coupable d'un crime passible de la peine de mort. »

Terrifiée, Joanie blêmit.

« Toutefois, poursuivit le juge, vos concitoyens ont fermement recommandé la clémence, et le marchand Silas Child a témoigné que vous lui avez remis tout l'argent de la vente du blé volé. »

Ce qui voulait dire, se rassura Sal, que Joanie ne serait donc pas pendue. Mais quelle serait son châtiment ? La flagellation ? Les travaux forcés ? Le pilori ?

« Aussi ne vous condamnerai-je pas à mort.
— Dieu merci, laissa échapper Jarge.
— Au lieu de quoi, vous serez condamnée à quatorze années de déportation dans la colonie pénitentiaire de Nouvelle-Galles du Sud en Australie.
— Non ! » cria Jarge.

Il ne fut pas le seul. La foule était scandalisée et les cris de protestation se multiplièrent.

Le juge éleva la voix.

« Faites évacuer la salle ! »

Le shérif et les agents entreprirent de pousser les gens dehors. Le juge disparut par la porte de l'antichambre. Tenant Jarge par le bras, Sal lui parlait pour chercher à le détourner de ses pensées violentes.

« Quatorze ans, Jarge... elle n'en aura que quarante-quatre quand elle reviendra.
— Il est bien rare qu'on en revienne, même quand on a purgé sa peine. Quand on les envoyait en Amérique, peu en revenaient, et l'Australie est encore plus loin. »

Sal savait qu'il avait raison. À la fin de leur peine, les prisonniers devaient payer leur voyage de retour, et il leur était quasiment impossible de gagner suffisamment d'argent sur place. Dans la plupart des cas, la déportation revenait à un bannissement à vie.

« Nous pouvons tout de même espérer, Jarge », dit Sal.

La colère de Jarge laissa place au chagrin. Au bord des larmes, il demanda :

« Et la petite Sue ?

— Elle restera ici. Qui souhaiterait emmener un enfant dans une colonie pénitentiaire ? De toute façon, ce n'est pas autorisé.

— Elle n'aura plus ni père ni mère !

— Elle nous aura, toi et moi, Jarge, murmura solennellement Sal. C'est notre enfant maintenant. »

*

Kit sut qu'il s'était passé quelque chose de terrible, mais, pendant plusieurs jours, il ne put obtenir de précisions de la part d'aucun adulte. Et puis un matin, au petit déjeuner, sa mère dit :

« Kit et Sue, je vais essayer de vous expliquer ce qui va se passer aujourd'hui. »

Enfin, pensa Kit. Il se redressa sur sa chaise, curieux d'en apprendre davantage.

« Sue, ta maman va devoir s'en aller ce matin.

— Pourquoi ? » demanda Sue.

Kit se le demandait lui aussi.

« Le juge a pensé qu'elle avait fait quelque chose de mal en empêchant les hommes de charger les sacs de blé sur la barge de M. Child », expliqua Sal.

Kit savait ce qu'il s'était passé.

« C'était du grain de Kingsbridge, dit-il d'une voix assurée, on n'aurait pas dû l'expédier ailleurs.

— C'est ce que nous pensions tous, mais le juge n'est pas de cet avis, et c'est lui qui exerce le pouvoir, intervint Jarge.

— Elle va aller où, Maman ? s'inquiéta Sue.

— En Nouvelle-Galles du Sud, c'est en Australie, répondit Sal.

— C'est loin ? »

Kit connaissait la réponse à cette question. Il collectionnait les faits de ce genre.

« C'est à quinze mille kilomètres d'ici », dit-il, fier de son savoir. Mais devant l'air perplexe de Sue, qui semblait ne pas comprendre ce que représentaient quinze mille kilomètres, il ajouta : « Il faut la moitié d'une année pour faire le voyage en bateau.

— La moitié d'une année ! » Cette fois, elle avait compris et fondit en larmes. « Mais elle reviendra quand ?

— Dans longtemps. Dans quatorze ans, répondit Sal.

— Toi et moi, nous serons grands d'ici là, dit Kit en se tournant vers Sue.

— Kit, laisse-moi répondre aux questions, s'il te plaît.

— Pardon.

— Dans une minute, nous irons sur les quais lui dire au revoir. Elle prendra une barge jusqu'à Combe, puis embarquera à bord d'un grand navire pour ce long voyage. Le shérif a dit que nous ne pourrions pas la serrer dans nos bras ni l'embrasser. En fait, il ne faut même pas essayer de la toucher. »

Sue sanglota : « Ce n'est pas juste !

— C'est vrai. Mais nous aurons de graves ennuis si nous ne respectons pas les règles. Tu comprends ?

— Oui, dit Sue.

— Et toi, Kit ?

— Oui.

— Dans ce cas, allons-y. »

Ils enfilèrent leurs manteaux.

Kit savait ce qui se passait, sans le comprendre véritablement. Aucune des personnes qu'il connaissait ne pensait que Joanie était une criminelle. Comment le juge avait-il pu faire une chose aussi méchante ?

Il y avait foule au bord du fleuve. Des habitants de Kingsbridge avaient déjà été déportés, mais c'étaient des voleurs et des assassins. Joanie était une femme et une mère. Kit sentit la colère des gens qui l'entouraient dans leurs manteaux usés, coiffés de leurs vieux chapeaux, serrés les uns contre les autres sous une pluie fine, pleins de ressentiment mais impuissants.

Joanie apparut, escortée par le shérif Doye, et un grondement sourd et hostile s'éleva de ceux qui étaient venus l'attendre. Kit constata que les chevilles de Joanie étaient entravées par une chaîne, ce qui l'obligeait à marcher à tout petits pas. Sue le remarqua elle aussi et s'écria : « Pourquoi on lui a enchaîné les pieds ?

— Pour l'empêcher de s'enfuir », répondit Kit.

Sue fondit en larmes.

«Kit, je t'ai déjà dit de me laisser le soin de lui répondre, se fâcha Sal. Tu la bouleverses.

— Pardon.»

J'ai seulement dit la vérité, pensa-t-il. Mais sa mère n'était pas d'humeur à discuter.

Quelqu'un se mit à applaudir et d'autres en firent autant. Joanie sembla soudain remarquer la présence de tout ce monde, et sa posture changea. Elle ne pouvait rien faire contre son étrange démarche, mais elle se redressa, le dos bien droit, la tête levée, et regarda d'un côté et de l'autre, saluant les personnes qu'elle connaissait. Kit pensa vaguement que cela valait mieux pour Sue. Voir sa mère humiliée aurait été bien pire.

Les applaudissements redoublèrent lorsque Joanie s'approcha de la barge.

Kit prit la main de Sue pour la réconforter. Et Sal lui prit l'autre, sans doute pour l'empêcher de courir vers sa mère, s'il lui en venait l'idée.

Joanie franchit la passerelle et monta sur le pont de la barge.

Sue hurla et Sal la souleva de terre, la serrant dans ses bras. La petite se débattit, mais Sal la tenait fermement.

Un batelier détacha les amarres et repoussa la barge du quai. Le courant la fit doucement glisser vers l'aval, lentement mais inéluctablement.

Sur le pont, Joanie se retourna vers la rive et vers la foule qui la suivait des yeux. Kit s'étonna de la voir aussi calme et silencieuse, se contentant d'observer les alentours. Elle quittait sa famille et la ville où elle avait toujours vécu pour se rendre dans un lieu inconnu à l'autre bout du monde ; cette idée était si terrifiante que Kit essaya de la chasser de son esprit.

Le courant entraîna rapidement la barge vers l'aval. Les hurlements de Sue diminuèrent. La foule cessa d'applaudir.

Au premier méandre du fleuve, la barge disparut aux regards.

PARTIE III

Le Combination Act

1799

19

Amos Barrowfield se leva à quatre heures. Il était seul dans la maison : sa mère était morte deux ans auparavant. Il s'habilla rapidement et sortit quelques minutes plus tard, muni d'une lanterne. C'était une fraîche matinée de printemps. Bien qu'il fût encore très tôt, il n'était pas le seul à être déjà debout. Des lumières brillaient dans toutes les modestes habitations, et des centaines de travailleurs se hâtaient déjà dans les rues obscures en direction des manufactures.

Amos remarqua deux hommes qui montaient la garde devant le quartier général de la milice et pensa avec aigreur que l'étoffe rouge de leurs vestes d'uniforme avait été tissée par Hornbeam.

Kingsbridge avait perdu son apparence de prospérité. Les habitants n'avaient plus les moyens de repeindre leurs portes d'entrée ni de réparer les carreaux cassés. Certains magasins avaient mis la clé sous la porte, d'autres présentaient des vitrines miteuses et de maigres marchandises. Les clients achetaient ce qu'il y avait de moins cher, et non ce qu'il y avait de mieux. Aussi la demande de drap de haute qualité, la spécialité d'Amos, était-elle faible.

C'était la guerre. Une coalition composée de la Grande-Bretagne, de la Russie, de l'Empire ottoman et du royaume de Naples attaquait l'Empire français à travers une grande partie de l'Europe et du Proche-Orient, et se faisait écraser. Les Français subissaient des revers occasionnels, mais se remettaient toujours. À cause de cette guerre absurde, pensa Amos, nous avons tous du mal à gagner notre vie. Et la colère grandit parmi les ouvriers.

Le clair de lune scintillait sur les vaguelettes du fleuve. Il traversa le pont menant à l'île aux Lépreux. Il vit des fenêtres éclairées à l'hôpital de Caris. La deuxième travée du pont le conduisit dans le faubourg appelé le champ aux Amoureux. Il tourna à gauche.

Sur cette rive du fleuve, Hornbeam avait fait construire de longues rangées de maisons mitoyennes et adossées, avec une pompe à eau et des cabinets au milieu de chaque rue. Ces maisons étaient louées par les ouvriers employés dans les manufactures voisines.

Dans les zones vallonnées situées au nord et à l'est de la ville, le fleuve et ses affluents étaient suffisamment rapides pour actionner des roues de moulins tout en assurant un volume d'eau illimité pour le foulage et la teinture. Ici, il n'y avait pas de plan d'urbanisme : les bâtiments, les bassins de réserve, les biefs et les manufactures étaient construits là où il y avait de l'eau.

Amos se dirigea vers l'amont jusqu'à ses ateliers. Avec un signe de tête au gardien endormi, il déverrouilla la porte et entra. Il était en train d'allumer les lampes lorsque Hamish Law arriva, chaussé de bottes d'équitation et vêtu d'une grande cape bleue.

Hamish exécutait désormais les tâches dont Amos avait été chargé avant la mort de son père : il faisait la tournée des villages pour rendre visite aux artisans qui travaillaient à domicile. Il était toujours bien habillé et se mettait en quatre pour être aimable avec les gens. Cependant, malgré son caractère bon enfant, il était aussi assez solide pour tenir tête aux voyous qu'il lui arrivait de croiser. En un mot, il ressemblait beaucoup à Amos, en plus jeune.

Ils chargèrent ensemble les chevaux de bât et discutèrent des lieux où se rendrait Hamish ce jour-là et des artisans qu'il rencontrerait. L'essentiel du travail de filage s'effectuait désormais à la manufacture, sur des machines, et il y avait donc moins de fileurs à la main à aller voir ; en revanche, le tissage était encore un artisanat manuel, et les tisserands travaillaient chez eux, ou dans des manufactures.

« Tu ferais bien de les prévenir que nous n'aurons peut-être pas de travail pour eux la semaine prochaine, dit Amos à Hamish. Je n'ai plus de commandes et je ne peux pas me permettre d'accumuler les réserves.

— Peut-être quelque chose se présentera-t-il dans les prochains jours, répondit Hamish optimiste.

— Espérons-le. »

Les ouvriers commençaient à arriver, mangeant du pain et buvant de la bière légère dans des chopes en terre cuite, jacassant comme des pies. Ils avaient toujours beaucoup de choses à se dire. Ils travaillaient si dur et durant de si longues heures qu'Amos s'étonnait qu'ils aient encore assez d'énergie pour discuter.

Le travail commença à cinq heures. Les marteaux de foulon résonnaient, les spinning jennies cognaient et vrombissaient, et les métiers à tisser claquaient lorsque les tisserands lançaient leurs navettes de droite à gauche et de gauche à droite. Les chocs et les cliquetis étaient mélodieux aux oreilles d'Amos. On fabriquait du tissu pour que les gens n'aient pas froid, les salaires permettaient de nourrir les familles, les profits s'accumulaient pour assurer le fonctionnement de toute l'entreprise. Mais bientôt, l'inquiétude recommença à le ronger.

Il chercha Sal Box, représentante officieuse de la main-d'œuvre. Elle avait bonne mine, malgré ces temps difficiles. Le mariage lui réussissait, même si Amos estimait que son mari, Jarge, avait des allures de brute.

Les machines à filer étant désormais mues par l'énergie hydraulique, les fileuses n'avaient plus à faire tourner les roues à la main. Une fileuse expérimentée comme Sal pouvait ainsi superviser trois machines à la fois.

Ils durent hausser la voix pour couvrir le bruit.

« Je n'ai pas de travail pour la semaine prochaine, lui annonça-t-il. À moins de réaliser une vente à la dernière minute.

— Vous devriez essayer d'obtenir des commandes de l'armée, répondit Sal. C'est là que se trouve l'argent. »

De nombreux drapiers se seraient offusqués de

recevoir des conseils de la part de leurs ouvriers, mais Amos était différent. Il aimait savoir ce qu'ils pensaient. Et il venait d'apprendre quelque chose d'important : on croyait qu'il n'avait pas répondu aux appels d'offre de la milice de Shiring. Il avait à présent l'occasion de s'expliquer.

« Ne croyez pas que je n'ai pas essayé. Mais Will Riddick attribue toutes les commandes à son beau-père. »

Le visage de Sal se ferma.

« Ce Will Riddick devrait être pendu.

— Il est impossible de se faire une place sur ce marché.

— Ce n'est pas correct.

— À qui le dites-vous.

— Il y a tant de choses qui ne tournent pas rond dans ce pays.

— Mais protester peut vous valoir d'être accusé de trahison », se hâta de lui rappeler Amos.

Sal pinça les lèvres de désapprobation.

Amos remarqua que Kit n'était pas avec sa mère.

« Où est votre fils ?

— Il donne un coup de main à Jenny Jenkins. »

Amos parcourut la salle du regard. Une des machines à filer était arrêtée, et la tête rousse de Kit était penchée dessus. Amos le rejoignit pour comprendre ce qu'il se passait.

Kit avait quatorze ans mais restait très enfantin, avec une voix aiguë et sans un poil au menton.

« Que fais-tu ? » lui demanda Amos.

Kit eut l'air inquiet, craignant d'être réprimandé.

« Je resserre une broche avec l'ongle de mon pouce, monsieur Barrowfield, mais elle ne tiendra pas. J'espère que je n'ai rien fait de mal.

— Non, mon garçon, ne t'inquiète pas. Tout de même, ce n'est pas vraiment ton travail.

— Je sais, monsieur, mais les femmes me demandent de les aider.

— C'est vrai, monsieur Barrowfield, confirma Jenny. Kit est si habile avec les machines que nous nous adressons toutes à lui quand nous avons un problème et il nous répare généralement ça en une minute. »

Amos se tourna vers Kit.

« Comment as-tu appris à réparer les machines ?

— Je travaille ici depuis que j'ai six ans, alors je commence à bien les connaître, monsieur. »

Amos se rappela que Kit s'était toujours passionné pour les machines.

« Mais je pourrais faire beaucoup mieux, ajouta Kit, si j'avais un tournevis au lieu de devoir utiliser mon ongle.

— Je n'en doute pas. »

Amos demeura pensif. Les ouvriers réparaient généralement eux-mêmes les machines, et il leur fallait beaucoup de temps pour résoudre des problèmes souvent très simples. L'intervention d'un spécialiste permettrait de gagner du temps et d'augmenter la production.

Il observa le petit mécanicien et envisagea de donner à cette fonction un caractère officiel. Il aimait récompenser ceux qui ne se contentaient pas de faire le strict nécessaire : cela encourageait les autres. Il décida de confier à Kit un véritable emploi, avec un salaire hebdomadaire. Il ne pouvait pas vraiment se permettre d'être généreux, mais quelques shillings ne le mettraient pas en difficulté.

Il fallait d'abord en parler à Sal. Il ne pensait pas qu'elle y serait hostile, mais mieux valait s'en assurer. Il retourna à la machine où elle travaillait.

« Kit est remarquablement intelligent », lui dit-il.

Sal rayonna de fierté.

« En vérité, monsieur Barrowfield, j'ai toujours pensé qu'il était destiné à de grandes choses.

— Eh bien, ce n'est pas une très grande chose, mais j'ai dans l'idée de l'embaucher comme mécanicien, il serait responsable à plein temps de l'entretien des machines.

— C'est très aimable à vous, monsieur, dit Sal, ravie.

— Je ne ferais que donner un caractère officiel au travail qu'il fait déjà.

— C'est vrai.

— Et je le paierai cinq shillings par semaine.

— C'est très généreux, monsieur Barrowfield, le remercia Sal, surprise.

— J'aime payer les gens comme ils le méritent – quand je peux. »

Scrutant le visage de Sal, il y lut du soulagement. Quelques shillings supplémentaires feraient une grande différence dans le budget hebdomadaire de la famille.

« Si je suis obligé de fermer l'usine la semaine

prochaine, il pourrait profiter de ce que toutes les machines seront à l'arrêt pour faire une inspection générale. Mieux vaut prévenir que guérir. Cela vous conviendrait-il ?

— Oui, monsieur. Je le lui dirai.

— Bien, conclut Amos. Je vais lui acheter un tournevis. »

*

Hornbeam emmena son fils Howard visiter sa nouvelle manufacture.

Marié depuis trois ans, Howard était père de famille. Sa femme, Bel, avait donné naissance à un petit garçon qu'ils avaient appelé Joseph, en l'honneur de son grand-père, ce qui avait fait plus plaisir à Hornbeam que lui-même ne l'aurait cru.

« Pourvu que vous ne l'appeliez pas Joey, avait dit Hornbeam. Je déteste ce surnom. Mais vous pourrez l'appeler Joe, si vous tenez à un diminutif. »

Il ne souhaitait pas qu'on lui rappelle l'époque où il était un gamin maigrichon qui s'appelait Joey et fouillait les décharges de Londres. Il n'avait cependant pas besoin de s'expliquer. Sa famille ferait ce qu'il disait sans lui demander pourquoi.

Joe avait presque deux ans, et il était costaud pour son âge – il serait grand, comme Hornbeam. Personne ne l'appellerait Joey.

Et l'immense fortune de Hornbeam passerait entre les mains d'une troisième génération. C'était une forme d'immortalité.

Deborah et Will Riddick n'avaient pas encore d'enfants, mais il était trop tôt pour renoncer à l'espoir qu'ils lui donnent, eux aussi, des petits-enfants.

La construction de la nouvelle manufacture était presque achevée ; elle était située sur l'emplacement d'une ancienne porcherie. Hornbeam et Howard traversèrent un champ de boue retourné par les roues des charrettes. Des constructeurs qu'il avait fait venir de Combe avaient dressé des tentes, allumé des feux et creusé des latrines un peu partout. Cette manufacture était destinée à remplacer celles que possédait actuellement Hornbeam.

« Elle sera entièrement consacrée à la fabrication de tissus d'uniformes, expliqua Hornbeam à Howard. Pas seulement ceux de la milice de Shiring et du 107ᵉ régiment d'infanterie de Kingsbridge, mais d'une douzaine d'autres gros clients. »

Le bâtiment n'était pas situé au bord du fleuve, mais près d'un petit ruisseau car, désormais, les machines ne seraient plus actionnées par l'eau. C'était un secret qu'il n'avait même pas confié à sa famille, mais il ne pouvait plus dissimuler les travaux qu'il avait entrepris et il avait décidé d'annoncer la nouvelle. Howard l'apprendrait avant tout le monde.

« Ce sera la première manufacture à vapeur de Kingsbridge, déclara fièrement Hornbeam.

— À vapeur ! » s'exclama Howard.

L'énergie de la vapeur était plus régulière que celle du fleuve, dont le débit variait d'un jour sur l'autre, et plus puissante qu'un cheval ou un bœuf. Et elle était désormais utilisée dans des centaines de fabriques, surtout dans le nord de l'Angleterre. Kingsbridge avait mis du temps à s'y mettre. Mais c'était à présent chose faite.

Ils pénétrèrent à l'intérieur. C'était impressionnant : le seul bâtiment plus vaste de la ville était la cathédrale.

Des ouvriers passaient les murs à la chaux et posaient des vitres dans les larges fenêtres – on avait besoin de lumière dans les fabriques de textiles. Ils bavardaient d'une voix forte pour parvenir à s'entendre à travers ce vaste espace, et certains chantaient en travaillant. Les hommes de Combe ne connaissaient pas Hornbeam. Autrement, ils se seraient tus à son passage. Pour une fois, Hornbeam ne se soucia guère de cet écart de conduite. Il était trop content de sa fabrique.

Il montra à Howard le fourneau à charbon, qui avait les dimensions d'une petite maison. Il était surmonté d'une chaudière tout aussi gigantesque. Juste à côté un cylindre, aussi grand que Hornbeam lui-même, entraînait un volant d'inertie, lui-même relié à un collecteur.

« Ce collecteur alimente toutes les parties de la fabrique, expliqua Hornbeam. Maintenant, suis-moi à l'étage. »

Il monta le premier.

« Voici la salle de tissage. »

Elle contenait des dizaines de métiers à tisser sur quatre rangées parallèles.

« Tu vois les arbres-machines qui courent le long du plafond ? Ils sont reliés aux métiers par des courroies d'entraînement. Lorsque l'arbre tourne, la courroie entraîne le métier à tisser pour réaliser les trois actions du tissage : d'abord, le mécanisme soulève un fil sur deux de la chaîne pour ouvrir la "foule", comme la bouche d'un crocodile ; puis il fait passer la navette à travers la foule, comme entre les dents du crocodile ; enfin, il tasse le fil dans la forme en V de la foule, par l'intermédiaire d'un peigne porté par un battant, mouvement qu'on appelle le battage. Il reproduit ensuite le processus en sens inverse, complétant ainsi le tissage.

— C'est remarquable, s'extasia Howard.

— On ne pourrait pas faire cela avec l'énergie hydraulique. Un métier à tisser mécanique exige une puissance précise et constante, cent vingt tours par minute, avec une tolérance de plus ou moins cinq tours. Autrement, la navette se déplace trop vite ou pas du tout. Contrairement au fleuve, la vapeur peut fournir cette puissance exacte et constante.

— Aurons-nous encore besoin de main-d'œuvre ?

— Oui, mais un seul homme pourra s'occuper de trois ou quatre métiers à tisser à la fois, m'a-t-on dit… parfois même plus, en fonction de l'homme. Nous n'aurons pas besoin de plus du quart de notre main-d'œuvre actuelle.

— Je vois ça d'ici, dit Howard. Tous ces métiers à tisser travaillant tout seuls, gagnant de l'argent toute la journée, avec juste une poignée d'hommes pour les surveiller. »

Hornbeam était ravi, mais aussi inquiet. En effet, lorsque la construction de la fabrique serait terminée, il aurait dépensé l'intégralité de ses économies des vingt dernières années, auxquelles s'ajoutait un prêt substantiel de la banque Thomson de Kingsbridge. Il était convaincu que l'entreprise serait rentable : son sens des affaires ne l'avait jamais trahi. De plus, il avait décroché les contrats de l'armée. Néanmoins, on ne faisait jamais d'affaires sans prendre de risque.

Les réflexions de Howard avaient suivi la même direction.

« Et si la paix est signée ? demanda-t-il.

— C'est peu probable, répondit Hornbeam. Cette guerre dure depuis six ans et rien n'en laisse présager la fin. »

Sur le chemin du retour, ils traversèrent le nouveau quartier de maisons ouvrières qu'ils avaient fait construire. Des tas de déchets et d'excréments s'empilaient dans les rues habitées. « Ces gens sont d'une saleté repoussante, constata Hornbeam.

— C'est notre faute, en fait, répondit Howard.

— En quoi est-ce notre faute si ces gens vivent comme des porcs ? » s'indigna Hornbeam.

Howard trembla mais, pour une fois, il tint tête à son père :

« Ce sont des maisons adossées, elles n'ont pas de cour.

— Ah, oui, j'avais oublié ce détail. Mais cela nous a fait économiser une jolie somme.

— Sans doute, mais ils n'ont pas d'autre endroit que la rue pour jeter les ordures.

— Hum », grommela Hornbeam.

Les ouvriers terminaient une nouvelle rue.

« Trois personnes sont venues me voir dans l'idée d'ouvrir des magasins ici, dit Howard.

— Nous avons nos propres magasins, et ils font de gros profits.

— Les ouvriers disent que les prix y sont plus élevés. Certains préfèrent aller à pied au centre-ville pour payer moins cher.

— Pourquoi inviterions-nous des concurrents à réduire nos bénéfices ?

— Pour rien, en effet, admit Howard en haussant les épaules.

— Non, rétorqua Hornbeam. S'ils ne veulent pas payer, ils n'ont qu'à marcher. »

*

La foire de mai se tenait dans un pré à côté d'un bois, à la périphérie de la ville. Amos assistait au spectacle des funambules, dans lequel des jeunes femmes en tenues moulantes évoluaient sur une corde raide à trois mètres du sol, lorsque Jane, devenue vicomtesse Northwood, vint l'en distraire. Elle était plus séduisante que les funambules. Elle portait un chapeau de paille orné de rubans et de fleurs ainsi qu'une petite ombrelle à la dernière mode. Elle était extraordinairement jolie.

Il se demanda s'il n'était pas anormal. Il était à peu près certain qu'un jeune homme n'aurait pas dû être obsédé pendant sept ans par une femme qui, de toute évidence, ne l'aimait pas.

Elle lui prit le bras et ils se promenèrent ensemble,

savourant le soleil printanier, regardant les étals de nourriture et les buvettes, feignant de ne pas voir les prostituées.

Ils s'arrêtèrent pour admirer une troupe d'acrobates et il lui demanda comment elle allait. Cette question de pure forme lui valut une réponse d'une franchise inattendue.

« Je ne vois presque jamais Henry, se plaignit-elle. Il passe tout son temps avec la milice, à entraîner et former les soldats à je ne sais quoi. Je n'en saisis pas l'intérêt. De toute façon, ils ne se battent jamais.

— Ils sont là pour assurer la défense du pays, permettant ainsi aux unités de l'armée régulière de combattre à l'étranger », lui expliqua Amos.

Elle n'avait cure de ses explications.

« Il exige que je vive à Earlscastle, où il ne se passe jamais rien. Je vois plus son père que lui ! Si j'ai une aventure, il l'aura bien cherché. »

Amos jeta un coup d'œil autour de lui, craignant que quelqu'un n'ait surpris cette réflexion indigne d'une dame, mais heureusement il n'y avait personne à proximité.

Ils s'approchèrent d'un ring où un boxeur du nom de Pegleg Punch offrait une livre à quiconque réussirait à le mettre à terre. Malgré son infirmité – il avait une jambe de bois –, l'homme avait l'air terrifiant, les épaules larges, le nez cassé et les bras couverts de cicatrices.

« Je ne l'affronterais pas, même pour cinquante livres, avoua Amos.

— J'espère bien », répliqua Jane.

Mungo Landsman, une des brutes qui traînaient autour de l'Auberge de l'Abattoir, tenta sa chance. C'était un costaud au regard mauvais, et il sauta sur le ring, impatient d'en découdre. Sans lui laisser le temps de lever les poings, Pegleg s'approcha de lui, le bourrant de coups si rapides qu'il était difficile de suivre. Lorsque Landsman tomba, Pegleg lui donna un coup de pied avec sa jambe de bois, et la foule l'acclama. Pegleg sourit, dévoilant une bouche à moitié édentée.

Amos et Jane s'éloignèrent. Amos se demandait à quoi Jane était censée passer son temps après avoir épousé un homme riche, mais extrêmement occupé.

« Je suppose que vous aimeriez avoir des enfants, dit-il.

— Il est de mon devoir de donner un héritier à mon mari, répondit-elle. Cependant, ce sujet reste théorique. Je vois mal comment avoir des enfants vu le peu de temps que Henry et moi passons ensemble. »

Voilà qui donna matière à réflexion à Amos. Jane était arrivée à ses fins en épousant Henry. Les gens pensaient qu'il ne prendrait jamais une femme d'un rang aussi inférieur au sien. Un mariage plus convenable ayant déjà été arrangé pour lui, il était probable que son père avait renâclé quand il avait décidé de s'opposer à ses projets. Jane avait surmonté tous les obstacles. Mais elle n'était pas heureuse pour autant.

Ils arrivèrent près d'un étal où Sport Culliver, coiffé d'un haut-de-forme rouge, vendait du madère au verre. Alors qu'ils passaient devant, le tenancier interpella Jane. « Madame la vicomtesse, surtout, ne buvez pas du madère ordinaire – il est bon pour les gens du commun. J'en ai un cru spécial pour vous. » Il se pencha et prit une bouteille sous la table. « C'est le meilleur madère qui ait jamais existé.

— J'en goûterais volontiers un verre, dit Jane en se tournant vers Amos.

— Deux, s'il te plaît, Sport », demanda Amos.

Culliver remplit deux grands verres qu'il leur tendit. Quand Jane eut trempé ses lèvres dans le sien, il réclama :

« Deux shillings, monsieur Barrowfield, je vous prie.

— Qu'y a-t-il dedans, de la poudre d'or ?

— Je vous ai dit que c'était le meilleur. »

Amos paya, puis goûta. Le vin était bon, sans être exceptionnel. « Si jamais tu veux te faire marchand ambulant de tissus, viens me voir, dit-il à Sport en souriant.

— C'est très aimable à vous, monsieur Barrowfield, mais je m'en tiendrai à ce que je connais. »

Amos hocha la tête. Le commerce d'étoffe n'était pas fait pour Culliver. La boisson, le jeu et la prostitution rapportaient beaucoup plus.

Après avoir vidé leurs verres, ils s'éloignèrent et suivirent un sentier qui se dirigeait vers le bois. Jane se retourna et s'adressa à une jeune femme qui les suivait ; sans doute était-elle chargée de lui servir de chaperon.

« Sukey, dit Jane, j'ai un peu froid. Pourrais-tu aller chercher mon châle dans la voiture ?

— Oui, madame », répondit Sukey.

Jane et Amos poursuivirent alors leur chemin seuls.

« Au moins, maintenant, vous pouvez vous acheter

tous les vêtements que vous voulez. Vous êtes superbe aujourd'hui, dit Amos.

— J'ai des pièces entières remplies de vêtements, mais où pourrais-je les porter ? Cette fête assommante – la foire de mai de Kingsbridge – est la mondanité la plus affriolante à laquelle j'aie assisté au cours des trois derniers mois. Je pensais accompagner Henry à des réceptions à Londres. Eh bien, nous n'y sommes jamais allés. Il est trop occupé. Avec la milice, évidemment. »

Northwood estimait probablement que Jane était d'origine trop modeste pour fréquenter ses amis aristocrates, pensa Amos, mais il garda cette réflexion pour lui.

« Vous devez bien avoir une vie sociale tous les deux, non ?

— Des soirées avec des officiers et des épouses d'officiers, répondit-elle avec mépris. Figurez-vous qu'il ne m'a jamais présentée à un membre, même éloigné, de la famille royale. »

Cette remarque confirma les soupçons d'Amos.

Jane n'avait pourtant pas reçu une éducation faisant grand cas de l'ascension sociale. Son père avait renoncé à un haut poste ecclésiastique pour devenir pasteur méthodiste. Elle avait abandonné les valeurs que Charles Midwinter lui avait inculquées.

« Vos aspirations me paraissent bien déplacées », lui dit Amos.

Jane ne se laissa pas démonter par cette critique.

« Et vous ? répliqua-t-elle vivement. Que faites-vous de votre vie ? Vous vous consacrez à vos affaires.

Vous vivez seul. Vous gagnez de l'argent, mais pas tant que ça. Ça vous mène à quoi?»

Il y réfléchit. Elle avait raison. Tout au début, il n'avait eu qu'une idée en tête, reprendre l'entreprise de son père, puis il avait voulu à tout prix rembourser ses dettes, et maintenant qu'il avait atteint ces deux objectifs, il continuait à passer son temps à travailler. Toutefois ses activités ne lui pesaient pas, au contraire, elles lui apportaient de la satisfaction.

«Je ne sais pas, cela me paraît tout naturel.

— On vous a appris qu'un homme doit travailler dur. Ça ne veut pas dire que c'est vrai.

— Ce n'est pas tout, vous savez.»

Il n'y avait jamais vraiment réfléchi, mais maintenant qu'elle avait posé la question, il commençait à entrevoir la réponse.

«Je veux prouver qu'on peut diriger une manufacture sans être un exploiteur. Et que les affaires et la corruption ne vont pas forcément de pair.

— Tout cela vous vient du méthodisme.

— Vous croyez? Je ne suis pas sûr que les méthodistes aient le monopole de la bonté et de l'honnêteté.

— Vous pensez que je suis malheureuse parce que je n'ai pas épousé l'homme qu'il fallait.»

Voilà qui était nouveau.

«Je n'avais pas l'intention de vous critiquer.

— J'ai raison ou pas?

— Je pense indéniablement que vous seriez plus heureuse si vous vous étiez mariée par amour, avança-t-il prudemment.

— Je serais plus heureuse si je vous avais épousé.»

Elle avait le don de le surprendre par des déclarations inattendues.

« Ce n'est pas ce que je voulais dire, répondit-il sur un ton défensif.

— C'est pourtant vrai. J'ai ensorcelé Henry, mais le charme s'est dissipé. Vous m'aimiez vraiment. Vous m'aimez probablement encore. »

Regardant autour de lui, il constata que personne n'avait pu l'entendre : ils étaient entrés dans le bois et ils étaient seuls.

Elle prit son silence pour un assentiment.

« C'est bien ce que je pensais », dit-elle.

Elle se haussa sur la pointe des pieds et l'embrassa sur la bouche.

Il fut trop surpris pour réagir. Il resta immobile, figé, la regardant fixement, perplexe.

Elle l'enlaça et se pressa contre lui. Il sentait ses seins, son ventre et ses hanches sur son corps.

« Nous sommes seuls, reprit-elle. Embrassez-moi comme il faut, Amos. »

Il avait rêvé de ce moment plus de fois qu'il ne pouvait les compter, mais s'entendit prononcer ces mots :

« Ce n'est pas bien.

— C'est aussi bien que n'importe quoi au monde. Amos, je sais que vous m'aimez. Juste un baiser, c'est tout.

— Mais vous êtes l'épouse de Henry.

— Au diable Henry. »

Il lui attrapa les poignets et se dégagea.

« J'en mourrais de honte, murmura-t-il.

— Et voilà que vous m'accusez de me conduire honteusement.

— Seulement si vous trahissez ainsi votre mari. »

Elle s'écarta, se retourna et s'éloigna.

Même en cet instant, alors qu'elle marchait d'un pas rageur, elle était irrésistible.

Il la regarda partir et pensa : Quel imbécile je suis.

*

Un soir où Sal et Jarge s'apprêtaient à aller se coucher, Jarge dit :

« La rumeur prétend qu'il y aura dans la nouvelle manufacture de Hornbeam une gigantesque machine à vapeur qui fera fonctionner plusieurs dizaines de métiers à tisser. On n'aura plus besoin de la plupart d'entre nous, les tisserands, car un seul homme suffira pour superviser quatre métiers à tisser.

— Est-ce possible ? s'étonna Sal. Une machine à vapeur peut vraiment remplacer un tisserand ?

— Je ne vois pas comment », répondit Jarge.

Sal fronça les sourcils. « J'ai entendu dire qu'on se sert de métiers à tisser à vapeur dans les fabriques de cotonnades du nord du pays.

— J'ai du mal à le croire.

— Admettons que ce soit vrai. Quelles en seront les conséquences ?

— Trois tisserands de Hornbeam sur quatre devront chercher du travail. Et vu la situation actuelle, nous risquons de ne pas en obtenir. Mais que pouvons-nous faire ? »

Sal ignorait la réponse. Elle était devenue, semblait-il, une sorte de représentante des travailleurs de Kingsbridge, sans trop savoir pourquoi et ne se sentait pas qualifiée pour remplir ce rôle.

« Par le passé, des ouvriers se sont révoltés contre les nouvelles machines, reprit agressivement Jarge.

— Et ils ont été punis, rétorqua Sal.

— Ce n'est pas une raison pour laisser les maîtres nous traiter n'importe comment.

— Ne nous emportons pas, dit Sal d'un ton apaisant. Avant d'entreprendre quoi que ce soit, il faut vérifier si la rumeur est exacte.

— Comment ?

— Nous pouvons aller y jeter un coup d'œil. Les constructeurs campent sur le site, mais aussi longtemps que nous ne faisons pas de dégâts, ils ne se soucieront certainement pas de la présence de curieux.

— Entendu.

— Nous irons dimanche après-midi », dit Sal.

*

Kit n'avait jamais vu de machine à vapeur, mais il en avait entendu parler et il était fasciné. Comment la vapeur pouvait-elle actionner une machine ? Il comprenait que le courant de l'eau puisse entraîner la roue d'un moulin, mais la vapeur, qui n'était que de l'air ?

Après le repas dominical, alors que Sue et lui s'apprêtaient à se rendre à l'école d'Elsie Mackintosh, sa mère et Jarge se préparèrent à sortir.

« Où allez-vous ? demanda Kit.

— Jeter un coup d'œil à la nouvelle manufacture de Hornbeam, répondit Sal.

— Je vous accompagne.

— Pas question.

— Je veux voir la machine à vapeur.

— Tu ne pourras rien voir, tout est fermé.

— Alors, pourquoi y allez-vous ? »

Sal soupira comme chaque fois qu'il avait raison et elle tort.

« Fais ce qu'on te dit et va à l'école du dimanche. »

Sue et lui s'éloignèrent, mais dès qu'ils furent hors de portée de vue de la maison, Kit proposa :

« Suivons-les. »

Sue n'était pas aussi audacieuse que Kit.

« Nous aurons des ennuis.

— Je m'en fiche.

— Moi, en tout cas, je vais à l'école du dimanche.

— Alors salut. »

Il surveilla la maison depuis le coin de la rue, se dissimula lorsque les adultes en sortirent, puis les suivit de loin, sachant à peu près où ils allaient. Le dimanche après-midi, de nombreuses familles se promenaient dans la campagne pour prendre l'air et il n'attirait pas l'attention. Il faisait frais, mais un gai soleil perçait de temps en temps les nuages, annonçant la venue prochaine de l'été.

Les manufactures étaient silencieuses et, dans le calme dominical, Kit pouvait entendre le chant des oiseaux, le vent dans les arbres et même le murmure du fleuve.

Sur le site de l'ancienne porcherie, quelques maçons

jouaient au football avec des buts improvisés, tandis que d'autres regardaient le match. Kit vit Sal s'adresser à l'un d'entre eux, qui avait un visage amical. Il supposa qu'elle lui expliquait qu'elle voulait simplement jeter un coup d'œil. L'homme haussa les épaules, comme pour dire qu'il s'en moquait.

La nouvelle manufacture avait été construite tout en longueur, et dans la même pierre que la cathédrale. Kit observa de loin les adultes qui effectuaient le tour du bâtiment en essayant de regarder par les fenêtres.

Il devina qu'ils voulaient y entrer. Lui aussi. Mais les portes étaient verrouillées et les fenêtres du rez-de-chaussée fermées. Ils levèrent tous la tête : à l'étage, en revanche, certaines fenêtres étaient entrouvertes. Kit entendit Jarge dire : « Je crois avoir repéré une échelle sur l'arrière. »

Ils contournèrent le bâtiment jusqu'au côté le plus éloigné des joueurs de football. Une échelle gisait sur le sol, ses barreaux tachés de chaux. Jarge la ramassa et l'appuya contre le mur. Elle arrivait à hauteur des fenêtres de l'étage. Il commença à grimper tandis que Sal posait un pied sur le premier échelon pour la stabiliser.

Jarge regarda par la fenêtre quelques instants, avant de lancer : « Ça alors !

— Que vois-tu ? lui demanda Sal avec impatience.

— Des métiers à tisser. Si nombreux que je ne peux pas les compter.

— Tu peux entrer ?

— L'ouverture de la fenêtre est trop étroite, je ne réussirai pas à passer. »

Kit surgit de derrière une pile de bois.

« Moi si.

— Vilain garnement ! Tu es censé être à l'école du dimanche ! s'exclama Sal.

— Mais il a raison, il pourrait se faufiler à l'intérieur et nous ouvrir une porte, intercéda Jarge.

— Il mérite une bonne fessée. »

Jarge redescendit.

« Vas-y, Kit, dit-il. Je vais te tenir l'échelle. »

Kit grimpa et se glissa par la fenêtre entrebâillée. Une fois à l'intérieur, il se redressa et observa autour de lui avec étonnement. Il n'avait jamais vu autant de métiers à tisser rassemblés en un seul endroit. Il mourait d'envie de comprendre comment ils fonctionnaient, mais il se rappela qu'il devait d'abord laisser entrer les adultes. Il descendit l'escalier en courant et trouva une porte dont le loquet était poussé mais qui n'était pas fermée à clé. Il l'ouvrit, s'écarta pour laisser passer Jarge et Sal, puis referma rapidement derrière eux.

La machine à vapeur était au rez-de-chaussée.

Kit l'étudia, impressionné par ses dimensions et son évidente puissance. Il identifia l'énorme fourneau et la chaudière où l'eau était transformée en vapeur. Un tuyau conduisait la vapeur brûlante dans un cylindre. De toute évidence, quelque chose à l'intérieur de celui-ci montait et descendait, car le haut du cylindre était relié à l'une des extrémités d'un balancier. Lorsque l'extrémité de ce balancier montait et descendait, l'autre extrémité descendait et montait, faisant ainsi tourner une roue gigantesque.

Pour le reste, la machine devait fonctionner comme une roue hydraulique, supposa-t-il.

La chose étonnante était que la vapeur ait une puissance suffisante pour actionner ce lourd mécanisme constitué de métal et de bois.

Sal et Jarge montèrent l'escalier et Kit les suivit à l'étage. Ils y découvrirent quatre rangées de métiers à tisser, tous flambant neufs, mais on n'y avait pas encore chargé de fil. Kit se dit que la machine à vapeur devait actionner le grand arbre moteur situé au plafond, et relié à chaque métier par des courroies d'entraînement.

« Je ne comprends pas, dit Jarge, déconcerté, en se grattant la tête à travers son chapeau.

— Tire sur cette courroie et voyons ce qui se passe, l'encouragea Kit.

— Très bien », acquiesça Jarge, d'un air dubitatif.

Dans un premier temps, il ne se passa rien.

Puis le métier émit un claquement sonore et l'une des lisses se souleva. Si le fil avait été en place, la lisse aurait soulevé un fil de chaîne sur deux, formant ainsi un espace qu'on appelait la « foule ».

On entendit ensuite un bruit sourd lorsque la navette volante glissa d'un côté à l'autre du métier à tisser.

Kit pouvait distinguer le mécanisme situé à l'arrière, un système de rouages et de tiges qui entraînait le mouvement vers la tâche suivante.

Jarge était stupéfait. « Et tout ça fonctionne – mais sans tisserand ! »

Dans un nouveau claquement, le battant s'enfonça dans la foule en forme de V pour tasser le fil à l'intérieur.

Un autre claquement et une lisse s'abaissa, tandis que l'autre se soulevait pour former la foule et permettre le passage de la navette. La navette reprit sa position initiale et le battant tassa le fil à nouveau.

Le processus recommença.

« Mais comment la machine sait-elle ce qu'elle doit faire ensuite ? » demanda Jarge, avec une nuance de crainte superstitieuse dans la voix et il ajouta : « Il doit y avoir un diablotin qui l'actionne.

— C'est un mécanisme, expliqua Kit. Comme un mécanisme d'horlogerie.

— Comme un mécanisme d'horlogerie..., marmonna Jarge, songeur. Je n'ai jamais vraiment compris comment marchaient les horloges. »

Kit était étonné pour une autre raison.

« Tous ces métiers à tisser fonctionneront ensemble, mus par cette machine à vapeur !

— Il n'y a sûrement pas que la vapeur, dit Jarge visiblement effrayé.

— Et je parie que ça donnera une belle étoffe parfaitement lisse », intervint Sal.

Kit n'ignorait pas que les ouvriers disaient que Satan se cachait dans les machines et qu'elles ne feraient jamais un aussi bon travail qu'un artisan. Il pensait qu'ils avaient tort.

« Hornbeam est peut-être un méchant démon, ajouta Sal, songeuse, mais il n'est pas du genre à gaspiller son argent. Si ces machines fonctionnent...

— Si ces machines fonctionnent, dit Jarge, à quoi serviront encore les tisserands ?

— Il ne faut pas accepter ça, chuchota Sal plus

ou moins pour elle-même. Mais que pouvons-nous faire ?

— Démolir les machines. Il y a assez de tisserands, une centaine, qui travaillent pour Hornbeam. S'ils viennent tous ici avec des marteaux, qui pourra les arrêter ? » rétorqua Jarge.

Et ils seront envoyés en Australie, comme Joanie, pensa Kit.

« Tu sais quoi ? dit Sal. J'aimerais en discuter avec Spade et voir ce qu'il en pense. »

Et Spade aura certainement une meilleure idée que de tout casser, songea Kit.

*

Sal envoya Kit à l'école du dimanche.

« Tu arriveras à temps pour la soupe », lui dit-elle.

Elle voulait discuter avec Spade de la manière de s'opposer aux maîtres, et ne voulait pas qu'un enfant les écoute. Kit était un petit gars intelligent, mais il était trop jeune pour qu'on lui confie des secrets.

Spade finissait de dîner et il y avait encore du pain et du fromage sur la table. Il invita ses visiteurs à se servir, et Jarge accepta volontiers. Sal lui résuma ce qu'ils avaient vu dans la nouvelle manufacture de Hornbeam.

« J'avais entendu des rumeurs à ce sujet, dit Spade lorsqu'elle eut terminé. Maintenant, je sais qu'elles sont vraies.

— Reste à savoir ce que nous allons faire », répondit Sal.

La bouche pleine de pain et de fromage, Jarge répéta : « Démolir les machines.

— Cela ne peut être qu'en dernier recours, tempéra Spade.

— Tu as une autre solution ? demanda Jarge.

— Vous pourriez créer un syndicat, une association ouvrière. »

Sal acquiesça. Elle y avait bien pensé, mais c'était resté vague dans son esprit, car elle ne savait pas exactement ce qu'était ou faisait un syndicat.

Jarge posa la question : « En quoi ça nous aiderait ?

— Le premier point est que les ouvriers agissent tous ensemble, ce qui les rend plus forts qu'ils ne le sont individuellement. »

Sal n'y avait pas pensé avant, mais, présenté ainsi, cela paraissait évident. « Et ensuite ?

— Il faut voir si le maître accepte de vous parler. Arriver à évaluer sa détermination.

— Et s'il persiste dans son projet ?

— Que ferait Hornbeam si, un beau jour, aucun de ses tisserands ne venait travailler ?

— Une grève ! Ça, ça me plaît bien, s'écria Jarge.

— Les grèves se multiplient dans d'autres régions du pays, ajouta Spade.

— Mais sans salaire, comment vivent les grévistes ? s'inquiéta Sal.

— Il faut faire des collectes auprès d'autres travailleurs pour créer un fonds de secours. Faire la quête de petite monnaie sur la place du marché. Mais ce n'est pas facile. Les tisserands devront se serrer la ceinture.

— Et Hornbeam ne ferait plus de bénéfices.

— Chaque jour lui ferait perdre de l'argent. J'ai entendu dire qu'il avait contracté un prêt important auprès de la banque Thomson pour construire cette manufacture... il paie des intérêts sur ce prêt, ne l'oubliez pas.

— Quand même, remarqua Sal, les tisserands auront faim avant Hornbeam.

— Alors il faudra casser les machines, insista Jarge.

— C'est comme une guerre, reprit Spade. Au début, les deux camps s'attendent à gagner. Il y en a forcément un qui se trompe.

— Si on adoptait cette solution, par quoi faudrait-il commencer ? demanda Sal.

— Par parler aux autres tisserands, dit Spade. Voir s'ils ont les tripes qu'il faut pour se battre. Si vous pensez avoir assez de soutien, réservez une salle et organisez une réunion. Tu sais comment faire ça, Sal. »

Sans doute, oui, pensa Sal. Ce n'est pas que j'aie beaucoup de temps libre, après avoir travaillé quatorze heures et m'être occupée de deux enfants. Mais elle savait qu'elle devait relever ce défi. Il y avait trop longtemps qu'elle était indignée par le traitement qu'on infligeait à des gens comme elle dans leur propre pays. Elle avait maintenant l'occasion de faire bouger les choses. Il n'était pas question de la laisser passer.

Ceux qui disaient que rien ne changerait jamais se trompaient. L'Angleterre avait déjà changé autrefois, son père le lui avait raconté – elle était passée du catholicisme au protestantisme, de la monarchie absolue au régime parlementaire – et elle évoluerait encore, si des gens comme elle le voulaient vraiment.

« Oui, dit-elle. Je sais comment m'y prendre. »

*

Spade aimait beaucoup sa sœur Kate, mais pas assez pour vivre avec elle. Elle partageait la maison avec Becca, et Spade avait sa chambre dans l'atelier. Ils avaient beau vivre chacun de son côté, leur relation n'en était pas moins intime. Chacun connaissait les secrets de l'autre.

Le mardi matin, à onze heures, il entra dans la maison par la porte de derrière. Il resta un moment sur le seuil de l'atelier. Il entendait parler. Il arrivait souvent à Kate et à Becca de se disputer. Cette fois pourtant, leur conversation semblait calme. Il n'entendait pas d'autre voix que les leurs, elles ne recevaient donc pas de cliente. Il frappa à la porte et jeta un coup d'œil à l'intérieur.

« La voie est libre? demanda-t-il.

— La voie est libre », répondit Kate avec un sourire.

Il referma la porte et gravit l'escalier. Au premier étage, il entra dans l'une des chambres destinées aux essayages.

Arabella était allongée sur le lit.

Nue.

Quel homme chanceux je suis, pensa-t-il.

Il ferma la porte à clé, puis se retourna et lui sourit.
« J'aimerais avoir un tableau de toi comme ça, dit-il.

— Dieu m'en préserve », rétorqua-t-elle.

Il s'assit sur une chaise et retira ses chaussures.

« Je pourrais le peindre moi-même. Je dessinais bien, quand j'étais petit.

— Et si quelqu'un voyait ce tableau ? La nouvelle ferait le tour de la ville en un rien de temps.

— Je le cacherais dans un lieu secret, je ne le sortirais que le soir pour le regarder à la lumière des bougies. » Il retira son manteau, son gilet et ses culottes. « Et toi, tu ne voudrais pas avoir un portrait de moi ?

— Non, merci. Je préfère l'original.

— Je n'ai jamais été beau garçon.

— Ce que j'aime, c'est te toucher.

— Tu préférerais une sculpture, alors ?

— Une statue grandeur nature, avec tous les détails.

— Comme cette célèbre statue italienne ?

— Tu veux parler du *David* de Michel-Ange ?

— Ça doit être ça.

— Alors non. Il a une toute petite bistouquette, toute rabougrie.

— Peut-être le modèle avait-il froid.

— Ma statue serait aussi solidement membrée que toi.

— Et où cacherais-tu cette œuvre d'art ?

— Sous mon lit, bien sûr. Puis je la sortirais, comme toi avec le tableau.

— Et que ferais-tu en la regardant ? »

Elle glissa la main dans son entrejambe et se caressa, les poils acajou apparaissant entre ses doigts. « Ça. »

Il s'allongea à côté d'elle.

« Heureusement, ce matin, nous ne sommes pas de marbre.

— Oh, oui », dit-elle, et elle roula sur lui.

Ils étaient amants depuis la nuit du bal des Assises, trois ans plus tôt. L'atelier de Kate était leur lieu de rendez-vous habituel. Ils s'aimaient, mais comme ils ne pouvaient pas se marier, ils grappillaient le bonheur qu'ils pouvaient. Spade n'éprouvait pas beaucoup de remords. Comment croire que Dieu ait pu doter ses enfants de désirs sexuels irrépressibles pour les torturer de frustration ? Quant à Arabella, elle semblait ne pas penser au péché.

Ils étaient discrets. Personne n'avait eu vent de quoi que ce fût pendant tout ce temps et Spade ne voyait pas pourquoi ils ne pourraient pas continuer indéfiniment.

Après l'amour, allongés sur le dos côte à côte, haletants, elle lui dit :

« Je n'ai jamais été comme ça, tu sais. Ce que je te dis... ce que je fais.

— Tu te surprends toi-même. »

Elle le surprenait également. Il était plus jeune qu'elle, d'un rang inférieur, et elle était mariée.

« Où as-tu appris tous ces mots ? lui demanda-t-il.

— Avec d'autres filles, quand nous étions jeunes. Mais, avant toi, je ne les ai jamais dits à un homme. J'ai l'impression d'avoir passé ma vie en prison et que tu m'en as libérée.

— J'en suis heureux. »

Elle devint plus sérieuse.

« J'ai quelque chose à te dire.

— Une bonne ou une mauvaise nouvelle?

— Mauvaise, je suppose, mais je suis incapable de le regretter.

— Tu m'intrigues.

— Je suis enceinte.

— Grand Dieu!

— Tu me croyais trop vieille. Ça ne fait rien, tu peux le dire. Je le croyais aussi. J'ai quarante-cinq ans.»

Elle avait raison, il s'était imaginé qu'elle n'avait plus l'âge de concevoir; mais les femmes ne sont pas toutes les mêmes.

«Tu es fâché? demanda Arabella.

— Bien sûr que non.

— Alors quoi?

— Ne sois pas froissée.

— Je vais essayer.

— Je suis heureux... plus heureux que je ne saurais le dire. Je suis aux anges.

— Vraiment? Pourquoi? demanda-t-elle, surprise.

— Pendant seize ans, j'ai vécu dans le triste souvenir de mon unique enfant, mort avant même sa naissance. Aujourd'hui, Dieu m'offre une nouvelle chance d'être père. Je suis ravi.»

Elle l'enlaça, et le serra très fort dans ses bras. «Je suis si contente.»

Spade se grisa de cette félicité aussi longtemps qu'il put, mais ils n'allaient pas échapper à certaines difficultés et il fallait les affronter.

«Je ne voudrais pas que tu aies d'ennuis, dit-il.

— Je ne pense pas que ce sera le cas. Les gens

seront trop occupés à parler de mon âge pour se demander qui est le père. » Mais son expression laissait deviner qu'elle était plus inquiète qu'elle ne le prétendait.

« Que vas-tu dire à l'évêque ? Toi et lui, vous…
— Pas depuis au moins dix ans.
— J'imagine que tu pourrais faire en sorte que… »
Elle prit l'air dégoûté.

« Je ne suis même pas sûre qu'il en soit encore capable.
— Alors…
— Je ne sais pas. »
Il s'aperçut qu'elle avait peur.

« Il va falloir que tu trouves quelque chose à lui dire.
— Oui, c'est sûr », répondit-elle sombrement.

*

Une semaine plus tard, Sal et Jarge étaient assis avec Spade à l'Auberge de la Cloche.

« Hornbeam veut vous voir, tous les deux, leur annonça celui-ci.
— Pourquoi moi ? s'étonna Sal. Je ne menace pas de faire grève.
— Hornbeam a des espions, il sait donc que tu aides Jarge. Et le gendre de Hornbeam, Will Riddick, l'a persuadé que tu es l'incarnation féminine du diable.
— Je suis surprise qu'il daigne me parler.
— Il aurait préféré ne pas le faire, mais je l'en ai convaincu.
— Comment t'y es-tu pris ?

— Je lui ai dit que sur ses dix employés, neuf avaient adhéré à ton syndicat. »

Ce n'était pas vrai. Le chiffre réel était de cinq sur dix. Mais la création du syndicat remontait à moins d'une semaine et le nombre d'adhérents continuait d'augmenter.

Sal était ravie de ce succès, mais l'idée d'affronter Hornbeam en personne l'inquiétait. C'était un homme sûr de lui, habitué aux discussions, un tyran expérimenté. Comment pourrait-elle lui tenir tête ? Elle dissimula son inquiétude sous une remarque sarcastique.

« Comme il est aimable de s'abaisser à mon niveau. »

Spade sourit.

« Il n'est pas aussi intelligent qu'il le croit. S'il l'était vraiment, il chercherait à t'avoir pour alliée. »

Elle aimait sa manière de penser. Spade voulait toujours éviter qu'une discussion ne dégénère en querelle.

« Et moi, je devrais en faire mon ami ?

— Il ne s'autorisera jamais à être aimable avec une ouvrière, mais tu pourrais le désarmer. Tu pourrais lui expliquer que vous avez un problème commun. »

C'était une bonne approche, pensa Sal, meilleure qu'une attaque frontale.

Le tenancier apparut et demanda :

« Qu'est-ce que je vous sers, Spade ?

— Rien, merci. Nous devons partir.

— Il veut nous voir tout de suite ? s'alarma Sal.

— Oui. Il est à l'hôtel de ville et veut vous parler avant de rentrer chez lui pour le dîner. »

Sal fut troublée.

« Mais je n'ai pas mis mon plus beau chapeau !

— Lui non plus, j'en suis sûr, lui répondit Spade en riant.

— Bon, très bien, allons-y », concéda Sal en se levant.

Spade et Jarge l'imitèrent.

« Je vous accompagne, si vous voulez, proposa Spade. Hornbeam ne sera probablement pas seul non plus.

— Oui, volontiers.

— Mais c'est vous qui devrez parler. Si je parle à votre place, Hornbeam aura l'impression que les ouvriers sont faibles. »

C'était logique, se dit Sal.

Ils remontèrent la rue principale depuis La Cloche jusqu'à l'hôtel de ville. Hornbeam les attendait avec sa fille Deborah dans la grande salle qui servait à la fois de salle du conseil et de tribunal. Will Riddick était également là. La présence de deux juges mit Sal mal à l'aise. Rien ne les empêchait de la condamner sur-le-champ. Elle avait la gorge nouée et craignit d'être incapable de prononcer un mot. Elle devinait que c'était précisément l'intention de Hornbeam. Il voulait qu'elle se sente vulnérable et faible. Elle remarqua que Jarge était encore plus nerveux qu'elle. Mais elle devait résister à cette tentative d'intimidation. Elle devait être forte.

Hornbeam se tenait au bout de la longue table autour de laquelle les échevins s'asseyaient pour les réunions du conseil – autre symbole de son pouvoir sur des gens comme Sal. Que pouvait-elle faire pour parvenir à se sentir son égale ?

À peine se fut-elle posé la question que la réponse lui apparut. Sans laisser à Hornbeam la possibilité de prendre la parole, elle dit : « Asseyons-nous, voulez-vous ? » et elle tira une chaise.

Il en resta bouche bée. Comment une ouvrière pouvait-elle inviter un drapier à s'asseoir ? Mais Deborah prit une chaise et Sal crut la voir réprimer un sourire.

Hornbeam s'assit.

Sal décida de conserver l'initiative. Se souvenant de la suggestion de Spade, elle dit : « Nous avons un problème, vous et moi.

— Quel problème pourrais-je bien partager avec toi ? rétorqua-t-il d'un air hautain.

— Votre nouvelle manufacture est équipée de métiers à tisser à vapeur.

— Comment le sais-tu ? Serais-tu entrée sans autorisation dans ma propriété ?

— Il n'y a pas de loi qui interdise de regarder par les fenêtres, répondit sèchement Sal. Ce n'est pas pour rien qu'il y a des vitres. »

Elle entendit Spade glousser.

Pour le moment, ça va, pensa-t-elle.

Hornbeam était déconcerté. Il ne s'attendait pas à ce qu'elle s'exprime correctement, et encore moins à ce qu'elle ait de l'esprit.

Will Riddick passa alors à l'attaque.

« Nous avons appris que tu avais formé un syndicat.

— Il n'y a pas non plus de loi contre ça.
— C'est grand dommage. »

Sal se tourna à nouveau vers Hornbeam.

« Parmi les tisserands qui travaillent aujourd'hui pour vous, à combien allez-vous annoncer qu'il n'y aura pas de travail pour eux à la manufacture de la Porcherie ?

— Elle s'appelle la manufacture Hornbeam. »

C'était peut-être vrai, mais tout le monde l'appelait la manufacture de la Porcherie. Ce détail semblait le contrarier plus que de raison.

Sal répéta sa question. « Combien ?

— C'est mon affaire.

— Et si les ouvriers se mettent en grève, ce sera également votre affaire.

— Je ferai ce que je jugerai bon de ce qui m'appartient. »

Deborah l'interrompit. Se tournant vers Jarge, elle lui demanda : « Monsieur Box, vous travaillez à la manufacture du haut, n'est-ce pas ? »

Ils savent donc cela, pensa Sal.

« Vous pouvez me renvoyer si vous voulez, répondit Jarge. Je suis un bon tisserand, je trouverai du travail ailleurs.

— Mais je voudrais savoir ce que vous attendez exactement de cet entretien ? Vous n'espérez sans doute pas faire renoncer mon père à sa nouvelle manufacture et la machine à vapeur. »

Intéressant, songea Sal, la fille est plus raisonnable que le père.

« Si, dit Jarge d'un air de défi.

— Notre souci premier est que votre machine à vapeur ne condamne pas les tisserands au chômage, intervint Sal.

— C'est absurde. Le but même de la machine à vapeur est de remplacer la main-d'œuvre, répliqua Hornbeam.

— Dans ce cas, attendez-vous à avoir des problèmes.

— Tu me menaces ?

— J'essaie de vous expliquer la réalité de la vie, mais vous ne m'écoutez pas », répondit Sal, et le mépris qu'exprimait sa propre voix la fit sursauter.

Elle se leva, surprenant une nouvelle fois Hornbeam : c'était lui d'ordinaire qui mettait un terme à une réunion.

« Je vous souhaite le bonsoir », dit-elle.

Et elle sortit, suivie de Jarge et Spade.

Une fois dehors, Spade dit : « Tu as été superbe ! »

Mais son succès personnel n'intéressait déjà plus Sal. « Hornbeam est terriblement obstiné, n'est-ce pas ?

— J'en ai bien peur.

— Nous allons donc devoir faire grève.

— Ainsi soit-il », acquiesça Spade.

20

Dans le jardin d'Arabella, l'épineux rosier pimprenelle – toujours le premier à fleurir – avait donné naissance à un énorme bouquet neigeux de fragiles fleurs blanches au cœur jaune. Elsie était assise sur un banc en bois, respirant l'air frais et humide du petit matin, son fils de deux ans, Stevie, sur les genoux. Il avait des cheveux roux probablement hérités d'Arabella, sa grand-mère, un trait génétique qui avait sauté la génération de la brune Elsie.

Ils regardaient tous les deux Arabella qui, agenouillée sur le sol en tablier, arrachait des mauvaises herbes qu'elle mettait dans un panier. Arabella adorait sa roseraie. Depuis qu'elle l'avait plantée, bien des années plus tôt, elle avait paru plus heureuse, plus dynamique et en même temps plus calme.

Stevie était le diminutif de Stephen, prénom qu'il devait à son grand-père l'évêque. Elsie avait caressé en secret l'envie de l'appeler Amos, mais n'avait pas pu trouver de prétexte plausible. Il se trémoussait dans les bras d'Elsie, désireux d'aider sa grand-mère.

Elle le fit descendre de ses genoux et il se dirigea vers Arabella en trottinant.

« Ne touche pas aux rosiers, ils ont des épines », l'avertit Elsie.

Il attrapa immédiatement une tige, se piqua la main, éclata en sanglots et revint en courant vers elle.

« Il faut toujours écouter ce que te dit Maman, le gronda-t-elle.

— Ce que Maman ne faisait jamais », ajouta Arabella tout bas.

C'est vrai, se dit Elsie en riant.

Arabella lui demanda : « Et ton école ? Comment ça va ?

— C'est une période si passionnante », répondit Elsie.

Ce n'était plus une simple école du dimanche. Tous les enfants qui travaillaient dans les manufactures de Hornbeam étant désormais en grève, Elsie leur faisait la classe tous les jours. Les parents lui envoyaient leurs enfants pour le déjeuner gratuit.

« C'est une chance inouïe pour nous, s'enthousiasma Elsie. Ces enfants n'auront pas d'autre possibilité d'aller à l'école à temps plein, et nous devons en profiter au maximum. Je craignais que ceux qui me soutiennent ne protestent contre ce surcroît de travail, mais ils se sont tous mobilisés, qu'ils en soient remerciés. Le pasteur Midwinter enseigne tous les jours. »

La conversation s'interrompit un instant, puis Elsie reprit : « Mère, je suis à peu près sûre d'être de nouveau enceinte.

— C'est merveilleux ! » Arabella posa son déplantoir, se leva et serra sa fille dans ses bras.

« Ce sera peut-être une fille cette fois. Ce serait bien, tu ne trouves pas ?

— Si, mais en fait, ça m'est égal.

— Comment l'appelleras-tu si c'est une fille ?

— Arabella, bien sûr.

— Ton père risque de préférer Martha. C'était le prénom de sa mère.

— Je ne me querellerai pas avec lui, dit Elsie avant d'ajouter : Pas sur ce sujet, en tout cas. »

Arabella s'accroupit à nouveau et reprit son désherbage. Elle était d'humeur songeuse.

« On dirait que le printemps a été fertile », murmura-t-elle comme pour elle-même.

Elsie n'était pas sûre d'avoir compris de quoi parlait sa mère.

« Une grossesse ne suffit pas à faire un printemps fertile.

— Oh…, répondit Arabella, vaguement embarrassée. Je… je pensais au jardin.

— Le rosier pimprenelle nous offre un somptueux spectacle cette année encore.

— C'est ce que je voulais dire. »

Elsie avait l'impression que sa mère lui cachait quelque chose. Et, en y repensant, elle prit conscience que ce n'était pas la première fois. Fut un temps où elles n'avaient pas de secret l'une pour l'autre. Arabella n'ignorait rien de l'amour sans espoir qu'Elsie éprouvait pour Amos. Désormais sa mère se confiait moins qu'autrefois. Elsie se demanda pourquoi.

Avant qu'elle ait eu le temps d'y réfléchir plus longuement, son époux, Kenelm, apparut, lavé et rasé de près, débordant d'énergie.

Elsie et son mari vivaient toujours à l'évêché. Le palais était grand et offrait plus de confort que toutes les maisons que Kenelm aurait pu se payer avec son salaire d'assistant de l'évêque.

Elsie avait appris, en trois ans de mariage, que la grande force de son époux était son assiduité. Il faisait tout méticuleusement. Le travail destiné à son père était exécuté rapidement et soigneusement, et l'évêque ne pouvait que l'en féliciter. Kenelm s'acquittait également de ses devoirs de père avec application. Chaque soir, il s'agenouillait avec Stevie près du lit de l'enfant pour dire une prière ; mais pour le reste, il ne lui parlait jamais. Elsie avait vu d'autres pères lancer leurs enfants en l'air et les rattraper, les faisant crier de plaisir ; or ce genre de comportement manquait de dignité aux yeux de Kenelm. Il accomplissait tout aussi consciencieusement son devoir conjugal – une fois par semaine, le samedi soir. Ils y prenaient plaisir, l'un comme l'autre, même si cela manquait de variété.

Cependant, la principale raison de son affection pour son mari était le petit garçon assis sur ses genoux. Kenelm lui avait donné Stevie ainsi que l'enfant qui grandissait dans son ventre. Quant à Amos, il était toujours envoûté par Jane. Elsie les avait aperçus ensemble à la foire de mai, en pleine conversation, Jane sur son trente et un, affublée d'une ombrelle inutile, Amos suspendu à ses lèvres comme si elle était un prophète et que des perles de sagesse tombaient de sa bouche. Si Elsie s'était entêtée à espérer, elle attendrait encore. Elle embrassa Stevie sur le haut du crâne, comblée de bonheur.

Toutefois, le samedi soir, c'était encore à Amos qu'elle pensait.

Kenelm s'inclina devant Arabella.

« L'évêque vous souhaite le bonjour, madame Latimer, et m'a prié de vous dire que le petit déjeuner est servi.

— Merci », répondit Arabella qui se leva.

Ils rentrèrent. Elsie conduisit Stevie à la nursery et le confia à la nounou. Elle avait déjà pris de bonne heure son petit déjeuner à la cuisine, et elle se coiffa d'un chapeau pour sortir, impatiente de rejoindre l'école.

Elle ne pouvait pas utiliser la salle des fêtes pour accueillir les enfants en semaine, mais elle avait loué à bas prix un vieux bâtiment dans le faubourg sud-ouest de la ville, un quartier appelé les Étangs. L'école rassemblait généralement une cinquantaine d'enfants. Ceux qui n'avaient jamais fréquenté l'école du dimanche ne savaient quasiment rien et leurs enseignants devaient tout reprendre à zéro : l'alphabet, l'arithmétique élémentaire, le Notre Père et comment manger avec un couteau et une fourchette.

Debout à côté du pasteur Midwinter, elle regardait avec ravissement les enfants arriver, bavardant à tue-tête, maigres et en haillons, beaucoup sans chaussures, tous assoiffés de connaissances comme le désert de la pluie. Elle était désolée pour les gens qui passaient leur vie à fabriquer du drap de laine : ils ne connaîtraient jamais cette excitation.

Ce jour-là, elle enseignait aux plus grands, généralement les plus turbulents. Elle commença par des exercices d'arithmétique : une brioche aux raisins coûtant un demi-penny, combien en obtiendrait-on pour six pence ? Elle leur apprit ensuite à écrire leur nom et celui des autres. Après la récréation du milieu de matinée, elle leur fit retenir par cœur un psaume et leur raconta l'histoire de Jésus marchant sur l'eau. Enfin, pendant la dernière heure, ils se mirent à s'agiter alors que le bâtiment se remplissait d'une bonne odeur de soupe au fromage.

Amos arriva à l'heure du déjeuner, tiré à quatre épingles comme à son habitude, vêtu aujourd'hui de l'habit rouge foncé qui était la tenue préférée d'Elsie. Il aida à servir le repas, puis Elsie et lui prirent chacun un bol de soupe et s'assirent à l'écart pour bavarder. Elle résista à l'envie de caresser ses cheveux ondulés et prit garde à ne pas plonger le regard dans ses profonds yeux bruns. Elle rêvait de s'endormir le soir à ses côtés et de se réveiller auprès de lui le matin, mais c'était sans espoir. Au moins, elle profitait de cette douce amitié et elle en était reconnaissante.

Elle l'interrogea sur la grève.

« Hornbeam ne veut pas négocier, dit-il. Il refuse d'envisager de modifier ses plans.

— Mais il ne peut pas faire tourner sa manufacture sans main-d'œuvre.

— Bien sûr que non. Il pense pourtant pouvoir

résister plus longtemps que les grévistes. "Ils viendront à moi en rampant, me suppliant de les reprendre", voilà ce qu'il a déclaré.

— Vous croyez qu'il a raison ?

— Peut-être. Il a plus de réserves que les travailleurs. Mais ils ont des ressources d'un autre genre. À cette époque de l'année, les bois regorgent de jeunes lapins et d'oiseaux, si on sait les piéger. Il y a aussi des plantes sauvages : le mouron des oiseaux, les bourgeons d'aubépine, les feuilles de tilleul, les tiges de mauve, l'oseille.

— Une maigre pitance.

— Il y a aussi des moyens moins honnêtes de s'en sortir. Ce n'est pas un bon moment pour se promener le soir avec une bourse pleine.

— Oh, mon Dieu.

— Ne vous inquiétez pas. Vous êtes peut-être la seule personne aisée de la ville que personne n'aura l'idée de voler. Vous nourrissez leurs enfants. Ils vous prennent pour une sainte. »

À cette différence près qu'une sainte serait amoureuse de son mari, pensa Elsie, de son mari et de nul autre.

« En vérité, personne ne sait comment tout ça va finir, ajouta Amos. Lors des grèves qui ont eu lieu ailleurs, ce sont tantôt les maîtres qui l'ont emporté, tantôt les ouvriers. »

Les cours de l'après-midi duraient moins longtemps que ceux du matin, et Elsie rentra à temps pour donner à Stevie son goûter de rôties beurrées. Puis elle rejoignit sa mère pour prendre le thé au salon.

Son père entra quelques minutes plus tard, en proie à une vive agitation, signe de préoccupation.

« Vous avez fait des emplettes, ma chère ? demanda-t-il à Arabella lorsqu'elle lui tendit une tasse.

— Oui.

— Vous êtes une bonne cliente de Kate Shoveller, si je ne me trompe.

— C'est la meilleure couturière de Kingsbridge, et même de tout Shiring.

— Je n'en doute pas. » Il mit un morceau de sucre dans son thé et remua plus longtemps que nécessaire, avant d'ajouter : « Elle n'est toujours pas mariée ?

— Pour autant que je sache, non, répondit Arabella. Pourquoi cette question ? »

Elsie se demandait, elle aussi, où voulait en venir l'évêque.

« Je trouve toujours curieux qu'une femme en bonne santé reste célibataire au-delà de trente ans.

— Vraiment ?

— On ne peut que se demander pourquoi.

— Le mariage ne convient pas à tout le monde. Certaines femmes ne voient pas l'intérêt de s'asservir à un homme pour la vie », déclara Elsie.

L'évêque s'offusqua.

« S'asservir ? Mais ma chérie, le mariage est un saint sacrement.

— Il n'est pourtant pas obligatoire, me semble-t-il. L'apôtre Paul dit qu'il vaut mieux se marier que de brûler. On peut imaginer mieux, en guise d'approbation.

— Tu me parais bien insatisfaite !

— Maman et moi n'avons évidemment qu'à nous louer de nos époux. C'est une grande chance. »

L'évêque se demanda un instant si elle se moquait de lui.

« Je te remercie, dit-il sans trop y croire. Toujours est-il, poursuivit-il, que le frère de Mlle Shoveller est derrière cette grève. Je me demande si vous le saviez.

— Je croyais que l'organisatrice en était Sal Box, répondit Elsie.

— C'est une femme. Le cerveau de ce mouvement est Spade. »

Elsie préféra ne pas contester l'hypothèse selon laquelle une femme ne pouvait avoir le moindre talent d'organisatrice.

« Pourquoi Spade souhaiterait-il la grève ? s'étonna-t-elle. Il est lui-même drapier, même s'il lui arrive encore de s'asseoir au métier à tisser.

— Excellente question. En réalité, il est même question de le faire échevin. Son comportement est déconcertant. Quoi qu'il en soit, Arabella, je vous prie de rester une simple cliente de Mlle Shoveller. Je serais fâché que ma femme fréquente ces gens-là autrement que dans le cadre de relations strictement commerciales. »

Elsie s'attendait à ce que sa mère proteste contre cette injonction, mais elle l'accepta docilement.

« Je ne ferai évidemment rien de tel, répondit-elle à l'évêque. Cela va sans dire.

— J'en suis heureux. Pardonnez-moi d'en avoir parlé.

— Je vous en prie. »

Elsie était persuadée que cet échange courtois dissimulait quelque chose. Elle avait la vague impression qu'il était question de Becca, la compagne de Kate Shoveller. Elle avait entendu des jeunes filles parler de femmes qui préféraient les femmes aux hommes – sans pouvoir cependant imaginer concrètement ce que cela signifiait : il y avait, après tout, une question d'anatomie. Les femmes qui procédaient à l'essayage de nouveaux vêtements se déshabillaient dans les pièces situées au-dessus de l'atelier de Kate. Son père aurait-il entendu des rumeurs absurdes mêlant Arabella à ce genre de relations ?

L'évêque termina son thé et regagna son bureau. Elsie demanda alors à sa mère : « Qu'est-ce que c'est que cette histoire ? »

Arabella fit une moue dédaigneuse. « Ton père a une idée fixe, mais je ne sais pas du tout de quoi il retourne. »

Elsie n'était pas tout à fait convaincue, mais elle n'insista pas. Elle monta à l'étage pour aider la nounou à préparer Stevie pour la nuit. Kenelm arriva ensuite pour prier avec lui. Alors qu'il était là, la servante, Mason, entra et dit :

« Madame Mackintosh, l'évêque voudrait vous voir dans son bureau.

— Je viens tout de suite, répondit Elsie.

— Que veut votre père ? demanda Kenelm.

— Je ne sais pas. »

Mason ajouta obligeamment :

« Le conseiller Hornbeam et le châtelain Riddick sont avec l'évêque. »

Kenelm fronça les sourcils.

« Et l'évêque n'a pas réclamé ma présence ?

— Non, monsieur. »

Kenelm était contrarié. Il détestait se sentir exclu. Toute impression de rejet le rendait outrageusement susceptible. Il avait facilement le sentiment d'être méprisé, insulté, sous-estimé. Elsie lui avait expliqué maintes fois que les gens pouvaient être simplement distraits et le tenir à l'écart sans le vouloir, cependant il n'y croyait pas.

Elle descendit au bureau. Les perruques de Hornbeam et Riddick révélaient qu'il s'agissait d'une visite officielle. Riddick semblait légèrement éméché, ce qui n'était pas inhabituel à cette heure de la soirée. Hornbeam, quant à lui, affichait comme toujours une mine déterminée et sévère. Ils se levèrent tous deux et s'inclinèrent devant elle lorsqu'elle entra, et elle esquissa une révérence avant de s'asseoir.

« Ma chérie, commença son père, l'échevin et le châtelain ont quelque chose à te dire.

— Vraiment ?

— C'est à propos de votre école », précisa Hornbeam.

Elsie fronça les sourcils. L'école n'était sujette à controverse que parce qu'elle était soutenue aussi bien par les anglicans que par les méthodistes et il arrivait qu'une faction cherche à supplanter l'autre. Mais, à sa connaissance, ni Hornbeam ni Riddick ne se souciaient des différends religieux.

« Qu'y a-t-il avec mon école ? demanda-t-elle d'une voix dont elle-même perçut l'hostilité.

— Il me semble que vous servez des repas gratuits aux enfants des grévistes », répondit Hornbeam.

C'était donc cela. Se rappelant que l'attaque était la meilleure des défenses, elle répliqua :

« Une occasion exceptionnelle s'offre à notre ville. Pendant une courte période, nous avons la possibilité d'apporter quelques connaissances à des enfants qui passent d'ordinaire toute la journée, six jours par semaine, derrière des machines. Nous devons en tirer le maximum, n'est-ce pas ? »

Hornbeam refusa de la laisser diriger ainsi la conversation.

« Malheureusement, vous soutenez la grève. Je suis certain que vous n'en avez pas l'intention, mais telle est la conséquence de ce que vous faites.

— Qu'insinuez-vous ? s'étonna Elsie, tout en comprenant, le cœur serré, où il voulait en venir.

— Nous espérons que la faim fera entendre raison aux grévistes. Et même s'ils sont prêts à souffrir personnellement, la plupart des parents ne supportent pas de voir leurs enfants affamés.

— Êtes-vous en train de me dire… » Elsie s'interrompit pour reprendre son souffle. Elle avait peine à croire ce qu'elle entendait. « Êtes-vous en train de me dire que je devrais cesser de nourrir ces enfants affamés ? Pour pousser leurs parents à reprendre le travail ? »

L'incrédulité d'Elsie laissa Hornbeam impassible.

« Ce serait préférable pour tous. En prolongeant la grève, vous prolongez les souffrances.

— L'échevin Hornbeam a raison, ma chérie, intervint alors l'évêque.

— Jésus a dit à Pierre : "Pais mes agneaux." Ne risquons-nous pas de l'oublier ? » s'indigna Elsie.

Riddick prit la parole pour la première fois.

« Le diable peut citer les Écritures à ses propres fins, dit-on.

— Taisez-vous, Will, tout cela vous dépasse », rétorqua Elsie.

Le visage de Riddick s'empourpra de colère. Il avait perçu l'insulte tout en étant incapable de riposter.

« Franchement, madame Mackintosh, nous devons vous prier de renoncer à vous immiscer ainsi dans nos affaires, reprit Hornbeam.

— Je ne m'immisce en rien, protesta-t-elle. Je nourris des enfants qui ont faim, ce qui est le devoir de tout chrétien, et je ne vais pas cesser de le faire pour défendre les profits des drapiers.

— D'où vient cette nourriture ? »

Elsie ne souhaitait pas répondre à cette question, car son père ignorait que le bouillon qu'elle servait aux enfants provenait en grande partie des cuisines du palais.

« Elle nous est offerte par de généreux habitants, tant anglicans que méthodistes, répondit-elle.

— Qui, par exemple ? »

Elle savait où Hornbeam voulait en venir.

« Sans doute souhaiteriez-vous avoir la liste de leurs noms afin d'aller leur rendre visite et de les intimider pour qu'ils nous retirent leur soutien. »

Hornbeam rougit, confirmant la véracité de cette accusation. Il s'emporta : « Ce que je veux savoir, c'est qui porte préjudice à la réussite commerciale de notre ville ! »

On frappa à la porte et Kenelm entra.

« Puis-je vous être utile, monseigneur ? » demanda-t-il d'un air empressé. Il tenait à être informé de tout ce qu'il se passait.

L'évêque parut agacé.

« Pas maintenant, Mackintosh », répondit-il sèchement.

Kenelm eut l'air d'avoir été giflé. Après un instant d'hésitation, il referma la porte. Elsie savait que cet incident le contrarierait toute la soirée.

L'interruption lui ayant donné le temps de réfléchir, elle reprit :

« Monsieur l'échevin, si l'avenir commercial de notre ville vous préoccupe à ce point, pourquoi ne pas négocier avec vos ouvriers ? Vous pourriez trouver un terrain d'entente. »

Hornbeam se redressa.

« Il n'est pas question de laisser des ouvriers me dire comment administrer mes affaires !

— La question ne porte donc pas réellement sur le commerce de la ville, remarqua Elsie. C'est votre orgueil qui parle.

— Comment osez-vous !

— Vous me demandez de renoncer à nourrir cinquante enfants affamés, mais vous refusez de vous abaisser à discuter avec vos tisserands. Vous défendez une mauvaise cause, monsieur. »

Le silence se fit. Riddick et l'évêque regardèrent Hornbeam, attendant sa réponse, et Elsie comprit qu'ils estimaient, eux aussi, que l'obstination de l'échevin était un élément du problème.

« Quoi qu'il en soit, ajouta-t-elle, il ne serait pas possible de cesser de nourrir gratuitement les enfants, même si je le voulais. Le pasteur Midwinter prendrait la relève et poursuivrait cette tâche. La seule différence serait qu'il s'agirait d'une école méthodiste. »

Ce n'était pas parfaitement exact. Elle était le moteur de toute l'entreprise et il était peu probable que l'école puisse se passer d'elle.

Mais son père la crut.

« Grand Dieu, dit-il, il n'est pas question d'avoir une école méthodiste. »

Hornbeam était furieux.

« Je perds mon temps ici, je le vois bien », conclut-il.

Il se leva, imité par Riddick.

Ennuyé que la réunion s'achève dans un climat d'hostilité, l'évêque protesta :

« Ne partez pas si vite. Vous avez bien le temps de prendre un verre de madère. »

Hornbeam ne se laissa pas amadouer.

« Je suis navré, mais une affaire urgente m'appelle. Bonne soirée à vous, monseigneur. » Il s'inclina. « Et à vous, madame Mackintosh. »

Les deux visiteurs se retirèrent.

L'évêque était contrarié.

« Quelle situation embarrassante », dit-il à sa fille.

Elsie fronça les sourcils. « Hornbeam n'avait pas l'air aussi abattu qu'il l'aurait dû. »

Malgré sa colère, son père fut intrigué par ses propos. « Que veux-tu dire ?

— Il n'a pas atteint son but, qui était de faire pression sur moi. Il est reparti bredouille. Pourtant, il n'avait pas l'air vaincu.

— Non, en effet.

— Voici mon avis : il n'a pas dit son dernier mot. »

*

Cette nuit-là, Kenelm entra dans la chambre d'Elsie, alors qu'elle venait d'enfiler sa chemise de nuit. Leurs chambres avaient une porte communicante, mais il ne l'utilisait habituellement que le samedi. Elle savait qu'il avait autre chose en tête.

« Votre père m'a dit ce qui s'est passé entre l'échevin Hornbeam et vous, lança-t-il.

— Il voulait me forcer à cesser de nourrir les enfants et il a échoué. Voilà en deux mots ce qui s'est passé.

— Pas exactement », objecta Kenelm.

Elsie se coucha.

« Vous pouvez me rejoindre, si vous voulez, proposa-t-elle. Ce serait plus agréable.

— Ne soyez pas ridicule, je suis habillé.

— Retirez vos chaussures.

— Cessez de faire la sotte. Je suis sérieux.

— Ne l'êtes-vous pas toujours ? »

Il ignora la remarque.

« Comment avez-vous pu braver l'homme le plus puissant de Kingsbridge ?

— Facilement, dit-elle. Les enfants affamés sont le cadet de ses soucis. Tout bon chrétien le braverait. C'est un mauvais homme, et il est de notre devoir de nous opposer à lui.

— Vous ne comprenez décidément rien ! » Kenelm suffoquait d'indignation. « Les hommes puissants doivent être pacifiés, il ne faut jamais les provoquer. Autrement, vous en pâtirez.

— Ne soyez pas grotesque. Que voulez-vous que Hornbeam nous fasse ?

— Qui sait ? Il ne faut pas se mettre des hommes comme lui à dos. Un jour, l'archevêque de Canterbury dira peut-être : "J'envisage de nommer Kenelm Mackintosh évêque", et quelqu'un lui répondra : "Ah, mais vous savez, sa femme est une perturbatrice." Les hommes disent tout le temps ce genre de choses.

— Comment pouvez-vous évoquer un tel sujet alors que je vous parle d'enfants qui ne mangent pas à leur faim ? s'indigna Elsie.

— Je pense à mon avenir. Dois-je donc accepter que tous mes efforts pour accomplir l'œuvre de Dieu soient compromis par une épouse impossible ?

— Vos efforts pour accomplir l'œuvre de Dieu ? Vous voulez parler de votre carrière au sein de l'Église ?

— C'est la même chose.

— Et elle vous paraît plus importante que de donner du bouillon et du pain aux petits enfants du Seigneur ?

— Vous avez décidément la manie de tout simplifier.

— La faim est quelque chose de simple. Quand vous voyez des gens qui ont faim, vous leur donnez à manger. Si ce n'est pas la volonté de Dieu, dans ce cas, rien ne l'est.

— Vous croyez tout savoir de la volonté de Dieu.

— Et vous, vous vous croyez plus savant, sans doute.

— Oui. J'ai étudié ce sujet avec les hommes les plus sages du pays. Votre père aussi. Alors que vous n'êtes qu'une femme ignorante et sans éducation. »

C'était trop absurde pour qu'elle cherche à argumenter.

« De toute manière, je ne peux pas fermer l'école, ce n'est pas en mon pouvoir. Je l'ai dit à Hornbeam.

— Peu m'importe l'école. Et peu m'importe la grève. Ce qui m'importe, en revanche, c'est mon avenir et je veux une épouse qui m'obéisse et ne s'attire pas d'ennuis.

— Eh bien, Kenelm, j'ai bien peur que vous n'ayez pas épousé la femme qu'il vous fallait. »

21

Le samedi après-midi, après la fermeture des manufactures à cinq heures, Kit et ses amis jouaient au football sur un terrain vague près des nouvelles maisons construites sur l'autre rive du fleuve. Kit était plus petit que la moyenne; il pouvait courir et esquiver, mais ne pouvait pas tirer loin et était facilement mis à terre. Ce qui ne l'empêchait pas d'aimer cela et de jouer avec enthousiasme.

À la fin du match, les garçons se séparèrent. En flânant, Kit arriva dans une rue bordée de maisons neuves encore inhabitées dont les portes ouvraient directement sur la rue. Par curiosité, il regarda par une fenêtre et vit une pièce exiguë, nue, avec un plancher, des murs plâtrés et un escalier qui menait à l'étage. Il aperçut aussi une cheminée, une petite table et deux bancs.

Sans réfléchir, il essaya d'ouvrir la porte d'entrée qui n'était pas fermée à clé. Il hésita sur le seuil. Balayant la rue du regard, il n'aperçut que quelques-uns de ses amis footballeurs. Il se souvint que Jarge disait souvent: « La curiosité est un vilain défaut. »

Il se glissa dans la maison et referma discrètement la porte derrière lui.

L'endroit sentait le plâtre humide et la peinture fraîche. Il tendit l'oreille, mais n'entendit aucun bruit en provenance de l'étage : il était seul. Sur la table étaient disposés quatre bols, quatre tasses et quatre cuillers, en bois, tous neufs. La scène lui rappela une des histoires que lui racontait sa mère, celle de Boucle d'or et les trois ours. Mais il n'y avait pas de bouillie dans les bols. L'âtre était propre et froid. La maison n'était pas encore habitée.

Il monta l'escalier sur la pointe des pieds, craignant qu'il n'y ait tout de même quelqu'un d'endormi là-haut.

Il découvrit deux chambres à coucher, chacune percée d'une fenêtre sur la rue. Prenant conscience qu'il n'y avait pas de fenêtre de l'autre côté, il se souvint d'avoir entendu l'expression « maisons adossées ». C'était logique : chaque maison avait un mur en commun avec celle qui était située sur l'arrière, ce qui permettait d'économiser des briques.

Il n'y avait pas de lits, pas de dormeurs. Dans l'une des deux chambres, il aperçut une pile de matelas en toile, probablement remplis de paille, et un petit tas de couvertures. La maison était prête à être occupée, mais chichement équipée.

Occupée par qui ? se demanda-t-il.

Cette maison vide présentant finalement peu d'intérêt, il redescendit l'escalier et regagna la rue. Il sursauta en voyant à quelques mètres de lui un homme corpulent au visage rougeaud. L'homme fut tout aussi surpris que lui. Ils se dévisagèrent un moment, puis l'homme poussa un rugissement de colère et s'avança vers Kit.

Kit détala.

« Sale petit voleur ! » cria l'inconnu, bien que Kit eût les mains vides.

Kit courait, la peur au ventre. C'était peut-être un gardien. Sans doute somnolait-il à l'arrivée de Kit, mais il était maintenant bien réveillé. Un homme en bonne condition physique courait plus vite qu'un enfant, mais, d'après le peu qu'en avait vu Kit, celui-là n'était pas au mieux de sa forme. En jetant un coup d'œil par-dessus son épaule, il remarqua pourtant que son poursuivant gagnait du terrain. Je vais me faire rosser, pensa Kit, qui accéléra encore l'allure. Il vit ses amis se disperser, paniqués.

C'est alors qu'il aperçut un étrange équipage qui remontait la rue : un grand chariot, tiré par quatre chevaux, rempli à craquer d'hommes, de femmes et d'enfants. Il le dépassa en courant, puis tourna la tête vers l'homme qui l'avait pris en chasse. Il le vit s'arrêter, le souffle court, et s'appuyer au chariot pour parler au cocher.

Kit espéra qu'il était sauvé.

Ralentissant l'allure, il continua néanmoins à courir jusqu'à ce qu'il s'estime en sécurité. Puis il s'arrêta et se retourna, à bout de souffle.

Tous les passagers du chariot étaient des inconnus, et ils regardaient autour d'eux avec curiosité. Kit les entendait parler sans comprendre ce qu'ils disaient. Il reconnaissait certains mots, mais ils étaient prononcés avec un curieux accent.

Les nouveaux arrivants commencèrent à descendre du chariot, chargés de paquets et de sacs. La plupart étaient apparemment des familles : mari, femme et enfants, auxquels s'ajoutaient une poignée de jeunes hommes, une trentaine de personnes en tout. Pendant que Kit observait la scène, un deuxième chariot apparut, transportant un chargement comparable.

Soixante personnes, pensa Kit, faisant le calcul dans sa tête comme d'habitude ; quinze ou vingt familles.

Puis un troisième chariot suivit, et un quatrième.

L'homme au visage rougeaud avait oublié Kit et se chargeait de diriger les nouveaux venus vers les maisons neuves. Les étrangers ne comprenaient pas toujours ce qu'on leur disait, et l'homme réagit en criant. L'un des passagers, qui semblait être leur chef, un homme de grande taille à la tignasse noire, s'adressa aux autres, interprétant apparemment les propos du rougeaud.

Les familles se dispersèrent tandis que le chef, accompagné d'une femme et de deux enfants, s'avança en direction de Kit. Il décida de leur parler.

« Bonjour », dit-il.

L'homme lui répondit quelque chose que Kit ne comprit pas.

« Qui êtes-vous ? demanda-t-il.

— Chui tissons. »

Kit réfléchit un instant. « Vous êtes tisserand ?

— C'est ce que j'ai dit. Nous sommes tous tisserands.

— D'où venez-vous ? »

L'homme prononça un mot qui ressemblait à « doubler ».

« C'est loin ? »

L'homme répondit, et cette fois Kit, qui commençait à s'habituer à son accent, comprit.

« Trois jours de bateau jusqu'à Bristol, puis un jour et demi dans ce chariot.

— Pourquoi êtes-vous venus à Kingsbridge ?

— C'est le nom de cet endroit ?

— Oui.

— La manufacture de notre village a fermé et nous n'avions plus de travail. Alors un homme s'est présenté chez nous et nous a dit que nous pourrions travailler dans une manufacture en Angleterre. Et toi, tu es qui, mon petit gars ?

— Je m'appelle Christopher Clitheroe, mais tout le monde dit Kit. » Il ajouta fièrement : « Je suis mécanicien à la manufacture de Barrowfield.

— Eh bien, Kit le mécanicien, moi, je suis Colin Hennessy, et je suis ravi de faire ta connaissance. »

La famille entra dans l'une des maisons. Toutes les portes donnant sur la rue avaient été déverrouillées à l'avance, comprit Kit, ce qui expliquait qu'il ait pu entrer. En regardant par la porte ouverte, il vit les enfants faire le tour du logement en courant, tout excités. La femme semblait satisfaite.

Kit avait l'impression que c'était un événement important, mais sans comprendre vraiment pourquoi. Il rentra chez lui, impatient d'annoncer la nouvelle.

Sa mère préparait le dîner, du gruau assaisonné d'oignons sauvages. Jarge était assis avec un pichet de bière. Il était en grève, et Kit avait entendu Sal dire : « L'oisiveté ne réussit pas à Jarge, il boit trop. »

« J'ai vu quelque chose de bizarre », leur dit Kit.

Jarge ne prêta pas attention à lui, mais Sal demanda : « Ah, oui ? Et quoi ?

— Tu connais les nouvelles maisons ?

— Oui. Du côté de la manufacture de la Porcherie.

— Elles sont terminées. J'ai jeté un coup d'œil à l'intérieur de l'une d'elles. Elle était toute prête à accueillir des gens, il y avait des matelas, une table et de la vaisselle.

— Hornbeam n'est pas du genre à faire des cadeaux à ses locataires », s'étonna sa mère.

Kit décida de passer sous silence l'épisode du gardien. « Et puis un chariot est arrivé, rempli de gens qui parlaient bizarrement. »

Sal posa la cuiller avec laquelle elle remuait le gruau et se tourna vers Kit. « Vraiment ? » demanda-t-elle. Son attitude lui apprit qu'il avait eu raison de penser que cette nouvelle était importante. « Combien de gens il y avait ?

— Une trentaine. Et puis trois autres chariots ont suivi. »

Jarge posa sa chope.

« Bon sang, ça fait plus de cent personnes.

— Cent vingt, corrigea Kit.

— Tu leur as parlé ? demanda Sal.

— J'ai dit bonjour à un homme, très grand, aux cheveux noirs. Il m'a appris qu'ils avaient passé trois jours dans un bateau.

— Des étrangers, remarqua Jarge.

— Lui as-tu demandé d'où ils venaient ?

— Il m'a dit un nom qui ressemblait à *doubler*.

— Dublin, murmura Sal. Ce sont des Irlandais.

— Il m'a dit qu'il était tisserand, mais que la manufacture de son village avait fermé.

— Je ne savais pas qu'on fabriquait du tissu en Irlande.

— Mais si, confirma Jarge. Les moutons irlandais ont des toisons longues et douces qui donnent un beau tweed très chaud qu'on appelle du donegal.

— Ils sont tous tisserands, précisa Kit.

— Nom de Dieu, dit Jarge, Hornbeam a fait venir des jaunes.

— Des jaunes ? » s'étonna Kit, perplexe. Ces gens-là n'étaient pas jaunes, malgré leurs cheveux noirs.

« Des briseurs de grève, expliqua Sal. Hornbeam va les employer dans ses fabriques.

— C'est ça, dit Jarge d'un air sinistre. S'ils vivent assez longtemps. »

*

Le dimanche, Jane assista à l'office de communion dans la cathédrale. Comme Amos voulait lui parler, il avait manqué l'office de la Salle méthodiste et attendu devant la cathédrale la sortie des fidèles anglicans.

Jane était vêtue d'un manteau bleu marine foncé et d'un chapeau ordinaire, une tenue appropriée à l'occasion. Elle avait l'air grave, mais son visage s'illumina lorsqu'elle aperçut Amos. Le vicomte Northwood la suivait à quelques pas, mais il était en pleine conversation avec l'échevin Drinkwater.

« J'ai lu dans le *Times* il y a quelques jours que le duc d'York avait l'intention de réformer radicalement l'armée britannique, annonça Amos à Jane.

— Ma foi, répondit Jane. On peut dire que vous savez parler aux femmes, vous.

— Pardon, dit-il, riant de lui-même. Comment allez-vous ? J'adore votre chapeau. Ce bleu marine vous va à ravir. Bien, et maintenant, avez-vous entendu parler des réformes de l'armée ?

— Je commence à vous connaître, Amos, et je sais que quand vous avez une idée en tête, vous n'en démordez pas. Oui, je sais qu'il est question de réformer l'armée. Henry ne parle que de ça en ce moment. Le duc veut que tous les soldats aient une capote. Ce qui me paraît très sensé. Comment pourraient-ils se battre s'ils grelottent de froid ?

— Le duc estime également que l'armée paie ses fournitures trop cher. Il pense que la milice est volée, et il a raison. Ces capotes coûteront trois ou quatre fois plus qu'elles ne devraient.

— Ne me dites pas que vous allez devenir aussi ennuyeux que mon mari !

— Cela n'a rien d'ennuyeux. Qui est responsable des achats pour la milice de Shiring ?

— Le capitaine Will Riddick. Ah, je crois comprendre où vous voulez en venir.

— À qui Riddick achète-t-il tout le tissu destiné aux uniformes ?

— À son beau-père, l'échevin Hornbeam.

— Il y a six ans, avant que Riddick ne se marie dans la famille Hornbeam, j'ai fait une offre pour un contrat de l'armée. Will a accepté mon prix, avant de me réclamer une commission de dix pour cent.

— L'avez-vous dénoncé? demanda Jane, scandalisée.

— Non, répondit Amos en haussant les épaules. Il aurait nié et je n'avais pas de preuve. Je n'ai donc rien fait.

— Alors pourquoi me dites-vous cela?

— Dans l'espoir que vous en parliez à votre mari.

— Mais vous n'avez toujours pas de preuve.

— Non. Mais vous connaissez mes convictions. Je ne suis pas du genre à mentir.

— Bien sûr. Mais que voulez-vous que fasse Henry? Si vous êtes incapable de prouver que Riddick est corrompu, il ne le pourra pas plus que vous.

— Il n'a pas besoin de preuves. C'est lui le commandant. Il n'a qu'à affecter Riddick à un autre poste, maître des armes à feu, par exemple, et confier la responsabilité des achats à quelqu'un d'autre.

— Et si le nouveau est aussi corrompu que Will?

— Demandez à Henry de nommer un méthodiste.»

Jane hocha la tête pensivement.

«Il pourrait le faire. Il dit que les méthodistes font de bons officiers.»

Henry Northwood prit congé de l'échevin Drinkwater et rejoignit son épouse. Amos s'inclina devant lui.

«Que pensez-vous de cette grève, Barrowfield? demanda le vicomte.

— Les choses sont assez simples, monsieur le vicomte : les drapiers doivent faire des bénéfices et les ouvriers doivent toucher un salaire décent. Mais la cupidité et l'orgueil se mettent en travers.

— Vous pensez que les maîtres devraient céder?

— Je pense que les deux parties devraient accepter des compromis.

— Très sensé», approuva Northwood qui prit le bras de Jane d'un air de propriétaire avant de s'éloigner.

*

Les Irlandais commencèrent à travailler aux manufactures Hornbeam le lundi. Ce soir-là, après la répétition des sonneurs de cloches, une réunion se tint dans l'arrière-salle de l'Auberge de la Cloche. La salle avait beau être vaste, elle était bondée : la plupart des tisserands en grève étaient présents ainsi que Sal, Jarge et Spade.

Personne ne buvait beaucoup. Tous étaient tendus, dans l'expectative. Il fallait faire quelque chose, mais personne ne savait quoi. Certains tisserands avaient apporté de gros bâtons, des pelles en bois et des masses.

Sal voulait éviter la violence.

Jarge brûlait d'en découdre.

«Une centaine de nos hommes, devant la manufacture de la Porcherie demain matin à quatre heures et demie, armés de gourdins. Quiconque tentera d'entrer dans les ateliers sera rossé. Ce n'est pas plus compliqué que ça. »

Jack Camp, un ami de Jarge qui était également tisserand à la manufacture Hornbeam du haut, ajouta :

« C'est comme ça, il n'y pas d'autre solution », et la majorité de l'assistance exprima son approbation par un murmure de colère.

« Et après ? demanda Sal.

— Hornbeam devra céder, dit Jarge.

— Parce que tu crois qu'il est du genre à céder ? Tu ne crois pas qu'il risque plutôt d'appeler la milice ?

— Qu'il essaye. Les miliciens sont nos amis et nos voisins.

— Il est vrai qu'ils ont refusé de tirer sur les femmes au moment de l'émeute du pain, reconnut Spade. Mais peut-on être sûrs qu'il en sera de même ? Et si, au lieu de tirer, ils arrêtaient les gens ?

— Ils auront du mal à m'arrêter, lança Jarge, méprisant.

— Je sais, acquiesça Spade. Ce qui veut dire qu'il y aurait une bagarre entre trois ou quatre soldats et toi.

— Moi et mes amis.

— Et alors d'autres soldats arriveront, ainsi que d'autres de tes amis.

— Très probablement.

— Et on aboutira à une émeute.

— Eh bien… »

Spade insista. « Et je suis navré d'avoir à te le rappeler, Jarge, mais ta sœur, Joanie, a été condamnée pour avoir fomenté une émeute. Elle a échappé de peu à la pendaison, pour être exilée en Australie d'où elle ne reviendra peut-être jamais.

— Je sais, dit Jarge, contrarié d'être à court d'arguments.

— Donc, continua Spade, si les ouvriers suivent ton plan, combien, à ton avis, finiront par être envoyés en Australie ou pendus ?

— Qu'est-ce que tu veux dire, Spade ? Qu'il faut rester les bras croisés ? s'indigna Jarge.

— Attendez une semaine.

— Pourquoi ?

— Pour voir ce qui se passe. »

Comme un grondement de mécontentement s'élevait, Sal intervint :

« Écoutez-le. Faites ce qu'il vous dit. Spade est toujours de bon conseil.

— Il ne se passera rien si nous ne faisons qu'attendre, observa Jarge, inquiet.

— Ce n'est pas si sûr. » Comme toujours, le ton de Spade était calme et raisonnable. « Écoute-moi, qu'est-ce que vous avez à perdre ? Attendons une semaine. Tant de choses peuvent se produire en une semaine. Retrouvons-nous samedi soir, après le souper. Si je me trompe et que rien n'a changé, il sera encore temps de prendre des mesures plus radicales. »

Sal hocha la tête. « Ne prenons pas de risques inutiles.

— En attendant, ajouta Spade, évite les ennuis, Jarge. Si tu vois un Irlandais, prends le large. Tu es un ouvrier. Et en vertu des lois tacites de l'Angleterre, tu es coupable tant que tu n'as pas prouvé ton innocence. »

*

Jarge se rangea à contrecœur à la décision collective. Sal le couvait d'un œil inquiet ; elle voyait la colère monter en lui, elle le voyait boire de plus en plus. Le mardi soir, à la fin de sa journée de travail, elle le rencontra devant la nouvelle manufacture de Hornbeam qui observait les Irlandais sortir. Mais il ne parla à personne et rentra à la maison avec Sal.

« Pourquoi on est en guerre contre Bonaparte et les Français ? dit-il. C'est contre Hornbeam et les Irlandais qu'on devrait se battre. »

Sal était bien de son avis.

« C'est sacrément vrai, approuva-t-elle. Mais il faut être malins. Hornbeam est rusé, comme tous les gens de son espèce. Il ne faut pas qu'on laisse ces salauds être plus malins que nous. »

Jarge avait toujours l'air rebelle, mais il ne répondit pas.

L'oisiveté le mettait de mauvaise humeur. N'ayant rien à faire, il passait ses journées à la taverne. Lorsque Sal rentra à la maison le jeudi soir, elle constata que la bible de son père avait disparu. « Il l'a mise en gage, se dit-elle. Il l'a mise en gage et il boit l'argent. » Elle s'assit sur son lit et pleura.

Mais elle devait s'occuper des enfants.

Au moment où elle leur donnait leur souper – du pain rassis au gras –, Jarge entra en titubant, empestant la bière, irrité parce qu'il n'avait plus d'argent pour continuer à boire. «Où est mon souper? demanda-t-il.

— Où est la bible de mon père?» rétorqua Sal.

Il s'assit à table.

«Je la récupérerai après la grève, ne t'inquiète pas.» Il parlait d'un ton désinvolte qui mit Sal encore plus en colère.

Elle coupa une tranche de pain, la tartina de graisse et la posa devant lui. «Avale ça pour éponger ta bière.»

Il prit une bouchée, mâcha, avala et fit la grimace.

«Du pain au gras? grommela-t-il. Pourquoi? Y a pas de beurre?

— Tu sais très bien pourquoi il n'y a pas de beurre», marmonna Sal.

Kit s'en mêla: «C'est à cause de la grève, tu ne savais pas?»

Cette réflexion agaça Jarge.

«Garde tes insolences pour toi, p'tit merdeux, dit-il en bredouillant. C'est moi qui commande ici, tu ferais bien de ne pas l'oublier.»

Il donna alors à Kit un coup si fort sur le côté de la tête que le garçon tomba de sa chaise.

C'en fut trop pour Sal. Un souvenir lui revint, aussi vif que s'il datait de la veille: celui de Kit, à six ans, allongé dans un lit au manoir de Badford, la tête bandée après que le cheval de Will Riddick lui avait fêlé le crâne; et la rage monta en elle comme la lave d'un volcan. Elle s'avança vers Jarge, folle de colère. Voyant son expression, il bondit sur ses pieds, aussi surpris qu'effrayé, et elle se jeta sur lui. Elle lui donna un coup de pied dans les testicules, entendit Sue hurler, mais n'y prêta pas attention. Comme Jarge se protégeait l'entrejambe des deux mains, elle lui envoya deux, trois coups de poing au visage. Elle avait de grandes mains et des bras puissants. Il recula en criant :

« Lâche-moi, espèce de folle ! »

Tout en entendant Kit crier « Arrêtez, arrêtez ! », elle écrasa la pommette de Jarge d'un autre coup de poing. Il lui attrapa les bras, mais il était ivre et elle était solide, et il fut incapable de la maîtriser. Elle le frappa au ventre et il se plia de douleur. Elle lui faucha alors les deux jambes et il tomba comme un arbre abattu.

Elle prit le couteau à pain sur la table et s'agenouilla sur la poitrine de Jarge. Tenant la lame contre son visage, elle lui dit : « Si tu touches encore une fois à mon garçon, je te jure que je t'égorgerai en pleine nuit, et que Dieu me pardonne. »

Elle entendit Kit dire : « Maman, lâche-le. »

Elle se leva, le souffle court, et rangea le couteau dans un tiroir. Les enfants étaient assis au milieu de l'escalier, bouche bée, la regardant avec une admiration mêlée de crainte. Elle examina le visage de Kit. Tout le côté gauche était rouge et commençait à enfler. Elle lui demanda s'il avait mal à la tête.

« Non, juste à la joue », répondit-il.

Les deux enfants descendirent prudemment les marches.

Sal serra Kit dans ses bras, soulagée : elle redoutait toujours les blessures à la tête.

Elle avait les articulations meurtries et l'annulaire

de la main gauche foulé. Elle se frotta les mains pour apaiser la douleur.

Jarge se releva lentement. Sal lui jeta un regard noir, le défiant de s'en prendre à elle. Il avait le visage couvert d'entailles et d'ecchymoses, mais ne manifestait plus aucune agressivité. Il était avachi, les yeux baissés. Il s'assit, les bras croisés sur la table, et posa sa tête sur ses avant-bras. Il tremblait, et elle se rendit compte qu'il pleurait. Au bout d'un moment, il releva légèrement la tête et dit :

« Pardon, Sal. Je ne sais pas ce qui m'a pris. Je n'ai jamais voulu faire de mal à ce pauvre petit. Je ne te mérite pas, Sal. Je ne suis pas assez bon pour toi. Tu es une femme bien, je le sais. »

Debout, les bras croisés, elle le regardait :

« Ne me demande pas de te pardonner.

— Bon. »

Elle ne put s'empêcher d'éprouver un élan de pitié. Il était malheureux, et n'avait pas fait grand mal à Kit. Mais il fallait qu'elle fixe des limites, faute de quoi Jarge pourrait penser qu'il était libre de recommencer, et qu'il suffisait de demander pardon.

« Il faut que je sois certaine que tu ne recommenceras jamais, dit-elle.

— Je te le jure. » Il s'essuya les joues avec sa manche et la regarda. « Ne me quitte pas, Sal. »

Elle le fixa droit dans les yeux pendant un long moment, puis elle prit sa décision.

« Tu ferais mieux d'aller t'allonger pour cuver toute cette bière. » Elle le prit par le bras et l'encouragea à se lever. « Viens, je monte avec toi. »

Elle l'accompagna dans la chambre qu'ils partageaient, le fit asseoir au bord du lit, puis s'agenouilla et lui retira ses bottes.

Il hissa ses jambes sur le lit et s'allongea.

« Reste avec moi une minute, Sal. »

Elle hésita, puis s'étendit près de lui. Elle glissa son bras sous la tête de Jarge et cala son visage contre sa poitrine. Il s'endormit en quelques secondes et tout son corps se détendit.

Elle embrassa son visage meurtri.

« Je t'aime, dit-elle. Mais je ne te pardonnerai pas une seconde fois. »

*

La journée du samedi fut belle et le soleil brillait encore à cinq heures et demie lorsque Hornbeam prit l'air dans le jardin de sa maison. Il avait passé une bonne semaine. Toutes ses manufactures tournaient grâce à la main-d'œuvre irlandaise et certains des nouveaux arrivants étaient en train d'être formés sur les métiers à tisser à vapeur. Il avait bien mangé et fumait la pipe.

Mais sa tranquillité fut troublée par un message de son gendre, Will Riddick, que lui apporta un jeune milicien en uniforme, transpirant et à bout de souffle. Se mettant au garde-à-vous, il dit : « Monsieur l'échevin, veuillez m'excuser, mais le capitaine Riddick vous présente ses salutations et vous prie de le rejoindre devant l'Auberge de l'Abattoir dès que possible.

« — Est-il arrivé quelque chose ? interrogea Hornbeam.

— Je ne sais pas, monsieur, on vient de me transmettre le message.

— Entendu. Suis-moi.

— Très bien, monsieur. »

Hornbeam rentra dans sa maison et donna ses instructions à Simpson, le valet de pied.

« Dites à Mme Hornbeam que j'ai été appelé pour affaires. »

Il mit ensuite sa perruque, se regardant dans le miroir du vestibule pour l'ajuster, et sortit.

Il ne leur fallut que quelques minutes pour descendre d'un bon pas la rue principale jusqu'à la ville basse. Hornbeam comprit pourquoi Riddick l'avait fait appeler avant même d'atteindre L'Abattoir.

Les Irlandais venaient en ville.

Hornbeam les regarda traverser le pont, accompagnés de leurs enfants. Ils n'avaient qu'un jeu de vêtements, mais, comme les ouvriers de Kingsbridge, ils s'étaient mis sur leur trente et un en ajoutant à leur tenue ordinaire un foulard aux couleurs vives, un ruban pour les cheveux, une large ceinture ou un chapeau élégant. Hornbeam avait fait venir cent vingt Irlandais et il semblait que tous avaient décidé d'aller prendre du bon temps.

Il se demandait comment réagiraient les habitants de Kingsbridge.

Le messager le conduisit à l'Auberge de l'Abattoir, la plus grande des tavernes situées sur les berges du fleuve. Une foule de buveurs se tenait à l'extérieur, profitant du soleil. L'endroit était très fréquenté, et de nombreux Irlandais étaient déjà arrivés et buvaient des chopes de bière. Ils se distinguaient par leurs vêtements légèrement différents, du tweed dont le tissage présentait des teintes aléatoires à la place des rayures et des carreaux réguliers des étoffes de l'ouest de l'Angleterre.

Le messager accompagna Hornbeam à l'intérieur de l'établissement, où il aperçut Riddick, une chope à la main. «J'aurais dû m'y attendre, dit Hornbeam.

— Moi aussi, répondit Riddick. Ils viennent d'être payés et ils ont envie de s'amuser.

— Mais je ne perçois pas d'hostilité entre les gens d'ici et les nouveaux venus.

— Pas pour le moment, en effet.»

Hornbeam hocha la tête. «Nous ferions bien de rassembler une section de miliciens par précaution.

— Va trouver le lieutenant Donaldson de ma part, ordonna Riddick au messager, et demande-lui de convoquer immédiatement les compagnies un, deux et sept, mais de les retenir au quartier général en attendant d'autres ordres.»

Le jeune homme répéta le message au mot près, et Riddick le congédia.

Hornbeam était inquiet. Si des troubles éclataient, on les imputerait aux Irlandais, et on pourrait même essayer de l'obliger à s'en débarrasser. Il se retrouverait pieds et poings liés face à ce maudit syndicat.

Il devait aller voir ce qui se passait.

«Allons faire un petit tour», suggéra-t-il.

Riddick vida sa chope et ils sortirent.

À quelques pas de là se trouvait une autre taverne, plus petite, dont l'enseigne représentait un cygne.

« Le Cygne blanc, annonça Riddick. Surnommé Le Canard boueux. »

Ils jetèrent un coup d'œil à l'intérieur. Les étrangers étaient assis avec les gens du coin, et tout était calme.

Des marchands ambulants vendaient des en-cas chauds et froids : pommes au four, noix, tourtes et pain d'épices. Sur le quai, une barge déchargeait des barils de bigorneaux, de minuscules escargots de mer comestibles qu'il fallait extraire de leur coquille à l'aide d'une épingle. Hornbeam n'en voulait pas, mais Riddick en acheta un cornet, arrosa les mollusques de vinaigre et les mangea tout en marchant, laissant tomber les coquilles par terre.

Ils firent le tour du quartier. Ils visitèrent les tavernes, les tripots et les maisons closes. Les tavernes étaient toutes très modestes, avec un mobilier artisanal grossier. On y vendait principalement de la bière et du gin bon marché. Les Irlandais ne fréquentaient pas les tables de jeu : ils n'avaient pas assez d'argent, supposa Hornbeam. Bella Lovegood, qui commençait à prendre de l'âge, tenait désormais son propre bordel, et quatre ou cinq jeunes Irlandais s'y trouvaient, attendant patiemment leur tour. Ils ne virent pas d'Irlandais chez Culliver, sans doute parce que les filles étaient trop chères pour les ouvriers.

Lorsqu'ils furent de retour à L'Abattoir, le soleil se couchait sur le fleuve et les buveurs devenaient de plus en plus bruyants. Le messager qui les attendait leur annonça que le lieutenant Donaldson avait rassemblé les trois compagnies.

« Reste avec moi, lui demanda Riddick, il y aura peut-être un autre message. »

L'ambiance était joyeuse, la soirée battait son plein, et l'on ne percevait aucun signe de tension. Riddick commanda une deuxième chope de bière et Hornbeam un verre de madère, et ils sortirent les boire à l'extérieur, où l'air était encore chaud mais plus frais qu'à l'intérieur. Hornbeam commença à se dire que leurs craintes étaient infondées.

Cependant, une ou deux personnes s'agaçaient contre les enfants qui, pleins d'énergie, couraient partout en se pourchassant. Il arrivait de temps en temps à l'un d'eux de bousculer un adulte et prendre la fuite sans s'excuser.

« Je me demande, murmura Hornbeam soucieux, si nous ne devrions pas suggérer aux gens de surveiller leurs enfants ou, mieux encore, de les ramener chez eux et de les coucher. »

Un marchand de pain d'épices fit son apparition et vendit d'épaisses tranches de cette pâtisserie aux buveurs installés devant L'Abattoir. Hornbeam vit un garçon d'environ huit ans en arracher un morceau de la main d'une jeune femme et le fourrer immédiatement dans sa bouche. Il ne fut toutefois pas assez rapide et le compagnon de la jeune femme lui saisit le bras en criant : « Sale petit voleur. » Le garçon essaya de se dégager, mais l'homme le tenait solidement, et il se mit à hurler. Les gens se retournèrent.

Hornbeam reconnut l'homme qui avait appréhendé

l'enfant ; c'était Nat Hammond, un des jeunes voyous qui fréquentaient L'Abattoir. Hammond avait déjà comparu deux ou trois fois devant les juges pour voies de fait.

Un Irlandais s'approcha alors de Hammond et lui dit : « Laissez Mikey tranquille. »

Hornbeam entendit Riddick marmonner : « Oh, fichtre. »

Hammond secoua le garçon et demanda agressivement : « C'est le vôtre ?

— Lâchez mon garçon ou il vous en cuira », répondit l'Irlandais.

Riddick se tourna vers le messager.

« File au quartier général et dis à Donaldson d'amener la milice rapidement. »

Enhardi par la présence de son père, le petit Mikey donna un violent coup de pied à son ravisseur. Hammond poussa un cri de surprise et de douleur, et le gifla, tout en lui lâchant le bras. L'enfant tomba à terre, son nez retroussé ensanglanté.

Le père se jeta sur Hammond et le frappa au ventre. Comme Hammond se pliait en deux, l'Irlandais lui dit :

« Voyons maintenant si vous ne préférez pas frapper mon nez, plutôt que celui de mon fils. »

Riddick prit le bras de Hornbeam.

« Tenons-nous à l'écart », conseilla-t-il, et Hornbeam obtempéra prestement.

Alors qu'ils reculaient, deux hommes, un habitant de Kingsbridge et un Irlandais, s'interposèrent entre les deux combattants, mais se mirent immédiatement à se taper dessus. D'autres se joignirent à eux. Tous commençaient par essayer de séparer les belligérants, et tous finissaient par se battre, eux aussi. Certaines femmes se portèrent à la rescousse de leurs hommes et entrèrent dans la mêlée. Le vacarme finit par attirer les clients qui étaient à l'intérieur de L'Abattoir et du Canard boueux. Le vendeur de bigorneaux chercha à éloigner les gens de son tonneau, mais dans la mesure où sa méthode consistait à les frapper, il fut bientôt lui-même entraîné dans la bagarre, et son tonneau fut renversé. Il roula, répandant des bigorneaux et de l'eau de mer sur les pavés.

Hornbeam constata avec consternation qu'une bonne cinquantaine de personnes en étaient venues aux mains. Balayant la rue du regard, il n'aperçut aucun signe de la milice. Il réfléchit désespérément à un moyen de mettre fin à l'échauffourée, mais n'ignorait pas que la moindre intervention de Riddick ou lui les conduirait à participer au pugilat.

Ce grabuge allait discréditer les briseurs de grève irlandais et, par ricochet, Hornbeam lui-même. C'était un désastre et – comme il le remarqua alors –, la bagarre se répandait dans les rues adjacentes, attirant les clients des autres tavernes. Il risquait même d'être obligé de renvoyer les Irlandais chez eux.

Voilà qui va faire plaisir aux grévistes, pensa-t-il avec colère.

Donaldson arriva enfin avec les miliciens. Certains portaient leurs mousquets, mais le reste n'était pas armé. Donaldson ordonna aux hommes armés de se tenir à l'écart de la foule, leurs armes prêtes à faire feu, et demanda aux autres d'appréhender tous ceux qui se battaient.

Hornbeam aurait aimé que la milice ouvre le feu, mais se rendit compte que cela ne pouvait que le déconsidérer davantage.

Les miliciens entreprirent d'extraire des combattants de la mêlée et de les ligoter. Hornbeam constata que la mesure était efficace ; certains combattants lâchèrent leurs adversaires et prirent la poudre d'escampette pour éviter d'être appréhendés.

« Mettons cette affaire sur le dos du nouveau syndicat, dit Hornbeam à Riddick. Veillez à arrêter tous les grévistes que vous verrez.

— Je ne les connais pas.

— Dans ce cas, cherchez les meneurs : Jarge Box, Jack Camp, Sal Box, ou Spade. »

Hornbeam savait qu'il ne manquerait pas d'hommes prêts à jurer que les meneurs de la grève avaient délibérément provoqué les troubles.

« Bonne idée », approuva Riddick, qui donna des ordres à un caporal.

Avec un peu de chance, ils ramasseraient bien quelques grévistes, pensa-t-il.

Il constata bientôt que l'échauffourée touchait à sa fin. Les gens étaient plus nombreux à s'enfuir qu'à se battre. Beaucoup de ceux que l'on voyait encore étaient à terre, soignant leurs blessures. Il supposa que les Irlandais qui avaient évité l'arrestation avaient retraversé le pont.

Il fallait à présent que Hornbeam trouve un moyen de limiter les dégâts.

« Combien en avez-vous arrêté ? demanda-t-il à Riddick.

— Vingt ou trente. Ils sont enfermés pour le moment dans la grange de L'Abattoir.

— Conduisez-les à la prison de Kingsbridge. Prenez tous les noms et autres renseignements, et venez chez moi. Nous relâcherons les Irlandais. Je tiendrai une session mensuelle du tribunal de bonne heure demain matin, bien que ce soit dimanche. Je prononcerai des peines sévères contre les grévistes et leurs chefs et serai indulgent à l'égard des autres. Je tiens à ce que les habitants de Kingsbridge comprennent que ce ne sont pas les Irlandais, mais les syndicalistes qui sont à l'origine de ce conflit.

— Bonne idée », répéta Riddick.

Hornbeam prit congé et rentra chez lui en attendant la suite.

*

Un petit garçon entra précipitamment à l'Auberge de la Cloche, courut vers Spade et lui annonça :

« Les hommes se battent contre les jaunes devant L'Abattoir ! Et la milice arrête des gens !

— Parfait ! dit Jarge en se levant. On ferait mieux de foncer.

— Rassieds-toi, Jarge, lui intima Spade.

— Quoi ? Nous n'allons quand même pas continuer à boire de la bière pendant que nos voisins se battent contre les briseurs de grève ? Pas moi en tout cas !

— Réfléchis un instant, Jarge. Si nous allons là-bas, certains de nous seront arrêtés.

— Il y a pire dans la vie.

— Et nous serons traînés devant les juges. Et les juges diront que les Irlandais n'y sont pour rien, et que l'émeute a été déclenchée par les grévistes.

— C'est ce qu'ils diront de toute façon, non?

— Ils ne pourront pas, puisque nous sommes tous ici. Presque tous les tisserands de Hornbeam ont passé toute la soirée avec nous à boire de la bière. Une centaine de personnes ici pourront le jurer, parmi lesquelles le tenancier, dont l'oncle est échevin.

— Alors... » Il ne fallut qu'une minute à Jarge pour comprendre. « Ils seront obligés de blâmer les jaunes.

— Exactement. »

Jarge réfléchissait encore.

« Tu savais que les choses allaient se passer comme ça, pas vrai, Spade?

— Ça me paraissait probable.

— Voilà pourquoi tu ne voulais pas qu'on aille à la manufacture de la Porcherie lundi dernier.

— Exactement.

— Et c'est pour ça que tu nous as donné rendez-vous ici ce soir.

— Oui.

— Bon sang de bonsoir! Tu es sacrément malin, comme je te l'ai déjà dit », s'exclama Jarge en riant.

*

Le dimanche matin, après la messe, le maire, Frank Fishwick, organisa une réunion impromptue à l'hôtel de ville. Tous les gros drapiers, anglicans et méthodistes, étaient invités. Hornbeam et Spade étaient présents, tous les deux.

Spade savait qu'il n'avait pas été invité parce qu'il était un des plus riches drapiers, mais parce qu'il était proche des ouvriers. Il pouvait rapporter aux autres ce que les travailleurs disaient et faisaient.

Le maire Fishwick, âgé d'une cinquantaine d'années, était corpulent et portait une barbe grisonnante. Il émanait de lui une tranquille autorité. S'il estimait que son travail consistait à veiller à ce que les drapiers de Kingsbridge puissent faire des affaires sans entrave – il n'avait pas de temps à perdre avec des idées ridicules sur les droits de l'homme –, il n'était pas aussi agressif que Hornbeam. Pour autant, Spade n'aurait su dire de quel côté Fishwick allait se ranger ce jour-là.

Fishwick ouvrit la séance en déclarant :

« Je suis sûr que nous sommes tous d'accord sur un point. Il est impossible de laisser des bagarres éclater dans les rues de Kingsbridge. Nous devons mettre fin immédiatement à ce genre d'agissements. »

Hornbeam passa immédiatement à l'attaque.

« Samedi soir, mes ouvriers irlandais dépensaient paisiblement un salaire bien mérité lorsqu'ils ont été attaqués par des voyous. Je le sais. J'étais là. »

Les gens se tournèrent vers Spade, s'attendant à ce qu'il contredise Hornbeam, mais il garda le silence.

Ainsi qu'il l'espérait, quelqu'un d'autre contrecarra

Hornbeam. C'était Amos Barrowfield, un jeune homme discret qui surprenait parfois tout le monde par ses opinions bien arrêtées.

« Peu m'importe qui a commencé la bagarre, dit-il d'un ton cassant. Cette émeute a eu lieu parce qu'on a fait venir à Kingsbridge plus d'une centaine d'étrangers pour briser la grève.

— J'étais parfaitement dans mon droit ! rétorqua Hornbeam furibond.

— Je ne dis pas le contraire, mais cela ne nous mène nulle part, répondit Amos. Que se passera-t-il samedi prochain, Hornbeam ? Pouvez-vous nous dire comment éviter que nous assistions à la même chose ?

— Oui, bien sûr. Les échauffourées d'hier soir ont été délibérément provoquées par le syndicat qu'ont constitué les tisserands mécontents. Il faut l'interdire.

— Intéressant, observa Amos. Si tel est le cas, les coupables doivent bien sûr être traduits en justice. Mais il me semble que vous avez tenu une audience ce matin pour évoquer le sort de ceux qui ont été arrêtés hier soir, et...

— Oui, mais...

— Permettez-moi de terminer, dit Amos en élevant la voix. J'insiste pour être entendu.

— Laissez-le parler, Hornbeam, intervint Fishwick avec fermeté. Nous sommes tous égaux ici. »

Spade était satisfait. Cette intervention révélait que Hornbeam ne pourrait pas décider de tout comme il l'entendait.

« Merci, monsieur le maire, dit Amos. Hornbeam, les autres juges n'ont pas été avisés de la session de ce matin et n'ont donc pas pu y assister, mais j'ai cru comprendre que parmi les accusés ne figure aucun de vos tisserands, ni aucun des organisateurs présumés du syndicat.

— Ils ont été très malins ! rétorqua Hornbeam.

— Si malins, peut-être, qu'ils ont eu l'intelligence de ne pas participer à cette émeute et donc d'être innocents. »

Hornbeam rougit de colère mais resta momentanément sans voix.

Spade jugea le moment venu de prendre la parole.

« Je peux confirmer les propos de M. Barrowfield, monsieur le maire. Avec votre permission.

— Je vous en prie, monsieur Shoveller.

— Les grévistes et quelques-uns de leurs partisans se sont réunis hier soir pour discuter de leurs problèmes. Je me trouvais à l'Auberge de la Cloche et peux confirmer qu'ils y ont passé toute la soirée. Ils ont appris qu'il y avait une émeute et ont préféré ne pas bouger. Ils sont restés à l'auberge bien après la fin de l'échauffourée. Le propriétaire de l'auberge, ses employés et une bonne cinquantaine de clients peuvent en témoigner. Nous pouvons donc être certains que les grévistes et leurs partisans n'y sont pour rien.

— Cela ne les empêche pas d'avoir pu en être les instigateurs, releva Hornbeam.

— Peut-être, répondit Amos. Mais il n'y a aucune preuve en ce sens. Et nous ne pouvons agir en nous appuyant sur de simples suppositions.

— Dans ce cas, déclara Fishwick, reprenant la discussion en main, peut-être devrions-nous examiner ce que nous pourrions faire pour mettre fin à la grève et empêcher d'autres conflits de cette nature dans notre ville. Il n'est évidemment pas question de demander à notre ami Hornbeam de renoncer à utiliser ses nouveaux métiers à tisser à vapeur – nul ne peut arrêter le progrès.

— Ah, tout de même, merci, dit Hornbeam.

— Mais une concession, même mineure, poursuivit Fishwick, persuaderait peut-être les ouvriers de cesser la grève. Monsieur Shoveller, vous entretenez sans doute davantage de relations que moi avec les travailleurs. Comment pensez-vous qu'il serait possible de les convaincre de reprendre le travail ?

— Je ne peux pas parler en leur nom, répondit Spade, qui sentit la déception des autres. Cependant, je peux suggérer une issue.

— Je vous en prie, nous vous écoutons, dit Fishwick.

— Un petit groupe de drapiers, disons trois ou quatre, pourrait être désigné pour rencontrer les représentants des ouvriers. Cela nous permettrait de leur exposer à quelles demandes il est impossible de donner satisfaction, et lesquelles pourraient être exaucées. Fort d'un tel accord, notre groupe pourrait faire un rapport à M. Hornbeam, tandis que les représentants des ouvriers en feraient autant pour leurs camarades. Nous pourrions peut-être ainsi parvenir à un arrangement. »

Tous les drapiers étaient habitués à négocier dans leurs affaires et comprenaient le langage du marchandage et du compromis, comme en témoignèrent les murmures et les hochements de tête approbateurs.

Encouragé, Spade poursuivit :

« Il va de soi que les membres de notre groupe n'auraient pas le pouvoir de prendre des décisions au nom de M. Hornbeam, pas plus qu'en celui des ouvriers. Néanmoins, il serait bon qu'une personne d'autorité les accompagne ; à cette fin, je suggère que vous, monsieur le maire, en preniez la tête.

— Je vous remercie. Je serai heureux de faire ce que je pourrai. »

Quelqu'un suggéra : « Et Mme Bagshaw. »

Spade approuva. Cissy Bagshaw était la seule drapière de la ville ; cette femme intelligente et ouverte d'esprit dirigeait l'entreprise dont elle avait hérité à la mort de son mari.

« M. Barrowfield, peut-être ? » ajouta Fishwick.

Une fois de plus, tout le monde approuva.

« Très bien, dit Fishwick. Avec votre assentiment, messieurs et madame, j'aimerais que nous nous mettions au travail dès aujourd'hui. »

Ainsi, pensa Spade, satisfait, le syndicat obtient une reconnaissance officielle. Je me demande comment Hornbeam va réagir.

*

« Tous les hommes font ça ? demanda Arabella à Spade.

— Je n'en sais rien », répondit-il.

Il lui peignait les poils du pubis.

« Aucun homme ne m'a jamais regardée là.

— Vraiment ? Vous avez pourtant réussi à concevoir Elsie…

— Dans le noir.

— Les évêques sont-ils obligés de faire ça dans le noir ?

— C'est probablement une règle, pouffa-t-elle.

— Je suis donc le premier à voir ces poils d'une merveilleuse couleur acajou.

— Oui. Aïe ! Ça tire.

— Pardon. Je ne les embrasserai que mieux. Voilà. Mais il faut bien que j'enlève les nœuds.

— Il ne le *faut* pas, tu aimes faire ça, c'est tout.

— Veux-tu que je fasse une raie ?

— Ce serait affreusement vulgaire.

— Si tu le dis. Voilà, c'est beaucoup mieux ainsi. » Il s'assit sur le lit à côté d'elle. « Je vais garder ce peigne pour toujours.

— Tu ne trouves pas que je suis laide, là en bas ?

— Bien au contraire.

— Bon. » Elle se tut un instant, et il comprit que quelque chose la préoccupait. « Euh… il faut que je te dise… » Elle hésita. « J'ai partagé son lit avant-hier soir. »

Spade haussa les sourcils.

« Il avait bu beaucoup de porto, et aussi du cognac juste avant de se coucher. J'ai dû l'aider à se déshabiller. Puis il s'est quasiment écroulé sur le lit et s'est mis à ronfler. C'était l'occasion ou jamais.

— Et tu t'es allongée avec lui.

— Oui.

— Et...
— Et il a pété toute la nuit, c'est tout.
— Oh, c'est dégoûtant.
— À son réveil, il a été surpris de me trouver dans son lit. Nous n'avions pas dormi ensemble depuis des années.»

Spade était captivé mais inquiet. Qu'avait-elle fait? Il craignait qu'un drame entre Arabella et l'évêque ne gâche tout. «Qu'a-t-il dit?
— Il a dit: "Que faites-vous ici?"»

Spade éclata de rire: «C'est une drôle de question à poser pour un homme qui trouve son épouse dans son lit. Et qu'as-tu répondu?
— "Vous avez été très insistant hier soir." J'ai essayé d'avoir l'air... tu sais, embarrassée.
— J'aurais bien aimé voir ça. J'ai du mal à t'imaginer ayant l'air embarrassée.»

Arabella imita à la perfection la mimique d'une jeune fille effarouchée, en disant: «Oh, monsieur Shoveller, vous me faites rougir.»

Spade s'esclaffa.

«Puis il a voulu savoir ce qui s'était passé, poursuivit-elle. Il m'a demandé: "Ai-je vraiment...?" et j'ai répondu: "Oui." C'était un mensonge, évidemment. Et pour le rendre plus plausible, j'ai ajouté: "Pas longtemps, mais tout de même..."
— Il t'a crue?
— Je pense que oui. Il a eu l'air interloqué, puis a prétendu avoir mal à la tête. J'ai rétorqué que je n'en étais pas surprise, après tout le cognac qu'il avait bu en plus du porto.

— Qu'as-tu fait ?

— Je suis allée dans mes appartements, j'ai appelé ma femme de chambre et je lui ai dit de demander au valet de porter une théière bien pleine à l'évêque.

— Alors... quand tu lui annonceras que tu es enceinte...

— Je lui rappellerai cette nuit-là.

— Vous ne l'avez fait qu'une fois.

— Toute grossesse est le fruit d'un unique rapport sexuel.

— Crois-tu qu'il sera dupe ?

— Je pense que oui. »

*

Les drapiers se retrouvèrent une semaine plus tard, dans le même lieu et à la même heure.

Spade estimait que la conclusion d'un accord était plus importante que ses conditions. Elle prouverait que le syndicat était utile aux maîtres et aux ouvriers.

Le maire Fishwick fit le compte rendu des discussions.

« Pour commencer, dit-il, les ouvriers ont présenté deux revendications auxquelles, comme nous avons dû le leur expliquer, les maîtres n'accepteront jamais de répondre favorablement. »

Cette présentation était une idée de Spade.

« Ils ont d'abord demandé le renvoi des Irlandais.

— Hors de question », intervint Hornbeam.

Fishwick l'ignora.

« Nous leur avons expliqué que c'était à l'échevin Hornbeam de décider. Même si certains drapiers ne voient rien à redire à ce que les Irlandais rentrent chez eux, nous ne sommes pas habilités à donner des ordres à M. Hornbeam.

— C'est un fait, marmonna quelqu'un.

— Ils auraient voulu ensuite que les ouvriers qui perdraient leur emploi puissent bénéficier de l'aide paroissiale sans avoir à entrer à l'hospice des indigents de Kingsbridge. »

Les ouvriers détestaient l'hospice. C'était un lieu froid et inconfortable et, surtout, on y humiliait les résidents. Cela ressemblait beaucoup à une prison.

« Une fois de plus, nous avons dû leur expliquer que nous n'avons aucune compétence en matière de secours paroissiaux, qui sont entre les mains de l'Église », expliqua Fishwick.

Spade avait suggéré cette approche en sachant que les drapiers seraient rassurés d'apprendre que le groupe avait résisté fermement à certaines des revendications des ouvriers. Ils seraient plus conciliants lorsqu'on leur présenterait les autres.

« J'en viens maintenant à une troisième demande, que je vous recommande d'accepter, continua Fishwick. Ils réclament que les ouvriers qui sont remplacés par les machines soient prioritaires à d'autres fonctions. Si nous nous mettons d'accord, le conseil des échevins – dont la plupart d'entre nous sont membres – pourrait adopter une résolution stipulant qu'il s'agit d'une procédure obligatoire à Kingsbridge. Cela rendrait la crise actuelle moins douloureuse et faciliterait à l'avenir l'introduction de nouvelles machines.»

Spade observa les visages qui l'entouraient et constata que la plupart approuvaient cette mesure.

«Afin que ce système fonctionne sans heurt, deux autres suggestions ont été présentées. Premièrement, avant d'installer une nouvelle machine, le maître devra la présenter aux ouvriers et discuter du nombre d'ouvriers qui travailleront sur cette machine et du nombre d'ouvriers que celle-ci remplacera.»

Comme on pouvait s'y attendre, Hornbeam répliqua d'un ton cinglant: «Je serais donc censé consulter les ouvriers avant d'acheter une nouvelle machine? C'est ridicule!

— Certains d'entre nous le font déjà, vous savez. Cela met de l'huile dans les rouages», répliqua Amos.

Hornbeam renifla dédaigneusement.

«Deuxièmement, poursuivit Fishwick, les représentants des maîtres et ceux des ouvriers devront, à l'avenir, s'assurer que les deux parties respectent les règles, afin de résoudre tout problème avant qu'il ne fasse l'objet d'un conflit.»

C'était une idée nouvelle, qui s'opposait à la manière dont la plupart d'entre eux avaient l'habitude de traiter avec leurs ouvriers. Cependant, seul Hornbeam s'y montra hostile.

«Les ouvriers deviendront les maîtres, dit-il d'un ton méprisant, et les maîtres des ouvriers.»

Fishwick prit l'air exaspéré.

«Ceux qui sont réunis autour de cette table ne sont pas des imbéciles, Hornbeam, dit-il avec irritation.

Nous pouvons entretenir une relation de coopération sans devenir des esclaves.»

Un murmure d'approbation lui répondit.

Hornbeam leva les mains en un geste de défaite.

«Allez-y, dit-il. Qui suis-je pour vous faire obstacle?»

Spade était satisfait. C'était le résultat que Sal et Jarge attendaient, et qui mettrait fin à la grève. Le syndicat faisait désormais partie intégrante de l'industrie textile de Kingsbridge. Mais il lui restait une chose à dire.

«Les ouvriers sont heureux d'être parvenus à un accord, mais ils ont bien précisé qu'ils refuseraient toute tentative pour sanctionner les meneurs de la grève. Je crains que, sinon, l'accord soit entièrement compromis.»

Le maire Fishwick conclut alors:

«Nous en avons fini pour aujourd'hui, madame et messieurs, et je vous souhaite à tous un bon déjeuner dominical.»

Alors que tous s'apprêtaient à partir, Hornbeam lança une dernière pique.

«Vous avez courbé l'échine devant ce syndicat. Mais ce n'est que provisoire. Les syndicats seront bientôt complètement illégaux.»

Cette remarque fut accueillie par un silence stupéfait.

«Bonne journée à tous», dit-il, et il sortit.

22

La plupart des drapiers pensèrent que Hornbeam avait parlé par pure bravade. Spade n'était pas de leur avis. Hornbeam n'aurait pas raconté un mensonge facile à percer à jour, car il aurait eu l'air d'un idiot. Il y avait probablement quelque chose de vrai dans la phrase qu'il avait lancée. Toute menace de la part de Hornbeam était inquiétante. Spade se rendit donc chez Charles Midwinter.

Le pasteur estimait que les méthodistes devaient être bien informés des affaires de leur pays, même s'ils n'avaient pas les moyens d'acheter des journaux et des revues. Il s'était donc abonné à plusieurs publications qu'il conservait pendant un an dans la salle de lecture de la Salle méthodiste. Spade s'y rendit pour consulter d'anciens numéros. Il confia à Midwinter ce qu'avait dit Hornbeam et le pasteur l'aida à rechercher l'éventuelle mention d'une loi contre les syndicats. Ils s'assirent de part et d'autre d'une table bon marché dans une petite pièce percée d'une grande fenêtre, et feuilletèrent les journaux, en commençant par les plus récents.

Leur enquête ne fut pas longue.

Ils apprirent que le 17 juin – soit le lundi précédent – le Premier ministre William Pitt avait soumis à la Chambre le Workmen's Combination Bill, un projet de loi en vertu duquel toute constitution d'une association – d'une «combinaison» – d'ouvriers dans le but d'obtenir une hausse de salaire ou de s'opposer à la liberté d'action des maîtres serait désormais considérée comme un crime. Ce texte était présenté comme une réaction à l'épidémie de grèves qui sévissait alors. Spade estimait que le terme d'«épidémie» était exagéré, mais il ne pouvait nier que l'agitation avait été grande parmi les travailleurs des secteurs touchés par les impôts de guerre et les restrictions des échanges commerciaux.

L'article était bref et peu détaillé, ce qui expliquait sans doute que ce danger ait échappé à Spade lors de sa lecture quotidienne de la presse ; mais un examen attentif montrait clairement que les syndicats deviendraient effectivement illégaux.

Ce qui changerait tout. Les travailleurs seraient une armée sans fusils.

Le projet de loi avait été présenté au Parlement dès le lendemain et avait été examiné en «deuxième lecture» à la Chambre des communes – ce qui signifiait qu'il avait été approuvé – un jour plus tard seulement.

«Ma parole, ça a été rapide, remarqua Midwinter.

— Ces salauds avaient hâte de faire passer cette loi», renchérit Spade.

Conformément à la procédure parlementaire, le

texte avait ensuite été transmis à une commission chargée de l'examiner en détail et de faire un rapport.

« Savez-vous combien de temps il faudra ? » demanda Spade.

Midwinter hésita. « Je pense que ça dépend des lois.

— C'est important. Nous n'avons peut-être pas beaucoup de temps devant nous. Allons poser la question à notre député.

— Je ne suis pas électeur, fit remarquer Midwinter, qui n'était pas propriétaire foncier et ne répondait donc pas aux exigences du suffrage censitaire à quarante shillings.

— Mais moi, je le suis, dit Spade. Et rien ne vous interdit de m'accompagner. »

Ils quittèrent la salle. Le soleil de juin leur réchauffa le visage tandis qu'ils se dirigeaient d'un bon pas vers la place du marché avant d'entrer dans la maison Willard.

Le vicomte Northwood finissait de déjeuner et leur offrit un verre de porto. Des noix et du fromage étaient disposés sur la table. Midwinter refusa le porto, mais Spade accepta. Il était très bon, moelleux et sucré, avec une touche stimulante de brandy en fin de bouche.

Spade lui parla de la pique lancée par Hornbeam et de ce qu'ils avaient découvert ensuite dans les journaux de la semaine précédente. Northwood apprit avec étonnement l'existence de ce projet de loi, mais il n'avait jamais pris très au sérieux ses devoirs parlementaires.

«Ça ne me plaît pas, déclara-t-il, et je comprends votre inquiétude. Bien sûr, il faut éviter de perturber les affaires, nous le savons tous, mais interdire complètement aux travailleurs de se réunir est une mesure tyrannique. Or je déteste les tyrans.

— Et en réalité, ici, à Kingsbridge, le syndicat a contribué à mettre fin à la grève, expliqua Spade.

— Je l'ignorais, dit Northwood.

— C'est tout récent. Mais croyez-moi, sans syndicat, il n'y aura que plus de conflits.

— Eh bien, il va falloir que j'en apprenne davantage sur ce projet de loi.»

Il était discourtois de demander à un noble de se hâter, mais Spade se permit tout de même de demander : «Combien de temps pensez-vous que cela prendra, monsieur le vicomte?»

Northwood haussa un sourcil, mais décida de ne pas en prendre ombrage.

«J'écrirai dès aujourd'hui, répondit-il. Mon collaborateur de Londres m'enverra les renseignements nécessaires.

— Je me demande combien de temps mettra la commission pour rendre son rapport, insista Spade.

— Vu la hâte manifeste du gouvernement, je dirais que ce n'est qu'une question de jours.

— Voyez-vous quelque chose que nous pourrions faire pour persuader le Parlement de réexaminer la question?

— Comme ils n'ont pas le droit de vote, les ouvriers cherchent habituellement à influencer le Parlement en présentant une pétition.

— Je vais m'y atteler dès aujourd'hui. »

Le vendredi suivant, Northwood reçut une réponse de Londres sous les traits d'un petit homme rondouillard et chauve appelé Clement Keithley. Il expliqua à Spade, assis dans le bureau de Northwood en face de la cathédrale, qu'il était avocat et était l'assistant de Benjamin Hobhouse; le député Hobhouse connaissait bien Kingsbridge, car son père avait été marchand à Bristol.

Keithley, qui avait fréquenté le lycée de Bristol avec Hobhouse, déclara fièrement que M. Hobhouse avait pris position énergiquement contre le Combination Bill, mais que son opposition n'avait pas suffi à faire échouer le projet de loi, qui allait à présent être soumis à la chambre haute, la Chambre des lords.

« Le gouvernement de M. Pitt semble très pressé de régler cette question, observa Northwood.

— En effet, monsieur le vicomte. Et ses adversaires n'ont pas eu le temps de préparer des pétitions.

— Nous en avons rédigé une qui rassemble déjà plusieurs centaines de signatures.

— Dans ce cas, il faut en obtenir encore plus et la présenter à la Chambre des lords. » Keithley se tourna vers Northwood. « Monsieur le vicomte, auriez-vous l'amabilité d'organiser une réunion publique afin que je puisse expliquer cette question à vos électeurs ?

— C'est une excellente idée. Quand ?

— Aujourd'hui ou demain. Nous ne pouvons pas attendre.

— Eh bien, je suis sûr que ce sera possible demain.

— Je vais m'assurer que la salle des fêtes est disponible, proposa Spade.

— Je vous en remercie, dit Northwood.

— Peut-être monsieur Keithley souhaiterait-il m'accompagner pour voir où il parlera, ajouta Spade.

— Oui, très volontiers », répondit Keithley.

Ils se mirent en route. Keithley s'arrêta pour admirer la cathédrale. Elle est toujours plus belle au soleil, songea Spade.

« Je m'en souviens, dit Keithley. J'ai dû venir ici quand j'étais enfant. Elle est magnifique. Et tout a été fait sans machines.

— Je ne suis pas hostile aux machines en soi. Il est impossible, au demeurant, d'arrêter le progrès. Mais on peut atténuer la souffrance qu'il provoque.

— Vous avez raison. »

Ils remontèrent la rue principale jusqu'à la salle des fêtes située au carrefour. La porte était ouverte. À l'intérieur, quelques personnes effectuaient des travaux de nettoyage et d'entretien. Spade conduisit Keithley jusqu'au bureau du responsable. Oui, la salle principale était libre samedi soir et on serait évidemment ravi d'accueillir le vicomte Northwood pour une réunion politique.

Ils s'arrêtèrent dans la salle de bal. Sous les rais du soleil qui filtraient par les fenêtres, la poussière soulevée par les balayeurs se transformait en poudre d'or.

« Il y a beaucoup de place, comme vous pouvez le constater. Il y a environ deux cents électeurs à

Kingsbridge, mais je suppose que nous autoriserons les ouvriers à assister à la réunion, dit Spade.

— Certainement. Votre député doit être témoin des réactions des travailleurs lorsqu'ils apprendront ce qui se trame contre eux. Combien y a-t-il d'ouvriers à Kingsbridge ?

— Dans l'industrie de la laine, environ un millier.

— Encouragez-les à venir.

— Je ferai passer le mot.

— Parfait. Je vous suggère de recueillir des signatures pour votre pétition immédiatement après la réunion, et je l'emporterai à Londres dimanche.

— Selon vous, demanda Spade, quelles chances avons-nous d'arrêter ce projet de loi ?

— On ne peut pas l'arrêter, répondit Keithley. C'est comme les machines. La seule chose que nous puissions espérer, c'est le modifier. Atténuer la souffrance qu'il peut occasionner, comme vous l'avez dit. »

C'était décevant ; Spade était furieux. Si seulement j'étais au Parlement, pensa-t-il. Je secouerais tous ces salauds.

*

Sal trouva l'émissaire londonien un peu falot. Les bons orateurs avaient souvent un physique remarquable, comme Charles Midwinter, alors que Keithley était tout le contraire. Elle espérait qu'il ne serait pas comme le révérend Bartholomew Small, qui avait ennuyé tout le monde. Il fallait qu'il galvanise les ouvriers.

En tout cas, la réunion avait attiré une foule importante. Sal aperçut la plupart des gros drapiers et plusieurs centaines d'ouvriers. Les sièges étaient tous occupés et beaucoup de gens se tenaient debout au fond de la salle. Le vicomte Northwood était à l'avant, assis devant une table dressée sur une estrade. Il présidait manifestement la réunion. Il était flanqué d'un côté du maire Fishwick et de Keithley de l'autre, Spade ayant pris place au bout de la rangée. Sal était assise dans les rangs du public : en effet, malgré le rôle essentiel qu'elle avait joué dans le mouvement de grève, personne n'aurait imaginé qu'une femme pût siéger à la tribune.

Sur un côté de la salle, Elsie Mackintosh était assise à une table avec du papier, des plumes et de l'encre, prête à recueillir les signatures pour la pétition après la séance.

Northwood ouvrit la réunion. Malgré toutes ses bonnes intentions, on avait l'impression qu'il adressait un discours d'encouragement à ses troupes avant la bataille.

« Je vous en prie, écoutez-moi bien. Nous sommes réunis ici pour nous informer du contenu d'un important projet de loi présenté au Parlement. Je vous demande donc d'être très attentifs à ce que va dire M. Keithley, venu tout exprès de Londres pour nous parler. »

Keithley était plus détendu.

« Si ce projet de loi est adopté sous sa forme

actuelle, il changera la vie de tous les travailleurs, hommes, femmes et enfants, de notre pays, déclarat-il. Si quelque chose dans mes propos n'est pas clair, levez-vous et dites-le, ou posez une question pour obtenir des éclaircissements. Vous êtes libres de m'interrompre. »

Sal savait que ce style convenait mieux aux travailleurs : la familiarité les mettait toujours à l'aise.

Keithley commença par évoquer l'inhabituelle rapidité de la procédure parlementaire. « Annoncé par le Premier ministre lundi il y a deux semaines, ce texte a été examiné en première lecture le lendemain et en deuxième lecture le surlendemain. La commission a rendu son rapport sept jours plus tard, c'est-à-dire mercredi dernier. Et il sera soumis à la Chambre des lords après-demain. Je ne peux que remarquer qu'ils sont moins pressés d'écouter les travailleurs et les travailleuses de la nation qu'ils gouvernent. Le Parlement n'a pas encore trouvé le temps d'examiner une pétition hostile au projet de loi adressé par les imprimeurs d'indiennes londoniens.

— Quelle honte ! » cria quelqu'un.

« Et que prévoit ce projet de loi ? » Keithley baissa la voix pour ménager un effet. « Mes amis, écoutez-moi bien. » Il reprit en élevant de plus en plus le ton : « Il prévoit que tout ouvrier qui se réunit avec un autre ouvrier – un seul ! – pour demander une augmentation de salaire a commis un crime *et sera puni d'une peine de deux mois de travaux forcés !* »

Des cris de protestation s'élevèrent de la foule.

Keithley était plus éloquent qu'il n'en avait l'air, pensa Sal soulagée. Elle l'avait sous-estimé.

Une voix dure et perçante se fit entendre : « Un instant. »

Sal en chercha la source et vit Hornbeam se lever.

Elle remarqua que Spade chuchotait à l'oreille de Keithley et devina qu'il lui expliquait qui était l'auteur de cette interruption.

« Permettez-moi de vous signaler que le projet de loi interdit également les associations de maîtres, déclara Hornbeam.

— Je vous remercie de cette intervention, répondit Keithley. On me dit que j'ai l'honneur de m'adresser à l'échevin Hornbeam, c'est bien cela ?

— En effet.

— Et vous êtes drapier, monsieur Hornbeam ?

— Oui.

— Et juge de paix.

— Oui.

— Vous avez employé le mot "également", mais regardons cela de plus près. » Keithley se détourna de Hornbeam pour s'adresser à la foule. « Ce projet de loi, mes amis, permettra à M. Hornbeam d'accuser deux de ses ouvriers, quels qu'ils soient, de former une association. Il pourra alors les juger seul, *sans second juge ni jury*. S'il les déclare coupables, il sera libre de les condamner aux travaux forcés – et tout cela sans consulter qui que ce soit d'autre. »

Un brouhaha indigné se fit entendre dans l'assistance.

« Relevez bien la différence suivante, poursuivit

Keithley. Les maîtres accusés en vertu de cette loi devront, quant à eux, être jugés par au moins deux juges et un jury.»

«Je n'appelle pas ça la justice!» dit Sal d'une voix sonore. Ceux qui l'entouraient exprimèrent leur approbation.

«Et ce n'est pas la seule inégalité, reprit Keithley. Les ouvriers pourront être interrogés sur leurs conversations avec leurs camarades de travail, et refuser de répondre sera un crime. *Vous serez obligés de témoigner contre vous-mêmes et contre vos camarades de travail, et vous irez en prison si vous refusez de le faire.*»

Hornbeam se leva à nouveau.

«Vous êtes, me semble-t-il, juriste, monsieur Keithley, et vous devez donc savoir que les délits d'association ou de conspiration sont notoirement difficiles à prouver. La clause que vous venez d'évoquer est essentielle à l'application de la loi. Les accusés doivent fournir eux-mêmes les preuves, faute de quoi aucune poursuite ne pourrait jamais aboutir.

— Merci d'avoir souligné ce point, monsieur Hornbeam. Je vais reprendre votre argument, car il est très important. Mes amis, M. Hornbeam affirme à juste titre qu'il est difficile de prouver l'existence d'une conspiration si l'on ne peut pas obtenir que les accusés témoignent contre eux-mêmes. Voilà pourquoi cette clause est essentielle. Et c'est peut-être aussi, mes amis, la raison pour laquelle cette clause ne s'applique *qu'aux ouvriers et non aux maîtres!*»

L'assistance gronda, indignée.

Sal prit conscience que Hornbeam n'avait jamais eu à faire face à un homme de la trempe de Keithley. Cet homme possédait un remarquable talent d'argumentateur – il surpassait même Spade, le meilleur orateur de Kingsbridge. Hornbeam s'imposait habituellement par l'intimidation et non par le débat. Cette fois, il était écrasé.

« Il est toujours possible de faire appel, lança Hornbeam aux abois.

— Merci, monsieur Hornbeam. Vous m'ôtez les mots de la bouche. M. Hornbeam me rappelle qu'un ouvrier qui serait condamné en vertu de cette loi est autorisé à faire appel pour contester sa condamnation. Voilà qui est juste, n'est-ce pas ? Il lui suffira de *payer vingt livres*. »

La foule éclata de rire. Aucun ouvrier d'usine n'avait jamais eu vingt livres devant lui.

« Si, par malheur, cet ouvrier a été incapable de mettre vingt livres de côté... »

Les rires tournèrent à l'hostilité et Hornbeam rougit. Il était publiquement humilié.

« ... peut-être cet ouvrier pourrait-il rassembler un groupe d'amis pour organiser une collecte. Vingt livres représentent une grosse somme, mais sait-on jamais. Pourtant, en faisant cela, *ils participeraient à une association, ce qui est illégal !*

— Ils nous entourloupent donc à tous les coups ! s'écria quelqu'un.

— Encore une chose, reprit Keithley. Certains d'entre vous ont peut-être versé de l'argent à un fonds organisé par un syndicat ou un groupe du même genre. » Sal hocha la tête. Le syndicat avait fait une collecte pour soutenir les grévistes. La grève s'étant terminée rapidement, il n'avait pas tout dépensé.

« Et selon vous, poursuivit Keithley, que prévoit le projet de loi ? » Il ménagea une pause théâtrale. « Le gouvernement confisquera cet argent !

— Foutus voleurs ! » cria quelqu'un.

Hornbeam se leva, quitta sa place et se dirigea vers la sortie.

Le désignant du doigt, Keithley lança : « Voilà l'idée que M. Hornbeam se fait de la justice. »

Hornbeam devint cramoisi.

Au moment où il franchissait la porte, Keithley déclara : « C'est également celle que le Premier ministre se fait de la justice. Mais ce n'est pas la mienne, et je suppose que ce n'est pas la vôtre non plus. »

Des cris d'approbation s'élevèrent des rangs du public.

« Si ce n'est pas votre idée de la justice, peut-être souhaiterez-vous signer la pétition. » Keithley montra Elsie, assise de l'autre côté de la salle. « Mme Mackintosh a du papier et de l'encre. Je vous demande de noter votre nom, ou de faire une croix et de permettre à Mme Mackintosh d'écrire votre nom. » Des gens commencèrent à se lever pour se diriger vers la table d'Elsie. Keithley éleva la voix. « Demain, je porterai votre pétition à Londres et ferai tout mon possible pour persuader le Parlement d'en tenir compte. »

Plus de la moitié de l'assistance avait déjà rejoint la

file d'attente qui s'était formée devant la table d'Elsie.

Sal était comblée. La loi avait été expliquée de manière très claire. Personne ne pouvait douter de ses objectifs pernicieux.

Frank Fishwick se leva pour prendre la parole.

« En qualité de maire de Kingsbridge, je tiens à remercier M. Keithley », commença-t-il.

Mais comme personne ne l'écoutait, il se tut.

*

Spade était content. Le gouvernement avait essayé de faire passer cette nouvelle loi en catimini, mais il avait échoué. Keithley avait mis en évidence le danger qu'elle représentait et elle ne serait pas adoptée sans difficulté.

Tandis que des centaines de personnes attendaient patiemment leur tour pour signer la pétition, Keithley demanda à Spade :

« Pourriez-vous m'accompagner à Londres demain ? »

Spade fut surpris mais, après un instant de réflexion, il répondit :

« Oui. Je ne pourrai pas rester longtemps, mais je veux bien venir.

— Il pourrait m'être utile d'avoir quelqu'un de Kingsbridge sous la main dans l'éventualité où une commission parlementaire désirerait un témoignage direct et de source sûre.

— Très bien. »

Charles Midwinter s'approcha et Spade le présenta à Keithley.

« Le pasteur Midwinter est le trésorier du syndicat des tisserands de Hornbeam », expliqua-t-il.

Les deux hommes se serrèrent la main et Charles demanda : « Une question, si je peux me permettre, monsieur Keithley ?

— Bien sûr.

— J'ai dans ma caisse dix livres qui appartiennent au syndicat, ce sont des dons de sympathisants de Kingsbridge. Comment faire pour que cet argent ne tombe pas entre les mains du gouvernement ?

— C'est bien simple, répondit Keithley. Formez une société d'entraide. »

Les sociétés d'entraide étaient populaires. Un groupe de gens versait une modique contribution hebdomadaire et, lorsqu'un de ses membres tombait malade ou perdait son emploi, cette caisse mutuelle lui versait une modeste allocation. L'Angleterre comptait plusieurs centaines, voire des milliers, d'associations de ce genre. Les autorités les encourageaient, car elles subvenaient aux besoins de personnes qui, autrement, risquaient de dépendre de l'aide paroissiale.

« Faites en sorte que tous les membres du syndicat adhèrent aussi à la société d'entraide, puis transférez l'argent du syndicat à la société. Le gouvernement n'aura plus rien à confisquer au syndicat, expliqua Keithley.

— Très astucieux, approuva Midwinter en souriant.

— Une société d'entraide peut également assurer discrètement de nombreuses fonctions d'un syndicat, ajouta Keithley. Elle peut très bien discuter avec les maîtres de l'introduction de nouvelles machines, sous prétexte que cela peut affecter les dépenses de la société. »

Si Spade trouvait l'idée séduisante, il était cependant conscient d'un problème.

« Imaginons que nous réussissions et que la loi soit repoussée ?

— Il suffira alors de déchirer le document de transfert de fonds.

— Merci, monsieur Keithley, dit Midwinter.

— Décidément, il est bien utile d'avoir un avocat sous la main », conclut Spade.

*

Spade s'était lié d'amitié avec l'un de ses meilleurs clients de Londres, Edward Barney, un jeune marchand de tissus. Il avait apporté une malle remplie d'échantillons, espérant compenser les frais du voyage en réalisant quelques ventes. Il se rendit à l'entrepôt d'Edward situé à Spitalfields, où des étoffes de luxe, soies moirées, velours, cachemires et mélanges de fibres inhabituels, étaient exposées à l'avant, près de la porte, tandis que les balles de serge et de tiretaine ordinaires étaient entreposées sur des rayonnages au fond du local.

Edward invita Spade à séjourner dans l'appartement situé au-dessus de l'entrepôt. Spade accepta avec empressement : il n'aimait pas les auberges, qui n'étaient jamais très confortables ni très propres.

Au Parlement, le projet de loi resta en suspens pendant une semaine. En attendant, Spade rendit visite à tous ses clients habituels à Londres. Les affaires semblaient reprendre : les exportations vers l'Amérique compensaient l'effondrement du commerce européen.

Lorsqu'il n'eut plus de clients à voir, il alla discuter avec Sid, le père d'Edward. Âgé de quarante-cinq ans seulement, Sid avait dû quitter l'entreprise car il souffrait d'arthrite et restait assis toute la journée au milieu de coussins empilés sous ses membres tordus. Il était heureux de pouvoir converser avec quelqu'un pour se distraire de son infirmité.

Spade lui parla du Combination Act et des réactions qu'il avait provoquées à Kingsbridge.

« J'ai connu un gars qui s'appelait Hornbeam, dit Sid. Joey Hornbeam. Il était orphelin. Nous étions tous très pauvres, mais j'ai réussi à faire mon chemin. Joey aussi. »

Spade était curieux d'en savoir davantage sur le parcours de l'homme d'affaires le plus riche de Kingsbridge.

« Comment a-t-il fait ?

— Comme moi, mais dans une autre fabrique. Il a commencé comme balayeur, puis il est devenu coursier, il a gardé les yeux ouverts, à l'affût de tout, il a appris tout ce qu'il y avait à savoir sur l'industrie textile et a attendu qu'une occasion se présente. À ce moment-là, nos chemins se sont séparés. J'ai épousé la fille de mon patron. Cette chère Eth m'a donné Edward et quatre filles avant de mourir, paix à son âme.

— Et Hornbeam ?
— Il a monté sa propre entreprise.
— Comment a-t-il trouvé l'argent nécessaire ?
— Personne ne le sait vraiment. Au bout d'un certain temps, il l'a vendue et il a quitté Londres. Je sais maintenant où il est allé : à Kingsbridge.
— Diriez-vous que c'était un escroc ?
— Probablement. Et on ne peut pas le lui reprocher. Il venait de Saint-Giles, un quartier de gens sans foi ni loi. »

Spade hocha la tête.

« Comment était-il, à l'époque ?
— Dur, répondit Sid. Dur comme la pierre.
— Il l'est toujours », répliqua Spade.

*

La Chambre des lords se réunissait dans le Queen's Hall médiéval à l'intérieur du palais de Westminster, comme elle le faisait déjà – expliqua Keithley à Spade – avant que Guy Fawkes ne tentât de détruire le bâtiment en faisant exploser des barils de poudre. Les visiteurs pouvaient entrer dans la salle, mais devaient rester derrière une balustrade, appelée « la barre ». Spade se tint ainsi debout, accoudé à la barre, pendant que les lords débattaient du projet de loi. Il n'avait encore jamais vu plus d'un ou deux aristocrates rassemblés dans une même pièce. Ici, ils étaient des dizaines, sans compter les évêques. Il s'intéressa évidemment à leurs vêtements, confectionnés dans de belles étoffes et bien coupés. Leurs discours étaient moins remarquables. Leurs phrases étaient inutilement alambiquées, et il devait les simplifier en esprit pour pouvoir en saisir les arguments. Peut-être les classes supérieures appréciaient-elles ce genre de discours.

Plusieurs personnes se prononcèrent en faveur de la loi, affirmant que les associations «illégales» d'ouvriers étaient de plus en plus fréquentes et menaçaient de causer de graves dégâts.

«Foutaise», murmura Spade.

Il n'y avait pas assez de syndicats. Des millions d'ouvriers n'étaient pas protégés contre la rapacité des maîtres.

Le vrai motif de crainte de la Chambre des lords, Spade n'en doutait pas, était une révolution sur le modèle de celle qu'avait connue la France.

Keithley s'adressa familièrement à un homme qui se tenait, comme Spade, les coudes sur la barre. Après une brève conversation, il rejoignit Spade et lui annonça:

«Lord Holland devrait bientôt prendre la parole.»

Holland était le seul pair dont on pensait qu'il s'opposerait au projet de loi.

«Qui était l'homme à qui vous avez parlé?

— Un journaliste. Ces gens-là savent tout.»

Spade l'observa. «Où est son carnet?

— Interdit, répondit Keithley. Les règles de la Chambre n'autorisent pas la prise de notes.

— Ce qui l'oblige à tout mémoriser.

— Dans la mesure du possible. Si vous entendez un pair ou un député se plaindre de l'inexactitude de la presse, demandez-lui pourquoi on ne laisse pas les journalistes prendre de notes.

— Cela paraît absurde.

— Il y a tant de règles absurdes ici. »

Une fois de plus, Spade eut envie de devenir député et de mener campagne pour la réforme.

Keithley lui désigna lord Holland, un bel homme proche de la trentaine, aux épais sourcils noirs et aux cheveux noirs bouclés, qui commençaient à peine à s'éclaircir au niveau des tempes. Bien qu'il fût propriétaire d'esclaves en Jamaïque, il était libéral à d'autres égards.

« Il a épousé une divorcée », murmura Keithley sur un ton désapprobateur ; Spade, qui était l'amant d'une femme mariée, ne pouvait partager sa réprobation.

Quelques minutes plus tard, Holland était debout et parlait avec passion.

« Ce projet de loi est injuste dans son principe et malintentionné », commença-t-il.

Bon début, pensa Spade.

« Son objet est d'empêcher les associations d'ouvriers. Mais son trait majeur, sa spécificité, est de remplacer un jugement rendu par un jury par une procédure accélérée. Nous devons nous demander si ce projet de loi, tout en promettant de détruire les associations ouvrières, ne risque pas en contrepartie d'avoir des conséquences dangereuses pour la société. »

Tout cela était un peu trop abstrait pour Spade, trop éloigné de la vie quotidienne des gens visés par cette loi.

« Les deux parties ne s'affrontent pas sur un pied d'égalité. Et l'inégalité est en faveur des maîtres. Ils ont l'avantage sur leurs ouvriers, car ils sont capables de tenir bon plus longtemps. Ils ont plus d'occasions d'influencer les hommes en leur faveur. Ils sont moins nombreux, ce qui leur permet de concentrer et d'associer leurs forces plus aisément – sans se faire repérer. »

Holland se lança alors dans une comparaison interminable et embrouillée avec les gardes-chasse et les braconniers pour illustrer les intérêts évidemment contraires des maîtres et des ouvriers et faire valoir qu'étant également des industriels, les juges ne pouvaient pas se prononcer objectivement lorsque leurs ouvriers ou ceux de leurs amis étaient déférés devant eux.

« Le maître a toujours intérêt à accuser ses ouvriers de conspirer contre lui, même s'ils ont des raisons parfaitement justifiées de réclamer une augmentation de salaire.

— Foutrement vrai », grommela Spade.

Holland fit remarquer ensuite que le projet de loi péchait par manque de discrimination.

« Quelqu'un pourrait être poursuivi pour délit d'association, alors qu'il n'a fait que donner des conseils amicaux et bien intentionnés ! »

Il termina en proposant un délai de trois mois, afin que ce texte puisse être examiné plus en détail.

Personne ne soutint sa proposition. Les auteurs du projet de loi ne prirent même pas la peine de répondre à son discours. Sa demande de délai fut rejetée.

Aucune pétition ne fut examinée.

Le texte fut ensuite mis aux voix. Le nombre de « non » fut si faible qu'il fut inutile de les compter.

Deux jours plus tard, le projet fut approuvé par le roi et prit force de loi.

23

Elsie se demandait pourquoi sa mère paraissait si inquiète. Les deux femmes prenaient leur petit déjeuner au palais épiscopal. Une rôtie beurrée était posée sur l'assiette d'Arabella, mais elle n'y touchait pas. Une légère ride se dessinait entre ses sourcils acajou mais en dehors de cela, elle semblait aller bien. Elle avait beau avoir pris du poids ces derniers temps, elle paraissait rayonnante de santé. Qu'est-ce qui pouvait bien la tracasser ainsi?

L'évêque commença à manger ses saucisses tout en lisant le *Times*.

«Des troupes anglo-russes ont envahi les Pays-Bas», annonça-t-il.

Il prenait plaisir à informer sa femme et sa fille de ce qu'il se passait dans le monde.

«Cette région du pays avait été conquise par les Français, qui avaient décidé de l'appeler la République batave.»

Elsie tenait devant elle un numéro de la *Kingsbridge Gazette*.

«On dit ici que le 107e régiment d'infanterie, celui

de Kingsbridge, fait partie de ces forces. Quelques-uns des anciens élèves de mon école du dimanche sont membres de ce régiment. J'espère qu'il ne leur arrivera pas malheur.

— Freddie Caines doit être là-bas, remarqua Arabella.

— Qui est Freddie Caines ? demanda l'évêque.

— Oh... Il faisait partie de la milice de la ville. Je ne sais plus comment je l'ai rencontré. Un très gentil garçon.

— Je m'en souviens, dit Elsie. C'est le beau-frère de Spade.

— J'avais oublié », fit Arabella.

C'était une belle matinée de septembre et les rayons du soleil filtraient par les fenêtres de la petite salle à manger. Kenelm se leva en disant :

« Je vous prie de m'excuser. Nous attendons un charpentier pour remplacer la porte du porche nord qui était vermoulue – il faut que j'aille m'assurer qu'il l'installe correctement. »

Elsie venait de passer deux heures dans la nurserie à laver et habiller Stevie, maintenant âgé de deux ans, avec l'aide de sa nounou. Plus tard dans la journée, elle avait prévu de donner un thé pour les bienfaiteurs qui avaient soutenu son école pendant la grève. Elle était sur le point de prendre congé lorsque sa mère reprit la parole :

« J'ai une nouvelle assez surprenante à vous annoncer.

— Ah, oui ? J'ai hâte de l'apprendre », répondit Elsie en se rasseyant.

L'évêque ne manifesta pas le même enthousiasme.

« De quoi s'agit-il ? demanda-t-il d'un ton indifférent.

— J'attends un enfant », annonça Arabella.

Elsie, stupéfaite, dévisagea sa mère. Elle avait quarante-cinq ans ! Quant à l'évêque, il en avait soixante-deux, soit dix-sept de plus qu'elle. De plus, il était obèse, et loin d'être agile. Elsie n'avait pas surpris le moindre geste affectueux de sa part envers sa mère depuis des années. Elle faillit s'écrier : « Comment est-ce possible ? », mais s'interrompit à temps et se contenta de demander :

« C'est pour quand ?

— Décembre, je crois, fit Arabella.

— Mais, ma chère..., s'étonna l'évêque.

— Vous vous en souvenez sûrement. C'était aux alentours de Pâques.

— Cette année, le dimanche de Pâques est tombé le vingt-quatrième jour du mois de mars, précisa-t-il, apparemment soulagé de pouvoir se raccrocher à une information banale alors qu'un tel séisme bouleversait son univers.

— Je m'en souviens parfaitement, poursuivit Arabella. Vous étiez tout grisé de l'allégresse du printemps.

— Pas en public, je vous en prie ! balbutia l'évêque.

— Oh, voyons ! Elsie est une femme mariée.

— Tout de même...

— Ce soir-là, vous aviez dégusté un vin de Porto particulièrement délicieux.

— Oh ! s'exclama-t-il comme la mémoire lui revenait soudain.

— Vous m'aviez paru quelque peu étonné de me trouver dans votre lit à votre réveil.

— Cela remonte-t-il vraiment à Pâques ?

— Oui, il me semble », confirma Arabella.

Relevant un éclair d'anxiété dans les yeux dorés de sa mère, Elsie comprit qu'il y avait anguille sous roche. Arabella jouait la comédie. Elle était peut-être réellement heureuse d'être enceinte, et pourtant quelque chose l'inquiétait terriblement. Mais quoi ? Cela ne tenait pas debout.

L'attitude de l'évêque était, elle aussi, inattendue. Pourquoi ne se réjouissait-il pas ? Un enfant, à son âge ! Les hommes s'enorgueillissaient habituellement de leur faculté d'engendrer. Les habitants de Kingsbridge allaient bientôt se pousser du coude à la cathédrale en murmurant : « Cette vieille fripouille n'a pas dit son dernier mot. »

Une pensée stupéfiante traversa son esprit : se pouvait-il que l'évêque doute que l'enfant fût de lui ?

L'idée semblait risible. De l'avis d'Elsie, les femmes de l'âge d'Arabella ne commettaient pas l'adultère. N'avaient-elles pas perdu tout intérêt pour ces choses-là ? Elsie dut convenir qu'elle n'en savait rien.

Elle se rappela soudain une conversation qu'elle avait eue avec Belinda Goodnight, la commère de la ville.

« Sais-tu ce qu'on raconte sur ta mère ? lui avait

demandé Belinda à la cathédrale un dimanche. Il paraît qu'elle est très, très proche de Spade.

— Ma mère ? s'était esclaffée Elsie. Ne dis pas de bêtises.

— Quelqu'un m'a dit qu'elle est tout le temps fourrée dans l'atelier de sa sœur.

— Comme toutes les femmes élégantes de Kingsbridge.

— Oui, oui, tu dois avoir raison », avait répondu Belinda.

Jusqu'à ce jour, Elsie n'en avait pas douté.

Était-ce pour cela qu'Arabella avait eu l'air inquiète à l'idée de révéler ce qui aurait dû être une heureuse nouvelle ? Si l'évêque se mettait en tête qu'elle lui avait été infidèle, sa colère serait monstrueuse. Il avait un caractère vindicatif tout à fait effrayant. Un jour, il avait mis Elsie au pain sec et à l'eau dans sa chambre pendant une semaine pour une peccadille dont elle ne se souvenait même plus. Sa mère avait eu beau pleurer, l'évêque était resté inflexible.

Elsie observa alors attentivement son père, cherchant à lire dans ses pensées. Il avait d'abord paru surpris, puis gêné. Maintenant, il était perplexe. Après des années d'abstinence, il lui était difficile de croire avoir eu un rapport sexuel avec sa femme sans en avoir conservé le souvenir. Il ne pouvait pourtant pas ignorer qu'il lui arrivait de boire du porto plus que de raison et chacun savait que de tels abus pouvaient conduire un homme à oublier ce qu'il avait fait.

De toute évidence, il se souvenait du lendemain matin. Ils s'étaient réveillés dans le même lit. Cela ne mettait-il pas fin à toute incertitude ? Pas tout à fait. Une femme enceinte de son amant pouvait fort bien coucher avec son mari pour le persuader que l'enfant était le sien. Arabella était-elle capable d'une telle fourberie ? Sa propre mère ?

Une femme désespérée ne s'embarrassait pas de scrupules.

*

Sal était satisfaite de l'évolution de la situation. Même si le syndicat avait été contraint de mettre fin à ses activités en vertu du Combination Act, il avait été remplacé par la société d'entraide qui s'était étendue dans toute la ville et que tous appelaient l'amicale. Des représentants des manufactures recueillaient désormais les cotisations hebdomadaires et se réunissaient régulièrement pour discuter des affaires de la société d'entraide et de sujets apparentés. Deux drapiers qui souhaitaient introduire de nouvelles machines avaient jugé bon de consulter le représentant de l'amicale pour en discuter à l'avance avec lui.

Les travailleurs irlandais étaient désormais parfaitement intégrés à Kingsbridge et plus personne ne se rappelait pourquoi il avait pu un jour y avoir des violences. Ils fréquentaient deux ou trois tavernes des quais, qui étaient désormais considérées comme des pubs irlandais et se réjouissaient de cet afflux de clients. Colin Hennessy, l'Irlandais que Kit avait rencontré le jour de leur arrivée, était le représentant de l'amicale à la manufacture de la Porcherie.

Un soir d'octobre, Colin entra à l'Auberge de la Cloche où Sal était attablée avec Jarge et Spade. Sal appréciait Colin. C'était un homme comme elle les aimait : grand, fort et sans peur. Spade lui apporta une chope de bière. Il en avala une longue gorgée, puis s'essuya la bouche avec sa manche et leur expliqua pourquoi il voulait les voir.

« Hornbeam a acheté une nouvelle machine, une énorme cardeuse.

— C'est la première fois que nous en entendons parler, s'étonna Sal, en fronçant les sourcils.

— Je ne l'ai su qu'aujourd'hui. Ils étaient en train de faire de la place pour l'installer demain.

— Il n'en a donc pas discuté avec les ouvriers ?

— Pas du tout.

— C'est contraire à notre accord, remarqua Sal en se tournant vers Spade.

— Il va falloir se remettre en grève », déclara Jarge.

Jarge ressemblait beaucoup à Hornbeam, se dit Sal : toujours partisan de la réaction la plus brutale. Pour les hommes comme lui, c'était l'agressivité qui menait à la victoire, malgré toutes les preuves du contraire.

« Tu as peut-être raison, Jarge, concéda Spade, mais nous devons d'abord parler à Hornbeam pour essayer de savoir ce qu'il a en tête. Pourquoi a-t-il fait ça ? Je vois mal ce qu'il peut y gagner, sinon de sacrés ennuis.

— Il ne te dira pas la vérité, rétorqua Jarge.

— On apprend toujours quelque chose simplement en observant les mensonges que quelqu'un choisit de raconter.

— Tu as sans doute raison, reconnut Jarge.

— Sal, nous devrions aller voir Hornbeam, toi et moi, puisque nous faisons partie de l'équipe chargée de vérifier l'application des accords. Et il serait bon que Colin nous accompagne : il pourra attester que Hornbeam a enfreint l'accord.

— Entendu, acquiesça Sal.

— On y va quand ?

— Maintenant, répondit-elle. Je ne peux pas prendre sur ma journée de travail. »

Bien que visiblement pris de court, Colin répondit, « Bon, très bien », avant de vider sa chope.

Laissant Jarge, ils se dirigèrent vers le quartier riche au nord de la Grand-Rue. La porte de Hornbeam fut ouverte par un valet qui leur jeta un coup d'œil méprisant avant de reconnaître Spade.

« Bonsoir, monsieur Shoveller, dit-il d'un air méfiant.

— Bonjour, Simpson. Pourriez-vous dire à votre maître que je serais heureux qu'il m'accorde quelques instants ? Il s'agit d'une question de la plus haute importance.

— Très bien, monsieur. Veuillez attendre dans le vestibule, je vais voir si monsieur l'échevin peut vous recevoir. »

Ils entrèrent dans une pièce que Sal trouva sombre et déprimante. Il n'y avait pas de feu dans l'âtre et l'horloge de parquet égrenait bruyamment les secondes. Au-dessus de la cheminée, un portrait de Hornbeam foudroyait du regard quiconque osait pénétrer dans sa demeure. À quoi bon avoir une demeure grandiose s'il fallait y vivre sans lumière ni chaleur ? Parfois, les riches ne savaient vraiment pas comment dépenser leur argent.

À son retour, Simpson les guida jusqu'à une petite pièce tout aussi peu accueillante que le vestibule, qui semblait être le cabinet de travail ou le bureau de Hornbeam. Celui-ci était assis derrière une grande table, vêtu d'un manteau de riche étoffe brun foncé.

« Que voulez-vous Shoveller ? demanda-t-il sèchement.

— Je vous souhaite le bonsoir, monsieur l'échevin », répondit Spade, bien décidé à ne pas éluder les politesses.

Hornbeam ne les invita pas à s'asseoir. Dévisageant Colin, il s'adressa à Spade :

« Que fait cet homme ici ? »

Se refusant à laisser Hornbeam diriger la conversation, Spade fit mine de ne pas avoir entendu sa question.

« Vous avez acheté une nouvelle cardeuse.

— En quoi cela vous concerne-t-il ?

— Mme Box et moi-même avons été chargés de veiller au respect des accords qui ont mis fin à la grève provoquée par vos métiers à vapeur.

— La grève a été provoquée par des agitateurs extérieurs.

— Nous espérons pouvoir éviter une nouvelle grève, répondit Spade, ignorant toujours les interruptions belliqueuses de Hornbeam.

— Dans ce cas, n'appelez pas à la grève, voilà tout ! lança Hornbeam avec un petit rire méprisant.

— Vous n'ignorez pas, Hornbeam, poursuivit Spade impassiblement, que les drapiers ont accepté collectivement de consulter les ouvriers avant l'introduction de nouvelles machines, afin d'éviter l'agitation qu'a tendance à susciter tout changement inattendu.

— Qu'attendez-vous de moi ?

— Que vous informiez vos ouvriers de l'arrivée de cette nouvelle machine, que vous leur disiez combien d'entre eux travailleront dessus et combien de gens elle remplacera, et que vous discutiez avec eux des conséquences.

— Vous aurez ma réponse demain. »

Un long silence se fit. Sal comprit qu'il marquait la fin de l'entrevue. Après quelques secondes embarrassante, les trois visiteurs quittèrent la pièce.

Dès qu'ils furent sortis de la maison, Spade soupira :

« Ce n'était pas aussi terrible que je l'aurais pensé.

— Comment ? protesta Colin. Il a été méchant comme une teigne. Je crois qu'il nous aurait volontiers pendus tous les trois.

— Oui, mais à la fin, alors que je m'attendais à un refus catégorique, il nous a simplement demandé d'attendre jusqu'à demain. Ça veut dire qu'il va réfléchir, ce qui est plutôt bon signe.

— Je ne suis pas sûre, répondit Sal. Je crois qu'il prépare un mauvais coup. »

*

Sal rêvait qu'elle faisait l'amour avec Colin Hennessy qui gémissait de plaisir, ses cheveux noirs lui retombant sur le visage, quand elle fut réveillée par de violents coups frappés à la porte de la maison. Elle eut des remords en regardant son mari allongé près d'elle. Heureusement que les autres ne pouvaient pas voir ce dont on rêvait!

Elle crut que c'était le réveilleur, qui parcourait les rues vers quatre heures du matin pour tirer du lit les ouvriers de la manufacture. Mais le bruit se répéta, comme si quelqu'un demandait qu'on lui ouvre.

Jarge se dirigea vers la porte en chemise de nuit et Sal l'entendit s'exclamer:

«Nom de Dieu, vous savez l'heure qu'il est?

— Pas d'histoires, Jarge Box. C'est votre femme que je veux voir, pas vous.»

Sal crut avec effroi reconnaître la voix du shérif Doye. Doye lui-même ne lui faisait pas peur, mais il représentait le pouvoir arbitraire des hommes sans scrupules comme Hornbeam. Et Hornbeam la terrifiait.

Sortant du lit, elle enfila sa robe et ses chaussures et s'aspergea le visage d'eau. Puis elle s'approcha de la porte.

Doye était accompagné de l'agent Reg Davidson.

«Qu'est-ce que vous me voulez donc, vous deux?

— Vous devez venir avec nous, dit Doye.

— Je n'ai rien fait de mal.

— Vous êtes accusée d'association illégale.

— Mais le syndicat a été dissous.

— Je n'en sais rien.

— Qui m'a accusée ?

— L'échevin Hornbeam. »

Un frisson de peur la parcourut. C'était donc cela que Hornbeam avait en tête quand il leur avait répondu : « Vous aurez ma réponse demain. »

« C'est ridicule », s'insurgea-t-elle. Mais ce n'était pas ridicule, c'était effrayant.

Elle enfila son manteau et sortit.

Doye et Davidson l'escortèrent à travers les rues froides et obscures qui menaient au centre-ville. Elle imaginait avec horreur les châtiments qui l'attendaient : le fouet, le pilori, la prison ou les travaux forcés. Les femmes condamnées à cette dernière peine devaient accomplir ce qu'on appelait le battage du chanvre : douze heures par jour, elles écrasaient à la masse les tiges de chanvre préalablement trempées, séparant ainsi les fibres du cœur plus dur afin qu'elles puissent être transformées en cordes. C'était un travail harassant. Cependant, elle avait du mal à croire qu'on puisse la juger coupable.

Alors qu'elle avait pensé se rendre chez Hornbeam, elle constata à son grand étonnement qu'on la conduisait à la maison de Will Riddick.

« Que faisons-nous ici ? demanda-t-elle.

— Le châtelain Riddick est juge », lui rappela Doye.

Hornbeam était un homme dangereux et Riddick était son pantin. Que mijotaient-ils donc ? C'était franchement préoccupant.

Le vestibule de la maison de Riddick sentait le tabac froid et le vin répandu. Un mastiff, enchaîné dans un coin, se mit à aboyer. Sal aperçut avec étonnement Colin Hennessy, assis sur un banc, et elle se souvint de son rêve avec embarras. Colin était surveillé par l'agent Ben Crocket.

« Voilà la conséquence de notre visite à Hornbeam hier soir, dit Sal à Colin.

— Je croyais que les drapiers nous avaient autorisés à agir ainsi, lui fit remarquer Colin.

— Et tu avais raison, répondit Sal, aussi inquiète que perplexe. C'est évidemment Hornbeam qui vous a donné l'ordre de nous arrêter, poursuivit-elle à l'intention de Doye.

— Il est président des juges. »

C'était vrai. Doye n'y était pour rien : il n'était qu'un pion. Sal s'assit sur le banc à côté de Colin.

« Et maintenant ? demanda-t-elle à Doye.

— On attend. »

L'attente fut longue.

Peu à peu, la maison s'éveilla. Un valet maussade nettoya l'âtre et prépara un feu, mais ne l'alluma pas. Alf Nash livra le lait et la crème devant la porte d'entrée. La lumière du jour pénétra dans le vestibule à travers la vitre sale, en même temps que les bruits de la ville : les sabots des chevaux, les roues des charrettes sur les pavés, les salutations matinales des hommes et des femmes qui sortaient de chez eux et partaient travailler.

Une odeur de bacon grillé rappela à Sal qu'elle n'avait encore rien bu ni mangé. Mais personne ne leur proposa quoi que ce fût, pas plus qu'au shérif non plus.

Au moment où une horloge sonna dix heures dans les profondeurs de la maison, Hornbeam apparut à la porte et le valet renfrogné le fit entrer. Sans un mot pour ceux qui attendaient dans le vestibule, l'échevin suivit le domestique à l'étage.

Quelques instants plus tard, le valet se montra au sommet de l'escalier et ordonna :

« C'est bon, suivez-moi. »

Le valet de Riddick était un nigaud. Sal se demanda si, à l'image des chiens, les domestiques étaient le reflet de leur maître.

Ils montèrent l'escalier et furent introduits dans un vaste salon. La pièce, qui n'avait pas été débarrassée des reliefs des festivités de la veille, était jonchée de verres de vin et de tasses de café sales. Sal remarqua que son mariage avec Deborah, la fille de Hornbeam, n'avait pas changé grand-chose au mode de vie de Riddick.

Assis sur une chaise en perruque et tenue de ville, le maître de maison semblait mal remis de ses abus de la veille. Hornbeam avait pris place sur un divan, raide comme un piquet et l'air sévère. Entre les deux, un homme que Sal ne connaissait pas était assis à une petite table avec de l'encre et du papier : il s'agissait sans doute d'un greffier.

Riddick prit la parole :

« Shérif Doye, veuillez énoncer les noms des accusés et les chefs d'accusation.

— Colin Hennessy et Sarah Box, tous deux ouvriers à la manufacture de Kingsbridge, sont accusés par l'échevin Hornbeam d'association illicite. »

Le greffier griffonna prestement quelques lignes à la plume. Sal eut l'impression que tout avait été soigneusement mis en scène pour donner l'illusion d'un procès équitable.

« Que répondent les accusés à cette accusation ?

— Non coupable, répondit Colin.

— Il n'y a pas eu d'association illicite, ajouta Sal. Le syndicat a été dissous. Nous n'avons pas conspiré contre les drapiers, au contraire, nous avons agi conformément à leurs vœux.

— Monsieur l'échevin Hornbeam, pouvez-vous nous rapporter les faits ? questionna Riddick.

— Hier soir, vers huit heures, Box et Hennessy se sont présentés à mon domicile, déclara-t-il d'une voix dépourvue d'émotion. Ils m'ont reproché d'avoir acheté une grande machine à carder et m'ont affirmé que je devais demander la permission de mes ouvriers pour l'installer. Ils ont menacé d'appeler à la grève si je refusais de le faire.

— Eh bien, il me paraît évident, reprit Riddick, que les accusés se sont associés dans le but d'entraver les affaires, ce qui constitue une infraction au Combination Act.

— Absolument pas, s'insurgea Sal.

— Sal Box, je vous ai connue à Badford du temps où vous vous appeliez Sal Clitheroe, et vous étiez déjà une fauteuse de troubles.

— Et vous, un ivrogne et une brute. Nous ne sommes plus à Badford mais à Kingsbridge, et les drapiers de cette ville ont passé un accord avec les ouvriers. Cet accord a mis fin à la grève et permis à

Hornbeam de rouvrir ses ateliers. Mais il refuse de respecter ses engagements. Il est comme un homme qui prie pour que le Seigneur lui vienne en aide, et refuse ensuite d'aller à la messe. Hier soir, Colin et moi sommes allés lui faire remarquer qu'il avait enfreint notre accord, et je lui ai dit que tenir parole était le meilleur moyen d'éviter les grèves. Ce n'était pas une menace mais un fait, et aucune loi n'interdit les faits.

— Vous reconnaissez donc vous être associés et avoir cherché à interférer avec les activités industrielles de l'échevin Hornbeam.

— Faire remarquer à un imbécile qu'il agit contre son intérêt revient-il à interférer avec ses activités ? »

Will ne répondit pas.

« Je vous déclare coupables tous les deux, dit-il. Et je vous condamne à deux mois de travaux forcés. »

24

Cher Spade,
Me voici donc en Hollande où j'ai livré ma première bataille : je suis toujours en vie et n'ai pas été grièvement blessé. S'agissant de tout le reste, en revanche, les nouvelles sont détestables.

Nous avons été cantonnés à Canterbury, et je dois dire que leur cathédrale est encore plus grande que celle de Kingsbridge. Beaucoup de gars sont, comme moi, d'anciens miliciens enrôlés dans l'armée, alors nous étions presque tous des novices, parce que nous n'avions jamais vraiment vu le feu. Eh bien, ça n'a pas duré.

Nous avons débarqué dans un village qui s'appelle Callantsoog – ils ont de drôles de noms par ici –, et aussitôt, l'ennemi a chargé depuis les dunes. Ma foi, j'ai eu une telle frousse que je me serais enfui en courant si je n'avais pas eu la mer derrière moi, mais j'ai été obligé de tenir bon et de me battre. Heureusement, nos navires ont tiré sur les ennemis de tous leurs canons par-dessus nos têtes, et ce sont eux qui ont fichu le camp.

Ils nous ont laissé quelques très beaux forts vides dans lesquels on s'est installés, mais on est restés à peine quelques jours. On a dû rapidement se battre à Krabbendam contre un général français qui s'appelle Marie Anne – encore un de ces noms... En tout cas, ce général ne devait pas être bon à grand-chose, puisque nous avons gagné.

Le duc d'York est ensuite arrivé avec des renforts et on s'est dit qu'on était tranquilles. On a marché sur une ville du nom de Hoorn, que nous avons prise, pour la quitter aussitôt et revenir à notre point de départ – ce genre de choses n'est pas rare dans l'armée : heureusement, Spade, que tu ne mènes pas tes affaires comme ça !

Nous avons progressé péniblement le long d'une plage étroite sans eau potable, sous les tirs des Français : on commençait à se demander si on allait mourir de soif ou sous les balles. Mon ami Gus s'en est pris une dans la tête et il est mort. Dans l'armée, on se fait vite de nouveaux amis, mais on les perd tout aussi rapidement. Puis la nuit est tombée et on nous a annoncé que l'ennemi avait battu en retraite. Je me demande bien ce qu'on a fait pour les mettre en fuite.

Le désastre nous attendait dans le bourg de Castricum. Il tombait des cordes, mais, malheureusement, ce n'était que le moindre de nos problèmes. Les Français ont chargé à la baïonnette et, après une bataille sanglante, nous avons pris la fuite. La cavalerie française nous a pourchassés. Je perdais du sang à cause d'une entaille au bras, et j'aurais sans aucun doute été tué sans l'intervention des dragons légers qui ont surgi d'une sorte de vallée dans les dunes, repoussant les Frenchies.

Nous avons subi de lourdes pertes au cours de cette bataille et le duc a décidé de se retirer. Alors on a annoncé une trêve, et il est retourné à Londres. Je pense que ça veut dire qu'on a perdu.

On est maintenant sur la côte, où on attend d'embarquer. Personne ne sait où on va aller, mais j'espère qu'on va rentrer chez nous : avec un peu de chance, je t'offrirai peut-être bientôt une chope à l'Auberge de la Cloche.

Bien affectueusement,
ton beau-frère, Freddie Caines

*

Hornbeam regardait fonctionner la gigantesque machine à carder. C'était une merveille. Alimentée par la vapeur, elle ne prenait jamais de pause, n'allait jamais aux cabinets et ne tombait jamais malade. Elle était infatigable.

Le fracas assourdissant du mécanisme ne le dérangeait pas, puisqu'il manifestait qu'il gagnait de l'argent. Il n'était pas même incommodé par l'odeur des ouvriers, qui ne possédaient pas de baignoire et n'auraient même pas su s'en servir dans le cas contraire. Tout cela, c'était de l'argent.

La nouvelle manufacture lui avait permis de doubler sa production. À elle seule, elle pouvait désormais fournir tout le tissu dont avait besoin la milice de Shiring, tout en satisfaisant de nombreux autres clients.

Il espérait seulement que la paix n'était pas pour demain.

Ce moment de contemplation béate fut interrompu par l'irruption de Will Riddick en uniforme, l'air courroucé.

« Par le diable, Hornbeam, hurla-t-il pour couvrir le tapage. J'ai été transféré.

— Comment cela?

— On m'a affecté à l'instruction.

— Sortons un instant. »

Ils descendirent l'escalier et se retrouvèrent dans l'air froid de novembre. Des enfants trop jeunes pour travailler jouaient dans la boue autour de la manufacture. Une odeur de fumée de charbon s'élevait des chaudières.

« Vous montez en grade, remarqua Hornbeam. Pourquoi n'êtes-vous pas content d'être chargé de l'instruction?

— Parce que je n'aurai plus la main sur les achats.

— Ah. »

C'était un problème, en effet. Hornbeam et Riddick avaient tous deux largement profité de la position de ce dernier, responsable des achats pour la milice. Sa mutation leur ferait perdre beaucoup d'argent.

« Qui a pris cette décision?

— Le duc d'York.

— Qu'a-t-il à voir avec cela?

— C'est lui qui est désormais à la tête de l'armée britannique. »

Hornbeam se rappela avoir lu quelque chose dans le *Times*.

« Les Français viennent de le battre aux Pays-Bas.

— Oui, mais il paraît qu'il est meilleur administrateur que combattant. Quoi qu'il en soit, Northwood l'a rencontré à Londres et il est revenu enthousiasmé par ses nouvelles méthodes : des capotes chaudes pour tous les soldats, plus de fusils, moins de fouet et – voilà le nœud du problème – de meilleurs achats.

— Et par meilleurs, le duc entend…

— Il a mené des enquêtes et découvert que trop d'intendants faisaient leurs achats auprès de leur famille et de leurs amis.

— Fichtre !

— Northwood m'a dit : "Bien entendu, Riddick, je suis certain que vous ne favorisez pas votre famille, il n'empêche que vos achats auprès de votre beau-père font mauvaise impression." Cette ordure se croit drôle !

— Et qui s'occupe maintenant des achats ?

— Archie Donaldson. Il a été promu au rang de capitaine.

— Je le connais ?

— C'est le bras droit de Northwood. Il passe la moitié de la journée avec lui dans son bureau.

— À quoi ressemble-t-il ?

— Jeune, le visage poupin…

— Ah, oui. Je me souviens de lui.

— C'est un méthodiste.

— Encore pire. »

Hornbeam réfléchit un instant avant de dire :
« Retournons en ville ensemble. »

Tandis qu'ils suivaient les nouvelles rues bordées de maisons ouvrières et longeaient un champ de choux en direction du pont, Hornbeam tournait et retournait le problème dans sa tête. Les hommes étaient mobilisés dans la milice, mais pouvaient y échapper en se payant un remplaçant. Or Donaldson ne l'avait pas fait : de deux choses l'une, il était ou bien trop pauvre pour cela, ou bien trop pétri de principes pour se dérober à son devoir patriotique. S'il était pauvre, on pourrait l'acheter. Si c'était un homme de principes, en revanche, la chose risquait d'être impossible. Mais, au fond, tout le monde ne s'achetait-il pas ?

« Il faut que vous félicitiez Donaldson, conseilla Hornbeam tandis qu'ils foulaient les pavés de la rue principale.

— Féliciter cette canaille ? s'indigna Riddick.

— Oui. Dites-lui que vous avez fait du bon travail, mais qu'il est temps qu'un homme nouveau prenne le relais. Dites-lui que vous êtes ravi qu'il ait obtenu ce poste.

— Mais c'est un mensonge éhonté.

— Je ne vous savais pas si attaché à la vérité.

— Hum ! »

Quand ils arrivèrent chez Drummond, le marchand de vin, Hornbeam fit entrer Riddick. Alan Drummond, un homme chauve au nez rouge, était derrière le comptoir. Après l'échange habituel de politesses, Hornbeam demanda :

« Drummond, apportez-moi une plume, un encrier et une feuille de bon papier à lettres, voulez-vous ? »

L'homme s'exécuta.

« Faites envoyer au capitaine Donaldson de la milice une douzaine de bouteilles de bon porto à un prix raisonnable. Vous les mettrez sur ma note.

— Donaldson ?

— Il habite la rue de l'Ouest », précisa Riddick.

Hornbeam écrivit :

Félicitations pour votre avancement.
Avec les compliments de Joseph Hornbeam.

Riddick lut la note par-dessus son épaule.

« Très malin, fit-il.

— Envoyez ce billet avec les bouteilles », ordonna Hornbeam en pliant la feuille et en la tendant à Drummond.

Ils quittèrent le magasin.

« Je vais suivre votre conseil et lui passer la main dans le dos, dit Riddick. Nous allons nous le mettre dans la poche.

— Espérons », répondit Hornbeam.

Le lendemain matin, le vin fut déposé devant la porte de Hornbeam, avec le message suivant :

Je vous remercie pour vos aimables félicitations
qui m'ont touché au plus haut point.
Il m'est malheureusement impossible d'accepter
votre présent. Archibald Donaldson (capitaine).

*

Elsie prit une livre de bacon, une petite meule de fromage et une jatte de beurre frais dans la cuisine de l'évêché, avant de se rendre sur la place du marché où elle avait donné rendez-vous à Spade. Celui-ci avait apporté un jambon. Ils montèrent la rue principale et s'engagèrent dans le quartier pauvre du nord-est de Kingsbridge, se dirigeant vers la maison de Sal Box qui purgeait sa peine de travaux forcés. Ils voulaient s'assurer que sa famille allait bien.

« Je n'en reviens pas de n'avoir rien vu venir, se lamenta Spade. Je n'aurais jamais cru que Hornbeam appliquerait le Combination Act de cette manière-là.

— Cela paraît effectivement monstrueux, même pour lui.

— Exactement. Mais j'aurais dû me méfier. Et Sal paye mon erreur.

— Ne vous torturez pas ainsi. On ne peut pas penser à tout. »

C'était un lundi soir et il était sept heures et demie. Ils trouvèrent Jarge et les enfants à table, en train de manger de la bouillie d'avoine.

« N'interrompez pas votre dîner pour moi, fit Elsie en posant ses dons sur la commode. Je suis venue voir comment vous vous en sortiez : plutôt bien, à ce qu'il me semble.

— On fait aller, mais Sal nous manque, bien sûr, répondit Jarge. Nous vous sommes bien reconnaissants de ce que vous nous apportez, madame Mackintosh.

— C'est moi qui ai préparé le dîner, annonça Sue.

J'ai mis du gras de viande dans le gruau pour qu'il ait bon goût.»

Elle avait quatorze ans, comme Kit. Elle avait grandi plus vite que lui et son corps révélait déjà les premiers signes de féminité.

«Ce sont de braves petits, dit Jarge. Je les réveille le matin et je veille à ce qu'ils ne partent pas au travail le ventre creux. Grâce à vous, nous aurons du bacon au petit déjeuner. Il y a longtemps que nous n'en avons pas mangé.

— J'imagine que vous n'avez pas de nouvelles de Sal.

— Non, fit Jarge en secouant la tête. Il n'y a pas moyen d'en avoir. Elle est solide, mais le battage du chanvre est un travail éreintant.

— Je prie pour elle tous les soirs, dit Elsie.

— Merci.

— Allez-vous à la répétition des sonneurs de cloches ce soir?

— Oui, et je ferais bien de ne pas tarder – ils doivent déjà m'attendre.

— Avez-vous quelqu'un pour garder Kit et Sue?

— Notre locataire, Mme Fairweather, qui loge au grenier. Elle est veuve et ses deux enfants sont morts pendant la famine il y a quatre ans.

— Je m'en souviens.

— De toute façon, ils ne sont pas difficiles. Ils vont se coucher après souper et dorment jusqu'au matin.»

Cela n'était pas très surprenant, songea Elsie, après quatorze heures de travail. Tout de même, Jarge s'occupait bien des deux adolescents, même s'ils n'étaient pas ses enfants, puisque Kit était son beau-fils et Sue sa nièce. Dans le fond, c'était un brave homme.

Elsie et Spade repartirent. Tandis qu'ils regagnaient le centre-ville, Spade remarqua :

« La dernière fois que je suis allé à Londres, j'ai appris des choses sur le passé de Hornbeam. Il est devenu orphelin très jeune et il a dû se débrouiller tout seul. Il a trouvé un emploi de coursier chez un négociant en étoffes, et c'est ainsi qu'il a appris le métier et gravi les échelons.

— On pourrait penser que cela l'aurait rendu plus sensible au sort des pauvres.

— Cela produit parfois l'effet inverse. Je crois qu'il est terrifié à l'idée de retomber dans la misère qu'il a connue. Une peur irrationnelle, dont il ne peut se défaire. Tout l'argent du monde ne suffirait sans doute pas à le rassurer.

— Êtes-vous en train de me dire qu'il vous fait pitié ?

— Non, répondit Spade en souriant. En fin de compte, c'est tout de même un fieffé salaud. »

Ils se séparèrent sur la place du marché. En entrant dans le palais épiscopal, Elsie sentit immédiatement qu'il se passait quelque chose d'inhabituel. La maison était étrangement silencieuse : pas un bruit de voix, pas un tintement de casseroles, pas un domestique en train de balayer ou de briquer le sol. Elle entendit soudain un cri en provenance de l'étage. On aurait dit une femme qui souffrait.

Sa mère était-elle en train d'accoucher ? On n'était qu'en novembre alors qu'Arabella avait parlé du mois de décembre. Peut-être s'était-elle trompée dans ses calculs.

À moins qu'elle n'ait menti.

Elsie monta les escaliers quatre à quatre et fit irruption dans la chambre de sa mère. Mason, la servante, était assise au bord du lit, une serviette blanche dans les mains. Arabella était allongée, couverte d'un simple drap, les jambes grandes ouvertes, les genoux pointés vers le plafond. Son visage rougi par l'effort était trempé de larmes, de transpiration, ou des deux. Mason lui essuya délicatement les joues avec sa serviette et la rassura :

« Il n'y en a plus pour longtemps, madame Mackintosh. »

Elsie savait que Mason était déjà au service de sa mère au moment où elle-même était née. Elle se souvenait que la servante s'était occupée d'elle quand elle était toute petite. Elle avait été étonnée de découvrir que Mason avait un prénom : Linda. Elle avait assisté à la naissance de son fils Stevie, et serait également là pour celle de l'enfant dont elle était enceinte. Sa présence la rassurait.

« Bonjour, Elsie, dit Arabella dans un moment de répit. Je suis contente de te voir. Pour l'amour du ciel, ne me demande pas de pousser. »

Soudain, une nouvelle contraction lui arracha un cri. Elsie lui tendit la main et Arabella la serra si fort qu'elle crut que ses os allaient se briser. Mason tendit la serviette à Elsie qui, de sa main libre, se mit à tamponner le visage de sa mère.

Mason souleva le drap.

« Je vois la tête du bébé, annonça-t-elle. C'est presque fini. »

Ce n'est pas fini, songea Elsie, ça ne fait que commencer. Un nouvel être humain qui fait laborieusement son entrée dans la vie, prêt à affronter son lot d'amour, de rire, de sang et de larmes.

Arabella relâcha la main de sa fille et son visage se détendit, mais elle n'ouvrit pas les yeux.

« C'est une chance que baiser soit si agréable, déclara-t-elle, sans quoi aucune femme n'accepterait de subir pareille épreuve. »

Elsie fut interloquée d'entendre sa mère parler ainsi.

« Les femmes disent de drôles de choses dans les douleurs de l'enfantement », l'excusa Mason.

Arabella eut une nouvelle contraction. Jetant derechef un coup d'œil sous le drap, Mason annonça :

« C'est peut-être la dernière. »

Arabella émit un son qui tenait à la fois du feulement et du hurlement de douleur. Écartant le drap, Mason tendit les mains entre les cuisses d'Arabella. Alors que celle-ci gémissait, Elsie vit apparaître la tête du bébé.

« C'est bien, mon petit, viens voir tante Mason, dit la femme. Oh, que tu es beau, mon chéri. »

Couvert de sang et de mucosité, le bébé était toujours relié à sa mère par le cordon ombilical et son petit visage était plissé dans une grimace d'inconfort. Elsie dut tout de même convenir qu'il était beau.

« C'est un garçon », annonça Mason. Elle retourna le bébé, le tenant sans effort de sa main gauche et lui administra une claque sur les fesses. Il ouvrit la bouche, prit sa première inspiration et poussa un hurlement de protestation.

Elsie s'aperçut qu'elle avait les joues baignées de larmes.

Mason posa le bébé sur le dos et s'approcha de la table de nuit sur laquelle étaient disposés un châle plié, une paire de ciseaux et deux longueurs de fil de coton. Elle noua le fil en deux endroits du cordon, puis coupa celui-ci entre les deux nœuds. Elle enveloppa le bébé dans le châle et le tendit à Elsie.

Elsie le prit précautionneusement, veillant à lui soutenir la tête, et le serra contre elle. Elle se sentit submergée par une vague d'amour si puissante qu'elle en eut les jambes coupées.

Arabella se redressa en position assise et Elsie posa le bébé sur elle. Elle ouvrit sa chemise de nuit et le mit au sein. La bouche du petit trouva le mamelon sur lequel il referma ses lèvres, et il se mit à téter.

« Vous avez un fils, déclara Elsie.

— Oui, répondit Arabella. Et toi, un frère. »

*

Amos avait du mal à comprendre ce qu'il se passait à Paris. Il y avait eu, semble-t-il, une sorte de coup d'État le 9 novembre, c'est-à-dire le 18 brumaire du calendrier révolutionnaire. Le général Bonaparte avait fait entrer des troupes en armes dans les locaux de l'Assemblée et avait pris le titre de Premier consul. Les journaux britanniques paraissaient ignorer ce que ce titre recouvrait. Une chose était sûre cependant : Napoléon Bonaparte était aux commandes et nul autre que lui. C'était le plus grand général de son temps et il jouissait d'une popularité immense auprès des Français. Peut-être même finirait-il par être leur roi.

Chose plus importante aux yeux d'Amos, la guerre n'était pas près de se terminer. Ce qui voulait dire que la période d'impôts élevés et d'affaires léthargiques allait se prolonger.

Quand il eut fini de lire le journal, il se rendit à la maison Willard, le quartier général de la milice.

Le vicomte Northwood avait appliqué les conseils qu'il avait lui-même donnés à Jane. Amos n'aurait pas cru que Jane transmettrait ses recommandations à son mari et que celui-ci en tiendrait compte. Pourtant, Northwood avait muté Will Riddick et chargé un méthodiste des achats, ainsi qu'Amos l'avait suggéré.

Amos s'interrogea sur le mariage des Northwood. De toute évidence, le vicomte était capable de désir – il avait indéniablement été amoureux fou de Jane, même si cela n'avait pas duré. Pourtant, il n'avait entendu aucune rumeur à propos d'une autre femme – ni d'un homme – dans sa vie. Il ne fréquentait pas non plus le bordel de Culliver. La principale rivale de Jane était manifestement l'armée. La direction de la milice dévorait Northwood. C'était tout ce qui l'intéressait réellement.

Le remplacement de Riddick par Donaldson offrait une ouverture à Amos, comme aux autres drapiers de Kingsbridge. Ces derniers temps, les achats militaires constituaient la seule demande régulière. Amos entra au quartier général, plein d'espoir. Un contrat avec la milice, même pour une fraction limitée de ses achats, pourrait enfin assurer la stabilité de son entreprise.

Il monta au bureau que Riddick occupait autrefois à l'étage. Il y trouva Donaldson, assis derrière l'ancienne table de travail de Will. Une fenêtre était ouverte et l'odeur de tabac froid et de vin éventé s'était dissipée. Une petite bible noire était posée ostensiblement sur la table.

Sans être amis, Amos et Donaldson se connaissaient grâce aux réunions méthodistes. Lors des discussions, Donaldson avait tendance à soutenir des positions dogmatiques reposant sur une interprétation strictement littérale des écritures qu'Amos trouvait un peu puérile.

L'homme lui fit signe de s'asseoir.

« Félicitations pour votre promotion, commença Amos. Comme beaucoup, je suis ravi que Hornbeam perde la mainmise sur les ventes de tissu à la milice.

— Je tiens à ce qu'il n'y ait pas de malentendu entre nous, rétorqua Donaldson d'une voix sévère, sans l'ombre d'un sourire. J'ai la ferme intention d'agir exclusivement dans l'intérêt de la milice de Sa Majesté.

— Bien entendu…

— Vous avez raison de supposer que je ne favoriserai pas l'échevin Hornbeam.

— Tant mieux.

— Mais ne croyez pas pour autant que j'accorderai la moindre faveur à qui que ce soit d'autre, y compris mes frères méthodistes. »

La véhémence de Donaldson était inutile. Amos s'attendait à une stricte honnêteté de sa part, mais espérait qu'il ne pousserait pas les scrupules trop loin.

« Pour autant, répondit Amos avec la même fermeté, je suis convaincu que vous n'irez pas jusqu'à exclure des méthodistes dans le seul but d'éviter toute accusation de favoritisme.

— Bien sûr que non.

— Je vous remercie.

— À vrai dire, j'ai reçu ordre du colonel Northwood de répartir les commandes entre drapiers anglicans et méthodistes, au lieu de les confier toutes à un unique fabricant. »

Amos n'aurait pu rêver meilleure réponse.

« Cela me convient parfaitement, dit-il en sortant de son manteau une enveloppe scellée qu'il posa sur le bureau. Dans ce cas, voici mon offre.

— Merci. Je l'étudierai avec le même soin que les autres.

— Je n'en attendais pas moins d'un méthodiste », répondit Amos avant de prendre congé.

*

Le bébé d'Arabella fut baptisé par l'évêque dans la cathédrale par un froid matin d'hiver.

Elsie scruta le visage de son père, mais celui-ci ne révélait pas la moindre émotion. Elle avait du mal à comprendre ses réactions à l'égard de son deuxième enfant. Il n'était pas rare que les hommes, surtout lorsqu'ils occupaient une fonction aussi prestigieuse que celle de l'évêque, soient mal à l'aise avec les tout-petits. Néanmoins, on ne pouvait que remarquer que l'évêque n'avait jamais pris dans ses bras ni embrassé le nouveau-né, et ne lui avait même jamais souri. Peut-être était-il gêné d'avoir engendré un fils à un âge aussi avancé. Ou peut-être n'était-il pas certain d'en être le père. Quoi qu'il en fût, l'évêque accomplit la cérémonie avec une solennité lugubre.

Personne ne savait quel nom il allait donner à l'enfant. Il avait refusé d'en discuter, même avec son épouse. Quand Arabella lui avait confié sa prédilection pour David, il n'avait dit ni oui ni non.

Le baptême était habituellement un sacrement administré dans l'intimité familiale, mais le fils d'un évêque n'était pas un enfant comme les autres. Aussi de nombreux habitants s'étaient-ils massés autour des fonts baptismaux de vieille pierre dans l'aile nord de la nef, tout emmitouflés dans leurs manteaux d'hiver les plus chauds. Les plus éminentes personnalités de Kingsbridge étaient présentes, parmi lesquelles le vicomte Northwood, le maire Fishwick, l'échevin Hornbeam auxquels s'ajoutaient la plupart des dignitaires de l'Église. Beaucoup avaient apporté de coûteux cadeaux de baptême : des timbales, des cuillers et un hochet.

Elsie se tenait près de Kenelm qui portait dans ses bras le petit Stevie, âgé de deux ans. Amos avait pris place de l'autre côté et quand leurs épaules se frôlèrent, elle éprouva un tiraillement familier de désir.

Spade, sa sœur Kate et l'associée de Kate, Becca

– les trois personnes à qui Arabella devait son élégance, songea Elsie –, étaient restés à l'arrière du groupe.

L'humeur était sombre et vaguement circonspecte : personne ne savait s'il convenait de féliciter chaudement l'évêque, auquel la paternité ne semblait inspirer ni joie ni fierté.

Le nouveau-né avait une abondante chevelure noire. Il portait une robe de baptême blanche ornée d'une profusion de dentelle, celle-là même dans laquelle Elsie avait été baptisée, tout comme son fils Stevie. À la fin de la journée, le vêtement serait soigneusement lavé, repassé et rangé dans un sachet de mousseline en attendant un nouvel enfant. Il s'agirait certainement du deuxième bébé d'Elsie, attendu pour la nouvelle année. Elle n'avait prévenu que quelques personnes, pour éviter d'accaparer l'attention due à sa mère. Mais bientôt, son état serait visible, même discrètement masqué par les plis de ses robes.

Kenelm s'était rapproché de Stevie, songea Elsie pendant les prières. Il lui arrivait même quelquefois de parler au petit garçon. Maintenant que Stevie savait marcher et parler, Kenelm faisait des efforts pour l'éduquer. « Ne mets pas tes doigts dans ton nez, mon garçon », lui disait-il parfois. Et il lui transmettait des connaissances. « Ce cheval n'est pas marron, il est bai : regarde ses jambes et sa queue noires. » Elle se répéta une fois de plus que chacun avait sa façon de manifester son amour.

La cérémonie ne dura pas longtemps. À la fin, alors qu'Arabella tenait le bébé, l'évêque versa un filet d'eau sur sa petite tête. Le bébé hurla aussitôt à pleins poumons – l'eau était froide. L'évêque déclama :

« Au nom du Père, du Fils et du Saint-Esprit, je te baptise… Absalom. »

À l'annonce du prénom, on entendit des murmures à demi étouffés et des hoquets de surprise. Quand il prononça le dernier amen, Arabella lui jeta un regard noir en disant :

« Absalom ?

— Le père de la paix », dit l'évêque.

Oui, c'est vrai, se dit Elsie. En hébreu, Absalom voulait effectivement dire le père de la paix. Mais ce n'était pas pour cela que le personnage était connu. Absalom, l'un des fils du roi David, avait assassiné son demi-frère, s'était révolté contre son père, s'était proclamé roi et était mort après une bataille contre l'armée de son père.

Ce nom, comprit Elsie, était une malédiction.

25

Hornbeam trouvait que Joe, son petit-fils, lui rappelait quelqu'un. À deux ans et demi, l'enfant était grand et plein d'assurance, et, en cela, il ressemblait à son grand-père ; mais il y avait autre chose. Hornbeam n'était pas du genre à s'attendrir sur les bébés comme son épouse et sa fille, mais, tandis que les femmes babillaient, il scruta attentivement le garçon et quelque chose dans son visage enfantin fit frémir son cœur de pierre. C'étaient les yeux, songea-t-il. Le petit n'avait pas les yeux de Hornbeam, profondément enfoncés sous des sourcils imposants qui dissimulaient ses émotions. Les yeux de Joe étaient bleus et pleins de franchise. Peut-être ne prendrait-il jamais le dessus sur les autres par sa simple force de caractère, comme son grand-père, mais son charme lui permettrait de parvenir à ses fins. Ce regard avait quelque chose de familier, mais Hornbeam n'aurait pas su dire quoi – jusqu'au moment où il s'aperçut, interloqué, qu'en regardant Joe, il voyait sa propre mère, morte depuis de longues années. Ils avaient les mêmes yeux. Hornbeam chassa hâtivement cette pensée. Il n'aimait pas qu'on lui rappelle sa mère.

Il enfila son manteau, sortit et se rendit à la maison Willard où il demanda à voir le capitaine Donaldson.

Malgré son allure juvénile, se dit Hornbeam, Donaldson semblait avoir la tête sur les épaules : autrement, Northwood n'en aurait pas fait son bras droit depuis si longtemps. Mieux valait ne pas le sous-estimer. Il remarqua la bible posée sur son bureau, mais ne fit aucun commentaire. Certains méthodistes portaient leur religion comme un insigne. La religion ne posait aucun problème à Hornbeam, à condition de ne pas être prise trop au sérieux. Il prendrait soin de garder cette opinion pour lui pendant leur discussion.

« Je vous ai soumis une offre écrite pour répondre à vos besoins actuels en étoffes, commença-t-il, mais il m'a paru utile de venir bavarder un instant avec vous.

— Je vous écoute, répondit Donaldson laconiquement.

— Votre carrière militaire a été impressionnante et, si je puis me permettre de vous le dire sans la moindre condescendance, vous êtes de toute évidence un homme très compétent. Néanmoins, vous n'avez aucune expérience du commerce des étoffes, et je pense pouvoir vous aider en vous donnant quelques conseils.

— Cela m'intéresserait vivement. Mais asseyez-vous donc. »

Hornbeam prit une chaise devant le bureau. Jusque-là, tout se déroulait bien.

« Dans les affaires, il y a toujours des manières officielles de faire les choses et d'autres manières, moins officielles.

— Que voulez-vous dire par là, monsieur l'échevin ? demanda Donaldson, l'air méfiant.

— Il y a d'une part les règles, et de l'autre la manière dont tout le monde agit.

— Ah.

— Par exemple, lorsque nous vous présentons une offre, vous passez commande, en théorie, au soumissionnaire qui propose les prix les plus bas ; mais, dans les faits, les choses sont un peu plus complexes.

— Vraiment ? » demanda Donaldson d'un ton qui ne trahissait aucune émotion.

Hornbeam, qui n'était pas sûr d'avoir été parfaitement clair, poursuivit néanmoins.

« Dans les faits, nous appliquons un système de réductions spéciales.

— De quoi s'agit-il ?

— Vous acceptez mon offre pour un montant, mettons, de cent livres, mais je vous facture cent vingt livres. Vous m'en payez cent, ce qui vous laisse un excédent de vingt livres dont la dépense est déjà comptabilisée dans vos registres, mais que vous êtes libre d'utiliser à d'autres fins.

— À d'autres fins ?

— Vous pouvez, par exemple, mettre cet argent de côté pour aider les veuves et les orphelins des hommes tués au combat. Ou acheter du whisky pour le mess des officiers. Cela vous permet de constituer une sorte de fonds discrétionnaire, pour financer des dépenses utiles, mais que vous préférez ne pas faire figurer dans votre livre de comptes. Bien entendu, rien ne vous obligera à dire à qui que ce soit, pas plus à moi qu'à d'autres, comment vous aurez dépensé cet argent.

— Les comptes sont donc falsifiés.

— On peut voir les choses ainsi, ou alors comme une manière de mettre de l'huile dans les rouages.

— J'ai bien peur de ne pas partager votre point de vue, monsieur Hornbeam. Je ne me rendrai pas complice d'une tromperie. »

Le visage de Hornbeam se figea. C'était un revers fâcheux. Malgré ses craintes, il n'y avait jamais vraiment cru. Il offrait à Donaldson la possibilité de gagner d'énormes sommes d'argent, et celui-ci refusait d'en profiter. C'était incompréhensible.

Hornbeam fit aussitôt machine arrière.

« Il va de soi que vous devez agir comme bon vous semble. »

Il avait encore des chances de remporter ce contrat.

« Je serai toujours enchanté de faire affaire avec vous, quelles que soient vos conditions. J'espère que vous ferez bon accueil à mon offre écrite.

— À vrai dire, monsieur Hornbeam, ce n'est pas le cas. Le colonel Northwood et moi-même avons déjà passé les différentes offres en revue, et je suis au regret de vous informer que vous n'avez pas obtenu le contrat. »

Hornbeam eut l'impression d'avoir reçu un coup de poing dans le ventre. Il resta bouche bée. Quand il eut repris ses esprits, il protesta :

«Mais j'ai fait construire une nouvelle manufacture pour répondre à vos exigences !

— Permettez-moi de m'étonner que vous ayez été aussi sûr de remporter cet appel d'offres.

— À qui l'avez-vous accordé ? À l'un de vos amis méthodistes, j'imagine !

— Rien ne m'oblige à vous le dire, mais je n'ai pas de raison de ne pas le faire. Le contrat a été réparti entre les deux meilleures offres. L'un des deux fournisseurs est méthodiste…

— Je le savais !

— Et l'autre un fervent anglican.

— Qui sont-ils ? Donnez-moi leurs noms !

— Ne cherchez pas à me forcer la main, monsieur Hornbeam. Je comprends votre déception, mais vous ne pouvez pas venir dans mon bureau pour m'insulter.

— Pardonnez-moi, dit Hornbeam, contenant sa rage. Mais si vous aviez la bonté de me dire qui sont les deux soumissionnaires que vous avez retenus, je vous en serais très reconnaissant.

— Il s'agit de Mme Bagshaw, anglicane, et d'Amos Barrowfield, méthodiste.

— Une femme et un parvenu arrogant !

— Soit dit en passant, ni l'un ni l'autre n'ont fait allusion à un système de réductions spéciales. »

Hornbeam s'était fait manœuvrer. Donaldson l'avait laissé jacasser, sachant l'affaire déjà tranchée, jusqu'à ce que Hornbeam révèle le système de pots-de-vin qu'il avait mis en place avec Riddick. Donaldson – ou Northwood – avait-il l'intention de poursuivre Hornbeam ? Il n'y avait aucune preuve.

Il pouvait tout nier de cette conversation, ou crier au malentendu. Non, les risques de procès étaient minimes. Mais il avait perdu le contrat. Il allait avoir du mal à faire tourner sa nouvelle manufacture. Il perdrait de l'argent.

Il aurait volontiers étranglé Donaldson. Ou Barrowfield. Ou la veuve Bagshaw. Mieux encore, les trois à la fois. Il fallait qu'il tue quelqu'un, ou qu'il casse quelque chose. Il bouillonnait de fureur et n'avait personne sur qui passer sa rage.

Il se leva et lança, les dents serrées :

« Je vous souhaite une bonne journée, capitaine.

— Bonne journée, monsieur l'échevin. »

La manière dont il prononça le mot « échevin » contenait indéniablement une trace de sarcasme.

Hornbeam sortit de la pièce et quitta le bâtiment à grands pas. Les gens s'écartaient de son passage quand il remonta la rue pavée, foudroyant du regard tous ceux qu'il croisait.

Il avait été vaincu et humilié.

Et pour une fois, il n'avait pas de solution de rechange.

*

« Alors ça ! » s'écria Elsie qui lisait la *Kingsbridge Gazette* à la table du petit déjeuner. « M. Hornbeam n'a pas remporté le contrat du tissu rouge des uniformes de la milice.

— Qui l'a obtenu ? demanda Arabella.

— Deux fournisseurs, apparemment : Mme Cissy

Bagshaw pour une moitié, et M. Amos Barrowfield pour l'autre. Quant à l'étoffe onéreuse dont on fait les uniformes des officiers, elle sera fournie par M. David Shoveller. »

L'évêque, qui lisait le *Times*, leva les yeux.

« David Shoveller ?

— Celui que tout le monde appelle Spade. »

Au moment où elle disait cela, Elsie croisa le regard de sa mère. Arabella parut soudain effrayée.

« J'avais oublié qu'il s'appelait David, murmura l'évêque.

— La plupart des gens ne le savent pas », reconnut Elsie en haussant les épaules.

Son père semblait éprouver un intérêt inexplicable pour ce détail insignifiant.

Elsie se tourna à nouveau vers sa mère. La main d'Arabella tremblait alors qu'elle mélangeait le sucre dans son thé.

« Arabella, ma chère, vous aimez beaucoup ce prénom, n'est-ce pas ? demanda l'évêque avec dans le regard une lueur qui l'inquiéta.

— Beaucoup de gens l'apprécient, répondit Arabella.

— Un nom hébreu, mais qui est évidemment très apprécié aussi au pays de Galles dont David est le saint patron. Les Gallois utilisent volontiers le diminutif Dai, sauf quand ils font référence au saint, naturellement. »

Elsie sentait que quelque chose de grave se jouait sous la surface de cette discussion banale, mais était incapable de comprendre de quoi il ressortait exactement. Qui se souciait qu'Arabella aime ce prénom ?

L'évêque reprit la parole d'un air mauvais.

« Je crois d'ailleurs me souvenir que c'est le prénom que vous souhaitiez donner à votre fils. »

Pourquoi avait-il dit « *votre* fils » ?

Arabella releva la tête et regarda son mari droit dans les yeux en lançant sur un ton de défi :

« C'eût été plus joli qu'Absalom. »

Elsie commençait à comprendre. L'évêque ne croyait pas être le père d'Absalom : l'histoire de cette nuit d'ivresse à Pâques l'avait toujours laissé sceptique. Arabella avait désiré appeler l'enfant David – le prénom de Spade. Or Belinda Goodnight lui avait rapporté qu'Arabella était étonnamment proche de Spade.

L'évêque pensait que Spade était le père d'Absalom.

Spade ? Si Arabella avait commis l'adultère, était-il possible que ce fût avec Spade ?

L'évêque semblait n'avoir plus aucun doute. Il se leva, les yeux étincelants de colère. L'index pointé sur Arabella, il fulmina : « Vous allez me le payer ! » Puis il quitta la pièce.

Arabella fondit en larmes.

Elsie s'approcha et, passant un bras autour d'elle, sentit son parfum à la fleur d'oranger.

« C'est vrai, Maman ? Spade est-il le vrai père ?

— Bien sûr ! répondit Arabella dans un sanglot. L'évêque en aurait été bien incapable, et j'ai été sotte de mentir. Mais qu'aurais-je pu faire d'autre ? »

Elsie était sur le point de s'exclamer « Vous avez au moins dix ans de plus que Spade ! », mais elle se retint. Elle ne put cependant s'empêcher de le penser tandis que d'autres questions encore se bousculaient dans sa tête. Sa mère était l'épouse de l'évêque, une des femmes les plus en vue et les plus élégantes de la bonne société de Kingsbridge : comment pouvait-elle avoir une aventure ? Une liaison adultère avec un homme plus jeune qu'elle, méthodiste de surcroît ?

D'un autre côté, songea Elsie, Spade était drôle et charmant, intelligent et cultivé. Il était même plutôt bel homme, dans le genre rude. Il était nettement inférieur à sa mère sur l'échelle sociale, toutefois, parmi toutes les règles qu'elle enfreignait, c'était encore la moindre.

Mais quand se retrouvaient-ils ? Où allaient-ils pour faire ce que font les amants ? Elsie songea soudain aux chambres d'essayage de l'atelier de Kate Shoveller. Elle sut aussitôt avec certitude que c'était là. Il y avait des lits dans toutes ces pièces.

Elle vit sa mère d'un œil nouveau.

« Permettez-moi de vous accompagner à l'étage, offrit-elle quand les sanglots d'Arabella s'apaisèrent.

— Non, merci, ma chérie, dit sa mère en se levant. Mes jambes sont en parfait état de marche. Je vais simplement aller m'étendre un peu. »

Elsie l'accompagna dans le vestibule et la regarda monter lentement l'escalier.

C'était le jour où Sal devait sortir de prison, se rappela Elsie. Elle voulait la voir pour s'assurer qu'elle allait bien. Sa mère pouvait rester seule.

Elle enfila son manteau – confectionné par Kate et Becca dans une étoffe tissée par Spade, se souvint-elle – et sortit dans le matin pluvieux pour se diriger d'un pas vif vers le quartier du nord-ouest où vivait la famille Box. En chemin, elle eut du mal à lutter contre l'image importune de sa mère en train d'embrasser Spade dans une des chambres. Elle la chassa de son esprit.

Sal était en piteux état. Quand Elsie entra, elle était assise à la cuisine, les coudes sur la table. Elle lui parut maigre, sale et fatiguée. Debout à côté d'elle, Kit et Sue l'observaient en silence : les deux enfants étaient bouleversés par sa transformation. Un gobelet de bière était posé devant elle, mais elle ne buvait pas. Elle devait avoir faim, se dit Elsie, mais était trop épuisée pour bouger.

« Elle est au bout du rouleau, madame Mackintosh, annonça Jarge.

— Il faut vous reposer et manger pour reprendre des forces, dit Elsie en s'asseyant à côté de Sal.

— Je me reposerai aujourd'hui, répondit Sal d'une voix blanche, mais demain je dois reprendre le travail.

— Jarge, allez chez le boucher prendre de la viande de mouton et préparez-lui un bouillon bien gras, fit Elsie en sortant de son porte-monnaie un souverain qu'elle posa sur la table. Et aussi du pain, et du beurre frais. Quand elle aura le ventre plein, elle dormira.

— Vous êtes bien bonne, remercia Jarge.

— Les travaux forcés ont dû être harassants, observa Elsie.

— Je n'ai jamais rien fait d'aussi dur. Il y a des

femmes qui s'évanouissent de faiblesse, et on les fouette jusqu'à ce qu'elles reprennent connaissance et se remettent à la tâche.

— Et les hommes qui administrent la prison, comment vous traitaient-ils ? »

Les yeux de Sal adressèrent à Elsie un avertissement furtif. Ce regard ne dura qu'une fraction de seconde et Jarge ne le remarqua pas, mais Elsie comprit : les geôliers abusaient des femmes. Sal ne voulait pas que Jarge le sache. S'il l'apprenait, il risquait d'aller tuer l'un d'eux et il serait pendu.

« Les surveillants étaient durs avec les prisonnières », répondit-elle pour combler le bref silence.

Elsie prit la main de Sal et la serra, et Sal lui rendit sa pression. C'était un pacte entre les deux femmes. Elles ne diraient pas un mot du viol qui avait eu lieu à la prison.

« Mangez et reposez-vous, dit Elsie en se levant. Bientôt, vous redeviendrez vous-même. »

Elle se dirigea vers la porte.

« Vous êtes un ange, madame Mackintosh », lança encore Jarge.

Elsie sortit.

Elle marcha sous la pluie jusqu'au centre-ville, perdue dans de sombres réflexions sur la cruauté des êtres humains entre eux et songeant que pour un homme aussi pauvre que Jarge, une simple pièce d'or était comme un miracle apporté du ciel par un ange.

Elle continuait à s'inquiéter pour sa mère. Que se passait-il au palais épiscopal en cet instant précis ? Quel châtiment son père avait-il imaginé ? Allait-il condamner Arabella au pain et à l'eau pendant une semaine, comme il l'avait fait pour Elsie quand elle était petite ?

Arrivée au palais, elle ne trouva pas sa mère dans la petite salle à manger, ni son père dans son cabinet de travail. Elle monta dans la chambre de sa mère qu'elle trouva assise sur son lit, pleurant à chaudes larmes.

« Qu'y a-t-il, Maman ? demanda Elsie. Qu'a-t-il fait ? »

Arabella semblait incapable de répondre. Une affreuse pensée traversa l'esprit d'Elsie. Son père ne s'en serait tout de même pas pris au bébé ?

« Absalom va bien ? » demanda-t-elle.

Arabella hocha la tête.

« Dieu merci. Mais où est mon père ?

— Jardin », parvint à peine à articuler Arabella.

Elsie dévala l'escalier et traversa la cuisine où les domestiques s'affairaient, visiblement effrayées. Elle sortit par la porte du jardin et regarda autour d'elle. Elle ne voyait pas son père, mais elle entendit des voix. Elle traversa une pelouse et passa sous l'arche d'osier, recouverte en été de centaines de roses, mais qui, en hiver, n'était qu'un entrelacs de brindilles. Elle entra dans la roseraie.

Une scène de désolation l'attendait.

Le carré de buissons bas qui occupait le centre de la roseraie avait été arraché, et les tiges brisées étaient mêlées de terre retournée. Au fond du jardin, le treillage avait été descellé du vieux mur et jeté à terre, les rosiers déracinés et renversés. Une bruine froide tombait tristement sur les mottes de terre. Deux jardiniers équipés de bêches s'employaient à niveler le sol sous le regard attentif de l'évêque dont les bas de soie blanche étaient maculés de boue. Il accueillit Elsie avec un grand sourire ravi qui semblait presque dément.

« Bonjour, ma fille, dit-il.

— Que faites-vous ? demanda-t-elle, incrédule.

— J'ai décidé d'aménager un potager, claironna l'évêque. La cuisinière est enchantée.

— Ma mère adore sa roseraie, balbutia Elsie au bord des larmes.

— Eh bien, on ne peut pas toujours avoir ce qu'on veut, n'est-ce pas ? De toute manière, elle sera trop occupée par le petit pour faire du jardinage.

— Vous êtes un homme bien cruel. »

En l'entendant, les jardiniers demeurèrent interdits. Personne ne critiquait l'évêque.

« Faites attention à ce que vous dites, répondit-il. Surtout si vous voulez continuer à nourrir les enfants de votre école du dimanche à mes frais.

— Mon école ? Comment osez-vous brandir pareille menace ? »

Il s'approcha d'elle et, baissant la voix pour que personne ne l'entende, il murmura :

« Si j'ai pris à ta mère quelque chose qu'elle aimait, c'est parce qu'elle m'a fait la même chose.

— Maman ne vous a jamais rien pris !

— Elle m'a pris ce qui avait le plus de valeur à mes yeux : ma dignité. »

C'était vrai, Elsie était bien obligée d'en convenir.

Cette révélation la laissa muette. Ce qu'il faisait était cruel, c'était indéniable. Mais elle en comprenait désormais le motif.

« Ne me manquez jamais de respect devant les jardiniers, poursuivit-il, ni devant personne d'autre, si vous ne voulez pas que je vous apprenne à vous aussi ce que l'on éprouve en perdant ce à quoi l'on tient le plus. »

Sur ces paroles, il lui tourna le dos et rejoignit les jardiniers.

*

Spade était assis à son métier à tisser, qu'il préparait pour confectionner une étoffe aux rayures complexes, lorsque Kate surgit.

« Une surprise t'attend à la maison », lui annonça-t-elle.

Il se leva et, laissant Kate derrière lui dans sa hâte, traversa la cour, se précipita dans la maison et monta les escaliers quatre à quatre. Quand il entra dans la pièce, Arabella l'attendait, ainsi qu'il l'avait prévu – mais elle n'était pas seule.

Elle tenait le bébé dans ses bras.

Il les enlaça d'une même étreinte, embrassa Arabella sur la bouche, puis regarda l'enfant. Lors du baptême à la cathédrale, il n'avait pas pu le voir distinctement. Une foule de notables se pressait devant les fonts baptismaux et il n'avait pas voulu attirer l'attention en se frayant un passage jusqu'au premier rang. Cette fois, il pouvait le regarder à loisir.

« Absalom, murmura-t-il.

— Je l'appelle Abe, corrigea Arabella.

— Abe, répéta Spade.

— Je n'emploierai jamais le nom de baptême que lui a donné Stephen. Je refuse de le faire vivre sous le coup d'une malédiction.

— Très bien. »

Le bébé, les yeux fermés, semblait paisible.

« Il a tes cheveux, remarqua Arabella. Noirs et bouclés. Et abondants.

— Je regrette qu'il n'ait pas les tiens. De quelle couleur sont ses yeux ?

— Bleus, comme ceux de la plupart des bébés. La couleur change plus tard.

— En général, je ne trouve jamais les bébés jolis. Mais Abe est magnifique.

— Veux-tu le prendre ?

— Je peux ? hésita Spade, qui n'avait aucune expérience en la matière.

— Bien sûr. C'est le tien.

— Entendu.

— Mets une main sous ses fesses et l'autre derrière sa tête, c'est tout. »

Spade obéit. Abe ne pesait presque rien. Il serra le bébé contre sa poitrine et inhala profondément, se grisant de son odeur tiède et propre. Des émotions puissantes l'envahirent : l'amour, la fierté mais aussi l'instinct de protection.

« J'ai un enfant, s'étonna-t-il. Un fils. »

Après un moment, il demanda à Arabella :

« Comment les choses se passent-elles chez toi ?

— L'évêque s'est vengé. Il a fait arracher ma roseraie.

— Je suis vraiment désolé !

— Moi aussi, répondit-elle en haussant les épaules. Mais je t'ai toi, et j'ai Abe. Je peux me passer de roses. »

Elle n'en paraissait pas moins triste.

Spade posa un baiser sur le crâne d'Abe.

« C'est très étrange, murmura-t-il.

— Quoi ?

— Ce petit garçon a causé bien des problèmes en venant au monde, et ce n'est sans doute qu'un début. Cela ne semble pourtant pas nous atteindre. Sa présence nous rend fous de joie, et nous l'adorons. Nous consacrerions volontiers nos deux vies à prendre soin de lui. C'est bien – mais étrange.

— Dieu en a peut-être décidé ainsi, suggéra Arabella.

— Tu dois avoir raison. »

PARTIE IV

La brigade de la presse

De 1804 à 1805

26

À l'automne de 1804, Amos prit une barge depuis Kingsbridge jusqu'à Combe. La descente du fleuve se faisait tranquillement, alors qu'au retour les bateliers devaient ramer contre le courant.

En entrant dans le port de Combe, Amos eut une désagréable surprise. Un nouveau bâtiment se dressait sur le promontoire : un ouvrage fortifié rond et trapu, semblable à une chope de bière plus large à la base qu'au sommet. La construction avait quelque chose de maléfique et de menaçant qui lui rappela les boxeurs de foire qui défiaient les badauds.

Amos était accompagné de Hamish Law. L'entreprise ayant désormais moins recours au travail à domicile et employant plus d'ouvriers, Hamish avait moins de tournées à faire et était devenu l'assistant de vente d'Amos. Kit Clitheroe, lui, s'occupait de la branche production.

Debout sur le pont à côté d'Amos, Hamish s'exclama :

« Bon sang, c'est quoi, ce machin ?

— Je crois que c'est une tour Martello, répondit

Amos. Le gouvernement doit en faire construire une centaine le long de la côte, pour nous défendre dans l'éventualité d'une invasion française.

— J'en ai entendu parler, acquiesça Hamish. Mais je ne m'attendais pas à ce qu'elles soient aussi affreuses. »

Amos avait lu dans le *Morning Chronicle* que les murs des tours Martello avaient deux mètres cinquante d'épaisseur et que leur toit plat était surmonté d'un lourd canon capable d'effectuer une rotation complète et de tirer dans toutes les directions. Chaque tour abritait un officier et vingt soldats.

Depuis des mois, les journaux évoquaient la menace d'une invasion française. Amos avait éprouvé une vague inquiétude en apprenant que l'empereur français, Napoléon Bonaparte, avait rassemblé une armée de deux cent mille hommes à Boulogne et dans d'autres ports, et était en train de constituer une armada pour leur faire traverser la Manche. La vision sinistre de l'ouvrage qui protégeait le port de Combe donnait à cette perspective une réalité nouvelle.

Bonaparte ne manquait pas d'argent pour financer une telle invasion. Il avait vendu aux États-Unis un vaste territoire sans intérêt que les Français avaient appelé la Louisiane et qui s'étendait du golfe du Mexique jusqu'aux Grands Lacs à la frontière canadienne. Le président Thomas Jefferson avait ainsi doublé la surface des États-Unis d'Amérique, contre une somme de quinze millions de dollars. Bonaparte en dépensait l'intégralité pour conquérir l'Angleterre.

Paradoxalement, les échanges commerciaux avec

le continent européen se poursuivaient grâce à la Royal Navy qui patrouillait la Manche. La France était inaccessible, et les Français avaient conquis les Pays-Bas, mais les navires de Combe pouvaient encore rejoindre des villes comme Copenhague, Oslo ou même Saint-Pétersbourg.

Amos était venu à Combe pour livrer une cargaison d'étoffes destinée à un client de Hambourg. Il serait payé par lettre de change. Son client verserait le prix du tissu au banquier allemand Dan Levy, et Amos encaisserait ensuite la somme auprès du cousin de Dan, Jonny, qui tenait une banque à Bristol.

Amos possédait désormais deux manufactures à Kingsbridge. Ses affaires avec l'armée avaient pris de l'ampleur et, sa première manufacture ne suffisant plus, il avait fait l'acquisition de la Fabrique de la Veuve, celle de Cissy Bagshaw qui avait pris sa retraite. Six mois plus tôt, il avait nommé Kit Clitheroe directeur des deux établissements. Bien qu'il fût encore très jeune pour occuper un tel poste, Kit connaissait les machines et s'entendait bien avec les ouvriers : il était de loin l'adjoint le plus compétent qu'Amos ait jamais eu.

Le port de Combe était en effervescence. Porteurs et charretiers allaient et venaient, navires et barges chargeaient et déchargeaient, animés par cette énergie infatigable qui avait fait de la Grande-Bretagne le plus riche pays du monde.

Les bateliers trouvèrent le navire que cherchait Amos, la *Dutch Girl*, et jetèrent l'ancre près de lui. Amos mit pied à terre tandis que Hamish commençait à décharger les balles de tissu. Kev Odger, le capitaine de la *Dutch Girl*, apparut. Amos, qui le connaissait depuis des années, lui faisait confiance, ce qui ne les empêcha pas de recompter les balles ensemble tandis qu'Odger en ouvrait trois au hasard pour vérifier qu'il s'agissait bien de sergé de laine blanc, conformément au manifeste. Ils signèrent le connaissement en deux exemplaires et en conservèrent un chacun.

« Vous restez pour la nuit ? demanda Odger.

— Il est trop tard pour repartir à Kingsbridge aujourd'hui, répondit Amos.

— Dans ce cas, faites attention aux hommes de la presse. La nuit dernière, j'ai perdu deux matelots de valeur. »

Amos comprit aussitôt. La Royal Navy manquait constamment d'effectifs. La milice, la force de défense intérieure, n'était jamais à court de recrues car elle avait le pouvoir d'enrôler les hommes, contre leur gré au besoin. La conscription n'existait pas dans l'armée régulière, mais l'Irlande, frappée par la pauvreté, fournissait environ le tiers des recrues, le reste étant fourni par les cours d'assises qui pouvaient condamner les coupables à servir dans l'armée en guise de châtiment. Le problème le plus préoccupant était donc celui de la Navy qui assurait la sécurité des mers et préservait ainsi le commerce britannique.

Les marins étaient payés au lance-pierres et souvent en retard, et la vie en mer était rude ; les hommes étaient régulièrement fouettés, même pour des infractions mineures. La Navy se composait pour un dixième de repris de justice sortis des prisons irlandaises, mais cela ne suffisait pas. Plutôt que de réformer la Navy et de payer ses hommes convenablement, le gouvernement, soucieux avant tout des intérêts du contribuable, préférait enrôler les hommes de force. Dans les villes côtières d'Angleterre, des brigades que l'on appelait « la presse » enlevaient des hommes valides ou les « pressaient » de s'enrôler, avant de les embarquer sur les navires et de les garder captifs jusqu'à ce qu'ils soient à plusieurs milles de la côte. Ce système abhorré provoquait souvent des émeutes.

Amos remercia Odger de l'avoir averti et se dirigea avec Hamish vers la pension de famille de Mme Astley, où il avait l'habitude de séjourner lorsqu'il devait passer la nuit à Combe. C'était une maison de ville ordinaire dans laquelle on avait entassé des lits à raison d'un ou deux dans les petites chambres et de plusieurs dans les plus grandes. L'hôtesse était une Jamaïcaine souriante dont l'embonpoint témoignait de l'excellence de sa cuisine.

Ils arrivèrent à l'heure du dîner. Pour un shilling, Mme Astley servait un ragoût de poisson épicé accompagné de pain frais et de bière. À la table commune, Amos s'assit à côté d'un jeune homme qui le reconnut.

« Vous ne savez pas qui je suis, monsieur Barrowfield, mais je viens de Kingsbridge, dit l'homme. Je m'appelle Jim Pidgeon.

— Qu'est-ce qui vous amène à Combe ? répondit poliment Amos, qui ne se rappelait pas l'avoir déjà vu.

— Je travaille sur les barges. Je connais bien le fleuve entre Kingsbridge et Combe. »

Un autre pensionnaire, un homme au bras droit atrophié que l'on surnommait non sans humour Bras Gauche, fulminait contre les Français entre deux bouchées.

« Bougres d'ignorants, mécréants assoiffés de sang. Ils ont décapité la fine fleur de la noblesse française, et maintenant ils veulent assassiner la nôtre », marmonna-t-il tout en vidant sa cuiller à grand bruit.

Hamish mordit à l'hameçon. « Nous avons été en paix pendant quatorze mois, rétorqua-t-il. Grâce au traité d'Amiens signé en mars 1802, les riches acheteurs et touristes anglais ont recommencé à se rendre en masse dans leur Paris bien-aimé. Mais la Grande-Bretagne a mis fin à la trêve en mai dernier.

— Les Français nous ont à nouveau attaqués, protesta Bras Gauche.

— Ah, oui, vraiment ? répliqua Hamish. Si j'en crois les journaux, c'est nous qui avons déclaré la guerre aux Français, et non l'inverse.

— Parce qu'ils ont envahi la Suisse, dit l'homme.

— Sans aucun doute, mais est-ce une raison pour envoyer des soldats anglais se faire massacrer ? Pour la Suisse ? Je vous pose la question.

— Je me fiche pas mal de ce que vous dites. Je les déteste, ces salauds de Français.

— Surveillez votre langage, messieurs, lança une voix depuis la cuisine. Vous êtes dans une maison respectable. »

Malgré sa fureur, Bras Gauche se soumit à son autorité :

« Je vous demande pardon, madame Astley. »

Le dîner fut bientôt terminé. Comme les hommes sortaient de table, Mme Astley entra et leur dit :

« Je vous souhaite une bonne soirée, messieurs, mais n'oubliez pas le règlement : je verrouille la porte à minuit, et il n'y a pas de remboursement. »

Amos et Hamish se promenèrent en ville. La brigade de la presse n'inquiétait pas Amos. Elle ne s'en prenait pas aux élégants représentants de la classe moyenne.

Combe était une ville animée, comme l'étaient souvent les petites villes portuaires. Des musiciens et des acrobates se produisaient dans la rue pour gagner quelques sous, des colporteurs vendaient ballades, babioles et potions magiques, des demoiselles et des jeunes messieurs offraient leur corps tandis que des pickpockets détroussaient les marins qui avaient touché leur solde. Amos et Hamish ne furent pas tentés par les bordels et les maisons de jeu, pourtant nombreux, mais ils goûtèrent la bière de plusieurs tavernes et mangèrent des huîtres à un étal, dans la rue.

Quand Amos lui annonça qu'il était temps de rentrer à la pension, Hamish réclama une dernière chope et son patron céda. Ils se rendirent dans une taverne au bord de l'eau. À l'intérieur, une bonne dizaine d'hommes buvaient de la bière, en compagnie de quelques jeunes femmes. Amos aperçut Jim Pidgeon qui conversait amicalement avec une fille en robe rouge.

« Quel endroit agréable, remarqua Hamish.

— Je ne suis pas de ton avis, répondit Amos. Regarde Jim, notre jeune ami de Kingsbridge. Il est complètement ivre.

— Il a bien de la chance.

— À ton avis, pourquoi la fille est-elle si aimable avec lui ?

— Parce qu'il lui plaît, sans doute.

— Il n'est ni beau ni riche. Qu'est-ce qu'elle lui trouve ?

— Les goûts des femmes sont impénétrables.

— Cette auberge est une souricière.

— Comment ça ?

— Elle a versé du gin dans sa bière à son insu. Dans un instant, elle va l'entraîner dans l'arrière-salle et il croira que c'est son jour de chance. Mais ce qui l'y attend, c'est la brigade de la presse. Ils le feront monter sur un navire et le mettront aux fers. Et la prochaine fois qu'il reverra la lumière du jour, il sera dans la Royal Navy.

— Pauvre bougre.

— Et la fille touchera un shilling pour sa peine.

— On ferait bien de lui donner un coup de main.

— Je ne te le fais pas dire. »

S'approchant de Pidgeon, Amos lui dit :

« C'est l'heure de rentrer, Jim. Il est tard et vous avez trop bu.

— Tout va bien, protesta Jim. Je bavarde avec cette jeune fille, c'est tout. Elle s'appelle Mlle Stephanie Marchmount.

— Et moi, je suis le Premier ministre, répliqua Amos. Allons-y.

— Vous, occupez-vous de vos oignons », lança la femme qui se faisait appeler Stephanie.

Amos saisit fermement Jim par le bras.

« Laissez-le tranquille », cria Stephanie et, se précipitant sur Amos, elle le griffa au visage.

Il écarta brutalement la main de la femme.

Trois hommes à proximité parlaient avec une autre jolie fille. L'un deux se tourna et lança :

« Qu'est-ce qui se passe ?

— Mon ami a trop bu, expliqua Amos une main sur sa joue ensanglantée. Nous voulons rentrer avant que la presse ne lui mette la main dessus. Et vous feriez bien d'en faire autant.

— La presse ? répéta l'homme d'une voix pâteuse avant qu'une lueur de compréhension n'apparaisse sur son visage. La brigade de la presse est ici ? »

Amos se tourna vers le fond de la salle où il aperçut trois hommes à la mine patibulaire qui entraient à l'instant, accompagnés d'un quatrième en uniforme d'officier de la Navy.

« Regardez, dit-il en les montrant du doigt. Ils viennent d'arriver. »

Stephanie leur fit un signe de la main. Les hommes intervinrent rapidement, comme s'ils avaient répété cette scène d'innombrables fois, et il ne leur fallut qu'une seconde pour la rejoindre. Elle désigna Jim.

« Vous autres, écartez-vous », dit l'officier.

L'une des brutes s'empara de Jim, qui n'était pas en état de résister. Hamish assena à son compagnon un puissant crochet qui le mit à terre. Le troisième frappa Amos au ventre, un coup violent et précis qui le plia en deux, avant de faire pleuvoir sur lui une volée de coups. Malgré sa carrure, Amos n'avait pas l'habitude des rixes et il eut du mal à se protéger, s'efforçant de reculer à travers la foule.

Les clients de la taverne ne restèrent pas indifférents. Tout le monde détestait la brigade de la presse. Les plus proches d'Amos rejoignirent la mêlée. Ils attaquèrent celui qui le frappait, et le repoussèrent.

Ce bref répit permit à Amos de reprendre ses esprits. La bagarre s'était maintenant généralisée, les hommes hurlaient et frappaient à l'aveuglette tandis que les femmes poussaient des cris perçants. Hamish, qui avait agrippé Jim, tentait de l'arracher à son ravisseur. Amos se porta à sa rescousse, mais un spectateur, voyant ses vêtements élégants, le crut dans le camp de la presse et lui envoya au hasard un violent coup de poing qui le frappa sous le menton. Amos perdit connaissance un instant et se retrouva à terre. Ce n'était pas le bon endroit, car il était au cœur de la mêlée, mais il était trop sonné pour se relever.

Il parvint péniblement à se remettre à genoux, puis sentit qu'on le soulevait par les aisselles et reconnut avec soulagement le visage de Hamish. Son compagnon le jeta sur sa large épaule et Amos, sans force, s'abandonna. Ses pieds heurtèrent des corps tandis que Hamish jouait des coudes pour traverser la foule. Quelques secondes plus tard, il respirait l'air frais du dehors. Son compagnon le porta jusqu'à une bonne distance de la taverne, puis le reposa sur ses pieds, adossé contre un mur.

« Vous tenez debout ? demanda Hamish.

— Je crois que oui, répondit Amos qui, malgré ses jambes flageolantes, parvint à garder son équilibre.

— Vous parlez d'un grabuge, s'amusa Hamish qui, de toute évidence, avait passé un bon moment. Mais cette Stephanie vous a défiguré. Dommage, vous étiez plutôt joli garçon. »

Amos porta la main à sa joue et la retira tachée de sang.

« J'en guérirai, dit-il. Et Jim Pidgeon, où est-il ?

— J'ai dû l'abandonner. Je ne pouvais pas vous porter et me battre contre la brigade de la presse en même temps.

— Pourvu qu'il s'en soit sorti, dit Amos.

— Nous le saurons demain au petit déjeuner. »

Le lendemain, Jim Pidgeon n'était pas là.

*

Elsie coucha ses trois fils l'un après l'autre. C'était son moment préféré de la journée. Elle aimait ces instants paisibles avec ses enfants, et attendait aussi avec impatience le moment où ils seraient endormis pour pouvoir elle-même se reposer.

Elle commença par le plus petit, Richie, qui avait deux ans. Il était blond comme Kenelm et promettait d'être beau garçon. Agenouillée devant son berceau, elle fit une brève prière. Quand elle eut fini, il dit « Amen » avec elle. C'était un des rares mots qu'il connaissait, avec « Maman », « caca » et « non ».

Puis ce fut le tour de Billy. À quatre ans, c'était une véritable tornade. Il savait chanter, compter, contredire sa mère et courir, mais pas suffisamment vite pour lui échapper. Il récita le Notre Père avec elle.

Elle arriva enfin à l'aîné, Stevie, âgé de sept ans. Ses cheveux roux duveteux avaient légèrement foncé pour se rapprocher de la couleur acajou de ceux d'Arabella. Il lisait beaucoup et savait écrire son prénom. Il dit sa prière sans l'aide d'Elsie, et ce fut elle qui prononça «Amen» avec lui.

Kenelm avait toujours fait la prière avec Stevie, mais, maintenant qu'ils avaient trois enfants, il trouvait que cela lui prenait trop de temps.

Elle laissa les garçons sous la garde de la nourrice, qui couchait à portée de voix de leurs chambres. Sur le palier, elle croisa sa mère qui sortait de la chambre de l'évêque.

Pendant cinq ans, les parents d'Elsie s'étaient à peine adressé la parole, mais l'évêque, qui avait à présent soixante-sept ans, était tombé malade au cours de l'été. Il souffrait de douleurs thoraciques et avait le souffle court. Le moindre effort l'épuisait et il quittait rarement son lit. Arabella s'était donc mise à le soigner.

Elsie et sa mère descendirent l'escalier ensemble et gagnèrent la salle à manger pour le dîner. On leur servit une soupe chaude, un pâté de gibier en croûte et du gâteau. Une carafe de vin était posée sur la table, mais les deux femmes burent du thé.

Retenu par une réunion à la sacristie, Kenelm avait prévenu qu'il rentrerait tard. Elles commencèrent donc sans lui.

Elsie demanda comment se portait son père.

«Il s'affaiblit, répondit Arabella. Il se plaint d'avoir froid aux pieds, même lorsqu'un grand feu brûle dans sa chambre. Je lui ai apporté une soupe claire pour son dîner et il l'a bue. Il dort maintenant. Mason est avec lui.

— Pourquoi vous occupez-vous de lui ? Mason pourrait s'en charger toute seule.

— C'est une question que je me pose souvent.

— Est-ce parce que vous songez à l'au-delà ? » insista Elsie, que cette réponse laissait sur sa faim.

Elle avait failli dire « au Jugement dernier », mais elle craignait que ce ne fût trop brutal.

« Je ne sais pas grand-chose de l'au-delà, reconnut Arabella. Les membres du clergé non plus, même s'ils prétendent tout savoir. Les couples heureux croient qu'ils se reverront au ciel, mais qu'arrive-t-il à une veuve qui s'est remariée ? Retrouve-t-elle ses deux maris au paradis ? Doit-elle choisir entre les deux ? Ou bien peut-elle avoir les deux ?

— Maman, ne soyez pas sotte, pouffa Elsie.

— Je ne fais que relever l'absurdité de certaines croyances.

— Êtes-vous toujours amoureuse de mon père ?

— Non, et je ne l'ai probablement jamais été. Il n'est pourtant coupable de rien. Nous avons été tous deux responsables de ce qui nous est arrivé. Je n'aurais jamais dû l'épouser, c'est certain, mais j'ai pris cette décision en toute liberté. Il m'a demandée en mariage, et j'aurais pu refuser. C'est ce que j'aurais fait si mon orgueil n'avait pas été blessé par un jeune homme qui m'avait éconduite.

— Certains mariages contractés par dépit peuvent tout de même être heureux.

— Le problème est que ton père ne s'est jamais vraiment intéressé à moi. Il voulait une épouse par commodité, et parce que le mariage permet à un homme d'Église de prouver qu'il n'est pas un sodomite.

— L'est-il ?

— Non, mais son goût pour les femmes n'est pas d'une grande vigueur. Après ta naissance, nous n'avons plus fait l'amour que rarement. Et en définitive, vois-tu, j'ai trouvé un homme qui m'aime si fort qu'il ne se lasse jamais de mon corps, et j'ai compris que c'était ça, la vraie vie. »

Ce qui n'est pas mon cas, songea tristement Elsie. Je suis pourtant sûre que ça pourrait l'être avec Amos. Elle avala une cuillerée de soupe et ne répondit pas.

« Je ne veux pas qu'il meure en me détestant, reprit Arabella. Et je ne veux pas le maudire sur sa tombe. C'est pourquoi j'essaie de me rappeler les premiers jours, l'époque où il était beau, mince et moins prétentieux, et où j'éprouvais au moins de l'affection pour lui. Peut-être me pardonnera-t-il avant la fin. »

Elsie doutait que son père fût du genre à pardonner, mais, une fois encore, elle garda cette pensée pour elle.

Kenelm entra, mettant fin à ce climat de confidences. Il s'assit à table et se servit un verre de vin de Madère.

« Qu'est-ce qui vous rend aussi graves toutes les deux ? » demanda-t-il.

Pour éviter de répondre, Elsie le questionna :

« Comment s'est déroulée votre réunion ?

— Sans difficultés, répondit-il. Il s'agissait d'une question d'organisation. J'avais déjà tout réglé à l'avance avec l'évêque, et j'ai donc pu transmettre ses volontés aux membres du clergé. Lorsqu'ils ont manifesté leur désaccord, je leur ai dit que j'allais en parler à l'évêque, mais que je serais surpris qu'il change d'avis.

— Êtes-vous sûr que l'évêque comprenne ce que vous lui dites? s'étonna Arabella.

— Je le crois, oui. Quoi qu'il en soit, nous prenons de sages décisions ensemble. »

Kenelm se servit une part de pâté et se mit à manger. Arabella se leva en annonçant:

« Permettez-moi de me retirer. Bonne nuit, Kenelm. Bonne nuit, Elsie. »

Elle sortit.

« J'espère n'avoir pas contrarié votre mère pour je ne sais quelle raison, dit Kenelm, les sourcils froncés.

— Non, répondit Elsie. Mais elle pense sans doute que l'évêque n'est pas vraiment en état de prendre des décisions et qu'en réalité, c'est vous qui tenez les rênes à présent.

— Et même si c'était le cas, répliqua Kenelm, où serait le mal?

— Un observateur hostile pourrait juger que vous vous conduisez malhonnêtement.

— Absolument pas, protesta Kenelm avec un petit rire, feignant de juger la remarque absurde. Quoi qu'il en soit, l'essentiel est de veiller à la bonne marche des affaires du diocèse aussi longtemps que l'évêque est indisposé.

— Il se peut qu'il ne guérisse jamais.

— Raison de plus pour éviter une querelle au sein du clergé quant au choix de la personne chargée d'assurer l'intérim.

— Tôt ou tard, on comprendra ce que vous avez en tête.

— Tant mieux. Si je fais mes preuves, le jour où votre père sera rappelé auprès du Seigneur, l'archevêque devra me nommer évêque à sa place.

— Mais vous n'avez que trente-deux ans.

— Ce n'est pas une question d'âge, répliqua Kenelm, les joues empourprées de colère. La charge doit revenir à l'homme le plus capable.

— Je ne doute aucunement de votre compétence, Kenelm. Mais dans l'église anglicane, tous les dirigeants sont des hommes âgés. Ils pourraient vous trouver trop jeune.

— Je suis ici depuis neuf ans et j'ai prouvé mes qualités !

— Tout le monde en convient. »

Bien que cela ne fût pas tout à fait vrai – Kenelm était entré en conflit avec quelques personnages haut placés qui n'appréciaient pas son assurance et sa prétention –, elle voulait apaiser les sentiments froissés de son mari.

« Je ne cherche qu'à vous éviter une trop vive déception, dans l'éventualité où la décision ne serait pas en votre faveur. »

Il finit son dîner et ils montèrent ensemble. Il la suivit jusqu'à sa chambre, puis franchit la porte de communication avec la sienne.

«Bonne nuit, ma chère, dit-il en fermant la porte.
— Bonne nuit», répondit Elsie.

*

Quand l'évêque mourut, Elsie fut surprise d'éprouver autant de chagrin. Ses rapports avec son père avaient été tendus et elle ne s'était pas attendue à le pleurer. Ce n'est qu'après que les employés des pompes funèbres eurent terminé leur travail que, posant les yeux sur son corps froid qui gisait dans son cercueil en grande tenue épiscopale et coiffé de sa perruque, la tristesse l'envahit et qu'elle fondit en larmes. Des scènes de son enfance auxquelles elle n'avait pas pensé depuis vingt-cinq ans lui revinrent à l'esprit : les comptines et les chansons populaires que lui chantait son père, les histoires qu'il lui racontait le soir au coucher, les compliments qu'il lui faisait sur ses robes neuves, le jour où il lui avait appris à reconnaître la première lettre de son prénom dans les inscriptions gravées sur les murs de la cathédrale. Un jour, tous ces instants d'intimité s'étaient évanouis – peut-être à l'âge où la petite fille s'était muée en une adolescente rebelle et difficile.

«Tous ces bons moments, dit-elle à sa mère. Pourquoi les ai-je oubliés aussi longtemps?
— Parce que les mauvais souvenirs empoisonnent les bons, répondit Arabella. Mais aujourd'hui, nous pouvons voir sa vie dans son ensemble. Il était tantôt bon, tantôt cruel. Il était intelligent, mais étroit d'esprit. Je ne me souviens pas qu'il ait menti une seule

fois, pas plus à moi qu'à d'autres, mais il arrivait que son silence soit trompeur. Toutes les vies, observées de près, sont comme une mosaïque – à l'exception de celles des saints. »

Amos dit à Elsie qu'il comprenait ce qu'elle ressentait. Alors qu'ils bavardaient à l'école du dimanche en surveillant le déjeuner gratuit des enfants, il évoqua la mort de son propre père, douze ans auparavant.

« Quand je l'ai vu, pâle et figé, j'ai fondu en larmes. Mon chagrin était tel que je ne pouvais plus m'arrêter de pleurer. Et pourtant, en même temps, je savais qu'il s'était mal conduit avec moi. Je m'en souvenais, mais cela ne changeait rien. Je ne comprenais pas ce qui m'arrivait – et je ne le comprends toujours pas aujourd'hui.

— C'est un attachement trop profond pour que quoi que ce soit puisse l'entamer, répondit Elsie en hochant la tête. Le chagrin n'obéit pas à la raison.

— Vous êtes tellement sage, Elsie », répondit-il avec un sourire.

Ce qui ne vous empêche pas de préférer cette linotte de Jane, pensa-t-elle.

L'évêque avait laissé dans son testament quatre mille livres à partager à parts égales entre sa femme et sa fille. Cet héritage permettrait à Arabella de vivre modestement. Quant à Elsie, elle emploierait sa part pour financer l'école du dimanche.

L'archevêque ne vint pas à Kingsbridge pour l'enterrement, mais il envoya son bras droit, Augustus Tattersall, qui logea à l'évêché. Elsie fut impressionnée par ce personnage. Elle avait déjà rencontré deux émissaires de l'archevêque et les avait trouvés tous deux arrogants et autoritaires. Tattersall, au contraire, était un intellectuel, un homme extrêmement influent, mais qui ne tirait pas vanité de sa supériorité. Il parlait d'une voix douce et se montrait d'une courtoisie inébranlable, surtout vis-à-vis de ses subordonnés ; pour autant, il ne manifestait aucun signe de faiblesse et pouvait faire preuve d'une grande fermeté pour transmettre les volontés de l'archevêque. Elsie songea qu'Amos lui aurait ressemblé s'il était devenu un homme d'Église – à cette différence près que Tattersall n'était pas aussi bel homme que lui.

Au cours des précédentes visites de représentants de l'archevêque, Elsie avait été embarrassée par l'insistance avec laquelle Kenelm s'était efforcé d'impressionner les dignitaires de l'Église, répétant à l'envi qu'il était indispensable à l'évêque et laissant entendre qu'il pourrait être un meilleur administrateur que lui. Elle savait bien que Kenelm souhaitait gravir les échelons de l'Église, mais devinait qu'une approche plus subtile aurait fait meilleure impression sur les autorités ecclésiastiques.

Même si Kenelm affirmait à Elsie qu'il ne doutait pas de ses chances, il était impatient de savoir ce que Tattersall avait à leur dire. Pourtant, celui-ci les tint tous en haleine et n'aborda pas le sujet de la succession de l'évêque pendant la préparation des funérailles.

L'évêque fut inhumé en grande pompe dans le cimetière du côté nord de la cathédrale. Tattersall avait prévu une réunion du chapitre immédiatement après la cérémonie. Il avait cependant demandé à parler à Arabella, Kenelm et Elsie avant cette assemblée, ce qui, songea cette dernière, était une attention délicate de sa part.

Ils prirent place au salon et Tattersall déclara sans ambages :

« L'archevêque a décidé que le nouvel évêque de Kingsbridge serait Marcus Reddingcote. »

Elsie jeta un regard furtif à Kenelm qui pâlit d'émotion. Elle éprouva un élan de compassion à son égard. Il avait placé de tels espoirs dans cette nomination.

Tattersall se tourna vers Kenelm.

« Je crois que vous avez connu Reddingcote à Oxford. Il y enseignait à l'époque. »

Elsie avait entendu parler de Reddingcote, un intellectuel conservateur qui avait écrit un commentaire de l'Évangile selon Luc.

Kenelm retrouva sa voix.

« Pourquoi n'est-ce pas moi ?

— L'archevêque n'ignore rien de vos compétences et il est convaincu que vous êtes promis à un brillant avenir. Encore quelques années d'expérience, et vous serez peut-être prêt à prendre la tête d'un diocèse. Mais vous êtes encore trop jeune.

— Les hommes devenus évêques à mon âge ne manquent pas !

— Ils ne sont pas nombreux. S'il y en a eu quelques-uns, en effet, c'étaient, je suis au regret de vous le dire, des cadets ou des benjamins de familles nobles et fortunées.

— Mais...

— Poursuivons, l'interrompit Tattersall. Le doyen de Kingsbridge est sur le point de prendre sa retraite et l'archevêque a décidé de vous nommer, monsieur Mackintosh, à sa succession. »

Il en fallait plus pour rasséréner Kenelm. Cette nomination était séduisante, mais il aspirait à de plus hautes fonctions. Il parvint cependant à articuler : « Merci. »

« Reddingcote désire s'installer ici au plus vite, ajouta Tattersall en se levant. Vous devrez donc emménager au doyenné dès que le doyen actuel l'aura quitté. »

Elsie eut l'impression que sa vie changeait trop rapidement. Elle aurait aimé disposer d'un peu plus de temps pour se retourner.

Tattersall consulta sa montre.

« Je m'adresserai au chapitre dans quinze minutes. Je suppose que vous me rejoindrez là-bas, monsieur Mackintosh. »

Kenelm semblait prêt à répondre « Allez au diable », mais après un instant de silence, il hocha la tête docilement.

« J'y serai », dit-il.

Tattersall sortit.

« Eh bien, nous allons habiter le doyenné ! lança Elsie d'un ton enjoué. C'est une très jolie maison, plus petite que ce palais, bien sûr, mais sans doute plus confortable. Et elle donne sur la rue principale.

— Après avoir passé huit ans à servir de laquais à l'évêque, tout ce que j'obtiens, c'est un doyenné.

— C'est un avancement très rapide pour un ecclésiastique ordinaire.

— Je ne suis pas un ecclésiastique ordinaire. »

Elsie le savait : il avait pensé obtenir un traitement de faveur parce qu'il était le gendre d'un évêque. Mais l'évêque était mort désormais, et Kenelm ne disposait pas d'autres relations influentes.

« Vous aviez cru bénéficier d'un passe-droit en m'épousant, remarqua-t-elle tristement.

— Eh bien, j'ai commis une erreur, semble-t-il. »

Cette réplique lui fit l'effet d'une gifle, et Elsie fut réduite au silence.

Kenelm quitta la pièce.

« Oh, ma chérie, c'était vraiment cruel, dit Arabella. Mais je suis sûre qu'il ne le pensait pas. Il est contrarié.

— Et moi, je suis sûre qu'il le pensait, répondit Elsie. Il faut qu'il reproche sa déception à quelqu'un.

— Il n'a pas obtenu ce qu'il voulait mais toi, si. Tu as Stevie, Billy et Richie. Et moi, j'ai Abe. Nous nous installerons au doyenné et nous aurons une maison remplie d'enfants. La vie pourrait être pire ! »

Elsie se leva et serra sa mère dans ses bras.

« Vous avez raison, dit-elle. La vie pourrait être bien pire. »

27

Deborah, la fille de Hornbeam, avait posé une revue à côté de son assiette. Très concentrée, elle griffonnait au crayon des chiffres sur une feuille de papier pendant que son thé refroidissait. On distinguait sur la page des dessins géométriques, des triangles, des cercles et des tangentes.

« Que fais-tu ? lui demanda Hornbeam, intrigué.

— Un problème de mathématiques, répondit-elle sans lever les yeux, complètement absorbée.

— Qu'est-ce que c'est que cette revue ?

— Le *Journal des dames*, un almanach féminin.

— Des problèmes de mathématiques dans une revue féminine ? s'étonna Hornbeam.

— Pourquoi pas ? rétorqua-t-elle en relevant enfin la tête.

— Je n'aurais jamais pensé que les femmes puissent faire des mathématiques.

— Bien sûr que si ! Vous savez que j'ai toujours aimé les chiffres.

— Je te croyais exceptionnelle.

— Beaucoup de filles font semblant de ne rien

comprendre aux chiffres parce qu'on leur a dit que les hommes n'aiment pas les femmes intelligentes. »

Cette idée était nouvelle pour Hornbeam.

« Tu ne cherches tout de même pas à dire que dans le fond, les femmes sont aussi intelligentes que les hommes.

— Oh, non, Papa. Jamais de la vie. »

Elle ne dissimula pas le sarcasme. Rares étaient ceux qui avaient l'audace de contredire Hornbeam, sans parler de se moquer de lui, mais Deborah en faisait partie. Elle n'était pas du genre à se faire passer pour une idiote. Elle était brillante et son père aimait discuter avec elle.

Le mari de Deborah n'était pas là. Will Riddick avait mal tourné. Il avait perdu sa principale ressource financière lorsqu'il avait été démis de ses fonctions de responsable des acquisitions à la milice de Shiring. Il percevait encore ses fermages de Badford et sa solde de l'armée, mais ce revenu était loin de suffire à lui assurer le train de vie auquel il était habitué – et notamment sa passion du jeu – et il était à court d'argent. Hornbeam lui avait prêté cent livres par amour pour Deborah, mais Riddick ne l'avait jamais remboursé ; il lui avait même réclamé une rallonge trois mois plus tard. Hornbeam avait refusé. Riddick avait désormais quitté sa maison de Kingsbridge pour regagner le village de Badford. Deborah n'avait pas voulu l'y accompagner et son mari n'avait pas semblé s'en soucier. Ils n'avaient pas d'enfants, ce qui avait simplifié la séparation.

Hornbeam aurait préféré qu'il en soit autrement,

mais il était content que Deborah vive avec lui. L'horloge sonna la demie de neuf heures et Hornbeam se leva.

« Je dois aller m'occuper des pauvres de Kingsbridge », déclara-t-il d'un ton maussade avant de quitter la pièce.

Dans le vestibule, son petit-fils, Joe, jouait avec une épée en bois, combattant un ennemi imaginaire. Hornbeam regarda le petit avec affection et lui dit :

« C'est une bien grande épée pour un garçon de six ans.

— J'en aurai bientôt sept, répondit Joe.

— Oh, voilà qui change tout.

— Oui, fit Joe sans saisir l'ironie. Et quand je serai grand, je tuerai Bonaparte. »

Hornbeam espéra que la guerre serait finie avant que Joe soit en âge de rejoindre l'armée, mais il répondit :

« Je suis bien content de l'apprendre. Bon débarras. Mais ensuite, que feras-tu ? »

Joe tourna vers son grand-père ses yeux bleus innocents et répondit :

« Je gagnerai plein d'argent, comme toi.

— Cela me paraît un excellent projet. »

Et tu ne connaîtras jamais les épreuves que j'ai traversées durant mon enfance, pensa Hornbeam. C'est ma grande consolation dans l'existence.

Joe recommença à ferrailler en hurlant :

« Reculez sales Français, bande de lâches ! »

Les Français étaient tout sauf des lâches, songea Hornbeam. Depuis douze ans, ils résistaient à toutes les tentatives des Anglais pour écraser leur révolution.

Mais cette pensée était trop subtile pour être partagée avec un patriote de six ans, même aussi éveillé que Joe. Hornbeam enfila son manteau et sortit.

Il avait été récemment nommé Surveillant des pauvres de Kingsbridge. C'était une fonction à laquelle peu de gens aspiraient car elle exigeait beaucoup de travail en échange de bien peu d'avantages, mais Hornbeam aimait tenir les rênes du pouvoir. L'aide aux indigents était distribuée par les églises de la paroisse, sous contrôle du Surveillant. Il fallait veiller à ce que l'argent du contribuable ne se retrouve pas dans les poches de paresseux et de paniers percés. Hornbeam se rendait dans chaque paroisse une fois par an et prenait place dans la sacristie avec le pasteur pour écouter le récit larmoyant d'hommes et de femmes incapables de subvenir à leurs besoins et à ceux de leur famille sans l'aide de gens moins imprévoyants qu'eux.

Ce jour-là, il se rendit à Saint-Jean au sud du fleuve, une paroisse autrefois semi-rurale devenue un quartier rempli de maisons construites par Hornbeam et son fils Howard pour les ouvriers des manufactures implantées au bord de l'eau.

Le pasteur de Saint-Jean, Titus Poole, était un jeune homme maigre et passionné au regard expressif. Alors que Hornbeam portait une perruque pour afficher sa dignité et son autorité, Poole n'en portait pas. Sans doute faisait-il partie de ceux qui estimaient les perruques superflues, excessivement coûteuses et ridicules. Hornbeam le méprisait. Appartenant à la pire espèce des ecclésiastiques au cœur tendre, il était si soucieux d'aider les autres qu'il n'avait jamais songé à leur apprendre à s'aider eux-mêmes.

Au cours des premières minutes, ils accordèrent des secours à quelques cas peu méritants : un homme aux yeux injectés de sang et au nez rouge qui, de toute évidence, avait assez d'argent pour s'enivrer, une femme corpulente malgré sa prétendue pauvreté et, enfin, une fille-mère de trois enfants qui était une prostituée notoire et avait été présentée plusieurs fois devant le tribunal mensuel où siégeait Hornbeam. Il aurait pu s'opposer à Poole sur chacun de ces cas, mais il y avait des règles et les deux hommes avaient le devoir de les respecter. Ils réussirent donc à se mettre d'accord – jusqu'à l'arrivée de Jenn Pidgeon.

Elle se mit à parler à peine entrée.

« Il me faut de l'aide pour nourrir mon garçon. Je n'ai pas un sou, et ce n'est même pas ma faute. Une miche de quatre livres coûte plus d'un shilling aujourd'hui et que voulez-vous que les gens mangent d'autre ? » Malgré sa colère manifeste, elle s'exprimait clairement et sans crainte.

« Vous parlerez quand on vous interrogera, madame Pidgeon, intervint Poole. L'échevin Hornbeam et moi-même souhaitons vous poser quelques questions. Tout ce que vous avez à faire, c'est nous répondre honnêtement. Vous dites que vous avez un fils ?

— Oui, Tommy, il a quatorze ans, et tous les jours il cherche du travail, mais il est petit et chétif. Il y a parfois des gens qui le paient pour faire des commissions ou passer un coup de balai. »

Âgée d'une trentaine d'années, elle portait une

robe élimée et un châle mité. Elle était chaussée de sabots de bois. Elle avait l'air à moitié morte de faim, remarqua Hornbeam, ce qui jouait en sa faveur. Sa femme, Linnie, prétendait que chez certains l'obésité était une maladie. Pour lui, ce n'était qu'une preuve de gloutonnerie.

« Et où habitez-vous ? demanda Poole.

— À la ferme de Morley, mais pas dans la maison. Il y a une sorte de remise contre le mur de la grange, ils appellent ça un appentis, il n'y a pas de cheminée, juste un trou pour la fumée. Ils me la louent un penny par semaine, et ils m'ont donné une paillasse pour qu'on y dorme tous les deux.

— Vous partagez un lit avec votre fils de quatorze ans ? demanda Hornbeam d'un ton désapprobateur.

— Juste pour se tenir chaud ! s'insurgea la femme. Cette cabane est pleine de courants d'air. »

Elle n'est pas trop affamée pour se quereller avec moi, songea Hornbeam aigrement.

« Que faites-vous comme travail ? la questionna Poole.

— Tout ce que je peux trouver. Mais l'hiver, ils n'ont pas besoin d'aide à la ferme, et les manufactures sont à court de commandes à cause de la guerre. Avant, j'étais vendeuse, mais les magasins de Kingsbridge n'embauchent pas... »

Hornbeam l'interrompit. Il n'avait pas besoin d'un discours sur le manque d'emplois à Kingsbridge.

« Où est votre mari ? »

Il s'attendait à ce qu'elle avoue ne pas en avoir, mais il se trompait.

«Il s'est fait prendre par les hommes de la presse, qu'ils brûlent en enfer.»

Cela frôlait la sédition et Poole intervint:

«Tout doux.

— Avant, je n'ai jamais été pauvre, reprit la femme sans tenir compte de son avertissement. Quand on est arrivés de Hangerwold, Jim et moi, il a trouvé du travail sur les barges et on n'avait pas grand-chose, mais on n'a jamais fait de dettes. Et puis, poursuivit-elle en regardant Hornbeam droit dans les yeux, votre Premier ministre a envoyé des brigands qui ont ligoté Jim, l'ont jeté sur un bateau et l'ont envoyé en mer pour Dieu sait combien de temps. Je me suis retrouvée toute seule. Ce que je veux, ce n'est pas l'aide aux indigents, c'est mon mari. Mais vous, vous me l'avez volé!»

Elle fondit en larmes.

«Inutile de nous insulter», observa Poole.

Ses sanglots s'arrêtèrent aussitôt.

«Vous insulter? Ai-je dit quelque chose qui n'était pas vrai?»

Cette femme était une insolente, se dit Hornbeam, irrité. La plupart des quémandeurs avaient au moins le bon sens d'être respectueux. Celle-ci méritait de mourir de faim en punition de son effronterie.

«Vous dites que vous venez de Hangerwold? demanda-t-il.

— Oui, tous les deux, Jim et moi. C'est dans le Gloucestershire. Jim avait une tante ici à Kingsbridge. Elle est morte, maintenant.

— Vous n'ignorez sûrement pas que l'aide aux

indigents ne peut être accordée que par la paroisse de votre naissance ?

— Et comment je pourrais aller dans le Gloucestershire ? Je n'ai pas de manteau, mon garçon n'a pas de souliers, et je n'ai là-bas ni maison, ni de quoi payer un loyer. »

Poole s'adressa tout bas à Hornbeam :

« Dans ce genre de cas, nous acceptons généralement de payer. De toute évidence, elle a fait tout ce qu'elle pouvait. »

Hornbeam n'avait aucune envie de contourner les règles pour cette femme frondeuse qui semblait se prendre pour son égale.

« Vous dites que votre mari a été pris par la presse ?

— C'est ce que je crois, oui.

— Mais vous n'en êtes pas sûre ?

— Ils ne prennent pas la peine d'informer les femmes de ceux qu'ils embarquent. Ce que je sais, c'est qu'il est parti à Combe sur une barge, que, ce soir-là, la brigade a fait une descente en ville et que je n'ai plus jamais revu Jim. Il n'est pas difficile de deviner ce qui s'est passé ?

— Il a peut-être simplement pris la poudre d'escampette.

— Certains hommes en seraient capables, mais pas Jim. »

Poole baissa la voix une fois de plus :

« Monsieur Hornbeam, vous ergotez.

— Je ne suis pas de votre avis. Son mari est peut-être mort. Elle doit retourner là où elle est née.

— Elle mourra probablement en chemin, répondit le pasteur, les yeux flamboyants de colère.

— Nous ne pouvons pas changer les règles.

— Hornbeam, tonna Poole, cette femme est visiblement la victime innocente d'un gouvernement qui permet à la Navy d'enlever des hommes comme son mari! S'il est vrai que la presse est un mal nécessaire, surtout en temps de guerre, nous pouvons au moins faire quelque chose pour les familles de ses victimes, et éviter que leurs enfants ne meurent de faim.

— Ce n'est pas ce que prévoient les règles.

— Les règles sont cruelles.

— Peut-être, mais il n'en faut pas moins les respecter.»

Se tournant vers Jenn Pidgeon, Hornbeam déclara:
«Votre demande est refusée. Vous devez vous présenter à Hangerwold.»

Il s'attendait à ce que la femme fonde en larmes, et sa réaction le surprit.

«Très bien», dit-elle, avant de sortir de la pièce la tête haute.

Elle donnait l'impression d'avoir un plan de rechange.

*

Elsie aimait sa nouvelle demeure. À la différence du palais épiscopal aux vastes salons pleins d'échos, le doyenné avait des pièces à échelle humaine, chaleureuses et confortables, sans sols de marbre sur lesquels les enfants risquaient de glisser, de tomber et de se heurter la tête. Les repas étaient plus simples et les serviteurs moins nombreux, et elle échappait à l'obligation de recevoir les ecclésiastiques de passage.

Arabella aimait la maison, elle aussi. Elle était en deuil et le resterait pendant toute une année. Son teint clair, rendu plus pâle encore par le noir de ses robes, lui donnait un air légèrement souffrant, à l'image de ces belles héroïnes des romans gothiques qu'elle aimait lire. Pourtant, elle était heureuse, remarquait Elsie. Sa démarche était plus légère, comme si elle s'était libérée d'un fardeau. Elle allait souvent faire les magasins, emmenant parfois le petit Abe âgé de cinq ans, mais revenait sans avoir rien acheté, et Elsie la soupçonnait de voir Spade en cachette. Ils étaient libres tous les deux à présent, mais devaient encore être discrets, car il eût été inconvenant pour une femme de son rang de fréquenter ouvertement un homme pendant qu'elle était en deuil. Néanmoins, leur relation était un secret de polichinelle en ville et était connue de tous ceux qui ne mettaient pas leurs oreilles dans leur poche.

Certains se demandaient sans doute si Spade était le père d'Abe, surtout depuis l'arrachage de la roseraie – une histoire qui avait régalé Belinda Goodnight et ses amies pendant des semaines –, mais personne hormis Arabella n'en aurait jamais la certitude. Au demeurant, tous s'accordaient à penser que c'était le genre de question qu'il valait mieux ne pas poser. Il n'était pas impossible, spéculait Elsie, que d'autres femmes aient eu des enfants dont la paternité était contestable, et craignent que les potins qu'elles répandraient ne se retournent contre elles.

L'installation du nouvel évêque ne provoquait pas de remous. Marcus Reddingcote était un traditionaliste, ce qui répondait aux attentes de la majorité de la population. Son épouse, Una, une femme raide et hautaine, semblait trouver ses prédécesseurs à l'évêché légèrement vulgaires. Quand Elsie lui avait annoncé qu'elle dirigeait une école du dimanche, Una s'était étonnée: «Mais pour quoi faire?» Elle avait été visiblement interloquée d'apprendre, en rencontrant Abe, qu'Arabella avait un fils de cinq ans alors qu'elle en avait déjà quarante-neuf.

Elsie enviait à sa mère sa liaison passionnée. Il devait être merveilleux d'aimer un homme de tout son cœur et d'être aimée de lui en retour!

Un matin, alors qu'elle regardait par la fenêtre en direction de la rue principale, elle vit une foule se diriger vers la place, et se souvint que c'était la Saint-Adolphe. Les manufactures étaient fermées et une foire se tenait sur la place du marché. Elle décida d'y emmener Stevie, son aîné, et Arabella lui annonça qu'elle l'accompagnerait avec Abe.

Sous le pâle soleil de novembre, l'air était froid. Ils enfilèrent des vêtements chauds, agrémentés de touches de couleur: une écharpe rouge pour Elsie et un chapeau vert pour Arabella. Dans la foule, beaucoup de gens en avaient fait autant, et la place était remplie de teintes chatoyantes qui se détachaient sur la pierre grise de la cathédrale. L'ange de pierre du clocher dont on disait qu'il représentait sœur Caris, la fondatrice de l'hôpital, couvait les habitants de son regard bienveillant.

Elsie demanda à Stevie de bien lui tenir la main et de ne pas s'écarter d'elle au risque de se perdre. En réalité, elle n'était pas très inquiète : beaucoup d'enfants seraient séparés de leurs parents aujourd'hui, mais tous seraient retrouvés grâce à l'aide de passants amicaux.

Arabella cherchait du coton blanc pour se faire un jupon. Elle remarqua sur un étal un tissu qui lui plaisait à un prix raisonnable. Pendant qu'elles attendaient que le marchand ait fini de servir une pauvre femme qui marchandait le prix d'un coupon de lin grossier, Elsie examina un éventaire de mouchoirs brodés. Un garçon maigre d'environ quatorze ans étudiait les différentes nuances de rubans de soie disposés sur un plateau, ce qu'elle jugea inhabituel : elle avait eu dans sa classe de nombreux garçons de quatorze ans, mais n'en avait jamais rencontré qui s'intéressaient aux rubans.

Du coin de l'œil, elle le vit prendre nonchalamment deux bobines, en reposer une et glisser la seconde dans son manteau élimé.

Elle fut si surprise qu'elle en resta immobile et muette. Elle n'en croyait pas ses yeux : elle venait de surprendre un voleur sur le fait !

La cliente décida de ne pas acheter le coupon de lin et le marchand demanda :

« Que puis-je pour vous aujourd'hui, madame Latimer ? »

Tandis qu'Arabella lui expliquait ce qu'elle désirait, le jeune voleur s'éloigna de l'étal.

Elsie aurait dû crier « Au voleur ! », mais le garçon

était si petit et chétif qu'elle ne put se résoudre à le dénoncer.

Quelqu'un d'autre avait assisté à la scène. Un homme robuste vêtu d'un manteau vert attrapa le garçon par le bras.

« Hé, toi ! Attends un peu ! » s'écria-t-il.

Le garçon se tortilla comme un serpent pris au piège, mais ne put échapper à la poigne de l'homme.

Interrompant leur conversation, Arabella et le marchand regardèrent ce qu'il se passait.

« Montre un peu ce que tu as dans ton manteau, dit l'homme.

— Lâchez-moi, espèce de brute ! Prenez-vous-en à quelqu'un de votre taille ! »

Tout autour d'eux, les gens interrompirent leurs activités pour observer la scène. L'homme plongea la main sous le manteau en loques et en sortit une bobine de ruban de soie rose.

« Crénom, c'est à moi ! s'exclama le marchand.

— Tu es un petit voleur, hein ? fit l'homme au manteau vert.

— J'ai rien fait ! C'est vous qui l'avez mis là, espèce de vieux crapaud menteur. »

Elsie ne put s'empêcher d'apprécier le courage du garçon.

« Combien coûte un ruban comme celui-ci ? demanda l'homme au marchand.

— La bobine entière ? Six shillings.

— Six shillings, vous dites ?

— Oui.

— Très bien. »

Elsie se demanda pourquoi ce prix était important au point de devoir être répété.

« Rendez-le-moi, je vous prie », dit le marchand.

L'homme hésita avant de demander :

« Vous témoignerez devant la cour ?

— Bien sûr. »

L'homme tendit le ruban au marchand.

« Attendez, intervint Elsie. Qui êtes-vous ?

— Je vous souhaite le bonjour, madame Mackintosh. Une recrudescence de vols a été observée ces derniers temps à Kingsbridge, et le conseil municipal nous a demandé à moi et quelques autres de venir au marché aujourd'hui pour garder à l'œil les gens qui nous paraîtraient suspects. Sans doute avez-vous vu ce garçon empocher le ruban.

— Oui, mais je me pose des questions. En général, les garçons ne s'intéressent pas aux rubans roses.

— Peut-être, mais quoi qu'il en soit, je dois le conduire au shérif.

— Pourquoi as-tu pris ce ruban ? » demanda Elsie au garçon.

Sa bravade, attisée par la brutalité de l'homme, avait disparu, et il semblait au bord des larmes.

« C'est ma mère qui m'a dit de le faire.

— Mais pourquoi ?

— Parce qu'on n'a pas de pain. Elle voulait le vendre pour acheter à manger.

— Cet enfant a besoin de nourriture, expliqua Elsie à Josiah Blackberry.

— Je ne peux rien y faire, madame Mackintosh. Le shérif…

— Vous ne pouvez rien y faire, en effet, et le shérif non plus, mais moi, en revanche, je peux l'aider. Je vais l'emmener chez moi pour le nourrir. Comment t'appelles-tu ? ajouta-t-elle en se tournant vers le garçon.

— Tommy, dit-il. Tommy Pidgeon.

— Viens avec moi, je vais te donner à manger.

— Si vous voulez, fit Blackberry, mais je dois rester avec lui. Il faut que je le remette au shérif. Ce qu'il a volé a une valeur de plus de cinq shillings, et vous savez ce que cela signifie.

— Quoi donc ? demanda Elsie.

— Qu'il peut être pendu. »

*

Lorsque Roger Riddick entra dans la nouvelle manufacture de Barrowfield, Kit le reconnut instantanément. Le visage de Roger avait perdu son éclat juvénile – il devait avoir maintenant plus de trente ans, calcula Kit –, mais il avait gardé un sourire malicieux qui le rajeunissait.

Au fil des années, Kit avait reçu de temps à autre des nouvelles de Roger, qui était passé d'une université à l'autre, d'abord comme étudiant, puis comme professeur. Il avait toujours pensé qu'il finirait par enseigner, sans doute dans une université écossaise spécialisée en mathématiques et en mécanique. Et voilà qu'il était de retour à Kingsbridge.

Roger, quant à lui, ne reconnut pas Kit. Quand celui-ci s'approcha, il lui demanda :

« Vous êtes le directeur de la manufacture ? »

Kit lui répondit d'un hochement de tête.

« Je cherche M. Barrowfield.

— Je vais vous conduire, répondit Kit avec un sourire chaleureux.

— Qui êtes-vous ? demanda Roger.

— Ai-je donc tant changé, monsieur Riddick ? »

Roger l'examina attentivement et, soudain, son visage se fendit d'un large sourire.

« Oh, Grand Dieu ! Tu es Kit !

— Eh oui, c'est bien moi, répondit celui-ci avant de lui serrer énergiquement la main.

— Mais tu es un homme maintenant ! s'exclama Roger. Quel âge as-tu ?

— Dix-neuf ans.

— Bonté divine, je suis resté absent bien longtemps.

— C'est vrai. Vous nous avez manqué. Venez par ici. »

Kit guida Roger jusqu'au bureau, où Amos fut ravi de retrouver son vieux camarade de classe après tant d'années. Les trois hommes firent ensemble le tour de la manufacture, qui était celle qu'Amos avait rachetée à Mme Bagshaw.

Alors que la première manufacture se spécialisait désormais dans les tissus militaires, celle-ci avait une production plus variée. À l'étage supérieur, une demi-douzaine de tisserands fabriquaient des étoffes de luxe vendues à des prix élevés : brocarts, damas et tissus matelassés aux motifs multicolores élaborés.

Roger observa attentivement un des métiers à tisser.

Chaque fil de chaîne passait dans un œillet fixé à une tige de contrôle métallique dont l'autre extrémité était équipée d'un crochet. Pour fabriquer une étoffe simple, le tisserand soulevait un fil sur deux au moyen des crochets, puis lançait la navette dans l'espace ainsi créé, appelé la foule. Puis il soulevait les fils restés en attente avant d'envoyer la navette en sens inverse, créant ainsi un tissage simple passant tour à tour au-dessus et au-dessous des fils. Pour créer des motifs, comme des rayures, il fallait soulever les tiges dans une succession qui faisait alterner par exemple douze passages par-dessus et douze passages par-dessous, puis six par-dessus et six autres par-dessous, et ainsi de suite. Cette tâche était assurée par un ouvrier auxiliaire que l'on appelait le tireur de lacs, souvent assis sur la partie supérieure du métier à tisser. Plus le motif était complexe, plus le tissage devait être interrompu fréquemment pour effectuer les changements. Ce processus nécessitait beaucoup de temps et l'intervention d'opérateurs qualifiés et attentifs.

Roger passa plusieurs minutes à observer les tisserands les plus expérimentés, puis il attira Amos et Kit à l'écart pour ne pas être entendus des ouvriers.

« Il y a un homme en France qui a imaginé une meilleure méthode pour faire ce travail », leur dit-il.

Kit était intrigué. Il partageait la passion de Roger pour les machines. C'était lui qui avait fait découvrir à Amos les machines à filer.

« Raconte, le pressa Amos.

— Eh bien, expliqua Roger, chaque fois que le motif change, le tireur de lacs doit lever des tiges de contrôle différentes, suivant les instructions de celui qui a conçu le motif – en l'occurrence, toi, j'imagine. »

Amos hocha la tête.

« La nouvelle idée consiste à faire buter toutes les tiges de contrôle contre une grande plaque de carton perforée en fonction du motif que tu veux. Là où elle rencontre un trou, la tige traverse le carton ; là où il n'y a pas de trou, elle s'arrête. Ce système remplace la procédure fastidieuse du tireur de lacs obligé de déplacer les tiges une par une. Quand le motif de rayures ou de carreaux change, on utilise une nouvelle carte, perforée à d'autres endroits. »

Kit réfléchit à son explication. Le concept était d'une simplicité éblouissante.

« On peut donc modifier le motif aussi souvent qu'on le veut. Il suffit de changer de carte, c'est ça ?

— Tu as toujours eu le chic pour comprendre ce genre de choses, acquiesça Roger.

— Et on peut utiliser autant de cartes qu'on veut.

— C'est lumineux, s'extasia Amos. Qui a eu cette idée de génie ?

— Un certain Jacquard, un Français. C'est tout nouveau. On ne peut même pas encore acheter de machine de ce genre en Angleterre. Mais ça viendra tôt ou tard. »

Kit était ébloui. Amos pourrait tisser des étoffes fantaisie deux fois plus rapidement, peut-être même plus vite encore. Si cette machine existait vraiment et si elle fonctionnait, Amos devait absolument s'en procurer une – sinon plusieurs.

Amos l'avait parfaitement compris, lui aussi.

« Dès que tu entendras dire qu'une de ces machines est en vente…, commença-t-il.

— Tu seras le premier informé », répondit Roger.

*

Spade avait l'impression que Sal avait changé depuis qu'elle était sortie de prison. Elle était plus maigre, moins gaie, plus dure. Peut-être était-ce la conséquence du labeur épuisant qu'elle avait dû effectuer, mais il soupçonnait qu'il s'était produit autre chose. Il ne savait pas quoi, et il ne lui posait pas la question : si elle souhaitait qu'il le sache, elle le lui dirait.

La veille du procès de Tommy Pidgeon, par une sombre soirée d'hiver, Spade était assis avec Sal dans l'arrière-salle de l'Auberge de la Cloche où ils buvaient des chopes. Tous les foyers de Kingsbridge ne parlaient que de cette affaire. Les petits larcins étaient courants, mais Tommy n'avait que quatorze ans et semblait encore plus jeune. Or son crime était passible de la peine capitale. Personne dans la ville ne se rappelait avoir vu pendre un enfant.

« Je connaissais à peine la famille Pidgeon, dit Spade.

— Ils habitaient près de chez nous, Jarge et moi, raconta Sal. Ils n'avaient pas grand-chose mais avant la disparition de Jim, ils réussissaient à garder la tête hors de l'eau. Ensuite, Jenn n'a plus pu payer son loyer, elle s'est fait expulser et je n'ai jamais su où elle était allée.

— On ne m'avait pas dit que Jim avait été enlevé par la presse.

— Jenn s'en plaignait amèrement à tous ceux qui voulaient bien l'entendre, mais il y a tellement de femmes dans la même situation que les gens n'étaient pas très compatissants.

— À ma connaissance, cinquante mille hommes environ ont été emmenés contre leur gré, ajouta Spade. D'après le *Morning Chronicle*, il y a environ cent mille hommes dans la Royal Navy et près de la moitié a été enrôlée de force.

— J'ignorais qu'il y en avait autant, s'étonna Sal. Mais pourquoi Jenn n'a-t-elle pas obtenu l'aide aux indigents ?

— Elle en a fait la demande, à la paroisse Saint-Jean, celle où elle habite, expliqua Spade. Le pasteur de cette paroisse, Titus Poole, est un brave homme, mais apparemment Hornbeam était présent en tant que Surveillant des pauvres. Il a refusé d'écouter Poole et a affirmé que Jenn n'avait pas droit à cette aide.

— Ces hommes qui gouvernent ce pays…, soupira Sal en secouant la tête, écœurée. Jusqu'où pousseront-ils l'abjection ?

— Que disent maintenant les habitants à propos de Tommy ?

— Il y a deux camps, en quelque sorte, répondit Sal. Les uns disent qu'un enfant est un enfant, les autres qu'un voleur est un voleur.

— J'imagine que la majorité des ouvriers sont dans le premier camp.

— Oui. Même quand tout va bien, nous savons que les choses peuvent changer et que nous risquons de sombrer dans la misère du jour au lendemain. Savez-vous, reprit-elle après un instant de silence, que Kit gagne bien sa vie maintenant ? »

Spade avait en effet appris que Kit gagnait trente shillings par semaine comme directeur de manufacture pour Amos.

« Il le mérite, dit Spade. Amos tient beaucoup à lui.

— Kit ne dépense pas même la moitié de son salaire. Il sait que l'argent n'est pas éternel. Il économise en prévision de jours plus difficiles.

— C'est très raisonnable.

— Il m'a tout de même acheté une nouvelle robe », ajouta-t-elle avec un sourire.

Spade en revint à la famille Pidgeon.

« Je n'arrive pas à croire qu'ils puissent pendre le petit Tommy.

— Je m'attends à tout de la part de ces hommes. Ce sont des gens comme vous qui devraient être juges, échevins ou députés. Peut-être les choses iraient-elles enfin mieux.

— Pourquoi pas des gens comme vous ?

— Des femmes ? On peut rêver. Mais pour le moment, sérieusement, Spade, vous êtes un homme influent dans la ville. »

Sal était perspicace. Spade avait déjà envisagé de se présenter aux élections législatives. C'était le seul moyen de faire changer les choses.

« J'y songe, répondit-il.

— Tant mieux. »

La cour de justice trimestrielle se tenait le lendemain. La salle du conseil de l'hôtel de ville était bondée. Hornbeam était sur l'estrade en tant que président des juges, pressant un mouchoir parfumé contre son nez pour couvrir l'odeur de la populace. Deux autres juges étaient assis à ses côtés, et Spade espéra qu'ils l'inciteraient à l'indulgence. Le greffier, Luke McCullough, dont le rôle était de conseiller les juges sur les lois, était assis en face d'eux.

Les juges traitèrent promptement plusieurs cas de violence et d'ébriété, puis on fit entrer Tommy Pidgeon. Jenn lui avait lavé le visage et coupé les cheveux, et quelqu'un lui avait prêté une chemise propre mais trop grande qui lui donnait l'air encore plus frêle et vulnérable. Maintenant que Spade avait lui-même un fils – Abe, âgé de cinq ans, qu'il aimait tendrement bien qu'il n'ait pu le reconnaître –, il était encore plus convaincu que les enfants devaient être chéris et protégés. Voir Tommy livré à la colère implacable des juges lui faisait horreur.

Comme toujours, le jury avait été tiré au sort parmi les électeurs qui possédaient au moins quarante shillings, c'est-à-dire les gros propriétaires de la ville. Spade connaissait la plupart d'entre eux. Ils estimaient de leur devoir de protéger la ville contre le vol et toute autre menace susceptible de mettre en péril leur capacité de faire des affaires et de s'enrichir. Le jury devrait décider si les accusations portées contre Tommy étaient suffisamment graves pour qu'il soit traduit devant la cour d'assises, seule habilitée à juger les affaires passibles de la pendaison.

Josiah Blackberry était le témoin principal. Spade le considérait comme un homme honnête, bien qu'imbu de lui-même, et il raconta les faits sans fioriture. Il avait vu le garçon voler le ruban et il l'avait appréhendé, puis arrêté.

Elsie Mackintosh fut appelée pour confirmer sa version. Elle répéta plus ou moins ses propos et l'affaire parut réglée. Mais lorsque Hornbeam la remercia pour son témoignage, elle déclara :

« J'ai dit la vérité, mais je n'ai pas dit toute la vérité. »

Le silence se fit dans la salle.

Hornbeam soupira, mais il ne pouvait pas l'ignorer.

« Que voulez-vous dire, madame Mackintosh ?

— L'entière vérité, c'est que ce garçon mourait de faim parce que son père a été emmené par la presse et que sa mère s'est vu refuser l'aide aux indigents. »

Un murmure d'indignation s'éleva.

Spade vit le visage de Hornbeam se figer alors qu'il s'efforçait de réprimer sa colère.

« Nous ne sommes pas ici pour discuter de l'aide aux indigents. »

Elsie se tourna vers le petit accusé.

« Pourquoi as-tu volé ce ruban, Tommy ? »

Un silence de mort se fit tandis que la cour attendait la réponse.

« Pour que ma mère puisse le vendre et acheter du pain, parce qu'on n'avait rien à manger. »

Quelque part dans la salle, une femme laissa échapper un sanglot.

Elsie se retourna enfin vers le jury.

« Si vous envoyez ce garçon aux assises, vous le tuerez, dit-elle. Regardez-le bien maintenant. Voyez ces yeux effrayés, ces joues qui n'ont jamais été rasées. Je vous le promets, vous vous souviendrez de ce visage jusqu'à la fin de vos jours.

— Madame Mackintosh, intervint Hornbeam, vous avez témoigné que le père de l'accusé avait été emmené par la presse.

— Oui.

— Comment le savez-vous ?

— Sa femme me l'a dit.

— Madame Pidgeon, questionna Hornbeam, l'index pointé sur Jenn, avez-vous vu votre mari se faire enlever ?

— Non, mais nous savons tous ce qui s'est passé.

— Mais vous n'étiez pas présente.

— Non, j'étais ici, à Kingsbridge, à veiller sur le petit garçon que vous voulez faire pendre. »

L'assistance fit entendre un grondement courroucé.

« Autrement dit, personne n'est certain que Jim Pidgeon a été enrôlé de force », insista Hornbeam.

Jenn garda le silence.

C'est alors que Hamish Law s'avança.

« J'étais là, déclara-t-il. J'étais dans une taverne de Combe et Jim s'y trouvait lui aussi, il était tellement saoul qu'il dormait à moitié. »

Quelques personnes éclatèrent de rire.

« Jim n'a jamais été un ivrogne, protesta son épouse.

— Une jeune femme qui était à l'auberge avait dû verser du gin dans sa bière.

— Ça, je veux bien le croire, commenta Jenn.

— J'étais avec M. Barrowfield, mon patron, poursuivit Hamish, qui m'a expliqué que c'était une souricière : des filles faisaient boire les hommes avant de les livrer à la presse en échange d'un shilling. Nous avons décidé de sortir Jim de là. Mais, tout à coup, un officier de la Navy est arrivé avec trois brutes qui s'en sont prises à nous. Apparemment, ils avaient tendu un piège à Jim et nous leur mettions des bâtons dans les roues.

— Avez-vous cherché à empêcher Pidgeon d'être emmené ? » demanda Hornbeam.

Spade espéra que Hamish ne le reconnaîtrait pas, car c'était un délit.

« Non. J'ai vu M. Barrowfield à terre, alors je l'ai aidé à se relever et je l'ai conduit en lieu sûr.

— Tout ce que vient de dire Hamish Law est vrai, confirma Amos en s'avançant.

— Fort bien, déclara Hornbeam, contrarié. Admettons que Jim Pidgeon ait été pris par la presse. Cela ne change pas grand-chose. Personne n'ira croire que la famille d'un homme enrôlé de force soit autorisée à détrousser le reste d'entre nous. »

Il s'interrompit un instant et Spade constata qu'il faisait un effort pour rester impassible.

« Beaucoup de gens sont pendus pour vol chaque année, hommes et femmes, jeunes et vieux. »

La voix tremblante de Hornbeam trahissait une émotion refoulée.

« La plupart sont pauvres. Beaucoup sont des pères et des mères. »

Il semblait avoir du mal à parler et certains spectateurs froncèrent les sourcils, étonnés de voir cette façade d'airain se lézarder.

« Nous ne pouvons faire preuve d'indulgence à l'égard d'un voleur, quelle que soit l'histoire pathétique qu'il nous raconte. Si nous pardonnons à l'un, nous devons pardonner à tous. Si nous pardonnons à Tommy Pidgeon, les milliers de voleurs qui ont été pendus pour le même crime seront morts en vain. Et ce serait… terriblement injuste. »

Il s'interrompit le temps de retrouver son calme, puis déclara :

« Messieurs les jurés, l'accusation a été prouvée par les témoins. Les excuses présentées ne sont pas pertinentes. Il est de votre devoir de déférer Tommy Pidgeon à la cour d'assises pour qu'il y soit jugé. Veuillez nous faire part de votre décision. »

Les douze hommes se concertèrent brièvement, puis l'un d'eux se leva.

« Nous renvoyons l'accusé devant la cour d'assises. »

Il se rassit.

« Affaire suivante », annonça Hornbeam.

Décidément, pensa Spade, il était temps que les choses changent.

28

Un lundi de janvier, Sal arriva en avance sur la place du marché. Les sonneurs étaient encore en pleine répétition et le bruit des cloches retentissait dans toute la ville et au-delà. Ils étaient en train d'apprendre un nouveau motif – on appelait cela le *change ringing*, une technique reposant sur des variations de séquences – et Sal percevait une certaine hésitation dans le rythme, même si l'effet était relativement harmonieux. Elle décida d'aller rejoindre les sonneurs au lieu de les attendre à l'Auberge de la Cloche.

Elle entra dans la cathédrale par le porche nord. L'église était plongée dans une obscurité que ne dissipaient que les flammes de quelques bougies, qui semblaient vaciller à chaque sonnerie. Elle se dirigea vers la partie ouest, dans le mur de laquelle une petite porte ouvrait sur un escalier en colimaçon qui montait jusqu'à la salle des cordes.

Les sonneurs avaient empilé leurs manteaux par terre pour rester en gilets, manches retroussées, ce qui ne les empêchait pas de transpirer. Ils étaient disposés en cercle pour que chacun voie tous les autres, condition essentielle pour éviter les décalages de rythme. Les hommes tiraient sur des cordes qui pendaient depuis des trous au plafond. Celui-ci constituait une épaisse barrière de bois qui assourdissait les sons, permettant aux hommes de se parler. Spade, à la cloche numéro un, était chargé de diriger les autres sonneurs. À sa droite, Jarge actionnait la plus grosse cloche, la numéro sept.

Bien que passionnés par leur art, les hommes n'étaient guère pieux et juraient copieusement à la moindre fausse note, sans égard pour le caractère sacré du lieu. Ils ne maîtrisaient pas encore parfaitement la nouvelle mélodie.

Pour effectuer un balancement complet, une cloche mettait à peu près le temps nécessaire pour prononcer les mots : *archevêque un, archevêque deux*. Cette durée pouvait être légèrement diminuée ou prolongée, mais à peine. Le seul moyen de varier la mélodie était donc d'intervertir la place de deux cloches voisines à l'intérieur de la séquence : le deuxième sonneur pouvait permuter avec le premier ou le troisième, mais pas avec une autre cloche.

Les consignes de Spade étaient simples : il se contentait d'annoncer les numéros des deux cloches qui devaient permuter. Les sonneurs devaient être attentifs à ses instructions, sauf s'ils maîtrisaient déjà la séquence et connaissaient la suite. Le plus difficile était de préparer les variations de la séquence, afin que les combinaisons soient harmonieuses et que la mélodie finisse par revenir à l'enchaînement simple sur lequel elle s'était ouverte.

Sal était là depuis quelques minutes quand les sonneurs firent une erreur dans la nouvelle séquence et s'interrompirent. Les hommes éclatèrent de rire en désignant Jarge qui maudissait sa maladresse.

« Qu'est-ce que tu t'es fait à la main ? » lui demanda Spade.

Sal remarqua que la main droite de Jarge était rouge et enflée.

« Un accident, grogna Jarge. Un marteau qui a glissé. »

Jarge n'utilisait pas de marteaux au travail et Sal soupçonna qu'il s'était battu.

« Je pensais que j'y arriverais, poursuivit-il. Mais j'ai de plus en plus de mal.

— Nous ne pouvons pas sonner les cloches à six, remarqua Spade.

— Laissez-moi essayer », proposa Sal sur un coup de tête.

Elle le regretta aussitôt, craignant de se ridiculiser. Les hommes éclatèrent de rire.

« Une femme n'en est pas capable », lança Jarge.

Cette réponse ne fit que renforcer la résolution de Sal.

« Je ne vois pas pourquoi, insista-t-elle, tout en se repentant déjà de son audace. Je suis assez costaude.

— C'est tout un art tu sais, rétorqua Jarge. Le rythme fait tout.

— Le rythme ? s'indigna Sal. Et à ton avis, qu'est-ce que je fais toute la journée ? Je te rappelle que je travaille sur une jenny. D'une main, je fais tourner la roue tandis que, de l'autre, je fais glisser la pince d'avant en arrière tout en prenant garde de ne pas casser le fil. Alors ne viens pas me parler de rythme.

— Laisse-la essayer, Jarge, intervint Spade. Nous verrons bien qui a raison. »

Jarge lâcha sa corde en haussant les épaules, tandis que Sal regrettait sa témérité.

« Nous allons faire la séquence la plus simple de toutes, proposa Spade. Une série simple, puis le sonneur numéro un, c'est-à-dire moi, échange une place à chaque tour, jusqu'à ce que nous soyons revenus au point de départ. »

Ma foi, allons-y, se dit Sal. Elle agrippa la corde de Jarge, dont l'extrémité reposait en une spirale désordonnée sur la natte à ses pieds.

« Il faut tirer un coup bref, puis un coup long, expliqua Spade. Si vous parvenez à balancer la cloche correctement, vous verrez qu'au bout d'un moment, elle s'arrêtera en haut toute seule. »

Sal se demanda comment c'était possible – un mécanisme de frein, peut-être ? Kit saurait certainement.

« C'est vous qui commencez, Sal, et nous vous rejoindrons, dit Spade, sans lui laisser le temps de résoudre cette énigme mécanique. Faites attention à ne pas marcher sur votre corde, ou vous vous retrouverez cul par-dessus tête. »

Les hommes éclatèrent de rire et elle recula d'un pas.

Il fallait tirer plus fort qu'elle ne l'avait prévu, mais la cloche sonna et, avant que Sal n'ait eu le temps de s'y préparer, elle bascula en sens inverse, faisant remonter la corde posée au sol qui se déroula d'un coup. Si elle avait eu le pied dessus, elle aurait été renversée.

Quand la corde eut fini de monter, Sal tira encore, plus fort cette fois. Même sans voir la cloche, elle sentait le rythme de l'oscillation et comprit rapidement qu'il fallait tirer le plus fort au moment où la cloche semblait peser le plus lourd.

Puis la cloche s'immobilisa.

Immédiatement, Spade sonna, aussitôt suivi par l'homme placé à sa gauche. La séquence fit le tour du cercle à une vitesse invraisemblable. L'homme situé à la droite de Sal, qui sonnait la cloche numéro six, était un des tisserands de Spade, Sime Jackson. Dès que Sime eut tiré sur sa corde, Sal en fit autant de toutes ses forces.

La septième cloche sonna trop rapidement après la sixième. Sal s'était trop hâtée. Elle ferait mieux au tour suivant.

Mais elle tira trop tard.

Elle suivait les changements de séquence assez facilement : la cloche numéro un se décalait d'une place à chaque tour. Cependant, la durée séparant deux tractions de la corde devait être exactement identique à celle qui s'était écoulée entre les deux précédentes, ce qui faisait toute la difficulté. Elle avait beau se concentrer, elle n'y parvenait pas encore tout à fait.

Ils en étaient déjà au dernier tour, lors duquel la séquence reprenait l'ordre initial 1 2 3 4 5 6 7. Sal avait presque réussi à suivre, mais pas tout à fait.

Quelle idiote j'ai été, fulmina-t-elle, de croire que j'en étais capable.

Mais à son étonnement, les hommes se mirent à applaudir.

« Excellent ! s'exclama Spade.

— Je m'attendais à pire, admit Jarge avec réticence.

— J'ai l'impression de m'être trompée à chaque fois, fit Sal.

— Oui, vous vous êtes trompée, mais de peu, rectifia Spade. Le public n'aurait rien remarqué. En revanche, si vous avez entendu la différence, ça veut dire que vous avez l'oreille.

— Elle pourrait rejoindre le groupe ! suggéra Sime.

— Les femmes ne peuvent pas être sonneurs, répondit Spade en secouant la tête. L'évêque ferait une attaque. Et cela reste entre nous. »

Sal haussa les épaules. Elle ne voulait pas être sonneuse. Elle avait prouvé qu'une femme en était capable et cela lui suffisait. Il faut livrer les combats qu'on peut gagner, et éviter les autres, se dit-elle.

« Ce sera tout pour ce soir », annonça Spade.

Tandis que les hommes enfilaient leurs manteaux, il distribua le salaire versé par le chapitre de la cathédrale : un shilling par personne. C'était une somme correcte pour une heure de travail. Les sonneurs touchaient deux shillings le dimanche et aux fêtes religieuses.

« Je te donne un penny sur mon salaire, dit Jarge à Sal.

— Tu me paieras une chope », répondit-elle.

*

Un soir, Amos travaillait tard au magasin, recopiant des chiffres dans un livre de comptes à la lumière de plusieurs bougies, lorsqu'il entendit frapper à sa porte. Regardant par la fenêtre, il ne distingua rien malgré les réverbères car la vitre était obscurcie par une pluie battante.

Ouvrant la porte, il aperçut Jane, tellement trempée qu'il éclata de rire.

« Qu'y a-t-il de si drôle ? demanda-t-elle, contrariée.
— Excusez-moi. Entrez, ma pauvre. »

Elle entra et il reverrouilla la porte.

« Suivez-moi, je vais vous trouver des serviettes. »

Il la conduisit à la cuisine où le poêle était allumé. Elle retira son manteau et son chapeau qu'elle jeta sur une chaise, un geste qui apparut à Amos d'une liberté intime, presque comme si elle était chez elle. Il en fut tout ému. Jane portait une robe gris clair. Il alla chercher des serviettes dans la buanderie attenante à la cuisine et l'aida à se sécher.

« Merci, dit-elle. Mais qu'est-ce qui vous a fait rire ?
— Vous êtes la femme la plus élégante que je connaisse, mais quand j'ai ouvert la porte, vous aviez l'air d'un chat noyé. »

Elle éclata de rire à son tour.

« Mais pourquoi êtes-vous venue ? Les gens respectables de Kingsbridge seraient scandalisés de nous savoir seuls dans cette maison. »

À vrai dire, Amos lui-même se sentait un peu mal

à l'aise tout en étant ravi. Il ne s'était jamais trouvé seul avec une femme. Mais elle n'allait sans doute pas rester.

« Je m'ennuyais tellement à Earlscastle que j'ai pris une voiture pour Kingsbridge, expliqua-t-elle. Or mon mari est parti camper avec la milice pour un entraînement. Tous les domestiques sont à la taverne et il n'y avait chez moi qu'un caporal de faction dans le vestibule. Il fait un froid de loup dans la maison, et personne n'est là pour me préparer un repas. Je me sentais si triste et si seule que je me suis sauvée. Et me voici ! »

Amos comprit qu'elle souhaitait qu'il l'invite à sa table. Eh bien, rien ne l'en empêchait. Les gens respectables de Kingsbridge auraient été encore plus scandalisés, mais personne n'en saurait jamais rien.

« Je peux vous donner à manger, bien sûr. Je n'ai pas encore dîné. J'ai une soupe aux pois que je peux réchauffer. J'ai une gouvernante, mais elle ne loge pas ici.

— Je sais », répondit Jane.

Elle s'attendait donc à le trouver seul.

Il n'avait presque aucune expérience des femmes. Durant les dernières années, il avait fait la cour à trois jeunes filles, mais cela n'avait abouti à rien : sa passion pour Jane restait trop forte. Seul avec une femme mariée, il n'avait pas la moindre idée de ce qu'il était censé faire.

Au moins, il savait être accueillant et pouvait jouer les hôtes en toute confiance.

Une casserole de soupe était posée sur le buffet. Il

la mit à réchauffer sur une plaque au-dessus du feu. La table était déjà dressée, avec du pain, du beurre, du fromage et une bouteille de vin. Il ajouta un couvert pour elle et servit deux verres de porto.

«C'est une grande maison pour une seule personne, remarqua Jane. Vous devriez prendre une maîtresse.»

Elle avait l'habitude de faire des remarques osées.

«Je ne veux pas de maîtresse, répondit-il en souriant. Je ne suis pas méthodiste pour rien.

— Je sais, répondit-elle en haussant les épaules avant de changer de sujet. Comment s'en sort le jeune Kit Clitheroe au poste de directeur?

— Il est parfait. Il s'y connaît mieux que moi en machines et les ouvriers l'apprécient. Et il n'est plus si jeune maintenant.

— Il a obtenu une généreuse augmentation de salaire.

— Il en vaut le double.»

Ils bavardèrent amicalement un moment, puis s'assirent pour manger. Quand ils eurent terminé, Jane déclara:

«C'était exactement ce qu'il me fallait. Merci.

— Si j'avais su que vous viendriez, j'aurais préparé quelque chose de plus raffiné.

— Et j'aurais trouvé cela beaucoup moins bon. Avez-vous encore du vin?»

Une fois de plus, il fut pris de court. Il était persuadé qu'elle allait à présent rentrer chez elle.

«Oui, j'ai tout ce qu'il faut, répondit-il.

— Oh, parfait. Et si nous montions à l'étage? Nous y serions plus à notre aise.»

Comme toujours, c'était Jane qui prenait les choses en main. Elle s'était plus ou moins invitée à dîner et allait maintenant s'installer confortablement pour la soirée. Les dames n'étaient pas censées se conduire ainsi, mais Amos ne demandait pas mieux.

« Il y a du feu au salon », dit-il.

Il monta la bouteille et les verres. Il s'installa sur un divan capitonné et elle s'assit à côté de lui. Leur soudaine intimité continuait à lui inspirer un mélange d'excitation et d'inquiétude face à ce mépris flagrant des règles de bienséance.

Jane se débarrassa de ses chaussures – bout pointu, petit talon et nœud de soie –, replia les jambes sous elle et se tourna vers lui, un bras posé le long du dossier, aussi tranquillement que si elle était chez elle. Elle l'interrogea sur ses affaires, sur son voyage à Combe et sur ce pauvre garçon qui attendait d'être jugé par la cour d'assises et risquait la pendaison pour avoir volé un ruban. En répondant à ses questions, il observait les expressions qui défilaient sur son visage, ses yeux qui s'écarquillaient de surprise ou se plissaient d'amusement, sa bouche qui s'ouvrait pour rire, ses lèvres qui se pinçaient pour marquer sa désapprobation ; il souhaitait de tout son cœur pouvoir la regarder ainsi tous les soirs jusqu'à la fin de ses jours.

Il ne l'avait pas vue bouger et, pourtant, elle s'était rapprochée de lui. Il sentait ses genoux contre sa cuisse. Il se souvint de leur baiser dans les bois lors de la foire de Mai, ce jour où elle l'avait étreint si étroitement qu'il avait senti la forme de son corps pressé contre le sien.

Sa robe était profondément décolletée et quand elle se penchait vers lui – ce qu'elle faisait souvent, pour lui toucher l'épaule ou lui tapoter la main afin de souligner son propos –, il apercevait l'arrondi de ses seins menus dans le corsage de sa robe. À un moment, elle surprit son regard et sembla comprendre ce qu'il observait.

Il s'empourpra.

« Les vêtements féminins sont tellement provocants de nos jours, remarqua-t-elle. Il m'arrive de me dire que je ferais aussi bien de tout vous montrer. »

La bouche d'Amos s'assécha à cette idée, mais la bouteille était vide. Comment était-ce possible ? Il avait le vague souvenir qu'elle les avait resservis tous les deux.

Elle changea de position avec une telle rapidité qu'il n'aurait pas pu l'en empêcher, même s'il l'avait voulu. Elle était à présent allongée sur le dos, la tête posée sur sa cuisse. Elle continua de parler comme si de rien n'était.

« Après tout, poursuivit-elle, aucun commandement n'interdit de regarder. Voilà pourquoi il y a tant de peintures et de sculptures de gens nus. Dieu nous a faits beaux, mais, plus tard, nous avons découvert la feuille de vigne. C'est bien dommage. Dites-moi, qu'est-ce que vous trouvez le plus attirant en moi ?

— Vos yeux, répondit-il aussitôt. Ils ont une si jolie nuance de gris.

— Quel charmant compliment. »

Quand elle tourna la tête pour le regarder, sa joue appuya contre son sexe qui – s'aperçut-il soudain – se dressait effrontément à l'intérieur de ses culottes. Elle poussa un petit «Oh!» étonné, puis pressa ses lèvres sur son pénis.

Amos fut tellement surpris qu'il crut presque que c'était le fruit de son imagination. Pareille chose ne lui était jamais arrivée, même dans ses rêves les plus torrides. Il était paralysé d'émoi.

Elle se leva d'un bond et, debout devant lui, déclara:

«Moi, je trouve que j'ai de belles jambes.»

Elle portait des bas de soie tenus par des rubans, qui montaient jusqu'aux genoux.

«Qu'en pensez-vous? Ne sont-elles pas jolies?»

Il était trop sidéré pour répondre.

«Toutefois, pour en juger vraiment, poursuivit-elle, il faudrait que vous voyiez le reste.»

Passant ses mains derrière son dos, elle entreprit de déboutonner sa robe.

«Donnez-moi sincèrement votre avis», ordonna-t-elle.

Il savait que cette situation était absurde, mais il était incapable de la quitter des yeux. Les boutons avaient beau être nombreux, elle les défit si prestement qu'il se demanda si elle avait tout prévu et choisi exprès une robe facile à retirer. En un instant, le vêtement tomba au sol dans une cascade de soie gris pâle. Elle portait en dessous un jupon et un corset à baleines. Elle dégrafa le corset, et le fit passer au-dessus de sa tête d'un mouvement preste. Vêtue en tout et pour tout de ses bas, les mains sur les hanches, elle répéta:

« Alors que préférez-vous chez moi ?
— Tout », répondit-il d'une voix rauque.

Elle s'agenouilla sur le divan, à cheval sur lui, et déboutonna son pantalon aussi vite que sa robe.

« Êtes-vous consciente que je n'ai aucune expérience de ce genre de choses ? demanda-t-il.

— Je n'ai pas beaucoup d'expérience non plus, malgré mes neuf ans de mariage », avoua-t-elle.

Ses gestes n'avaient pourtant rien de maladroit : elle saisit son sexe avec assurance, se souleva, le glissa en elle et se laissa redescendre en poussant un soupir de contentement.

Amos fut submergé d'amour et de plaisir. Il savait que c'était mal, mais ne s'en souciait plus. Il savait également que Jane ne l'aimait pas, ou en tout cas pas comme lui-même l'aimait, mais cela ne suffisait pas à atténuer sa joie. Il était fasciné par ses seins superbes qui dansaient si joliment devant son visage.

« Vous pouvez les embrasser, si vous voulez », dit-elle, alors il s'exécuta, encore et encore.

Cela s'acheva trop vite. Il fut pris par surprise, secoué par un spasme suivi de plusieurs autres. Il entendit Jane gémir, puis elle se pencha en avant, pressant son corps contre le sien. Quand ce fut terminé, ils s'effondrèrent tous deux, haletants.

« Nous ne nous sommes pas embrassés, remarqua-t-il quand il eut repris son souffle.

— Rien ne nous empêche de le faire maintenant », répondit-elle.

Et c'est ce qu'ils firent, pendant de longues et délicieuses minutes. Puis leurs corps se séparèrent et elle resta allongée sur le dos en travers de ses genoux. Il contempla son corps de tout son saoul.

« Puis-je vous toucher ? demanda-t-il.

— Vous pouvez faire tout ce que vous voulez. »

Quelques minutes plus tard, l'horloge posée sur le manteau de la cheminée sonna dix heures et elle se leva.

Debout devant lui, elle enfila ses chaussures. Alors qu'elle se penchait pour ramasser son jupon, elle hésita.

« Vous êtes le deuxième homme à me voir nue, mais le premier à me regarder ainsi, dit-elle.

— À vous regarder comment ? »

Elle réfléchit un moment avant de répondre :

« Comme Ali Baba dans la caverne, en train de contempler des richesses inimaginables.

— C'est exactement ce que je fais. Je contemple des richesses inimaginables.

— Vous êtes vraiment adorable. »

Elle enfila son jupon par la tête et l'ajusta, puis mit sa robe, passant les mains dans son dos pour la boutonner.

Quand elle fut habillée, elle resta debout à le regarder avec une expression indéchiffrable. Elle semblait en proie à une émotion qu'il était incapable d'identifier. Au bout d'un temps, elle murmura :

« Oh, mon Dieu, je l'ai fait. Je l'ai vraiment fait. »

Son insouciance n'était qu'une façade, comprit Amos. Ces instants avaient été tout aussi déterminants pour elle que pour lui – mais pour d'autres raisons. Il était perplexe mais heureux.

Le charme fut rompu et elle demanda :

« Pourriez-vous m'apporter mon chapeau et mon manteau ? »

Il reboutonna ses culottes et alla chercher ses affaires. Pendant qu'elle se rhabillait, il prit son manteau et son chapeau.

« Je vous raccompagne.

— Je vous remercie, mais évitons de parler à qui que ce soit sur le chemin. Je n'ai pas la force d'imaginer un mensonge plausible pour expliquer d'où nous venons. »

Il n'y avait pas grand monde dans la rue, et les rares passants se hâtaient sous la pluie. Personne ne croisa le regard d'Amos.

Elle ouvrit la porte d'entrée de la maison Willard avec sa clé.

« Bonne nuit, monsieur Dangerfield, dit-elle. Je vous remercie de m'avoir raccompagnée. »

Monsieur Dangerfield, se dit-il. Elle avait modifié son nom au dernier moment, et le mot qui lui était venu à l'esprit avait été « danger ». Ce n'était pas surprenant.

En s'éloignant, il songea à toutes les questions qu'il aurait dû lui poser. Quand se reverraient-ils ? Était-ce une rencontre sans lendemain, ou avait-elle l'intention de nouer une vraie relation avec lui ? Et le cas échéant, de quelle nature ? Avait-elle l'intention de quitter son mari ?

Arrivé chez lui, il entra dans la boutique par la porte de devant. Il se souvint de sa venue le soir même, trempée et malheureuse, et se remémora leur conversation. En entrant à la cuisine, il la vit ôter son manteau et son chapeau, puis les jeter sur une chaise. En s'asseyant sur le banc, il l'imagina assise en face de lui, buvant sa soupe à la cuiller, coupant une tranche de pain et enfonçant ses dents blanches dans un morceau de fromage. Il gagna le salon où le feu était mourant et, s'asseyant sur le divan, il sentit à nouveau le poids de sa tête sur sa cuisse, la pression de ses lèvres contre son sexe à travers le drap de laine de ses culottes. Mieux que tout, il la vit debout devant lui, vêtue de ses seuls bas fixés par des rubans au-dessus de ses genoux.

Puis il s'obligea à se poser enfin la question : qu'est-ce que cela signifiait ?

Pour lui, cela avait été un tremblement de terre. Pour elle, le bouleversement avait été moindre, mais elle avait tout de même paru ébranlée. Pourtant, elle avait tout prévu. Pourquoi ? Que voulait-elle ?

Il chercha à se montrer réaliste. Elle ne quitterait pas son mari, c'était certain. Divorcer était tellement difficile que c'était presque inenvisageable. Si Amos vivait dans le péché avec elle, tous les gens respectables, autrement dit l'ensemble de ses clients, refuseraient de faire affaire avec lui. Or Jane ne supporterait jamais la pauvreté. Avait-elle l'intention qu'ils fuient ensemble et commencent une nouvelle vie ailleurs sous de nouveaux noms, peut-être même dans un autre pays ? C'était concevable. Il réussirait sans doute à vendre son entreprise de Kingsbridge et à en fonder une nouvelle ailleurs. Mais il était certain que jamais Jane n'accepterait une vie d'épreuves et de risques.

Mais alors, que recherchait-elle? Une liaison secrète? Ce genre de choses existait, de toute évidence. À en croire les ragots de la ville, Spade et Arabella Latimer en entretenaient une depuis des années.

Cependant, Amos ne pourrait pas vivre avec ce sentiment de culpabilité. Il avait commis aujourd'hui un péché qu'il n'avait jamais commis jusque-là : l'adultère, interdit par le septième commandement de Moïse, un grave manquement à Dieu, à Northwood, à Jane et à lui-même. Il ne pouvait pas envisager de commettre ce même péché encore et encore, quelle que fût l'intensité de son désir.

Peut-être aurait-il de la chance. Peut-être Northwood aurait-il la bonne idée de mourir.

Ou peut-être pas.

29

Kit pensait souvent à Roger Riddick. Enfant, il n'avait pas mesuré à quel point cet homme était exceptionnel. Mais depuis que Roger était revenu de voyage, Kit en avait appris davantage sur lui et en était venu à apprécier ses qualités. Il était brillant, bien sûr, ce qui prêtait de l'intérêt à n'importe quelle conversation avec lui ; mais le plus important était sans doute son caractère enjoué. C'était un homme jovial et optimiste, dont le sourire suffisait à illuminer une pièce.

Roger avait treize ans de plus que Kit et avait bénéficié d'une éducation dont ce dernier n'aurait même pas pu rêver. Pourtant, dès qu'il s'agissait de machines et de techniques de tissage, Roger lui parlait en égal. Il semblait même l'apprécier beaucoup.

Les sentiments de Kit étaient si forts que cela l'inquiétait un peu. Il avait presque l'impression d'être amoureux de Roger, une idée complètement ridicule, bien sûr. Cela aurait voulu dire que Kit était un inverti, ce qui était impossible. Certes, il s'était amusé avec d'autres garçons quand il était plus jeune. Ils appelaient cela faire la ronde : ils se masturbaient debout en cercle, et s'amusaient à voir qui éjaculerait le premier. Ils se touchaient même parfois réciproquement, ce qui faisait toujours jouir Kit plus vite. Mais aucun d'entre eux n'était un inverti : ce n'étaient que des expériences juvéniles.

Pourtant, il était incapable de se sortir Roger de l'esprit. Celui-ci passait parfois le bras autour des épaules de Kit et le serrait brièvement, en un geste viril d'affection ; après cela, Kit sentait la pression de sa main jusqu'à la fin de la journée.

À la Salle méthodiste, pendant toute la durée du service de communion, Kit pensa à Roger. Il n'était pas un méthodiste fervent : il n'assistait aux cérémonies que pour accompagner sa mère. Il ne s'intéressait ni aux réunions de prière qui se tenaient les soirs de semaine, ni aux groupes d'étude biblique : il leur préférait un club d'échange de livres, où l'on s'intéressait aux textes scientifiques. Il se sentit donc un peu fautif en sortant de la salle.

Il aperçut alors Roger adossé à un mur.

« J'espérais bien tomber sur toi, fit celui-ci avec un sourire chaleureux comme un feu de bois. Pouvons-nous parler un moment ?

— Bien sûr, répondit Kit.

— Allons prendre un verre chez Culliver. »

Kit n'avait jamais mis les pieds chez Culliver et n'avait pas l'intention de commencer, surtout un dimanche.

« Si nous allions plutôt au Café de la Grand-Rue ?

— Si tu veux. »

Le tenancier de l'Auberge de la Cloche avait ouvert

un nouvel établissement, le Café de la Grand-Rue, tout près de l'hôtel de ville. On appelait ces endroits des cafés, mais on y servait des repas complets avec du vin, le café n'étant qu'accessoire. Sous le soleil hivernal, Kit et Roger remontèrent la rue principale jusqu'à la Grand-Rue. Au café, Roger commanda une chope et Kit un café.

« Tu te souviens du jour où je vous ai parlé du métier Jacquard ? demanda Roger.

— Oui, parfaitement, acquiesça Kit. C'était très intéressant.

— Je n'ai pas réussi à en acheter un. Si je pouvais aller à Paris rencontrer des tisserands, je suis sûr qu'ils pourraient me dire où en trouver un, mais même dans ce cas, j'aurais un mal de chien à l'exporter en Angleterre.

— C'est vraiment dommage.

— C'est pour ça que je suis venu te trouver. »

Kit commençait à deviner où il voulait en venir.

« Vous allez en fabriquer un.

— Et je veux que tu m'aides.

— Mais je n'ai jamais vu de métier comme ceux-là.

— Quand je faisais mes études à Berlin, raconta Roger avec un sourire, j'avais un ami particulier, un étudiant français. » Kit se demanda ce que Roger voulait dire par « ami particulier ». « Pierre avait découvert que M. Jacquard avait déposé un brevet sur sa machine, ce qui veut dire que le Bureau des brevets en conserve des dessins. »

Roger enfonça la main dans la poche de son manteau.

« Et en voici des copies. »

Kit prit les feuilles et en déplia une. Il poussa sa tasse et Roger écarta sa chope pour étaler le papier sur la table.

Pendant que Kit étudiait le dessin, Roger poursuivit :

« Je ne peux pas le faire tout seul. Un schéma n'indique jamais tout ce qu'il faut savoir. L'intuition et l'improvisation jouent un rôle essentiel, et pour cela il faut avoir une connaissance approfondie du processus de fabrication. Toi, tu sais tout ce qu'il y a à savoir sur les métiers à tisser. J'ai besoin de ton aide. »

Bien que fou de joie à l'idée que Roger ait besoin de lui, Kit secoua la tête d'un air dubitatif.

« Sa construction prendrait un mois, peut-être même deux.

— Ce n'est pas un problème. Rien ne presse. Nous sommes probablement les seuls en Angleterre à avoir entendu parler du métier Jacquard. En tout état de cause, nous serons les premiers à en fabriquer.

— Mais je n'ai pas le temps. J'ai un emploi.

— Quitte-le.

— Je viens à peine d'être embauché !

— Je suis sûr que nous pourrons vendre cette machine une centaine de livres. Nous partagerions équitablement les recettes, ce qui veut dire que tu gagnerais cinquante livres pour un mois de travail environ, au lieu de... Quel est ton salaire actuel ?

— Trente shillings par semaine.

— Ce qui fait un peu plus de six livres par mois, alors que je t'en offre cinquante. Et dès qu'une machine sera en fonction, les autres drapiers voudront s'en procurer au plus vite. Je te propose que nous nous associions pour fabriquer des métiers Jacquard, et que nous partagions les bénéfices. »

Kit savait qu'une fois la première machine construite et tous les problèmes réglés, la fabrication des suivantes serait plus rapide. Il y avait des sommes inimaginables à gagner, mais, à ses yeux, l'aspect le plus séduisant de cette proposition était la perspective de passer toutes ses heures de travail avec Roger. Quel bonheur ce serait !

Remarquant son hésitation et se méprenant sur le motif de sa réticence, Roger lui dit :

« Tu n'es pas obligé de te décider tout de suite. Réfléchis-y. Parles-en à ta mère.

— C'est ce que je vais faire. »

Kit se leva. Il aurait aimé passer le reste de l'après-midi avec Roger, mais il devait rentrer chez lui.

« On m'attend pour déjeuner.

— Avant que tu partes..., fit Roger, l'air gêné.

— Oui ?

— Je suis un peu à court de liquidités. Te serait-il possible de payer l'addition ? »

C'était le point faible de Roger. Il jouait tout ce qu'il avait, ce qui l'obligeait à faire appel à ses amis jusqu'à sa prochaine rentrée d'argent. Kit était heureux de pouvoir l'aider. Il demanda la note, la régla et y ajouta de quoi payer une seconde chope à Roger.

« C'est vraiment aimable de ta part, remercia Roger.

— Ce n'est rien. »

Kit sortit et rentra chez lui.

Il habitait toujours la même maison avec Sal, Jarge et Sue, mais son apparence avait changé. Il y avait de nouveaux rideaux aux fenêtres, les gobelets de bois avaient été remplacés par des verres et le charbon ne manquait pas – tout cela était payé par le salaire de Kit. En entrant, il sentit l'odeur alléchante de la pièce de bœuf que Sal faisait rôtir sur une broche au-dessus du feu.

Ils avaient tous pris de l'âge – phénomène prévisible, mais dont on ne manque jamais de s'étonner. Sal et Jarge approchaient doucement de la quarantaine. Sal, mince et robuste, s'était tout à fait remise de l'épreuve des travaux forcés. Jarge avait le nez rouge et les yeux vitreux d'un homme qui n'a jamais refusé une chope de bière. Sue avait dix-neuf ans, le même âge que Kit. Elle travaillait sur une machine à filer dans la fabrique d'Amos. Elle était plutôt jolie et Kit ne doutait pas qu'elle se marierait bientôt. Il espérait simplement qu'elle n'irait pas vivre trop loin : elle lui manquerait.

Ils savourèrent le bœuf rôti, un luxe toujours rare pour eux. Lorsque, rassasiés, ils eurent reculé leurs chaises, Kit leur parla de la proposition de Roger.

« Amos va être terriblement déçu, soupira Sal, après t'avoir confié une fonction aussi importante malgré ton jeune âge.

— Je sais, mais il est impatient de se procurer un métier Jacquard. Je pense qu'il sera très content.

— Comment sais-tu que vous en vendrez plus d'un ?

— Ce sera comme avec la spinning jenny, répondit Kit avec assurance. Dès qu'il sera disponible, tout le monde voudra le sien. Et quand tout le monde l'utilisera, on inventera autre chose.

— Cette machine va prendre le travail des tisserands, grommela Jarge.

— Comme toutes les machines, acquiesça Kit. Mais on ne peut pas les arrêter.

— Tu crois que Roger est digne de confiance ? s'inquiéta Sue, toujours prudente.

— Non, répondit Kit. Mais moi, oui. Je veillerai à ce que la machine soit construite et à ce qu'elle fonctionne correctement.

— Tout cela est bien incertain. Moi, je pense que tu ferais mieux de rester chez Amos.

— Tout est incertain, répliqua Kit. Rien ne garantit qu'Amos poursuivra ses activités. Il arrive que des manufactures ferment.

— Fais ce qui te paraît bon, répondit la jeune fille pour couper court à la discussion. Je trouve simplement dommage de tout remettre en jeu au moment où, pour la première fois de notre vie, nous commençons à être à l'aise.

— Qu'en penses-tu, Maman ? demanda Kit en se tournant vers Sal.

— Je savais que ça arriverait, dit-elle. Je le voyais venir, même quand tu étais tout petit. J'ai toujours dit que tu ferais de grandes choses. Il faut que tu acceptes l'offre de Roger. C'est ton destin. »

*

Spade aimait déjeuner au nouveau café. Les chaises étaient confortables, on y trouvait les journaux et la salle était calme et propre. En journée, il préférait cet établissement à la convivialité bruyante de l'Auberge de la Cloche – peut-être un signe de son entrée dans la quarantaine.

La clientèle était majoritairement masculine, mais ce n'était pas une règle et Cissy Bagshaw, qui avait été une éminente drapière, y était acceptée au même titre qu'un homme. Cissy s'installa en face de Spade qui buvait son café en lisant le *Morning Chronicle*. Spade l'aimait beaucoup, mais pas assez pour l'épouser, et ils avaient collaboré pour mettre fin à la grève de 1799.

« Que pensez-vous du nouveau Code civil français ? lui demanda Spade.

— De quoi s'agit-il ?

— Napoléon Bonaparte vient de promulguer un nouveau recueil de lois, meilleur que le précédent, qui s'applique à toute la France et abolit toutes les anciennes obligations coutumières ainsi que les servitudes dues aux propriétaires terriens.

— Mais que dit ce nouveau code ?

— Que toutes les lois doivent être écrites et publiées – il n'y a plus de règles tacites. Les simples coutumes n'ont plus force de loi, aussi anciennes soient-elles, à moins d'être intégrées et publiées dans le code – à la différence de notre droit coutumier anglais qui est parfois un peu vague. Pas d'exemptions spéciales ni de privilège pour qui que ce soit, quel que soit son rang – tous les hommes sont égaux aux yeux de la loi.

— Seulement les hommes.

— J'en ai bien peur. Bonaparte ne s'intéresse pas beaucoup aux droits des femmes.

— Je n'en suis pas très surprise.

— Il faudrait que nous ayons la même chose ici. Un code précis, que tout le monde puisse lire. Une idée simple, mais excellente. Bonaparte est sans doute ce qui est arrivé de meilleur à la France.

— Pas si fort! Il y a des gens ici qui vous feraient fouetter s'ils vous entendaient.

— Pardon.

— Vous savez, Spade, vous devriez vraiment être échevin. Certains en parlent déjà. Vous êtes maintenant à la tête d'une grande entreprise, une des plus importantes de la ville, et vous êtes toujours bien informé. Votre présence serait un précieux atout pour le conseil municipal. »

Spade, qui savait que l'idée était dans l'air, feignit d'être surpris.

« Vous êtes trop aimable.

— Je me suis retirée des affaires et n'ai pas envie de rester échevin très longtemps. J'aimerais proposer votre nom pour prendre ma succession. Je sais que vous êtes du côté des ouvriers, mais vous êtes toujours raisonnable et je pense que votre impartialité séduirait tout le monde. Qu'en pensez-vous?»

Les échevins étaient théoriquement élus, mais, dans les faits, un seul nom était proposé par siège, ce qui évitait d'avoir à voter. Le conseil municipal était donc une oligarchie qui se perpétuait d'elle-même, un système que Spade trouvait injuste. Il savait aussi que pour changer les choses, mieux valait agir de l'intérieur.

« Je serais très heureux de me rendre utile, dit-il.

— Je vais parler aux autres échevins, annonça-t-elle en se levant, pour tenter d'obtenir leur soutien.

— Merci, répondit-il. Bonne chance. »

Il reprit son journal, tout en réfléchissant à ce qu'elle venait de dire. La majorité des échevins étaient conservateurs, mais pas tous : il y avait aussi des libéraux et des méthodistes. Il pourrait venir grossir les rangs des réformateurs. C'était une perspective exaltante.

Spade fut encore dérangé dans ses pensées, cette fois par Roger Riddick, récemment rentré de ses pérégrinations.

« J'espère que je ne vous dérange pas pendant votre déjeuner, dit-il.

— Pas du tout, j'ai fini. Enchanté de vous voir.

— Je suis bien content d'être de retour.

— Vous m'avez l'air d'un homme qui a une idée derrière la tête.

— Vous avez raison, répondit Roger avec un éclat de rire. J'aimerais vous montrer quelque chose, si vous voulez bien.

— Entendu. »

Spade régla la note. Les deux hommes quittèrent le café et descendirent la rue principale, avant d'emprunter une voie latérale où Roger s'arrêta devant une grande maison.

« N'est-ce pas la maison de votre frère Will ? demanda Spade.

— Si, en effet», répondit Roger en tournant une clé dans la serrure.

Le vestibule était silencieux et poussiéreux. Le bâtiment donnait l'impression d'être inhabité. Roger ouvrit une porte donnant sur une petite pièce vide de meubles, qui avait dû être un cabinet de travail ou une salle à manger intime.

Tandis qu'ils faisaient le tour de la maison, la perplexité de Spade ne fit que croître. La plupart des meubles avaient disparu, même les tableaux qui avaient laissé sur les murs des traces rectangulaires là où le papier peint n'avait pas pâli. Ce n'était pas tout à fait un palais, mais plutôt une vaste maison de famille. Un bon ménage n'aurait pas été de trop.

«Que s'est-il passé? demanda Spade.

— À l'époque où mon frère était responsable des achats pour la milice de Shiring, il en a profité pour détourner de l'argent, je ne sais pas trop comment.»

Roger n'était pas d'une parfaite franchise: en réalité, il savait très bien ce qu'avait fait son frère. Cependant, il aurait été malavisé d'admettre qu'il avait été informé d'un délit de corruption. Il se montrait simplement prudent.

«Je crois savoir de quoi vous parlez, fit Spade.

— Lorsqu'il a changé de fonction, il aurait dû réduire ses dépenses mais il ne l'a pas fait. Il a dilapidé son argent en chevaux de course, en filles, en réceptions extravagantes et au jeu. Il a fini par être ruiné. Il a déjà vendu tous ses meubles et ses tableaux, et il doit maintenant vendre sa maison.

— Et vous me montrez cet endroit parce que…

— Vous êtes un des drapiers les plus riches de la ville. J'ai entendu dire que vous alliez peut-être devenir échevin. Certains pensent que vous êtes sur le point d'épouser la veuve d'un évêque. Et pourtant, vous occupez deux pièces dans un atelier situé dans la cour de la maison de votre sœur. Il est grand temps que vous ayez une demeure à vous, Spade.

— En effet, répondit Spade. Vous avez peut-être raison. »

*

Amos aimait le théâtre. Il y voyait une des plus grandes inventions de l'humanité, au même titre que la spinning jenny. Il allait voir des ballets, des pantomimes, des opéras et des spectacles d'acrobates, mais appréciait par-dessus tout le théâtre. Les pièces contemporaines étaient pour la plupart des comédies, mais il était aussi grand amateur de Shakespeare depuis qu'il avait vu *Le Marchand de Venise* dix ans auparavant.

Il se rendit au théâtre de Kingsbridge pour assister à une représentation d'*Elle s'abaisse pour vaincre*. C'était une comédie romantique remplie de quiproquos et Amos, comme le reste de l'assistance, rit aux éclats. L'actrice qui interprétait le rôle de Mlle Hardcastle était fort jolie, et particulièrement séduisante dans la scène où elle se faisait passer pour la servante d'une auberge.

À l'entracte, il croisa Jane qui avait bonne mine et qu'il trouva très en beauté. Deux semaines s'étaient écoulées depuis qu'elle s'était déshabillée dans le salon de sa maison, et il ne l'avait pas vue depuis. Peut-être son mari était-il rentré chez eux après la fin de son entraînement militaire. Ou peut-être ce qu'il s'était passé entre eux était-il destiné à rester sans lendemain.

Il espérait que c'était le cas. Il en serait désolé, mais soulagé. Il échapperait ainsi à une lutte colossale entre son désir et sa conscience. Il pourrait alors implorer le Seigneur de lui accorder un pardon miséricordieux et se consacrer à une existence sans reproche.

Comme il lui était impossible d'aborder cette question publiquement avec elle, il lui demanda des nouvelles de ses frères.

« Ils sont follement ennuyeux, répondit-elle. Ils sont tous deux devenus pasteurs méthodistes, l'un à Manchester et l'autre – vous ne me croirez pas – à Édimbourg. »

À l'entendre, on aurait cru que l'Écosse était aussi lointaine que l'Australie.

Amos ne voyait rien d'ennuyeux dans le choix de ses frères. Ils avaient fait des études avant de s'établir dans des villes animées où ils exerçaient une profession exigeante. Ces choix lui semblaient plus louables que celui de Jane, qui s'était mariée pour obtenir fortune et titre. Il garda cependant son opinion pour lui.

Après le spectacle, elle lui demanda de bien vouloir la raccompagner chez elle.

« Le vicomte Northwood n'est-il pas venu avec vous ? demanda-t-il.

— Il est au Parlement à Londres. »

Elle était donc à nouveau seule. Amos ne s'en était pas douté. S'il l'avait su, il l'aurait sans doute évitée. Ou non.

« De toute manière, Henry n'aime pas vraiment le théâtre. Les pièces de Shakespeare qui reproduisent des batailles historiques, comme celle d'Azincourt, ne lui déplaisent pas, mais il ne voit pas l'intérêt que peut avoir une histoire qui n'est pas vraie. »

Amos n'en fut pas surpris. Northwood était un homme prosaïque, intelligent mais borné, qui ne s'intéressait qu'aux chevaux, aux armes et à la guerre.

Ne pouvant repousser la requête de Jane sans être impoli, il descendit avec elle la rue principale en se demandant comment la journée allait se terminer. Malgré lui, les souvenirs de ce soir de janvier lui envahissaient l'esprit : le froissement de la soie quand sa robe était tombée au sol, son corps cambré comme un arc quand elle avait fait passer le corsage au-dessus de sa tête, le parfum de transpiration et de lavande de sa peau. Il sentit l'excitation monter en lui.

« Je sais à quoi vous pensez », dit-elle, comme si elle avait percé à jour les raisons de son silence.

Amos rougit, heureux que l'obscurité et la lumière ténue des réverbères dissimulent son visage, mais elle s'en douta.

« Vous n'avez pas à rougir. Je vous comprends », poursuivit-elle.

Il sentit qu'il avait la bouche sèche. Quand ils furent arrivés devant la porte de la maison Willard, il s'arrêta.

« Eh bien, bonne nuit, madame la vicomtesse.

— Entrez », dit-elle.

Amos savait qu'une fois à l'intérieur, il lui serait impossible de résister à la tentation. Il faillit tout de même céder, mais, au dernier moment, il serra les dents.

« Non merci », dit-il avant d'ajouter, à l'intention d'éventuelles oreilles indiscrètes : « Il est tard, je ne voudrais pas vous retenir.

— Il faut que je vous parle.

— Non, ce n'est pas vrai, répondit-il à voix basse.

— C'est très méchant de votre part.

— Je ne voulais pas être méchant.

— Regardez mes lèvres », dit-elle en s'approchant de lui. Il ne put s'empêcher de lui obéir. « Dans une minute, nous pourrions être en train de nous embrasser. Et vous pourriez m'embrasser partout. N'importe où. Partout où vous le désirez. »

Debout face à elle, crispé par ses émotions contradictoires, Amos commença à comprendre pourquoi il ne se contentait pas d'entrer dans la demeure et de lâcher la bride à son désir. Jane voulait le tenir au bout d'une corde, sur laquelle elle pourrait tirer chaque fois qu'elle aurait besoin de lui. Cette idée était humiliante.

« Vous m'offrez la moitié de vous – et même, moins de la moitié, répliqua-t-il. Serai-je condamné à assouvir le désir de mon cœur durant les absences de Northwood et à rester affamé le reste du temps ? Je ne peux pas vivre ainsi.

— Un demi-pain ne vaut-il pas mieux que pas de pain du tout ? demanda-t-elle.

— L'homme ne vit pas de pain seulement, dit Amos, citant le Deutéronome.

— Pouah, vous me rendez malade ! » s'exclama-t-elle avant de claquer sa porte.

Il fit lentement demi-tour. La cathédrale dressait sa silhouette sombre au-dessus de la place déserte. Bien que méthodiste, il la considérait toujours comme la maison du Seigneur. Pensif, il se dirigea vers la façade et s'assit sur les marches.

Il se sentait étrangement libéré, comme débarrassé d'un objet de honte. Il commençait aussi à voir Jane sous un jour nouveau. Il songea aux remarques qu'elle avait faites sur ses frères : elle les trouvait ennuyeux parce qu'ils avaient choisi de devenir pasteurs. Ses valeurs étaient complètement perverties.

Cette femme utilisait les autres. Elle n'avait jamais aimé Northwood, mais elle avait voulu posséder ce qu'il lui offrait. Puis, lorsqu'elle avait éprouvé le besoin d'être aimée, elle avait cherché à se servir d'Amos et à exploiter sa passion. C'était flagrant, même s'il avait mis longtemps à la percer à jour et à avoir le courage d'admettre la vérité. Maintenant qu'il y était parvenu, il n'était même plus certain de l'aimer. Était-ce possible ?

Il éprouvait toujours un tiraillement au cœur en pensant à elle. Peut-être serait-ce toujours le cas. Mais son obsession aveugle appartenait probablement au passé. Il envisageait maintenant l'avenir avec optimisme.

Il se leva et se retourna pour contempler la cathédrale, faiblement éclairée par les réverbères de la place.

« J'ai les idées claires à présent, dit-il tout haut. Merci. »

*

Hornbeam avait de grands projets pour Kingsbridge. La ville deviendrait un acteur industriel majeur, un lieu où se feraient de grandes fortunes et qui pourrait rivaliser avec Manchester pour le titre de deuxième plus grande ville d'Angleterre. Malheureusement, certains habitants de Kingsbridge s'obstinaient, par leurs sempiternelles objections, à faire obstacle au progrès. Spade était le pire de tous. D'où la fureur de Hornbeam quand certains proposèrent qu'il soit nommé échevin.

Il n'était pas surpris que cette suggestion ait été faite par une femme : Cissy Bagshaw.

Hornbeam était bien décidé à ce que cette idée n'aboutisse pas.

Par bonheur, Spade avait un point faible : Arabella Latimer.

Après avoir longuement réfléchi au meilleur moyen d'exploiter cette faiblesse contre Spade, Hornbeam décida de parler au nouvel évêque, Marcus Reddingcote.

Avant de se rendre à l'église le dimanche suivant, il enfila un manteau neuf, noir uni, la tenue de rigueur de tout homme d'affaires sérieux. Après l'office, il alla saluer l'évêque ainsi que son épouse hautaine, Una.

« Voici six mois que vous êtes parmi nous, madame Reddingcote, commença-t-il. J'espère que vous appréciez Kingsbridge ? »

Elle ne répondit pas par l'affirmative.

«Nous étions précédemment dans une paroisse de Londres, fit-elle. À Mayfair, voyez-vous. Très différent. Mais chacun sert où il est appelé, bien entendu.»

Kingsbridge représentait donc pour eux une forme de déchéance, en conclut Hornbeam. Avec un sourire forcé, il répondit :

«Si je peux faire quoi que ce soit pour vous être utile, n'hésitez pas à me le demander.

— C'est très aimable à vous. Nous sommes fort bien servis au palais.

— Je suis enchanté de l'apprendre.»

Hornbeam se tourna vers l'évêque, un grand homme massif comme l'étaient souvent les riches ecclésiastiques.

«Pourrais-je m'entretenir avec vous un instant, monseigneur ?

— Bien sûr.

— C'est une question quelque peu délicate», ajouta Hornbeam en jetant un regard furtif vers Mme Reddingcote.

Comprenant le sous-entendu, celle-ci s'éloigna.

Hornbeam s'approcha de l'évêque et lui dit tout bas :

«Il y a un drapier du nom de David Shoveller – vous avez peut-être entendu des gens l'appeler Spade, c'est un surnom qu'on lui donne.

— Ah, oui, je vois.

— Il intrigue pour devenir échevin.

— Approuvez-vous cette nomination ? demanda

l'évêque en regardant autour de lui comme s'il cherchait à apercevoir Spade.

— Il n'est pas ici, monseigneur. C'est un méthodiste.

— Ah.

— Mais surtout, cet homme entretient une liaison adultère, au vu et au su de la moitié de la ville.

— Juste ciel!

— Chose plus scandaleuse encore: il a pour maîtresse Arabella Latimer, la veuve de votre prédécesseur.

— Voilà qui n'est pas commun.

— Leur liaison a commencé bien avant le décès de monseigneur Latimer. Cette femme a un enfant de cinq ans dont beaucoup s'accordent à penser qu'il est le fils de Spade. L'évêque était si furieux qu'il a baptisé l'enfant Absalom. La signification de ce geste ne fera aucun mystère pour un homme aussi instruit que vous.

— Absalom a déshonoré son père, le roi David.

— En effet. Nous ne disposons évidemment d'aucune preuve d'adultère, mais je ne souhaite pas voir Spade devenir échevin de cette ville.

— Moi non plus. Mais, Hornbeam, je n'ai pas mon mot à dire dans le choix des échevins. Il me semble en revanche que l'affaire est de votre ressort, me trompé-je?»

C'était la question clé, et l'élément le plus délicat de l'argumentation de Hornbeam.

«Je suis venu vous voir en tant qu'autorité morale de Kingsbridge.

— Sans doute. Mais je ne vois pas…

— Ne pourriez-vous pas prononcer un sermon sur ce sujet ?

— Je ne puis condamner un homme en chaire sans preuve.

— J'entends bien. Mais de façon très générale ? Un sermon sur l'adultère ?

— Peut-être, réfléchit l'évêque en hochant lentement la tête. L'allusion risquerait toutefois d'être trop transparente.

— Dans ce cas, vous pourriez peut-être évoquer la nécessité de ne pas fermer les yeux sur le péché.

— Ah, cela me semble mieux. Les Écritures font plusieurs fois mention de ceux qui détournent le regard, ce qui correspond exactement à ce dont vous me parlez.

— Si un homme agit mal, les autres ne doivent pas l'ignorer – quelque chose dans cette veine ?

— Tout à fait.

— Voyez-vous, s'enhardit Hornbeam, les gens parlent souvent du péché de Spade, mais discrètement, furtivement même, sans jamais l'admettre explicitement.

— Et c'est ainsi qu'il poursuit sur cette voie, impénitent.

— Vous avez dit le mot juste, monseigneur.

— Hum. »

Hornbeam n'avait pas encore tout à fait atteint son but. Il lui fallait un engagement précis.

« Vous n'auriez qu'à rappeler qu'un pécheur notoire ne devrait pas être nommé à une position prestigieuse, insista-t-il. Inutile de formuler des accusations. Les gens comprendront à demi-mot.

— J'y réfléchirai. En tout cas, je vous remercie d'avoir attiré mon attention sur ce problème. »

Hornbeam ne parviendrait pas à en tirer davantage. Il ne lui restait qu'à l'accepter et à espérer.

« Je vous en prie, monseigneur. »

*

Spade annonça à Arabella qu'il avait quelque chose à lui montrer et lui demanda de le retrouver devant le numéro 15 de la rue des Poissons. Roger Riddick lui avait confié la clé.

Arrivé en avance, il musarda en attendant qu'elle le rejoigne, puis ouvrit la porte et la fit entrer.

« Jetons un coup d'œil, veux-tu ? » proposa-t-il.

Sans doute avait-elle compris ce qu'il avait en tête, mais elle ne posa pas de question. Ils visitèrent la maison ensemble. Elle avait grand besoin de travaux : certaines vitres étaient fêlées et les sols étaient maculés de taches. La cuisine et le reste du sous-sol étaient sombres et malpropres, et il y avait un rat mort dans l'office.

« Cette maison a besoin d'un sérieux nettoyage, dit Arabella.

— Et d'une bonne couche de peinture. »

Le rez-de chaussée était occupé par un vaste salon. Au premier étage, une grande chambre à coucher était flanquée sur un côté d'un boudoir pour madame et sur l'autre d'une garde-robe pour monsieur. À l'étage supérieur se trouvaient des chambres pour les enfants et les domestiques. Les fenêtres étaient grandes et les cheminées généreuses.

« Cela pourrait faire une très belle maison, reconnut Arabella.

— Elle est à vendre. Te plairait-elle ?

— Que veux-tu dire exactement ? » demanda-t-elle avec un demi-sourire.

Lui prenant les mains, il déclara :

« Arabella, femme merveilleuse, veux-tu m'épouser ?

— David Shoveller, homme merveilleux, aurais-tu oublié que je suis ton aînée de huit ans ?

— Est-ce un oui ?

— C'est même un oui, s'il te plaît !

— Et voudrais-tu que nous vivions dans cette maison ? Serais-tu heureuse ici ?

— Follement heureuse, mon amour.

— Nous devrons attendre jusqu'à la fin de ton année de deuil.

— Le 13 septembre.

— Tu connais la date exacte !

— Une dame ne devrait pas se montrer aussi impatiente, mais je n'y peux rien.

— C'est dans six mois.

— Si tu l'achètes maintenant, nous aurons tout le temps de la faire nettoyer et repeindre, de choisir des meubles, d'accrocher des rideaux et tout le reste. »

Ils s'embrassèrent et Spade fit semblant de jeter des regards furtifs autour de lui. « Il me semble que nous sommes seuls...

— Quelle chance! Mais le sol me paraît dur, et guère propre.

— Ce n'est pas grave, tu n'as qu'à te mettre sur moi.

— J'ai parlé avec d'autres femmes…

— Qu'ont-elles dit? fit Spade en souriant, curieux d'entendre la suite.

— Elles m'ont décrit quelque chose que font les prostituées, poursuivit-elle, avec un sourire à la fois espiègle et pudique. Je n'en avais jamais entendu parler. Elles l'ont peut-être même inventé, mais…

— Mais quoi?

— J'aimerais bien essayer.»

Ce genre de propos avait l'art d'exciter Spade.

«De quoi s'agit-il?

— Elles le font avec leur bouche.

— J'en ai entendu parler, moi aussi.

— Est-ce qu'une femme te l'a déjà fait?

— Non.

— Si j'ai bien compris, elles vont jusqu'au bout… Si tu vois ce que je veux dire.

— Je vois, oui, répondit Spade, le souffle court.

— J'aimerais bien essayer.

— Alors fais-le. Je t'en prie.

— Tu veux vraiment?

— Tu n'imagines pas à quel point.»

30

Le juge de la cour d'assises avait un visage maigre et méchant comme celui d'un vautour, songea Spade. Ses yeux étaient rapprochés de son nez busqué qui faisait penser à un bec crochu. Lorsqu'il prit place dans la salle de l'hôtel de ville, il baissa la tête et écarta les bras pour revêtir sa robe, comme les ailes d'un rapace s'apprêtant à se poser. Puis il parcourut du regard les gens rassemblés devant lui comme s'ils étaient ses proies.

Peut-être n'est-ce que le fruit de mon imagination, se dit Spade. Peut-être est-ce un bon vieillard, qui fait preuve d'indulgence aussi souvent qu'il le peut. Le visage n'est pas toujours le reflet du caractère d'un homme.

Mais c'est souvent le cas.

En tout état de cause, le juge ne serait pas seul à décider de la culpabilité de Tommy. Cette responsabilité incombait au jury. Spade observa, accablé, les douze notables élégamment vêtus qui prêtaient serment. Comme toujours, c'étaient des commerçants et des négociants prospères : les personnes les moins susceptibles de fermer les yeux sur un vol à l'étalage.

Pendant qu'ils prononçaient leur serment, Cissy Bagshaw se tourna vers Spade.

« Je suis désolée que vous n'ayez pas été nommé échevin, lui chuchota-t-elle. J'ai fait tout mon possible.

— Je sais, et je vous en remercie.

— C'est à cause du sermon de l'évêque, je le crains.

— Un pécheur ne devrait pas être nommé à une position de pouvoir et de responsabilité, cita Spade en hochant la tête.

— Quelqu'un a dû l'influencer.

— C'est forcément Hornbeam. Je n'ai pas d'autre ennemi.

— Vous avez sûrement raison. »

Sa première incursion en politique avait donné à Spade une douloureuse leçon. Il s'en voulait de n'avoir pas prévu la force de l'opposition de Hornbeam et son absence de scrupules. S'il devait se risquer un jour à faire une nouvelle tentative, il devrait commencer par trouver le moyen de neutraliser ses ennemis.

Quand ils eurent tous prêté serment, les jurés s'assirent.

Si Tommy était jugé coupable – ce qui paraissait presque inévitable –, le juge déciderait de sa peine. C'était là que la clémence avait peut-être une chance de s'imposer. Il était inhabituel qu'un enfant soit pendu – inhabituel, mais pas inédit. Spade pria pour que le juge soit moins méchant qu'il n'en avait l'air.

La salle d'audience était remplie, l'atmosphère étouffante et l'humeur sombre. Jenn Pidgeon se tenait au premier rang de la foule de spectateurs debout, les yeux rougis par les larmes, ses doigts dépliant et repliant continuellement les extrémités de la ceinture qu'elle avait nouée autour de sa taille. Spade avait du mal à imaginer pire épreuve que d'attendre de savoir si votre enfant allait être exécuté.

Spade avait pensé que Hornbeam s'abstiendrait de venir. Sa cruauté à l'égard de Jenn avait déjà fait jaser dans la ville, et quelle qu'en fût l'issue, ce procès ne pouvait qu'être pénible pour lui. Mais il était là, l'air fier et provocant. Quand il croisa le regard de Spade, ses lèvres se tordirent en un demi-sourire triomphant. C'est vrai, pensa Spade, vous avez gagné cette bataille.

Il était déçu, mais pas désespéré. Il était tout de même furieux qu'on se soit servi de sa liaison avec Arabella pour lui mettre des bâtons dans les roues. Ils vivaient dans le péché, il ne pouvait pas le nier, et cette situation était répréhensible. Il avait cependant l'impression que c'était Arabella qui avait été humiliée. Les gens avaient parlé d'elle et estimé qu'elle portait atteinte à son honneur. Et cela, il ne le pardonnerait jamais à Hornbeam.

Mais il se rappela que ses soucis personnels étaient insignifiants au moment où l'on fit entrer Tommy.

Les assises ne se tenaient que deux fois par an, et Tommy avait passé les derniers mois à la prison de Kingsbridge. Ce n'était pas la place d'un enfant. Il semblait avoir maigri et avait l'air complètement abattu. Spade fut submergé par une vague de pitié. Peut-être sa triste mine lui vaudrait-elle la compassion du jury. Cependant, rien n'était moins sûr.

Les témoignages étaient les mêmes qu'à l'audience précédente. Josiah Blackberry décrivit le vol et l'arrestation. Elsie Mackintosh confirma son récit tout en insistant sur le fait que l'enfant mourait de faim parce que son père avait été enlevé par les hommes de la presse et que sa mère s'était vu refuser l'aide aux indigents. Hornbeam, le Surveillant des pauvres, se drapa dans une indignation hautaine et garda le silence.

Les jurés connaissaient déjà l'histoire. Le renvoi de Tommy aux assises avait été relaté par la *Kingsbridge Gazette* et ceux qui n'avaient pas été présents à la cour de justice trimestrielle en avaient appris tous les détails de ceux qui y avaient assisté. Sans doute s'étaient-ils déjà fait une opinion depuis longtemps.

Quoi qu'il en fût, il ne leur fallut que quelques minutes pour trancher : ils déclarèrent Tommy coupable.

Le juge prit alors la parole.

« Messieurs les jurés, vous avez pris une décision qui, à mon sens, était la seule possible, dit-il d'une voix sèche et éraillée. Vous avez accompli votre devoir et il m'incombe à présent d'infliger au coupable la sanction appropriée. »

Il s'interrompit un instant et toussa dans le creux de sa main. On aurait entendu une mouche voler.

« Certains ont voulu présenter Thomas Pidgeon comme la victime, plutôt que l'auteur du crime. Ils ont cherché à mettre en cause la brigade de la presse, ainsi que les responsables de l'aide aux indigents, et même le gouvernement de Sa Majesté. Mais ce n'est pas la brigade de la presse que l'on juge aujourd'hui, pas plus que le système de l'aide aux indigents, et encore moins le gouvernement. Il s'agit du procès de Thomas Pidgeon et de nul autre. »

Il se tourna vers Elsie.

« Nous pouvons éprouver de la compassion pour ceux que le malheur accable, mais cela ne les autorise pas à voler le bien d'autrui, ce ne sont là que sornettes. »

Il s'interrompit à nouveau et ses mains bougèrent discrètement, à l'abri des regards. Quand il leva les bras, tout le monde vit qu'il avait enfilé des gants de coton noir.

Jenn Pidgeon hurla.

« Que Dieu nous protège », s'écria Spade tout haut.

Le juge sortit un calot noir qu'il posa sur sa perruque.

Jenn fut secouée de sanglots irrépressibles et des remarques hostiles s'élevèrent de l'assistance, mais le juge resta de marbre. De sa voix éraillée, il annonça :

« Thomas Pidgeon, en vertu de la loi, vous serez reconduit là où vous étiez avant de venir dans cette salle. De là, vous rejoindrez un lieu d'exécution où vous serez pendu par le cou jusqu'à ce que mort s'ensuive. »

Plusieurs personnes pleuraient à chaudes larmes. Mais il n'avait pas fini.

« Jusqu'à ce que mort s'ensuive », répéta-t-il. Puis

une troisième fois : « Jusqu'à ce que mort s'ensuive. Et que le Seigneur ait pitié de votre âme. »

Tandis que l'on traînait Jenn Pigeon hors de la salle, Spade se leva et déclara d'une voix sonore :

« Monsieur le juge, permettez-moi de vous informer qu'il sera interjeté appel de cette condamnation devant le roi. »

Une rumeur approbatrice monta de la foule.

« J'en prends note, répondit le juge d'un ton indifférent. La sentence ne sera pas exécutée avant réception de la réponse de Sa Majesté. Affaire suivante. »

Spade sortit.

Il se rendit à sa manufacture pour vérifier le travail, mais il avait du mal à se concentrer. N'ayant jamais eu à engager de procédure d'appel, il ne savait pas trop comment faire.

À midi, il se rendit au Café de la Grand-Rue. Il but un café qui lui éclaircit les idées. Il aurait besoin d'aide pour rédiger l'appel, et le mieux serait de le faire signer par plusieurs notables. Tandis qu'il réfléchissait, des hommes commencèrent à arriver pour déjeuner. Spade reconnut l'échevin Drinkwater. Il avait plus de soixante-dix ans et il marchait avec une canne, mais son pas restait vif malgré une légère boiterie et son esprit était plus alerte que jamais. Spade s'approcha de lui.

Drinkwater commanda un bifteck et une chope de bière. Il avait assisté à l'audience.

« Hornbeam et ce juge sont des scélérats, fulmina-t-il. Envoyer un enfant au gibet !

— Accepteriez-vous d'associer votre nom à la

demande d'appel au roi? Cette lettre aurait de meilleures chances avec la signature d'un ancien maire.

— Très volontiers.

— Merci.

— Les seules paroles chrétiennes qu'a prononcées ce juge ont été : "Que le Seigneur ait pitié de votre âme." Franchement, où va le monde?

— Nous devons trouver d'autres signataires, reprit Spade, heureux de constater que quelqu'un partageait sa colère.

— Vous pouvez compter sur mon gendre Charles, j'en suis sûr. À qui d'autre pouvons-nous nous adresser?

— Amos signera. Mais il faut éviter de n'avoir que des méthodistes. Je demanderai à Mme Bagshaw.

— Bonne idée. Nous aurons ainsi deux commerçants de Kingsbridge, que nul ne pourra soupçonner d'indulgence à l'égard d'un voleur.

— Je ne pense pas que Northwood accepte de nous aider.

— Moi non plus, répondit Drinkwater, dubitatif, néanmoins cela vaut la peine d'essayer.

— Votre petite-fille réussirait peut-être à le convaincre.

— Jane? Je ne suis pas sûr qu'elle ait une grande influence sur son mari, mais je lui poserai la question.

— J'ai besoin de conseils pour rédiger l'appel. Il y a sûrement des règles à suivre.

— Les avocats sont là pour ça. Adressez-vous à Parkstone. »

Il y avait trois avocats à Kingsbridge, qui se consacraient essentiellement aux transactions immobilières, aux successions et aux querelles de bornage entre les fermiers de Shiring. Parkstone était le plus âgé des trois.

« J'y vais de ce pas, annonça Spade.

— Ne voulez-vous pas manger un morceau ?

— Non, répondit Spade. Je serais incapable d'avaler quoi que ce soit pour le moment. »

*

Kit démissionna de son poste de directeur des deux manufactures Barrowfield. Amos le regrettait, mais il accepta cette décision de bonne grâce et dit que si cela lui permettait d'acheter le premier métier Jacquard d'Angleterre, ce serait une consolation. Il demanda aussi à Kit de continuer à travailler pour lui pendant un mois, le temps de lui trouver un successeur. Kit accepta, soulagé que son départ ne provoque pas de ressentiment.

Le mois touchait à sa fin lorsque Kit reçut une lettre – la première de sa vie.

Elle arriva un samedi et l'attendait chez lui à son retour de la manufacture. Les voisins lui apprirent qu'elle avait été apportée par un soldat chargé d'un sac de toile qui semblait rempli d'enveloppes.

Elle l'informait qu'il était enrôlé dans la milice.

Il fut pris de nausée. Il n'avait jamais aimé se battre et craignait d'être parfaitement incompétent.

Il aurait dû s'y attendre car il était mobilisable

depuis ses dix-huit ans, mais il n'y avait simplement jamais pensé.

Au dîner, il en discuta avec sa famille.

« Je vais détester l'armée, annonça Kit. Je sais bien que nous devons défendre notre pays, mais je serai le pire soldat au monde.

— Ça t'endurcira un peu, lança Jarge avant d'ajouter devant le regard réprobateur de Sal : Ne le prends pas mal, mon gars.

— La milice n'est pas l'armée, remarqua Sal. Elle ne peut pas être envoyée à l'étranger. Elle doit rester au pays pour défendre l'Angleterre en cas d'invasion.

— Ce qui pourrait se produire n'importe quand ! s'exclama Kit. Bonaparte a deux cent mille hommes qui attendent de traverser la Manche. »

Même sans invasion, tous ses projets de fabrication de métiers Jacquard avec Roger tomberaient à l'eau. Il perdrait non seulement de l'argent, mais surtout le plaisir de travailler avec l'homme qu'il appréciait le plus au monde.

« Ce n'est pas obligatoirement toi qui devras nous défendre contre Bonaparte, reprit Sal. Normalement, tu devrais avoir le droit de payer quelqu'un pour prendre ta place. Ce n'est même pas tellement cher. Des centaines d'hommes l'ont déjà fait. Autant laisser l'armée aux gars qui fréquentent l'Auberge de l'Abattoir, puisqu'ils aiment la bagarre.

— Encore faudrait-il trouver quelqu'un qui accepte.

— Ce ne sera pas difficile. Les chômeurs sont nombreux, et beaucoup sont endettés. Grâce à toi, l'un d'eux pourra rembourser ce qu'il doit et obtenir un emploi. Dans la milice, la solde n'est pas très élevée, mais on est nourri, logé et l'uniforme est fourni. Ce n'est pas une si mauvaise affaire pour un jeune homme en difficulté.

— Je commencerai à poser la question autour de moi demain.»

Le lendemain était un dimanche. À la Salle méthodiste, après le service de communion, Kit fut abordé par le capitaine Donaldson qui l'attira à l'écart. Kit se demanda ce qu'il lui voulait.

«Je sais que ton nom a été tiré au sort», lui dit Donaldson.

Kit poussa intérieurement un soupir de soulagement: Donaldson l'aiderait peut-être à échapper à la conscription.

«Je ne ferai pas un bon soldat, lui avoua-t-il. Je déteste la violence. Je cherche quelqu'un pour me remplacer.

— Je regrette de te décevoir, répondit Donaldson d'un ton solennel, mais je préfère te dire tout de suite que ça ne sera pas possible.»

Kit fut consterné. Il avait l'impression d'être plongé dans un cauchemar dont il était incapable de se réveiller. Scrutant le visage de Donaldson, il vit que l'homme ne plaisantait pas. Il était tout à fait sincère.

«Mais pourquoi? Je croyais que des centaines d'hommes le faisaient?

— Tu as raison, mais le remplacement est toujours à la discrétion du commandant, et dans ton cas le colonel Northwood s'y opposera.

— Pourquoi ? Qu'a-t-il contre moi ?

— Rien. Au contraire. Il sait qui tu es, il a eu vent de tes compétences et il te veut dans sa milice. Les jeunes voyous avides d'en découdre ne manquent pas. Ce qu'il nous faut, ce sont des hommes intelligents.

— C'est-à-dire que je suis fichu ?

— Essaie de voir les choses autrement. Tu es ingénieur mécanicien. Je peux te promettre que tu passeras lieutenant dans les six mois. C'est une proposition du colonel en personne.

— Ingénieur ? Et je ferai quoi ?

— Par exemple, nous pourrions avoir à faire traverser rapidement un fleuve sans pont à dix mille hommes et vingt canons lourds.

— Il faudrait construire un pont flottant, sans doute.

— Tu vois pourquoi on a besoin de toi ? » répondit Donaldson avec le sourire d'un homme qui vient d'abattre un atout.

Kit prit conscience qu'il venait de sceller son destin.

« Oui, je crois que je vois, murmura-t-il sombrement.

— Les soldats sont recrutés pour la durée de la guerre qui risque de se prolonger pendant de nombreuses années encore. Mais en tant qu'officier, tu pourras démissionner de la milice dans trois à cinq ans. Et la solde des officiers est bien meilleure.

— Je ne me ferai jamais à la vie militaire.

— Notre pays est en guerre, Kit. Je te connais depuis longtemps : tu es mûr pour ton âge. Pense à ta responsabilité envers l'Angleterre. Bonaparte a envahi la moitié de l'Europe. C'est uniquement grâce à nos forces armées qu'il ne règne pas sur nous – pas encore. S'il nous envahit, ce sera à la milice de le repousser.

— N'en dites pas plus. Vous ne faites qu'assombrir le tableau. »

Donaldson se leva et lui tapa sur l'épaule.

« Tu apprendras beaucoup de choses dans la milice. Essaie d'y voir une chance. »

Il s'éloigna.

Kit enfouit son visage entre ses mains. Sans s'adresser à personne, il murmura : « Plutôt une condamnation à mort. »

*

Spade se rendit sur les quais pour superviser le chargement d'une barge à destination de Combe. Le batelier était un homme aux cheveux gris d'une cinquantaine d'années, à l'accent londonien. Spade ne le connaissait pas, mais il se présenta sous le nom de Matt Carver. Comme il peinait à soulever les lourdes balles de tissu, Spade lui prêta main-forte. Le batelier devait s'interrompre fréquemment pour reprendre son souffle.

Au cours d'une de ces pauses, l'homme s'exclama :

« Nom d'une pipe ! Cet homme là-bas en manteau noir, ce ne serait pas Joey Hornbeam ?

— On l'appelle M. l'échevin par ici, répondit Spade en suivant la direction qu'il indiquait, mais il me semble qu'en effet, son prénom est Joseph.

— Ça alors, un échevin ! Avec sur le dos un manteau qui a dû coûter l'équivalent de trois mois de salaire d'un ouvrier. Il est comment maintenant ?

— Sans cœur.

— Ah, ça n'a jamais été un tendre, c'est sûr.

— Vous le connaissez ?

— Je l'ai connu. J'ai grandi dans un quartier de Londres qu'on appelle Seven Dials. On avait le même âge, Joey et moi.

— Vous étiez pauvres ?

— Pire que ça. On était des voleurs et tout ce qu'on avait, on l'avait volé. »

Spade fut intrigué : Hornbeam avait été un voleur ?

« Et vos parents ? demanda Spade.

— J'ai été abandonné tout bébé. Joey a eu sa mère jusqu'à ses douze ans environ. Lizzie Hornbeam. Elle aussi, c'était une voleuse. Sa spécialité, c'étaient les vieux. Elle mendiait une pièce et avant que l'ancêtre ait eu le temps de dire non – ou même oui –, elle lui avait déjà fauché sa montre en or dans la poche de son gilet. Mais un jour, elle a fait l'erreur de s'en prendre à un homme plus rapide qu'elle. Il l'a attrapée par le poignet et il ne l'a plus lâchée.

— Que lui est-il arrivé ?

— Elle a été pendue.

— Juste ciel, s'écria Spade. Je me demande si c'est pour cela que Hornbeam est devenu comme il est.

— C'est sûr. On est allés la voir tous les deux », poursuivit le batelier. Son regard se voila et Spade devina qu'il revoyait en esprit l'exécution. « J'étais à côté de Joey quand sa mère est tombée. Y en a qui meurent facilement, la nuque brisée, mais elle n'a pas eu de chance. Il lui a fallu plusieurs minutes pour mourir étranglée. Un spectacle horrible : la bouche ouverte, la langue pendante, elle s'est même pissé dessus. Quelle chose horrible pour un fils. Voir une chose pareille, à cet âge.

— J'en aurais presque de la peine pour lui, dit Spade, glacé d'horreur.

— Vous donnez pas ce mal, répliqua le batelier. Il ne vous remerciera pas. »

31

À Kingsbridge, les noces de Spade avec Arabella Latimer furent le mariage non conformiste de l'année. La Salle méthodiste était bondée – un nouveau local, deux fois plus vaste, était encore en construction – et un petit attroupement s'était même formé à l'extérieur, malgré le côté sulfureux de leur union et l'atmosphère de péché tacite et de honte à demi dissimulée qui l'entourait. À moins, songeait Spade, que les gens n'aient justement été attirés par ce parfum de scandale émoustillant, à la fois condamnable et fascinant. Il ne devait plus rester grand monde en ville qui n'ait entendu dire qu'Arabella avait été la maîtresse de Spade avant la mort de son mari – bien avant. Peut-être certains étaient-ils venus marquer leur désapprobation avec force froncements de sourcils et claquements de langue. Pourtant, en promenant son regard sur l'assemblée, Spade eut l'impression que la plupart étaient venus présenter de sincères vœux de bonheur au couple.

C'était le lundi 30 septembre 1805.

Arabella portait une robe neuve en soie marron

glacé – une couleur qui, avait remarqué Spade, mettait son teint en valeur. Il ne pouvait s'empêcher de penser au corps que dissimulait cette robe, ce corps qu'il connaissait si bien. Il avait adoré la mince silhouette adolescente et la peau parfaite de Betsy ; maintenant, il adorait le corps plus mûr d'Arabella, ses douces rondeurs, ses plis et ses rides, les mèches blanches qui parsemaient sa chevelure acajou.

Spade lui-même s'était fait couper les cheveux et portait une veste d'un bleu marine profond qui, disait Arabella, donnait un éclat particulier à ses yeux bleus.

Kenelm Mackintosh, le gendre d'Arabella, était son unique parent de sexe masculin, mais en tant que doyen il ne pouvait pas participer à une cérémonie méthodiste : ce fut donc Elsie qui conduisit sa mère à l'autel. Elle tenait la main du petit Abe, âgé de cinq ans, qui portait un costume bleu flambant neuf composé d'un pantalon et d'une veste qui se boutonnaient ensemble. Cette tenue, souvent portée par les petits garçons à l'époque, était appelée un « costume-squelette » en raison de sa forme près du corps.

Le pasteur Charles Midwinter prononça un bref sermon sur le thème du pardon. Le texte était tiré de l'Évangile selon Matthieu : « Ne jugez point, afin que vous ne soyez point jugés. » Le pardon était essentiel dans la vie conjugale, expliqua Charles ; il était impossible dans les faits que deux personnes vivent ensemble pendant un certain temps sans jamais se blesser, et il fallait éviter de laisser ces plaies suppurer. Le même principe, poursuivit-il, s'appliquait plus généralement à toute l'existence. Spade vit dans ce discours une manière d'affirmer que désormais, Arabella et lui ayant décidé de se marier, il convenait d'oublier leurs péchés.

Au lieu de se concentrer sur le sermon, Spade ne cessait de regarder Arabella. Des années auparavant, ils s'étaient déclaré qu'ils voulaient former un couple pour toujours, que leur liaison était un engagement pour la vie ; et le temps n'avait fait que renforcer ce serment. Il était sûr d'elle, et savait qu'elle éprouvait la même certitude à son égard. Pourtant, il était étrangement ému de sceller cette promesse devant Dieu et devant ses amis et ses voisins. Il n'avait aucune inquiétude à apaiser, aucun doute à dissiper ; il n'avait pas besoin d'être rassuré sur la pérennité de l'amour qu'elle lui vouait. Et pourtant, les larmes lui montèrent aux yeux quand elle accepta de le prendre pour époux jusqu'à ce que la mort les sépare.

Ils entonnèrent le psaume 23, « Le Seigneur est mon berger ». Spade était un si piètre chanteur qu'on lui avait déjà demandé de baisser le ton pour ne pas déranger les autres, mais cette fois personne ne lui reprocha de chanter ce cantique à pleins poumons, et faux.

Ils sortirent de la Salle, suivis de l'assemblée des fidèles. Tous étaient invités dans leur nouvelle demeure. On servit à boire et à manger dans le vestibule. Elsie s'était chargée de passer les commandes et Spade les avait réglées. La maison sentait encore la peinture et était pleine de meubles qu'il avait choisis avec Arabella. Spade n'avala pas une bouchée : tout le monde étant désireux de lui parler, il n'avait pas le temps de manger. Il remarqua qu'Arabella était dans le même cas que lui. Il était heureux de recevoir toutes ces félicitations.

Au bout de deux heures, Elsie persuada les invités de s'en aller. Elle disposa sur une table de salon de la nourriture qu'elle avait mise de côté avec une bouteille de vin, puis elle souhaita bonne nuit à sa mère et à Spade, et repartit. Quand la maison fut enfin vide, Spade et Arabella s'assirent côte à côte sur un divan, avec une assiette et un verre. Les fenêtres ouvertes laissaient pénétrer l'air doux de cette soirée de septembre. Quand ils eurent fini de manger, ils restèrent assis main dans la main, laissant le crépuscule assombrir lentement les coins de la pièce avant d'envahir tout l'espace.

« Nous sommes sur le point de faire quelque chose que nous n'avons jamais fait : dormir l'un à côté de l'autre et nous réveiller ensemble demain matin, dit Spade.

— N'est-ce pas merveilleux ? répondit Arabella.

— Je ne pourrais rêver mieux », acquiesça Spade.

*

Amos se présenta au doyenné, un registre à la main. Il tenait les comptes de l'école du dimanche et, tous les trimestres, il les vérifiait avec Elsie. Les professeurs étaient bénévoles et les repas financés par des dons, mais l'école avait tout de même besoin d'argent pour acheter des livres et du matériel d'écriture, et les donateurs devaient savoir quel usage était fait de leur argent.

Elsie était toujours heureuse de voir Amos. À trente-deux ans, il était plus séduisant que jamais. Elle rêvait souvent de l'avoir pour mari, au lieu de Kenelm. Ce jour-là, pourtant, elle était nerveuse. Elle avait quelque chose d'important à lui dire. Elle aurait préféré ne pas avoir à le faire, mais mieux valait qu'il l'apprenne de la bouche de quelqu'un qui l'aimait.

Elle lui offrit un verre de sherry qu'il accepta. Ils s'assirent côte à côte à la table de la salle à manger et, ensemble, ils consultèrent le registre. Elle huma son discret parfum de bois de santal. Les chiffres ne lui inspirèrent aucune inquiétude : elle n'aurait pas de mal à lever les fonds dont ils avaient besoin.

Quand il referma le registre, elle aurait dû lui annoncer immédiatement la nouvelle mais elle était trop tendue.

« Comment vous en sortez-vous sans Kit ? lui demanda-t-elle. C'était votre bras droit.

— Il me manque. Hamish Law est toujours chez moi, mais je cherche quelqu'un qui comprenne le fonctionnement des machines.

— Je serais surprise que Kit apprécie la vie militaire.

— Je crois que le colonel Northwood est très content de l'avoir.

— Oui, j'en suis certaine », approuva-t-elle.

C'était l'occasion ou jamais, et elle s'arma de courage.

« À propos de Northwood... » Elle eut le plus grand

mal à empêcher sa voix de trembler. «Saviez-vous que Jane attendait un enfant?»

La nouvelle fut accueillie par un long silence.

«Seigneur», murmura-t-il enfin.

Il la regarda alors et elle chercha à déchiffrer son expression. Il était pâle et semblait pris d'une vive émotion, mais elle ne savait pas laquelle.

Il remua les lèvres comme pour parler.

«Après tout ce temps, finit-il par ajouter après quelques instants.

— Cela fait neuf ans qu'ils sont mariés», renchérit-elle d'une voix plus assurée.

Belinda Goodnight et les commères du village prétendaient que Jane était incapable de concevoir – elle était «bréhaigne», disaient-elles. Elles supposaient aussi que Northwood était incapable d'engendrer un enfant, et que le vrai père était donc forcément un autre. À la vérité, elles n'en savaient rien.

«Ils espèrent sans doute un garçon, dit Elsie pour combler le silence. Northwood et son père veulent certainement un héritier.

— Pour quand la naissance est-elle prévue? demanda Amos.

— Bientôt, je crois.

— Un enfant les rapprochera peut-être, suggéra Amos, songeur.

— Peut-être.»

Northwood et Jane avaient toujours vécu de longues périodes de séparation.

«Jane ne s'est jamais donné beaucoup de mal pour dissimuler son insatisfaction», ajouta Amos.

Depuis quelques mois, Elsie avait eu l'impression qu'Amos ne s'intéressait plus à Jane avec la même passion qu'autrefois. Elle s'était demandé si quelque chose avait changé. Sans doute avait-elle pris ses désirs pour des réalités. De toute évidence, la nouvelle bouleversait Amos.

Une autre hypothèse des commères était qu'Amos était le père de l'enfant de Jane.

Une idée complètement invraisemblable, selon Elsie.

*

Dans un pré à huit kilomètres de Kingsbridge, Kit apprenait à cinq cents nouvelles recrues à se former en carré.

Sur le champ de bataille, l'infanterie avançait habituellement en ligne. C'était une formation efficace, sauf en cas d'attaque de la cavalerie : les cavaliers pouvaient facilement contourner leur ligne pour les attaquer par-derrière. Le seul moyen de déjouer une attaque de cavalerie était de former un carré.

Si l'on ordonnait à une ligne de soldats de former un carré sans autres instructions, ils s'agitaient en tous sens pendant une demi-heure, et l'ennemi avait largement le temps de les massacrer. Aussi existait-il une méthode de base.

Les hommes étaient divisés en huit ou dix compagnies, chacune dirigée par deux ou trois sergents et autant de lieutenants. Ceux qui se trouvaient au centre de la ligne restaient en place pour former l'avant du carré. Les deux ailes se repliaient pour former les côtés, tandis que les grenadiers d'élite et les compagnies d'infanterie légère se précipitaient pour constituer la base. Les sergents vérifiaient que les rangs étaient droits à l'aide de leurs hallebardes.

Les hommes se tenaient à un mètre de distance l'un de l'autre jusqu'à ce qu'ils soient vingt-cinq. Ils constituaient ensuite un deuxième rang. Quand quatre lignes avaient été formées, les deux rangées du devant s'agenouillaient, pendant que les deux autres restaient debout. Les officiers et l'équipe médicale prenaient place au centre du carré.

Kit passa trois heures à expliquer aux hommes comment former une ligne, se ranger en carré, revenir en ligne, puis se remettre en carré. Avant la fin de la matinée, ils étaient capables de former un carré en cinq minutes.

Au combat, la ligne avant faisait feu, puis courait à l'arrière pour recharger les armes.

Ils devaient tirer quand la cavalerie était à trente mètres. S'ils tiraient plus tôt, ils manqueraient leurs cibles et seraient en train de recharger au moment où la cavalerie arriverait sur eux et les faucherait. S'ils tiraient plus tard, ils seraient renversés par les hommes et les chevaux blessés, et la ligne serait rompue.

Kit leur enseigna qu'ils pouvaient résister à une charge de cavalerie s'ils restaient calmes et maintenaient leur formation. N'ayant aucune expérience du combat, il devait prendre un ton faussement convaincu. Quand il s'imaginait debout sur un côté du carré, face à des centaines d'hommes montés sur de puissants chevaux de bataille en train de charger au galop, pistolets braqués sur lui, longues épées tranchantes brandies pour le percer de part en part, il était à peu près certain qu'il lâcherait son mousquet et s'enfuirait à toutes jambes.

*

Le baptême de l'enfant de Jane fut un grand événement. Les cloches de la cathédrale sonnèrent une longue séquence complexe qui avait exigé de Spade et de ses sonneurs d'interminables répétitions. Tous les gens importants du comté étaient là dans leurs plus beaux atours. Le soleil brillait à travers les vitraux et la nef était pleine de fleurs. Le comte de Shiring en personne était venu, sa haute silhouette un peu voûtée désormais, visiblement heureux de voir sa lignée prolongée. On chanta des cantiques et des prières d'action de grâce, et la chorale fit merveille.

Amos avait les yeux rivés sur le vicomte Northwood, qui ressemblait de plus en plus à son père à l'approche de la quarantaine. Sa chevelure bouclée commençait à se dégarnir, dessinant un M sur son front. Il paraissait tellement fier de lui qu'Amos fut convaincu qu'il n'éprouvait aucun soupçon quant à sa paternité.

Amos lui-même ignorait le fin mot de l'histoire. Il aurait aimé poser la question à Jane, mais n'avait pas eu l'occasion de lui parler. Il n'était pas certain, au demeurant, qu'elle lui aurait dit la vérité. Elle ne la savait peut-être pas elle-même. Elle lui avait avoué franchement que Northwood et elle faisaient rarement l'amour – rarement ne voulait cependant pas dire jamais. Elle ne l'avait fait qu'une fois avec Amos, mais cela pouvait suffire. S'y ajoutait la possibilité qu'il n'ait pas été son seul amant.

Quelle que fût la vérité, Amos était convaincu que le soir de l'orage, quand Jane était venue chez lui, elle voulait tomber enceinte. Et elle tenait à en être sûre, ce qui expliquait sa colère quand il avait repoussé ses avances la seconde fois. Son éventuelle affection pour lui n'y était pour rien, pas plus que son désir. Elle n'avait fait qu'utiliser Amos dans l'espoir de concevoir un héritier. Elle voulait être la mère d'un comte.

Jane tenait le bébé dans ses bras, enveloppé d'un châle blanc de laine moelleuse qui, à l'œil averti d'Amos, ressemblait à du cachemire. Elle était aussi élégante qu'à l'accoutumée, en pelisse, avec un bonnet noué sous le menton et un double rang de perles autour du cou, mais elle semblait épuisée. La naissance avait dû être éprouvante, c'était souvent le cas, d'après ce qu'Amos en savait. Jane devait cependant être soulagée. Les femmes de l'aristocratie incapables d'avoir des enfants étaient parfois traitées comme si elles s'étaient dérobées à leurs responsabilités. Elle avait échappé à ce destin. Désormais, plus personne ne pourrait la dire bréhaigne.

La cérémonie fut célébrée par l'évêque Reddingcote. Il se rengorgeait en grande tenue liturgique, avec une chape blanche qui lui tombait aux chevilles et une longue étole pourpre. Il tenait un aspersoir d'argent pour bénir l'enfant et semblait apprécier d'être au centre de l'attention. D'une voix sonore, il proclama :

« Au nom du Père, du Fils et du Saint-Esprit, je te baptise Henry. »

Comme s'il tenait à rassurer l'assistance en faisant savoir à tous que l'enfant était bien le fils de Henry Northwood, songea Amos avec aigreur.

Après l'office, l'assemblée gagna la salle des fêtes où le comte donnait une réception. Il y avait mille invités et de la bière gratuite était servie à tous les autres sur des tables à tréteaux montées dans la rue devant le bâtiment. Le petit Henry était couché dans un berceau dans la salle de bal et, pour la première fois, Amos put le contempler à loisir.

Ce premier examen ne lui apprit qu'une chose : le bébé avait les yeux bleus, la peau rose et le visage rond, comme tous les nouveau-nés qu'il avait vus jusque-là. Le petit Henry portait un bonnet tricoté qui empêchait Amos de distinguer la couleur de ses cheveux, s'il en avait. Il ne ressemblait ni à Henry Northwood, ni à Amos Barrowfield, ni à personne d'autre. Dans vingt ans, il aurait peut-être des cheveux frisés et un grand nez comme Northwood, ou bien un long visage au menton proéminent comme Amos ; mais il était tout aussi possible qu'il ressemble au père de Jane, le séduisant Charles Midwinter, auquel cas personne ne saurait jamais qui l'avait engendré.

Tandis qu'Amos se livrait à ces réflexions, d'autres sentiments naissaient en lui. Il éprouvait le puissant désir de protéger ce bébé sans défense. Il avait envie de le rassurer, de le nourrir, de le réchauffer, bien que le petit fût de toute évidence plongé dans un sommeil satisfait et repu et qu'il eût probablement trop chaud sous sa couverture de cachemire. L'émotion d'Amos n'avait rien de rationnel, mais n'en était pas moins forte.

Comme le bébé ouvrait les yeux et poussait un cri de vague mécontentement, Jane surgit pour le prendre dans ses bras. Elle lui murmura des gazouillis apaisants à l'oreille et il retrouva sa sérénité.

Croisant le regard d'Amos, elle lui demanda :
« N'est-il pas superbe ?
— Absolument superbe, répondit Amos avec une politesse forcée.
— Je l'appellerai Hal, ajouta-t-elle. Pas question d'avoir deux Henry, cela prêterait à confusion pour les deux. »

Amos profita d'un instant où il n'y avait personne autour d'eux.

« Je repensais au mois de janvier et je ne peux m'empêcher de me demander…
— Ne me posez pas cette question, l'interrompit-elle d'une voix sourde mais ardente.
— Pourtant…
— Ne me posez jamais cette question, répéta-t-elle avec passion. Jamais, jamais. »

Puis, se tournant vers une invitée qui approchait, elle lança avec un grand sourire :

« Lady Combe, comme c'est gentil à vous d'être venue… Et vous avez fait un si long voyage ! »

Amos sortit de la salle des fêtes et rentra chez lui.

*

Le roi George refusa de gracier Tommy Pidgeon.

La nouvelle bouleversa toute la ville. On s'attendait à cette faveur en raison du jeune âge du condamné et de l'insignifiance relative du vol.

Hornbeam aurait dû être satisfait, or il ne l'était pas. Une année auparavant, il tenait à voir ce petit voleur mourir pour son crime, mais il avait perdu de sa détermination. Entre-temps, les choses avaient changé. L'opinion de Kingsbridge s'était retournée contre lui. Il ne se souciait pas particulièrement d'être aimé, mais s'il continuait à être considéré comme une espèce d'ogre, ses ambitions risquaient d'en pâtir. Il était souhaitable d'être craint, toutefois, s'il voulait être un jour maire de Kingsbridge, voire député, il aurait besoin de voix.

S'y ajoutait l'irritation que lui causait la prévenance que lui manifestait sa femme, Linnie. Elle l'exprimait en commandant ses plats favoris pour les repas familiaux, en lui tapotant le dos affectueusement de manière inopinée et en demandant au petit Joe de faire moins de bruit en jouant. Il détestait être un objet de pitié. Il s'était mis à la traiter avec brusquerie, mais cela n'avait fait que rendre Linnie encore plus compatissante.

Si le roi avait gracié Tommy, toute cette affaire aurait perdu beaucoup de sa charge tragique, et les gens l'auraient oubliée. Désormais, elle devrait atteindre son sinistre dénouement.

Hornbeam estimait toujours avoir eu raison de

plaider pour l'exécution. Pardonner aux voleurs sous prétexte qu'ils sont affamés était un premier pas sur la pente savonneuse menant à l'anarchie. Pourtant, il se rendait compte à présent qu'il avait été trop agressif. Il aurait dû feindre la compassion pour Tommy, donner l'impression que c'était à contrecœur qu'il l'envoyait aux assises. À l'avenir, il s'efforcerait d'adopter cette attitude. Je suis sensible à vos souffrances, mais je ne peux pas changer les lois de ce pays. Je suis sincèrement désolé. Vraiment.

Même s'il n'était pas très doué pour la comédie, il pouvait essayer.

Enfilant un manteau et un foulard noirs, symboles de respectabilité, il sortit avant le petit déjeuner. Comme on craignait des troubles, Hornbeam avait ordonné au shérif Doye de prévoir l'exécution de bon matin, avant que les pires voyous de la ville soient debout.

Sur la place du marché, la potence était déjà dressée et la corde avec son nœud coulant se balançait, silhouette macabre contre le fond de pierre glacée de la cathédrale. La plateforme sur laquelle le petit condamné allait se tenir était fixée à des charnières et maintenue par une robuste barre en chêne. À côté du gibet, Morgan Ivinson était debout, une masse à la main : elle servirait à faire tomber cette cale, et Tommy Pidgeon mourrait.

Une foule était déjà massée sur la place. Hornbeam ne se mêla pas à elle et resta à distance. Quelques instants plus tard, Doye s'approcha de lui.

« Dès que vous voudrez, lui dit Hornbeam.

— Fort bien, monsieur l'échevin, acquiesça Doye. Je vais le faire chercher immédiatement depuis la prison. »

Des gens continuaient à se rassembler sur la place, comme avertis par des hérauts invisibles que l'exécution était imminente, ou bien alertés par un glas qu'eux seuls pouvaient entendre. Doye revint quelques minutes plus tard, accompagné de Gil Gilmore, le gardien de la prison. Entre eux, on distinguait la frêle silhouette de Tommy Pidgeon, les mains liées derrière le dos. Il pleurait.

Hornbeam parcourut la place du regard, cherchant à apercevoir Jenn, la mère du voleur, mais il ne la vit pas. Tant mieux : elle risquait de faire du tapage.

Les hommes guidèrent Tommy jusqu'aux marches. Comme il trébuchait en les gravissant, ils le soulevèrent par les bras et le portèrent jusqu'à la plateforme. Ils le maintinrent fermement, le temps qu'Ivinson passe le nœud coulant au-dessus de sa tête et le serre consciencieusement. Les trois hommes redescendirent les marches.

Un ecclésiastique les gravit et Hornbeam reconnut Titus Poole, le pasteur de Saint-Jean, qui avait cherché à le convaincre d'accorder l'aide aux indigents à Jenn Pidgeon. Poole parla d'une voix claire, qui résonna à travers toute la place.

« Je suis venu t'aider à faire tes prières, Tommy.

— Est-ce que je vais aller en enfer ? demanda Tommy, d'une voix terrifiée.

— Pas si tu crois en Jésus-Christ Notre Seigneur et que tu lui demandes de pardonner tes péchés.

— Oui, je crois en lui ! sanglota Tommy. Mais est-ce que Dieu me pardonnera ?

— Oui, Tommy, il te pardonnera. Comme il pardonne les péchés de tous ceux qui croient en sa miséricorde. »

Poole posa les mains sur les épaules du garçon et baissa la voix. Hornbeam supposa qu'ils récitaient le Notre Père. Après quelques instants, Poole bénit Tommy et descendit les marches, laissant le garçon seul sur l'échafaud.

Doye jeta un regard à Hornbeam, lequel inclina la tête.

« Allez-y », ordonna Doye à Ivinson.

Ivinson souleva sa masse, la balança en arrière, puis frappa d'un coup précis la cale de chêne qui fut projetée sur le côté. La plateforme bascula en heurtant violemment la base de la potence. Tommy tomba et la corde se tendit, resserrant le nœud qui lui entourait le cou.

Un gémissement apitoyé s'éleva de la foule.

Tommy ouvrit la bouche pour crier ou pour respirer, mais ne put faire ni l'un ni l'autre. Il était toujours vivant : la chute ne lui avait pas rompu le cou, peut-être parce qu'il était trop léger, et au lieu d'une mort instantanée, il fut condamné à une lente strangulation. Il se débattait désespérément, comme si ses mouvements pouvaient le libérer, et se mit à osciller d'avant en arrière. Ses yeux semblèrent jaillir de ses orbites et son visage s'empourpra. Les secondes s'égrenaient avec une lenteur insoutenable.

Dans l'assistance, beaucoup étaient en larmes.

Les yeux de Tommy ne se fermèrent pas, mais ses mouvements s'affaiblirent progressivement, puis cessèrent. Les oscillations du petit corps étaient de moins en moins amples. Enfin, Ivinson tendit le bras et saisit le poignet de Tommy. Il attendit un instant, puis adressa un hochement de tête à Doye.

Doye se tourna vers la foule et annonça : « Le garçon est mort. »

La foule ne semblait pas d'humeur à s'insurger, constata Hornbeam. Les gens étaient tristes mais pas furieux. On lui jeta plusieurs regards noirs, mais personne ne l'interpella. L'assemblée commença à se disperser et Hornbeam rentra chez lui.

À son arrivée, il trouva sa famille en train de prendre le petit déjeuner. Joe était à table. Le garçonnet était un peu trop jeune pour manger avec les adultes, mais Hornbeam aimait qu'il se joigne à eux. Une serviette nouée sous le menton, il dévorait des œufs brouillés.

Hornbeam but son café crème à petites gorgées. Il prit une rôtie qu'il beurra, mais n'en mangea qu'une bouchée.

« Je suppose que c'est fait, dit Deborah tout bas.

— Oui.

— Tout s'est déroulé sans problème ?

— Oui. »

Ils avaient beau s'exprimer en termes généraux pour éviter d'inquiéter Joe, l'enfant était trop intelligent pour être dupe.

« Tommy Pidgeon a été pendu et maintenant il est mort, annonça le garçon d'un ton vif.

— Qui t'a dit cela ? demanda son père, Howard.

— On en parlait à la cuisine.

— Elles exagèrent, bougonna Hornbeam. Devant un enfant !

— Grand-père, pourquoi est-ce qu'il a fallu le pendre ? demanda Joe.

— Ne dérange pas ton grand-père quand il boit son café, gronda Howard.

— Ça ne fait rien, dit Hornbeam. Il faut que ce garçon soit au fait des choses de la vie. Joe, il a été pendu parce que c'était un voleur.

— Il paraît qu'il a volé parce qu'il avait faim, répondit Joe, que cette réponse laissait insatisfait.

— C'est probablement vrai.

— Il n'a peut-être pas pu faire autrement.

— Cela change-t-il quelque chose à son acte ?

— Ma foi, s'il avait faim…

— Imagine qu'il ait volé autre chose ? Que dirais-tu s'il t'avait pris tes soldats de plomb ? »

Sa collection de petits soldats était le bien le plus précieux de Joe. Il en possédait plus d'une centaine, et était capable de reconnaître le rang de chacun à son uniforme. Il passait des heures allongé sur le tapis, à livrer des batailles imaginaires. La question de son grand-père le déconcerta. Après un instant de réflexion, il demanda :

« Pourquoi aurait-il volé mes soldats ?

— Pour la même raison qu'il a volé un ruban rose : pour les revendre et utiliser l'argent pour s'acheter du pain.

— Mais ce sont mes soldats.

— Peut-être, mais il avait faim.»

Déchiré par ce dilemme, Joe était au bord des larmes. Voyant cela, sa mère, Bel, intervint:

«Ce que tu pourrais faire, Joe, serait de le laisser jouer aux petits soldats avec toi, et demander à la cuisinière de lui apporter du pain et du beurre.»

Le visage de Joe s'éclaira.

«Oui. Avec de la confiture. Du pain, du beurre et de la confiture.»

Les problèmes de Joe étaient résolus, mais ce n'était pas le cas des garçons du genre de Tommy Pidgeon. Hornbeam garda pourtant cette réflexion pour lui. Joe avait encore beaucoup de temps devant lui pour apprendre qu'une tartine de confiture ne suffisait pas à régler tous les problèmes de l'existence.

*

Elsie passa chez Jenn Pidgeon pour voir comment elle allait. Elle traversa le pont aux cintres jumeaux et prit le chemin de la ferme Morley. Avant d'y arriver, elle aperçut Paul Morley dans un champ et il lui apprit que Jenn vivait dans un appentis derrière sa grange. Elle trouva l'endroit, mais il n'y avait personne. C'était le logis le plus pauvre qu'Elsie eût jamais vu. Il ne contenait qu'une paillasse et deux couvertures, deux gobelets et deux assiettes, mais il n'y avait ni table ni chaise. Jenn n'était pas simplement à court d'argent, elle vivait dans le plus complet dénuement.

Mme Morley, qui était à la ferme, dit à Elsie que Jenn était sortie tard de chez elle, la veille au soir.

« Je lui ai demandé si ça allait mais elle ne m'a pas répondu. »

Elsie avait fait le trajet pour rien, et elle repartit pour la ville. En s'approchant du pont depuis la rive sud, elle aperçut un homme s'avancer sur la berge de son côté du fleuve. Il avait une canne à pêche accrochée dans le dos et portait dans ses bras quelque chose qui figea le sang d'Elsie dans ses veines.

Quand il fut plus près, elle vit que c'était le corps d'une femme dont la robe était si trempée qu'elle dégoulinait d'eau au rythme de ses pas.

« Non ! murmura Elsie. Non, non ! »

La tête, les bras et les jambes de la femme pendaient, inertes. Elle était inconsciente, ou pire.

Elsie remarqua alors, bouleversée, ses yeux grands ouverts, tournés vers le ciel. Ils ne voyaient rien.

« Je l'ai trouvée dans le méandre, là où toutes les cochonneries s'accumulent », dit l'homme.

Puis, jugeant à la tenue d'Elsie qu'elle était peut-être une personne importante, il ajouta :

« J'espère que j'ai bien fait de la sortir de là.

— Est-elle morte ?

— Oh, pour ça, oui, morte et déjà froide. Elle a dû se jeter à l'eau hier soir après la tombée de la nuit, et personne l'a vue jusqu'à ce que j'arrive. Mais j'sais pas qui c'est. »

Elsie le savait. C'était Jenn Pidgeon.

Elle étouffa un sanglot.

« Pouvez-vous la transporter jusqu'à l'hôpital de l'île aux Lépreux ?

— Bien sûr, répondit le pêcheur. C'est facile. Elle pèse presque rien, la malheureuse. »

*

Napoléon n'envahit pas l'Angleterre.

L'armée qu'il avait rassemblée à Boulogne reçut l'ordre de marcher vers l'est, en direction des territoires germanophones d'Europe centrale. Les Français affrontèrent l'armée autrichienne et gagnèrent cet automne-là une bataille après l'autre : Wertingen, Elchingen et Ulm.

Cependant, la Royal Navy remporta une victoire majeure au large de la côte espagnole, près du cap de Trafalgar, ce qui donna lieu à des réjouissances dans tout le pays.

En décembre, les Français battirent les armées russes et autrichiennes coalisées à Austerlitz.

Ce fut ainsi que les années de guerre se succédèrent, et que le sang continua de couler.

PARTIE V

La guerre mondiale

De 1812 à 1815

32

Cher Spade,

Comme tu vois, je suis toujours en vie après treize années sous les drapeaux. On devrait me donner une médaille juste pour avoir réussi à sauver ma peau ! En ce moment, je suis en Espagne où les gens fument ce qu'ils appellent des cigarros. *C'est du tabac enveloppé dans une feuille qui brûle toute seule, sans qu'on ait besoin de pipe, et c'est ce que nous fumons tous maintenant.*

Nous venons tout de même de remporter une victoire, qui nous a coûté très cher. Nous avons assiégé une ville du nom de Badajoz qui était entourée d'une muraille très solide, mais les Français se sont défendus comme des diables et les éléments étaient contre nous, ce qui m'a obligé à creuser des tranchées sous une pluie battante.

Il nous a fallu une semaine pour mettre nos canons en position. Les routes en bois que nos ingénieurs ont construites sur la boue ne cessaient d'être emportées par les eaux. Mais nous avons fini par y arriver et je serais sacrément riche si j'avais reçu une livre pour chaque boulet de canon que nous avons tiré : nous les avons fait pleuvoir sur la ville comme une averse. Au bout de deux semaines, nous avons fini par percer des brèches dans la muraille, ce qui nous a permis de prendre leurs défenses d'assaut.

Crois-moi, c'est la pire bataille que j'aie jamais connue, parce qu'ils nous ont balancé tout ce qui leur tombait sous la main : mitraille, grenades, bombes et même balles de foin enflammées. Nous avons perdu des milliers d'hommes, c'était une vraie boucherie, Spade, mais on a fini par l'emporter et je peux te dire que les habitants l'ont payé cher. Je ne t'en dirai pas plus long si ce n'est que le lendemain, plusieurs hommes ont reçu le fouet pour avoir commis des viols.

Le lendemain matin, le spectacle était encore plus affreux : des monceaux de cadavres et des tranchées pleines de sang. J'ai vu notre commandant, Wellington, pleurer en découvrant les corps de ses hommes et essuyer ses larmes avec son mouchoir blanc.

Nous allons maintenant marcher vers le nord. Dans tes prières, demande à Dieu, s'il te plaît, qu'il me tienne encore sous sa garde.

Bien affectueusement,
ton beau-frère, Freddie Caines

*

Le comte de Shiring mourut en juillet 1812. Deux jours plus tard, Amos croisa Jane par hasard devant la librairie Kirkup dans la Grand-Rue. Malgré ses vêtements noirs, elle pétillait d'enthousiasme.

« Ne vous avisez pas de me présenter vos condoléances, lui lança-t-elle. Je n'en peux plus de faire semblant d'être affligée. J'espère au moins ne pas avoir à feindre devant vous. J'ai vécu seize ans avec ce vieillard assommant – qui aurait pu penser qu'il vivrait jusqu'à soixante-quinze ans! J'aurais aussi bien fait de l'épouser lui, plutôt que son fils. »

Dans sa quarantième année, elle était toujours d'une beauté renversante. Les petites rides aux coins de ses yeux et les fils d'argent qui émaillaient sa chevelure sombre ne faisaient qu'ajouter à sa séduction. De plus, le noir lui allait fort bien. Pourtant, Amos n'était plus amoureux d'elle. Paradoxalement, cela n'avait fait que renforcer leur amitié. Elle avait la bonté de lui permettre de passer discrètement quelques moments avec Hal, qui approchait maintenant les sept ans, et dont Amos soupçonnait – sans en avoir obtenu confirmation – qu'il était son fils.

Amos ne regrettait pas l'évolution de ses relations avec Jane. Elle lui avait inspiré une passion juvénile, qui malheureusement s'était prolongée bien au-delà de son adolescence. En un sens, se disait-il, il lui avait fallu longtemps pour devenir adulte et il se sentait prêt maintenant à tomber amoureux une nouvelle fois, en théorie. Cependant, à moins d'un an de la quarantaine, il se sentait trop vieux pour faire la cour. Il n'éprouvait vraiment le poids de la solitude que la nuit. Il avait beaucoup d'amis et ses journées étaient bien remplies, mais il n'avait personne avec qui partager son lit.

Jane, comme à son habitude, ne s'intéressait qu'à elle.

« Me voici enfin délivrée de mon beau-père, jubila-t-elle. Et je suis comtesse !

— Ainsi que vous l'avez toujours voulu, répondit Amos. Toutes mes félicitations.

— Merci. Je dois organiser les funérailles car Henry a trop à faire. C'est maintenant lui le comte, bien entendu. Il occupera le siège de son père à la Chambre des lords et sera le nouveau lord-lieutenant de Shiring. Quant au petit Hal, il est devenu vicomte Northwood. »

Amos n'avait pas pensé à cela. Le petit garçon qui était ou n'était pas son fils était à présent un aristocrate. Dans une dizaine d'années, il partirait peut-être pour Oxford. Amos avait toujours rêvé de faire des études et, comme cela lui avait été impossible, il avait espéré avoir un jour un fils qui accomplirait son rêve. Peut-être cela arriverait-il, après tout.

Il lui vint alors à l'esprit que Hal voudrait peut-être faire comme son père, et embrasser la carrière des armes. Il en fut consterné. Que Hal puisse être tué par une épée ou un boulet de canon le rendait malade.

C'est alors que le petit garçon sortit du magasin, un livre à la main. Amos sentit son cœur battre plus fort et il dut dissimuler l'émotion qu'il éprouvait à la vue de Hal.

L'apparence du garçon ne livrait encore aucun indice sur l'identité de son père : il avait les cheveux bruns et le joli visage de sa mère. Il changerait sans doute à l'adolescence. Peut-être Amos pourrait-il alors connaître la vérité.

L'enfant était suivi du libraire, Julian Kirkup, un homme gras et chauve aux airs obséquieux, visiblement ravi d'avoir une aristocrate pour cliente.

« Quel livre as-tu choisi, Hal ? demanda Amos avec une désinvolture forcée.

— Il s'appelle *Sandford et Merton*. Ce sont les noms de deux garçons.

— Un excellent choix pour le jeune lord Northwood, si je puis me permettre. Bonjour à vous, lady Shiring, bonjour, monsieur l'échevin. »

Amos avait été nommé échevin quelques années auparavant, bénéficiant d'un mouvement de faveur à l'égard de la tolérance libérale qui avait également permis à Spade de rejoindre enfin le conseil municipal.

« Maman, je n'ai pas d'argent, mais M. Kirkup a dit qu'il pouvait mettre le livre sur votre note.

— Oui, mon chéri, bien sûr, répondit Jane. De quoi parle ce livre ?

— Tommy Merton est un jeune homme un peu trop gâté qui devient l'ami de Harry Sandford, un jeune homme simple et honnête. C'est un conte édifiant, madame, très apprécié. »

Amos trouva cela un peu moralisateur, mais il garda son avis pour lui.

« Merci, monsieur Kirkup », répondit Jane avec dédain.

Le libraire se retira avec une courbette.

« Je suis désolé que tu aies perdu ton grand-père, Hal, dit Amos.

— Il était très gentil, répondit l'enfant. Il me lisait des histoires, mais, maintenant, je sais lire tout seul. »

Amos se souvint qu'à la mort de ses grands-parents, il n'avait pas éprouvé une vive émotion. Ils lui avaient paru si vieux, comme presque morts déjà, et la peine de ses parents l'avait surpris. Sa réaction avait ressemblé à celle de Hal : une sorte de regret prosaïque, qui n'allait pas jusqu'au chagrin.

« Les funérailles auront lieu à la cathédrale, j'imagine ?

— Oui. Il sera inhumé à Earlscastle dans le caveau de famille, mais la messe aura lieu ici, à Kingsbridge. J'espère que vous viendrez.

— Je n'y manquerai pas. »

Ils se dirent au revoir et Amos reprit sa promenade. Il rencontra presque aussitôt Elsie, vêtue d'une robe jaune pâle. Ils parlèrent de la mort du comte, qui était sur toutes les lèvres.

« Maintenant que Henry est comte, dit-elle, Kingsbridge devra élire un nouveau député.

— Je n'y avais pas pensé, répondit Amos. Il y aura peut-être une élection partielle, bien que je ne croie pas que cela soit nécessaire – il paraît que des élections législatives se tiendront bientôt. »

Le Premier ministre, Spencer Perceval, avait été assassiné d'un coup de pistolet en pleine Chambre des communes par un déséquilibré qui entretenait contre lui des griefs nébuleux. Le nouveau Premier ministre, le comte de Liverpool, chercherait peut-être à renforcer sa position en demandant l'approbation des électeurs.

« Hal Northwood est trop jeune, évidemment, remarqua Elsie.

— Hornbeam voudra être candidat.

— Il veut toujours tout, répondit-elle avec mépris. Il est déjà Surveillant des pauvres, président des juges et échevin. Si l'on créait un poste d'inspecteur des tas de fumier, je suis sûre qu'il serait candidat.

— Il aime exercer du pouvoir sur les autres.

— C'est vous qui devriez être notre député, dit-elle en posant l'index sur le torse d'Amos.

— Pourquoi moi ? s'étonna-t-il.

— Parce que vous êtes intelligent et juste, et que tout le monde ici le sait, répondit-elle avec chaleur. Vous seriez un grand atout pour notre ville.

— Je n'ai pas le temps.

— Vous pourriez prendre un adjoint pour s'occuper de vos manufactures pendant les sessions parlementaires. »

Amos comprit que sa suggestion n'était pas une impulsion spontanée, mais le fruit d'une longue réflexion. Songeur, il se tripota le bout du nez.

« Hamish Law pourrait s'en charger. Il connaît le métier de fond en comble.

— Parfait.

— Mais quelles seraient mes chances d'être élu ?

— Tous les méthodistes voteraient pour vous.

— La majorité des électeurs sont anglicans.

— Tout le monde déteste Hornbeam.

— Peut-être, mais ils le craignent.

— Quelle idée désolante ! Avoir un député dont personne ne veut, uniquement parce qu'il fait peur.

— Les choses ne sont pas censées marcher comme ça, approuva Amos.

— Alors, je vous en prie, envisagez d'être candidat. »

Elle était très persuasive, songea Amos.

« Entendu, acquiesça-t-il.

— Peut-être parviendrez-vous à rétablir la paix.

— J'en serais ravi, c'est sûr. »

La Grande-Bretagne était en guerre depuis vingt ans contre la France de Bonaparte, et aucune perspective de paix ne se dessinait à l'horizon. Le conflit s'était même répandu à travers le monde.

Les Anglais s'étaient attiré la colère de la nouvelle république américaine en arraisonnant ses navires pour obliger leur équipage à rejoindre la Royal Navy – une variante du principe de la presse –, aussi les États-Unis avaient-ils déclaré la guerre à la Grande-Bretagne et envahi le Canada.

L'Espagne avait été conquise par l'armée française et Bonaparte avait placé son frère Joseph sur le trône. Des nationalistes espagnols insurgés combattaient les conquérants français avec l'aide des troupes britanniques, parmi lesquelles le 107e régiment d'infanterie de Kingsbridge. Le commandant en chef, le comte de Wellington, bien que très estimé, n'avait guère progressé.

Et voilà que Bonaparte venait d'envahir la Russie.

Cette guerre qui n'en finissait plus avait provoqué la poursuite du déclin du commerce mondial en même temps qu'une inflation galopante. La pauvreté et la faim accablaient le peuple britannique, dont les fils se faisaient tuer à l'autre bout du monde.

« Il doit bien y avoir un moyen, reprit Elsie, furieuse. La guerre n'est pas une fatalité ! »

Amos aimait la voir en colère pour ce genre de choses. Quel contraste avec Jane, qui ne s'agaçait que de ce qui la concernait.

« Député, murmura-t-il, songeur. Il faut que j'y réfléchisse. »

Elsie lui sourit, d'un sourire aussi radieux qu'à l'accoutumée.

« Eh bien, continuez à réfléchir », dit-elle en sortant.

Amos traversa le pont et se dirigea vers le quartier des industries au sud du fleuve. Il était maintenant propriétaire de trois fabriques. Dans l'une d'elles, la « nouvelle manufacture Barrowfield », Kit Clitheroe était en train d'installer une machine à vapeur qu'Amos avait commandée.

Kit avait servi cinq ans dans la milice où il s'était élevé au rang de capitaine, avant de démissionner pour monter avec Roger Riddick l'affaire qu'ils envisageaient depuis longtemps. Roger concevait les machines et Kit les fabriquait. Malgré la récession due à la guerre, les profits s'accumulaient.

Amos considérait toujours Kit comme un jeune garçon, bien qu'il eût désormais vingt-sept ans et soit devenu un génie de la mécanique. Peut-être était-ce parce que Kit était toujours célibataire, ne semblait pas se chercher de bonne amie et encore moins vouloir se marier. Pendant un temps, Amos s'était demandé si Kit n'était pas victime d'une passion sans espoir, comme celle qu'il avait autrefois éprouvée pour Jane.

Kingsbridge était en train de se convertir à la vapeur. Le fleuve constituait une source d'énergie moins coûteuse, mais moins fiable, car la force du courant variait beaucoup selon la saison. Après un été sec, le niveau de l'eau était bas et le courant léthargique : les roues de la manufacture tournaient au ralenti et tout le monde attendait les pluies d'automne. Le charbon coûtait cher mais il était inépuisable.

La nouvelle machine à vapeur d'Amos était installée dans une pièce à part pour limiter les dégâts en cas d'explosion, ce qui se produisait parfois quand une valve de sécurité était défaillante. La pièce était bien ventilée, avec une cheminée pour évacuer les fumées. La chaudière, enveloppée d'un robuste caisson de chêne, utilisait de l'eau pompée dans le fleuve et filtrée.

« Quand seras-tu prêt à raccorder la chaudière aux machines ? demanda Amos.

— Après-demain », répondit Kit. Il était toujours précis et sûr de lui.

Amos inspecta les deux autres manufactures, soucieux de pouvoir livrer chaque client à la date prévue. En fin d'après-midi, il regagna son bureau pour s'occuper de sa correspondance. Quand, à sept heures du soir, les machines ralentirent et s'arrêtèrent, il rentra chez lui.

Il prit place devant le dîner que sa gouvernante avait laissé sur la table de la cuisine. Quelques minutes plus tard, il entendit des coups insistants à sa porte d'entrée et se leva pour ouvrir.

Il trouva Jane sur le seuil.

« Cette scène me rappelle quelque chose, remarqua Amos.

— À cette différence près qu'il ne pleut pas, et que je ne suis pas venue vous faire des avances, dit-elle en entrant sans attendre d'être invitée. Je suis furieuse. Je suis tellement en colère que je n'ai pas supporté de rester chez moi avec mon mari.

— Que s'est-il passé ? demanda-t-il en refermant la porte.

— Henry part en Espagne ! Au moment précis où je comptais pouvoir enfin mener une vie de comtesse !

— Il rejoint le régiment de Kingsbridge ? devina Amos.

— Oui. Il semblerait que ce soit une tradition familiale. Quand le vieux comte a hérité de son titre, du temps où il avait une vingtaine d'années, il a passé trois ans en service actif dans le 107e d'infanterie. Henry dit qu'on n'en attend pas moins de lui, d'autant plus que le pays est en guerre.

— C'est l'un des rares sacrifices consentis par les aristocrates anglais pour justifier leur existence de luxe et d'oisiveté.

— Vous parlez comme un révolutionnaire.

— Un méthodiste est un révolutionnaire qui ne cherche pas à couper des têtes.

— Oh, cessez de faire l'intéressant, dit Jane, soudain abattue. Que vais-je faire ?

— Entrez et partagez mon dîner.

— Je ne pourrai rien avaler, mais je veux bien m'asseoir un moment avec vous. »

Ils passèrent à la cuisine. Amos versa à Jane un verre de vin dont elle but une gorgée.

« Hal a l'air en pleine forme, remarqua-t-il.

— C'est un petit garçon adorable.

— Dans quelques années, il commencera peut-être à ressembler à son père – quel qu'il soit.

— Oh, Amos, c'est votre fils ! »

Amos fut stupéfait. Elle ne le lui avait encore jamais dit.

« Vous en êtes sûre ?

— Vous l'avez vu sortir de chez le libraire ! Henry n'a jamais acheté un roman de sa vie. Il ne lit que des livres d'histoire militaire.

— Cela ne veut pas dire pas grand-chose.

— Je ne peux rien prouver. Simplement, je vous vois en lui tous les jours. »

Amos resta songeur. Il était enclin à faire confiance à l'instinct de Jane.

« Peut-être pourrai-je voir Hal un peu plus souvent quand Henry sera en Espagne ? Mais je suppose que vous vous installerez à Earlscastle.

— Toute seule ? Merci bien. Je vais demander à Henry de garder la maison Willard. J'y aurai mes appartements privés, et la milice pourra utiliser le reste du bâtiment. Je lui dirai que c'est pour le bien de la nation. Il est prêt à tout s'il se met en tête que c'est pour la patrie.

— Vous êtes sûre que vous ne voulez pas goûter cette tourte ? Elle est délicieuse.

— Ma foi, si vous insistez…

— Je vous en coupe une petite tranche. Vous vous sentirez mieux le ventre plein. »

Elle prit l'assiette qu'il lui tendait et la posa devant elle mais, au lieu de manger, elle le regarda fixement.

« Qu'ai-je fait ? demanda-t-il.

— Rien. Vous êtes pareil à vous-même, c'est tout, loyal et prévenant. C'est vous que j'aurais dû épouser.

— Je ne vous le fais pas dire, répondit Amos. Mais il est trop tard maintenant. »

*

Elsie était consciente de sa chance. Elle était toujours en vie après avoir donné naissance à cinq enfants dont le dernier, George, était né en 1806. Beaucoup de femmes mouraient en couches et peu d'entre elles vivaient assez longtemps pour avoir beaucoup d'enfants. Chose encore plus rare, les siens étaient en parfaite santé. La naissance de Georgie avait pourtant été différente des autres : le travail s'était éternisé et elle avait perdu beaucoup de sang. Une fois l'accouchement terminé, elle avait fait savoir fermement à Kenelm que ce serait le dernier et il avait accepté sa décision. L'intimité conjugale n'avait jamais été une priorité pour lui, et y renoncer ne lui inspirait guère de regrets. Six ans s'étaient écoulés depuis, et

Elsie remarquait dans son corps des changements qui laissaient présager qu'en tout état de cause, elle ne pourrait bientôt plus être mère.

Kenelm et sa femme n'avaient jamais été très proches. Il n'était pas à l'aise avec les enfants et participait peu à l'éducation des siens. Il se rendait rarement à l'école du dimanche d'Elsie. Ce n'était pas par paresse : il faisait preuve de la plus grande diligence dans ses fonctions de doyen. Le problème était qu'ils avaient peu de choses en commun. Le véritable associé d'Elsie était Amos, qui se consacrait à l'école du dimanche sans faire de bruit et savait s'y prendre avec les enfants, même s'il n'en avait pas lui-même.

Les cinq enfants descendirent à la salle à manger du doyenné pour le petit déjeuner. Kenelm aurait sans doute préféré que les plus jeunes prennent leurs repas à la nurserie, mais Elsie estimait qu'ils étaient assez grands – Georgie avait six ans – et que c'était une bonne façon d'apprendre à se tenir correctement à table. L'aîné, Stephen, qui avait quinze ans, fréquentait l'école secondaire de Kingsbridge.

Kenelm, qui profitait parfois des repas pour mettre à l'épreuve leur éducation religieuse, leur demanda ce jour-là quels personnages de la Bible n'avaient ni mère ni père. Il leur demanda de répondre un par un, du plus jeune au plus âgé.

« Jésus, répondit Georgie.

— Non, objecta Kenelm. Jésus avait une mère, Marie, et un père, Joseph. »

Elsie se demanda si Kenelm se verrait demander comment Joseph pouvait être le père de Jésus, alors que sa mère était vierge. Les aînés risquaient de se poser la question. Mais il évita le problème en demandant sur-le-champ :

« Martha, peux-tu répondre ? »

Âgée d'un an de plus que Georgie, Martha avait une réponse plus satisfaisante à proposer :

« Dieu, dit-elle.

— C'est exact. Dieu n'a pas de parents. Mais je pense à quelqu'un d'autre, un homme.

— Adam, répondit Richie, âgé de dix ans.

— Très bien. Il y en a encore un. »

Le suivant était Billy qui, tout penaud, répondit « Je ne sais pas ».

« C'est une question-piège, protesta Stephen, un adolescent bougon.

— Vraiment ? fit Kenelm. Pourquoi ? La réponse est Josué, fils de Nun. C'était le nom de son père et cela ressemble beaucoup à « non » : Josué a un non-père.

— Ce n'est pas juste ! s'indigna Billy. Vous avez triché, Papa !

— Billy a raison, renchérit Elsie dans un éclat de rire, la question était spécieuse. Mais je trouve que les enfants s'en sont très bien sortis. Ils auront chacun une pièce de six pence pour s'acheter de la réglisse. »

Mason apporta le courrier et Kenelm se plongea dans sa correspondance. Quand les enfants eurent fini de manger, ils quittèrent la table. Elsie était sur le point de se lever lorsque Kenelm leva les yeux de sa lettre en poussant un cri de surprise.

« Que se passe-t-il ? demanda Elsie.

— L'évêque de Melchester vient de mourir.
— Il n'était pas vieux pourtant, me semble-t-il.
— Cinquante ans. Voilà qui est inattendu.
— Quel malheur.
— L'archevêque va donc chercher un remplaçant. »

Kenelm semblait enthousiaste, mais Elsie n'éprouvait que consternation.

« Je sais ce que vous avez en tête, dit-elle.
— C'est l'occasion que j'attendais, poursuivit-il. Comme ce n'est pas un évêché majeur, il conviendrait à un homme jeune. J'ai quarante ans, je suis doyen de Kingsbridge depuis huit ans, je suis diplômé d'Oxford. En un mot, je suis le candidat idéal pour devenir évêque de Melchester.
— N'êtes-vous pas heureux ici ? demanda Elsie avec amertume.
— Bien sûr que si, mais cela ne me suffit pas. Mon destin est d'être évêque. Je l'ai toujours su. »

C'était vrai, mais en vieillissant, la plupart des jeunes hommes revoyaient leurs ambitions à la baisse.

« Je n'ai aucune envie d'aller à Melchester, protesta Elsie. C'est à plus de cent cinquante kilomètres.
— Oh, mais vous n'aurez pas le choix, répondit Kenelm sans ménagement. Je vous rappelle qu'il s'agit de mon épiscopat. »

Il avait raison, bien sûr. Une femme devait suivre son époux. Elle avait moins de liberté qu'une domestique.

« Vous paraissez bien sûr de vous, remarqua Elsie. Vous ne pouvez pas savoir ce que l'archevêque a en tête.

— Je le saurai bientôt. Augustus Tattersall fait sa tournée trimestrielle du diocèse, et sera à Kingsbridge la semaine prochaine. »

Tattersall était l'assistant de l'archevêque.

« Il logera au palais épiscopal, lui rappela Elsie.

— Cela va de soi. Mais je l'inviterai à dîner chez nous un soir.

— Fort bien.

— Et je saurai alors tout ce qu'il faut que je sache », conclut Kenelm en pliant sa serviette d'un air suffisant.

*

Trois ans auparavant, quand Kit était encore dans la milice, Roger lui avait rendu visite un lundi soir et avait partagé le dîner de la famille. Jarge était parti ensuite à une répétition des sonneurs de cloches, Sal s'était rendue à l'Auberge de la Cloche et Sue était allée se promener avec un garçon qui lui plaisait, Baz Hudson.

Roger était resté assis à la cuisine près du feu à fumer sa pipe. Kit avait éprouvé une curieuse impression à se trouver seul dans la maison avec lui, sans vraiment savoir pourquoi. Il aurait dû s'en réjouir, parce qu'il aimait beaucoup Roger.

Après quelques instants de silence, Roger avait posé sa pipe et lui avait dit :

« Il n'y a pas de mal à cela, tu sais.

— Pas de mal à quoi ? avait demandé Kit, troublé.

— À éprouver ce que tu éprouves. »

Kit avait senti ses joues devenir brûlantes et s'empourprer. Ce qu'il ressentait était un secret parce que c'était honteux. Roger ne pouvait tout de même pas lire dans son cœur ? C'était impossible.

« Crois-moi, je sais ce que tu éprouves, avait repris Roger.

— Comment peut-on savoir ce qu'éprouve une autre personne si elle ne vous le dit pas ?

— Je suis déjà passé par là, j'ai vécu la même chose que toi. Et je veux que tu saches qu'il n'y a rien de mal à cela. »

Kit n'avait pas su quoi répondre.

« Il faut que tu en parles, avait poursuivi Roger. Que tu dises ce que tu ressens. Dis-le-moi. Je te promets que tu seras bien plus heureux après. »

Kit était bien résolu à ne rien dire, mais les mots étaient sortis de sa bouche malgré lui.

« Je vous aime, avait-il dit.

— Je sais, avait répondu Roger. Moi aussi, je t'aime. »

Puis il avait embrassé Kit.

Peu de temps après, Kit avait pu démissionner de la milice et ils avaient fondé leur entreprise. Ils avaient loué une maison à Kingsbridge avec un atelier au rez-de-chaussée et un logement à l'étage. Depuis ce jour, ils avaient passé toutes leurs nuits ensemble.

Kit avait peu à peu endossé le rôle de l'adulte responsable. C'était lui qui s'occupait des finances. Roger lui-même en avait fait une condition de leur association, sachant qu'il ne pourrait s'empêcher de jouer tout ce qu'il avait. Kit touchait les règlements, payait les factures et divisait les bénéfices en deux parts égales. Son argent était versé sur son compte à la banque de Kingsbridge et Shiring. La moitié qui revenait à Roger finissait toujours, tôt ou tard, entre les mains de Sport Culliver. Une autre condition, imposée par Kit celle-ci, avait été que Roger n'emprunte jamais d'argent, mais le jeune homme n'était pas très sûr que Roger respectât cette règle. Roger était un ingénieur de génie, mais il avait la passion du jeu. Kit veillait sur lui et le protégeait. C'était l'inverse de la relation qu'ils avaient eue autrefois à Badford.

Tous les dimanches, Roger allait chez Culliver jouer à la triomphe à cinq pendant que Kit rendait visite à sa mère. Il retrouvait sa famille au service de communion méthodiste, puis les raccompagnait jusqu'à la modeste maison qu'il leur avait achetée. Sal avait quarante-cinq ans et Jarge quarante-trois, et tous deux travaillaient encore : elle pour Amos, lui pour Hornbeam. Kit faisait remplir chaque hiver leur réserve de charbon et leur faisait livrer une pièce de viande tous les samedis pour le déjeuner dominical. Ils n'avaient pas le goût du luxe. Sal disait : « Nous n'avons pas envie de vivre comme des riches, parce que nous ne le sommes pas. » Kit s'assurait néanmoins qu'ils ne manquaient de rien.

Sue avait épousé Baz Hudson. C'était un bon charpentier qui était rarement à court de travail. Comme il n'était pas méthodiste, Sue et lui fréquentaient l'église Saint-Luc, mais ils retrouvaient la famille après la messe pour le déjeuner.

Sal leur servit de la bière. Kit préférait le vin, mais n'en avait jamais demandé à Sal car il craignait que Jarge n'en boive trop. Même à jeun, Jarge était provocateur. Sachant que Baz était un patriote conservateur, il déclara :

« Je pense que ça fera le plus grand bien aux Russes de se faire conquérir par Bonaparte.

— Voilà un point de vue pour le moins inattendu, fit remarquer Kit avec douceur. Qu'est-ce qui te fait dire cela, Jarge ?

— Les Russes sont des esclaves, non ?

— Des serfs, je crois.

— Quelle est la différence ?

— Ils cultivent leurs propres terres.

— Mais ils appartiennent au comte local, pas vrai ?

— Oui, les serfs sont considérés comme des biens meubles.

— Tu vois !

— C'est Bonaparte qui a rétabli l'esclavage dans l'Empire français, si je ne m'abuse, intervint Baz.

— Pas du tout, répliqua Jarge. La Révolution a aboli l'esclavage.

— Oui. Mais Bonaparte l'a rétabli.

— Baz a raison, Jarge, s'interposa Kit. Ils craignaient de perdre leur empire aux Antilles, alors Bonaparte a à nouveau légalisé l'esclavage.

— Bon, répliqua Jarge, agacé, ça ne m'empêche pas de penser que si les Russes avaient Bonaparte au lieu de leurs tsars, ils gagneraient au change.

— Nous risquons fort de ne jamais le savoir, insista Baz. Apparemment, les Français sont en difficulté en

Russie. D'après les journaux, tous leurs soldats sont en train de mourir de faim et de maladie avant même d'avoir livré une seule bataille.

— Je me fiche pas mal de ce que disent les journaux, bougonna Jarge qui n'aimait pas être contredit.

— Ce bœuf était délicieux, Kit, merci, intervint Sal. J'ai aussi préparé un bon pudding à la graisse de rognons et aux raisins secs.

— J'adore le pudding», répondit Baz.

L'atmosphère se détendit. On débarrassa les plats pour apporter le dessert.

« Les affaires sont toujours bonnes, Kit ? demanda Baz.

— Pas mauvaises. Tu as fait un sacrément bon travail avec le caisson de chêne pour la chaudière d'Amos. Il est très solide, merci.

— Il devrait durer plus longtemps que la chaudière. »

Jarge prit sa cuiller qui resta en suspens devant sa bouche.

« Franchement, je ne comprends pas : vous deux, vous fabriquez des machines pour prendre le travail d'autres hommes. Ça n'a aucun sens, vous ne trouvez pas ?

— Pardonne-moi, Jarge, dit Kit, mais les temps changent. Si nous ne suivons pas, nous serons dépassés.

— Tu veux dire que je suis dépassé, moi ?

— Mange ton pudding, Jarge », intervint Sal en posant la main sur son bras.

Jarge l'ignora.

« Vous savez ce que font les luddites, là-haut dans le Nord ? »

Tout le monde avait entendu parler des luddites. On disait qu'ils étaient dirigés par un certain Ned Ludd, mais c'était probablement un faux nom – à supposer que l'homme existât vraiment.

« Ils détruisent les machines ! poursuivit Jarge.

— Ce sont principalement des tricoteurs sur métier, me semble-t-il, intervint Kit.

— Ce sont des hommes qui ne veulent plus se laisser maltraiter par les maîtres, voilà tout.

— J'espère que tu ne souhaites pas qu'on se mette à briser des machines ici à Kingsbridge, intervint Sal.

— Tout ce que je dis, c'est qu'on ne peut pas reprocher à des hommes de se mettre en colère à force de se faire piétiner.

— Même si nous ne leur faisons pas de reproches, ce n'est pas le cas du gouvernement. J'imagine que tu n'as pas envie d'être déporté en Australie ?

— Je préférerais passer quatorze ans en Australie que de me laisser exploiter par les maîtres.

— Tu n'as aucune idée de ce qu'est la vie en Australie, lança Sal, exaspérée. Et d'abord, qu'est-ce qui te fait croire que tu n'en prendrais que pour quatorze ans ?

— Eh bien, c'est la peine qu'a reçue ma sœur.

— Oui, mais voilà dix-sept ans qu'elle est partie et elle n'est toujours pas revenue. Peu de gens reviennent.

— De toute façon, intervint Kit, la loi a changé :

les briseurs de machines sont désormais passibles de la peine capitale.

— Depuis quand ? s'étonna Jarge.

— Le Parlement a adopté une loi sur la destruction des machines, le Frame Work Act, en février ou mars de cette année.

— Ils cherchent à nous décourager, voilà tout, dit Jarge. D'abord, le Treason Act et le Seditious Meetings Act, puis le Combination Act, et maintenant ça. Tout homme qui défend les droits des travailleurs est bon pour la potence. Nous sommes en train de devenir une nation de chiffes molles. »

Il s'interrompit, fulminant, puis reprit :

« Pas étonnant qu'on ne soit pas fichus de battre les Français. »

*

Quand Augustus Tattersall vint dîner au doyenné, il posa à Elsie des questions sur l'école du dimanche avec un intérêt sincère qui la remplit de joie et de fierté. Il mangea de bon appétit mais but peu de vin. Visiblement agacé par ces bavardages futiles, Kenelm ne tarda pas à perdre patience. Quand les fruits et les noix furent servis, il prit la parole :

« Permettez-moi, monsieur l'archidiacre, de vous poser une question sur l'évêché vacant de Melchester.

— Je vous en prie.

— J'aimerais beaucoup savoir quel genre d'homme recherche l'archevêque.

— Je ne demande qu'à satisfaire votre curiosité,

répondit Tattersall de sa voix douce et précise. Je suppose que vous envisagez, non sans raison, de vous porter candidat, et je tiens donc à vous informer tout de suite que vous n'avez pas été choisi. »

Elsie apprécia qu'il réponde sans détours, mais Kenelm fut incapable de cacher son désarroi. Il rougit et, l'espace d'un instant, elle craignit qu'il ne fonde en larmes; mais la colère l'emporta. Les poings crispés sur la nappe blanche, il balbutia :

« Vous me considérez comme un bon candidat et pourtant... » Il faillit s'étrangler d'indignation. « ... pourtant, vous me dites que c'est un autre qui a été retenu.

— Oui.

— Qui est-ce ? demanda abruptement Kenelm, avant de se reprendre, conscient de son incivilité. Si je puis me permettre ?

— Bien sûr. L'archevêque a choisi Horace Tomlin.

— Tomlin ? Mais je le connais. Il était à Oxford, deux ans après moi. Je n'ai jamais entendu dire qu'il ait fait une carrière particulièrement brillante depuis. Répondez-moi franchement, monsieur l'archidiacre : est-ce parce que je suis écossais ?

— Absolument pas. Je puis vous l'assurer.

— Mais alors, pourquoi ?

— Je vais vous le dire. Pendant les cinq dernières années, Tomlin a été aumônier d'un régiment de dragons et n'en a démissionné que parce qu'il a contracté une maladie en Espagne.

— Aumônier ?

— Je sais ce que vous pensez. Les ecclésiastiques

de haut rang ne deviennent pas souvent aumôniers militaires.

— Exactement.

— En un sens, c'est toute la question. L'archevêque a, voyez-vous, des idées très arrêtées sur la guerre. Selon lui, nous combattons l'athéisme, et même si Bonaparte est revenu sur certaines des décisions les plus hostiles au christianisme de la Révolution française, il n'a pas pour autant restitué les biens volés à l'Église de France. Il estime que notre clergé doit participer à cette lutte. Les soldats du front, qui savent qu'ils peuvent mourir à tout moment, sont ceux qui ont le plus besoin du réconfort divin. Nos meilleurs hommes d'Église ne doivent pas se prélasser à l'arrière : ils doivent se rendre là où on a besoin d'eux. Voilà le genre de service que monseigneur l'archevêque souhaite récompenser en priorité. »

Kenelm resta longuement muet et Elsie sentit que ce n'était pas le moment d'intervenir.

« Je voudrais être sûr de vous avoir bien compris, finit par dire Kenelm.

— Parlez librement, je vous en prie, l'encouragea Tattersall avec un sourire.

— Vous pensez que je mérite d'obtenir un évêché.

— Oui. Vous êtes intelligent, sérieux et travailleur. Vous seriez un atout pour n'importe quel diocèse.

— Mais vous savez que, dans les circonstances actuelles, l'archevêque favorisera toujours un homme qui a été aumônier.

— En effet.

— Autrement dit, le seul moyen certain de concrétiser mes espoirs est de devenir aumônier.

— C'est un fait. »

Kenelm prit son verre de vin et le vida. Il avait l'air d'un homme condamné à mort.

Oh, non ! pensa Elsie.

« Dans ce cas, déclara Kenelm, j'offrirai mes services au 107ᵉ régiment d'infanterie dès demain matin. »

33

Le pasteur Midwinter avait prévu d'annoncer la nouvelle le dimanche matin après la communion. Amos fut nerveux pendant tout l'office, se demandant quelle serait l'ampleur du soutien qu'il obtiendrait. Elsie disait que les gens le connaissaient et l'appréciaient, mais voudraient-ils vraiment qu'il les représente au Parlement ?

Ils se trouvaient dans la troisième Salle méthodiste construite à Kingsbridge. C'était la plus grande – si majestueuse que certains la trouvaient même trop imposante, estimant que c'étaient les œuvres de Dieu et non les constructions des hommes qu'il convenait d'admirer. D'autres considéraient au contraire qu'il était temps que le méthodisme s'impose aussi bien extérieurement que dans les esprits.

Amos, qui avait des préoccupations plus pressantes, n'avait pas d'avis sur la question.

« Vous savez certainement, commença Midwinter, que le Parlement a été dissous et que des élections législatives vont avoir lieu. »

Il était, lui aussi, majestueux et imposant. Il avait

soixante-sept ans, mais l'âge n'avait fait que le rendre plus distingué. Sa barbe et ses cheveux, d'un blanc immaculé désormais, étaient toujours drus. Les jeunes filles voyaient en lui une figure paternelle, mais les femmes mûres rougissaient et bégayaient souvent quand il leur parlait de sa voix de velours.

« Je suis très heureux de vous annoncer qu'un membre de notre assemblée sera candidat, dit-il. Puis il marqua une pause théâtrale avant d'ajouter : Amos Barrowfield. »

On n'applaudissait pas à l'église, même dans les Salles méthodistes, mais tous manifestèrent leur approbation à grand renfort d'amen et d'alléluias. Plusieurs personnes croisèrent le regard d'Amos et lui adressèrent de petits signes d'encouragement.

C'était bien parti.

« Il n'est que temps que notre mouvement exerce plus d'influence sur le gouvernement de notre pays, poursuivit Midwinter. J'ai accepté d'appuyer la candidature d'Amos, et j'espère que ce choix rencontrera votre approbation. »

D'autres amen se firent entendre.

« Ceux d'entre vous qui désirent participer à la campagne d'Amos sont invités à assister à la réunion qui se tiendra après la cérémonie. »

Amos se demanda combien de personnes resteraient.

À la fin de l'office, les fidèles mettaient toujours un certain temps à se disperser. Ils se saluaient, bavardaient et échangeaient des nouvelles. Au bout d'une bonne demi-heure, la moitié de l'assistance fut sortie et les autres commencèrent à se rasseoir, dans l'attente de la suite.

Midwinter réclama le silence et invita Amos à prendre la parole.

Il n'avait encore jamais fait de discours.

Elsie lui avait conseillé de parler exactement comme quand il faisait classe, à l'école du dimanche.

« Soyez naturel, amical et contentez-vous de dire clairement ce que vous avez à dire. Vous verrez, ça se passera bien. » Elle avait toujours cru en lui.

Il se leva et parcourut la salle du regard. Il vit surtout des hommes.

« Merci à tous, déclara-t-il, un peu raide. Je n'étais pas sûr que quelqu'un resterait. »

L'assistance rit de sa modestie et la glace fut brisée.

« Je me présente sous l'étiquette whig », poursuivit-il.

Les Whigs étaient le parti de la tolérance religieuse.

« Mais je n'ai pas l'intention de faire campagne sur les questions religieuses. Si je suis élu, j'œuvrerai dans l'intérêt de toute la population de Kingsbridge, méthodistes ou anglicans, riches ou pauvres, électeurs ou non-électeurs. »

Conscient que cette déclaration était trop générale, il ajouta d'un ton navré :

« J'imagine que tout le monde dit ça. »

Une fois de plus, sa franchise fut récompensée d'une salve de rires bienveillants.

« Je vais donc être plus précis, reprit-il. Je crois

que ce pays a besoin de deux choses : de pain et de paix. »

Il but une petite gorgée d'eau et releva quelques hochements de tête approbateurs.

« Comment accepter que nous ayons des lois dont le seul but est de maintenir un prix du pain élevé ? De telles mesures préservent les revenus des hommes les plus riches du pays, tandis que les gens ordinaires les payent d'une augmentation du prix du pain. Ces lois doivent être abrogées et le peuple doit avoir du pain, ce pain dont la Bible nous dit qu'il est la substance même de la vie. »

Un chœur d'amen lui répondit. Il avait touché une corde sensible. La noblesse foncière du pays utilisait sans scrupule son pouvoir – et surtout celui de ses voix à la Chambre des lords – pour garantir ses profits agricoles et s'assurer notamment des loyers élevés sur les milliers d'hectares qu'elle donnait en fermage. Les méthodistes, en majorité des artisans de la classe moyenne et des petits commerçants, étaient scandalisés. Quant aux pauvres, ils étaient condamnés à avoir faim.

« Mais nous avons besoin de paix presque autant que les pauvres de pain. La guerre a porté un grave préjudice aux entrepreneurs et aux travailleurs et, pourtant, nos Premiers ministres – William Pitt, le duc de Portland, Spence Perceval et maintenant le comte de Liverpool – n'ont pas même cherché à négocier un accord de paix. Il faut que ça change. »

Il hésita un instant.

« Je pourrais continuer sur ce sujet, mais je vois

à vos visages que vous n'avez pas besoin d'être convaincus. »

De nouveaux rires s'élevèrent.

« Parlons donc de ce qu'il faut faire pour que les choses changent. »

Il s'assit et fit signe au pasteur Midwinter, qui se releva.

« Il y a à Kingsbridge environ cent cinquante hommes qui ont le droit de voter, déclara Midwinter. Nous devons trouver de qui il s'agit, comment ils ont voté par le passé et dans quel sens ils penchent cette fois. Nous pourrons ensuite essayer par tous les moyens de les rallier à nos vues. »

La tâche était colossale, se dit Amos.

« Le maire a l'obligation de publier une liste des électeurs potentiels, expliqua Midwinter. Dans les jours qui viennent, nous devrions pouvoir consulter cette liste sur les panneaux d'affichage de la ville ainsi que dans la *Kingsbridge Gazette*. Nous devons découvrir comment ils ont voté aux dernières élections législatives, il y a cinq ans. Ces informations sont publiques, elles figurent dans les registres de l'hôtel de ville et dans les archives de la presse. »

Le scrutin n'était pas secret : les hommes devaient annoncer leur choix devant une salle pleine de monde, et la *Gazette* publiait à qui était allée chaque voix.

« Ensuite, une fois informés, nous pourrons commencer à parler aux électeurs. » Midwinter s'interrompit un instant. « Pardonnez-moi de vous dire quelque chose qui vous paraîtra superflu : il n'est pas question de verser le moindre pot-de-vin ni même d'y faire allusion au cours notre campagne.»

En réalité, les élections à Kingsbridge avaient toujours été plutôt épargnées par la corruption. Au cours des dernières années, les électeurs avaient choisi gaillardement le vicomte Northwood. Midwinter jugeait pourtant utile de réaffirmer la position des méthodistes sur la question, et Amos lui donna raison.

«Pas question de payer un verre aux électeurs à l'auberge, poursuivit Midwinter. Pas question d'offrir ou de promettre de faveur en échange d'un soutien. Nous demanderons aux gens de voter pour le meilleur candidat, et nous leur dirons que nous espérons qu'ils choisiront le nôtre.»

Une voix s'éleva au fond de la salle et Amos reconnut celle de Spade.

«Il me semble, dit-il, que les femmes jouent un rôle important dans les élections.»

Il était accompagné de son épouse, Arabella, qui s'était convertie au méthodisme au moment de leur mariage. Abe, le beau-fils – ou le fils, à en croire les ragots de Belinda Goodnight – de Spade, âgé de treize ans, était assis entre eux.

«Bien qu'elles n'aient pas forcément envie de discuter de Bonaparte ou des lois céréalières, presque toutes les femmes de notre Église sont prêtes à affirmer la main sur le cœur qu'elles connaissent Amos Barrowfield depuis des années, et que c'est un homme honnête et travailleur. Ce genre de remarques peut être plus utile à notre cause qu'un débat sur l'Autriche ou la Russie.

— Fort bien, reprit alors Midwinter. Je vous propose de nous retrouver mercredi, après la réunion de prières : d'ici là, nous devrions avoir la liste des électeurs. Mais avant de clôturer cette réunion, nous devons signer les documents de proposition de candidature. J'apporte mon soutien à Amos. Spade, voulez-vous en faire autant ? Il serait utile d'avoir un échevin sur la liste.

— Avec plaisir, répondit Spade.

— Il serait bon d'avoir aussi un anglican. Comme l'a fait remarquer Amos tout à l'heure, il ne veut pas être le candidat des seuls méthodistes.

— Si nous nous adressions à Cecil Pressman, le maçon ? suggéra Amos. Il est hostile à la guerre, je le sais, mais il fréquente l'église Saint-Luc.

— Excellente idée.

— Je connais Cecil, intervint Spade. Je lui parlerai. »

Et la campagne fut lancée.

*

Elsie rendait visite à sa mère presque tous les après-midi. La maison était spacieuse – presque trop pour deux adultes et un enfant, se dit-elle. Du temps où elle était habitée par Will Riddick, elle était entièrement lambrissée de chêne et tapissée de velours sombre, et elle était célèbre pour le nombre de prostituées qui y entraient et de bouteilles vides qui en sortaient. Depuis, elle avait beaucoup changé. Spade aimait les meubles classiques – chaises à dossier carré, tables à pieds droits – et les étoffes aux motifs élaborés. Arabella, quant à elle, adorait les courbes et les coussins, les sièges capitonnés et les tentures qui dessinaient festons et drapés. Au fil des ans, Elsie avait vu leurs goûts respectifs se fondre en un style original, douillet et opulent mais sans prétention. En été, la maison était décorée de grands vases de roses du jardin.

Arabella, maintenant âgée de cinquante-huit ans, avait conservé sa beauté. Spade en était conscient : il suffisait de les voir ensemble pour le remarquer. Ce jour-là, elle portait une robe de soie vert olive ornée de dentelle aux manches et à l'ourlet. Spade aimait qu'elle soit élégante.

Quand Elsie venait la voir, elles étaient habituellement seules : Spade travaillait et Abe était à l'école. Cela leur permettait d'avoir des conversations intimes. Arabella savait que sa fille était toujours follement amoureuse d'Amos, tandis qu'Elsie savait qu'Abe était le fils de Spade et non de l'évêque. Abe était un garçon plein de joie de vivre : la malédiction de son baptême avait été sans effet.

Elles prirent le thé au salon, qui était orienté à l'ouest et illuminé par un pâle soleil d'octobre.

« J'ai croisé Belinda Goodnight en venant, dit Elsie.

— Vous étiez très proches quand vous étiez enfants, se souvint Arabella.

— Je me rappelle qu'elle avait un petit théâtre de marionnettes. Nous inventions des pièces à propos de filles qui tombaient amoureuses de jeunes bohémiens.

— Vous m'avez obligée à en regarder une. Elle était terriblement mauvaise. »

Elsie éclata de rire avant de reprendre :

« Belinda est une vraie commère.

— Je sais. On la surnomme la *Kingsbridge Gazette*.

— Elle m'a dit quelque chose qui m'a contrariée. Il paraît que des gens racontent ouvertement qu'Amos est le père du jeune vicomte Northwood.

— Si c'est vrai, personne ne peut en jurer, répondit sa mère en haussant les épaules. Des bruits ont circulé à sa naissance, mais ça n'a pas duré. Je me demande pourquoi la rumeur a repris.

— C'est à cause de l'élection, évidemment. Les partisans de Hornbeam sont derrière tout cela.

— Crois-tu que ces ragots puissent empêcher des gens de voter pour Amos ?

— Ce n'est pas impossible.

— J'en parlerai à David. »

Arabella préférait appeler son mari David au lieu de Spade. Les deux femmes restèrent silencieuses un instant, ce qui n'était pas dans leurs habitudes, puis Arabella reprit :

« Je sens que tu as autre chose en tête.

— Kenelm prépare son départ pour l'Espagne.

— Quand doit-il partir ?

— Cela dépend. Nous envoyons des renforts à Wellington au début de la nouvelle année. Un navire doit quitter Combe avec à son bord les officiers et les hommes qui ont rejoint le 107ᵉ d'infanterie. Kenelm attend sa convocation.

— Tu vas devoir quitter le doyenné. Où penses-tu aller ?

— Je ne sais pas encore. Je louerai peut-être une maison.

— Tu as l'air soucieuse. Dis-moi ce qui te tracasse.

— Oh, mère, dit alors Elsie. J'aimerais tant habiter ici, avec vous. »

Arabella hocha la tête ; elle n'en était pas surprise.

« Et moi, j'en serais ravie, lui répondit-elle.

— Et Spade ? Qu'en pensera-t-il ?

— Franchement, je ne sais pas. C'est un homme bon et généreux, mais accepterait-il de partager sa maison avec les enfants d'un autre – surtout s'ils sont cinq ?

— C'est beaucoup lui demander, je sais bien. Mais accepteriez-vous de lui en parler ?

— Bien sûr. Mais je ne sais pas ce qu'il dira. »

*

Dans le vestibule, Spade se préparait pour une réunion du conseil municipal sous le regard d'Arabella. Les culottes commençaient à passer de mode et il portait un pantalon de tissu gris rayé. Il enfila une redingote croisée et un chapeau haut de forme à bord recourbé, puis vérifia son apparence dans le miroir suspendu près de la porte.

« J'aime bien ta manière de t'habiller, lui dit-elle. Tant d'hommes ont une allure sinistre ou négligée. Toi, tu as toujours l'air d'une réclame de tailleur.

— Merci, répondit Spade. Je suis effectivement

une réclame, mais pour mes étoffes, plutôt que pour un tailleur.

— J'ai entendu aujourd'hui une rumeur dont il faut que je te parle, poursuivit Arabella.

— J'espère qu'elle est croustillante.

— Un peu, mais ça ne va pas te plaire.

— Je t'écoute.

— Elsie est passée cet après-midi comme à son habitude. »

Spade se rappela que le gendre d'Arabella s'était engagé comme aumônier dans le 107e régiment d'infanterie.

« Quand Kenelm part-il pour l'Espagne ?

— Il est en pleins préparatifs.

— Pardonne-moi, je t'ai interrompue. De quelle rumeur voulais-tu me parler ?

— Des gens racontent qu'Amos est le père du jeune vicomte Northwood. »

C'était une mauvaise nouvelle, pensa Spade. La moindre odeur de scandale risquait de faire du tort à la campagne électorale. C'était en raison d'une rumeur de ce genre que sa première tentative pour devenir échevin avait échoué. La fois suivante, il était marié et l'affaire avait perdu de son piquant.

« Qu'entend Elsie par "des gens" ? demanda-t-il.

— Elle l'a entendu de la bouche de Belinda Goodnight, qui est une vraie commère.

— Hum. Des bruits du même genre ont déjà circulé au sujet du jeune Hal, mais cela remonte à des années. »

Spade s'en souvenait parce que la position de Hal

était très proche de celle d'Abe. Les deux garçons étaient soupçonnés d'être le fruit d'une liaison adultère. Le premier mari d'Arabella, l'évêque Latimer, avait réagi avec fureur, tandis que lorsque Jane avait présenté à Henry un fils et héritier, il n'avait pas semblé douter d'être le père du garçon et les ragots s'étaient éteints d'eux-mêmes.

« Il semblerait que les rumeurs aient repris, dit Arabella.

— Je sais bien pourquoi, répondit Spade avec une moue écœurée. C'est à cause des élections.

— Crois-tu que Hornbeam les ait lancées ?

— Je n'en doute pas un instant. »

Le visage d'Arabella prit une expression de dégoût, comme si elle avait mangé quelque chose de trop aigre.

« Cet homme est une plaie.

— C'est vrai. Mais je crois savoir comment le réduire au silence. J'irai lui parler ce soir.

— Bonne chance. »

Spade l'embrassa sur les lèvres et sortit.

Le conseil municipal qui regroupait les douze échevins se réunissait dans la grande salle de l'hôtel de ville. Comme toujours, une carafe de sherry et un plateau de verres étaient disposés sur la table à leur intention. Le maire, Frank Fishwick, présidait la réunion avec son mélange habituel de fermeté et de jovialité.

Les deux candidats au Parlement étaient des échevins, et ils assistaient à la réunion. Spade fut frappé par le contraste entre les deux hommes. Amos n'avait pas encore quarante ans alors que Hornbeam approchait des soixante, mais ce n'était pas seulement la différence d'âge qui les distinguait. Amos paraissait en paix avec lui-même, tandis que Hornbeam avait le visage d'un homme dont la vie n'avait été qu'un conflit perpétuel. Tête baissée, il jetait des regards par-dessous ses sourcils broussailleux, comme prêt à relever le moindre défi.

Les élections étaient le principal sujet de la séance. Le Parlement avait prévu qu'elles auraient lieu entre le 5 octobre et le 10 novembre – la date exacte devant être fixée par les autorités locales. Le conseil décida que le débat public se tiendrait sur la place du marché le jour de la Saint-Adolphe, et le scrutin le lendemain, à l'hôtel de ville. Deux candidatures avaient été reçues, en règle l'une comme l'autre. Le décompte des voix serait supervisé par le greffier de la cour, Luke McCullough. Ces dispositions n'offraient pas matière à controverse, et Spade passa son temps à préparer son entretien avec Hornbeam.

Dès la fin de la réunion, il marcha droit sur lui.

« Monsieur l'échevin, commença-t-il, j'aimerais m'entretenir avec vous.

— Je n'ai pas le temps, rétorqua Hornbeam, hautain.

— Vous allez le trouver, Joey, c'est dans votre intérêt », poursuivit Spade en changeant de ton.

Hornbeam fut trop étonné pour répondre.

« Mettons-nous à l'écart un instant, suggéra Spade en entraînant Hornbeam dans un coin. La vieille rumeur à propos d'Amos et Hal Northwood a refait surface.

— J'ose espérer, répliqua Hornbeam qui avait retrouvé sa hauteur coutumière, que vous n'imaginez pas que je colporte des ragots obscènes dans la ville.

— Vous êtes responsable de ce que racontent vos amis et vos partisans. Vous ne me ferez pas croire qu'ils échappent à votre contrôle. Ils font ce que vous leur dites, et quand vous leur dites d'arrêter, ils arrêtent. Alors maintenant, vous allez leur ordonner de tenir leur langue à propos de Hal Northwood.

— À supposer que je vous croie, s'emporta Hornbeam en élevant la voix, pourquoi devrais-je vous obéir ? »

Quelques hommes se retournèrent.

« Parce qu'avant de critiquer, mieux vaut balayer devant sa porte », répliqua Spade, tout haut lui aussi.

Hornbeam baissa le ton.

« Je ne vois absolument pas où vous voulez en venir, chuchota-t-il d'un air gêné qui contredisait ses paroles.

— Vous m'obligez donc à le dire, répondit Spade d'une voix calme mais insistante. Vous êtes vous-même un enfant illégitime.

— C'est ridicule ! » s'exclama Hornbeam.

Le souffle court, il faisait des efforts pour reprendre sa respiration.

« Vous avez toujours prétendu que votre mère était morte au cours d'une épidémie de variole à Londres.

— C'est la pure vérité.

— Vous n'avez certainement pas oublié Matt Carver. »

Hornbeam poussa un gémissement, comme s'il venait de recevoir un coup de poing dans le ventre. Il pâlit et eut du mal à reprendre son souffle. Il semblait hors d'état de parler.

« J'ai rencontré Matt Carver, poursuivit Spade. Il se souvient parfaitement de vous.

— Je ne connais personne de ce nom, répliqua Hornbeam quand il eut retrouvé la parole.

— Matt était à côté de vous, au pied du gibet, quand vous avez assisté à la mort de votre mère. »

C'était cruel, mais il tenait à ce que Hornbeam comprenne qu'il savait tout.

« Vous êtes un démon, réussit à peine à articuler Hornbeam.

— Non, je ne suis pas un démon, répliqua Spade en secouant la tête, et je n'ai pas l'intention de détruire votre réputation. Vous ne méritez aucune compassion, mais un scrutin ne saurait être remporté ou perdu sur la foi d'un ragot malveillant. Je connais votre passé depuis sept ans et n'en ai jamais parlé à personne, pas même à Arabella. Et je continuerai à me taire – à condition que les rumeurs sur Amos et Hal cessent.

— J'y veillerai, gémit Hornbeam.

— Fort bien », fit Spade, et il s'éloigna.

Hornbeam ne le lui pardonnerait jamais, mais ils étaient déjà ennemis depuis des années : Spade n'avait rien à perdre.

Quand il rentra chez lui, le dîner était servi sur la table de la salle à manger. Spade se servit de la soupe aux choux et prit deux tranches de viande froide. Arabella sirotait du vin et il sentit qu'elle avait quelque chose à lui dire. Lorsqu'il eut fini de manger, il repoussa son assiette.

« Allons, dis-moi tout.

— Décidément, aucun de mes soucis ne t'échappe, remarqua-t-elle en souriant.

— Vas-y.

— Nous sommes très heureux dans cette maison tous les trois, Abe, toi et moi.

— Grâce au ciel et grâce à toi.

— Et aussi grâce à toi, David. Tu m'apprécies comme je suis.

— C'est pour ça que je t'ai épousée.

— Tu trouves ça normal, mais ça ne l'est pas. Avant toi, je n'avais jamais vécu avec un homme qui m'appréciait. Mon père me trouvait laide et désobéissante, et Stephen ne s'intéressait guère à moi.

— J'ai peine à le croire.

— Je ne voudrais pas que ça change.

— Mais la vie est pleine de changements. Et donc…

— Et donc, Elsie et ses enfants ne savent pas où habiter après le départ de Kenelm pour l'Espagne.

— Oh, j'avais pensé qu'ils viendraient vivre ici avec nous.

— Vraiment ?

— La maison est assez grande.

— Et ça ne te dérangerait pas ?

— J'en serais ravi ! Je les aime tous.

— Oh, David, merci ! » s'exclama-t-elle, et elle fondit en larmes.

*

Amos Barrowfield ne cesserait jamais d'exaspérer Hornbeam. D'abord, il l'avait empêché de réaliser son projet de reprise de l'affaire du vieux Obadiah Barrowfield. Ensuite, il avait trouvé le moyen de faire perdre à Will Riddick ses fonctions de responsable des achats pour la milice. Et voilà qu'il cherchait à devenir député. Hornbeam attendait depuis si longtemps de reprendre le siège de Northwood qu'il avait fini par le considérer comme son dû. Il ne s'était pas attendu à devoir se battre pour cela.

Il avait espéré compromettre la réputation d'Amos en racontant qu'il était le père de Hal Northwood, mais Spade, avec son esprit retors, avait déjoué ses plans. Hornbeam allait devoir sortir l'artillerie lourde.

Il alla rendre visite à Wally Watson, un producteur de fil. Wally n'était pas tisserand : il filait et teignait des matériaux de bonne qualité dans une manufacture qui était la plus grosse filature de la ville. Il aurait dû être conservateur et voter pour Hornbeam, mais il était méthodiste, ce qui risquait de l'inciter à soutenir Barrowfield et les Whigs.

Les hommes comme Wally constituaient une partie non négligeable de l'électorat. Cependant, Hornbeam pensait savoir comment les manipuler.

Au moment où il sortait de chez lui, il fut rejoint par son petit-fils qui partait pour l'école secondaire située sur la place, et ils descendirent ensemble la Grand-Rue. Le jeune Joe Hornbeam était maintenant plus grand que son grand-père. À quinze ans à peine, il avait déjà l'air d'un adulte. Il avait même une moustache tout à fait honorable. Ses yeux bleus avaient perdu leur innocence : ils étaient désormais pénétrants et provocateurs. Joe faisait preuve d'un sérieux inhabituel pour son âge. Il était bon élève et espérait aller à l'université d'Édimbourg étudier la science et la mécanique.

Hornbeam s'inquiétait depuis des années pour sa succession. Deborah possédait les compétences nécessaires pour reprendre son affaire, mais les femmes avaient du mal à diriger des hommes. Son fils Howard n'était pas à la hauteur. En revanche, Joe devrait faire l'affaire. Il était l'unique petit-fils de Hornbeam et son héritier tout désigné.

Hornbeam tenait à ce que son entreprise lui survive. C'était l'œuvre de sa vie. Il s'était assuré une place au cimetière de la cathédrale – ce qui lui avait coûté le prix d'une rangée complète de stalles en chêne finement sculpté dans le chœur –, mais le vrai monument à sa mémoire serait la plus grande entreprise textile de tout l'ouest de l'Angleterre.

« Comment se déroule la campagne électorale, grand-père ? demanda Joe. Elle s'annonce bien ?

— Je ne m'attendais pas à avoir un rival, dit Hornbeam. Il n'y a généralement qu'un candidat.

— Je vois mal un méthodiste devenir législateur. Ils ont déjà enfreint les lois de l'Église. »

L'unique défaut du jeune Joe était sa fâcheuse tendance à adopter une ligne morale inflexible. Il n'avait pas le cœur tendre, loin de là, mais insistait pour faire ce qu'il estimait être juste, même lorsque les circonstances plaidaient en faveur d'un compromis. À l'école, il avait refusé un prix parce qu'un autre élève l'avait aidé à écrire la dissertation qui l'avait emporté. Il prenait position contre les négociations de paix parce que Bonaparte était un tyran. Il admirait l'armée parce que les officiers donnaient les ordres et que les hommes devaient obéir. Son grand-père ne doutait pas que cette attitude s'adoucirait avec la maturité.

« Il faut prendre les hommes tels qu'ils sont, et non tels qu'ils devraient être », déclara alors Hornbeam.

Joe parut réticent à l'admettre, mais avant qu'il ait eu le temps de riposter, ils arrivèrent sur la place et se séparèrent.

Hornbeam traversa le pont, passa devant ses propres manufactures et se dirigea vers la filature de Watson. Comme la plupart des maîtres, celui-ci occupait l'essentiel de son temps à l'atelier, à surveiller les machines et les ouvriers qui les faisaient fonctionner, et c'est là que Hornbeam le trouva. Watson le conduisit dans un bureau indépendant, à l'abri du vacarme.

Wally était jeune. Les hommes qui choisissaient la dissidence se convertissaient généralement dans leur jeunesse, avait remarqué Hornbeam.

« J'espère que ce fil rouge de soie et de laine mérinos que je vous ai livré vous donne satisfaction, monsieur Hornbeam. »

La laine mérinos était douce et la soie y ajoutait de la solidité tout en lui apportant un léger brillant. Ce fil était très apprécié pour les robes de dames.

« Il est parfait, merci, répondit Hornbeam. Je vous passerai sûrement une nouvelle commande sous peu.

— Je m'en réjouis. Nous sommes à votre disposition, dit Wally, mal à l'aise car il ne savait pas à quoi il devait cette visite. Nous avons fait beaucoup d'affaires ensemble ces dernières années, et je suis sûr que cela nous a été profitable à tous les deux.

— Sans nul doute. Au cours des douze derniers mois, j'ai dépensé chez vous deux mille trois cent soixante-quatorze livres.

— Et je suis très flatté de votre clientèle, monsieur Hornbeam, répondit Wally, visiblement surpris par l'exactitude de la somme.

— J'espère pouvoir compter sur votre voix aux prochaines élections, poursuivit Hornbeam de but en blanc.

— Ah, fit Wally, qui eut l'air gêné et un peu effrayé. Vous n'ignorez pas que Barrowfield est un méthodiste comme moi, ce qui me place dans une situation difficile.

— Vraiment?

— Si seulement je pouvais voter pour vous deux! s'exclama Wally avec un rire benêt.

— Mais puisque vous ne le pouvez pas… »

Il y eut un instant de silence.

« Bien entendu, je ne me permettrais pas de vous dire pour qui voter, reprit Hornbeam.

— C'est tout à votre honneur », répondit Wally, qui semblait croire que son interlocuteur s'en tiendrait là.

Il allait falloir le détromper.

« À vous de voir ce qui compte le plus pour vous :

votre amitié pour Barrowfield ou mes deux mille trois cent soixante-quatorze livres.

— Oh.

— Qu'est-ce qui vous importe le plus ? Voilà la décision que vous avez à prendre. »

Wally avait l'air au supplice.

« Si vous présentez les choses de la sorte…

— En effet, je les présente de la sorte.

— Dans ce cas, soyez assuré que je voterai pour vous.

— Je vous remercie, dit Hornbeam en se levant. Je savais que nous finirions par tomber d'accord. Je vous souhaite une bonne journée.

— Bonne journée à vous, monsieur Hornbeam. »

*

Le jour de la Saint-Adolphe, il faisait froid mais le soleil brillait. La place était noire de monde, le débat public ayant attiré encore plus de gens que d'ordinaire. Sal s'y rendit avec Jarge, comme toujours, mais elle était inquiète. Celui-ci travaillait à la manufacture d'en haut de Hornbeam, qui était fermée trois jours par semaine parce que son patron n'était plus le fournisseur de la milice. Son salaire avait diminué de moitié et il passait ses jours chômés dans les tavernes. Le mélange d'alcool et d'oisiveté le rendait coléreux. Ses compagnons étaient eux aussi des tisserands en difficulté, et chacun attisait les rancœurs des autres.

La foire était toujours émaillée d'incidents mineurs :

menus larcins, ivrognerie, querelles qui tournaient à la bagarre. Mais ce jour-là, Sal sentait dans l'air une menace plus lourde. Depuis le début de l'année, les sabotages de machines s'étaient multipliés et, depuis leur apparition dans le Nord, ils s'étaient répandus à travers le pays, organisés avec une discipline quasi militaire qui terrifiait l'élite au pouvoir. Jarge approuvait chaudement ces actions.

Sal avait un autre motif de préoccupation. Même si le meurtre du Premier ministre Perceval n'avait pas été lié à l'industrie textile – son assassin avait été motivé par une rancune personnelle –, certaines villes avaient accueilli la nouvelle de cet assassinat dans la liesse. La haine de classe avait atteint de nouveaux sommets en Angleterre.

Sal craignait qu'une émeute n'éclate lorsque les candidats au Parlement prononceraient leurs discours. Le cas échéant, son principal souci serait d'empêcher Jarge de s'attirer des ennuis.

Tandis qu'ils faisaient le tour des étalages, ils rencontrèrent Jack Camp, un ami de Jarge.

« Tu viens boire un coup, Jarge ? dit-il.

— Peut-être tout à l'heure.

— Je serai à La Cloche, lança Jack en s'éloignant.

— Je n'ai pas un sou », avoua Jarge à sa femme.

Prise de pitié, elle lui donna un shilling.

« Amuse-toi, mon chéri, mais promets seulement de ne pas te saouler, dit-elle.

— C'est promis », répondit-il en s'éloignant.

Sal remarqua qu'un sergent recruteur du 107e d'infanterie avait installé un étal. Il parlait à un groupe de jeunes garçons et leur montrait un mousquet. Sal s'arrêta pour l'écouter.

« Voici le tout dernier mousquet à silex Land Pattern qu'on distribue aux régiments d'infanterie, dit-il. Il mesure trois pieds et trois pouces sans la baïonnette. On l'appelle le "Brown Bess". »

Il tendit l'arme à un grand gaillard qui se tenait près de lui et Sal reconnut Joe, le petit-fils de Hornbeam. Une fille de la manufacture l'observait avec le plus vif intérêt, et après un instant de réflexion, Sal se rappela son nom : Margery Reeve. Elle était jolie, avec un petit air hardi, et avait manifestement des vues sur Joe. Sal soupira en songeant à ses propres émois adolescents.

Joe soupesa l'arme et l'épaula sous les regards amusés de Sal.

« Vous remarquerez que le canon n'est pas brillant, mais bruni, dit le sergent. Qui d'entre vous pourrait me dire pour quelle raison on a procédé à ce changement ?

— Pour qu'on n'ait pas à se fatiguer à l'astiquer ? » suggéra Joe.

Le sergent éclata de rire.

« L'armée ne cherche pas à vous faciliter la vie, répondit-il, déclenchant l'hilarité des autres garçons. Non, ce brun terne évite que le canon réfléchisse la lumière. L'éclat du soleil sur votre arme pourrait aider un Français à vous viser avec plus de précision. »

Les garçons restèrent bouche bée.

« Le mousquet a une hausse crantée pour vous permettre de viser plus précisément et un pontet rainuré pour une meilleure prise en main. Selon vous, quelle est la qualité la plus importante d'un mousquetaire ?

— Une bonne vue, répondit Joe.

— C'est très important, c'est un fait, acquiesça le sergent. Mais si vous voulez mon avis, ce dont un soldat d'infanterie a le plus besoin, c'est de calme. Rester calme vous aidera à viser avec précision et à tirer sans à-coups. Ce qui n'est pas facile quand les balles volent autour de vous et que vous voyez des hommes se faire tuer. Mais c'est ce qui vous sauvera la vie quand la panique s'emparera des autres. »

Il reprit le mousquet des mains de Joe et le passa à un autre garçon, Sandy Drummond, le fils du marchand de vin.

« De nos jours, poursuivit le sergent, nous utilisons principalement des cartouches toutes prêtes – la poire à poudre et la cartouchière nous ralentissaient. Les soldats d'aujourd'hui peuvent recharger et tirer trois fois par minute. »

Sal s'éloigna.

Près des marches de la cathédrale, on avait installé deux charrettes ouvertes à vingt mètres de distance, et les groupes politiques rivaux étaient en train d'y accrocher fanions et drapeaux, s'apprêtant à les utiliser comme estrades pour les orateurs. Sal vit Mungo Landsman et ses acolytes de l'Auberge de l'Abattoir qui rôdaient dans les parages. Pas question pour eux de manquer une occasion de se bagarrer.

Près de l'estrade des Whigs, Amos, vêtu d'un manteau vert bouteille et d'un gilet blanc, serrait des mains et parlait aux passants. Reconnaissant Sal, l'un d'eux lui demanda :

« Madame Box, vous qui travaillez pour lui, dites-nous la vérité. Est-ce que c'est un bon maître ?

— Meilleur que la plupart, je dois l'admettre », dit Sal avec un sourire.

Luke McCullough, greffier de la cour et magistrat municipal, apparut, suivi de Hornbeam, sobrement vêtu de noir, coiffé d'une perruque et d'un chapeau. McCullough était chargé de contrôler que l'élection se déroulait légalement.

« Monsieur Barrowfield, monsieur Hornbeam, nous allons tirer au sort avec cette pièce. Monsieur Hornbeam, votre ancienneté dans la fonction d'échevin vous donne le privilège de dire pile ou face. Le gagnant pourra choisir de parler en premier ou en second. »

Il lança la pièce en l'air et Hornbeam annonça : « Face. »

McCullough attrapa la pièce, referma le poing et la posa sur le dos de son autre main.

« Pile, annonça-t-il.

— Je parlerai en second », dit Amos.

Sal devina qu'il avait fait ce choix afin de pouvoir riposter aux arguments de son adversaire.

« Monsieur Hornbeam, reprit McCullough, nous pouvons commencer dès que vous serez prêt. »

Hornbeam s'approcha de la charrette du parti tory et parla à Humphrey Frogmore, qui avait parrainé sa candidature. Frogmore tendit à Hornbeam une liasse de papiers, que celui-ci consulta.

Les habitants de Kingsbridge n'avaient pas oublié Tommy Pidgeon, et Hornbeam ne serait jamais populaire, mais l'opinion publique n'était pas un souci pour lui, songea Sal. Seuls les électeurs avaient de l'importance, et c'étaient tous des commerçants ou des propriétaires fonciers peu enclins à avoir de la compassion pour un voleur.

Sal remarqua que Jarge et Jack Camp étaient sortis de La Cloche avec quelques autres amis, chopes à la main. Elle aurait préféré qu'ils restent à l'intérieur.

McCullough monta sur la charrette du parti tory et agita vigoureusement une cloche. Le public se massa autour de lui.

« Élections du député de Kingsbridge au Parlement. Joseph Hornbeam s'exprimera le premier, avant de céder la parole à Amos Barrowfield. Vous êtes priés d'écouter les candidats en silence. Aucun désordre ne sera toléré. »

Bon courage, pensa Sal.

Hornbeam monta sur l'estrade, en serrant ses papiers serrés dans sa main, et s'immobilisa un instant, rassemblant ses pensées. La foule était silencieuse et un homme en profita pour crier : « Foutaises ! » La boutade fut saluée par une vague d'hilarité qui déconcerta Hornbeam.

Cependant, il reprit vite ses moyens.

« Électeurs de Kingsbridge ! » commença-t-il.

Sur le millier de personnes qui se pressaient sur la place, la moitié environ l'écoutait. La ville ne comptait pourtant que cent cinquante électeurs. La majorité des gens présents ce matin-là n'avaient pas le droit de vote, et beaucoup en éprouvaient du ressentiment. Dans les tavernes, on dénonçait avec colère les échecs du « gouvernement héréditaire », un euphémisme désignant le roi et la Chambre des lords, que la loi mettait à l'abri de toute critique.

Dans les tavernes, les plus radicaux évoquaient la Révolution française en termes élogieux. Sal avait parlé de la France avec Roger Riddick, l'associé de Kit, qui y avait vécu. Roger n'avait que mépris pour les Anglais qui approuvaient la Révolution. Elle avait remplacé une tyrannie par une autre, disait-il ; et les Anglais jouissaient de plus de liberté que leurs voisins. Sal le croyait, mais trouvait qu'il ne suffisait pas de dire que d'autres endroits étaient pires que l'Angleterre, où régnaient toujours beaucoup d'injustice et de cruauté. Roger ne la contredisait pas.

« Notre roi et notre Église sont menacés », commença Hornbeam.

Si Sal respectait l'Église, du moins en partie, elle n'éprouvait aucune sympathie pour le roi. Elle supposait que la majorité des ouvriers des manufactures étaient de son avis.

Un homme debout à côté de Jarge cria : « Le roi, il a jamais rien fait pour moi ! », provoquant un tonnerre d'acclamations.

Hornbeam parla alors de Bonaparte, désormais empereur des Français. Il était en terrain plus sûr. De nombreux ouvriers de Kingsbridge avaient des fils dans l'armée et voyaient en Bonaparte un suppôt de Satan. Hornbeam obtint quelques applaudissements en le dénigrant.

Il parla de la Révolution française en sous-entendant que le parti whig l'avait soutenue. Sal se demanda combien de membres de l'assistance tomberaient dans le panneau. Quelques-uns peut-être, mais la plupart de ceux qui avaient le droit de vote étaient mieux informés.

La plus grave erreur de Hornbeam était son attitude. Il parlait comme s'il donnait des directives à ses contremaîtres. Il était ferme et autoritaire, mais froid et distant. Si des discours pouvaient exercer de l'influence, celui-ci était indéniablement en train de lui faire perdre des voix.

Pour finir, il revint sur la question du roi et de l'Église, soulignant la nécessité de respecter leur autorité. C'était une très mauvaise approche face un public d'ouvriers ; les huées et les cris se firent plus forts. Sal rejoignit Jarge à travers la foule. Quand elle vit Jack Camp se baisser pour ramasser une pierre, elle lui attrapa le bras et l'avertit :

« Jack, réfléchis à deux fois avant d'essayer d'assassiner un échevin. »

La remarque de Sal suffit à le dissuader.

Hornbeam conclut, accompagné d'applaudissements tièdes et de vociférations sonores. Jusque-là, tout allait bien, se dit Sal.

Amos se comporta tout autrement. En montant sur l'estrade, il retira son chapeau, comme en signe de respect à l'égard de son public. Il parla sans notes.

« Quand j'ai demandé aux gens de Kingsbridge ce qui les tracassait, la plupart ont mentionné deux choses : la guerre et le prix du pain. »

Cela lui valut aussitôt des applaudissements fracassants.

« Monsieur l'échevin Hornbeam vous a parlé du roi et de l'Église. Aucun de vous n'a évoqué ces deux sujets en ma présence. Moi, je crois que vous voulez la paix, et la miche de pain à sept pence. »

Une vague d'acclamations l'obligea à élever la voix pour finir sa phrase.

« Est-ce que je me trompe ? »

La clameur enfla jusqu'au rugissement.

Les ouvriers n'étaient pas les seuls à être hostiles à la guerre. Parmi les hommes qui avaient le droit de vote, beaucoup étaient las après vingt années de combats. Trop de jeunes hommes étaient morts. Bien des gens voulaient reprendre une vie normale, et espéraient que le continent redeviendrait une destination touristique, que l'on pourrait retourner à Paris acheter des vêtements, contempler des ruines à Rome, au lieu d'être un endroit où l'on envoyait ses fils à la mort. Cependant, la majorité des députés accordaient la priorité à la victoire, et non à la paix. Peut-être certains électeurs pensaient-ils que le Parlement avait besoin de davantage d'hommes comme Amos.

C'était un orateur naturel, songea Sal, un de ces hommes capables de rallier le public à leur cause sans donner l'impression de s'y efforcer. Une partie de son charme venait de ce qu'il n'en avait même pas conscience.

On n'entendit que de rares huées, et aucune pierre ne vola.

Quand Amos eut terminé, Sal le félicita :

« Ils vous ont adoré, dit-elle. Bien plus que Hornbeam.

— Je pense bien, répondit-il. Mais ils le craignent plus que moi. »

*

Le scrutin avait lieu le lendemain matin. Les cent cinquante-sept électeurs de Kingsbridge se massèrent dans la salle de l'hôtel de ville. Luke McCullough et un assistant étaient assis derrière une table au milieu de la pièce, tenant chacun une liste alphabétique. Les électeurs étaient rassemblés autour de la table, cherchant à attirer l'attention de McCullough. Lorsqu'il croisait le regard d'un homme ou entendait son nom, celui-ci étudiait sa liste pour vérifier qu'il était bien inscrit, puis répétait son nom à voix haute. L'électeur devait ensuite crier le nom du candidat pour qui il votait, et McCullough écrivait la lettre H ou B à côté de son nom.

Hornbeam éprouvait un agréable frisson de vanité chaque fois que quelqu'un votait pour lui ; chaque voix en faveur d'Amos Barrowfield le faisait tressaillir. La procédure était lente et il perdit bientôt le compte exact des résultats. Tous les hommes avec lesquels Hornbeam était en affaires votaient pour lui – il y avait veillé en leur rendant visite personnellement. Mais cela suffirait-il ? Il n'avait qu'une certitude : l'écart entre les deux candidats était mince.

Le vote dura presque deux heures et quand

McCullough cria enfin : « Est-ce que tout le monde a voté ? », personne ne lui répondit.

Son assistant et lui firent ensuite le décompte des voix. Quand ils eurent terminé, l'assistant chuchota à l'oreille de McCullough, qui hocha la tête. Ils recomptèrent cependant pour être certains, et parurent arriver au même résultat, car McCullough se leva.

« Le député de Kingsbridge a été choisi par une élection libre et équitable, déclara-t-il, dans un silence absolu. Je déclare Joseph Hornbeam vainqueur. »

Tous ses partisans l'acclamèrent.

Quand les applaudissements s'atténuèrent, un des soutiens de Barrowfield lança d'une voix forte :

« Ça sera pour la prochaine fois, Amos. »

Alan Drummond, le marchand de vin, serra la main de Hornbeam et le félicita. Son fils et le petit-fils de Hornbeam étaient amis. Ils avaient disputé un match de football ensemble la veille, et Joe avait demandé la permission de passer la nuit chez les Drummond.

« Je crois que nos garçons ont passé un bon moment ensemble, fit Hornbeam. J'imagine qu'ils ont parlé de filles et n'ont pas fermé l'œil de la nuit.

— J'en suis certain, fit Drummond, mais je me suis étonné de ne pas les voir à l'église ce matin. Vous auriez peut-être dû les tirer du lit.

— Comment aurais-je pu le faire ? s'étonna Hornbeam. Ils étaient chez vous.

— Je vous demande pardon, ils étaient chez vous. »

Hornbeam était certain que les deux garçons n'avaient pas passé la nuit dans sa maison.

« Joe m'a dit qu'il allait dormir chez Sandy. »

Les deux hommes se regardèrent, perplexes.

« J'ai vérifié dans la chambre de Sandy ce matin, ajouta Drummond. Son lit n'était pas défait. »

Voilà qui semblait régler l'affaire.

« Dans ce cas ils doivent être chez moi, admit Hornbeam. J'aurai mal compris. »

Mais il était rare qu'il comprenne de travers et il resta soucieux.

« Je vais aller vérifier.

— Je vous accompagne, si vous le permettez, dit Drummond. Juste pour en avoir le cœur net. »

Ils mirent longtemps à sortir de la salle car les partisans de Hornbeam tenaient à le féliciter ; mais celui-ci se montra brusque, serrant les mains et distribuant les remerciements sans cesser d'avancer, ignorant toutes les tentatives pour engager la conversation avec lui. Dès qu'il fut dans le froid de la rue, il pressa le pas et Drummond fut forcé de se hâter pour ne pas se laisser distancer par les longues jambes de Hornbeam.

Il ne leur fallut que quelques minutes pour arriver chez Hornbeam. Simpson, le valet, ouvrit la porte et Hornbeam lui demanda sans préambule :

« Avez-vous vu Joe ce matin ?

— Non, monsieur, il est chez M. Drummond... »

Simpson s'interrompit en apercevant Drummond derrière Hornbeam.

« Je vais aller voir dans sa chambre. »

Hornbeam monta l'escalier en courant et Drummond lui emboîta le pas.

Le lit de Joe n'était pas défait.

« Mais que diable sont-ils allés faire, ces deux-là ? s'inquiéta Drummond.

— J'espère que ce n'est qu'une gaminerie, renchérit Hornbeam. À moins qu'ils aient eu un accident, ou aient été pris dans une bagarre et qu'ils gisent, assommés, dans un fossé je ne sais où. »

Les sourcils froncés, il demanda :

« Savez-vous qui d'autre jouait au football, hier ?

— Sandy a parlé de Bruno, le fils de Rupe Underwood.

— Allons voir s'il sait quelque chose. »

L'entreprise de rubans de soie de Rupe avait prospéré, et il habitait à présent une belle maison rue de la Cuisinerie. Hornbeam et Drummond s'y précipitèrent et frappèrent à la porte. La famille Underwood venait de s'attabler pour le déjeuner. Rupe avait été autrefois un des nombreux admirateurs de Jane Midwinter, se rappela Hornbeam, mais avait épousé une femme moins jolie et plus raisonnable qui lui avait donné les trois adolescents en pleine santé assis autour de la table.

Rupe se leva.

« Monsieur l'échevin Hornbeam, monsieur Drummond, quelle surprise ! Il s'est passé quelque chose ?

— Oui, répondit Hornbeam. Joe et Sandy ont disparu. Il semblerait que votre fils, Bruno, ait joué au football avec eux hier, et nous souhaitons lui demander s'il a une idée de l'endroit où ils peuvent être.

— Oui, je sais, monsieur, répondit un garçon d'environ seize ans.

— Mon garçon, lève-toi quand M. l'échevin te parle, intervint Rupe.

— Pardon, fit Bruno en se levant précipitamment.

— Alors, où sont-ils? demanda Hornbeam.

— Ils se sont engagés dans l'armée», répondit Bruno.

Un silence stupéfait l'accueillit.

«Que Dieu aie pitié d'eux, murmura Drummond.

— Les imbéciles, marmonna Hornbeam.

— Tu ne m'en avais pas parlé, Bruno, remarqua Rupe.

— Ils nous ont demandé de ne rien dire.

— Pourquoi diable ont-ils fait une chose pareille? demanda Drummond.

— Oui, renchérit Hornbeam, quelle mouche les a piqués?

— Joe a dit qu'il était de son devoir de défendre son pays, répondit Bruno, et Sandy l'a approuvé.

— Oh, pour l'amour du ciel! s'exclama Drummond, éperdu d'inquiétude et d'exaspération.

— On a tous pensé qu'ils étaient fous, ajouta Bruno.

— Où sont-ils allés? demanda Hornbeam.

— Ils sont partis avec le sergent recruteur qui était à la foire.

— Ce n'est pas légal, objecta Hornbeam. Ils n'ont que quinze ans!

— De nos jours, on peut s'enrôler à quinze ans, fit valoir Rupe, pourvu qu'on ait la taille requise. La loi a été modifiée en 1797.

— Il n'est pas question d'accepter cela », déclara Hornbeam.

L'idée que son unique petit-fils risque sa vie à la guerre lui était insupportable.

« À qui pouvons-nous nous adresser pour régler cette affaire ? » demanda Drummond.

Le 107ᵉ régiment d'infanterie était en Espagne, et n'avait pas de bureau à Kingsbridge. L'armée y était représentée par la milice. Lord Combe était le nouveau colonel officiel, mais ce n'était pas un officier d'active, à la différence de Henry qui avait été exceptionnel à cet égard. La milice était dirigée dans les faits par Archie Donaldson, qui avait été promu lieutenant-colonel et occupait l'ancienne chambre de Henry à la maison Willard.

« Je vais aller voir Donaldson, annonça Hornbeam. Il faut qu'il ramène ces deux garçons. »

Les deux hommes repartirent. La maison Willard se trouvait sur la place du marché. Le sergent Beach, un homme au zèle importun, était de faction dans la grande salle et après quelques protestations de pure forme, il les conduisit jusqu'à Donaldson.

Nombre d'officiers et d'hommes de la milice avaient demandé leur mutation au 107ᵉ d'infanterie pour améliorer leur solde et voir du pays, malgré le danger ; mais Donaldson était resté. C'était un méthodiste, et l'idée de tuer des gens le rebutait peut-être. Hornbeam, qui gardait de lui le souvenir d'un porte-étendard au teint frais, découvrit un homme empâté d'âge moyen.

« Écoutez-moi, Donaldson, mon petit-fils et le fils

de Drummond ont été enrôlés par ruse par un sergent recruteur.

— Je crains que ce ne soit pas de mon ressort, fit Donaldson, sans la moindre compassion.

— Vous devez bien savoir où ils sont.

— Non. Les recruteurs ne sont pas idiots. Ils ne disent rien à personne, pas plus à moi qu'aux autres. Il n'est pas rare que les nouvelles recrues changent d'avis, ou que leurs parents cherchent à les tirer de là. L'armée a l'habitude. Nous sommes en temps de guerre et les cas de ce genre ne lui inspirent guère d'indulgence.

— Voyons, voyons, Donaldson, vous devez bien avoir une petite idée, insista Hornbeam, tentant d'adopter un ton persuasif malgré sa fureur.

— Une petite idée, oui, sans doute, admit Donaldson. Ils seront en route vers un port où embarquent les renforts pour l'Espagne. Il pourrait s'agir de Bristol, Combe, Southampton, Portsmouth, Londres, ou encore d'une autre ville dont je n'ai jamais entendu parler. Et où qu'ils soient, ils n'échapperont pas à la surveillance de leurs officiers tant qu'ils seront en Angleterre. Lorsqu'ils auront une chance de s'échapper, ils seront déjà au Portugal.

— Je vais m'adresser au ministère de la Guerre, à Londres.

— Je vous souhaite de réussir. Mais vous constaterez sans doute que le ministère n'a même pas de liste des hommes qui sont sous les drapeaux, sans parler de l'endroit où chacun d'eux peut être stationné.

— Damnation ! »

Donaldson poursuivit, une lueur moralisatrice dans le regard :

« Cela ressemble beaucoup à ce qui est arrivé à Jim Pidgeon, dit-il d'une voix douce. Vous vous souvenez peut-être que sa femme n'a jamais pu savoir où il avait été envoyé. J'imagine qu'elle a éprouvé la même chose que vous en ce moment. Et quand elle a compris que la presse l'avait enrôlé dans la Navy, elle n'a rien pu faire pour obtenir son retour.

— Comment osez-vous ! fulmina Hornbeam.

— Je ne fais que dire la pure vérité.

— Vous êtes un fieffé impertinent, Donaldson.

— Il est contraire à ma religion de défier un homme en duel, Hornbeam, heureusement pour vous. Mais si vous n'êtes pas capable de parler comme un gentilhomme, je vous demanderai de sortir de mon bureau.

— Venez, Hornbeam, allons-y », fit Drummond.

Les deux échevins se dirigèrent vers la porte, que Drummond ouvrit.

« Vous entendrez parler de moi, Donaldson, fit Hornbeam.

— Vous, contre l'armée, n'est-ce pas Hornbeam ? La lutte promet d'être intéressante. Mais je sais qui l'emportera. »

Hornbeam sortit, suivi de Drummond. Tandis qu'ils traversaient la grande salle, Drummond maugréa :

« Donaldson est un impertinent, mais il a raison, Hornbeam. Nous sommes dans l'impasse. Nous ne pouvons rien faire.

— Je ne crois pas aux impasses, rétorqua Hornbeam. Il me semble avoir entendu dire que le doyen de la cathédrale s'est porté volontaire pour devenir aumônier du 107ᵉ d'infanterie ?

— En effet, Kenelm Mackintosh ; il a épousé la fille de l'ancien évêque.

— Est-il déjà parti pour l'Espagne ?

— Je ne crois pas. Il me semble qu'il habite encore au doyenné.

— Allons voir s'il peut nous aider. »

La maison du doyen se trouvait à quelques pas. Une servante ouvrit la porte et les conduisit au cabinet de travail de Mackintosh. Ils le trouvèrent occupé à ranger des livres dans une malle. Son visage régulier était crispé d'inquiétude.

« Vous emportez des livres dans une zone de guerre ? demanda Drummond.

— Bien entendu, répondit l'homme. Une bible, un livre de prières et quelques ouvrages de dévotion. Ma mission est d'offrir à nos troupes une nourriture spirituelle. Que devrais-je emporter d'autre ? Des pistolets ? »

Hornbeam n'était pas d'humeur à discuter du rôle d'un aumônier militaire.

« Joe Hornbeam et Sandy Drummond se sont enrôlés hier dans le 107ᵉ d'infanterie, et nous n'arrivons pas à savoir où ils sont.

— Juste ciel ! s'exclama Mackintosh, interloqué. J'espère que mon Stephen ne sera pas tenté d'en faire autant.

— Ils doivent être en route pour l'Espagne, où le 107ᵉ d'infanterie se bat sous le commandement de Wellington.

— Que voulez-vous que je fasse?

— Débrouillez-vous pour qu'ils soient renvoyés chez eux!

— Ma foi, je compatis mais cela m'est impossible. Je ne pars pas là-bas pour compromettre l'autorité de l'armée en faisant renvoyer ses meilleures recrues au pays. Si je m'y efforçais, c'est probablement moi qui serais renvoyé – ils considèrent sans nul doute que les aumôniers sont moins utiles que de vaillants jeunes gens. Si cela peut vous apporter quelque consolation, sachez qu'au besoin, je leur assurerai des funérailles chrétiennes.»

Soudain, Hornbeam sentit toutes ses forces l'abandonner. Ce fut la mention des funérailles qui le terrassa. Pendant des décennies, il avait été soutenu par la conviction que les années de souffrance et de deuil étaient terminées, qu'il était désormais maître de son destin et que la vie ne lui réservait plus de tragédie. Cette certitude s'écroula, et il se mit à trembler de peur comme il ne l'avait plus fait depuis son enfance de petit voleur.

«Mackintosh, je vous en supplie, dit-il d'une voix larmoyante, quand vous arriverez là-bas, essayez de trouver Joe et de savoir comment il va, s'il est en bonne santé, s'il a de quoi manger et se vêtir, et si vous le pouvez, écrivez-moi. Il est plus cher à mon cœur que tout autre être humain et voilà que, soudain, il est hors de portée, en route pour la guerre, et je ne peux plus veiller sur lui. Je suis un homme impuissant; à genoux devant vous, je vous en conjure: gardez un œil sur mon petit. Acceptez-vous?»

Drummond et Mackintosh le regardèrent, stupéfaits. Il savait pourquoi : ils ne l'avaient jamais vu et ne l'avaient même jamais imaginé ainsi, et avaient peine à croire leurs yeux et leurs oreilles. Mais Hornbeam ne se souciait plus de ce qu'ils pensaient de lui.

« Acceptez-vous, Mackintosh, je vous en prie ? » répéta-t-il.

Le doyen, visiblement perplexe, répondit :

« Je verrai ce que je peux faire. »

34

Jarge rentra chez lui d'une humeur de chien, empestant la bière et la fumée de tabac. Il avait manifestement passé la majeure partie de la journée dans une taverne avec ses amis. Sal était consternée.

«Je croyais que tu devais aller voir Moses Crocket aujourd'hui.»

Crocket était drapier. Pendant un ou deux ans, sa manufacture avait connu des difficultés, mais il avait décroché un contrat avec un régiment du Devon et ses affaires reprenaient de plus belle. Jarge ne travaillant plus que trois jours par semaine pour Hornbeam, Sal avait suggéré que Crocket cherchait peut-être des tisserands à plein temps.

«Oui, dit Jarge. J'ai vu Moses ce matin.

— Et alors?

— Il passe aux métiers à vapeur. Il ne peut plus employer autant de tisserands qu'avant, et encore moins embaucher. Un seul homme suffit pour surveiller trois ou quatre métiers à la fois.

— Quel dommage!

— Il dit qu'il doit vivre avec son temps.

— On ne peut pas lui donner tort.

— Moi, si. Je lui ai dit qu'il faudrait faire machine arrière. »

Sal plaignait le doux Moses Crocket affrontant un Jarge en colère.

« J'espère que vous ne vous êtes pas disputés. » Elle posa un bol fumant devant lui. « C'est ton plat préféré, de la soupe de pommes de terre, et il y a du beurre frais à mettre sur ton pain. » Elle espérait que la nourriture épongerait un peu de la boisson qu'il avait absorbée.

« Non, la rassura Jarge. Mais Ned Ludd pourrait bien lui chercher des noises, un de ces jours. »

Il avala à grand bruit un peu de soupe.

Ned Ludd était apparu en tant que chef mythique des briseurs de machines dans les Midlands et le Nord, avant que le luddisme ne gagne le West Country.

Sal s'assit en face de Jarge et commença à manger. De la soupe et du pain constituaient un bon repas, rassasiant. Ils n'étaient plus que tous les deux à table depuis que Sue s'était mariée et que Kit s'était installé avec Roger.

« Tu sais ce qui se passe à York, n'est-ce pas ? demanda Sal.

— Ils ont arrêté des gens.

— Il y aura un procès. Et tu t'imagines qu'il sera équitable ?

— Tu rêves. Ils n'ont sûrement arrêté que des gens qui n'y sont pour rien. Ils s'en fichent. Ils en pendront quelques-uns et déporteront les autres en Australie. Tout ce qu'ils veulent, c'est que les travailleurs soient trop effrayés pour protester.

— Et s'il y a de la casse de machines ici, à Kingsbridge, qui sera le premier arrêté selon toi ?»

Elle beurra une tranche de pain qu'elle lui tendit.

Jarge ne répondit pas à sa question et demanda :

«Tu sais qui a vendu à Mose ses foutus métiers à vapeur ? Ton fils !

— Kit est aussi le tien, depuis dix-sept ans.

— Mon beau-fils.

— Oui, et pour un beau-père, tu as rudement profité de lui, tu ne crois pas ? Un logement décent et un bon dîner tous les dimanches, à ses frais.

— Je ne veux pas de sa charité. Je veux un bon dîner à mes frais. Ce que veut un homme, c'est travailler, gagner de l'argent et payer ses dépenses lui-même.

— Je sais», dit Sal d'un ton radouci.

Elle le savait, en effet. L'argent n'était plus un souci majeur pour elle, car Kit se débrouillait très bien et était très généreux. Mais Jarge en faisait une question d'orgueil. Tous les hommes étaient orgueilleux, mais lui l'était plus que la plupart. «L'oisiveté est dure à supporter pour un homme bien. Les bons à rien adorent ça, mais quelqu'un comme toi s'en irrite. Débrouille-toi simplement pour que ça ne cause pas ta perte.»

Ils mangèrent en silence pendant un moment, puis Sal fit la vaisselle. Ce soir-là, les sonneurs répétaient. Sal avait pris l'habitude d'accompagner Jarge. Autrefois, elle se rendait à La Cloche avec Joanie pour attendre qu'ils aient fini, mais depuis que Joanie avait été déportée, elle n'aimait pas aller seule à l'auberge.

Ils descendirent la rue principale éclairée jusqu'à la

cathédrale. En traversant la place, ils croisèrent Jack Camp, l'ami de Jarge, vêtu d'un vieux manteau troué.

« Comment va, Jarge ? demanda-t-il.

— Ça va, répondit Jarge. C'est l'heure de la répétition.

— Alors peut-être à plus tard.

— C'est ça. »

Alors qu'ils approchaient de la cathédrale, Sal dit : « Jack a l'air de beaucoup t'apprécier.

— Qu'est-ce qui te fait dire ça ?

— Il a passé toute la journée à l'auberge avec toi et voilà qu'il veut te revoir ce soir.

— C'est ma faute si je suis aimable ? » rétorqua Jarge avec un grand sourire.

Cela fit rire Sal.

La porte nord de l'église était déverrouillée, ce qui voulait dire que Spade était déjà arrivé. Ils montèrent l'escalier en colimaçon jusqu'à la salle des cordes où les sonneurs enlevaient leurs manteaux et retroussaient leurs manches. Sal s'assit contre le mur, à l'écart. Elle aimait la musique des cloches, mais plus encore les piques qu'échangeaient les hommes, parfois astucieuses et toujours drôles.

Spade les rappela à l'ordre, et ils commencèrent à s'échauffer avec une séquence familière. Puis ils passèrent aux enchaînements réservés aux occasions spéciales, mariages et baptêmes. Sal écoutait en laissant son esprit vagabonder.

Comme toujours, elle s'inquiétait pour ses proches. L'œuvre de sa vie avait été d'éviter les ennuis à Jarge. C'était très bien de défendre ses droits, encore fallait-il s'y prendre correctement, en y mettant plus de tristesse que de colère. Jarge, lui, cherchait immédiatement querelle.

Kit avait vingt-sept ans et était toujours célibataire. À la connaissance de sa mère, il n'avait jamais eu de bonne amie ; en tout cas, il n'en avait jamais ramené aucune à la maison. Elle était presque sûre de savoir pourquoi. Les gens disaient qu'il n'était «pas fait pour le mariage», ce qui était une façon polie de formuler les choses. Cela ne la dérangeait pas, mais elle serait déçue de ne pas avoir de petits-enfants.

Kit avait toujours été doué avec les machines, et l'entreprise était florissante. En revanche, Roger n'était pas l'associé idéal. On ne pouvait jamais se fier tout à fait à un joueur.

C'est encore sa nièce, Sue, qui lui causait le moins de souci. Elle était mariée et semblait heureuse. Elle avait deux filles, si bien qu'au moins, Sal avait deux petites-nièces.

Sa rêverie fut interrompue par Jarge.

«Il faut que je sorte... une envie pressante. Tu connais le prochain morceau, Sal, tu peux me remplacer ?

— Avec plaisir.»

Elle l'avait souvent fait au fil des ans, généralement quand un des sonneurs se désistait à la dernière minute. Elle avait largement assez de force et possédait un bon sens du rythme.

Elle prit place devant la corde de Jarge alors qu'il descendait l'escalier de pierre. Sa sortie l'étonnait vaguement ; il n'était habituellement pas sujet à ce genre d'urgence. Possible que ce soit quelque chose qu'il avait mangé. Certainement pas sa soupe de pommes de terre, mais peut-être un plat qu'il avait pris à La Cloche.

Elle chassa cette idée de son esprit et se concentra sur les indications de Spade. Le temps passa vite, et elle fut surprise lorsque la répétition prit fin. Jarge n'était pas revenu. Elle espérait qu'il n'était pas malade. Spade lui donna le shilling destiné à Jarge, et elle dit qu'elle le lui remettrait.

Ils traversèrent tous la place jusqu'à La Cloche et trouvèrent Jarge sur le seuil.

« Tu es malade ? lui demanda Sal avec sollicitude.
— Non. »

Elle lui donna le shilling.

« Avec ça, tu peux me payer une chope, dit-elle. Je l'ai bien méritée. »

Ils s'installèrent dans l'idée de passer une heure de détente avant de rentrer se coucher. Les gens qui devaient être au travail à cinq heures du matin ne veillaient pas tard.

Toutefois ce délassement ne dura pas une heure. Au bout de quelques minutes seulement, le shérif Doye entra, coiffé de sa perruque bon marché et portant sa lourde canne, l'air à la fois agressif et effrayé. Il était accompagné de deux gendarmes, Reg Davidson et Ben Crocket. Sal les dévisagea, se demandant ce qui pouvait bien les émouvoir ainsi. Elle surprit un regard inquiet de Spade qui laissait supposer qu'il devinait ce qui préoccupait le shérif. Pour sa part, elle l'ignorait.

Les buveurs ne tardèrent pas à sentir le changement d'atmosphère. Le silence se fit peu à peu dans la salle, et tout le monde se tourna vers Doye. Personne ne l'aimait.

« Il y a eu un incendie à la manufacture de Moses Crocket », annonça le shérif.

Un murmure de surprise parcourut la salle.

« Les décombres montrent clairement que de nombreuses machines ont été brisées avant que le feu ne se déclare. »

L'assistance fut frappée de stupeur.

« Par ailleurs, la serrure de la porte a été forcée. »

Sal entendit Spade lancer :

« Bon sang ! »

« Quelqu'un a écrit NED LUDD à la peinture rouge sur le mur extérieur. »

Au moins, les choses étaient claires, se dit Sal : la manufacture avait été attaquée par des luddites.

« Ceux qui ont fait ça seront pendus, vous pouvez en être sûrs », continua Doye. Puis il pointa Jarge du doigt : « Box, tu es le pire fauteur de troubles de la ville. Qu'as-tu à dire ? »

Jarge sourit, et Sal se demanda comment il pouvait avoir l'air aussi sûr de lui alors qu'on le menaçait de la peine de mort.

« Vous êtes sourd, shérif ? demanda-t-il.

— Qu'est-ce que tu racontes ? » demanda Doyle, l'air furieux.

Jarge semblait s'amuser beaucoup.

« Il va falloir commencer à vous appeler Doye d'oreille.

— Je ne suis pas sourd, espèce de nigaud.

— Eh bien, si vous n'êtes pas sourd, vous avez dû entendre ce que tout le monde à Kingsbridge a entendu ce soir – j'ai sonné la cloche numéro sept de la cathédrale pendant une bonne heure. »

L'assemblée s'esclaffa, ravie de voir ridiculiser Doye que tout le monde détestait. Mais Sal ne souriait pas. Elle avait compris ce qu'avait fait Jarge et elle était en colère. Il l'avait rendue complice de ses manigances, à son insu. Elle ne doutait pas un instant qu'il faisait partie de ceux qui s'étaient introduits dans la manufacture de Crocket. Mais il avait un alibi : il était à la répétition des sonneurs. Seuls Sal et les autres sonneurs savaient qu'il s'était éclipsé ; et il comptait sur eux pour garder le secret. Soit je mens, pensa-t-elle, soit je trahis mon mari et il sera pendu. C'était vraiment déloyal.

Pour la seconde fois de la soirée, elle croisa le regard intelligent de Spade. Il avait sûrement suivi le même raisonnement et était arrivé à la même conclusion : Jarge les avait tous compromis.

Mais pour le moment, Doye était démonté. Il n'avait pas l'esprit vif. Son principal suspect ayant un alibi, il ne savait plus quoi faire. Après un instant de silence, il déclara avec emphase :

« C'est ce qu'on va voir ! »

La réplique était si faible que l'assemblée s'esclaffa de nouveau.

Doye sortit précipitamment.

Les conversations reprirent, et la salle se remplit de bruit. Spade se pencha et s'adressa à Jarge d'une voix basse et claire qui pouvait être entendue des autres sonneurs :

« Tu n'aurais pas dû faire ça, Jarge. Tu nous as tous mis dans une situation où nous allons devoir mentir pour te protéger. Je le ferai, c'est entendu. Mais le faux témoignage est un crime grave, et je ne suis pas prêt à commettre un crime pour toi. »

Les autres acquiescèrent.

Jarge fit mine de prendre les choses avec dédain :

« Il n'y aura jamais de procès.

— Je l'espère, répondit Spade. Mais s'il y en a un et qu'on m'oblige à témoigner, je te préviens, je dirai la vérité. Et si tu es pendu, tu ne pourras t'en prendre qu'à toi. »

*

Au début du mois de février, alors qu'Elsie vivait avec sa mère et Spade, elle reçut une lettre d'Espagne portant l'écriture soignée et familière de Kenelm. Elle l'emporta au salon et l'ouvrit avec impatience.

Ciudad Rodrigo, Espagne
Le jour de Noël, 1812

Ma chère épouse,
Me voici à Ciudad Rodrigo, en Espagne. C'est un petit bourg perché sur une falaise au-dessus d'une rivière. Il possède une cathédrale – malheureusement catholique, bien sûr. Je loge dans une chambre

minuscule d'une maison occupée par des officiers du 107ᵉ régiment d'infanterie.

Au moins il était arrivé à bon port, ce qui la soulagea. Les voyages en mer étaient toujours périlleux.

Elle n'était pas amoureuse de Kenelm – elle ne l'avait jamais été –, mais au fil des ans, elle avait fini par apprécier ses qualités et tolérer ses défauts. Et il était le père de ses cinq enfants. Sa sécurité était importante pour elle.

Elle poursuivit sa lecture :

Je pensais que l'Espagne était un pays chaud, mais il fait un froid glacial, et il n'y a pas de vitres aux fenêtres, comme dans la plupart des maisons ici. À l'est, on peut apercevoir de la neige sur les montagnes, qu'ils appellent sierras.

Il faudrait qu'elle lui envoie des vêtements chauds, en laine : des caleçons, peut-être, et des bas. Le pauvre. Et il y avait des gens pour parler de la chaleur insupportable de l'Espagne.

L'armée se remet de ce qu'il faut bien appeler un revers. Le siège de Burgos a été un échec et nos forces ont battu en retraite dans une certaine confusion, le froid et la faim faisant des victimes pendant la longue marche qui les a ramenées dans leurs quartiers d'hiver. Cela s'est passé avant mon arrivée.

Elle avait eu vent de la retraite dans les journaux. Le marquis de Wellington avait remporté quelques victoires au cours de l'année écoulée, mais à la fin de celle-ci, il semblait être revenu à son point de départ. Elle se demanda s'il était aussi bon général qu'on le disait.

Les hommes ici manquent cruellement d'accompagnement spirituel. On pourrait imaginer que les combats leur rappelleraient la proximité du ciel et de l'enfer, qu'ils les inciteraient à méditer sur leur situation et à se tourner vers Dieu, mais il ne semble pas en être ainsi. Peu souhaitent assister aux offices. Beaucoup passent leur temps à boire des alcools forts, à jouer leur solde, et – pardonnez-moi, ma chère – à fréquenter les prostituées. J'ai fort à faire ! Mais pour l'essentiel, je leur dis que je suis leur aumônier et que je serai toujours prêt à prier avec eux s'ils ont besoin de moi.

Un changement s'opérait, Elsie le sentait. Kenelm avait toujours été attaché au cérémonial chrétien. Il accordait une grande importance aux robes sacerdotales, aux ciboires ornés de pierres précieuses et aux processions. Prier avec des hommes en détresse n'avait encore jamais été une priorité pour lui. L'armée lui ouvrait déjà l'esprit.

Maintenant que me voilà installé, j'ai pensé qu'il serait bon que je rende visite à Wellington. Son quartier général se trouve dans un village appelé

Freineda, qu'on rejoint après une assez longue marche, mais je me refuse à utiliser un cheval de l'armée. Le village est affreusement délabré et sale. J'ai été navré de constater la présence de plusieurs jeunes femmes d'un certain type – vous omettrez cette phrase lorsque vous lirez cette lettre aux enfants.

Notre commandant en chef occupe la maison à côté de l'église. C'est la meilleure de la place, ce qui ne veut pas dire grand-chose ; quelques pièces au-dessus d'une écurie, c'est tout. Son père était le comte de Mornington et il a grandi au château de Dangan. Imaginez le changement !

À mon arrivée, j'ai appris en discutant avec un aide de camp que Wellington était à la chasse. Je suppose qu'il faut bien qu'il occupe son temps lorsqu'il n'y a pas de batailles à mener. L'aide de camp était plutôt hautain, et m'a dit qu'il n'était pas certain que le général ait le temps de me voir. Bien sûr, je n'avais pas d'autre possibilité que d'attendre.

Ce faisant, devinez sur qui je suis tombé : Henry, comte de Shiring ! Il est amaigri, mais paraît plein d'entrain, je dirais même qu'il est dans son élément. Il a été détaché auprès de l'état-major et travaille donc en étroite collaboration avec Wellington. Ils ont exactement le même âge et ont fait connaissance en 1786 alors qu'ils étaient élèves à l'École royale d'équitation à Angers.

Les deux hommes avaient un autre point commun, songea Elsie : Henry s'intéressait plus à l'armée qu'à sa femme, et si les rumeurs étaient fondées, il en allait de même de Wellington.

Me rappelant la détresse de l'échevin Hornbeam, j'ai mentionné que Joe Hornbeam et Sandy Drummond s'étaient engagés dans l'armée par patriotisme, ce qui a intéressé Henry. Je lui ai dit qu'il s'agissait de deux jeunes hommes brillants, anciens élèves de l'école secondaire de Kingsbridge, et qu'ils avaient l'étoffe de futurs officiers. Henry a promis de s'occuper d'eux; alors s'il vous plaît, faites savoir à Hornbeam que j'ai fait tout mon possible pour qu'une carrière d'officier s'ouvre à son petit-fils.

Elsie ne manquerait pas de transmettre cette information à Hornbeam. Elle n'était pas particulièrement rassurante, mais au moins, il saurait que deux hommes de Kingsbridge veillaient sur son petit-fils en Espagne.

Enfin, Wellington est arrivé, vêtu d'un habit bleu ciel et d'une cape noire, dont j'appris plus tard que c'était l'uniforme des chasseurs de Salisbury. J'ai compris tout de suite pourquoi on le surnomme Old Nosey : il est pourvu d'un appendice magnifique, à l'arête haute et long en son extrémité. Pour le reste, il est bel homme, un peu plus grand que la moyenne, avec des cheveux bouclés ramenés sur l'avant pour cacher un front légèrement dégarni.

Henry m'a présenté, et Wellington m'a parlé durant plusieurs minutes, debout près de son cheval.

Il m'a posé des questions sur ma carrière à Oxford et à Kingsbridge, et s'est dit heureux de me voir. Il ne m'a pas invité chez lui, mais j'étais très satisfait que tant de gens l'aient vu me manifester de l'intérêt. Il s'est montré aimable et familier, mais quelque chose m'a donné l'impression que je n'aimerais pas me trouver dans la position de lui avoir déplu. Une main de fer dans un gant de velours, voilà ce que j'ai pensé instinctivement.

Elsie était contente pour Kenelm. Elle savait le prix qu'il accordait à ce genre de choses. Une conversation avec le commandant en chef devant de nombreux témoins allait faire son bonheur pendant des mois. C'était une faiblesse qui ne portait pas à conséquence, et elle avait appris à s'en accommoder.

Je vais terminer ma lettre et m'assurer qu'elle partira avec le paquebot qui assure la liaison hebdomadaire entre Lisbonne et l'Angleterre. Elle voyagera aux côtés des dépêches de Wellington et bien d'autres missives adressées à des êtres aimés. Je pense souvent aux enfants – veuillez leur exprimer mon amour. Et je n'ai pas besoin de dire que je vous fais part de mes sentiments les plus sincères d'estime et d'amour, ma chère épouse.
Votre mari dévoué,
Kenelm Mackintosh

Elle reposa la lettre et y réfléchit un moment, avant de la relire. Elle remarqua que dans le dernier paragraphe, il avait mentionné l'amour à trois reprises. Soit à peu près autant de fois qu'il avait prononcé ce mot en dix-huit années de mariage.

Quelques instants plus tard, elle appela tous ses enfants au salon.

«Nous avons reçu une lettre de votre père, dit-elle, et ils poussèrent tous des Oh et des Ah. Asseyez-vous tranquillement, je vais vous la lire.»

*

Le maire Fishwick convoqua le conseil municipal en réunion d'urgence pour discuter des débordements de violence des luddites. Spade, qui en savait plus que quiconque sur ce qu'il s'était passé, devait ne rien en montrer. Il décida d'assister à la réunion, mais de ne rien dire ou presque. Son absence aurait paru suspecte.

Les réunions du conseil – composé de tous les échevins – étaient en général très animées; des hommes bien habillés et infatués prenaient avec assurance des décisions concernant la gestion des affaires de la ville, tout en se servant de xérès contenu dans la carafe disposée au centre de l'antique table. Convaincus d'être les plus à même de diriger Kingsbridge, ils estimaient s'acquitter de cette tâche très honorablement.

Ils fanfaronnaient moins aujourd'hui, constata Spade. L'ambiance était sombre et ils avaient l'air effrayés.

Fishwick leur exposa la situation:

«Depuis l'attaque de la manufacture de Moses

Crocket, trois autres établissements ont été visés par ces vandales. La manufacture de la Porcherie de l'échevin Hornbeam, celle de l'échevin Barrowfield, ainsi que ma propre fabrique. Dans tous les cas dont je vous parle, des machines ont été endommagées, des incendies allumés et le nom de NED LUDD a été écrit en grandes lettres majuscules à la peinture rouge sur le mur. Et des incidents similaires se sont produits dans des villes voisines.

— Y a-t-il lieu de penser que cet homme serait venu du nord ? s'enquit Hornbeam.

— Je ne crois même pas qu'il existe, répondit Fishwick. Ned Ludd est probablement un personnage légendaire, comme Robin des Bois. À mon avis, ces abominations ne sont pas organisées par une figure centrale. Nous avons simplement affaire à des hommes mécontents qui imitent d'autres hommes mécontents.

— J'ai eu la chance d'être épargné par ce genre de problèmes jusqu'à présent », fit savoir Rupe Underwood.

Il avait une quarantaine d'années, comme Amos. Sa longue mèche blonde grisonnait, mais il avait gardé l'habitude de rejeter la tête en arrière pour l'écarter de ses yeux. Il continuerait probablement à échapper aux actes de vandalisme, songea Spade. Les procédés de fabrication des rubans de soie étaient les mêmes que ceux des tissus de laine – filage, teinture et tissage –, mais il s'agissait d'un secteur spécialisé employant un petit nombre de personnes.

« Permettez-moi de demander, poursuivit Rupe, si

les établissements qui ont subi ces attaques étaient gardés ?

— Tous, répondit Fishwick.

— Alors pourquoi les gardiens n'ont-ils servi à rien ?

— Mes hommes ont été maîtrisés et ligotés.

— Les miens ont jeté leurs gourdins et se sont enfuis, reconnut Hornbeam avec dégoût. J'en ai engagé d'autres à qui j'ai donné des pistolets, mais il était évidemment trop tard. »

Amos Barrowfield fronça les sourcils :

« Les armes à feu m'inquiètent. Si nous en équipons nos gardiens, les luddites risquent de s'en emparer, et il y aura des morts. J'ai augmenté le nombre de mes gardiens, mais je m'en tiens aux gourdins. »

Cette position contraria Hornbeam :

« Si nous ripostons avec frilosité, nous ne nous débarrasserons jamais de ces foutus luddites.

— Pardonnez-moi, se hérissa Fishwick, je comprends que les esprits s'échauffent, monsieur l'échevin Hornbeam, mais nous évitons généralement les jurons lors des réunions du conseil.

— Je vous prie de m'excuser, dit Hornbeam d'un ton maussade. Je pense néanmoins que nous avons presque tous suivi le procès des luddites d'York dans le journal. Soixante-quatre hommes ont été traduits devant une cour d'assises spéciale. Dix-sept ont été pendus et vingt-quatre déportés. Et les bris de machines ont cessé.

— Je vous rappelle que nous n'avons pas pris les

auteurs en flagrant délit, fit remarquer Fishwick. Ils attaquent toujours de nuit. Ils portent des cagoules percées de trous pour les yeux, de sorte que nous ne savons même pas de quelle couleur sont leurs cheveux. Ils agissent si vite qu'il est évident qu'ils connaissent bien les lieux. Ils entrent, cassent tout et ressortent avant qu'on ait pu donner l'alarme. Puis ils disparaissent dans la nature.

— Ils s'arrêtent sans doute un peu plus loin, reprit Rupe, retirent leurs cagoules, puis reviennent sous l'apparence de voisins serviables et commencent à arroser les flammes. »

Spade se dit que c'était exactement ce qu'ils devaient faire.

« Un instant, intervint Hornbeam. Ces problèmes n'ont pas arrêté les autorités d'York. Elles savaient qui étaient les fauteurs de troubles et les ont jugés coupables, sans chicaner sur la nécessité d'avoir des preuves. »

C'était vrai, Spade le savait. Il avait lu le compte rendu du procès dans les journaux. Celui-ci avait été très controversé. Certains accusés n'avaient rien à voir avec les luddites, d'autres avaient des alibis, mais on les avait tout de même jugés coupables. Hornbeam souhaitait manifestement le même genre de justice à Kingsbridge.

« Nous savons quels ouvriers de Kingsbridge ont perdu leur emploi du fait des nouvelles machines, poursuivit Hornbeam. Il nous suffit d'en dresser la liste.

— Ah bon, et les pendre tous ? objecta Amos.

— Nous pourrions commencer par tous les arrêter. Au moins, nous serions sûrs d'avoir pris les luddites.

— En même temps que quelques centaines d'hommes respectueux de la loi.

— Ils ne sont pas aussi nombreux.

— Parce que vous les avez comptés, monsieur Hornbeam ? »

Hornbeam n'appréciait pas d'être contesté :

« Très bien, Barrowfield, dites-moi quel est votre plan.

— En faire davantage pour les ouvriers au chômage.

— Par exemple ?

— Les faire bénéficier de l'aide aux indigents… et sans ergoter. »

C'était une pierre dans le jardin de Hornbeam, Surveillant des pauvres.

« Ils touchent ce à quoi ils ont droit, s'indigna celui-ci.

— C'est pourquoi ils détruisent les machines, rétorqua Amos. Et peut-être continueront-ils à le faire si nous ne les aidons pas – quels que soient leurs droits selon la stricte interprétation des règles. »

Spade applaudit intérieurement Amos.

« Les règles sont les règles ! rappela Hornbeam.

— Et les hommes sont des hommes », dit Amos.

Hornbeam s'échauffait :

« Il faut leur donner une leçon ! Quelques pendaisons auront raison du luddisme.

— Si nous pendons des innocents en toute connaissance de cause, nous mettrons peut-être fin au vandalisme, mais nous nous rendrons coupables de meurtre.

— Aucun d'entre eux n'est innocent ! décréta Hornbeam, écarlate.

— Si nous traitons les ouvriers en ennemis, soupira Amos, ils se comporteront comme tels.

— Vous cherchez des excuses à des criminels.

— C'est nous qui serons des criminels si nous agissons comme le tribunal d'York.

— Messieurs, je vous en prie, intervint Fishwick. Il n'est pas question de chercher d'excuses aux criminels ni de pendre des innocents. Nous allons rechercher des témoins et poursuivre les vrais coupables en justice. Ainsi, si nous les pendons, ce sera avec la bénédiction de Dieu.

— Amen », répondit Amos.

*

Hornbeam se tenait dans l'atelier de tissage de sa manufacture numéro deux, toujours en fonctionnement. Elle n'avait pas encore été attaquée, mais elle était vulnérable parce qu'on y utilisait des métiers à vapeur qui semblaient cristalliser la fureur des luddites.

Bien qu'il n'eût jamais pris part à une bataille, Hornbeam imaginait que le vacarme des combats devait ressembler à celui d'un atelier rempli de métiers à vapeur. Toute la journée, les machines claquaient et cognaient si fort qu'il était impossible d'entretenir une conversation. Les ouvriers qui travaillaient sur ces métiers plusieurs années d'affilée finissaient souvent par devenir sourds.

Leur principale tâche consistait à rechercher les défauts du tissu, notamment les fautes de rentrages, les duites tendues ou détendues. Ils réparaient les fils cassés grâce au nœud de tisserand, un petit nœud plat, et devaient faire vite pour minimiser la baisse de production. Ils devaient aussi changer chaque navette à quelques minutes d'intervalle, car la cadence de la machine était telle que le fil s'épuisait très rapidement. Un ouvrier pouvait piloter deux ou trois métiers à la fois.

Les accidents étaient fréquents, en raison de la négligence des ouvriers, à en croire Hornbeam. Il avait vu la manche d'un ouvrier se prendre dans une courroie d'entraînement qui lui avait arraché le bras au niveau de l'épaule.

La navette volante était responsable de la plupart des accidents. Elle se déplaçait très vite, passant à travers la foule deux ou trois fois par seconde. Elle était faite de bois mais devait être pourvue d'extrémités en métal pour la protéger des chocs du marteau. Si l'opérateur accélérait la cadence, la navette heurtait le marteau trop rapidement et sautait, jaillissant du métier à grande vitesse et blessant quiconque se trouvait sur sa trajectoire.

Lorsque Phil Doye arriva, Hornbeam quitta l'atelier de tissage et reçut le shérif dans un bureau à l'écart du bruit.

« Nous devons trouver au moins un des luddites et le traduire en justice, dit-il. Je vais vous donner une demi-douzaine de noms d'hommes qui pourraient nous renseigner.» Ils devaient de l'argent à Hornbeam et ne pouvaient pas le rembourser, mais Doye n'avait pas à le savoir.

«Très bien, monsieur Hornbeam. Quel genre d'informations dois-je rechercher?

— Les noms des luddites, évidemment, mais ce n'est pas tout. Essayez de trouver quelqu'un qui les aurait vus s'approcher d'une des fabriques vandalisées à la nuit tombée. On a pu les apercevoir pendant qu'ils enfilaient ou ôtaient leur cagoule.

— Je peux toujours essayer, dit Doye d'un air dubitatif.

— Ceux qui accepteront de nous aider pourraient se voir offrir une récompense en toute discrétion. Ils prendront des risques en dénonçant des hommes violents, et il serait bon de les encourager. Nous pourrions verser une livre à toute personne qui acceptera de témoigner au procès. Ces paiements devront cependant rester secrets, si nous voulons éviter que les ouvriers insinuent que nous avons acheté nos témoins et que leurs dépositions sont donc sujettes à caution.

— Je vois, monsieur.»

D'un ton plus songeur, Hornbeam ajouta:

«Je continue à soupçonner Jarge Box.

— Mais il était à la répétition des sonneurs.

— Tâchez de savoir si quelqu'un ne l'a pas vu se promener en ville pendant que les cloches sonnaient.

— Comment cela serait-il possible?

— Il a pu se faire remplacer à notre insu.

— On ne s'improvise pas sonneur, monsieur. C'est tout un art.

— Le remplaçant pourrait être un ancien sonneur qui a pris sa retraite. Ou quelqu'un d'une autre ville. Parlez à ceux qui connaissent les sonneurs et pourraient avoir entendu quelque chose.

— Oui, monsieur.

— Très bien, conclut Hornbeam d'un ton dédaigneux. Vous feriez mieux de vous y mettre. Je veux qu'on trouve un coupable. Et je veux qu'il soit pendu. »

35

Kit Clitheroe se rendit à la manufacture de Spade et lui demanda comment il s'en sortait avec son métier Jacquard.

« C'est tout à fait remarquable, répondit Spade. C'est Sime Jackson qui travaille dessus, mais la machine n'a pas vraiment besoin d'un tisserand. Une fois réglée, elle pourrait être utilisée par un apprenti. La vraie compétence aujourd'hui réside dans la conception du motif et dans la confection des cartes perforées.

— Vous devriez en commander un autre, conseilla Kit. Cela vous permettrait de doubler votre production. »

C'était la raison de sa visite.

« Si j'avais encore ma clientèle française, je le ferais, répondit Spade. Paris regorge de ce qu'on appelle des "marchands de modes". On y vend des robes, des chapeaux et toutes sortes d'accessoires – dentelles, foulards, boucles, etc. Ces établissements m'achetaient presque la moitié de ma production.

— Vous les avez remplacés par des clients dans les régions de la Baltique et en Amérique.

— Oui, Dieu merci. Mais ils veulent des tissus simples et résistants. J'achèterai un autre de vos métiers Jacquard dès que cette maudite guerre sera terminée.

— Je viendrai alors frapper à votre porte. »

Kit fit bonne figure, malgré son abattement.

Spade, toujours sensible à l'humeur des autres, le questionna :

« Je suis navré de te décevoir. Vos affaires tournent au ralenti en ce moment ?

— Oui, un peu. À cause des luddites.

— J'aurais pensé que de nombreux drapiers remplaceraient leurs machines cassées.

— Pas de sitôt. Ils n'en ont pas les moyens. Wally Watson n'achètera pas d'autre machine à carder – il est revenu aux cardeurs à la main.

— Je suppose que celui qui se paierait de nouvelles machines risquerait de s'attirer une nouvelle visite des luddites.

— Exactement. » Kit se leva. Il n'aimait pas paraître faible, même avec Spade. « Mais ce n'est que partie remise.

— Bonne chance. »

Kit prit congé.

Il avait essayé de dissimuler ses sentiments, mais il était accablé. Pour la première fois depuis que Roger et lui avaient lancé leur entreprise, il n'avait pas de travail en cours et aucune commande à l'horizon. Il ne savait que faire et hésitait à dépenser ses économies.

C'était la fin d'une grise journée de février, et

comme il n'avait pas le courage d'effectuer une autre visite commerciale sans espoir, il rentra chez lui. L'atelier du rez-de-chaussée sentait le bois scié et l'huile de machine, une odeur qui lui inspirait toujours un sentiment de bien-être. Tout était parfaitement propre et en ordre : le sol balayé, les outils bien rangés, le bois empilé dans le fond. C'était grâce lui. Roger était moins soigneux.

Il monta l'escalier conduisant au logement, où il trouva Roger affalé sur le canapé, contemplant un feu de charbon. Il l'embrassa sur les lèvres et s'assit à côté de lui.

« Tu pourrais me passer un peu d'argent ? lui demanda Roger. Je sais que ce n'est pas le jour habituel, mais je n'ai plus un sou. »

C'était fréquent. Tous les mois, Kit calculait les bénéfices, mettait un peu d'argent de côté pour les imprévus, puis divisait le reste en deux et en donnait la moitié à Roger ; mais la plupart du temps, celui-ci était à court avant la fin du mois. Généralement, Kit lui accordait une avance, mais les temps avaient changé.

« Je ne peux pas, lui répondit Kit. J'ai bien peur qu'il n'y ait aucun bénéfice ce mois-ci.

— Pourquoi ? demanda Roger avec mauvaise humeur.

— Personne n'achète de machines à cause des luddites. »

Kit caressa les cheveux blonds de Roger et découvrit avec surprise une petite mèche grise au-dessus de son oreille. Roger ayant presque quarante ans, cela n'avait peut-être rien de très surprenant. Kit préféra ne pas en faire mention.

« Tu vas devoir cesser de jouer aux cartes pendant un moment, lui annonça-t-il. Reste à la maison avec moi le soir. » Il approcha sa bouche de l'oreille de Roger et chuchota : « Je te trouverai quelque chose à faire. »

Roger sourit enfin.

« *Danke schön* », dit-il. Il avait entrepris d'enseigner l'allemand à Kit. « Ce sera peut-être amusant d'être pauvres. »

Mais Kit avait l'impression qu'il lui cachait quelque chose.

« Et si nous buvions un verre de vin, proposa-t-il. Ça nous remontera peut-être le moral. »

Il se leva et se dirigea vers le buffet. Ils avaient toujours une bouteille de madère sous la main. Il remplit deux verres et se rassit.

Kit aimait Roger depuis longtemps. Petit garçon, il avait voué une adoration enfantine à son protecteur adulte. Puis Roger était parti en Allemagne et, en grandissant, Kit avait dépassé cette adulation. Mais lorsque Roger avait fait sa réapparition dans sa vie, il avait été envahi par des sentiments qui l'avaient surpris et effrayé. Il les avait refoulés et avait essayé de les cacher.

Mais Roger avait compris, et avait expliqué à Kit les choses de la vie :

« Il n'est pas rare que des hommes s'aiment entre eux », lui avait-il dit. Kit n'en avait pas cru ses oreilles. « N'écoute pas ce que les gens racontent. Ça arrive tout le temps... surtout à Oxford. » Roger avait gloussé, puis avait repris son sérieux. « Je t'aime, j'ai envie de m'allonger près de toi, de t'embrasser et de toucher tout ton corps, et toi, tu veux la même chose... je le sais! N'essaie pas de prétendre le contraire. »

Une fois revenu de son effarement, Kit avait été merveilleusement heureux, et il l'était toujours. Roger avait des moments d'abattement, comme en cet instant précis. Kit s'apprêtait à lui demander ce qui n'allait pas quand on frappa bruyamment à la porte d'entrée.

« J'y vais », dit Kit. Ils avaient une gouvernante, mais elle avait terminé sa journée. Il dévala l'escalier et ouvrit la porte.

Le visiteur était Sport Culliver, coiffé d'un haut-de-forme rouge.

« Il faut que je parle à Roger, dit-il brutalement.

— Bonsoir à toi aussi, Sport, répliqua Kit, sarcastique.

— Je n'ai pas de temps à perdre en politesses. »

Kit se retourna et cria:

« Tu es là pour Sport Culliver?

— Tu ferais mieux de le laisser entrer, répondit Roger.

— Il sera ravi de te voir. »

Il ferma la porte et conduisit Sport dans l'escalier.

Gardant son chapeau sur la tête, Sport s'assit sans y avoir été invité, choisissant une chaise en face de Roger.

« Le temps est écoulé, Roger, annonça-t-il.

— Je n'ai pas un sou. Pourquoi portes-tu ce chapeau ridicule?

— Oh, que Dieu nous protège, se lamenta Kit. Tu as joué avec de l'argent emprunté ? »

Roger prit l'air penaud, mais ne répondit pas.

« Exactement, confirma Sport, et il était censé me rembourser hier. »

Kit se doutant depuis longtemps que Roger ne tenait peut-être pas ses promesses, cette révélation le bouleversa moins qu'elle ne l'aurait pu. Il s'abstint de tout commentaire sur ladite promesse : Roger était déjà assez malheureux.

« Oh, Rodge, soupira-t-il. Combien dois-tu ? »

Sport répondit à la question :

« Quatre-vingt-quatorze livres, six shillings et huit pence. »

Cette fois, Kit était atterré :

« Nous n'avons pas autant d'argent ! s'écria-t-il.

— Combien avez-vous ? »

Kit s'apprêtait à lui répondre, mais Roger le devança :

« Ne te soucie pas de ça, dit-il. Tu auras ton argent, Sport. Je te paierai demain. »

Kit était certain que ce n'était que de l'esbrouffe et Sport partageait ses soupçons :

« Je te donne jusqu'à demain, dit-il. Mais si tu me fais encore faux bond, c'est à Œil de Crapaud et Taureau que tu auras affaire.

— Qui est-ce ? demanda Kit.

— Des types qui travaillent pour lui, répondit Roger, ils jettent les ivrognes dehors et passent à tabac les mauvais payeurs.

— Quel intérêt ? s'étonna Kit. Si quelqu'un n'a

pas d'argent, il n'en aura pas davantage après avoir été rossé.

— Ça fait passer aux autres l'envie d'essayer de m'escroquer, expliqua Sport, qui se leva. À demain, ou alors à après-demain avec Œil de Crapaud et Taureau. »

Il quitta la pièce. Kit le suivit dans l'escalier. Sport ouvrit lui-même la porte et s'éloigna sans un mot. Kit referma derrière lui et remonta à l'étage.

Tout en détournant le regard, Roger murmura :

« Je suis désolé. Je suis vraiment désolé. Je t'ai déçu. »

Kit le prit dans ses bras.

« Ne t'inquiète pas pour ça. Qu'allons-nous faire ?

— Ce n'est pas ton problème. Tu n'es pas mêlé à cette affaire, tu n'as jamais joué.

— Parce que tu crois que je vais attendre ici que des types aux noms bizarres viennent te tabasser ?

— J'aurai disparu avant leur arrivée. Il va falloir que je parte demain. »

Comment Roger pouvait-il envisager de le quitter ? se demanda Kit, blessé.

« Mais où iras-tu ? lui demanda-t-il. Que feras-tu ?

— J'y ai réfléchi. Je vais m'engager dans la Royal Artillery. Ils ont toujours besoin d'hommes doués pour réparer les choses, surtout les canons. »

Kit resta silencieux, laissant l'information faire son chemin dans son esprit. Roger, dans l'armée ! On l'enverrait probablement en Espagne. Il ne reviendrait peut-être jamais. Cette idée lui était insupportable.

Mais que pouvait-il faire ? Il ne pouvait ni rembourser la dette ni défendre Roger – ou lui-même – contre les sbires de Sport, et il ne pouvait pas vivre sans lui.

La solution lui apparut enfin.

« Tu es sérieux ? demanda-t-il à Roger. Tu vas vraiment t'engager ?

— Oui. C'est la seule issue.

— Quand ?

— Je prendrai la diligence pour Bristol demain. Il paraît qu'un bateau est à quai pour embarquer des renforts à destination de l'Espagne.

— Déjà !

— Il faut que je parte demain.

— Alors, je pars avec toi. »

*

Sal et Jarge fermèrent la maison de Kit. Jarge graissa les outils et les enveloppa dans de la toile cirée. Sal rangea les habits et le linge de lit dans des sacs dont elle cousit l'ouverture après avoir mis de la lavande à l'intérieur pour éloigner les mites. Elle remisa ses autres effets personnels dans des caisses à thé empruntées.

Elle avait glissé le mot de Kit dans sa manche :

Ma mère bien-aimée,
Nous devons nous enfuir. Roger doit de l'argent qu'il ne peut pas rembourser, et notre entreprise s'est effondrée à cause des luddites. Quand tu liras ces

lignes, je serai loin de Kingsbridge. Nous allons rejoindre la Royal Artillery.

Je suis navré de te faire de la peine.

Pourrais-tu s'il te plaît expédier toutes nos affaires à l'atelier de Roger à Badford? Je joins la clé à ce billet.

Ton fils affectionné,
Kit

Sal était atterrée et éplorée. C'était son seul enfant. Elle savait, dans son esprit, qu'un homme de vingt-huit ans n'avait pas à vivre près de sa mère, mais dans son cœur, elle se sentait abandonnée. Et elle était terrifiée à l'idée de ce qui pourrait lui arriver à la guerre. Kit ne manquait pas de belles qualités et possédait un talent remarquable, mais il n'avait jamais été un combattant. Qui disait «artillerie» disait canons, et Kit et Roger se retrouveraient donc au cœur des combats, entourés de soldats ennemis bien décidés à les tuer. Si Kit mourait, Sal en aurait le cœur brisé. Et, pire encore, elle aurait toujours le sentiment que c'était la faute de Jarge, qui avait provoqué la crise économique en brisant des machines.

Pendant qu'ils s'activaient, deux hommes se présentèrent. L'un était petit et avait le cou épais, l'autre avait des yeux globuleux. Chacun tenait à la main un lourd gourdin en chêne grossièrement équarri.

Celui qui avait les yeux globuleux demanda:

«Où est Roger Riddick?»

Jarge se retourna lentement pour lui faire face.

« Et pourquoi le cherches-tu un gourdin à la main, Œil de Crapaud ? »

Sal était prête à en découdre, mais elle n'en avait pas envie. Elle murmura un proverbe :

« Une réponse douce calme la fureur, Jarge, rappelle-toi.

— Riddick doit de l'argent, dit Œil de Crapaud, si vous voulez tout savoir.

— Ah oui ? dit Jarge. Eh bien, il n'est pas là, et j'ai grande envie de briser ce gourdin sur ta vilaine tête, alors je te conseille de foutre le camp tant que je suis de bonne humeur. » Il se tourna vers l'autre. « Ça vaut aussi pour toi, Taureau.

— Et l'argent de M. Culliver ? insista Œil de Crapaud. Riddick lui doit quatre-vingt-quatorze livres, six shillings et huit pence. »

La somme stupéfia Sal. C'était davantage que le montant total des économies de Kit.

« Si Sport Culliver a laissé Roger Riddick accumuler autant de dettes, lança-t-elle avec indignation, il est encore plus bête que je ne le pensais.

— On est censés récupérer l'argent de M. Culliver.

— Eh bien, dit Jarge, je dois avoir quelque chose comme six pence dans ma poche. Si vous voulez tenter votre chance, vous pouvez essayer de me les prendre.

— Où est passé Riddick ?

— Il est allé causer à l'archevêque de Canterbury des méfaits du jeu. »

Œil de Crapaud eut l'air perplexe, puis son visage s'éclaira.

« Toujours le mot pour rire, hein ? » dit-il en tournant les talons. Taureau lui emboîta le pas.

Lorsqu'ils furent à bonne distance, Œil de Crapaud lança :

« On se reverra, Jarge Box. Je me demande si tu seras toujours aussi drôle quand tu te balanceras au bout d'une corde. »

*

Jarge comparut à la session de mars de la cour de justice trimestrielle, présidée par Hornbeam. Un grand jury fut constitué afin de décider s'il fallait envoyer Jarge aux assises pour y répondre de l'accusation de bris de machine.

Le shérif Doye était le plaignant. Ce n'était pas toujours le cas. En général, l'accusation était portée par la partie lésée – en l'occurrence Moses Crocket – mais la règle n'était pas stricte.

Le premier témoin fut Maisie Roberts, une ouvrière qui vivait dans une des rues appartenant à Hornbeam, sur la rive sud du fleuve, près des manufactures. Elle était jeune et vêtue de haillons. Sal la connaissait de vue mais ne lui avait jamais adressé la parole.

Maisie semblait ravie d'être au centre de l'attention. Sal se dit qu'elle serait probablement prête à commettre un faux témoignage pour une pièce de six pence.

La jeune femme assura avoir vu Jarge se diriger vers la manufacture de Crocket et avoir remarqué que les cloches sonnaient à ce moment précis. Elle s'en souvenait parce que cela l'avait étonnée.

«C'est que je savais qu'il était sonneur, vous comprenez», dit-elle.

Sal avait préparé avec Jarge les questions à poser aux témoins. Il ne les avait pas notées parce qu'il ne savait pas lire, mais il avait l'habitude de mémoriser les choses importantes.

«Tu te rappelles qu'il faisait nuit ce soir-là quand nous avons répété? demanda-t-il à Maisie.

— Oui, il faisait nuit.

— Alors comment m'as-tu reconnu?

— Tu portais une lampe.»

La réponse avait été immédiate, et Sal devina que quelqu'un avait prévu la question et dit à Maisie comment répondre.

«Et la lumière de la lampe t'a suffi pour me reconnaître, continua Jarge.

— Ça, et puis ta taille», dit Maisie. Avec un sourire, elle ajouta: «Il n'y en a pas beaucoup d'aussi grands.» Elle avait l'esprit vif.

Quelques rires s'élevèrent dans la salle d'audience, et Maisie parut satisfaite.

«L'homme que tu as vu et que tu as pris pour moi, il t'a parlé? poursuivit Jarge.

— Non.»

Jarge eut l'air d'avoir oublié ce qu'il devait dire ensuite. Sal lui souffla:

«Demande qui est son propriétaire.»

Jarge obtempéra.

« Mon propriétaire, c'est M. Hornbeam, dit la jeune femme.

— Et combien de loyers lui dois-tu ?

— J'ai payé tout ce que je lui devais. »

Elle avait l'air encore plus contente d'elle.

Sal était persuadée que Maisie avait été achetée d'une manière ou d'une autre. Mais il était difficile de s'en indigner : Jarge, après tout, était coupable.

Le deuxième témoin fut Marie Dodds, veuve de Benny Dodds, un ancien sonneur. Bien des années auparavant, Benny était tombé amoureux de Sal, et bien que cette dernière ne l'ait jamais encouragé, Marie l'avait prise en grippe. Elle lui en voulait encore.

Marie déclara que Benny lui avait dit qu'il arrivait à Sal de remplacer Jarge. Ce témoignage était accablant : il infirmait l'alibi de Jarge.

« Mais les femmes ne sont pas capables de faire sonner ces cloches, décréta Jarge, elles n'ont pas la force qu'il faut.

— *Elle*, elle en est capable, rétorqua Marie. Il suffit de la regarder », ajouta-t-elle perfidement, provoquant les rires du public.

Le shérif Doye surprit alors Sal en l'appelant comme témoin.

Elle avait une décision à prendre, et quelques secondes seulement pour le faire. Elle était fâchée contre Jarge, furieuse même, pour l'avoir mise dans cette situation, mais il ne servait à rien de fulminer. Ferait-elle un faux témoignage pour le sauver ? Ce n'était pas seulement un crime, mais un péché dont elle pouvait subir les conséquences ici-bas comme dans l'au-delà.

En revanche, si elle disait la vérité, Jarge serait probablement pendu.

Une fois qu'elle eut prêté serment, Doye lui demanda :

« Madame Box, étiez-vous dans la salle des cordes avec les sonneurs pendant leur répétition, le soir dont nous parlons ? »

Elle pouvait l'admettre sans risque.

« Oui, dit-elle.

— Pendant toute la durée de la répétition ? »

Quelqu'un avait soufflé à Doye ce qu'il devait dire, pensa Sal. Il n'était pas assez intelligent pour concevoir de telles questions.

« Oui, reconnut-elle.

— Et pendant ce temps, votre mari, Jarge Box, a-t-il quitté la salle ? »

Le moment était venu, et Sal n'hésita pas :

« Non, mentit-elle. Il n'est pas sorti.

— Avez-vous déjà actionné une cloche d'église ?

— Non. »

Les mensonges lui venaient facilement à présent.

« Pensez-vous en être capable ?

— Aucune idée.

— Madame Box, commettriez-vous le crime de faux témoignage pour sauver votre mari de la pendaison ? »

La question la prit de court. C'était exactement ce qu'elle venait de faire, elle ne pouvait évidemment pas acquiescer sous peine de discréditer son témoignage. D'un autre côté, elle n'était pas certaine que répondre soit préférable ; cela la ferait passer pour une femme sans cœur. Or les hommes n'aimaient pas les femmes insensibles. Et tous les jurés étaient des hommes.

Elle hésita, mais ce n'était pas grave : il s'agissait, après tout, d'une question hypothétique, et elle était en droit d'être incertaine.

Finalement, elle se décida à répondre :

« Je ne sais pas. On ne m'a jamais demandé de le faire. »

En regardant le visage des jurés, elle sentit qu'elle avait bien répondu.

À la fin, Sal et Jarge se concertèrent brièvement, puis il se leva pour dire ce dont ils étaient convenus.

« Maisie Roberts a probablement vu un grand gaillard marcher dans la rue obscure pendant que les cloches sonnaient. Elle n'a pas échangé un mot avec lui, donc elle ne peut pas dire qu'il avait la même voix que moi. Elle se sera trompée, voilà tout. »

C'était vrai, et le jury devait en convenir.

« Mon vieil ami Benny Dodds, poursuivit Jarge, avait tendance à exagérer un peu, et il a pu dire à sa femme que Sal Box avait l'air assez costaude pour faire sonner une cloche d'église. Benny est mort depuis six ans, paix à son âme, et on peut donc pardonner à Mme Dodds d'avoir des souvenirs un peu confus. Et c'est tout ce que le jury a entendu ! On ne peut pas pendre un homme sur la foi d'un tel témoignage. » Il se retira.

Hornbeam prit la parole en dernier.

« Messieurs les jurés, Jarge Box est un tisserand à qui les métiers à vapeur ont fait perdre son travail. Il a donc une bonne raison d'approuver le luddisme. Il prétend avoir répété avec les sonneurs, mais Mme Roberts est sûre de l'avoir vu dans la rue pendant que les cloches sonnaient. Il affirme que sa femme n'est pas assez forte pour faire sonner les cloches à sa place, mais Benny Dodds, un autre sonneur, disait qu'elle en était capable et qu'elle le faisait.

« N'oubliez pas, messieurs les jurés, qu'on ne vous demande pas aujourd'hui de dire si Jarge Box est coupable. Vous êtes ici pour décider s'il y a suffisamment d'éléments à charge contre lui pour l'envoyer devant la cour d'assises. Il y a des témoignages, mais ils ont été mis en doute, et vous pouvez fort bien préférer de laissser la juridiction supérieure en décider.

« Veuillez prendre votre décision. »

Les douze hommes se concertèrent et, à la consternation de Sal, ils ne tardèrent pas à hocher la tête en signe d'assentiment. Quelques instants plus tard, l'un d'eux se leva et déclara :

« Nous renvoyons l'accusé devant la cour d'assises. »

36

Kit Clitheroe n'avait jamais vu de désert auparavant, mais il était presque sûr que c'en était un. Le sol était dur et poussiéreux, et le soleil brillait implacablement toute la journée. Il s'était toujours imaginé qu'un désert était plat, mais ces dernières semaines, il avait franchi des montagnes plus hautes que toutes celles qu'il avait jamais vues.

Roger et lui étaient assis par terre, mangeant du ragoût de mouton avec des haricots, tandis que le soleil se couchait sur la rivière Zadorra, dans le nord de l'Espagne. Tout le monde disait que la grande bataille aurait lieu le lendemain. Ce serait la première de Kit, et peut-être la dernière. Son appréhension était telle qu'il avait du mal à avaler.

C'était le mois de juin, et cela faisait huit semaines qu'ils étaient en Espagne. Dès leur arrivée à Rodrigo, on les avait affectés à l'entretien des canons. Ces derniers avaient été remisés pendant l'hiver et devaient maintenant être préparés pour le combat. La Royal Artillery était commandée par le lieutenant-colonel Alexander Dickson, un homme que Kit avait rapidement appris à respecter pour son énergie et son intelligence. Ayant lui-même exercé des fonctions de direction, Kit comprenait qu'il était indispensable de donner des ordres clairs que les hommes jugent sensés.

Les canons en bronze reposaient sur des affûts à deux roues en bois renforcé de fer. Le climat espagnol n'était pas humide, mais le fer y rouillait comme partout ailleurs. Kit et Roger surveillaient les hommes qui nettoyaient, huilaient et contrôlaient les pièces d'artillerie sur roues afin qu'elles soient prêtes à partir. Les canons britanniques pesaient six cents kilos : les déplacer d'un endroit à l'autre sur des routes non pavées était une véritable gageure, qui tournait souvent au cauchemar. Chaque canon était attaché à un avant-train à deux roues, et il fallait six chevaux pour tirer l'ensemble.

Kit avait été le plus souvent tellement affairé qu'il en oubliait de se soucier des combats.

L'armée se déplaçait avec des centaines de véhicules, principalement des chariots de ravitaillement, qui devaient eux aussi être entretenus, vérifiés et souvent réparés à la fin de l'hiver. Les bœufs et les chevaux qui les tiraient étaient, heureusement, du ressort de quelqu'un d'autre. Kit n'avait jamais eu de cheval et les détestait depuis que l'étalon aux yeux fous de Will Riddick lui avait fracassé le crâne quand il avait six ans.

On entraînait les nouvelles recrues, on leur apprenait à tirer et on les envoyait faire de longues marches avec tout leur paquetage pour les endurcir. Le matériel arrivait d'Angleterre : bottes neuves, nouveaux uniformes, mousquets et munitions, tentes. C'était ainsi que le gouvernement dépensait l'argent des nouveaux impôts levés dans le pays.

L'avancement était rapide. Les batailles de l'année passée avaient privé l'armée de Wellington de nombreux officiers. Kit et Roger prirent rapidement du galon, ce qui leur prêtait l'autorité nécessaire pour superviser le travail des hommes. Roger fut nommé lieutenant. Kit, grâce à ses années de service dans la milice, devint capitaine.

À Rodrigo, ils avaient souvent croisé les hommes du 107e d'infanterie. Joe Hornbeam et Sandy Drummond avaient tous deux été nommés enseignes, le premier grade des officiers.

Kit avait été surpris de voir des centaines d'Anglaises dans la ville. Il n'avait pas pris conscience qu'un tel nombre d'épouses voyageaient avec leur mari soldat. Il apprit que l'armée le tolérait, car les femmes étaient utiles. Sur le champ de bataille, elles apportaient à manger, à boire, et parfois des munitions à leurs hommes. À l'abri des combats, elles faisaient tout ce que les épouses faisaient toujours : la lessive, la cuisine et l'amour durant la nuit. Les officiers estimaient que leur présence rendait les hommes moins enclins à s'enivrer, à se quereller et à se bagarrer, ainsi qu'à attraper de sales maladies avec des prostituées.

Ils avaient rencontré Kenelm Mackintosh dans sa fonction d'aumônier du 107e, et l'avaient trouvé changé : sa tenue sacerdotale était couverte de poussière, il était mal rasé et avait les mains crasseuses. Son attitude était différente, elle aussi. Lui qui avait toujours affiché une distance condescendante quand il s'adressait à des ouvriers illettrés avait perdu ses airs hautains. Il leur avait demandé s'ils mangeaient à leur faim et s'ils avaient des couvertures convenables pour les nuits froides. Il était devenu, en fait, quelqu'un d'assez sympathique.

À la mi-mai, l'armée de Wellington avait quitté Rodrigo en direction du nord. Certains hommes étaient impatients d'en découdre, après un long hiver à se morfondre. Kit pensait pour sa part que l'ennui était préférable à la mort.

L'armée alliée comptait environ cent vingt mille hommes, apprit Roger en discutant avec des membres de l'état-major. Les cinquante mille Britanniques formaient le plus gros contingent, appuyés par quarante mille Espagnols et trente mille Portugais. Les effectifs des guérilleros de la résistance espagnole étaient inconnus.

L'armée française cantonnée dans le nord de l'Espagne était estimée à environ cent trente mille hommes. Ils ne recevraient aucun renfort. On disait que plus de la moitié de l'armée nationale française avait trouvé la mort au cours de la marche catastrophique de Bonaparte sur Moscou. Aussi, loin de garnir les rangs de son armée en Espagne, Bonaparte avait-il retiré ses meilleurs hommes pour les batailles qu'il menait dans le nord-est de l'Europe, alors que les forces de Wellington avaient reçu un afflux d'hommes et de ravitaillement tout au long de l'hiver.

Bonaparte surprenait toujours son ennemi, mais Bonaparte n'était pas en Espagne. Ici, c'était son frère Joseph qui commandait.

La marche avait été éprouvante. Kit avait le cou brûlé par le soleil et des ampoules aux pieds. Bien que de petite taille, ce n'était pas un gringalet, mais chaque jour, il tombait de fatigue au coucher du soleil, lorsqu'il pouvait enfin se reposer. Quand un essieu cassait ou qu'une roue de chariot se voilait, c'était un soulagement : cela leur permettait de s'arrêter une heure pour réparer. Mieux encore, il arrivait qu'une étendue de sol meuble ou sablonneux fasse s'enliser les véhicules, et il fallait passer l'après-midi à construire un chemin provisoire en planches pour franchir l'obstacle.

Kit se consolait en se disant que la marche, aussi éreintante fût-elle, était préférable au combat.

Roger restait en relation avec ses amis de l'état-major qui lui transmettaient les renseignements qui leur parvenaient, dont une grande partie en provenance des guérilleros espagnols. Le roi Joseph d'Espagne – le frère de Bonaparte – avait déplacé sa capitale plus au nord, quittant Madrid pour Valladolid, une ville occupant une position dominante au centre de l'Espagne septentrionale. L'armée de Wellington marchait vers le nord-est, en direction de Valladolid, mais il avait également envoyé des troupes de flanquement dessiner une courbe au nord pour approcher les Français sous un angle inattendu.

Au lieu de résister à cette manœuvre, les Français battirent inopinément en retraite. L'état-major britannique chercha à savoir pourquoi. Les services de renseignement estimèrent que l'ennemi était moins nombreux que prévu : quelque soixante mille hommes seulement. Peut-être un grand nombre d'entre eux étaient-ils dans les montagnes en train de combattre les guérilleros. Se retirer vers le nord-est les rapprochait de la frontière française. Était-il possible qu'ils s'enfuient à travers les montagnes pour rejoindre la mère patrie ? Kit songea un instant que les Britanniques pourraient l'emporter sans coup férir. Mais il se reprit : sans doute prenait-il ses désirs pour des réalités.

En effet. Le roi Joseph avait pris position dans la vallée de la Zadorra, à l'ouest de la ville basque de Vitoria, et finalement, Kit allait à présent devoir se battre.

Ils se trouvaient dans une large plaine délimitée par des montagnes au nord et au sud, par d'étroits canyons à l'est et à l'ouest, et par la rivière qui serpentait du nord-est au sud-ouest. Les Français avaient établi leur campement de l'autre côté de cette rivière diagonale, que l'armée de Wellington devrait donc franchir pour attaquer.

Kit était terrifié.

« Comment les choses vont-elles commencer ? demanda-t-il anxieusement à Roger.

— Ils vont former une ligne en travers de notre route, pour nous empêcher de continuer à avancer.

— Et ensuite ?

— Nous attaquerons en colonnes, probablement, en essayant de percer des brèches dans leur ligne. »

Kit trouva cela sensé.

« Notre problème, c'est la rivière, poursuivit Roger.

Une armée qui franchit une rivière, par un pont ou à gué, progresse en rangs serrés, et lentement, ce qui en fait une cible facile. Si le roi Joseph a un peu de bon sens, il massera d'importantes forces à chaque point de passage dans l'espoir de nous décimer au moment où nous serons le plus vulnérables.

— Nous pouvons construire des ponts de fortune.

— Le génie miliaire est là pour ça. Mais si l'ennemi est habile, il nous attaquera pendant que nous serons à l'œuvre. »

Kit commença à se dire qu'aucun soldat n'en sortirait vivant. Pourtant, certains en réchappaient, il le savait, mais il ne voyait pas comment.

Cette nuit-là, il dormit d'un sommeil agité et se leva avec le soleil pour superviser l'attelage des bœufs.

Chaque affût de canon était accompagné de deux véhicules auxiliaires, appelés caissons, destinés au transport des munitions. Pour accélérer le chargement du canon, la cartouche à obus se présentait sous forme d'une gargousse de serge contenant le boulet et la quantité nécessaire de poudre. L'armée britannique employait surtout des boulets de fer de six livres et de trois pouces et demi de diamètre. Les caissons étaient lourds, tirés par un attelage de six chevaux.

Les armées britannique, espagnole et portugaise se mirent en marche à huit heures. Nous nous dirigeons vers nos tombes, pensa Kit.

À la surprise générale, la plupart des ponts et des gués existants n'étaient pas défendus par l'ennemi. Les officiers n'en revenaient pas.

« Joseph n'est pas Napoléon », remarqua Roger.

Les artilleurs, dont Kit et Roger, firent traverser la rivière aux canons sans rencontrer de résistance, et s'approchèrent d'un village nommé Ariñez qui était occupé par l'ennemi. Ils restèrent hors de portée des tirs de mousquet, mais bientôt l'artillerie française commença à les harceler depuis le village situé en hauteur. Les soldats britanniques passèrent derrière les chariots qu'ils poussèrent pour faire avancer les canons plus rapidement. Kit dut étudier le terrain et guider les pièces d'artillerie vers des endroits relativement plats où le recul ne les enverrait pas rouler au bas de la pente. Il était dangereusement exposé, mais serra les dents et accomplit sa tâche.

Il fallait cinq hommes pour tirer un canon. La visée était l'affaire du chef de pièce, généralement un sergent, équipé d'un quadrant et d'un fil à plomb. Un des servants était simplement chargé de nettoyer l'âme du canon au moyen d'un chiffon mouillé fixé à un long écouvillon, afin d'éteindre les éventuelles braises restantes et d'éviter un allumage prématuré lors du rechargement. Le chargeur insérait ensuite la cartouche dans le canon. Le servant à l'écouvillon retournait son outil et utilisait l'extrémité sèche pour enfoncer le projectile dans le canon, tandis que le quatrième servant bloquait la lumière avec son pouce pour éviter toute détonation accidentelle provoquée par une étincelle. Lorsque la charge était bien tassée, le même servant enfonçait un dégorgeoir en fer dans la lumière de la culasse pour crever la gargousse, puis introduisait une amorce dans la lumière. Enfin, lorsque le chef de pièce était satisfait de sa visée, il criait : « Feu ! » Le cinquième servant approchait alors la pointe fumante de son boutefeu de la lumière et le coup partait.

Le canon reculait d'un peu moins de deux mètres. Quiconque était assez stupide pour se trouver sur sa trajectoire se faisait tuer ou estropier.

Les artilleurs remettaient immédiatement le canon en position et la procédure recommençait.

Les servants devaient s'interrompre tous les dix ou douze tirs pour refroidir le canon avec de l'eau. S'il chauffait exagérément, la poudre contenue dans la gargousse explosait dès qu'elle était enfoncée dans la bouche, provoquant un raté.

Quelqu'un avait dit à Kit qu'une équipe efficace pouvait tirer une centaine de coups au cours d'une journée de combat.

Bientôt, les canons tiraient aussi vite que les artilleurs étaient capables de recharger. Ils s'activaient dans un brouillard de fumée dense dégagée par la poudre noire contenue dans les munitions.

Kit allait et venait derrière la ligne de canons pour régler les problèmes. Une unité avait réussi à mettre le feu à un écouvillon insuffisamment mouillé ; une autre avait renversé de l'eau sur la poudre ; un boulet de canon français avait fauché la moitié des hommes d'une troisième. La tâche de Kit consistait à remettre les pièces en état de marche le plus rapidement possible. Il se rendit compte qu'il n'avait plus peur. Cela lui sembla très étrange, mais il n'avait pas le temps d'y réfléchir.

Le bruit et la chaleur étaient accablants. Les hommes juraient en se brûlant accidentellement sur le métal des canons. Tous étaient assourdis. Kit avait constaté que les artilleurs chevronnés devenaient définitivement sourds : il savait maintenant pourquoi.

Dès qu'un caisson de munitions était vide, il était renvoyé au parc d'artillerie pour être rempli. Pendant ce temps, l'unité utilisait le deuxième caisson.

Il était difficile de vérifier quel effet ils produisaient, car les positions ennemies étaient enveloppées dans la fumée de leurs propres canons. On disait qu'un boulet de canon tiré sur une ligne d'infanterie tuait trois hommes. Mais si un fragment d'obus chauffé à rouge touchait une caisse de poudre, les morts étaient bien plus nombreux.

Le feu ennemi faisait indéniablement des dégâts parmi les artilleurs britanniques. Des hommes tombaient, souvent en hurlant. Des canons et leurs affûts étaient détruits. Les femmes qui suivaient l'armée emportaient les blessés et les morts. Dans un recoin de l'esprit de Kit, un terrible souvenir à peine conscient reprit vie : son père, écrasé par la charrette de Will Riddick, hurlant chaque fois qu'on cherchait à le déplacer. Sans réussir tout à fait à chasser cette image, il parvint néanmoins à l'ignorer.

L'infanterie alliée attaqua Ariñez du côté opposé, et les artilleurs britanniques reçurent l'ordre de cesser le feu pour éviter de toucher les leurs.

Les canons français se turent enfin, et Kit en conclut que les alliés devaient avoir remporté la bataille et avoir pris le village. Il ne savait ni comment ni pourquoi. Il était surtout étonné d'avoir été absorbé dans la tâche au point d'oublier le danger qu'il courait. Il n'avait pas été courageux, songea-t-il, seulement trop occupé pour y penser.

La fumée ne s'était pas encore entièrement dissipée quand l'ordre de repartir fut donné. Les chevaux et les bœufs furent conduits à l'avant. Pendant qu'on les attelait, un groupe d'officiers passa à cheval, mené par une haute et mince silhouette vêtue d'un uniforme de général poussiéreux.

« C'est Old Nosey ! » souffla quelqu'un.

C'est sans doute Wellington, pensa Kit. L'homme avait en effet un grand nez, légèrement recourbé à son extrémité.

« Avancez ! » ordonna le général d'une voix pressante.

Un colonel tout proche demanda :

« En colonne ou en ligne, mon général ?

— Peu importe, mais pour l'amour de Dieu, avancez ! » s'impatienta Wellington. Puis il repartit.

Ils déplacèrent les canons sur un kilomètre et demi, puis, aux abords d'un village que quelqu'un appela Gomecha, ils se heurtèrent à une imposante batterie française. Alors qu'ils prenaient position, d'autres canons furent apportés en renfort. Kit estima qu'il y avait au moins soixante-dix pièces dans chaque camp. La fumée était telle que ne pouvant voir leurs cibles, les sergents devaient viser au jugé. Les canons alliés étaient à présent groupés trop près les uns des autres, et les boulets français faisaient mouche malgré la fumée.

Un chariot de munitions supplémentaires s'écrasa sur un canon dont il endommagea l'affût. Constatant que les roues et l'essieu de l'affût étaient intacts, Kit avait entrepris de réparer les limons avec du bois quand un obus s'abattit sur un canon voisin, atteignant sa charge explosive. Kit fut renversé par le souffle et le monde fut plongé dans le silence. Il n'aurait su dire combien de temps il était resté à terre, étourdi, avant de se relever péniblement. Il avait mal au cou. Ses doigts se posèrent sur une substance collante et quand il retira sa main, elle était rouge de sang.

Il reprit la réparation des limons. L'ouïe lui revint peu à peu.

L'infanterie alliée avançait. Les canons tiraient au-dessus de leurs têtes, dans l'espoir de mettre ceux des Français hors d'usage, mais malgré leurs efforts, Kit voyait de nombreux fantassins tomber. Leurs camarades survivants continuaient à courir, se jetant droit dans la gueule des canons ennemis. La veille, Kit se serait émerveillé de leur courage. À présent, il comprenait : ils ne se souciaient plus de rien, tout comme lui.

Puis les canons français se turent.

L'artillerie alliée avança à nouveau, mais cette fois-ci, elle ne put rattraper son infanterie. Comme la fumée se dissipait, Kit vit que les forces alliées étaient déployées sur toute la largeur de la plaine, dessinant une ligne qui devait faire plus de trois kilomètres de long. La ligne avançait, et la résistance semblait fondre comme neige au soleil. Les artilleurs reçurent l'ordre de faire halte et d'attendre les ordres.

Constatant soudain qu'il était à bout de forces, Kit s'allongea sur le sol. Cette immobilité était le plus grand luxe qu'il eût jamais ressenti. Il roula sur le dos et ferma les yeux pour les protéger du soleil.

Au bout d'un moment, une voix résonna à ses oreilles :

« Oh, mon Dieu, Kit, tu es mort ? »

C'était Roger. Kit ouvrit les yeux.

« Pas encore. »

Il se leva d'un bond et ils tombèrent dans les bras l'un de l'autre. Ils prolongèrent leur étreinte quelques instants, avant de se donner une claque virile dans le dos, pour donner le change.

Roger fit un pas en arrière, regarda Kit et éclata de rire.

« Qu'y a-t-il ? demanda Kit.

— Si tu te voyais ! Tu as le visage noir de fumée, il y a du sang sur ton uniforme, et une jambe de ton pantalon semble avoir disparu. »

Kit baissa les yeux.

« Comment cela a-t-il pu arriver ? »

Roger rit de nouveau.

« Tu as dû avoir une sacrée journée.

— Oui, en effet. Nous avons gagné ?

— Oh, oui, répondit Roger. Nous avons gagné. »

*

L'affaire de Jarge Box fut jugée pendant la session d'été de la cour d'assises. Sal se tenait à ses côtés dans la salle du conseil de l'hôtel de ville. Quand le juge fit son entrée, elle constata consternée qu'il s'agissait du vautour au nez crochu qui avait fait pendre le jeune

Tommy Pidgeon huit ans plus tôt. Elle faillit renoncer d'emblée à tout espoir.

Si Tommy avait vécu, ce serait un jeune homme à présent, pensa-t-elle tristement. Il serait peut-être devenu un honnête citoyen si on lui avait donné sa chance. Mais elle lui avait été refusée.

Elle pria pour qu'on l'accorde à Jarge en ce jour.

Lorsque les jurés prêtèrent serment, elle scruta leurs visages – des hommes bien nourris, pleins d'assurance et de suffisance – et prit conscience qu'il n'y avait que des patrons du textile. Hornbeam avait dû faire pression sur le shérif Doye pour s'en assurer. Ces hommes étaient ceux qui avaient le plus à craindre du luddisme, ceux qui seraient le plus impatients de faire un exemple – de n'importe qui – dans l'espoir d'intimider les luddites.

Elle s'aperçut alors que Doye avait commis une erreur. L'un des jurés était Isaac Marsh. Sa fille avait épousé Howard Hornbeam, et Doye avait dû supposer que Marsh défendrait une ligne dure. Cependant, étant teinturier, une branche de l'industrie textile qui n'avait pas été mécanisée, il avait moins de raisons de vouloir condamner Jarge. En outre, il était méthodiste, et hésiterait peut-être à condamner un homme à mort.

C'était une petite lueur d'espoir.

On réentendit les témoignages présentés à la cour de justice trimestrielle. Maisie Roberts réaffirma avoir vu Jarge dans la rue pendant que les cloches sonnaient, et Marie Dodds répéta que Sal aurait été capable de sonner les cloches, alors que Sal jurait que Jarge n'avait pas quitté la salle des cordes pendant la répétition, se livrant ainsi à un second faux témoignage.

Le juge, dans son résumé, ne cacha pas son parti pris. Il déclara au jury qu'il devait mettre en balance d'une part le témoignage de deux personnes, Mme Roberts et Mme Dodds, qui n'avaient aucune raison de mentir, et d'autre part celui d'une seule personne, Mme Box, qui mentait peut-être pour sauver la vie de son mari.

Les jurés, les seuls, avec le juge, à être assis, commencèrent à se concerter sans parvenir à conclure rapidement. On put vite se rendre compte que onze d'entre eux étaient d'accord, mais se heurtaient à l'opposition d'un seul : Isaac Marsh. Il ne disait pas grand-chose, mais lorsque les autres parlaient, il lui arrivait de secouer la tête avec gravité dans un geste de dénégation.

Elle reprit espoir. Le jury devait prononcer un verdict unanime. Faute de quoi, un nouveau procès devrait se tenir, théoriquement. Elle avait toutefois entendu dire que dans les faits, les jurés s'entendaient parfois sur un compromis, par exemple en déclarant l'accusé coupable d'un crime moins grave.

Au bout d'un moment, tous les jurés hochèrent la tête et se calèrent contre leurs dossiers, comme s'ils avaient pris une décision.

Puis l'un d'eux se leva pour annoncer qu'ils étaient en mesure de prononcer un verdict unanime.

« Coupable, monsieur le juge, avec la plus grande recommandation possible de clémence. »

Le juge le remercia, puis tendit la main pour prendre quelque chose sous la table. Sal comprit immédiatement qu'il s'apprêtait à coiffer le calot noir et à condamner Jarge à mort malgré la recommandation des jurés.

« Non, murmura-t-elle, je vous en supplie, mon Dieu, non. »

Les mains du juge, tenant le carré de tissu noir, réapparurent au-dessus de la table devant lui. Ce fut à cet instant qu'Amos Barrowfield s'avança pour déclarer d'une voix forte et claire :

« Monsieur le juge, le 107e régiment d'infanterie de Kingsbridge combat les Français en Espagne. »

Le juge parut contrarié. Pareille intervention au moment du prononcé de la peine était inhabituelle, mais non sans précédent.

« Quel est le rapport avec ce procès ? demanda-t-il.

— De nombreux hommes de Kingsbridge sont morts au combat, et le régiment a grand besoin de nouvelles recrues. Je crois que vous avez le pouvoir d'envoyer un homme à l'armée pour remplacer la peine de mort. Ce sera ensuite à Dieu de décider s'il vivra ou mourra. Je vous prie instamment de vous ranger à cette solution dans le cas de Jarge Box, non par compassion, mais parce que c'est un homme robuste qui ferait un soldat redoutable. Je vous remercie de m'avoir laissé parler. »

Il se retira.

Amos avait parlé sans émotion, comme si le sort de Jarge ne le préoccupait pas personnellement et qu'il voulait simplement soutenir l'armée. Sal savait que c'était une façade : Amos avait adopté la ligne la plus susceptible de convaincre le juge, qui n'était manifestement pas très enclin à la compassion.

Mais le stratagème serait-il efficace ? Le juge hésitait, assis avec son calot noir dans les mains. Sal était haletante. La salle muette.

Le juge déclara enfin :

« Je vous condamne à rejoindre le 107ᵉ régiment d'infanterie. »

Sal faillit s'évanouir de soulagement.

Le juge ajouta :

« Si vous vous battez vaillamment pour votre pays, vous pourrez peut-être expier une partie de vos crimes. »

Sal souffla à Jarge :

« Tais-toi. »

Jarge resta silencieux.

« Affaire suivante », annonça le juge.

37

Après Vitoria, tout alla de mal en pis pour Napoléon Bonaparte.

La bataille de Leipzig eut lieu en octobre et fut la plus importante qui eût jamais été livrée en Europe jusqu'alors. Elle impliqua plus d'un demi-million d'hommes, et Bonaparte fut vaincu. Dans le même temps, l'armée de Wellington franchissait les Pyrénées et envahissait la France par le sud.

Bonaparte regagna Paris, mais les armées qui l'avaient défait à Leipzig se lancèrent à sa poursuite. En mars 1814, les alliés, menés par le tsar de Russie et le roi de Prusse, entrèrent triomphalement dans Paris.

Quelques jours plus tard, Amos lut ce titre dans la *Kingsbridge Gazette* :

BONAPARTE ABDIQUE !

Cela pouvait-il être vrai ?

L'événement est officiellement confirmé par des dépêches du général Sir Charles Stewart, poursuivait l'article. *Le tyran déchu a renoncé à son trône et accepté de se retirer sur l'île d'Elbe, un lieu insignifiant au large de la Toscane.*

« Dieu merci », soupira Amos. La guerre était finie.

Ce soir-là, ce fut la liesse dans les rues de Kingsbridge. Des hommes qui n'avaient jamais servi dans aucune armée levaient leur chope et se repaissaient de gloire. Les femmes demandaient quand leurs maris et leurs fils rentreraient au pays, mais personne ne pouvait leur répondre. Les petits garçons se fabriquaient des épées en bois et juraient de participer à la prochaine guerre. Les petites filles rêvaient d'épouser un valeureux soldat en habit rouge.

Wellington fut fait duc.

Amos se rendit chez Jane avec un cadeau pour leur fils, un globe terrestre sur pied. Il passa une heure à l'expliquer à Hal, très curieux de ce genre de choses. Amos lui montra les sites où les armées britanniques et leurs alliés avaient affronté les troupes de Bonaparte.

Puis il s'installa dans le salon à l'étage de la maison Willard, regardant la cathédrale, tandis que Jane lui lisait une lettre de son mari.

« *Ma chère épouse,*

« *Je suis à Paris et c'est enfin la paix. Le 107e d'infanterie s'est distingué jusqu'à la fin ; nous avons remporté une victoire éclatante à Toulouse. (Cela s'est passé en réalité quelques jours après que Bonaparte a reconnu sa défaite, mais la nouvelle ne nous est parvenue qu'après la bataille.)*

« *Le régiment aura fait une bonne guerre. Nous*

avons perdu relativement peu d'hommes lors des dernières batailles. Parmi les officiers, seul l'enseigne Sandy Drummond, le fils du marchand de vin, a été tué. L'aumônier, Kenelm Mackintosh, a reçu une balle dans le postérieur, ce qui est fort embarrassant pour un ecclésiastique ! Le chirurgien a retiré la balle, lavé la plaie avec du gin avant de la bander et l'aumônier semble remis, encore qu'il boite un peu. L'enseigne Joe Hornbeam a fait ses preuves malgré son jeune âge. Vous pourrez dire au belliqueux échevin que son petit-fils est toujours en vie.

« *Les deux hommes de Kingsbridge qui ont rejoint les artilleurs nous ont été très utiles à Vitoria, en particulier Kit Clitheroe, que je savais déjà être un bon officier du temps où il servait dans la milice. Je l'ai débauché pour en faire mon aide de camp.*

« *Le régiment est maintenant en partance pour Bruxelles.*

— Bruxelles ? s'étonna Amos. Pourquoi Bruxelles ?

— Écoutez, dit Jane, et elle poursuivit sa lecture :

« *Les grands hommes des nations victorieuses se réunissent à Vienne, où ils vont diviser l'Europe pour qu'à l'avenir, nous ne connaissions plus jamais de guerre aussi longue et aussi terrible que celle-ci. Parmi les questions qui se posent figure celle du sort des Pays-Bas. Bonaparte a renoncé au territoire qu'il y avait conquis, mais à qui appartient-il désormais ? Pendant que ce sujet est débattu à Vienne, il faut bien que quelqu'un gouverne à Bruxelles, et le bruit court qu'une armée britannique et une armée prussienne dirigeront conjointement les Pays-Bas jusqu'à ce qu'une décision soit prise.*

« *Et le 107ᵉ d'infanterie fera partie de la force britannique.*

— Ce qui signifie qu'aucun des hommes de Kingsbridge ne rentrera chez lui, remarqua Amos. Il va y avoir beaucoup de déçus ici.

— Eh bien, je ne serai pas du nombre. Peu m'importe que Henry soit ici ou à des milliers de kilomètres. »

Amos aurait préféré qu'elle évite de lui rebattre les oreilles avec ses déboires conjugaux. Personne ne pouvait rien y faire. Mais il ne s'en plaignit pas. Il voulait rester dans ses bonnes grâces pour continuer de voir Hal.

« Lisez-moi la suite », demanda-t-il.

*

En août 1814, le régiment campait dans un champ à proximité de Bruxelles. La mutation de Kit de la Royal Artillery au 107ᵉ d'infanterie en qualité d'aide de camp du comte de Shiring était un honneur, mais si on lui avait laissé le choix, Kit aurait refusé car cela l'éloignait de Roger, qui restait avec les artilleurs. Kit ne savait absolument pas où se trouvait Roger à présent, ce qui l'affligeait.

À d'autres égards, il était content de son sort. Il touchait dix shillings par jour, avant les déductions. Un soldat du rang recevait huit pence par jour. Son travail consistait à porter des messages et à faire des commissions pour le comte, mais en temps de paix, il n'y avait pas beaucoup d'activités et il passait son temps libre à travailler son allemand.

Il s'était lié d'amitié avec un officier subalterne de la King's German Legion, la légion allemande du roi, une unité de l'armée britannique forte de quatorze mille hommes, basée à Bexhill-on-Sea. Cette bizarrerie s'expliquait par le fait que le roi George III d'Angleterre était également souverain du royaume de Hanovre. Un bataillon d'Allemands campait donc dans le champ voisin, et Kit et son ami se donnaient réciproquement des cours de langue.

Kit avait obligé les hommes du 107ᵉ d'infanterie à planter leurs tentes en rangées bien ordonnées et à creuser des latrines en lisière du champ. Ceux qui se soulageaient ailleurs étaient passibles d'une amende. Il avait appris à la manufacture de Barrowfield que même des règles profitables pour tous devaient être imposées.

L'aumônier Mackintosh disposait d'une petite tente personnelle, à l'instar des officiers. Kit alla le voir et le trouva allongé sur un mince matelas, enveloppé dans des couvertures. Ses cheveux blonds étaient humides. Kit s'agenouilla près de lui et lui toucha le front : il était brûlant.

« Vous êtes malade, monsieur Mackintosh, observa-t-il.

— J'ai dû attraper un rhume. Je m'en remettrai.

— Montrez-moi votre derrière. »

Sans attendre son consentement, Kit écarta les couvertures et baissa les culottes de Mackintosh.

Sa blessure suintait et la peau qui l'entourait était enflammée.

« Ce n'est pas joli, observa Kit, avant d'arranger les vêtements de l'aumônier et de le border.

— Ça va aller », assura l'homme d'Église.

Un pichet d'eau et un gobelet étaient posés sur une caisse de munitions vide. Kit remplit le gobelet et le donna à Mackintosh, qui but avidement. Comme il n'en restait plus beaucoup, Kit prit le pichet et dit :

« Je vais vous en chercher.

— Merci. »

Un ruisseau d'eau claire traversait un coin du champ – l'une des raisons pour lesquelles ce site avait été choisi pour établir le camp. Kit remplit le pichet et revint sur ses pas. Au moment où il rentra dans la tente, il avait pris une décision.

« Il n'est pas bon que vous dormiez à même le sol, dit-il. Je vais essayer de vous trouver un endroit plus confortable jusqu'à ce que vous soyez rétabli.

— Ma place est ici, avec les hommes.

— Le colonel en décidera. »

Une des tâches de Kit consistait à s'assurer que le colonel était informé de tout ce qu'il se passait d'important au sein du régiment. Il lui annonça donc que l'aumônier était malade.

« Sa blessure n'a pas cicatrisé correctement, expliqua-t-il. Il est fiévreux.

— Que convient-il de faire, selon vous ? »

Le comte savait que lorsque Kit lui soumettait un problème, il avait généralement une solution à proposer.

« L'installer dans une pension décente à Bruxelles. De la chaleur, un lit moelleux et du repos, voilà peut-être tout ce qu'il lui faut.

— A-t-il les moyens nécessaires ?

— J'en doute. » Les aumôniers étaient moins bien payés que les officiers. « Je vais écrire à sa femme pour lui demander de l'argent.

— Très bien.

— Je dois aller en ville demain accueillir quelques nouvelles recrues d'Angleterre. J'en profiterai pour tâcher de repérer une bonne pension.

— Excellente idée. Je paierai la note jusqu'à ce que l'argent arrive d'Angleterre. »

Kit s'attendait à cette proposition.

« Merci, mon colonel. »

Le lendemain matin de bonne heure, Kit se rendit à l'écurie où se trouvaient quelques chevaux réservés aux officiers. Il choisit une vieille jument. Il avait fini par s'habituer aux chevaux dans l'armée et montait désormais sans même y penser, mais il préférait les montures lentes et paresseuses.

Il se fit accompagner d'un jeune enseigne qui parlait quelques mots de français. Le jeune homme choisit un poney au large poitrail.

Ils entrèrent dans Bruxelles. Ignorant le centre-ville imposant et coûteux, ils explorèrent les rues étroites et animées à la recherche de pensions de famille. Certaines étaient si sales que Kit les écarta immédiatement. Il finit par se décider pour un logement propre appartenant à une veuve italienne nommée Anna Bianco. Elle lui fit l'impression d'être une gentille femme susceptible de prendre un invalide sous son aile, et une odeur alléchante s'échappait de la cuisine. Elle disposait à l'étage d'une chambre spacieuse, avec de grandes fenêtres. Kit paya deux semaines d'avance et lui annonça que son nouveau locataire emménagerait le lendemain.

Il faudrait transporter Mackintosh en charrette. Avec sa blessure, il lui serait impossible de monter à cheval.

Kit et l'enseigne se rendirent ensuite à l'Hôtel des Halles, une taverne située sur la rive est du canal d'Anvers. Apercevant une grande barge halée par des chevaux amarrée à proximité, il devina que les recrues étaient déjà arrivées. Une centaine d'hommes et quelques femmes se tenaient dans la cour, sous le commandement d'un sergent anglais.

«Cent trois hommes, monsieur, annonça celui-ci à Kit, plus six vivandières, toutes parfaitement respectables.»

La barge avait dû être surchargée, pensa Kit. Le sergent avait probablement touché de l'argent pour deux embarcations, mais avait préféré entasser les recrues dans une seule et empocher la différence.

«Merci, sergent. Quand ont-ils mangé pour la dernière fois?

— Ils ont pris un solide petit déjeuner à l'aube, monsieur. Du pain, du fromage et de la petite bière.

— Ils devraient donc pouvoir tenir encore un peu.

— Sans aucun doute, monsieur.

— Très bien. Mettez-les en rangs par cinq. Je vais les emmener.

— Bien monsieur. »

Il les jaugea du regard tandis que le sergent les rassemblait. La propreté de leurs uniformes avait souffert du voyage. À l'exception de quelques jeunes impatients, ils faisaient grise mine, regrettant probablement l'impulsion qui les avait poussés à se porter volontaires. Dans l'ensemble, ils paraissaient en bonne santé. On leur ferait faire des exercices et des marches pour les maintenir en forme, mais ils n'auraient pas à se battre. La guerre était finie.

Son regard fut attiré par le dos d'un homme de haute taille et large d'épaules, et il songea qu'il aurait été fort utile pour manœuvrer les canons sur le champ de bataille. L'homme avait de longs cheveux blonds en désordre, et lui paraissait vaguement familier. Lorsqu'il se retourna, Kit reconnut à sa grande surprise Jarge Box.

Que faisait-il ici ? Peut-être avait-il perdu tout espoir d'obtenir du travail et avait-il fini par s'engager dans l'armée. Plus probablement, il avait été reconnu coupable d'un crime grave – qu'il avait peut-être bien commis – et condamné à servir dans l'armée.

Les relations de Kit avec son beau-père avaient été houleuses, mais il était heureux de le voir. Lorsque Jarge le vit s'approcher, son visage – qui avait affiché l'expression d'un homme qui supporte stoïquement les épreuves d'un long et inconfortable voyage – s'éclaira d'un grand sourire.

« Eh bien, ça alors, s'écria-t-il. Je me demandais si j'allais tomber sur toi. »

Kit lui serra vigoureusement la main.

« Tu arrives au bon moment, lui dit-il. Les combats sont terminés. »

Puis il jeta un coup d'œil par-dessus l'épaule de Jarge et aperçut sa mère.

Il fondit en larmes.

Il se précipita vers elle et ils tombèrent dans les bras l'un de l'autre. Le cœur débordant de bonheur et d'amour, Kit était sans voix.

Enfin, elle recula d'un pas et le détailla de la tête aux pieds.

« Mon Dieu, mon Dieu ! s'exclama-t-elle. Si hâlé, si maigre, et pourtant un homme, un vrai. » Elle lui effleura le cou, juste sous l'oreille. « Et même une cicatrice.

— Un souvenir d'Espagne. Mais toi, mère, tu as bonne mine. » Elle avait dépassé la quarantaine, mais semblait plus forte et plus solide que jamais. « Comment s'est passé le voyage ?

— La barge était bondée. Mais nous nous en sommes sortis !

— Avez-vous mangé ?

— Un maigre petit déjeuner.

— Vous aurez à déjeuner au camp.

— Vivement qu'on y soit !

— Dans ce cas, mettons-nous en route. »

Il recula et laissa le sergent les disposer en ordre de marche.

Quand ils furent prêts, il monta sur son cheval pour s'adresser à eux. Plaçant sa voix comme il avait appris à le faire pour qu'elle porte loin, il dit :

« La vie militaire n'est pas difficile. Si vous faites

ce que je vous dis quand je vous le dis, et que vous le faites bien, vous passerez de bons moments. » Ses paroles furent accueillies par des murmures approbateurs : c'était un langage qu'ils comprenaient. « Mais si vous me cassez les pieds, je vous rendrai la vie si dure que vous regretterez de ne pas être morts. » Les hommes s'esclaffèrent, mais leurs rires étaient teintés d'une vague inquiétude.

La vérité était que Kit n'avait jamais rendu la vie dure à qui que ce fût. La menace n'en était pas moins efficace.

Il conclut par ces mots :

« À mon commandement… marche. »

Il fit tourner son cheval et le mit au pas, et les recrues le suivirent.

*

Elsie reçut la lettre de Kit Clitheroe en milieu de matinée. Elle gardait de lui le souvenir d'un brillant petit élève de l'école du dimanche. Le jeune Kit était donc maintenant capitaine au 107e régiment d'infanterie et était stationné à Bruxelles.

Si Kit et sa mère étaient restés dans leur village, ils seraient encore de pauvres ouvriers agricoles n'ayant jamais mis les pieds au-delà de Kingsbridge. L'industrialisation et la guerre avaient transformé leur vie.

Elle relut plusieurs fois les lignes qu'avait écrites Kit. Apparemment, Kenelm était gravement malade. Elle rumina toute la matinée, puis, à l'heure du déjeuner, elle prit la lettre pour la montrer à sa mère et à Spade.

Arabella reconnut que la nouvelle était préoccupante.

« L'infection dure depuis trop longtemps, dit-elle. Je regrette qu'il ne soit pas ici où nous pourrions nous occuper de lui, mais le voyage aggraverait son état.

— Le comte a été bien aimable de payer la pension, observa Elsie, et je vais envoyer de l'argent tout de suite. Il me reste encore la plus grande partie de l'héritage de Père.

— Je ne vois pas ce que nous pourrions faire de plus pour ce pauvre Kenelm », reprit Arabella, visiblement inquiète.

C'était la question qui avait préoccupé Elsie toute la matinée, mais elle avait trouvé la réponse :

« Il faut que j'aille à Bruxelles m'occuper de lui, annonça-t-elle.

— Oh, Elsie, non ! protesta Arabella. Le voyage est beaucoup trop dangereux.

— Mais non, pas du tout, rétorqua Elsie. La diligence jusqu'à Folkestone, une courte traversée, puis une péniche jusqu'à Bruxelles.

— N'importe quel voyage en mer est périlleux.

— Mais celui-ci moins que la plupart.

— Combien de temps resteras-tu à Bruxelles ?

— Jusqu'à ce que Kenelm soit rétabli.

— Nous pouvons nous occuper des enfants, bien sûr... n'est-ce pas, David ?

— Nous en serions ravis. »

Les cinq enfants d'Elsie avaient entre huit et dix-sept ans.

« Ce ne sera pas nécessaire, dit leur mère. Ils peuvent m'accompagner. Je louerai une maison sur place. Les enfants pourront en profiter pour apprendre le français.

— Ça leur élargira l'esprit, renchérit Spade, je suis de ton avis. »

Le projet d'Elsie n'était toujours pas du goût d'Arabella :

« Et l'école du dimanche ?

— Lydia Mallet la dirigera en mon absence. Amos la secondera.

— Tout de même...

— Il faut que j'aide Kenelm. Je l'ai épousé et je lui dois bien ça. »

Arabella resta pensive un long moment, puis elle capitula :

« Oui, dit-elle à contrecœur. Tu dois avoir raison. »

*

Jane lisait un long article du *Lady's Magazine* qui frappa son imagination, et elle le montra à Amos. Bruxelles y était présentée comme la nouvelle destination à la mode chez les gens chic. Les mêmes qui, pendant des années, avaient afflué à Bath prétendument pour prendre les eaux, mais en réalité pour danser, échanger des ragots et exhiber leurs plus beaux habits, en faisaient désormais autant à Bruxelles. Les dîners, les pique-niques, la chasse et le théâtre étaient les activités favorites des expatriés. La ville regorgeait de vaillants officiers en uniformes resplendissants. À la moindre occasion, on y dansait la valse, avec sa proximité physique scandaleuse. D'avantageuses amitiés pouvaient se nouer rapidement entre des personnes qui, en temps normal, ne se seraient pas côtoyées à Londres – un commentaire dans lequel Amos vit une allusion à des relations adultères. Les visiteurs comptaient de nombreux aristocrates anglais, et la duchesse de Richmond régnait sur la haute société bruxelloise.

Tout cela inspirait à Amos un léger dégoût.

«Des mondains écervelés qui se livrent à une danse obscène», lança-t-il d'un ton bougon. Une autre pensée lui traversa alors l'esprit: «Mais ils vont tous vouloir acheter de nouveaux vêtements.

— Ha, ha! fit Jane, triomphante. Voilà qui vous fait changer d'avis.»

La demande de tissus de luxe allait monter en flèche, songeait Amos. C'était une chance, car les commandes d'uniformes militaires – production de base de son entreprise – s'effondreraient inévitablement. Il fallait qu'il prenne contact avec des acheteurs aux Pays-Bas.

«Je vais peut-être partir pour Bruxelles, annonça Jane.

— Vous aussi!

— Comment cela?

— Elsie s'y rend pour s'occuper de Kenelm. Il a été blessé. Lydia s'occupera de l'école du dimanche, et je l'aiderai.

— Vous feriez n'importe quoi pour Elsie. »

Cette remarque déconcerta Amos.

« Que voulez-vous dire ?

— Que vous êtes un homme étrange, Amos Barrowfield.

— Je ne vois pas de quoi vous parlez.

— Non, effectivement, vous ne voyez pas. »

Amos supportait mal les conversations énigmatiques.

« Mais qui s'occupera de Hal en votre absence ?

— Je l'emmène.

— Oh. » Cela signifiait qu'Amos ne le verrait plus. « Pour combien de temps ?

— Je ne sais pas. Aussi longtemps que Henry sera là-bas... au moins.

— Je vois.

— J'ai hâte de partir. Je crois qu'on y mène exactement le genre de vie dont j'ai toujours rêvé mais que Henry ne m'aurait jamais offert – des fêtes, des bals et des nouvelles robes. »

Elle ne changera jamais, songea Amos. Quelle chance qu'elle m'ait éconduit ! S'il se mariait un jour, ce serait avec une femme sérieuse.

Il l'avait échappé belle.

38

Elsie n'avait jamais pris le bateau, jamais voyagé à l'étranger, et jamais logé dans une pension. Elle ne possédait que de vagues notions de français, confondait les pièces de monnaie et s'étonnait des différences d'apparence des maisons, des boutiques et des vêtements. Elle n'était pas timorée, mais n'aurait jamais imaginé toutes les difficultés qu'elle devrait affronter seule.

Elle comprenait à présent qu'elle avait commis une grave erreur en se rendant à Bruxelles avec ses cinq enfants, et lorsqu'elle s'assit enfin sur un matelas bosselé dans une chambre d'hôtel poussiéreuse, avec ses malles et ses enfants éparpillés autour d'elle, elle fondit en larmes.

Non sans difficulté, elle réussit à faire parvenir un message au comte de Shiring, au campement du 107ᵉ régiment d'infanterie; après quoi, sa situation s'améliora. Le messager revint avec un billet aimable du comte et une lettre distincte, non cachetée, à l'intention de la duchesse de Richmond. Dans cette missive, Northwood priait la duchesse de bien vouloir tendre la main de l'amitié à Mme Kenelm Mackintosh, et rappelait qu'Elsie était la fille de feu l'évêque de Kingsbridge et l'épouse d'un aumônier de l'armée britannique blessé à Toulouse.

Elsie se présenta dès le lendemain à la résidence des Richmond, rue de la Blanchisserie. La maison de trois étages était suffisamment spacieuse pour accueillir les quatorze enfants que la duchesse avait mis au monde. Elle n'était pas située dans le quartier le plus huppé de Bruxelles, et le bruit courait que le duc et la duchesse étaient venus ici pour réduire leurs dépenses. La vie y était moins chère qu'à Londres. Le champagne ne coûtait que quatre shillings la bouteille, ce qui ne changeait pas grand-chose au budget d'Elsie, mais faisait probablement économiser une fortune aux Richmond, qui aimaient faire la fête.

La recommandation d'un comte, associée à l'évocation d'un évêque et d'un aumônier militaire blessé, suffit à vaincre les réticences de la duchesse, pourtant connue pour son snobisme, et elle reçut Elsie de bonne grâce. C'était une femme plus séduisante que jolie, avec un nez et un menton forts qui encadraient une bouche en bouton de rose. Elle donna à Elsie un mot pour un marchand bruxellois qui parlait bien l'anglais et l'aiderait à trouver une location convenable.

Le choix d'Elsie se porta sur une maison de ville proche de la cathédrale Saints-Michel-et-Gudule, où elle emménagea avec les cinq enfants. Elle alla chercher Kenelm dans sa pension et constata avec amusement qu'il semblait presque navré de prendre congé de la signora Bianco, qui avait manifestement gagné sa gratitude.

La demeure que louait Elsie n'était pas grandiose, mais elle était confortable. Elle avait pour principal atout de se trouver à proximité du joyau de Bruxelles, son parc, qui s'étendait sur une vingtaine d'hectares de pelouses agrémentées de sentiers de gravier, de statues et de fontaines. Les chevaux n'y étaient pas admis, ce qui permettait aux promeneurs de laisser courir leurs enfants sans craindre qu'ils ne soient renversés par les voitures.

Chaque fois que le temps le permettait, Elsie emmenait Kenelm au parc. Au début, elle devait le pousser dans un fauteuil roulant, mais il fut bientôt suffisamment rétabli pour marcher, lentement certes. Ils étaient toujours accompagnés de deux ou trois enfants, qui apportaient généralement un ballon pour jouer.

De temps en temps, elle y croisait Jane, comtesse de Shiring, qui s'était établie à Bruxelles. Elles bavardaient aimablement. Devenue une excellente amie de la duchesse de Richmond, Jane demanda à Elsie pourquoi elle refusait autant d'invitations à des réceptions de la part de la duchesse et d'autres. Elsie répondit qu'elle n'avait pas beaucoup de temps, devant s'occuper de cinq enfants et d'un mari convalescent. C'était la vérité, mais elle trouvait aussi les bals, les piqueniques et les courses de chevaux futiles et ennuyeux. Elle détestait les échanges de banalités vides de sens. Ce qu'elle garda de dire à Jane.

Un jour, Elsie aperçut Jane en compagnie d'un bel

officier, le capitaine Percival Dwight, et cette fois, Jane ne s'arrêta pas pour bavarder. Elle était particulièrement enjouée et charmante, faisant la coquette avec le capitaine, et Elsie se demanda s'ils avaient une liaison. Elle imaginait, sans trop savoir pourquoi, que l'adultère était plus facile dans une ville étrangère.

Par un après-midi de décembre, froid mais ensoleillé, Elsie et Kenelm se reposaient sur un banc, observant les jeux d'eau dans une fontaine, tout en surveillant du coin de l'œil Martha et Georgie, les deux plus jeunes. Elsie était stupéfaite par la transformation de son mari. Sa blessure n'en était pas l'unique raison. Il avait été témoin de beaucoup de souffrances et de morts, ce qui se voyait sur son visage émacié. Le regard tourné vers l'intérieur, il revivait le carnage en esprit. Il ne restait pas grand-chose du jeune ecclésiastique ambitieux qu'elle avait épousé et n'en éprouvait aucun regret.

« Je suis presque prêt à regagner le régiment », lui dit-il.

Elsie n'était pas de cet avis. Son corps guérissait plus vite que son esprit. Un bruit soudain dans la rue – une caisse qu'on laissait tomber lourdement sur le plateau d'une charrette ou le marteau d'un ouvrier démolissant un mur – lui faisait rentrer la tête dans les épaules et tomber à genoux sur le tapis du salon.

« Rien ne presse, lui dit-elle. Il faut d'abord être sûr que vous soyez complètement rétabli. Je crois que d'avoir repris du service trop tôt vous a rendu malade. »

Il refusait de l'admettre.

« Dieu m'a envoyé ici pour veiller au bien-être spirituel des hommes du 107ᵉ régiment. C'est une mission sacrée. »

Il semblait avoir oublié que le seul motif qui l'avait poussé à devenir aumônier était d'augmenter ses chances de nomination à l'épiscopat.

« La guerre est finie, lui rappela-t-elle. Les besoins sont sûrement moins importants.

— Les soldats ont du mal à se réhabituer à une vie normale. Ils se sont faits à l'idée que l'existence a peu de valeur. Ils ont tué des hommes et vu leurs amis mourir. Ce sont des expériences qui émoussent la compassion. Pour supporter cela, ils ont dû devenir insensibles. Ils ne peuvent pas redevenir des hommes ordinaires. Ils ont besoin d'aide.

— Et vous pouvez la leur apporter.

— Certainement pas, riposta-t-il avec un peu de son aplomb d'autrefois. Mais Dieu peut les aider, pourvu qu'ils daignent se tourner vers lui. »

Elle le dévisagea en silence pendant quelques instants avant de dire :

« Vous avez tellement changé ! En avez-vous conscience ? »

Il hocha la tête d'un air pensif.

« C'est l'Espagne », dit-il. Son regard était fixé sur la fontaine, mais elle savait qu'il voyait un champ de bataille brûlé par le soleil. « J'ai vu un jeune soldat mourir sur le sol et son sang imbiber la terre sèche. »

Il s'interrompit, et Elsie resta silencieuse, pour lui laisser le temps de rassembler ses pensées.

« L'ennemi était presque sur nous. Les camarades du blessé n'avaient pas le temps de le réconforter : ils tiraient leurs mousquets, rechargeaient et tiraient encore, aussi vite qu'ils le pouvaient. Je me suis agenouillé à son côté et lui ai dit qu'il allait au paradis. Il a parlé, et j'ai dû poser l'oreille contre ses lèvres pour entendre ce qu'il disait, à cause du fracas des mousquets et du grondement des canons. "Le paradis ? Vraiment ?" m'a-t-il demandé. Et j'ai répondu : "Oui, si vous croyez à notre Seigneur Jésus." Je lui ai alors proposé que nous récitions le Notre Père ensemble. "Que le bruit ne vous inquiète pas, lui ai-je dit. Dieu nous entendra." C'est alors qu'il m'a avoué qu'il n'en connaissait pas les paroles. » À ce souvenir, les larmes lui montèrent aux yeux. « Vous imaginez ? Il ne pouvait pas dire le Notre Père. »

Elsie l'imaginait fort bien. Il arrivait que les élèves de l'école du dimanche ne sachent pas qui était Jésus. Ce n'était pas courant, sans être rare pour autant.

« Alors, je lui ai tenu la main et j'ai récité la prière pour lui, et quand je suis arrivé à "À toi le règne, la puissance et la gloire", il avait quitté ce monde pour un lieu où il n'y a pas de guerre.

— Que son âme repose en paix », dit Elsie.

*

À Paris, Spade découvrit avec stupéfaction le passage des Panoramas. Il n'y avait rien de tel à Londres. Cette allée pavée couverte d'un plafond de verre, bordée des deux côtés de boutiques proposant des bijoux, de la lingerie, des bonbons, des chapeaux, du papier à lettres et bien d'autres choses encore, reliait le boulevard Montmartre à la rue Saint-Marc. Un homme de forte carrure vêtu d'un uniforme se tenait à chaque extrémité pour interdire l'accès à la canaille et aux pickpockets. Les élégantes parisiennes, mais aussi de nombreuses étrangères, pouvaient y faire leurs emplettes sans se mouiller les cheveux sous la pluie ni salir leurs chaussures avec les tonnes de gadoue qui souillaient les rues. Deux rotondes présentant des peintures panoramiques de villes célèbres, dont Rome et Jérusalem, constituaient une attraction supplémentaire.

Arabella était enchantée. Elle acheta un chapeau de paille, un foulard et une boîte de dragées. Spade la conduisit dans une boutique de tissus de luxe : soie, cachemire, lin fin et mélanges, dans une multitude de couleurs et de motifs. Il sortit de sa poche un bristol indiquant, en français, qu'il était un fabricant d'étoffes exceptionnelles pour des robes haut de gamme et serait ravi de présenter quelques échantillons à la patronne au moment qui lui conviendrait.

Elle répondit dans un français rapide. Abe, qui avait quinze ans et apprenait la langue à l'école secondaire de Kingsbridge, lui demanda de répéter ce qu'elle avait dit, mais plus lentement, après quoi il traduisit :

« Elle serait heureuse de te rencontrer demain matin à dix heures. »

Spade s'inclina et la remercia en français. Il avait un accent épouvantable, mais il lui adressa son sourire contrit le plus charmant et elle éclata de rire.

Lorsqu'ils sortirent de la galerie marchande, Spade sentit que, dans la rue, l'atmosphère avait changé. Si certains passants continuaient à flâner, d'autres étaient plongés dans une conversation animée. Une fois encore, il regrettait de ne pas comprendre leur langue.

Ils passèrent devant une femme assise au bord du trottoir, derrière une table chargée de journaux à vendre. L'œil de Spade fut attiré par une manchette annonçant :

NAPOLÉON A FUI !

Il interrogea Abe :
« Qu'est-ce qui est écrit ?
— Je ne sais pas. Bonaparte a manifestement fait quelque chose, mais je ne sais pas quoi.
— Demande à la vendeuse. »
Abe désigna le titre et demanda en français :
« *Madame, qu'est-ce que ça veut dire ?*
— *Il s'est enfui* », répondit-elle. Voyant qu'ils ne comprenaient toujours pas, elle fit plusieurs tentatives. « *Il est parti ! Il s'est sauvé ! Il a quitté sa prison !* »
Abe se tourna vers Spade :
« Je crois qu'il s'est échappé. »
Spade n'en revenait pas.
« De l'île d'Elbe ? »
La vendeuse de journaux hocha frénétiquement la tête.
« *Oui, oui, oui !* » Elle agita la main comme pour

dire adieu : «*Au revoir, Elbe ! Au revoir !*» Puis elle gloussa.

Ils savaient ce que cela signifiait.

«Demande-lui où il va», reprit Spade.

Abe s'exécuta.

«*Il est déjà arrivé en France ! Dans le Midi !*»

Spade acheta le journal.

Arabella avait l'air désemparée.

«Comment est-ce possible ? Je croyais qu'il était sous bonne garde !»

Spade secoua la tête, perplexe et inquiet, lui aussi. Il n'avait tout de même pas l'intention de revenir ?

«Rentrons à la pension, proposa-t-il. Quelqu'un là-bas en saura peut-être davantage.»

Ils séjournaient dans une pension de famille tenue par un Français qui avait épousé une Anglaise, et était donc très fréquentée par les touristes anglais. Lorsqu'ils arrivèrent, tout le monde était au salon et discutait avec animation. Spade leur montra le journal en disant :

«Quelqu'un peut-il lire ça ?»

La propriétaire, Eleanor Delacroix, le prit et parcourut rapidement l'article.

«C'est incroyable ! dit-elle. Il a réussi, on ne sait comment, à rassembler une petite flotte et une armée d'un millier d'hommes !

— Un Anglais était censé le garder, fit remarquer Spade.

— Neil Campbell, confirma Mme Delacroix. Il semble avoir quitté l'île d'Elbe sur le HMS *Partridge* avec une dépêche pour lord Castlereagh.

— Qu'y avait-il dans cette dépêche : il le prévenait des projets d'évasion de Bonaparte ? demanda Spade avec un rire sans joie.

— Je n'en serais pas surprise, mais on ne le précise pas.

— Où est-il en ce moment ?

— À Golfe-Juan, sur la côte sud…

— Il ne vient donc pas par ici. C'est un soulagement.

— Si c'est vrai, répliqua leur logeuse. Les journaux ne savent pas tout.

— Mais que pourrait-il faire en France, avec seulement un millier d'hommes ? »

Elle haussa les épaules.

« Tout ce que je sais, répondit-elle, c'est qu'il ne faut jamais sous-estimer Napoléon. »

*

Amos Barrowfield s'apprêtait à charger une importante cargaison de laine mérinos bleu foncé sur une barge à destination de Combe, avant la traversée jusqu'à Anvers. C'était sa première grosse commande à destination des Pays-Bas libérés depuis peu, et il tenait à ce que le tissu arrive rapidement à bon port, car il espérait obtenir de nouvelles commandes du même client, et d'autres ; aussi avait-il décidé d'accompagner personnellement ce chargement par-delà la Manche.

La veille de son départ, il déjeuna au Café de la Grand-Rue – de l'agneau rôti avec des pommes de terre – et lut les dernières nouvelles.

La *Gazette* titrait :

BONAPARTE EN FRANCE

« Enfer, jura-t-il.

— C'est exactement ce que je pense », dit une voix, et Amos, levant les yeux, vit Rupe Underwood à la table voisine, mangeant le même agneau et lisant le même journal.

Amos et Rupe entretenaient d'assez bonnes relations à présent, bien qu'ils se soient jadis disputé l'affection de Jane Midwinter. Ils avaient tous deux la quarantaine, et trouvant Rupe terriblement vieilli, Amos s'avisa que le temps ne l'avait pas épargné non plus : quelques cheveux gris, une taille plus épaisse, une aversion pour la course à pied.

« Il paraît que Bonaparte a débarqué sur la côte sud de la France, dit Rupe, à un endroit appelé Cannes. Et qu'il a assisté ensuite à la messe dans une église du coin.

— Le pire, remarqua Amos, c'est qu'apparemment les hommes de la région affluent pour rejoindre son armée.

— Tout le monde pensait qu'il se rendrait quelque part où son empire ne s'est pas encore effondré.

— À Naples, probablement.

— Mais nous l'avons mal jugé, encore une fois. »

Amos acquiesça d'un hochement de tête.

« Une seule raison peut le pousser à revenir en France à la tête d'une armée, même modeste. Il veut redevenir empereur.

— Est-ce possible ?

— Je pense que beaucoup de Français lui feraient bon accueil. Leur nouveau roi, Louis XVIII, semble avoir fait tout son possible pour leur rappeler pourquoi ils avaient fait la révolution.

— Par exemple ?

— J'ai cru comprendre qu'il avait remis au goût du jour l'ancienne habitude royale d'oublier de payer les soldats.

— Bonaparte arrivera-t-il jusqu'à Paris ?

— C'est ce que je me demande. Je dois partir demain pour Anvers.

— Qui est à quoi, mille cent ou mille deux cents kilomètres de la Méditerranée ?

— Quelque chose comme ça.

— Ce n'est pas tout près.

— Tout de même, je me demande si je ne devrais pas annuler mon voyage.

— On ne peut pas dire que la route de Paris soit grande ouverte. Des unités de l'armée française pourraient lui barrer le chemin. »

Amos hocha la tête. L'armée française était désormais au service du nouveau roi, du moins en théorie, et aurait pour mission de défendre le pays contre Bonaparte.

« C'est vrai, acquiesça-t-il. Il y a encore plus de trois cents kilomètres de Paris à Anvers. Et à présent, les Pays-Bas sont défendus par les armées britannique et prussienne. Alors…

— Le risque que Napoléon parvienne jusqu'à Anvers semble minime.

— Et comme ma cargaison est importante, je n'ai pas envie de la laisser partir sans surveillance. De plus, je voudrais bien pouvoir serrer la main de mes clients sur place. Les affaires sont tellement plus faciles quand on se connaît au moins de vue.

— Alors, que feras-tu ?

— Je n'ai pas encore pris ma décision. Le calcul est simple : combien de laine mérinos bleue vaut ma vie ?

— Cette foutue guerre, soupira Rupe. Vingt-deux ans et elle n'est toujours pas vraiment terminée. Elle aura empoisonné nos affaires pendant l'essentiel de notre vie d'adultes. Comme si ça ne suffisait pas, nous avons connu les émeutes de la faim, les bris de machines et des lois qui interdisent de critiquer le gouvernement. Et qu'avons-nous gagné ?

— Le gouvernement dirait sans doute que nous avons évité que toute l'Europe ne devienne un empire français.

— Sauf que ce n'est pas le cas, remarqua Rupe. Pas encore. »

*

Les résidents de la pension de Mme Delacroix lisaient les journaux avec angoisse, les traduisant avec son aide. La Provence et le sud-ouest de la France étaient royalistes, opposés à la Révolution et hostiles à Napoléon. Spade supposa que c'était pour cela qu'il s'accrochait à la frontière est du pays, se dirigeant vers le nord depuis Cannes sur des routes de montagne gelées. De nombreux commentateurs affirmaient cependant qu'il serait arrêté dès sa première rencontre avec l'armée nationale française.

Les journaux rapportaient qu'il lui avait fallu six jours pour atteindre Grenoble, à une douzaine de jours de Paris. Mais comme les nouvelles mettaient quatre jours pour parvenir dans la capitale, Napoléon devait maintenant être à huit journées de marche.

Et les nouvelles de Grenoble étaient mauvaises.

Napoléon et son armée, qui ne cessait de grossir, avaient rencontré devant la ville de Laffrey, non loin de Grenoble, un bataillon du 5e régiment de ligne. Les forces de Napoléon étaient inférieures en nombre à celles du gouvernement et cet affrontement aurait dû marquer la fin de sa tentative de retour.

Apparemment, il s'était écarté de ses hommes et s'était avancé, seul et sans crainte, vers les rangs armés du régiment venu l'arrêter.

D'après le récit – peut-être un peu dramatisé – qu'en faisait le journal, ouvrant sa célèbre redingote grise, Napoléon avait montré son cœur et déclaré : « S'il est un soldat parmi vous qui veuille tuer son empereur, me voilà ! »

Personne n'avait tiré.

Un des soldats du 5e s'était écrié : « Vive l'Empereur ! »

Ses camarades avaient repris en chœur, jeté leurs cocardes blanches, symbole des Bourbons et du roi Louis XVIII et s'étaient jetés dans les bras des hommes de Napoléon.

Le régiment avait alors changé de camp et rejoint l'armée de Napoléon.

«Jusque-là, dit Spade à Arabella, il n'y avait eu que des paysans et des gardes nationaux. C'est la première fois que des soldats de l'armée régulière se rallient à lui. C'est un grand changement.»

La même chose se reproduisit dans la ville suivante, Vizille, où le 7e régiment de ligne passa dans le camp de Napoléon. Puis, à Grenoble, où il fut accueilli en vainqueur.

«Oh, merde», murmura Spade, lorsque ces informations furent confirmées.

Il sortit pour réserver trois places dans la diligence de Bruxelles. Lorsqu'on lui demanda de débourser dix fois le prix habituel, il le fit sans hésiter. Ils partirent le lendemain matin au lever du jour.

Le 20 mars, au petit matin, Louis XVIII s'enfuit de Paris.

Quelques heures plus tard, Napoléon entrait dans la capitale sans rencontrer de résistance.

39

Après avoir rendu visite à ses clients à Anvers, Amos partit pour Bruxelles. Hal n'aurait pas dû se trouver dans une zone de guerre potentielle, et Amos souhaitait que Jane le ramène en Angleterre où il serait en sécurité. Il était désormais convaincu que Hal était bien son fils. Jane aimait leur enfant ; elle comprendrait certainement que Bruxelles n'était pas un endroit pour un garçon de neuf ans.

Elle avait loué une imposante maison près du parc. Une famille de trois personnes n'avait pas besoin d'une aussi vaste demeure, pensa Amos en l'observant depuis la rue. Lorsqu'il entra dans le vestibule, il ne remarqua que peu d'indices d'une présence masculine : pas de bottes d'équitation par terre, pas d'épée suspendue à une patère, pas de bicorne sur le porte-chapeau. Il n'aurait pas été surpris d'apprendre que Henry passait plus de nuits avec le régiment qu'avec sa famille.

On conduisit Amos au salon, où Jane lisait une revue de mode. Elle était élégamment vêtue, comme à son habitude, et un léger parfum de fleurs planait dans l'air.

Elle avait le visage rose d'excitation. Elle semblait heureuse, et il se demanda pourquoi. Ce n'était évidemment pas sa présence qui l'émouvait : ce temps-là était révolu pour eux deux. Il lui vint à l'esprit qu'elle avait peut-être un amant. C'était un soupçon mesquin, se dit-il, mais il fut incapable d'écarter entièrement cette hypothèse.

Elle sonna pour le thé, et ils bavardèrent quelques instants. Il lui transmit les dernières nouvelles de Kingsbridge, tandis qu'elle évoquait avec enthousiasme la vie mondaine bruxelloise.

« La duchesse de Richmond donne un bal, lui annonça-t-elle. Il faut que vous veniez. Je vous obtiendrai une invitation. »

Jadis, elle se plaignait de ne jamais pouvoir assister à aucune fête. Amos devinait qu'elle en avait son content à présent.

La duchesse était une snob notoire.

« Vous êtes sûre qu'elle ne verra pas d'objection à la présence d'un modeste drapier ? demanda-t-il.

— Sûre et certaine. Elle a déjà invité plus de deux cents personnes. Une de plus ne la dérangera pas. »

Le thé fut servi, et Hal les rejoignit. Amos sentit une émotion familière lui pincer le cœur. Bien qu'encore très éloigné de l'âge adulte, son fils changeait déjà. Hal serra solennellement la main d'Amos, qui adorait toucher sa peau si douce. Avec l'appétit d'un jeune garçon en pleine croissance, il avala trois parts de gâteau coup sur coup.

En observant son visage, Amos constata avec stupeur qu'il lui rappelait celui qu'il voyait dans son miroir quand il se rasait. Si d'autres que lui remarquaient cette ressemblance, cela pourrait causer des problèmes. Aussi prit-il la résolution de se laisser pousser la barbe.

Hal repartit, et Amos dirigea la conversation vers l'objet de sa visite :

« Les alliés réunis à Vienne ont déclaré la guerre, déclara-t-il. Non pas à la France, mais à Napoléon personnellement. Cette situation me paraît sans précédent.

— C'est parce que nous n'avons aucun conflit avec la France tant qu'elle reste une monarchie pacifique. Nous ne l'envahirons que pour déposer Bonaparte. Et cette fois, le parvenu corse ne pourra pas s'échapper. »

C'était le genre de propos que les Anglais répétaient à l'envi. Jane n'avait aucune idée de la difficulté qu'il y avait à vaincre Bonaparte.

« Savez-vous, demanda-t-il, qu'il est en train de masser son armée à moins de cent kilomètres d'ici, de l'autre côté de la frontière.

— Oui, je le sais, bien sûr, dit-elle. Mais le duc de Wellington est ici maintenant, et il a prouvé qu'il pouvait tenir tête à Bonaparte. »

Ce n'était pas tout à fait vrai. Les deux généraux ne s'étaient encore jamais affrontés sur le champ de bataille. Mais Amos n'avait pas envie d'ergoter.

« Il me semble seulement que Hal et vous seriez bien plus en sécurité en Angleterre.

— À Earlscastle, sans doute, lança-t-elle avec dédain. Où il ne se passe jamais rien. Je pense que nous sommes tout à fait en sécurité ici.

— Je vous assure que non, insista-t-il. Vous auriez tort de sous-estimer Bonaparte.

— Je vous rappelle que mon mari fait partie de l'état-major de Wellington, rétorqua Jane avec un peu de hauteur. J'en sais peut-être plus que vous sur la situation militaire.

— Je ne suis pas spécialiste, concéda Amos, mais je crois qu'il est impossible de prévoir l'issue d'une éventuelle confrontation. »

Jane changea de pied :

« J'espère que vous n'êtes pas venu ici pour me faire la leçon.

— Je tiens à ce que soyez en sécurité, Hal et vous, c'est tout.

— C'est pour Hal que vous vous inquiétez. Vous ne vous souciez pas de moi.

— Bien sûr que si ! protesta-t-il. Vous êtes la mère de mon unique enfant !

— Baissez d'un ton, pour l'amour de Dieu.

— Excusez-moi. »

Après un instant de silence, Amos reprit :

« Réfléchissez à ce que je vous ai dit, je vous en prie. »

Jane était manifestement aussi contrariée qu'embarrassée.

« Je le ferai, je le ferai », dit-elle d'un ton dédaigneux qui le convainquit qu'elle n'en ferait rien.

Déçu, il prit congé.

Le printemps était pluvieux dans tout le nord-ouest de l'Europe, mais la journée était exceptionnellement belle, et il se rendit à pied le long des rues ensoleillées jusqu'au quartier moins cossu où Elsie avait élu domicile avec son mari et ses enfants. Elle l'accueillit dans le vestibule avec son grand sourire habituel. Alors qu'ils montaient l'escalier, elle lui dit :

« S'il vous plaît, ne félicitez pas Kenelm pour sa bonne mine. J'essaie de le dissuader de regagner prématurément le régiment. »

Amos réprima un sourire. C'était si typique d'Elsie, cette manière de vouloir garder le contrôle, pensa-t-il avec affection.

« Je m'en souviendrai », promit-il.

Kenelm était au salon. Son visage, autrefois d'une beauté d'ange, était désormais émacié. Pour le reste, cependant, il n'avait rien d'un invalide. Il était en grande tenue cléricale et portait des chaussures d'extérieur, comme s'il s'apprêtait à aller se promener.

« Quel plaisir de vous voir ! dit Amos avec délicatesse. J'ai cru comprendre que votre convalescence se poursuit plutôt bien.

— Je suis en pleine forme, affirma Kenelm comme pour le contredire. Cela a pris plus de temps que prévu, mais je suis tout à fait prêt à reprendre mes fonctions.

— Qu'est-ce qui vous presse ?

— Les hommes ont besoin de moi. »

Vraiment ? se demanda Amos. Si on les interrogeait, ils répondraient sans doute qu'ils avaient besoin d'une bonne paire de bottes, de munitions en abondance et de chefs intelligents.

Kenelm lut dans ses pensées.

« Vous ne savez rien de la vie militaire, dit-il.

L'alcool, le jeu et les femmes de petite vertu. Elsie me pardonnera mon langage abrupt, mais je m'en voudrais d'enjoliver la situation. Savez-vous quelle est la ration quotidienne d'un soldat britannique ?

— J'ai bien peur que non.

— Une livre de bœuf, une livre de pain et une demi-pinte de gin. Une demi-pinte ! Et dès qu'ils ont trois sous et ne les perdent pas aux cartes, ils les dépensent pour acheter plus de gin.

— Et vous êtes capable de les sauver de cette existence ? »

Kenelm sourit tristement.

« Ah, Amos, j'aurais presque l'impression que vous vous moquez de moi. Non, je ne peux pas les sauver, mais parfois Dieu le peut.

— Vous leur dites pourtant de ne pas céder à ces vices.

— Une des nombreuses choses que j'ai apprises dans l'armée est qu'exhorter les hommes à agir correctement est sans effet. Au lieu d'interdire le vice, j'essaie d'encourager d'autres choses. Je célèbre des offices dans les champs. Je leur raconte des histoires bibliques. Quand ils sont blessés, qu'ils ont le mal du pays ou sont fous de terreur avant une bataille, je prie avec eux. Ils aiment bien chanter, et il m'arrive parfois de pouvoir faire chanter un cantique connu à tout un peloton. Le cas échéant, j'ai l'impression d'avoir justifié mon existence sur cette terre. »

Amos dut cacher sa surprise. Il avait entendu dire que la vie militaire avait changé Kenelm, mais ne s'attendait pas à le trouver ainsi métamorphosé.

« C'est bien joli, Kenelm, intervint Elsie, mais vous ne devriez pas y retourner avant d'être tout à fait rétabli.

— Il y a beaucoup d'hommes au camp qui sont en plus piteux état que moi. »

La conversation fut interrompue par un brouhaha de voix excitées provenant du vestibule.

« Ce sont les enfants qui rentrent, expliqua Elsie. Ils sont allés au parc avec ma mère et Spade. »

Amos ne s'attendait pas à voir Spade et Arabella. Il savait qu'ils étaient partis pour Paris, mais n'avait plus eu de nouvelles depuis. Il était soulagé d'apprendre qu'ils avaient échappé à Bonaparte. Il espérait qu'ils seraient tous en sécurité ici à Bruxelles, même s'il savait que rien n'était moins sûr.

Les enfants entrèrent en trombe. Ils connaissaient bien Amos et ne se sentaient pas tenus de prouver leurs bonnes manières. Les plus jeunes étaient intarissables sur ce qu'ils avaient vu et fait au parc. Si les plus âgés se montraient plus réservés – Stephen, le fils d'Elsie, avait dix-huit ans et Abe, celui d'Arabella, quinze –, ils avaient manifestement profité de leur sortie tout autant que les petits.

Spade annonça à Amos qu'il avait pris de nombreuses commandes à Paris. Les affaires avaient repris rapidement et il espérait être en mesure de livrer les marchandises. Tout dépendrait de ce qui arriverait à Bonaparte.

Amos devina qu'Arabella avait acheté des vêtements à Paris. À soixante et un ans, elle était mince et élégante dans une robe de soie verte.

On proposa du thé à Amos pour la deuxième fois de l'après-midi, et il accepta par politesse. Les enfants se jetèrent sur les sandwichs. Puis ils s'égaillèrent.

« Maintenant que la marée s'est retirée, Amos, dit Kenelm, j'ai une faveur à vous demander.

— Si je peux faire quelque chose pour vous, ce sera très volontiers.

— Accepteriez-vous d'accompagner Elsie au bal de la duchesse de Richmond ? Elle est invitée et je tiens à ce qu'elle y aille – elle mérite bien une soirée de détente et de plaisir –, mais je ne peux pas y aller. Qu'on me voie boire du champagne à un raout aristocratique ferait mauvaise impression.

— Kenelm, je vous en prie ! protesta Elsie, gênée. Ce serait abuser de la gentillesse d'Amos. Par ailleurs, je ne pense pas qu'il ait été invité.

— En réalité, Jane, la comtesse de Shiring, a promis de m'obtenir une invitation.

— Vraiment ? dit Elsie d'un ton désapprobateur.

— Je ne comptais pas accepter, mais je serais très heureux, et même honoré, de vous accompagner, madame Mackintosh.

— Eh bien, voilà une affaire réglée », dit Kenelm avec satisfaction.

*

Le duc de Wellington s'était tenu éloigné un moment de l'armée, appelé à d'autres tâches telles que celle d'ambassadeur de Grande-Bretagne à Paris, mais il avait repris ses fonctions militaires et était à présent à la tête des armées britannique et hollandaise. L'armée alliée prussienne était placée sous commandement distinct.

À son retour, Wellington avait demandé à Henry, comte de Shiring, de faire partie de son état-major, comme en Espagne. Henry avait accepté – c'était plus un ordre qu'une requête –, et avait demandé à avoir Kit comme aide de camp.

« C'est un jeune homme très capable, avait expliqué Henry au duc. Il a commencé à travailler dans une manufacture quand il avait sept ans et, à dix-huit, il en était le directeur. »

Henry rapporta à Kit la réponse que lui avait faite le duc :

« C'est le genre d'homme que je cherche. »

Ce jour-là, Kit était chargé de porter un message au nouveau commandant du 107ᵉ régiment d'infanterie. Il s'y rendit à cheval sous une pluie battante. Il profita de sa présence au camp pour se mettre à la recherche de sa mère.

Sal portait des vêtements masculins. Ce n'était pas un déguisement, Kit le savait. Elle n'essayait pas de se faire passer pour un homme. Mais dans un camp militaire, les pantalons et les gilets étaient plus commodes que les robes. De nombreuses femmes du camp s'habillaient comme elle. Un autre avantage était que cela les différenciait des prostituées et qu'elles évitaient ainsi des avances importunes.

Elle lui demanda évidemment dans combien de temps les alliés envahiraient la France.

« Wellington n'a pas encore pris de décision,

répondit Kit, ce qui était la vérité. Mais à mon avis, ce n'est qu'une question de jours.»

Kit aurait voulu que sa mère regagne l'Angleterre pour être en sécurité, mais il n'essaya pas de l'en persuader. Elle avait décidé d'être aux côtés de son homme à un moment où il risquait sa vie au combat, et Kit devait respecter son choix. Après tout, il n'avait pas agi autrement en s'engageant en même temps que Roger. Les deux couples entreraient en France dans les colonnes de l'armée et participeraient à l'attaque contre les forces de Bonaparte. Il espérait qu'ils en reviendraient tous.

Il chassa rapidement cette idée déprimante.

Ils s'étaient abrités sous une tente. Un soldat entra et acheta à Sal assez de tabac pour remplir sa pipe. Lorsque l'homme fut reparti, Kit demanda à sa mère :

«Tu es marchande de tabac maintenant?

— Tu ne crois pas si bien dire, acquiesça Sal. Les hommes n'ont pas le droit de quitter le camp. Certains enfreignent le règlement, mais pas beaucoup – ils risquent le fouet. Je vais donc à Bruxelles une fois par semaine. À pied, j'en ai pour deux heures. J'achète ce que les hommes ne peuvent pas se procurer ici : pas seulement du tabac, mais aussi de quoi écrire, des cartes à jouer, des oranges, des journaux anglais, ce genre de choses. Et je les vends au double de ce que j'ai payé.

— Le prix ne les rebute pas ?

— Je leur dis la vérité : la moitié représente ce que ça m'a coûté, et l'autre mon dédommagement pour avoir fait dix kilomètres aller et dix kilomètres retour. »

Kit hocha la tête. De toute façon, les hommes n'avaient pas tendance à chercher querelle à sa mère, qui était large d'épaules.

Comme la pluie s'apaisait, il lui fit ses adieux. Il reprit son cheval et se mit en route, mais ne regagna pas directement le quartier général. La batterie d'artillerie de Roger n'étant qu'à un kilomètre, il s'y rendit dans l'espoir de voir l'homme qu'il aimait. Les officiers n'étant pas confinés dans le camp, il savait que Roger n'y serait peut-être pas.

La chance était de son côté, car il le trouva – ainsi qu'il s'y attendait – sous une tente en train de jouer aux cartes avec d'autres officiers. Sans doute demanderait-il à Kit de lui prêter de l'argent, comme d'habitude, et Kit refuserait, comme d'habitude.

Kit suivit la partie un instant, puis Roger s'excusa, empocha son argent et quitta la table. Ils s'éloignèrent sous une légère bruine. Kit parla à Roger du commerce lucratif de Sal.

« Ta mère est une femme remarquable », dit Roger.

Kit acquiesça.

Après qu'ils eurent marché pendant quelques minutes sur un sol détrempé, Kit eut l'impression que Roger avait une destination précise en tête. Ils traversèrent effectivement un petit bois broussailleux et arrivèrent à une cabane abandonnée. Roger y entra le premier.

Il n'y avait qu'une porte et aucune fenêtre. La porte

était dégondée et Roger la referma en la calant avec une grosse pierre.

« Dans le cas improbable où quelqu'un essaierait d'entrer, nous l'entendrons pousser la porte suffisamment tôt pour que nous ayons le temps de nous rendre présentables. Nous pourrons toujours prétendre être entrés pour nous abriter de la pluie.

— Bonne idée », dit Kit, et ils s'embrassèrent.

*

Wellington convoqua son état-major pour passer en revue les derniers renseignements. Ils se réunirent dans la maison de la rue Royale que louait Wellington, et firent cercle autour d'une grande carte disposée sur la table de la salle à manger. La pluie battait contre les fenêtres, comme cela avait été le cas pendant une grande partie du mois de juin. Kit était à l'arrière du groupe, s'efforçant de distinguer la carte derrière les épaules d'hommes plus grands que lui. L'ambiance était tendue. Ils allaient bientôt affronter le plus grand général de leur époque, voire de tous les temps. D'après les comptes de Kit, Bonaparte avait mené soixante batailles et en avait remporté cinquante. C'était un homme à craindre.

L'armée nationale française avait été divisée en quatre et disposée stratégiquement pour défendre le pays contre les invasions du nord, de l'est et du sud-est, et contre une éventuelle insurrection royaliste dans le sud-ouest. Le groupe important pour les

Britanniques était l'armée du nord, qui défendait cent kilomètres de frontière entre Beaumont et Lille.

« Nous estimons que Bonaparte dispose de cent trente mille hommes, déclara le chef du renseignement. Les troupes les plus proches se trouvent à environ quatre-vingts kilomètres de notre position. Nos effectifs sont de cent sept mille hommes, mais nos alliés, les Prussiens, qui sont stationnés au sud-est, en ont cent vingt-trois mille. »

Autrement dit, pensa Kit, Bonaparte était en infériorité numérique dans une proportion de presque deux contre un. Kit, qui servait dans l'armée de Wellington depuis plus de deux ans, savait qu'Old Nosey cherchait toujours à avoir l'avantage pour aller au combat et préférait se replier plutôt que de risquer une bataille quand les circonstances ne lui étaient pas favorables. Cela expliquait largement ses succès.

« Quelle sera la stratégie de Bonaparte ? » demanda quelqu'un.

Wellington sourit.

« Lorsque j'étais à Vienne, j'en ai discuté avec un maréchal bavarois, le prince Karl Philipp von Wrede, qui combattait encore aux côtés de Napoléon il y a deux ans avant de faire défection. À en croire Wrede, Bonaparte lui aurait dit : "Je n'ai pas de stratégie. Je n'ai jamais de plan de campagne." Bonaparte est un opportuniste. La seule chose que l'on puisse prévoir, c'est qu'il est imprévisible. »

Voilà qui ne les avançait pas beaucoup, songea Kit. Bien sûr, il n'en dit rien.

« Les Prussiens voudraient envahir immédiatement,

poursuivit Wellington. Blücher dit qu'il a laissé sa vieille pipe à Paris et veut la récupérer. » Les hommes qui entouraient le duc pouffèrent. Le commandant prussien, âgé de soixante-douze ans, ne manquait pas d'humour. « La vérité est que son gouvernement est à court d'argent et veut en finir avec la guerre, et que ses hommes sont impatients de rentrer chez eux pour la moisson. Je préférerais attendre, mais je ne veux pas risquer que les hommes de Blücher commencent à se débander. Je me suis donc débarrassé de lui en promettant d'attaquer en juillet. »

Kit se réjouit de ce délai. Il n'était pas pressé de participer à une autre bataille. Il voulait survivre, rentrer chez lui et reprendre sa vie d'avant : fabriquer des machines pour l'industrie du textile et partager son lit avec Roger. Il pouvait arriver bien des choses durant ces deux semaines de répit. Bonaparte pouvait mourir. Les Français pouvaient se rendre. Il n'y aurait peut-être plus de batailles.

« Encore une chose, reprit l'officier du renseignement. Hier, une patrouille du 95e régiment de fusiliers britannique a rencontré un groupe de lanciers français en direction du sud-ouest, ce qui donne à penser qu'ils pourraient traverser la frontière et attaquer en passant par Mons.

— C'est très vraisemblable, approuva Wellington. Il espère peut-être nous encercler et nous couper de la côte, pour nous priver de ravitaillement. Mais nous ne pourrons pas en être sûrs tant que nous n'en saurons pas davantage. En attendant, nous devons donner une impression de calme imperturbable. Nous disposons de l'avantage numérique, nous pouvons choisir le moment de la bataille, nous n'avons pas grand-chose à craindre. » Il sourit. « Et pour le prouver, j'assisterai demain au bal de la duchesse de Richmond. »

40

Wellington avait loué une grande maison rue Royale, une rue de magnifiques demeures en bordure du parc. Cette maison était à la fois son quartier général et sa résidence privée. Le jeudi 15 juin, jour du bal, ses principaux collaborateurs se réunirent pour déjeuner à trois heures de l'après-midi. Ce n'était pas une réception mondaine : son épouse était en Angleterre et aucune femme n'était présente à table. Le repas n'avait rien de fastueux. Si Wellington appréciait le bœuf et le très bon vin, il n'aimait pas grand-chose d'autre.

Henry, comte de Shiring, assistait au déjeuner. Kit attendait dans le vaste vestibule avec les autres aides de camp. Le comte était inquiet. Des rumeurs persistantes laissaient entendre que les Français étaient sur le point de passer à l'attaque. Cependant, les espions de confiance que Wellington avait à Paris n'avaient relevé aucun signe d'action imminente. Il soupçonnait Bonaparte de propager ce genre de rumeurs pour le tromper.

L'une d'elles lui prêtait l'intention d'envoyer une

petite force de diversion combattre les Prussiens au sud-est de Bruxelles, incitant ainsi Wellington à déployer les armées anglo-hollandaises en ce lieu; en réalité, le gros de l'offensive aurait lieu à l'ouest, coupant les lignes de communication entre Wellington et la côte. Kit y voyait une ruse typique de Bonaparte. Wellington n'en était pas aussi sûr.

Les membres de l'état-major n'étaient attablés que depuis quelques minutes quand Guillaume, prince d'Orange, arriva. Il commandait le premier corps d'armée de Wellington, qui comprenait les troupes hollandaises. On le surnommait Slender Billy, Billy le Mince, en raison de sa silhouette longiligne. La porte de la salle à manger resta ouverte pour que les aides de camp puissent entendre son rapport.

Le prince annonça une escarmouche entre des troupes prussiennes isolées et une force française qui avait franchi la frontière au sud de Bruxelles.

Une rumeur que Wellington n'avait pas prise au sérieux avait prévu cette éventualité. Le duc en fut momentanément déconcerté. Ses espions ne lui avaient rien dit.

«Il s'agissait sans doute d'une attaque mineure, dit-il. Un groupe d'éclaireurs, peut-être.

— Ou peut-être pas!» fit remarquer le prince.

Feinte ou attaque? Il était impossible de le savoir avec certitude. Le commandant en chef devait trancher. Et il ne pouvait se fier qu'à son instinct.

«Il nous faut plus de renseignements», dit Wellington.

La voix du prince trahissait son abattement. De

toute évidence, il estimait que Wellington devait envoyer des troupes au sud pour soutenir les Prussiens. Kit ne savait que penser. Bonaparte était connu pour sa rapidité de mouvement : différer la réaction pouvait être fatal. Cependant, si Wellington déplaçait des troupes sur la foi d'informations insuffisantes, il risquait d'être pris en défaut.

Intervenir ou attendre ?

Le déjeuner reprit, mais pas pour longtemps. Le fils du duc et de la duchesse de Richmond, qui avait parcouru trente-cinq kilomètres au galop – en changeant plusieurs fois de monture –, arriva hors d'haleine pour annoncer que des soldats français s'étaient emparés de la petite ville médiévale de Thuin, juste à l'intérieur de la frontière, obligeant les troupes prussiennes à battre en retraite.

Quelle était, au juste, la gravité de la situation ? Le jeune aristocrate, dont les vêtements étaient couverts de boue après sa course précipitée, ne disposait d'aucune estimation de la force d'agression. C'était regrettable. Wellington devait absolument savoir combien de soldats français avaient franchi la frontière. Son discernement était en jeu.

Pile ou face ?

Quelques minutes plus tard, l'officier de liaison prussien, le major général von Müffling, arriva pour annoncer que les Français avaient progressé de seize kilomètres vers le nord et attaquaient la ville de Charleroi.

Wellington jugeait toujours improbable que l'intégralité de l'armée française puisse participer à cette infiltration. Il croyait davantage à la rumeur d'une feinte destinée à détourner les forces défensives de la véritable invasion qui aurait lieu ailleurs. Certains de ceux qui étaient assis autour de la table n'étaient pas de cet avis.

Par précaution, Wellington convoqua cependant le quartier-maître général, le colonel William De Lancey, et ordonna à toutes les forces alliées de se tenir prêtes. Il transmit également à De Lancey les ordres de marche à donner.

Kit était inquiet. Depuis le début, il avait été du même avis que Wellington, estimant que l'apparition de lanciers français près de Mons, au sud-ouest de Bruxelles, révélait qu'une attaque principale aurait lieu plus à l'ouest – or les preuves du contraire s'accumulaient. Wellington s'en tenait pourtant à son jugement initial et interprétait les nouveaux rapports comme de nouveaux signes d'une feinte.

Et si Wellington se trompait? En cet instant précis, les forces alliées étaient dispersées sur des centaines de kilomètres de campagne – c'était nécessaire si l'on voulait disposer de suffisamment de nourriture pour les hommes et de fourrage pour les chevaux. Avant qu'elles puissent combattre, il faudrait les regrouper et les conduire vers la zone de guerre, ce qui prenait du temps, alors que l'armée de Bonaparte était peut-être déjà rassemblée et prête au combat.

Et la lumière du jour déclinait.

Kit avait l'impression qu'une menace colossale pesait sur eux et que Wellington refusait de la voir.

Lorsque le déjeuner, interrompu tant de fois,

s'acheva enfin. Wellington fit une promenade dans le parc, comme à son habitude. Cette déambulation était moins insouciante qu'il n'y paraissait : ses subordonnés savaient le trouver en ce lieu à cette heure précise et, tout en marchant, il donna un flot d'ordres.

Il retourna ensuite chez lui. Des voitures attendaient de conduire tout le monde au bal, mais Wellington et son état-major s'attardèrent. Au crépuscule, von Müffling réapparut avec un nouveau rapport, franchement alarmant, de l'armée prussienne. Les Français avaient pris la forteresse de Charleroi, à seulement une soixantaine de kilomètres de Bruxelles, et les Prussiens avaient été obligés de se replier.

Pire encore, on avait confirmation que la Garde impériale faisait partie de la force française d'agression. Ce corps d'élite accompagnait toujours Bonaparte.

Un frisson de peur parcourut Kit. Wellington s'était trompé dans ses prévisions. Ce n'était pas une feinte. Pendant que les alliés se préparaient pour envahir la France, Bonaparte avait inversé les rôles et était entré aux Pays-Bas. Les envahisseurs avaient été envahis.

Le visage de Wellington pâlit légèrement.

Kit se souvint des paroles du duc lui-même : « Bonaparte est un opportuniste. La seule chose que l'on puisse prévoir, c'est qu'il est imprévisible. »

Nous voilà dans un sacré pétrin, pensa Kit.

Wellington se ressaisit rapidement. Il consulta une carte. Deux routes qui partaient de Charleroi formaient comme les aiguilles d'une horloge marquant deux heures.

« De quel côté exactement les Prussiens ont-ils battu en retraite ?

— Vers le nord-est. »

Müffling fit glisser son doigt sur l'aiguille des heures jusqu'à l'endroit où le chiffre deux se serait trouvé et s'arrêta sur la ville de Ligny.

« Blücher prendra position ici. »

Wellington posa le doigt sur l'aiguille des minutes, une longue route droite qui s'étirait plein nord jusqu'à Bruxelles. Il y avait des mines de charbon près de Charleroi, et Kit savait qu'un flot continu de lourds tombereaux tirés par des attelages de bœufs empruntaient cette route pour alimenter en charbon les manufactures et les âtres de Bruxelles.

« La route du charbon est-elle sans surveillance ? interrogea Wellington. Ou Blücher l'a-t-il couverte ?

— Je n'en suis pas sûr. »

Kit s'affola. La route du charbon marquait la limite entre les forces prussienne et britannique, et il prit alors conscience que l'état-major n'avait pas déterminé qui devrait la défendre.

Wellington conserva son sang-froid.

« Nous devons donc nous protéger d'une éventuelle attaque française le long de cette route. »

Il ordonna alors à la division du général Picton de quitter Bruxelles et de se diriger vers le sud sur vingt kilomètres pour barrer la route du charbon au niveau du lieu-dit Mont-Saint-Jean.

Puis, à la stupéfaction de Kit, Wellington partit pour le bal.

*

Elsie était ravissante.

Elle ne passait pas généralement pour une belle femme : sa bouche était trop large et son nez trop grand selon les critères conventionnels. Amos se demanda alors si les conventions ne se trompaient pas du tout au tout. Son grand sourire était assorti à son esprit généreux, et ses yeux noisette s'accordaient à son cœur chaleureux. Ou peut-être faisait-elle partie de ces femmes à qui la maturité prête un charme nouveau, à moins que ce ne fût sa toilette, particulièrement seyante. La robe qu'elle portait était un cadeau de Spade et avait été confectionnée par sa sœur Kate dans une soie de deux couleurs, rouge flamme et jaune vif. Cette tenue n'avait pas besoin d'être rehaussée de bijoux, mais sachant que la plupart des invitées scintilleraient de diamants, elle avait emprunté un collier à Arabella.

Quelle qu'en fût la raison, le cœur d'Amos battit plus fort tandis qu'il l'observait. Cette réaction le troubla. Ils n'étaient qu'amis, associés dans la direction d'une école du dimanche. Il la connaissait mieux que toute autre femme, Jane comprise. Or le sentiment qu'il éprouvait soudain n'était pas celui qu'inspirait ordinairement une amie. Ils s'assirent l'un en face de l'autre dans la voiture, souriant tous les deux sans qu'Amos ait pu dire pourquoi.

La résidence des Richmond se situait rue de la Blanchisserie, et le duc appelait parfois sa demeure « le Lavoir » pour plaisanter.

Une file de calèches s'étirait dans la rue, et une foule de badauds s'était massée pour assister à l'arrivée des invités, riches membres de l'aristocratie, les femmes drapées de soie et parées de bijoux flamboyants, la plupart des hommes en uniforme.

La salle de bal n'était pas dans la maison elle-même, mais dans une très grande dépendance séparée qui, avait-on dit à Amos, avait servi autrefois de salle d'exposition à un fabricant de voitures. Lorsqu'il y pénétra, il fut stupéfait par l'éclat de la lumière : il y avait des centaines de bougies, des milliers peut-être, et plus de fleurs qu'il n'en avait jamais vu au même endroit. Il en fut légèrement étourdi, comme s'il venait de boire une coupe de champagne.

« C'est plus fastueux que tout ce que nous avons pu voir dans la salle des fêtes de Kingsbridge, remarqua Elsie.

— C'est incroyable. »

Ils furent accueillis par la duchesse de Richmond, une femme séduisante d'une quarantaine d'années.

« Madame la duchesse, dit Elsie, me permettrez-vous de vous présenter M. Amos Barrowfield, un ami très cher. »

Amos s'inclina. La duchesse répondit d'un air aguicheur :

« Je me suis laissé dire par la comtesse de Shiring que M. Barrowfield était le plus bel homme de l'ouest de l'Angleterre, et je ne puis que lui donner raison. »

Décontenancé par ces coquetteries, Amos prononça la première phrase qui lui vint à l'esprit :

«C'était très aimable à vous de m'inviter, madame la duchesse.

— Ne le laissez pas s'éloigner, madame Mackintosh, si vous ne voulez pas que quelqu'un vous le vole.»

Voilà qu'elle laissait entendre qu'une idylle unissait Amos et Elsie, ce qui était inexact.

Elsie poussa discrètement Amos du coude et ils quittèrent la duchesse pour s'avancer dans la salle. Un serveur apparut avec un plateau chargé de coupes de champagne et ils en prirent une chacun.

«Je suis désolé, dit Amos, je ne sais pas répondre à ce genre de bêtises. C'est tellement embarrassant.

— Elle vous taquinait. Et votre timidité a fait son jeu. Ne vous inquiétez pas, vous vous en êtes très bien sorti.

— Je suppose que la plupart des hommes qui assistent à ces soirées y sont habitués, et savent comment réagir.

— Oui, et je suis heureuse que ce ne soit pas votre cas. Vous me plaisez tel que vous êtes.

— Je ressens la même chose à votre égard. Ne changeons pas.»

Elle sourit, apparemment satisfaite.

L'orchestre entonna un air joyeux à trois-quatre :

«Je sais que vous aimez danser, mais que pensez-vous de la valse ? demanda Elsie.

— Je devrais pouvoir me débrouiller.»

Elsie posa sa coupe sur une table et dit :

«Dans ce cas, essayons.»

Amos vida son verre et s'en débarrassa, puis il

prit Elsie dans ses bras. Ils valsèrent sur la piste de danse.

La taille d'Elsie était chaude sous sa main droite. Comme il était agréable, pensa-t-il, de danser avec une femme qu'il appréciait autant.

Il l'attira doucement un peu plus près de lui.

*

Lorsque l'entourage de Wellington arriva, il y avait un embouteillage devant la résidence des Richmond. Wellington, impatient, sauta de la calèche à cinquante mètres de la grille. Alors qu'il s'approchait avec les autres, Kit fut surpris de distinguer au milieu de la foule le corps carré et le visage rond de Sal, sa mère.

Il accompagnait le duc et, l'espace d'un instant, il eut honte d'elle et fit comme s'il ne l'avait pas vue. Par hasard, le duc se tourna alors vers lui, et il se dit qu'il ferait le bonheur de sa mère s'il la saluait ; il s'écarta donc du groupe, s'approcha d'elle et l'étreignit.

« Eh bien, eh bien, dit-elle, rayonnante de joie. Mon petit Kit, avec le duc de Wellington. Je n'aurais jamais cru voir ça un jour.

— Comment vas-tu, Ma ? Et Jarge ?

— Nous allons bien. Il est au camp. Je suis venue ici acheter deux, trois choses. Tu ferais mieux de retourner auprès de ton duc. »

Se souvenant qu'il était en uniforme, il s'inclina avec raideur et rejoignit l'entourage du duc.

Wellington, qui avait l'œil à tout, n'avait rien perdu de la scène.

« Qui était-ce ?

— Ma mère, monsieur le duc.

— Oh, mon Dieu ! » s'exclama Wellington.

Piqué au vif, Kit reprit :

« La seule personne au monde que j'admire plus que vous, monsieur le duc. »

L'espace d'un instant, le duc se demanda comment prendre cette remarque. Elle aurait pu passer pour insolente. Mais il sourit en hochant la tête :

« Vous êtes quelqu'un de bien », dit-il, et tous se remirent en marche.

Le bal battait son plein, et les plus jeunes invités valsaient avec enthousiasme. Kit était perplexe. Comment pouvaient-ils danser alors que Bonaparte approchait ?

L'arrivée du duc fit sensation. C'était la personnalité la plus importante de Bruxelles et ses victoires de Vitoria et de Toulouse avaient fait de lui un héros. Tout le monde voulait le saluer et lui serrer la main.

Kit avait faim autant que peur. Il jeta un coup d'œil avide par la porte de la salle à manger, mais devait rester à proximité du comte de Shiring au cas où celui-ci aurait besoin de lui. Il devrait attendre que le comte lui-même soit affamé.

Wellington ne dansait pas, mais il se promenait avec à son bras lady Frances Webster, enceinte, que l'on disait sa maîtresse. Tandis que les réjouissances se poursuivaient, un flot continu d'officiers en uniforme entraient, traversaient la salle de bal et s'approchaient du duc pour chuchoter à son oreille. Il échangeait quelques mots avec chacun avant de les renvoyer avec de nouveaux ordres.

Il reconsidéra le problème de la route du charbon et estima qu'il ne suffisait pas d'envoyer la division de Picton à Mont-Saint-Jean. Il ordonna alors aux Hollandais de Slender Billy de se rendre à un carrefour appelé Quatre-Bras, plus au sud de la route du charbon, afin de bloquer en amont toute avancée française.

Entre les danses, lorsque l'orchestre s'interrompait, tout le monde pouvait entendre le pas cadencé et le tintement des harnais dans la rue tandis que des soldats de plus en plus nombreux se rassemblaient.

Des membres de l'état-major du quartier-maître général apparurent et arrêtèrent un instant les danses pour donner des ordres de mission aux officiers. À la nouvelle consternante de la retraite prussienne à Charleroi, l'angoisse s'empara de la salle de bal. Au cours d'une démonstration de danses écossaises par les Royal Scots Greys, les hommes commencèrent à s'éclipser, certains obéissant aux ordres, d'autres se doutant que leur présence était requise.

Les adieux entre certains jeunes officiers et leurs cavalières furent étonnamment passionnés, les couples ayant conscience qu'ils ne se reverraient peut-être jamais.

Le duc quitta le bal à trois heures du matin et ses aides de camp purent enfin aller se coucher.

*

Kit et le comte faisaient partie de l'entourage de Wellington quand celui-ci se mit en route à huit heures ce matin-là, le vendredi 16 juin.

Ils sortirent de Bruxelles par la porte de Namur et chevauchèrent vers le sud en empruntant la route du charbon. La voie, pavée pour permettre la circulation de véhicules à roues, était bordée de chaque côté d'un large chemin de terre destiné aux cavaliers. La poussière de charbon des chariots avait noirci la boue. Des bois s'étendaient de part et d'autre de la route.

Exceptionnellement, il ne pleuvait pas, bien que le sol fût rempli de flaques et de boue. Le soleil était déjà chaud : la journée promettait d'être étouffante.

Wellington était tendu. Son visage ne révélait rien de ses pensées, mais ceux qui le connaissaient bien n'étaient pas dupes. L'invasion l'avait pris par surprise. Pire, il avait commis une erreur de jugement en laissant Bonaparte avancer jusqu'à Charleroi : avec le recul, il comprenait qu'il aurait dû concentrer ses troupes plus tôt. Mais Bonaparte avait rassemblé ses forces rapidement et discrètement, et avait réussi à garder le secret sur son invasion jusqu'à ce qu'elle fût bien avancée. Par deux fois, Kit avait entendu Wellington dire : « Bonaparte m'a berné ! »

Tout le monde savait que, désormais, l'objectif principal était de faire jonction avec les Prussiens pour constituer une armée largement supérieure en nombre à celle de l'ennemi. Ce que le rusé Bonaparte ferait tout son possible pour empêcher.

Les membres de l'état-major, tous à cheval, dépassèrent les troupes régulières qui se dirigeaient vers le sud. Kit fut ravi de voir Roger qui accompagnait ses pièces d'artillerie, les lourds canons tirés par des chevaux progressant régulièrement sur les pavés. Pendant une minute, Kit chevaucha à côté de Roger, qui avait l'air bien portant et plein d'énergie, bien qu'il ait dû se mettre en route au petit matin. «Prends soin de toi», lui dit Kit, qui n'avait jamais prononcé cette formule banale avec autant d'émotion. Puis il talonna son cheval et s'éloigna.

Un peu plus loin, ils arrivèrent au niveau du 107e régiment d'infanterie. Kenelm Mackintosh encourageait quelques soldats à entonner un cantique intitulé «Awake our Drowsy Souls» – Réveille nos âmes somnolentes –, un choix judicieux pour des hommes qui s'étaient levés au milieu de la nuit. Les meilleures mélodies étaient celles des baptistes, et Kit eut l'impression que c'était un de leurs cantiques, mais Mackintosh n'en était plus aux mesquineries sectaires.

Dévisageant ceux qu'il dépassait, Kit ne tarda pas à repérer sa mère et son beau-père. Jarge portait le paquetage militaire habituel, qu'on appelait le «*Trotter Pack*», et Sal avait le même, probablement chapardé dans le chariot de ravitaillement. Jarge était en uniforme, courte veste rouge et pantalon gris; Sal était vêtue en homme, pantalon et gilet. Ils marchaient joyeusement sous le soleil. Ils étaient tous les deux assez solides pour qu'une journée entière de randonnée ne leur fasse pas peur. Sous le regard de Kit, Sal sortit de l'intérieur de son gilet une longueur de *boudin* local, tira un couteau inutilement long de l'étui passé à sa ceinture, coupa un pouce de saucisse et le tendit à Jarge, qui le mit en bouche et mastiqua avec appétit.

Kit eut envie de s'arrêter, mais il avait parlé à sa mère quelques heures plus tôt à peine ; aussi se contenta-t-il d'attirer son attention et de la saluer de la main avant de poursuivre sa route.

Il n'avait pas encore dépassé le contingent de Kingsbridge lorsqu'il vit arriver Joe Hornbeam à cheval. Le jeune homme s'était apparemment porté à l'avant de la colonne et rebroussait à présent chemin. Il cria aux fantassins :

« Devant vous, il y a un ruisseau d'eau claire juste à l'intérieur des bois sur la gauche – arrêtez-vous et remplissez rapidement vos bidons. »

Il remonta la colonne en répétant le message.

En dépit de son jeune âge, songea Kit, Joe était devenu un bon officier, attentif aux besoins des hommes. Une qualité qu'il ne tenait pas de son grand-père.

La route passait devant une ferme qui, aux dires d'un soldat, s'appelait Mont-Saint-Jean, où elle bifurquait. Wellington y fit halte pour s'adresser à son état-major :

« J'ai choisi cet endroit il y a un an, leur déclara-t-il. L'embranchement de gauche conduit à Charleroi, celui de droite à Nivelles ; d'ici, nous pouvons donc barrer les deux principales voies d'accès à Bruxelles. »

Ils étaient près du sommet d'une longue crête, d'où

ils surplombaient des champs de blé et de seigle, aux épis encore verts mais aussi hauts qu'en été. La route du charbon descendait en pente douce jusqu'à une combe où l'on distinguait deux grandes fermes, distantes d'un ou deux kilomètres l'une de l'autre. Elle croisait une piste est-ouest et remontait sur la crête opposée, où se trouvait une taverne.

«Si le pire devait arriver, poursuivit Wellington, c'est ici que nous livrerions notre dernier combat. Si nous échouons ici, nous aurons perdu Bruxelles, et peut-être l'Europe tout entière.»

C'était une sombre perspective, et tout le groupe se tut.

«Quel est le dernier village que nous avons traversé? demanda enfin quelqu'un.

— Il s'appelle Waterloo», répondit le duc.

PARTIE VI

La bataille de Waterloo

Du 16 au 18 juin 1815

> *Il s'en est fallu de bien peu.*
> Sir Arthur Wellesley,
> duc de Wellington

41

Le visage de Wellington était grave, pensif. Il ne parla pas beaucoup pendant leur chevauchée. Il avait essuyé un revers, mais il n'était pas homme à ruminer ses erreurs. Il parcourait inlassablement la campagne du regard, et l'expérience avait appris à Kit qu'il scrutait chaque colline, chaque champ et chaque bois pour en évaluer le potentiel militaire. Son entourage respectait son silence et veillait à ne pas perturber ses réflexions. Kit était convaincu que Wellington trouverait la bonne solution à leur problème.

À dix heures, ils firent halte à un carrefour. Une petite force de troupes hollandaises s'y trouvait déjà et d'autres soldats arrivaient de l'ouest, sur leur droite, avec du matériel d'artillerie. Kit devina qu'il s'agissait des Quatre-Bras. Il aperçut une ferme dans un angle et une auberge dans la diagonale opposée. La route qui s'éloignait vers l'est, également pavée, menait vraisemblablement au territoire occupé par les alliés prussiens de la Grande-Bretagne.

Lorsque le bruit des sabots s'atténua, Kit entendit

des tirs de mousquet sporadiques en direction du sud : une force française avait dû remonter de Charleroi par la route du charbon et avait été arrêtée par les Hollandais avant d'atteindre le carrefour. L'ennemi était proche. En tournant les yeux de ce côté, au-delà d'un champ de blé, il aperçut des nuages de fumée. Il s'agissait sans doute d'un petit détachement d'avant-garde, mais qui pouvait annoncer l'arrivée d'une force plus importante. Les troupes déjà sur place ne semblaient pourtant pas s'en inquiéter et préparaient le déjeuner.

Wellington scruta l'horizon, et Kit l'imita. Il avait sous les yeux un paysage presque plat couvert de cultures mûrissantes. Sur sa droite, les champs faisaient place à une épaisse forêt de hêtres et de chênes ; devant lui, la route passait au milieu d'une exploitation agricole tandis qu'à moins de deux kilomètres, sur la gauche, se trouvait un village dont quelqu'un affirma qu'il s'appelait Piraumont. Le groupe fit le tour de la zone, relevant les caractéristiques topographiques susceptibles de prendre de l'importance si l'escarmouche dont le bruit parvenait à leurs oreilles se transformait en affrontement plus sérieux.

Le soleil montait dans le ciel, et il commençait à faire chaud.

Wellington rassembla enfin le groupe auquel il annonça sobrement :

« Avant la fin de la journée, nous devons atteindre deux objectifs : le premier est de faire jonction avec les Prussiens ; le second d'arrêter l'avancée de Bonaparte. »

Il s'interrompit un instant, pour leur laisser le temps d'assimiler son message.

« Et nous avons deux problèmes, ajouta-t-il ensuite. Premièrement, où est Blücher ? » Il faisait allusion au maréchal Gebhard von Blücher, prince de Wahlstatt et commandant en chef de l'armée prussienne aux Pays-Bas. « Deuxièmement, poursuivit Wellington, où est Bonaparte ? »

L'officier de liaison prussien, Müffling, qui était avec eux, tendit le bras vers l'est.

« Selon mes dernières informations, monsieur le duc, le maréchal Blücher se trouve à une douzaine de kilomètres d'ici, au village de Sombreffe, près de Ligny.

— Dans ce cas, allons-y. »

Le groupe s'engagea sur la route de l'est, chevauchant à vive allure. Près de Sombreffe, ils rencontrèrent un officier de liaison britannique qui leur proposa de les conduire à Blücher. Il les dirigea vers un moulin à vent dont l'escalier en bois menait à une plateforme d'observation ; celle-ci avait dû être construite par le génie prussien, supposa Kit, car les moulins à vent n'en étaient habituellement pas pourvus.

La plateforme n'était pas assez vaste pour accueillir tout l'entourage de Wellington, mais sachant que Kit avait quelques notions d'allemand, le duc lui demanda de le suivre.

Blücher avait un peu plus de soixante-dix ans, des cheveux blancs qui découvraient son front et une énorme moustache brune. On disait de lui que c'était un diamant brut, peu instruit, mais doté d'une remarquable intelligence militaire. Il avait le teint rubicond d'un grand buveur, et serrait entre ses dents une grosse pipe courbe. Wellington le salua aimablement. Il l'appréciait visiblement, ce qui étonna Kit : le duc pouvait se montrer délicat dans le choix de ses relations.

Blücher braquait un télescope vers le sud-ouest. Wellington sortit sa propre longue-vue qu'il pointa dans la même direction. Les deux hommes se parlaient français, mêlant quelques mots d'anglais à leur conversation et demandant de temps en temps une traduction. Kit avait l'impression que son allemand laissait à désirer et craignait d'être inutile, mais finalement, il s'en tira plutôt bien.

Sans écarter son télescope de son visage, Blücher annonça :

« Troupes françaises.
— À environ huit kilomètres, confirma Wellington.
— Je distingue deux colonnes.
— Sur une route de campagne.
— Elles approchent de Ligny. »

Ils s'accordèrent pour penser que Bonaparte avait dû scinder son armée en deux à Charleroi. Les troupes qu'ils apercevaient donnaient la chasse aux Prussiens ; les autres étaient probablement sur la route du charbon. Il n'y avait aucun moyen d'évaluer la différence de force entre les deux parties, mais Blücher avait tendance à penser que le plus gros des troupes françaises étaient ici, et Wellington était de son avis. Après quelques échanges de vues – que Kit ne suivit pas intégralement –, on décida que Wellington conduirait la majeure partie de son armée des Quatre-Bras à Ligny pour renforcer les Prussiens.

Kit fut soulagé. Au moins, ils avaient un plan.

Malheureusement, celui-ci s'effondra presque aussitôt.

Alors qu'ils rebroussaient chemin, ils commencèrent à entendre des tirs d'artillerie au loin. Le bruit venait de l'ouest, la direction qu'ils avaient prise, ce qui voulait dire qu'on se battait aux Quatre-Bras.

Wellington éperonna son cheval – une bête magnifique appelée Copenhague –, et le reste du groupe fit de son mieux pour le suivre.

À l'approche des Quatre-Bras, ils essuyèrent des tirs de mousquet sur leur gauche, au sud de la route. Kit baissa la tête et le groupe prit à droite, quittant la route pour s'enfoncer dans les bois au nord. Pour autant qu'il pût en juger, personne n'avait été touché, mais ils furent obligés de ralentir.

La présence de troupes françaises aussi près de la route était une mauvaise nouvelle. L'ennemi avait manifestement gagné du terrain depuis le matin.

Le sang-froid de Wellington fut mis à rude épreuve alors qu'ils s'efforçaient de pousser leurs chevaux à travers les sous-bois tout en écoutant, impuissants, l'écho des violents combats qui se déroulaient devant eux.

Ils atteignirent enfin le carrefour des Quatre-Bras d'où ils eurent une vue dégagée sur le champ de bataille. À un kilomètre au sud seulement, les affrontements semblaient effrénés des deux côtés de la route du charbon. La ligne française s'étirait au nord-est jusqu'au village de Piraumont, au bord de la route de Ligny, ce qui expliquait les tirs de mousquet.

Kit songea que si les Français parvenaient à tenir ce village, ils contrôleraient la route de l'est et pourraient empêcher Wellington et l'armée anglo-hollandaise de rejoindre la force des Prussiens, contrecarrant ainsi la réalisation des objectifs que Wellington leur avait fixés pour la journée.

Kit était consterné. Il était habitué à ce que Wellington soit toujours maître de la situation. Mais ce Wellington n'avait pas changé : la différence était qu'il affrontait désormais un général ennemi de sa propre envergure. Le génie militaire de Bonaparte n'avait rien à envier au sien. C'est une bataille de titans, pensa Kit ; vivrai-je assez longtemps pour savoir qui en sortira vainqueur ?

Wellington reprit rapidement le commandement et déclara :

« Notre tâche immédiate est d'écraser la force française qui est ici pour pouvoir marcher sur Ligny et renforcer les Prussiens. »

Il ordonna au 95ᵉ régiment de fusiliers de libérer Piraumont, puis se concentra sur la bataille principale.

L'affaire était mal engagée. Les Français avaient pris la ferme située sur la route du charbon et semblaient sur le point de déborder la force anglo-hollandaise. Le désespoir s'empara de Kit : le sort paraissait s'acharner contre eux.

Mais de nouvelles troupes semblaient arriver. Le 95ᵉ régiment de fusiliers constituait l'avant-garde de la division du général Picton, et le gros de la troupe apparut alors. Wellington n'aimait pas Picton, un Gallois irascible qui ne lui manifestait pas la déférence due à un duc anglais. Tout le monde fut pourtant ravi de le voir apparaître à cet instant, et Wellington lui donna ordre de jeter immédiatement ses forces dans la mêlée.

Mais les Français reçurent également des renforts, et les assaillants se rapprochèrent peu à peu, mètre après mètre, du carrefour si important stratégiquement.

Lorsque d'autres troupes britanniques se présentèrent à cinq heures de l'après-midi, Wellington contre-attaqua et repoussa les Français – trop lentement, malheureusement. Les Français restèrent maîtres de Piraumont. Wellington était cloué sur place, dans l'incapacité de rejoindre les Prussiens.

Kit faisait la navette entre Wellington et les commandants en première ligne pour transmettre des messages. Comme chaque fois qu'il était dans le feu de l'action, il oubliait qu'il pouvait être tué à tout instant.

Guettant le 107e d'infanterie, il aperçut Joe Hornbeam qui courait au milieu des arbres à l'ouest et en conclut que les troupes de Kingsbridge étaient engagées dans les bois; mais il n'aperçut pas sa mère.

Attaques et contre-attaques se succédaient. Des hommes étaient mutilés et mouraient en hurlant, et les moissons à venir étaient piétinées. Les femmes apportaient munitions et gin jusqu'au front et revenaient, traînant les blessés jusqu'à la tente des chirurgiens. Plusieurs d'entre elles furent touchées par des boulets de canon perdus et par des tirs de mousquet, mais une fois encore, Kit ne vit pas Sal parmi elles.

L'issue des combats était incertaine. Leur intensité diminua peu à peu avec le crépuscule. Les deux camps n'avaient pas beaucoup bougé des positions qu'ils occupaient au début de la journée.

Le dernier message que Wellington reçut venait de Blücher. Les Prussiens avaient subi de lourdes pertes, disait-il, mais pourraient tenir leurs positions jusqu'à la tombée de la nuit.

Kit s'endormit sur un banc et ne se réveilla qu'à l'aube.

*

Sal et Jarge construisirent un abri de fortune dans le bois avec des branches feuillues. S'il était loin d'être étanche, il les protégeait tout de même un peu de la pluie. Ils s'enroulèrent dans des couvertures et s'endormirent sur le sol détrempé.

Sal se réveilla aux premières lueurs du jour. La pluie avait cessé. Comme elle entendait de faibles appels à l'aide, elle laissa Jarge endormi, se dirigea vers l'ouest jusqu'à la lisière de la forêt et parcourut le champ de bataille du regard.

Elle n'oublierait jamais ce spectacle. Des milliers de morts et de blessés gisaient au milieu du blé piétiné, démembrés et défigurés, des têtes sans corps, des entrailles répandues sur le sol, des jambes et des bras sectionnés, des visages ensanglantés. Il régnait une abominable odeur de boyaux et de moissons écrasées.

Sal était habituée aux effusions de sang. Elle avait vu des hommes et des femmes mutilés dans des accidents de travail, et son premier mari, Harry, avait trouvé la mort dans des circonstances horribles, broyé par la charrette de Will Riddick. Pourtant, elle n'avait jamais imaginé des souffrances d'une telle ampleur. Le désespoir l'accablait. Comment les humains pouvaient-ils s'infliger des choses pareilles ? Spade prétendait que la guerre avait pour but d'empêcher les Français de dominer l'Europe, mais après tout, cette perspective était-elle aussi effroyable ? Elle ne pouvait certainement pas être pire que ce qu'elle voyait.

Ses yeux se posèrent sur un homme aux jambes déchiquetées. Croisant son regard, il murmura dans un râle : « Aidez-moi. » Elle remarqua qu'un mort était étendu sur lui, en travers, et que le blessé ne pouvait ni se débarrasser du cadavre ni se déplacer lui-même. Elle tira le corps un peu plus loin.

« À boire, implora l'homme. Pour l'amour de Dieu.

— Où est ta gourde ?

— Paquetage. »

Elle réussit à ouvrir son sac et à en sortir le bidon. Il était vide.

« Je vais t'apporter de l'eau », promit-elle.

Elle avait aperçu un fossé dans les bois. Elle y retourna et le suivit jusqu'à une mare. Horrifiée, elle constata qu'il y avait un homme mort dans l'eau. Elle envisagea d'abord de chercher une autre source, puis se ravisa. L'homme aux jambes brisées serait indifférent au goût du sang. Elle remplit son bidon, le rejoignit et l'aida à boire. Il avala goulûment l'eau souillée.

Peu à peu, d'autres soldats se relevaient et commençaient à bouger. Les blessés capables de marcher reprirent la longue route qui les ramènerait à Bruxelles. D'autres étaient ramassés par leurs camarades et portés jusqu'au carrefour, où des charrettes attendaient de les évacuer. Kenelm Mackintosh enchaînait les services funéraires.

Sal apprit que le 107e d'infanterie avait perdu plusieurs officiers supérieurs la veille. Le lieutenant-colonel, l'un des deux commandants et plusieurs capitaines étaient morts ou gravement blessés. Le commandement était exercé par le commandant survivant.

Les vivants pillaient les défunts. Tout équipement perdu ou endommagé pouvait être remplacé par ce qu'ils trouvaient sur les dépouilles d'hommes qui n'auraient plus jamais besoin de couteaux, de gobelets, de ceintures, de cartouches… ni d'argent. Sal mit la main sur les bottes d'équitation d'un frêle petit officier pour remplacer ses propres chaussures usées. Dans le paquetage d'un Français mort, elle trouva un fromage et une bouteille de vin qu'elle apporta à Jarge pour le petit déjeuner.

*

Le samedi 17 juin, avant l'aube, Wellington avait reposé la question : « Où est Blücher ? » Cette fois, comme Müffling ne disposait pas de nouvelles informations, Wellington envoya un aide de camp à la recherche du commandant prussien. L'homme revint à neuf heures pour annoncer que Blücher était porté disparu. Sans doute avait-il trépassé.

Ce n'était pas la pire des nouvelles : les Prussiens avaient fui vers le nord dans la nuit et prévoyaient de se regrouper à Wavre.

« Wavre ? demanda Wellington. Où diable se trouve Wavre ? »

Un aide de camp lui présenta une carte.

« Bon sang, mais c'est à des kilomètres d'ici ! » s'étrangla Wellington.

Kit regarda attentivement la carte et estima que Wavre était à vingt-cinq kilomètres de Ligny. Loin de faire jonction, les Britanniques et les Prussiens étaient désormais encore plus éloignés les uns des autres.

C'était une tragédie. Bonaparte avait réussi à scinder les alliés en deux corps d'armée plus petits, chacun plus facile à écraser que ne l'aurait été la force conjointe. Entre-temps, la voie lui était ouverte : il pouvait marcher de Ligny aux Quatre-Bras, rejoindre la force française qui y était déjà et, grâce à cette armée plus importante, attaquer la force anglo-hollandaise, plus modeste.

En fait, songea Kit, Bonaparte était sans doute déjà en route. La solution était évidente, et Wellington l'annonça : ils devaient battre en retraite, immédiatement.

L'armée se replierait sur Mont-Saint-Jean et y passerait la nuit, déclara Wellington. Ce lieu-dit était situé à une vingtaine de kilomètres de Wavre. Si les Prussiens parvenaient à rejoindre Mont-Saint-Jean pour renforcer les Britanniques, ensemble, ils pouvaient encore battre Bonaparte.

Kit reprit un peu espoir.

Wellington écrivit à Blücher pour lui annoncer qu'il se battrait le lendemain à Mont-Saint-Jean et demander que les Prussiens s'y rendent.

Le message fut envoyé, les ordres transmis et la retraite commença.

*

« Je ne comprends pas pourquoi nous battons en retraite, maugréa Jarge. Je croyais que nous avions gagné hier.

— Nous avons réussi à arrêter l'avancée des Français, si on peut appeler ça gagner, lui expliqua Kit. Mais les Prussiens ne s'en sont pas sortis aussi bien, et ont dû se replier. Ce qui a permis à Bonaparte de nous attaquer sur le côté.

— Ouais, peut-être, mais à quoi bon s'enfuir ? Il nous poursuivra, c'est évident.

— Tu as raison. Mais nous finirons par faire volte-face pour nous battre. Simplement, Wellington veut choisir le champ de bataille.

— Hum. » Jarge réfléchit un instant avant d'acquiescer : « Ça peut se comprendre. »

Ils se dirigeaient vers le nord sur la route du charbon, mais la retraite menaçait de se transformer en débandade. À Genappe, un village aux rues étroites, les ambulances qui regagnaient Bruxelles s'étaient trouvées nez à nez avec les chariots d'artillerie et de vivres qui faisaient route vers les Quatre-Bras. Pour ajouter à la confusion, des habitants affolés fuyaient vers Bruxelles, poussant leur bétail devant eux.

Un lieutenant et treize grenadiers dégagèrent l'encombrement en vidant les chariots de vivres, jetant les provisions à terre et renvoyant les chariots vers Bruxelles chargés de blessés.

Sal se demanda ce qu'ils mangeraient à leur arrivée à Mont-Saint-Jean. Prudente, elle ramassa un sac de vingt kilos de pommes de terre dans un fossé et l'attacha dans son dos.

La pluie reprit peu après midi.

*

À Bruxelles, il pleuvait à verse. Amos eut beau incliner le bord de son chapeau pour empêcher l'eau de lui couler dans les yeux, il n'en devait pas moins constamment s'essuyer le visage avec son mouchoir pour réussir à voir quelque chose. Les rues étaient encombrées de charrettes, certaines transportant des blessés vers des hôpitaux déjà surpeuplés, tandis que d'autres, chargées de munitions et d'équipements divers, essayaient de quitter la ville pour rejoindre l'armée. Les ambulanciers, incapables de se frayer un chemin tant la circulation était dense autour des hôpitaux, déchargeaient les blessés dans les rues et sur les places élégantes, et Amos était obligé de contourner les corps, certains encore vivants, d'autres morts, dont la pluie emportait le sang dans les caniveaux. Les habitants cédaient à la panique et, en passant devant l'Hôtel des Halles, il vit des hommes bien mis qui se prenaient au collet pour trouver place sur les barges ou dans les diligences qui quittaient la ville.

Il se rendit chez Jane, dans l'intention de la supplier une nouvelle fois de reconduire Hal en Angleterre. Sa visite était superflue : elle faisait ses malles, vêtue d'une vieille robe, les cheveux noués dans un foulard.

«J'ai une voiture et des chevaux à l'écurie, lui dit-elle. Je partirai dès que Henry me le demandera, ou même avant.»

Amos la trouva moins effrayée que contrariée et devina qu'elle quittait son jeune soupirant à regret. On pouvait faire confiance à Jane pour considérer la guerre avant tout comme une interruption importune de son histoire d'amour. Se rappelant combien il l'avait adorée et pendant combien de temps, Amos avait à présent du mal à comprendre ses sentiments.

Depuis la maison de Jane, il se rendit chez Elsie, espérant qu'elle serait occupée aux mêmes préparatifs de départ que Jane. Il ne supportait pas de la savoir en danger et voulait qu'elle quitte cette ville cauchemardesque le jour même.

Mais elle ne faisait pas ses malles. Un conseil de guerre se tenait dans son salon. Elsie, Spade et Arabella avaient l'air solennel, anxieux.

«Vous devez partir, Elsie. Votre vie est en danger», dit Amos immédiatement.

Elsie secoua la tête.

« Je ne peux pas. Ma place est auprès de Kenelm, et il risque sa vie à quelques kilomètres d'ici. »

Amos désespéra. Il savait qu'Elsie n'aimait pas son mari, mais il savait aussi qu'elle avait un sens aigu du devoir. C'était pour lui un motif d'admiration, pourtant en cet instant précis, cette qualité pouvait lui être fatale. Il craignait qu'elle ne fût déterminée à rester, coûte que coûte.

« Je vous en prie, Elsie, réfléchissez », insista-t-il.

Elle se tourna vers Spade, son beau-père.

Amos aurait souhaité que celui-ci exerce son autorité de chef de famille et exige le départ d'Elsie. Mais il savait que ce n'était pas dans son caractère.

Il avait raison.

« Tu dois faire ce que te dicte ton cœur, dit Spade à Elsie.

— Merci. »

Arabella en revanche prit le parti d'Amos.

« Et les enfants, mes petits-enfants ? demanda-t-elle d'une voix frémissante de peur.

— Leur place est avec moi, répondit Elsie. Je suis leur mère.

— Je pourrais les raccompagner à Kingsbridge, implora alors Arabella. Ils seraient en sécurité avec David et moi.

— Non, trancha Elsie d'un ton résolu. Nous formons une famille, il vaut mieux que nous restions ensemble. Il n'est pas question pour moi de les perdre de vue. »

Arabella se tourna vers Spade.

« Qu'en penses-tu, David ?

— Pardon de me répéter, mais je pense qu'Elsie doit écouter son cœur.

— Si c'est comme ça, je reste ici aussi. Tu n'as qu'à partir, toi.

— Je n'ai pas l'intention de te quitter, dit-il en souriant, mais d'un ton qui ne laissait pas place à la discussion. Je dois faire, moi aussi, ce que me dicte mon cœur.»

Il y eut un long moment de silence et Amos comprit qu'il n'obtiendrait pas gain de cause.

Elsie prit enfin la parole:

«Dans ce cas, c'est entendu, dit-elle. Nous restons tous.»

*

Ce soir-là, Sal se tenait avec Kit devant la ferme de Mont-Saint-Jean, au sommet de la crête, contemplant le paysage qui s'étendait vers le sud. L'orage semblait s'apaiser: le soleil perçait ici et là, bien que la pluie continuât de tomber. Des volutes et des rubans de vapeur s'élevaient du blé détrempé, chauffé par le soleil. Les bois à l'extrémité est de la crête, sur leur gauche, étaient plongés dans l'obscurité.

La route du charbon qui coupait la vallée en deux n'était qu'une longue masse continue d'hommes, de chevaux et de pièces d'artillerie sur roues, tandis qu'arrivaient les rescapés des Quatre-Bras. Des officiers munis d'ordres écrits les orientaient vers des sections le long du versant, suivant un plan élaboré aux Quatre-Bras par Wellington et De Lancey.

Sal se demanda à quelle distance se trouvait encore Bonaparte.

Kit et elle étaient debout près d'un arbre que les hommes de Kingsbridge avaient déjà dépouillé de ses branches pour confectionner des abris de fortune. Jarge et quelques autres étaient en train de construire un abri d'un autre genre, en plantant plusieurs mousquets à la verticale, baïonnettes fichées dans le sol, et en posant des couvertures dessus pour former une tente. Les deux types de construction étaient aussi peu étanches l'un que l'autre, mais c'était mieux que rien.

Elle remarqua que des hommes étaient en train d'être déployés dans chacune des deux fermes de la vallée. Elle les montra à Kit.

« Celle de droite s'appelle Hougoumont, dit-il, l'autre, c'est la ferme de la Haye-Sainte.

— Pourquoi prenons-nous la peine de défendre des fermes ?

— Elles barreront la route à Bonaparte quand il voudra nous attaquer.

— Ces hommes ne pourront pas arrêter toute son armée.

— Peut-être pas.

— Ils seront donc sacrifiés.

— Ce n'est pas certain, mais très probable. »

Sal était extrêmement soulagée que le 107ᵉ d'infanterie n'ait pas été désigné pour cette mission. Mais ses propres perspectives n'étaient pas brillantes non plus.

« Je me demande combien d'entre nous seront morts demain, ajouta-t-elle. Dix mille ? Vingt mille ?

— Sans doute plus.
— Est-ce le dernier combat de Wellington ? »
Kit hocha la tête.

« Si nous sommes vaincus ici, rien n'empêchera Bonaparte de rejoindre Bruxelles et de remporter la victoire. Les Français domineront alors l'Europe durant de longues années. »

C'était ce que Spade avait dit, se souvint Sal.

« Personnellement, je me fiche bien que les Français prennent l'Europe, dit-elle. Tout ce que je veux, c'est que ma famille rentre à la maison en vie et en bonne santé.

— C'est aussi quitte ou double pour Bonaparte, lui fit remarquer Kit. Si nous réussissons à écraser son armée ici, nous irons jusqu'à Paris. Et pour lui, ce sera fini.

— Et je suppose que nous rendrons aux Français leur gros roi. »

Le corpulent Louis XVIII n'était ni compétent ni populaire, mais les alliés étaient bien décidés à rétablir la monarchie française et à prouver que la révolution républicaine avait été un échec.

« Et vingt mille hommes mourront demain pour ça, soupira Sal. Ça me dépasse. Toi qui es si intelligent, mon fils, dis-moi qui est stupide : moi ou le gouvernement ? »

Jarge sortit de sous la tente improvisée, son pantalon trempé de boue, et se redressa.

« Il n'y a rien à manger, annonça-t-il à Kit sur un ton qui laissait entendre qu'il reprochait la situation aux officiers en général et à Kit en particulier.

— Presque toutes les provisions ont été jetées dans la panique à Genappe. »

Sal se rappelait avoir vu vider les chariots de ravitaillement.

« Notre déjeuner est dans un fossé, dit-elle.

— On n'a qu'à faire cuire ces patates », proposa Jarge.

Sal avait toujours son sac de pommes de terre sur le dos. Elle s'était tellement habituée à son poids qu'elle n'avait pas pris la peine de le déposer.

« Et comment va-t-on les faire cuire ? demanda-t-elle. Tout est tellement humide. Même si tu réussissais à allumer un feu, il ne donnerait que de la fumée sans flammes.

— On ne va quand même pas les manger crues ?

— Tu pourrais les porter jusqu'au village de Waterloo, Ma, suggéra Kit. C'est à environ trois kilomètres au nord. Tu y trouveras bien quelqu'un qui aura un four.

— Tu veux simplement m'éloigner du champ de bataille.

— Je plaide coupable, reconnut Kit. Mais qu'as-tu à perdre ? »

Sal réfléchit un instant. Ici, elle ne pouvait rien faire pour Jarge et les autres hommes de Kingsbridge. Autant chercher un moyen de faire cuire ces pommes de terre.

« Entendu, acquiesça-t-elle. Je vais essayer. »

42

Des nuages de pluie cachaient la lune. Sal n'y voyait presque rien. Elle ne savait qu'elle était sur la route que grâce à la sensation des pavés sous les semelles des bottes qu'elle avait prises sur le cadavre de l'officier français. Lorsqu'un pied glissait dans la boue, elle comprenait qu'elle avait dévié à gauche ou à droite. De temps en temps, une lueur filtrait à travers les volets d'une chaumière, celle d'une bougie, peut-être, ou d'un feu mourant : les gens de la campagne ne veillaient pas longtemps après la tombée de la nuit. C'était peu de chose, mais qu'il y eût de la lumière et de la chaleur quelque part l'encourageait.

Elle marchait sous la pluie battante, consciente de sa chance : Kit était toujours en vie, tout comme Jarge. Elle était indemne, elle aussi, malgré le carnage des Quatre-Bras. Et la bataille du lendemain serait peut-être la dernière, quelle qu'en soit l'issue. S'ils en réchappaient, sa famille et elle ne seraient peut-être plus obligées de risquer leur vie à la guerre.

Mais sans doute était-ce trop demander.

Quoi qu'il en fût, elle portait ses vingt kilos de

pommes de terre, et même si elle en avait le dos brisé, elle était heureuse de les avoir. Elle n'avait rien mangé depuis son petit déjeuner de fromage sans pain.

Apercevant plusieurs lueurs groupées, elle en déduisit que c'était un village. Il devait être près de minuit. Une seule personne était forcément réveillée et au travail : le boulanger. Mais comment le trouver ?

Elle suivit la route et lorsque les lumières se firent plus rares, elle devina qu'elle était allée trop loin. Elle fit alors demi-tour et revint sur ses pas. Elle allait devoir frapper à une porte, réveiller quelqu'un et lui demander son chemin.

Ce fut alors qu'une odeur de fumée parvint à ses narines. Ce n'était pas celle des cendres d'un feu de cuisine mourant, mais d'une bonne flambée, d'un four, peut-être. Pivotant sur elle-même, elle huma l'air dans différentes directions et se dirigea vers l'endroit où l'odeur était la plus forte. Elle suivit un chemin marécageux jusqu'à une maison brillamment éclairée. Elle crut percevoir une odeur de pain chaud, à moins que ce ne fût le fruit de son imagination. Elle frappa énergiquement à la porte.

Un gros homme d'âge mûr lui ouvrit. Des traces blanches maculaient ses vêtements et de la poussière blanche saupoudrait sa barbe : c'était évidemment de la farine. Elle avait trouvé le boulanger. Il lui parla en français d'un ton contrarié, et elle ne comprit pas.

Elle tendit le bras pour l'empêcher de refermer la porte et le boulanger parut surpris par sa force. Utilisant les quelques mots de français qu'elle avait appris à Bruxelles, elle lui dit :

« *Je cherche pas de pain.* »

Le boulanger lui répondit quelque chose qui signifiait probablement que, dans ce cas, elle s'était trompée de boutique.

Elle entra sans y être invitée. Il faisait chaud. Elle dénoua les ficelles qui retenaient son sac et le retira de ses épaules. Sans ce poids, elle avait encore plus mal au dos. Elle posa le sac sur la table où le boulanger pétrissait sa pâte.

Elle désigna du doigt les pommes de terre, puis le grand four dans le coin de la pièce. « *Cuire* », dit-elle et elle ajouta une phrase qu'elle avait retenue :

« *Je vous paie.*
— *Combien ?* »

C'était le premier mot de français qu'elle avait appris lorsqu'elle avait commencé à faire ses achats à Bruxelles. Elle plongea la main dans son gilet. Elle avait beaucoup d'argent : ses navettes entre le camp militaire et Bruxelles avaient été profitables. Elle s'attendait à ce que le boulanger, la sachant au désespoir, lui réclame cinq francs, et pensait qu'il en accepterait trois. Avant de quitter Mont-Saint-Jean, elle avait fourré trois francs dans une poche. Elle sortit les pièces en les tenant contre elle afin qu'il ne puisse pas les voir, compta deux francs et les posa sur la table.

Il secoua la tête pour refuser. Elle ajouta une autre pièce.

Comme il recommençait à secouer la tête, elle lui montra sa paume vide.

Il haussa les épaules et dit :
« *Bien.* »

Ouvrant la porte du four, il en sortit une fournée de petites miches qui semblaient à peine cuites. Il renversa les pains dans une grande corbeille et posa la grille de cuisson.

Sal ouvrit son sac et étala les pommes de terre sur la grille, puis les piqua de la pointe de son couteau pour éviter qu'elles éclatent. Après quoi le boulanger renfourna la grille.

Prenant la bouteille posée à côté de sa planche à pétrir, il but une gorgée. Sal sentit une odeur de gin. Puis il se remit à pétrir. Sal l'observa pendant quelques instants, hésitant à lui demander un peu d'alcool. Puis elle décida qu'elle n'en avait pas besoin.

Elle s'allongea sur le sol à côté du four, savourant la chaleur. De la vapeur s'éleva de ses vêtements trempés. Ils ne tarderaient pas à être secs.

Elle ferma les yeux et s'endormit.

*

Depuis qu'il s'était engagé dans l'armée, toutes les nuits de Kit se déroulaient de la même manière : le sommeil s'emparait de lui dès qu'il s'étendait et il dormait jusqu'à ce que quelqu'un le réveille. Mais, ce jour-là, il avait l'impression d'avoir à peine fermé les yeux quand on le secoua vigoureusement. Il avait envie de continuer à dormir, mais lorsqu'il reconnut la voix de Henry, comte de Shiring, il se redressa en demandant :

« Quelle heure est-il ?

— Deux heures et demie du matin, et Wellington

s'apprête à nous donner des instructions. Dépêchez-vous d'enfiler vos bottes.»

Il se rappela qu'il était dans une grange du village de Waterloo et qu'une grande bataille allait avoir lieu le jour même. Sa peur coutumière le fit frémir, mais elle était moins paralysante qu'auparavant, et il parvint à la chasser de ses pensées. Il repoussa sa couverture et trouva ses bottes. Une minute plus tard, il sortait de la grange sur les talons du comte.

Il pleuvait à verse.

Ils se dirigèrent vers la ferme où Wellington avait établi son quartier général. Le fermier et sa famille dormaient probablement dans l'étable: en temps de guerre, les armées réquisitionnaient ce dont elles avaient besoin et faisaient peu de cas des protestations des civils.

Wellington était debout à l'extrémité de la longue table de la cuisine. Ses officiers supérieurs étaient assis tout autour, et les aides de camp adossés aux murs. Wellington salua Henry d'un signe de tête.

«Bonjour, Shiring, dit-il. Je crois que nous sommes au complet. Prenons connaissance des dernières nouvelles.»

Henry s'inclina et s'assit. Kit resta debout.

Le chef du renseignement se leva:

«J'ai envoyé nos espions francophones, hommes et femmes, dans le camp de Bonaparte hier soir, pour vendre aux soldats les articles habituels: tabac, gin, crayons, savon. Ils n'ont pas eu la tâche facile, sous cette pluie battante, d'autant plus que les Français se sont étalés sur plusieurs kilomètres carrés. Mais sur la foi de nos connaissances antérieures et de leurs rapports, j'estime que Bonaparte dispose d'environ soixante-douze mille hommes.

— Presque les mêmes effectifs que nous, observa Wellington. Nous estimons notre propre force à environ soixante-huit mille hommes. Et leur moral ?

— Ils ont froid et sont trempés, comme nous, et ont marché toute la journée, comme nous. Mais nos espions relèvent une différence. Ils sont presque tous français et sont impatients de se battre. À leurs yeux, Bonaparte est un dieu. »

Kit savait ce qui restait tacite. La plupart des Français – officiers ou hommes de troupe – étaient d'origine modeste et devaient leur ascension à la Révolution et à Bonaparte. Dans l'armée de Wellington, en revanche les officiers étaient presque tous des membres de l'aristocratie et de la petite noblesse foncière, et les militaires du rang étaient tous issus des couches inférieures de la société. Par ailleurs, deux soldats alliés sur trois étaient hollandais ou hanovriens ; les Britanniques ne représentaient que le tiers. Et beaucoup d'entre eux étaient sous les drapeaux malgré eux, ayant été condamnés par des tribunaux à rejoindre l'armée, ou abusés par des sergents recruteurs. Les soldats les plus loyaux de Wellington appartenaient à la King's German Legion, la légion allemande du roi.

« Pour ce qui est de l'artillerie, poursuivit l'officier de renseignement, Bonaparte semble disposer d'environ deux cent cinquante grosses pièces.

— Soit une centaine de plus que nous », remarqua Wellington.

Kit était atterré. Apparemment, l'avantage n'était pas aux alliés, et de loin. Bonaparte avait brillamment manœuvré et s'était montré plus rusé que Wellington. Et je risque donc de mourir, pensa-t-il.

Il y eut quelques instants de silence. Le commandant en chef disposait de toutes les informations utiles et était le seul habilité à prendre une décision.

Il prit enfin la parole:

«Un combat à forces égales signifie des pertes de vies inutiles. Et nous sommes loin de nous battre à forces égales.» Kit n'était pas surpris. Wellington n'envisageait d'engager la bataille que lorsqu'il avait l'avantage. «En présence de tels chiffres, je ne me battrai pas», déclara-t-il avec force avant de s'interrompre pour laisser aux autres le temps d'assimiler ses propos.

«Il y a deux possibilités, reprit-il. La première est que les Prussiens réussissent à nous rejoindre. Avec leurs soixante-quinze mille hommes, ils feraient pencher la balance. S'ils arrivent jusqu'ici, nous nous battrons.»

Personne n'osa faire de commentaire, mais il y eut des hochements de tête autour de la table.

«Dans le cas contraire, nous nous retirerons à nouveau, à travers la forêt de Soignes. Cette forêt est traversée par une route que les Prussiens pourraient emprunter depuis Wavre pour rejoindre la route principale juste au sud d'Ixelles. Nous y livrerons notre dernière bataille.»

Cette fois, personne n'opina.

Kit avait conscience que c'était un plan dicté par le désespoir. La route que les Prussiens devraient emprunter était un sentier forestier : il était impossible de déplacer rapidement des milliers d'hommes sur un tel terrain. En tout état de cause, il ne restait que quelques heures avant l'aube et le temps était désormais compté s'ils voulaient se retirer.

Wellington fit écho à ses pensées :

« Ma préférence va au plan A, dit-il. Par chance, nous avons retrouvé le maréchal Blücher. Il semblerait qu'il ait été blessé et soit resté sans connaissance pendant un certain temps, mais il a repris le commandement à Wavre, son armée campant à l'est de la ville. Hier, en fin de journée, j'ai reçu un message annonçant qu'il nous rejoindrait ce matin. »

Kit éprouva un immense soulagement. Il n'y aurait pas de bataille ce jour-là, à moins que le camp britannique ne soit en mesure de l'emporter.

« En temps de guerre, la situation peut cependant évoluer rapidement, et j'attends qu'on me confirme que les intentions de Blücher sont, ce matin, les mêmes qu'hier soir. Le cas échéant, il faut que je sache à quelle heure il pense être ici. » Wellington se tourna vers le comte. « Shiring, vous allez vous rendre à Wavre pour remettre une lettre à Blücher. Emmenez le jeune Clitheroe – il parle un peu l'allemand.

— Oui, monsieur le duc », répondit Henry.

Kit était ravi d'être choisi pour une mission aussi importante, même si elle l'obligeait à parcourir vingt kilomètres à cheval dans le noir et sous une pluie battante.

« Préparez vos chevaux pendant que j'écris », ajouta Wellington.

Quittant la pièce, Kit et le comte se dirigèrent vers les écuries. Le comte réveilla deux palefreniers. Kit surveilla de près les hommes aux yeux ensommeillés pendant qu'ils sellaient deux chevaux : il ne voulait pas avoir à s'arrêter pour les resangler en chemin.

Les palefreniers fixèrent une lampe-tempête sur chaque selle, devant la cuisse du cavalier. Elle n'éclairerait la route que sur quelques mètres, mais c'était mieux que rien.

Lorsque les chevaux furent prêts, les deux hommes regagnèrent la cuisine de la ferme. Wellington et un petit groupe de généraux étudiaient attentivement une carte du champ de bataille dessinée à la main, essayant de deviner les intentions de Bonaparte. Wellington leva les yeux et dit :

« Shiring, merci de bien vouloir me rapporter la réponse de Blücher le plus vite possible. Clitheroe, si elle est positive, je veux que vous restiez avec les Prussiens un peu plus longtemps. Dès qu'ils se seront mis en marche, dépassez-les et venez m'informer de leur heure d'arrivée probable.

— Bien, monsieur le duc.

— Ne perdez pas de temps. Partez sur-le-champ. »

Ils retournèrent aux écuries et enfourchèrent leurs montures.

Ils dirigèrent leurs chevaux sur le chemin de boue qui bordait la route pavée, descendant la pente jusqu'au carrefour près de la Haye-Sainte. Là, ils tournèrent à gauche et suivirent la route non pavée en direction de Wavre.

Il faisait trop sombre pour qu'ils puissent trotter. Ils

chevauchaient côte à côte, chacun profitant ainsi de la lanterne de l'autre. L'eau ruisselait dans les yeux de Kit et contribuait encore à lui brouiller la vue. Le chemin boueux serpentait à travers un paysage de collines. Tous les fonds de vallons étaient inondés, et Kit craignait que l'acheminement des canons prussiens par cette route ne fût d'une difficulté et d'une lenteur extrêmes.

La monotonie de la chevauchée lui permit de ressentir les effets d'un sommeil écourté. Le comte prenait de petites gorgées d'une flasque à brandy, mais Kit ne buvait rien, craignant de piquer du nez sur sa selle sous l'effet de l'alcool. Pourvu que nous obtenions la réponse que nous voulons, se répétait-il inlassablement. Pourvu que Blücher nous dise qu'il a toujours l'intention de se joindre à nous ce matin.

Enfin, une aube timide filtra à travers les nuages. Dès qu'ils purent distinguer la route devant eux, ils lancèrent leurs chevaux au petit galop.

Ils avaient encore un long chemin à faire.

*

Sur le trajet du retour, Sal s'égara.

Sentant de la boue sous ses pieds, elle obliqua vers l'endroit où elle pensait trouver la route, mais ne découvrit aucun pavé. Elle se dit qu'elle avait dû se laisser déconcentrer.

Elle entreprit de décrire des cercles de plus en plus larges, pensant finir par rejoindre la chaussée, tôt ou tard ; mais comme elle n'y voyait rien, elle n'était jamais certaine de marcher vraiment en rond. Tendant les mains devant elle, elle se heurta à un arbre. Puis à un autre. Elle se rendit compte qu'elle s'était engagée dans la forêt. Elle effectua un demi-cercle et reprit, espérait-elle, le chemin par lequel elle était venue ; mais elle buta bientôt contre un autre arbre.

Elle s'arrêta, désespérée. À quoi bon continuer d'avancer si elle ne savait pas où elle allait. Elle eut envie de pleurer, mais se retint. Bon, se dit-elle, j'ai mal au dos, je suis perdue, épuisée et trempée comme une soupe, mais des choses bien plus graves se produiront dans quelques heures, quand la bataille commencera.

Apercevant un gros tronc d'arbre, elle s'assit et s'y adossa. Le feuillage la protégeait un peu de la pluie. Son sac était mouillé, mais les pommes de terre qu'il contenait étaient encore chaudes, et elle serra le paquet contre sa poitrine pour se réchauffer.

Elle avait passé un mauvais moment dans la boulangerie. Elle avait rêvé qu'elle était couchée avec Jarge et qu'il la caressait. Elle s'était réveillée pour découvrir le boulanger agenouillé à côté d'elle. Il avait déboutonné le pantalon de Sal et glissé une main à l'intérieur.

Elle avait été instantanément transportée plusieurs années en arrière lorsqu'elle avait été condamnée aux travaux forcés. Les femmes étaient obligées d'accepter de tels abus sous peine d'être fouettées pour désobéissance. Mais elle n'était plus en prison, et la rage l'avait envahie en un éclair. Elle avait repoussé violemment la main de l'homme et s'était levée d'un bond. Il avait reculé promptement. Elle avait tiré le long couteau de l'étui qu'elle avait à la ceinture et s'était avancée vers lui, prête à plonger la lame dans sa bedaine ; puis elle avait repris ses esprits.

L'homme était terrifié.

Elle avait rengainé son couteau et reboutonné son pantalon.

Sans un mot, elle avait ouvert la porte du four. Avec le crochet en bois du boulanger, elle avait sorti la fournée de pommes de terre et avait immédiatement constaté qu'elles étaient cuites : elles avaient la peau noircie et légèrement ridée. Elle les avait vite remises dans son sac, qu'elle avait attaché sur son dos.

Elle s'était emparée d'un pain fraîchement cuit qu'elle avait glissé sous son bras le regard dur, mettant le boulanger au défi de protester. Il n'avait rien dit.

Elle avait quitté la boulangerie en silence. Elle avait mangé le pain en marchant sur la route et l'avait fini en quelques minutes.

À présent, assise sous son arbre, elle sentit ses yeux se fermer. Il n'était pourtant pas question de s'endormir ici : il fallait rapporter les pommes de terre au régiment. Elle se remit debout pour rester éveillée.

Puis, presque imperceptiblement, le ciel s'éclaircit. C'était l'aube. Un instant plus tard, elle commença à distinguer la forêt autour d'elle. Puis, regardant à travers les arbres, elle aperçut à une centaine de mètres seulement la surface pavée de la route. Elle n'en avait jamais été très éloignée.

Elle remit le sac sur son dos, se dirigea vers la route et prit la direction du sud.

Lorsque la pluie cessa, elle adressa au ciel une prière de remerciement muette.

Le soleil qui se levait à l'est produisait de la lumière mais pas de chaleur à son arrivée à Mont-Saint-Jean. Elle se faufila à travers le camp. La plupart des hommes étaient couchés sur le sol marécageux, enveloppés dans des couvertures détrempées. Les chevaux mouillés tentaient désespérément de brouter le blé saccagé. Elle aperçut Kenelm Mackintosh, tête nue, qui disait la prière du matin avec quelques hommes, parmi lesquels elle reconnut le beau-frère de Spade, Freddie Caines, devenu sergent.

Sal pressa le pas : si quelqu'un découvrait ce que contenait son sac, elle pourrait être tuée.

Elle aperçut enfin la tente de fortune de Jarge et s'y glissa avec reconnaissance. Jarge et plusieurs hommes de Kingsbridge étaient allongés sur le sol mouillé, serrés les uns contre les autres comme des harengs dans une caque.

« Debout bande de veinards ! » s'écria-t-elle.

Elle ouvrit son sac et l'arôme des pommes de terre cuites au four remplit l'espace exigu.

Jarge s'assit, et elle lui tendit une patate. Il y enfonça les dents.

« Oh, mon Dieu », s'extasia-t-il.

Les autres se servirent et mangèrent. Lorsque Jarge eut fini sa pomme de terre, il en prit une autre.

« C'est divin, dit-il. Sal Box, tu es un ange.

— C'est bien la première fois qu'on me dit ça », répondit-elle.

*

Maintenant qu'il faisait jour, Kit et le comte pouvaient forcer l'allure. Cependant, aucun cheval n'était capable de parcourir vingt kilomètres au galop. Ils alternaient donc le trot et le pas, ce que Kit trouvait d'une lenteur désespérante, mais d'après le comte, c'était le moyen le plus rapide de franchir une longue distance sans tuer sa monture. Ils commençaient à croiser des fermiers matinaux, et le comte leur adressait souvent la parole, pour s'assurer – comprit Kit – que c'était bien la route de Wavre. Kit était tendu et impatient : Wellington leur avait ordonné de faire vite.

Il remarqua alors que le comte était couvert de boue ; il en avait non seulement sur ses bottes et sur son pantalon, mais même sur le visage. Sans doute n'était-il pas en meilleur état, songea-t-il.

Ils furent arrêtés à un avant-poste de cavalerie tenu par des hommes en uniforme prussien. Les gardes leur confirmèrent qu'ils se trouvaient près de Wavre et les informèrent que Blücher avait établi son quartier général dans la grande auberge située sur la grand-place.

L'horloge d'une église sonnait cinq heures lorsqu'ils entrèrent dans la ville. La route n'était qu'un chemin de terre, marécageux et parsemé de flaques après la pluie. Plus ils approchaient du centre, plus les rues devenaient étroites et sinueuses, et la boue atteignait un pied de haut, voire plus.

« Wellington nous a dit que les Prussiens campaient

à l'est de la ville, rappela le comte, inquiet. Il faudra des heures pour faire passer l'armée de Blücher par ce labyrinthe. »

La route principale les conduisit directement au centre de la ville, et ils entrèrent dans la vaste taverne. Un soldat prussien les arrêta, examinant leurs uniformes crasseux. Le comte s'adressa à lui dans un français hésitant et l'homme secoua la tête d'un air maussade.

Le problème était qu'ils ne respiraient pas l'autorité. Il arrivait que les simples d'esprit prennent les étrangers qui parlaient mal leur langue pour des imbéciles. Kit cria alors à l'homme :

« *Achtung ! Der Graf sucht Blücher ! Geh holen !* »
Le comte cherche Blücher, va le chercher !

Le stratagème réussit. Le soldat marmonna des excuses et disparut par une porte.

« Bien joué, Clitheroe », murmura le comte.

Lorsqu'il revint, le soldat annonça à Kit que le maréchal ne tarderait pas. Kit en fut exaspéré. Pourquoi ne venait-il pas immédiatement, même en chemise de nuit ? Ne comprenait-il donc pas l'urgence de la situation ? Le comte Henry avait l'air contrarié, mais ne se plaignait pas.

Kit ordonna au soldat d'aller chercher du café et du pain pour le comte de Shiring, et l'homme s'empressa d'obéir, revenant quelques instants plus tard avec le petit déjeuner.

Blücher se présenta enfin, rasé de près, en uniforme et la pipe à la bouche. Ses yeux injectés de sang révélaient qu'il avait beaucoup bu la veille, peut-être même durant plusieurs nuits d'affilée, mais il était décidé et plein d'énergie. Le comte s'inclina et lui remit aussitôt la lettre de Wellington, rédigée en français. Pendant que Blücher la lisait, le soldat prussien lui versa une tasse de café, que le maréchal vida sans quitter la page des yeux.

Le comte et Blücher engagèrent la conversation en français. Blücher ne cessait de dire «*Oui*», mot dont Kit connaissait la signification et qui lui parut de bon augure.

Pendant que les deux hommes s'entretenaient dans une langue qui n'était pas la leur, des officiers supérieurs prussiens commencèrent à apparaître. La discussion s'acheva sur un hochement de tête du comte et de Blücher, puis ce dernier donna des ordres à ses aides de camp.

Le comte expliqua la situation à Kit. Une partie de l'armée de Bonaparte avait pris les Prussiens en chasse jusqu'ici, et Blücher avait dû laisser une partie de ses forces derrière lui pour retenir les Français. Il était cependant prêt et disposé à conduire la plus grande partie de ses troupes à Mont-Saint-Jean le matin même. En réalité, l'avant-garde avait déjà franchi la rivière.

«Quand arriveront-ils? demanda Kit.

— Il est encore trop tôt pour le dire. Je vais repartir tout de suite et avertir Wellington qu'ils sont en route. Vous resterez avec les Prussiens, comme le duc l'a ordonné, jusqu'à ce que vous soyez en mesure de faire une estimation fiable de leur heure d'arrivée. Votre mission est d'une importance capitale. Wellington voudra absolument savoir quand il recevra les renforts qui doubleront les effectifs de son armée. »

Ravi de se voir confier une tâche majeure, Kit ne sentait pas moins le poids de cette lourde responsabilité.

« Attendez ici au moins jusqu'à ce qu'ils aient quitté la ville, reprit le comte. Ensuite, faites preuve de discernement.

— Oui, monsieur le comte. »

Le comte s'inclina devant Blücher et prit congé.

Je suis seul maintenant, pensa Kit.

La ville de Wavre occupait la rive ouest de la Dyle. Kit alla chercher son cheval et parcourut la courte distance qui séparait la place du marché du pont, que les hommes de Blücher étaient déjà en train de traverser. Il comprit immédiatement qu'il faudrait des heures pour pouvoir faire passer des milliers d'hommes sur cette étroite travée. La rivière était en crue après les dernières pluies et il ne fallait pas songer la franchir à gué. Il explora la berge en amont et en aval et découvrit deux autres ponts aussi étroits l'un que l'autre, le premier à l'extrémité sud de la ville, le second à un kilomètre et demi au nord.

Lorsqu'il regagna le pont principal, la colonne de soldats était interrompue par des batteries de huit canons, et un bouchon s'était formé. Une foule de plus en plus nombreuse de soldats attendait de pouvoir traverser. Étant habitués à attendre, ils s'asseyaient joyeusement par terre et se reposaient. Kit demanda à un capitaine combien de canons ils emmenaient à Mont-Saint-Jean. « *Einhundertvierundvierzig* », lui répondit-on. Après réflexion, Kit comprit qu'il y en avait cent quarante-quatre.

Il remonta le chemin emprunté par l'armée jusqu'à la ville, où l'atmosphère était moins calme. Les bottes de marche barattaient la boue, la transformant en bouillie presque liquide. Il ne tarda pas à trouver la cause du ralentissement : l'essieu d'un des canons les plus lourds s'était brisé et l'engin bloquait la route. Il fallait le tirer sur le côté pour dégager la voie, mais la rue était étroite. Un officier au visage rougeaud fouettait les chevaux et poussait des jurons furieux, tandis qu'une dizaine de soldats, gardant difficilement l'équilibre dans cette rue marécageuse, soulevaient l'attelage cherchant désespérément à le déplacer.

Kit força le passage et rejoignit l'autre extrémité de la ville, où il s'assura que les troupes qui avaient réussi à circuler prenaient bien la route de campagne menant à Mont-Saint-Jean.

De retour au pont, Kit constata que plusieurs milliers d'hommes étaient maintenant immobilisés sur la rive opposée. Il commença à craindre qu'il ne faille toute la journée pour les faire traverser.

La colonne se remit en marche ; l'affût de canon cassé avait dû être enfin dégagé. Les soldats étaient obligés de s'écarter pendant que les lourds canons tirés par des chevaux franchissaient l'un après l'autre la rivière, puis entraient dans la ville. À huit heures, tous les canons ne l'avaient pas encore traversée.

C'est alors qu'un incendie se déclara.

Kit le sentit avant de le voir : une odeur de chaume

brûlé. Il aurait dû être trop humide pour prendre feu. De nombreux bâtiments étaient en bois, et la fumée qui s'élevait en colonne depuis le centre de la ville se transforma en nuage, puis en brouillard qui envahit les rues, faisant tousser et pleurer les soldats.

L'armée s'immobilisa alors complètement. Certains hommes abandonnèrent canons et chevaux et battirent en retraite pour échapper aux flammes. Ceux qui étaient à proximité des chariots de munitions, pris de panique, s'enfuirent, redoutant une violente explosion. Les officiers ordonnèrent à ceux qui restaient de rebrousser chemin. Tenter, dans ces rues étroites, de faire faire demi-tour à l'ensemble du cortège – y compris aux affûts de canon et à leurs attelages de six chevaux – fut la source d'encore plus d'imprécations et de confusion.

Kit regagna le pont, dans l'intention de suggérer aux Prussiens d'en emprunter d'autres, mais les officiers l'avaient devancé et envoyaient déjà des bataillons par des voies moins directes.

Kit traversa le pont le plus proche, celui du sud, et contourna les faubourgs pour rejoindre l'ouest de la ville. Trouvant la route de Mont-Saint-Jean, il eut confirmation que les Prussiens empruntaient bien cette voie.

Il retourna alors au pont principal et constata que les troupes avançaient à présent sans encombre sur les itinéraires de rechange. On retirait les canons du centre-ville. Des chariots de munitions rejoignaient l'exode.

Il était déjà dix heures et demie, l'heure à laquelle

Wellington s'attendait à voir apparaître les Prussiens sur le champ de bataille.

Kit essaya d'estimer leur nouvelle heure d'arrivée. Lorsqu'ils seraient sur une route dégagée, ils progresseraient sans doute de trois ou quatre kilomètres à l'heure, calcula-t-il. Il pouvait donc avertir Wellington que le gros de l'armée rejoindrait à Mont-Saint-Jean dans cinq heures environ, c'est-à-dire à trois heures et demie de l'après-midi – sauf nouveau contretemps.

Il partit annoncer la nouvelle à Wellington.

43

Wellington donna ordre à toutes les femmes de quitter le champ de bataille. Certaines obéirent. Sal fut de celles qui n'en firent rien.

À présent, elle s'ennuyait. Elle n'aurait jamais imaginé ça. Allongée par terre près de la crête en compagnie de Jarge et d'autres membres du 107ᵉ d'infanterie, elle regardait le paysage qui s'étendait en contrebas, attendant le début de la bataille. Ils n'étaient pas censés être aussi près, mais se trouvaient à un endroit où une légère dépression les dissimulait aux regards.

Elle se prit à souhaiter impatiemment que la bataille s'engage. Quelle idiote je fais, pensa-t-elle.

Et puis, à onze heures et demie, les hostilités commencèrent.

Comme prévu les Français attaquèrent d'abord le château et les fermes de Hougoumont, l'avant-poste allié situé à environ huit cents mètres du lieu où se tenait Sal, dangereusement proche de la ligne de front française.

Elle distinguait une enceinte avec des maisons, des granges et une chapelle, le tout entouré d'arbres.

Un jardin clos de murs et un verger se trouvaient à l'ouest, sur sa droite. De l'autre côté, au sud, mais toujours à portée de vue de Sal, s'étendait un petit bois, de quelques hectares, qui séparait la ferme et la ligne de front française. Sal avait entendu dire que Hougoumont était défendu par deux cents *guardsmen* britanniques et par un millier d'Allemands. Les troupes étaient stationnées dans le bois et le verger ainsi qu'à l'intérieur de l'enceinte.

L'attaque française débuta par une forte canonnade, probablement dévastatrice, songea Sal, à ausssi courte portée.

Les fantassins français s'éloignèrent ensuite de leur première ligne pour s'avancer en terrain découvert vers Hougoumont. Les canons alliés répliquèrent en faisant pleuvoir des shrapnels sur l'infanterie.

Les alliés positionnés dans la forêt commencèrent à tirer sur les Français depuis les arbres. Les Allemands étaient équipés de fusils, plus précis et de portée plus longue.

Les shrapnels et les fusils étaient d'une efficacité meurtrière, et les soldats français en uniforme bleu tombaient par centaines, mais ils tenaient leur ligne et continuaient d'avancer.

«Ils constituent une cible si facile, remarqua Sal. Pourquoi ne courent-ils pas au lieu de marcher?»

La question ne s'adressait à personne en particulier, mais un ancien de la guerre d'Espagne lui répondit:

«Par discipline, dit-il. Dans une minute, ils s'arrêteront et tireront tous ensemble.»

Moi, je courrais quand même, pensa Sal.

*

Kit atteignit Mont-Saint-Jean peu après midi.

Il trouva Wellington à cheval près des *guards*, sur la crête qui surplombait Hougoumont, observant les combats acharnés qui se déroulaient à la ferme.

L'apercevant, Wellington lança d'un ton courroucé :

« Où diable sont les Prussiens ? Cela fait des heures que je les attends ! »

Les colères de Wellington pouvaient être redoutables et ne visaient pas toujours les bonnes personnes.

Kit serra les dents avant d'annoncer la mauvaise nouvelle à son commandant :

« Monsieur le duc, je peux vous confirmer que la plupart des Prussiens ont quitté Wavre à dix heures et demie. Selon mes estimations, ils arriveront au plus tôt à deux heures et demie cet après-midi.

— Mais qu'est-ce qu'ils ont bien pu fabriquer ? Le jour s'est levé avant cinq heures ! »

Kit lui présenta une version abrégée des faits :

« Wavre constitue un goulot d'étranglement, avec de petites rues sinueuses et un pont étroit sur la rivière. Pour ne rien arranger, un grave incendie s'est déclaré dans la ville ce matin. Et une fois celle-ci passée, la route qui conduit ici est détrempée...

— Un incendie ? Comment est-ce possible, après toute cette pluie ? »

La question était absurde, et Kit répondit :

« Je n'ai aucune information à ce sujet, monsieur le duc.

— Allez trouver Shiring. Il aura beaucoup de travail à vous confier cet après-midi. »

Kit s'éloigna à cheval.

Il trouva le 107e d'infanterie à la pointe ouest de la ligne alliée. Certains hommes avaient quitté leur position en rampant, pour aller jeter un coup d'œil au champ de bataille, et le lieutenant Joe Hornbeam leur ordonnait de revenir pour éviter de se faire repérer par les Français.

« Il n'est pas question de laisser savoir au vieux Bonaparte où et combien nous sommes, dit-il. Ce salaud n'a qu'à le deviner, pas vrai ? »

Apercevant Jarge, Kit arrêta son cheval et mit pied à terre.

« Le jeune Joe n'est pas un mauvais officier, tu sais, surtout si on pense qu'il n'a que dix-huit ans.

— C'est surprenant, remarqua Kit. Avec un grand-père aussi infect que l'échevin Hornbeam... » Kit fut distrait par l'apparition de sa mère. « Que fais-tu ici ? lui demanda-t-il, consterné. Les femmes ont reçu l'ordre de quitter le champ de bataille.

— Je n'ai jamais reçu cet ordre, dit Sal.

— Eh bien, maintenant, tu l'as reçu.

— Je suis ici pour accompagner mon mari et je n'ai pas l'intention de m'enfuir. »

Kit ouvrit la bouche pour discuter, puis se ravisa. Il était inutile de contredire Sal quand elle avait décidé quelque chose.

Il s'approcha de Joe Hornbeam et lui demanda :

«Lieutenant, avez-vous vu le comte de Shiring?

— Oui, monsieur.» Il pointa le doigt vers le nord, à l'arrière de la crête. «Il y a quelques minutes, il était à environ trois cents mètres dans cette direction. Il parlait au général Clinton.

— Merci.

— À vos ordres!»

Kit remonta à cheval et descendit la pente pour rejoindre le comte Henry et le général Clinton, tous deux à cheval, eux aussi. Avant qu'il ait eu le temps de parler au comte, une cacophonie tonitruante éclata. On aurait dit que dix orages se déchaînaient en même temps, annonçant la fin du monde. Mais ayant servi dans une batterie d'artillerie, Kit savait que c'était le bruit des canons – ils étaient simplement plus nombreux à tirer à la fois qu'il n'en avait jamais entendu.

Il fit faire demi-tour à son cheval et remonta précipitamment le versant, suivi de près par le comte de Shiring et le général Clinton. Au sommet, ils s'arrêtèrent pour embrasser la vue.

Ils étaient du côté ouest de la route du charbon, et Kit remarqua immédiatement que les canons français se trouvaient du côté est, tirant contre le centre et la gauche de la ligne alliée. Il dénombra au moins soixante-dix gros canons alignés qui faisaient feu aussi rapidement qu'ils le pouvaient.

Ils manquaient cependant de cibles. Les troupes alliées situées sur le versant sud souffraient beaucoup, mais la majeure partie de l'armée de Wellington avait pris position derrière la crête, et de nombreux boulets de Bonaparte s'enfonçaient inutilement dans la boue.

Quel était donc l'intérêt de ce tir de barrage ?

Kit mit quelques minutes à le comprendre.

Des soldats français en vestes bleues, traversant la ligne de canons, commençaient à s'avancer dans la vallée. Les boulets français passaient au-dessus de leurs têtes, dissuadant les troupes alliées de franchir la crête pour se porter à leur rencontre.

Il apparut rapidement qu'il s'agissait d'un assaut majeur. Kit estima le nombre de fantassins à cinq mille, puis dix mille, puis davantage encore, peut-être vingt mille.

Les canons alliés ouvrirent le feu sur eux, et Kit constata qu'ils tiraient des boîtes à mitraille, de fins cylindres en métal remplis de billes de fer et de sciure de bois, qui explosaient et se dispersaient, formant un cône mortel de trente mètres de large qui décimait les troupes ennemies telle une faux gigantesque. Mais les Français enjambaient les corps de leurs camarades et continuaient d'avancer.

La bataille avait commencé.

L'objectif habituel d'une attaque était de détruire l'intégrité de la ligne ennemie en passant derrière elle. Un moyen consistait à contourner une extrémité de la ligne – ce qu'on appelait parfois tourner le flanc, un autre de la percer en son centre. Les hommes de la ligne pouvaient alors être encerclés, piégés et attaqués de tous les côtés.

Kit utilisa sa longue-vue – prise sur le cadavre d'un officier français mort à Vitoria – pour observer l'extrémité est du champ de bataille. Les troupes françaises qui progressaient à cet endroit furent les premières à rejoindre les positions alliées qu'elles attaquèrent énergiquement, repoussant les défenseurs. Le front allié suivait le tracé d'un étroit chemin creux bordé de haies, et les Français atteignirent rapidement ce refuge. Puis les Britanniques contre-attaquèrent. Les combats furent féroces et sanglants, et Kit était soulagé de ne pas être sur place.

L'avance française perdit de son élan, mais ne s'arrêta pas. Kit vit avec consternation que ce scénario se reproduisait sur toute la longueur de la ligne, de l'autre côté de la route du charbon : une attaque française vigoureuse, une contre-attaque, et une lente progression française.

Il était deux heures et les alliés étaient en train de perdre.

Les soldats alliés qui entouraient Kit et le comte étaient agités, impatients de se porter au secours de leurs camarades ; mais Wellington n'en avait pas donné l'ordre, et le comte aboya :

« Restez où vous êtes, messieurs ! Quiconque s'avancera sans ordre sera abattu d'une balle dans le dos. »

Kit n'était pas certain qu'il le pensait, mais la menace produisit son effet et les hommes se calmèrent.

Les pertes françaises avaient beau être élevées, d'autres hommes continuaient d'affluer, dont la cavalerie qu'ils appelaient « cuirassiers ». Se retournant vers la pente qui descendait depuis la crête, Kit constata que Wellington avait peu de réserves d'infanterie à jeter dans la mêlée. Mais la cavalerie britannique attendait. Kit dénombra au moins un millier de membres de la Household Cavalry Brigade debout près de leurs chevaux, attendant impatiemment l'ordre d'attaquer. Les Life Guards et les Horse Guards avaient tous des chevaux noir de jais. Ils étaient commandés par le comte d'Uxbridge, un des très nombreux hommes qui n'avaient pas l'heur de plaire à Wellington.

Kit avait entendu des officiers de l'état-major affirmer que la cavalerie britannique avait les meilleurs chevaux, mais que les Français avaient les meilleurs cavaliers. En tout état de cause, la cavalerie française avait une plus grande expérience du combat.

Un coup de clairon retentit et un millier d'hommes se mirent en selle ; puis une autre sonnerie les fit tous mettre sabre au clair en même temps. C'était un spectacle effrayant, et Kit se réjouit de ne pas être parmi ceux qui devraient résister à leur charge.

Répondant à d'autres appels de clairon, ils formèrent une ligne est-ouest d'un kilomètre et demi de long, puis dirigèrent leurs chevaux vers le sommet de la pente, toujours hors de vue de l'ennemi. Ils se mirent au trot, franchirent la crête, puis, en poussant force cris et hurlements, dévalèrent le versant pour se jeter dans la mêlée.

L'infanterie alliée détala pour ne pas être sur leur passage. Les Français tentèrent de se replier hâtivement vers leurs lignes, mais ne pouvaient évidemment pas courir plus vite que les chevaux, et la cavalerie les tailla impitoyablement en pièces à coups de sabre, tranchant bras, jambes et têtes. Les fantassins trébuchaient en courant, et ceux qui tombaient étaient piétinés par les puissants chevaux. La cavalerie poursuivit sur sa lancée, provoquant un terrible massacre.

Le comte Henry exultait :

« L'assaut de Bonaparte a été repoussé, s'exclama-t-il. Que Dieu bénisse la cavalerie ! »

Lorsque les chevaux furent à portée de la ligne de front française, Uxbridge ordonna aux clairons de sonner l'ordre de volte-face. Kit l'entendit clairement, mais, à son grand étonnement, les cavaliers semblèrent faire la sourde oreille. Ignorant le signal pourtant réitéré, ils poursuivirent sur leur lancée, poussant des cris d'encouragement et brandissant leurs sabres. À côté de Kit, le comte Henry laissa échapper un murmure de dégoût. Grisés par la soif de sang, les cavaliers avaient oublié toute discipline. Leur manque d'expérience au combat se faisait sentir.

Leur exaltation était suicidaire. Alors qu'ils chargeaient la ligne française, ils commencèrent à être fauchés par les tirs de canon et de mousquet. Leur élan faiblissait au fur et à mesure que le terrain sous leurs pieds remontait et que leurs chevaux fatiguaient.

En quelques minutes, les soldats de cavalerie passèrent du triomphe à l'anéantissement. Ce fut soudain à eux d'être massacrés. Comme ils se divisaient en petits groupes, les Français les encerclèrent et les éliminèrent méthodiquement. Kit vit, désespéré, la fine fleur de l'armée britannique se faire exterminer. Quelques survivants chanceux poussèrent leurs montures épuisées au galop en direction de la ligne alliée.

L'assaut de Bonaparte avait été repoussé, effectivement, mais à quel prix.

Supérieurs en nombre, les Français pouvaient lancer une nouvelle attaque d'infanterie, alors que les Britanniques n'étaient pas en mesure de mener une nouvelle charge de cavalerie.

Kit était atterré.

Il y eut une accalmie. La bataille ne s'interrompit pas, mais son intensité diminua. L'artillerie française tirait par intervalles à travers la vallée, tuant occasionnellement un officier à cheval ou fracassant un canon ; et les escarmouches autour de Hougoumont et de la Haye-Sainte continuèrent, les tireurs d'élite des deux camps faisant parfois mouche.

Un messager s'adressa à Wellington, lequel appela le comte Henry à son côté.

« On me dit que des Prussiens sont apparus, lui annonça-t-il. Portez-vous à l'extrémité est de notre ligne pour vous en assurer. Si c'est vrai, dites à leur commandant de venir renforcer mon flanc gauche. Allez ! »

Cette instruction parut sensée à Kit. L'aile gauche de Wellington avait concentré les attaques d'artillerie et d'infanterie de Bonaparte, tandis que le flanc droit – où se trouvaient Sal et Jarge – n'avait pour ainsi dire pas été impliqué pour le moment. C'est le flanc gauche qui avait besoin des Prussiens.

Ils partirent au galop.

À deux ou trois kilomètres de la pointe est de la ligne de front alliée s'étendaient deux petites parcelles boisées, le bois d'Ohain au nord et le bois de

Paris au sud, et pendant qu'ils chevauchaient, Kit crut voir de l'agitation dans ces deux zones. Lorsqu'ils se rapprochèrent, il aperçut émergeant du bois d'Ohain, des centaines de soldats en uniforme bleu foncé.

C'était vrai. Les Prussiens arrivaient enfin.

Kit et le comte Henry atteignirent le bois d'Ohain indemnes. Deux ou trois mille Prussiens étaient déjà là, et il y en avait d'autres dans le bois du sud. Ces quelques milliers d'hommes ne feraient guère de différence, toutefois, lorsque le gros de la troupe les aurait rejoints, les alliés bénéficieraient d'un avantage écrasant.

Mais avaient-ils le temps d'attendre ?

Les troupes d'Ohain appartenaient au Premier corps d'armée, commandé par von Zieten, un général maintes fois décoré. Âgé de quarante-cinq ans, ce militaire au front dégarni s'apprêtait à livrer sa troisième bataille en quatre jours. Blücher lui-même n'étant pas encore arrivé, le comte Henry et Kit communiquèrent à Zieten le message de Wellington dans leur mélange de langues habituel.

Zieten se contenta de dire qu'il transmettrait la demande de Wellington à Blücher dès que possible. Kit eut le sentiment que les Prussiens décideraient eux-mêmes de l'endroit le plus propice pour se joindre à la bataille.

Zieten refusa d'estimer le temps que mettraient le reste des Prussiens à arriver.

Le comte Henry et Kit retournèrent faire leur rapport à Wellington.

Kit consulta sa montre – un autre objet prélevé sur

un cadavre –, et constata avec étonnement qu'il était cinq heures de l'après-midi. Il avait l'impression que quelques minutes seulement s'étaient écoulées depuis la première attaque de l'infanterie française.

Tout au long des intenses combats des trois derniers jours, l'objectif de Bonaparte avait été d'empêcher les Prussiens de rejoindre les Anglo-Hollandais. D'ici à quelques heures, cette jonction allait enfin se réaliser.

Bonaparte ne pouvait qu'avoir vu les Prussiens et savait qu'une course contre la montre était engagée. Sa dernière chance était d'écraser l'armée alliée avant que les Prussiens ne puissent prendre part aux combats en nombre suffisant pour renverser la situation.

Kit remarqua une activité intense derrière les lignes françaises. Il s'interrogea pendant plusieurs minutes, jusqu'à ce que le comte déclare :

« Les cuirassiers se rassemblent. Il va y avoir une charge de cavalerie. »

Les artilleurs britanniques et hollandais amenaient des canons de réserve pour remplacer les pièces endommagées. Kit chercha Roger du regard, en vain.

L'artillerie française continuait à tirer par intermittence pendant le regroupement des cuirassiers, et à cet instant, un obus s'abattit à vingt mètres de Kit sur un canon de remplacement en train d'être positionné. Il y eut une détonation et un éclair, des cris s'élevèrent accompagnés du hurlement affreux d'un cheval blessé, puis une seconde explosion, plus forte, se produisit lorsque la réserve de poudre située derrière le canon explosa, réduisant la pièce d'artillerie en miettes. Kit fut projeté au sol et assourdi, mais il ne lui fallut qu'une seconde pour constater qu'il n'avait pas été brûlé ni touché par des projections de débris. Étourdi, il se releva péniblement. Tous les servants étaient morts ou blessés, et le canon lui-même n'était plus qu'un amas de métal tordu et de bois brûlé. Le regard de Kit se posa sur le comte Henry, étendu sur le sol, immobile, la tête baignée de sang. La blessure avait sans doute été provoquée par un éclat du canon détruit. Kit s'agenouilla près de lui et vit qu'il respirait encore.

Avisant un groupe de fantassins qui regardaient fixement le canon détruit, il en désigna deux et dit :

« Vous et vous ! C'est le comte de Shiring. Portez-le et emmenez-le au chirurgien. En vitesse ! »

Ils obtempérèrent.

Kit se demanda si le comte survivrait. Les chirurgiens ne pouvaient pas faire grand-chose pour les blessures à la tête, sinon des bandages. Tout dépendait de l'étendue des dommages au cerveau.

Kit n'eut pas le temps de s'interroger. Se retournant vers le champ de bataille, il constata que les Français lançaient un nouvel assaut.

On aurait dit un raz-de-marée de cavaliers émergeant des lignes françaises. Le soleil sortit de derrière un nuage, faisant scintiller les épées et les cuirasses. Kit sentit le sol trembler sous le choc de dizaines de milliers de sabots.

Il ne restait aux alliés plus grand-chose à leur opposer en matière de cavalerie.

« Préparez-vous à accueillir les cuirassiers ! » cria Wellington.

L'ordre fut répété sur toute la ligne, et les bataillons d'infanterie se rangèrent rapidement en carrés, comme on les avait entraînés à le faire. Parcourant la ligne du regard, Kit vit que le 107e d'infanterie se formait avec une grande efficacité.

Alors que la cavalerie ennemie approchait, Wellington fit le tour des carrés en criant des encouragements. Kit et d'autres aides de camp le suivirent. Puis les Français fondirent sur eux.

Dans un premier temps, les défenseurs prirent le dessus. Les cavaliers français chargeaient les côtés des carrés en criant : « Vive l'Empereur ! » Beaucoup furent fauchés par le feu nourri provenant des faces des carrés où les mousquetaires se tenaient sur quatre rangs. Chaque soldat britannique s'agenouillait, faisait feu, puis venait prendre place au dernier rang pour recharger, laissant ainsi le rang suivant tirer à son tour, dans un ballet d'une efficacité meurtrière.

Après plusieurs minutes terrifiantes, les cavaliers français se retirèrent, mais des renforts montés sur des chevaux frais prirent leur place, certains armés de lances de près de trois mètres de long qu'ils projetaient sur les carrés pour tenter de percer des brèches. Les morts et les blessés étaient traînés au centre du carré et les brèches étaient refermées.

Kit ne put s'empêcher d'admirer le courage des cavaliers français qui chargeaient sans relâche, passant sur le corps de leurs camarades, sautant par-dessus les chevaux morts et blessés. Les derniers cavaliers britanniques contre-attaquèrent, mais ils n'étaient pas assez nombreux pour faire la différence.

Pendant un répit, Kit se demanda où était l'infanterie de Bonaparte. Elle aurait dû appuyer la cavalerie ; c'était ainsi que l'on procédait habituellement. Il porta alors le regard de l'autre côté de la vallée, à travers les nuages de fumée des canons, et comprit : la jonction avec les Prussiens s'était enfin faite.

Ignorant la requête de Wellington, la majorité des nouveaux venus étaient passés derrière l'extrémité orientale de la ligne française et avaient attaqué le village de Plancenoit, situé au sommet de la crête opposée et proche du quartier général de l'ennemi. Bonaparte avait été pris par surprise.

Les combats semblaient acharnés, et Kit supposa que Bonaparte ne pouvait pas se passer de l'infanterie présente sur place, ce qui l'empêchait de l'envoyer en appui de sa cavalerie. En observant la scène, Kit crut distinguer des troupes supplémentaires provenant de la réserve située plus haut sur la pente se déployer à Plancenoit. Mais il vit aussi d'autres uniformes bleu foncé arriver de l'est et foncer dans la bataille.

L'infanterie française était clouée à cet endroit et ne pouvait pas soutenir l'attaque de la cavalerie. Cela sauverait peut-être l'armée de Wellington.

Bonaparte était probablement aux abois, raisonna Kit. Il devait l'emporter aujourd'hui, car demain les forces combinées des Anglo-Hollandais et des Prussiens seraient invincibles.

Un murmure angoissé s'éleva parmi les aides de camp de Wellington, et quelqu'un dit tout bas :

« La Haye-Sainte est tombée. » Regardant dans cette direction, Kit put voir, s'échappant de la ferme, un pitoyable vestige de la défense allemande, une infime fraction du déploiement initial ; et les Français prirent enfin possession des lieux. Voilà qui ne pouvait qu'encourager Bonaparte, car la ligne alliée en était grandement affaiblie.

L'artillerie alliée ouvrit immédiatement le feu sur la Haye-Sainte, et Kit pensa : C'est Roger qui tire. Mais les Français tinrent l'avant-poste.

L'attaque de cavalerie française s'essouffla vers six heures et demie. Les alliés avaient cependant subi de lourdes pertes, surtout au centre de la ligne. C'était pour Bonaparte le moment ou jamais de porter un coup fatal. À l'évidence, Wellington était conscient de l'extrême vulnérabilité des alliés, et il chevauchait furieusement le long de la ligne, au mépris de sa propre sécurité, donnant des ordres que Kit et les autres aides transmettaient aux officiers : pousser les réserves vers l'avant pour renforcer la ligne, faire venir des chariots de munitions, remplacer les canons détruits par des pièces de rechange dont le nombre était à présent d'une faiblesse inquiétante. Entre-temps, faisant enfin ce que voulait Wellington, le 1er corps d'armée de Zeiten avait renforcé l'aile gauche alliée, permettant au duc d'y puiser des hommes pour renforcer le centre affaibli. Et pendant tout ce temps, l'attaque prussienne à Plancenoit empêchait Bonaparte d'attaquer le point faible des alliés.

Un colonel français déserta et rejoignit la ligne alliée en criant : « Vive le roi ! » Interrogé par les officiers de renseignement, il révéla que Bonaparte avait décidé d'employer ses troupes d'élite, la Garde impériale – jusqu'alors tenue en réserve – pour attaquer l'aile droite des alliés.

La Garde impériale intervenait habituellement à la fin, pour porter le coup de grâce. La bataille en était-elle arrivée à ce point?

Des aides de camp furent chargés de porter ces informations aux forces situées de l'autre côté de la route du charbon et qui, jusqu'à présent, n'avaient guère vu d'action. Kit rejoignit le 107ᵉ régiment d'infanterie et avertit le major Denison, qui assurait le commandement. Les hommes qui entouraient Denison semblaient heureux de prendre enfin part au combat, ne fût-ce que pour pouvoir répondre un jour à la question: Qu'avez-vous fait à Waterloo?

Peu après sept heures du soir, alors que le soleil déclinait à l'ouest de la vallée, la Garde impériale surgit, six mille hommes selon l'estimation approximative de Kit, portant l'habit bleu et marchant au son du tambour à travers des champs jonchés d'hommes et de chevaux morts ou blessés, au milieu d'une odeur de sang et de tripes. À cheval, Kit observa leur approche à la longue-vue. Ils contournèrent Hougoumont – toujours occupé par les alliés – et passèrent devant la Haye-Sainte, désormais aux mains des Français.

Les troupes alliées attendaient derrière la crête, hors de vue de l'ennemi. Joe Hornbeam parcourait la ligne en criant:

«Restez où vous êtes. Attendez le signal. Pas de faux départ. Restez où vous êtes.»

Kit vit que les Français attaquaient à présent sur toute la longueur de la ligne alliée, sans doute pour immobiliser les troupes et les empêcher de venir renforcer la défense contre la Garde impériale. En regardant le soleil décliner, il comprit que quoi qu'il advînt, ce serait la scène finale de la bataille. Il décida de rester avec le 107ᵉ.

Lorsque la Garde fut à deux cents mètres, les canons alliés ouvrirent le feu. Kit constata qu'ils tiraient à nouveau des boîtes à mitraille, et quand les gardes impériaux commencèrent à tomber, il murmura : « Bien visé, Roger. » Mais les Français conservaient une discipline remarquable : sans rompre le pas, ils contournaient morts et blessés, comblaient les vides dans leurs rangs et continuaient d'avancer.

Lorsque la Garde ne fut plus qu'à une trentaine de mètres, les troupes embusquées derrière la crête se levèrent soudainement et tirèrent une salve de mousquets. À cette distance, de nombreuses balles trouvèrent leur cible. Les Français ripostèrent, et des hommes de Kingsbridge tombèrent, parmi lesquels leur commandant, le major Denison. Kit vit l'aumônier, Kenelm Mackintosh, mortellement touché à la poitrine, et pensa aux cinq enfants d'Elsie, qui venaient de perdre leur père.

L'ennemi était si proche que les alliés n'avaient pas le temps de recharger et enchaînèrent avec une charge à la baïonnette. La Garde faiblit, mais ne se replia pas, et l'affrontement se transforma en corps à corps sanglant.

Le 107ᵉ faisait partie des forces situées à droite

du champ de bataille, tirant de biais sur l'ennemi qui avançait. Un bataillon dévala alors la pente et obliqua vers la gauche pour attaquer le flanc vulnérable de la Garde impériale. Aucun ordre n'avait été donné par Wellington : les officiers prenaient l'initiative. Aussitôt, un autre groupe se joignit à l'assaut. Soudain Joe Hornbeam hurla : « Chargez ! » Un lieutenant n'était pas habilité à donner un tel ordre, mais Denison était mort et Joe était le seul officier présent ; les hommes enthousiastes suivirent le jeune homme sans hésiter.

Kit prit conscience qu'il s'agissait peut-être du tournant de la bataille, et donc d'une guerre qui avait duré vingt-trois ans, et il obéit à son instinct. Arrachant un mousquet à baïonnette à un soldat tombé, il sauta à cheval et se joignit à la charge. En s'éloignant, il entendit Sal crier dans son dos : « Non, Kit, n'y va pas ! » Il ne se retourna pas.

La Garde impériale, attaquée à présent de deux côtés, commença à flancher. Les alliés poussèrent leur avantage. Le 107e chargea à la baïonnette. Une balle française toucha le cheval de Kit et la pauvre bête trébucha. Kit réussit à sauter avant que sa monture ne s'effondre. Il repartit en courant, brandissant son arme et se retrouva à côté de son beau-père, Jarge.

Certains Français fuyaient à présent, mais la plupart restaient et se battaient. Épaule contre épaule, Kit et Jarge plantaient rageusement la baïonnette de leurs mousquets. Kit avait tué beaucoup d'hommes, mais toujours avec des boulets de canon, et éprouvait maintenant cette sensation d'une horrible étrangeté d'enfoncer une lame dans la chair humaine. Sa combativité ne s'en trouva pas diminuée : tout son être était mobilisé par la nécessité de tuer des soldats ennemis, ce qu'il faisait aussi rapidement et efficacement qu'il le pouvait.

Devant lui, le cheval de Joe Hornbeam s'effondra et le jeune homme tomba. Un soldat de la Garde impériale se tenait au-dessus de lui, sabre au clair, et pendant une seconde, Joe, impuissant, leva les yeux vers son assassin. Jarge se jeta alors en avant avec sa baïonnette. Le garde fit volte-face et abattit son sabre dressé sur Jarge, un coup terrible qui lui entailla le cou en profondeur en même temps que sa baïonnette transperçait l'uniforme du Français, s'enfonçait dans son ventre et l'éviscérait. Les deux hommes tombèrent. Un sang rouge vif jaillit du cou de Jarge, et les boyaux du garde se répandirent sur le sol.

Joe se releva d'un bond.

« Mon Dieu, je l'ai échappé belle », dit-il à Kit. Baissant les yeux, il ajouta : « Jarge m'a sauvé la vie. » Puis il ramassa son épée et retourna dans la mêlée.

La Garde impériale commençait à s'effondrer. Au lieu de continuer de pousser vers l'avant, les lignes arrière se repliaient en courant. Voyant leur nombre diminuer, les hommes en première ligne commencèrent à reculer, et la retraite se transforma en débâcle. Les alliés les poursuivirent en poussant des cris de triomphe.

En contemplant le champ de bataille, Kit constata que sur toute la longueur de la ligne, les Français perdaient courage. Certains se repliaient ; d'autres, les voyant, faisaient de même; d'autres encore prenaient leurs jambes à leur cou, imités par leurs camarades. En quelques secondes, ce fut la panique. Les alliés prirent alors les Français défaits en chasse jusqu'au pied de la colline avant de remonter sur l'autre versant.

Kit pensa immédiatement à Roger.

Laissant ses camarades achever de mettre l'ennemi en déroute, il fit demi-tour et remonta la pente en courant, sautant par-dessus les morts désarticulés et les blessés gémissants, jusqu'à l'artillerie installée sur la crête. Certains artilleurs avaient abandonné leurs canons pour participer au massacre final, mais il était certain que Roger n'était pas du nombre.

Il courut le long de la ligne, dévisageant les artilleurs assis ou allongés près des canons, certains épuisés, d'autres morts. Il cherchait le visage de Roger, espérant l'apercevoir parmi les vivants. Sa peur était à présent plus grande que durant toute la journée. Le pire serait que lui-même soit vivant et Roger mort : il préférait encore qu'ils soient morts tous les deux.

Il l'aperçut enfin, affalé sur le sol, adossé à la roue d'un canon, les yeux clos. Respirait-il? Kit envisagea le pire. Il s'agenouilla près de lui et lui toucha l'épaule.

Roger ouvrit les yeux et sourit.

«Oh, merci mon Dieu, merci», balbutia Kit, et il l'embrassa.

*

Sal avait vu Kit gravir la pente sur ses deux jambes et manifestement indemne, et en avait éprouvé un moment d'infini soulagement; puis elle s'était mise en quête de Jarge.

Le 107ᵉ d'infanterie traversait la vallée en courant, sur les traces des Français qui battaient en retraite. Tout en espérant que Jarge était parmi eux, elle passa en revue ceux qui étaient restés sur le champ de bataille, gisant dans les blés piétinés. Les cadavres étaient les plus heureux, pensa-t-elle: ils avaient cessé de souffrir. Les autres réclamaient de l'eau, un chirurgien ou leur mère. Elle endurcit son cœur et les ignora.

Lorsque ses yeux se posèrent enfin sur Jarge, elle ne le reconnut pas immédiatement, et son regard glissa sur lui; puis quelque chose l'incita à se retourner, et elle suffoqua d'horreur. Il gisait sur le dos, le cou à demi tranché, et ses yeux aveugles étaient tournés vers le ciel qui s'assombrissait.

Le chagrin l'accabla. Elle pleurait au point d'en avoir la vue brouillée. Elle s'accroupit près du corps et posa la main sur sa poitrine, comme si elle cherchait à sentir un battement de cœur, bien qu'elle sût que c'était impossible. Elle lui toucha la joue, encore tiède. Elle lui caressa les cheveux.

Elle devait l'enterrer.

Elle se leva, sécha ses larmes et regarda autour d'elle. La ferme de Hougoumont se trouvait à quelques centaines de mètres, et quelque chose était en feu dans l'enceinte. Mais un des bâtiments ressemblait à une petite église ou à une chapelle.

Deux hommes dont la silhouette lui parut familière

et qui faisaient probablement partie du 107ᵉ revenaient dans la vallée, l'un boitant légèrement, l'autre portant un sac qui contenait sans doute de la rapine. Elle leur demanda de l'aider à hisser le corps de Jarge sur son épaule.

Jarge était lourd, mais elle était robuste, et pensait pouvoir y arriver. Elle remercia les deux pillards et se mit en marche tout en pleurant.

Elle traversa tant bien que mal le champ de bataille en contournant les cadavres et franchit le portail de l'enceinte. Le château brûlait, mais la chapelle était intacte. Près du mur sud du petit bâtiment s'étendait un lopin couvert d'herbe. Peut-être était-ce un lieu consacré. Elle n'en était pas sûre, mais l'endroit lui parut approprié pour enterrer son homme.

Elle déposa le corps aussi délicatement qu'elle put. Elle redressa les jambes de Jarge et lui croisa les bras sur sa poitrine. Puis, tendrement, elle mit les mains de chaque côté de sa tête, qu'elle inclina de façon à refermer la plaie béante de son cou et lui donner une apparence plus normale.

Puis elle se releva et regarda autour d'elle. Il y avait des corps partout, par centaines. Mais c'était une ferme, et il devait bien y avoir une bêche quelque part. Elle entra dans une grange. Des débris de la bataille gisaient un peu partout : caisses de munitions, sabres brisés, bouteilles vides, fragments de corps pêle-mêle – un bras, un pied botté, la moitié d'une main.

Elle aperçut, suspendus à un mur par des crochets de bois, quelques outils du temps de la paix. Elle s'empara d'une bêche et retourna auprès de Jarge.

Elle commença à creuser. La tâche était difficile. La terre, détrempée par la pluie, était affreusement lourde. Elle se demanda pourquoi elle avait si mal au dos avant de se rappeler qu'elle avait passé la nuit – était-ce seulement *cette* nuit ? – à transporter vingt kilos de patates sur cinq kilomètres jusqu'à Waterloo et autant au retour.

Après avoir creusé sur une profondeur d'un peu plus d'un mètre, elle eut l'impression qu'elle mourrait d'épuisement si elle continuait, et estima que cela suffisait.

Elle saisit Jarge par les aisselles et le traîna lentement jusque dans la tombe. Lorsqu'il y fut allongé, elle redisposa son corps correctement : jambes droites, bras croisés, tête dans l'alignement du cou.

Elle se tint ensuite près de la tombe, le regard fixé sur lui, alors que s'éteignaient les dernières lueurs du soir. Elle récita le Notre Père. Et, levant les yeux au ciel, elle dit :

« Sois indulgent avec lui, Seigneur. Il y avait… »

Étranglée par l'émotion, elle dut attendre un instant pour pouvoir finir sa phrase :

« Il y avait en lui plus de bien que de mal. »

Elle ramassa la bêche et commença à remplir le trou de terre. Elle avait déjà fait cela une fois, lorsqu'elle avait enterré Harry, vingt-trois ans plus tôt. Elle avait alors hésité à recouvrir de terre l'homme qu'elle aimait, et le même sentiment l'envahit à nouveau ; mais, comme autrefois, elle prit sur elle, car c'était une façon d'admettre qu'il était parti et que ce qui restait n'était qu'une enveloppe vide. Souviens-toi que tu es poussière et que tu retourneras en poussière, pensa-t-elle.

Le pire fut le moment où son corps fut recouvert, mais où elle pouvait encore distinguer son visage. Elle hésita à nouveau, et se força à continuer.

Lorsque la fosse fut comblée, elle laissa tomber la bêche au sol et pleura jusqu'à ce qu'elle n'ait plus de larmes en elle. Puis elle murmura :

« Voilà, Jarge, c'est fini. »

Elle s'attarda quelques instants sur sa tombe, jusqu'à ce qu'il fasse trop sombre pour voir.

Elle lui parla alors pour la dernière fois :

« Au revoir, Jarge. Je suis contente de t'avoir apporté ces patates. »

Puis elle s'éloigna.

PARTIE VII

La paix

De 1815 à 1824

44

Après l'entrée des alliés dans Paris, Napoléon Bonaparte abdiqua une seconde fois et fut emprisonné sur l'île reculée de Sainte-Hélène, au milieu de l'Atlantique, à plus de trois mille kilomètres à l'ouest du Cap et quatre mille à l'est de Rio de Janeiro.

Le 107e d'infanterie regagna Kingsbridge, imité par le comte de Shiring, sa femme Jane et leur fils Hal. Deux jours plus tard, Amos, rentré un peu plus tôt, reçut un mot de Jane le conviant à la maison Willard pour le thé.

Il la trouva occupée à défaire ses malles maculées par le voyage sur le tapis du salon. Avec l'aide d'une lingère, elle prenait ses magnifiques toilettes une à une et décidait si elles devaient être frottées à l'éponge et repassées, lavées ou données.

« Enfin la paix ! dit-elle à Amos. N'est-ce pas merveilleux ?

— Nous pouvons à présent reprendre une vie normale. À supposer que certains d'entre nous se rappellent à quoi elle ressemblait.

— Moi, je m'en souviens, dit-elle avec fermeté. Et je compte bien en profiter. »

Amos la dévisagea. Elle avait quarante-deux ans, calcula-t-il, et était restée mince et séduisante. Après l'avoir adorée pendant de longues années, il pouvait être objectif. Il appréciait toujours sa joie de vivre, qui la rendait attirante, mais il lui arrivait souvent désormais de remarquer son regard calculateur et sa moue égoïste quand elle cherchait à manipuler les gens.

« Comment va le comte ? s'enquit-il. Il a vraiment de la chance d'avoir survécu à une blessure à la tête.

— Vous verrez, répondit-elle. Il nous rejoindra dans quelques instants. » L'allusion à la bataille lui fit penser à une autre victime, et elle ajouta : « Pauvre Elsie Mackintosh, avec cinq enfants et sans mari.

— Je suis désolé que Mackintosh soit mort. Il a prouvé son courage, vous savez, une fois qu'il a été aumônier militaire.

— Peut-être, mais rien ne vous empêche plus d'épouser Elsie. »

Amos fronça les sourcils.

« Qu'est-ce qui peut bien vous faire penser que j'aie envie d'épouser Elsie Mackintosh ? demanda-t-il avec humeur.

— La façon dont vous avez dansé avec elle au bal de la duchesse de Richmond. Je ne vous avais jamais vu aussi épanoui.

— Vraiment ? » Amos était d'autant plus contrarié qu'elle avait raison. Il avait passé un moment merveilleux. « Ce n'est pas une raison pour vouloir l'épouser.

— Non, bien sûr, admit Jane avec un geste dédaigneux de la main. Ce n'était qu'une idée.»

Un majordome apporta un plateau de thé, et Jane débarrassa un divan et deux fauteuils. Amos réfléchit à ce qu'elle venait de dire. Il avait été heureux de tenir Elsie dans ses bras, c'était vrai, mais cela ne signifiait pas qu'il l'aimait. Il avait beaucoup d'affection pour elle. Il l'admirait pour le courage avec lequel elle avait tenu tête à tous pour nourrir les enfants des ouvriers en grève. Il ne s'ennuyait jamais en sa compagnie. Il éprouvait tant de sentiments pour elle, mais pas d'amour.

En se remémorant le bal, il se rappela combien il avait apprécié l'intimité de la valse, le contact du corps tiède d'Elsie sous la soie de sa robe, et dut convenir qu'il aimerait bien recommencer.

Danser et se marier étaient cependant deux choses différentes.

«Emportez les vêtements que j'ai fini d'examiner ainsi que les malles vides, dit alors Jane à la domestique, et revenez dans une demi-heure. Nous nous occuperons alors du reste.»

Elle s'assit et servit le thé.

Le comte apparut en uniforme. Il avait la tête bandée et marchait d'un pas mal assuré. Amos se leva pour lui serrer la main, et le dévisagea pendant qu'il s'asseyait et acceptait une tasse de thé des mains de Jane.

«Comment allez-vous, monsieur le comte? demanda Amos.

— À merveille! répondit Henry trop précipitamment et avec trop d'assurance pour que cela ne paraisse pas forcé.

— Permettez-moi de vous féliciter pour le rôle que vous avez joué dans la plus grande victoire de tous les temps.

— Wellington a été absolument stupéfiant. Brillant.

— Si j'ai bien compris, il s'en est fallu de peu. »

Henry secoua la tête.

« À certains moments, peut-être, mais pour moi, le résultat final n'a jamais fait l'ombre d'un doute. »

Ce n'était pas ce qu'Amos avait entendu dire :

« Il semblerait que Blücher soit arrivé in extremis. »

Henry resta interdit un moment.

« Blücher ? dit-il. Qui est Blücher ?

— Le commandant de l'armée prussienne aux Pays-Bas.

— Oh ! Oui, oui, bien sûr, Blücher. Mais c'est Wellington qui a gagné la bataille, vous savez. »

Amos était perplexe. La guerre avait toujours été le seul centre d'intérêt du comte, et c'était un chapitre sur lequel il était très savant. Or il alimentait cette conversation de platitudes, comme un béotien dans une taverne. Amos changea de sujet :

« Personnellement, je suis heureux d'être de retour en Angleterre et à Kingsbridge. Comment va Hal ?

— Il entre à l'école secondaire locale l'année prochaine. »

Jane fit la grimace :

« Je ne vois pas pourquoi il ne pourrait pas avoir un précepteur, comme vous-même, Henry, quand vous étiez enfant.

— Un garçon doit avoir des camarades, objecta Henry, se frotter à toutes sortes de personnes, comme c'est le cas à l'armée. Il n'est pas question d'élever un officier qui ne saura pas comment parler à ses hommes.»

L'hypothèse que Hal – son fils – puisse devenir soldat prit momentanément Amos de court; puis il se rappela qu'un jour, Hal hériterait de toutes les charges du comte, y compris celle de colonel du 107e régiment d'infanterie de Kingsbridge.

«Vous agirez comme vous le jugerez bon, Henry, bien sûr», soupira Jane.

Amos était persuadé du contraire. Le désaccord referait surface.

Hal entra. Âgé de dix ans, il était presque en âge d'aller à l'école.

Henry lui jeta un coup d'œil, fronça les sourcils, puis détourna le regard, comme s'il n'avait pas reconnu le jeune garçon.

«Voici Hal qui vient prendre le thé avec nous, Henry, lança Jane d'un ton enjoué. Notre fils grandit vite, n'est-ce pas?»

Henry parut un instant surpris, puis il dit:

«Hal, oui, entre donc, mon garçon, et prends du gâteau.»

L'échange avait été pour le moins curieux. Amos avait l'impression que Henry n'avait pas su qui était Hal avant l'intervention de Jane. Et il avait oublié Blücher, le troisième personnage majeur de Waterloo, après Wellington et Bonaparte. Peut-être ce fragment d'affût de canon n'avait-il pas fait que lui égratigner le cuir chevelu. Henry se comportait comme un homme atteint de lésions cérébrales.

Hal mangea trois parts de gâteau, ainsi qu'il l'avait fait à Bruxelles, puis il but son thé et s'éclipsa. Le comte ne tarda pas à le suivre. Comme Amos se tournait vers Jane, celle-ci dit :

« Maintenant vous savez. »

Amos hocha la tête et demanda :

« C'est grave ?

— C'est un autre homme. La plupart du temps, il donne très bien le change. Puis, ajouta-t-elle en baissant la voix, il tient des propos qui donnent à penser qu'il n'a aucune idée de ce qui se passe.

— Quelle tristesse.

— Il est complètement incapable de s'occuper du régiment, et laisse toutes les décisions à Joe Hornbeam, qui est censé être son aide de camp mais exerce les fonctions de commandant. »

Amos ne se souciait guère de Henry ; en revanche, il s'inquiétait pour son fils.

« Hal comprend-il que le comte… ?

— N'a pas toute sa tête ? Pas réellement.

— Que lui avez-vous dit ?

— Que son père avait encore l'esprit confus à cause de sa blessure, mais que nous sommes certains qu'il ira bientôt mieux. En vérité, je ne pense pas qu'il s'en remettra un jour. Mais je préfère que Hal en prenne progressivement conscience.

— Je suis absolument navré d'apprendre cela ; pour le comte, pour vous, mais surtout pour Hal.

— Eh bien, vous pourriez faire quelque chose pour lui. »

Amos devina que c'était la raison pour laquelle il avait été invité à prendre le thé.

« Volontiers, répondit-il.

— Soyez une sorte de mentor pour Hal. »

Amos se redressa : toute possibilité de passer plus de temps avec son fils était la bienvenue.

« Rien d'officiel, poursuivit Jane. Parlez-lui simplement de la vie en général. De l'école, des affaires, des filles…

— Vous savez que j'ai fort peu d'expérience dans ce dernier domaine. »

Elle lui adressa un sourire charmeur.

« Vous n'avez peut-être pas pris beaucoup de leçons, mais vous avez eu un excellent professeur.

— Non, sérieusement…, rougit-il.

— Il s'agit plutôt d'apprendre à parler aux filles, de les respecter, de savoir les sujets avec lesquels il ne faut pas plaisanter. Vous plaisez aux femmes, Amos, et c'est parce que vous savez comment les prendre. »

C'était la première fois qu'Amos s'entendait dire cela.

« C'est vous qui devriez le conseiller, pas moi.

— Il ne m'écoutera pas, je suis sa mère. Il approche de l'âge où les enfants jugent que leurs parents sont idiots et séniles et n'entendent rien à rien. »

Amos se rappelait avoir éprouvé ce sentiment à l'égard de son père.

« Je le ferai, bien sûr. J'en serai même ravi.

— Merci. Vous pourriez l'inviter à passer une journée dans une de vos manufactures, ou peut-être l'emmener à une réunion du conseil municipal, ce genre de choses. Il sera comte un jour, et il serait bon qu'il sache tout ce qui se passe dans le comté.

— Je ne suis pas sûr d'être doué pour cela, mais je veux bien essayer.

— Je n'en demande pas davantage. » Elle se leva, s'approcha de lui et l'embrassa chaleureusement sur les lèvres. « Merci. »

*

L'échevin Hornbeam quitta la manufacture à midi et prit la direction du centre-ville. À soixante-deux ans, il était moins ingambe qu'autrefois. Le médecin lui avait conseillé de diminuer sa consommation de cigares et de vin, mais quel plaisir y avait-il à mener une vie pareille ?

Il passa devant les longues rangées de maisons accolées où vivaient de nombreux ouvriers. Les affaires allaient repartir maintenant que la guerre était terminée, et il faudrait davantage de logements pour les employés supplémentaires.

Il traversa le premier pont, passa devant l'hôpital de l'île des Lépreux, franchit le deuxième pont et remonta la rue principale. Cette partie du trajet l'essoufflait toujours.

Il coupa par la place du marché, passa devant la cathédrale et poursuivit sa route jusqu'au Café de la Grand-Rue, où son fils Howard l'attendait pour déjeuner. Il s'assit avec soulagement. La légère douleur qu'il éprouvait dans la poitrine disparaîtrait dans quelques instants. Il parcourut la salle du regard, salua plusieurs connaissances d'un signe de tête, puis Howard et lui commandèrent à déjeuner.

Comme il l'avait pensé, la douleur ne dura pas, et il mangea de bon appétit avant d'allumer un cigare.

« Nous allons devoir construire une ou deux nouvelles rues d'ici peu, annonça-t-il à Howard. Maintenant que la guerre est finie, je m'attends à une vague de prospérité.

— Puisses-tu avoir raison, dit Howard. De toute façon, nous possédons plusieurs hectares de terrain dans ce quartier et nous pouvons construire les maisons en un rien de temps. »

Hornbeam hocha la tête.

« J'aimerais que ton fils entre dans l'entreprise.

— Joe est toujours dans l'armée.

— Ça ne durera pas. La guerre terminée, il ne tardera pas à s'en lasser.

— En plus, il n'a que dix-huit ans.

— Il grandit vite. Et je ne suis pas éternel. Un jour, l'entreprise aura besoin d'un nouveau patron.

— Ce ne sera donc pas moi ? s'étonna Howard, l'air blessé.

— Allons, Howard, tu te connais mieux que ça. Tu administres correctement la partie logements, mais tu ne serais pas capable de diriger l'ensemble de l'entreprise. Au fond de toi-même, tu n'en aurais même pas envie. Tu détesterais ça.

— Ma sœur en serait capable, elle.

— Ne sois pas idiot. Debbie est intelligente, mais les ouvriers n'accepteront pas de recevoir des ordres d'une femme. Elle pourra conseiller son neveu, cependant, et Joe l'écoutera s'il a un minimum de jugeote, ce qui est le cas.

— Je vois que ta décision est prise.

— En effet. »

Glissant son cigare entre ses dents, Hornbeam se leva, imité par Howard. Le père et le fils partirent ensemble, mais Howard se dirigea vers la maison – il habitait toujours avec ses parents –, tandis que Hornbeam s'engageait dans la rue principale, fumant d'un air béat, heureux que la pente fût descendante.

Sur la place du marché, près de la maison Willard, il aperçut Joe, qu'il avait toujours plaisir à voir. Le jeune homme était grand et bien bâti, très séduisant dans le nouvel uniforme qu'il s'était fait confectionner – par le tailleur de Hornbeam – depuis son retour de Bruxelles. Hornbeam ne put cependant s'empêcher de remarquer que Joe n'avait plus l'air d'un jeune homme. Il n'y avait absolument plus rien d'enfantin en lui.

C'étaient les effets de la guerre. Elle l'avait fait mûrir d'un coup. Cela rappela à Hornbeam sa propre expérience d'orphelin de douze ans, obligé de chaparder sa nourriture et de trouver un toit pour la nuit sans le secours d'adultes. On faisait ce qu'on avait à faire et votre vision du monde en était à jamais changée. Il se rappelait que, par une nuit glaciale, il avait poignardé un ivrogne pour lui prendre sa bourse, ce qui ne l'avait pas empêché de dormir ensuite comme une souche.

Il remarqua alors que Joe n'était pas seul. Il était accompagné d'une jeune fille de son âge, dont il enlaçait la taille, sa main reposant légèrement sur sa hanche, ce qui suggérait une familiarité nonchalante, sinon une forme de possession. C'était une ouvrière bien habillée, avec un joli minois et un sourire coquin. Quiconque les voyait ainsi tous les deux ne pouvait que supposer qu'ils se «fréquentaient».

Hornbeam fut horrifié. Cette fille n'était pas assez bien pour son petit-fils, loin de là. Il songea à les ignorer et à passer son chemin, mais il était trop tard pour faire semblant de ne pas les avoir vus. Il fallait qu'il dise quelque chose. Ne trouvant rien d'approprié à cette pénible rencontre, il se contenta de lancer:

«Joe!

— Bonjour, grand-père, répondit Joe, sans manifester le moindre embarras. Je vous présente mon amie, Margery Reeve.

— Enchantée, monsieur Hornbeam.»

Hornbeam ne lui tendit pas la main.

Elle sembla ne pas remarquer la rebuffade.

«Appelez-moi mademoiselle Margie, comme tout le monde.»

Hornbeam n'avait pas l'intention de l'appeler de quelque nom que ce fût.

«J'ai travaillé pour vous à la Porcherie, dit-elle, inconsciente de son silence glacial, avant d'ajouter fièrement: Mais je suis vendeuse maintenant.» C'était manifestement une ascension sociale à ses yeux.

Joe, qui avait relevé la désapprobation de son grand-père – laquelle n'avait certainement rien pour le surprendre –, intervint:

« Mon grand-père est très occupé, Margie, il ne faut pas le retenir.

— Je te parlerai plus tard, Joe », dit Hornbeam, qui se remit en route.

Une vendeuse : cela expliquait la qualité de ses vêtements – ils lui avaient été fournis par son employeur. Mais, au départ, elle était ouvrière de manufacture, une de ces filles aux ongles sales, aux vêtements faits maison. Joe ne devrait pas courtiser une créature de ce genre ! C'était une jolie petite chose, certes, mais c'était loin d'être suffisant.

Hornbeam regagna la fabrique pour l'après-midi, mais il avait du mal à se concentrer et ne cessait de revenir à la petite amie de Joe. Une liaison de jeunesse inconvenante pouvait ruiner la vie d'un homme. Il devait protéger son petit-fils.

Il demanda au directeur de la Porcherie s'il connaissait la famille Reeve.

« Oh, oui, lui répondit l'homme. La jeune Margie est restée ici jusqu'à ce qu'elle trouve un meilleur emploi, et ses deux parents travaillent dans votre manufacture. La mère est à la machine à filer et le père au foulon. »

Hornbeam était encore soucieux en fin de journée quand il rentra chez lui. À peine dans le vestibule, il demanda à Simpson, le valet mélancolique :

« Monsieur Joe est à la maison ?

— Oui, monsieur l'échevin, répondit Simpson comme si c'était une tragédie.

— Demandez-lui de venir dans mon bureau. Je veux lui parler avant le dîner.

— Très bien, monsieur. »

En attendant Joe, Hornbeam ressentit une nouvelle crampe à la poitrine, assez vive, qui dura une ou deux secondes. Il se demanda si la cause n'en était pas ses soucis.

« Pardon de vous avoir présenté Margie aussi inopinément, grand-père, dit Joe en entrant. J'avais l'intention de vous parler d'elle avant que vous ne vous rencontriez, mais je n'en ai pas eu l'occasion. »

Hornbeam alla droit au but.

« C'est tout à fait impossible, tu sais, dit-il fermement. Il n'est pas question qu'on te voie fréquenter une femme de cette sorte. »

Joe réfléchit un instant, puis fronça les sourcils.

« Que voulez-vous dire exactement par "de cette sorte" ? »

Joe savait parfaitement ce qu'il entendait par là. Mais s'il voulait qu'on lui mette les points sur les *i*, fort bien.

« Je veux dire que c'est une fille de bas étage, d'une condition à peine supérieure à celle d'une ouvrière. Tu dois viser plus haut, Joe.

— Elle est très intelligente, elle lit et écrit couramment, elle a bon cœur et elle est de bonne compagnie.

— Mais c'est une fille qui travaille. Ses parents sont ouvriers, ils sont employés tous les deux dans mon ancienne manufacture. »

Joe répondit calmement et rationnellement, comme s'il s'agissait d'un sujet auquel il avait longuement réfléchi :

« Dans l'armée, j'ai côtoyé un grand nombre de

travailleurs, et j'ai pu constater qu'ils n'étaient pas très différents de nous. Certains sont malhonnêtes et indignes de confiance, d'autres sont les amis les plus loyaux que l'on puisse imaginer. Je n'en voudrai jamais à personne d'être un travailleur. Ou une travailleuse.

— Ce n'est pas la même chose, et tu le sais très bien. Ne te fais pas plus bête que tu ne l'es, mon garçon. » Hornbeam regretta aussitôt le mot de « garçon ».

Mais Joe ne sembla pas s'en offusquer. Peut-être avait-il appris que les mots ne valaient pas qu'on se batte pour eux. Après être resté songeur quelques instants, il reprit :

« Je ne crois pas vous avoir raconté dans le détail comment j'ai échappé de peu à la mort à Waterloo.

— Si, si, tu l'as fait. Tu m'as dit que quelqu'un s'était placé devant toi, recevant ainsi le coup d'épée qui t'était destiné.

— C'est un peu plus compliqué que ça. Je vais vous raconter toute l'histoire, si vous avez un moment. »

Hornbeam n'avait aucune envie de l'entendre. Penser que son unique petit-fils avait frôlé la mort lui était trop douloureux. Mais il ne pouvait pas refuser.

« Très bien, je t'écoute.

— C'était en fin d'après-midi, au cours de la dernière étape de la bataille. Le 107e d'infanterie était à l'extrémité ouest de la ligne de front de Wellington, à attendre les ordres. Le commandant Denison avait été tué et comme j'étais l'officier le plus gradé encore vivant, j'ai pris le commandement. »

Hornbeam ne put s'empêcher de penser que c'était

exactement la détermination qu'il souhaitait trouver chez l'homme qui reprendrait un jour les rênes de son entreprise.

« Bonaparte a envoyé la Garde impériale, ses meilleures troupes, espérant sans doute qu'elle liquiderait notre armée. J'ai ordonné une charge et, avec d'autres, nous avons attaqué la Garde par le côté, en visant le ventre mou. Au milieu de la mêlée, mon cheval a été abattu sous moi et je suis tombé sur le dos. Quand j'ai ouvert les yeux, j'ai vu un garde, épée brandie, prêt à m'embrocher. J'étais certain que mon heure avait sonné. »

Ne parle pas de malheur, pensa Hornbeam. Cette idée même lui était insupportable. Mais il devait laisser Joe continuer.

« Un de mes hommes s'est avancé, baïonnette en avant. Le garde l'a vu arriver, a pivoté et a tourné son épée contre lui. L'épée et la baïonnette ont frappé en même temps. Le garde a été éventré et mon homme a eu le cou à moitié tranché. Quant à moi, je me suis relevé, indemne, et j'ai continué à me battre.

— Dieu merci.

— Cet homme m'a sauvé la vie en sacrifiant la sienne.

— Qui était-ce ? Je ne crois pas que tu me l'aies dit.

— Il me semble que vous l'avez connu. Il s'appelait Jarge Box.

— Si je l'ai connu ? répondit Hornbeam, pris de court. Oui, assurément. Et sa femme également.

— Sal. Elle était à Waterloo, elle aussi. Comme vivandière. Aussi utile qu'un homme. »

Hornbeam chercha les mots pour exprimer ce qu'il ressentait.

« Pendant des années, ils ont été les pires fauteurs de troubles de Kingsbridge !

— Et pourtant, il m'a sauvé la vie. »

Hornbeam était déconcerté. Il ne savait plus quoi penser. Comment être reconnaissant envers un homme qui avait été son ennemi pendant des décennies ? D'un autre côté, comment haïr celui qui avait sauvé la vie de son petit-fils ?

« Voilà, conclut Joe, j'espère que vous comprenez maintenant que je n'accepte pas votre opinion sur Margie Reeve. Je ne vois pas pourquoi elle ne serait pas assez bien pour moi. J'espère en tout cas être assez bien pour elle. »

Hornbeam était réduit au silence.

Au bout d'une minute, Joe se leva.

« Je vais voir si le dîner est prêt.

— Très bien », dit Hornbeam.

*

Kit n'aimait toujours pas les chevaux. Il n'éprouverait jamais de plaisir à les côtoyer, n'admirerait jamais leur force et leur beauté, n'apprécierait jamais la stimulation d'une monture fougueuse. Mais, désormais, il montait à cheval comme il marchait : sans y penser.

Il se rendit à Badford, chevauchant au côté de Roger. Kit n'y était pas revenu depuis le jour où il en était parti, vingt-deux ans auparavant. Peut-être le village aurait-il changé. Ressentirait-il de l'affection pour le lieu de sa naissance ? Ou le détesterait-il pour en avoir été chassé avec sa mère ?

Roger y était retourné maintes fois au fil des ans, et ce jour-là, Kit lui demanda :

« Que penses-tu de Badford aujourd'hui ?

— C'est un trou perdu sans intérêt, habité par des fermiers ignorants et sans éducation. Mon frère Will les gouverne mal, mais ils sont trop stupides pour lui en vouloir. Je déteste Badford depuis le jour où j'en suis parti pour aller à Oxford et où j'ai découvert l'existence d'un monde meilleur.

— Oh, là, là, fit Kit. Nous ne devrions peut-être pas y retourner après tout.

— Il le faut bien. »

Ils reprenaient leur ancienne activité. Ils avaient abandonné leur maison de Kingsbridge quand ils s'étaient engagés dans l'armée, et Sal et Jarge avaient transporté tous leurs outils dans l'ancien atelier de Roger, à Badford. Ils avaient l'intention d'y travailler et de loger au manoir sans avoir de loyer à payer.

Cette perspective inquiétait Kit, bien que Roger ait tout fait pour le rassurer. Will avait éprouvé une vive aversion pour Kit et sa mère. S'en souviendrait-il ? Et ses sentiments seraient-ils encore les mêmes aujourd'hui ? Kit le craignait.

Le problème était qu'ils n'avaient pas un sou vaillant. Certains étaient revenus de la guerre la bourse pleine, principalement en dépouillant les soldats morts. Kit n'avait jamais été très doué pour cela. Roger était plus habile, mais il perdait régulièrement l'argent au jeu. Roger n'avait toujours pas remboursé les dettes qui l'avaient obligé à s'enfuir, bien qu'il fût à parier que ses créanciers hésiteraient à harceler un homme qui avait combattu à Waterloo. Par conséquent, ils manquaient de liquidités pour acheter du matériel.

Amos leur avait sauvé la mise en leur commandant un nouveau métier Jacquard dont il avait payé la moitié d'avance. Kit lui en avait été reconnaissant, mais Amos n'avait accepté aucun remerciement. « Quand j'étais aux abois, des gens m'ont aidé, avait-il dit. Maintenant, j'en fais autant. »

Ils avaient donc pu acheter du bois et du fer, des clous et de la colle, mais il ne leur restait plus un sou.

En entrant dans le village, Kit repéra la maison où il avait vécu. Elle n'avait pas changé, et pourtant elle lui sembla plus petite. La revoir lui réchauffa le cœur, et il supposa que c'était parce qu'il y avait été heureux, jusqu'à ce que son père meure et que les difficultés commencent.

Sous ses yeux, un garçonnet franchit la porte avec un petit bol en bois rempli de graines qu'il lança à quelques poules étiques. La volaille se précipita vers lui et picora le grain avec avidité. Le garçon les observait. Ça pourrait être moi, pensa Kit, et il essaya, sans y parvenir, de se rappeler à quoi ressemblait l'existence d'un enfant insouciant. Il sourit et secoua la tête. Certaines périodes du passé avaient disparu pour toujours.

Ils passèrent devant l'église. C'est là que mon père repose, songea Kit. Il eut envie de s'arrêter mais préféra ne pas le faire. La tombe de son père n'avait été marquée que par une croix de bois qui avait dû pourrir, et il serait incapable d'en retrouver l'emplacement exact. Il reviendrait dimanche se recueillir quelques instants au cimetière.

Lorsqu'ils arrivèrent au manoir, Kit fut choqué de le voir aussi délabré. La peinture de la porte d'entrée s'écaillait et une fenêtre cassée avait été réparée avec une planche. Ils firent le tour jusqu'à l'écurie, mais personne ne vint desseller leurs chevaux, et ils le firent eux-mêmes.

Ils entrèrent par la porte principale. Plusieurs gros chiens traînaient dans le vestibule, mais ils reconnurent Roger et remuèrent la queue. La pièce empestait. Aucune femme n'aurait toléré une telle saleté et un tel abandon, mais Will et son épouse étaient séparés, George était mort sans s'être marié, et Roger était, bien sûr, célibataire.

Roger avait appris à Kit que Will avait dépensé tout ce qu'il possédait ainsi que tout ce qu'il pouvait emprunter. Ils le trouvèrent au salon, où il jouait aux cartes avec un homme que Kit reconnut comme étant Platts, le majordome. Les cheveux de Will lui tombaient aux épaules. Platts portait une chemise, mais ni veste ni cravate. Une bouteille de porto vide était posée sur la table, et deux verres sales montraient où son contenu était passé. Cette pièce sentait elle aussi le chien.

Kit songea à celui que Will avait été tant d'années auparavant : un jeune homme grand et fort, arrogant, bien habillé, les poches pleines d'argent et le cœur plein d'orgueil.

Levant les yeux vers son frère, Will lança :

« Roger. Mais qu'est-ce que tu fiches ici ? »

On aurait pu imaginer façon plus amicale d'accueillir son frère, pensa Kit.

« J'étais certain que tu voudrais me féliciter pour le rôle que j'ai joué dans la victoire de Waterloo », répondit Roger d'un ton sarcastique.

Will n'avait, quant à lui, joué aucun rôle dans la guerre, si ce n'est pour en tirer de l'argent.

Will ne sourit pas.

« J'espère que tu n'as pas l'intention de t'installer pour longtemps. Je n'ai pas les moyens de te nourrir. » Puis, avisant Kit, il demanda : « Et cet avorton, que fait-il ici ?

— Kit et moi sommes associés, Will. Nous utiliserons mon atelier.

— Conseille-lui de se tenir hors de ma vue.

— C'est toi qui serais peut-être bien avisé de te tenir hors de la sienne, répliqua Roger. Ce n'est plus le petit garçon que tu prenais plaisir à tourmenter. Il a fait la guerre et a appris à tuer. Si tu le contraries, il te tranchera la gorge plus vite que tu ne peux prononcer le mot couteau. »

Il exagérait manifestement, mais Will parut hésitant. Il dévisagea Kit, puis détourna le regard, presque comme s'il avait peur.

Kit, quant à lui, n'avait plus peur de Will. Mais l'idée de devoir vivre dans cette maison d'ivrogne, sale et délabrée lui faisait horreur. Après tout, se raisonna-t-il, j'ai dormi dans des endroits pires que ça pendant la guerre. Ce sera toujours mieux qu'une couverture trempée dans un champ boueux.

« Nous allons jeter un coup d'œil à l'étage, annonça Roger. J'espère que ma chambre est restée propre et en ordre pendant que je vous protégeais contre Bonaparte. »

Platts prit la parole pour la première fois :

« Nous manquons de personnel, geignit-il. On ne trouve pas de domestiques. Que voulez-vous ? Trop d'hommes sont partis à la guerre.

— Tu pourrais faire le ménage toi-même, espèce de fainéant. Viens, Kit, allons voir ma chambre. »

Roger sortit et Kit le suivit. Ils montèrent l'escalier, et Kit se rappela combien il lui paraissait immense lorsqu'il était enfant. Roger ouvrit la porte d'une chambre et ils entrèrent. La pièce était nue. Il y avait bien un lit mais pas de matelas, et encore moins d'oreillers ou de draps.

Roger ouvrit des tiroirs. Ils étaient vides.

« J'avais pourtant laissé des vêtements ici, dit-il. Ainsi qu'une brosse à cheveux en argent, un miroir de rasage et une paire de bottes. »

Une domestique entra. Âgée d'une trentaine d'années, elle était brune, maigre et avait la peau marquée. Elle portait une robe faite maison très simple et un trousseau de clés était attaché à une ceinture passée autour de sa taille fine. Elle sourit chaleureusement à Kit, qui mit un moment à la reconnaître.

« Fan ! » s'écria-t-il enfin, et il la serra dans ses bras.

Il se tourna vers Roger.

« Fan s'est occupée de moi quand j'ai eu le crâne fendu. Nous sommes devenus de grands amis.

— Je m'en souviens très bien, dit Roger. Et Fanny n'a jamais manqué de me demander de tes nouvelles chaque fois que nous nous sommes vus.

— Je suis surpris que tu sois encore là, lui dit Kit.

— Elle est devenue gouvernante, expliqua Roger.

— Et je ne suis toujours pas payée, ajouta Fanny.

— Pourquoi n'es-tu jamais partie ? demanda Kit.

— Où voulais-tu que j'aille ? Tu sais bien que je suis orpheline. C'est la seule famille que j'ai, pauvre de moi !

— Mais la maison est dans un tel état !

— Presque tout le personnel est parti. Il n'y a plus que Platts et moi, et Platts ne fait quasiment plus rien. En plus, nous manquons d'argent pour acheter du savon, de l'encaustique, de la pâte noire pour les cheminées, et tout ce dont nous avons besoin.»

Roger lui montra les tiroirs vides.

«Où sont passées toutes mes affaires ?

— Je suis navrée, monsieur Roger, dit-elle. Les domestiques ont tout pris pour se payer. Quand je leur ai dit que c'était du vol, ils m'ont répondu que vous seriez sans doute tué à la guerre et que personne ne saurait jamais ce qu'ils avaient pris.»

Kit était outré. Il se sentait de trop dans cette horrible demeure.

«Allons jeter un coup d'œil à l'atelier, proposa-t-il.

— Il n'est pas en trop mauvais état, précisa immédiatement Fanny. Il est fermé, et je suis la seule à avoir la clé, à part vous, monsieur Roger. J'ai veillé sur tous vos outils et sur le reste.

— Je ne sais pas ce qu'est devenue ma clé, dit Roger. Je ne l'ai plus.

— Alors prenez la mienne.»

Fanny retira une clé de son trousseau et la lui tendit. Roger la remercia.

Quittant le manoir, Kit et Roger traversèrent le village sur un peu moins d'un kilomètre. Il leur fallut un certain temps car Kit s'arrêtait sans cesse pour parler à des gens dont il se souvenait. Brian Pikestaff, le chef des méthodistes, s'était empâté. Alec Pollock, le chirurgien aux vêtements élimés qui lui avait bandé le crâne, possédait enfin un nouveau manteau. Jimmy Mann portait toujours son tricorne. Tous voulaient que Kit leur parle de Waterloo.

Ils arrivèrent enfin à l'atelier. C'était une ancienne étable solidement bâtie que Roger avait modifiée en y perçant de grandes fenêtres pour faire entrer la lumière. Kit aperçut les outils bien rangés à des crochets le long du mur. Une armoire contenait de la vaisselle et des verres, parfaitement propres.

Une des extrémités était occupée par un ancien grenier à foin qui pouvait facilement être transformé en chambre à coucher. Un nid d'amour, pensa Kit.

«Nous pourrions vivre ici, tu ne crois pas?

— J'espérais tellement que tu dirais ça», répondit Roger.

*

Hornbeam ne pouvait s'empêcher de penser à Jarge Box qui avait sauvé la vie de Joe à la bataille de Waterloo. Il aurait voulu oublier toute cette histoire, mais elle lui revenait sans cesse à l'esprit. Assis dans son bureau de la Porcherie, il contemplait sans les lire des lettres de clients en ruminant ces pensées. Il ne parvenait pas à se faire à l'idée qu'il avait une immense dette de reconnaissance envers l'une des brutes méprisables qu'il employait dans ses manufactures. C'était tout aussi impensable que si on lui avait dit qu'en réalité, le roi d'Angleterre était une autruche.

Comment retrouver sa sérénité ? S'il avait pu donner à Box quelque récompense, l'équilibre aurait peut-être été rétabli, mais Box était mort. Sans doute pourrait-il faire quelque chose pour la veuve. Mais quoi ? Lui proposer de l'argent ? Connaissant Sal Box, elle serait capable de refuser, aggravant encore son humiliation.

Il décida de confier le problème à Joe.

Une fois sa résolution prise, il voulut la mettre en œuvre sur-le-champ : il avait toujours agi ainsi. Quittant la manufacture en milieu de matinée, il se rendit à la maison Willard.

On le fit entrer dans la pièce en façade qui donnait sur la cathédrale. C'était toujours le bureau du comte, lui sembla-t-il, mais Henry n'était pas là. Le manteau rouge de Joe était accroché à une patère derrière la porte, et lui-même était assis devant la grande table de travail, une liasse de papiers devant lui, un vase de plumes bien taillées et un encrier à sa droite.

Hornbeam s'assit et accepta une tasse de café. Joe savait comment il l'aimait : fort avec de la crème.

« Je suis fier de toi, dit-il à son petit-fils. Tu es commandant et tu n'as que dix-huit ans.

— L'armée croit que j'en ai vingt-deux.

— Ou ils font semblant.

— De toute façon, c'est temporaire. Un nouveau lieutenant-colonel est en route pour prendre la relève.

— Tant mieux. Je ne veux pas que tu passes ta vie à l'armée.

— En réalité, je ne sais pas encore très bien ce que je veux faire de ma vie, grand-père.

— Eh bien, moi, j'ai des projets pour toi. » Il n'était pas venu pour lui parler de cela, mais il avait du mal à en venir au fait. La dette qui le liait à Jarge Box était humiliante. Il continua à éviter le sujet : « Je veux que tu quittes l'armée et que tu commences à travailler dans l'entreprise familiale.

— Je vous remercie. C'est certainement une possibilité.

— Ne sois pas idiot, c'est la meilleure possibilité. Que pourrais-tu faire d'autre ? Ne réponds pas, je ne veux pas de liste. Je possède trois manufactures et plusieurs centaines de maisons que je loue, et comme tu es mon unique petit-fils, tout te revient.

— Merci, grand-père. J'en suis très honoré. »

C'était une réponse polie, qui n'allait pas jusqu'à l'assentiment, releva Hornbeam. Sans doute devrait-il s'en contenter provisoirement. Ce n'était pas le moment d'insister. Une dispute déplaisante risquait de faire pencher Joe dans la mauvaise direction. Le garçon ne se laissait pas facilement intimider : en cela, il ressemblait moins à son père qu'à son grand-père.

Hornbeam se leva.

« Je veux que tu réfléchisses bien. Tu as de grandes capacités, mais tu as encore beaucoup à apprendre. Plus tôt tu commenceras, plus tu seras compétent le jour où je me retirerai. »

Il n'avait toujours pas dit ce pour quoi il était venu. Voilà qui ne lui ressemblait guère, songea-t-il.

« Je vous promets d'y réfléchir très sérieusement », dit Joe.

Hornbeam se dirigea vers la porte. Feignant de se souvenir soudain de quelque chose, il ajouta :

« Oh, à propos, va donc voir la veuve de Jarge Box, veux-tu ? Je devrais probablement faire quelque chose pour elle, en guise de compensation. Tâche de savoir de quoi elle pourrait avoir besoin.

— Je ferai de mon mieux.

— Il faut toujours faire de ton mieux, Joe », conclut Hornbeam, et il sortit.

*

Kenelm Mackintosh avait été enterré dans un cimetière protestant de Bruxelles. Elsie n'avait été que l'une des centaines de femmes qui s'étaient mises en quête du corps de leurs proches après la bataille de Waterloo. Cette épreuve avait été la pire de son existence, toute une journée dans cette vallée, à scruter les visages de milliers de morts, jeunes pour la plupart, étendus dans des champs de boue et de blé piétiné, leurs corps horriblement mutilés, leurs yeux aveugles tournés vers le ciel. Le poids du chagrin était presque insupportable. La plupart avaient été enterrés à l'endroit même où ils gisaient, les officiers dans des tombes individuelles, les hommes du rang dans des fosses communes. Mais les aumôniers bénéficiant de certains privilèges, elle avait pu emporter le corps de Kenelm et organiser des funérailles dignes de ce nom.

Les enfants étaient désemparés. Elle leur avait dit qu'ils devaient être fiers de leur père qui avait risqué sa vie pour apporter un réconfort spirituel aux soldats, et leur avait rappelé qu'il était au ciel à présent, et qu'ils le reverraient un jour. Elle n'y croyait qu'à moitié, mais les enfants en avaient été réconfortés.

Elle-même était plus affligée qu'elle ne l'aurait pensé. Elle n'avait jamais été amoureuse de Kenelm, qui avait été l'égoïsme personnifié avant que l'armée ne le change ; mais ils avaient vécu de longues années ensemble et avaient eu cinq merveilleux enfants. Sa mort laissait un vide dans sa vie. Elle avait pleuré lorsqu'on avait descendu son cercueil dans la tombe.

À présent elle était de retour à Kingsbridge. Elle habitait avec sa mère et Spade, et dirigeait l'école du dimanche avec Amos. Étant le petit-fils d'un évêque, son fils aîné, Stephen, avait été facilement admis à l'université d'Oxford et était donc parti, mais pour le reste, tout était comme avant, à cette différence près qu'elle était veuve et ne recevrait plus de lettres de Kenelm.

Elle n'avait pas l'intention de se remarier. Bien des années auparavant, elle avait ardemment désiré épouser Amos, mais c'était Jane qu'il aimait. D'ailleurs, il passait encore beaucoup de temps avec elle et avait été plutôt revêche lors de la visite d'un certain commandant Percival Dwight, du bureau du commandant en chef de l'armée à Londres. Dwight était venu inspecter le 107e régiment d'infanterie, avait-il prétendu, mais avait trouvé le temps d'escorter Jane au champ de courses, au théâtre et à la salle des fêtes, remplaçant ainsi son mari convalescent. Amos avait expliqué qu'il n'appréciait pas de voir Jane faire la coquette alors que son mari se remettait d'une blessure de guerre. Cette rigueur morale ressemblait bien à Amos, certes, mais Elsie soupçonnait aussi un peu de jalousie.

Elle avait pris grand plaisir à danser avec Amos au bal de la duchesse de Richmond. La valse lui faisait l'effet d'une sorte d'adultère symbolique, une rencontre excitante et très physique avec un homme qui n'était pas son mari. Amos avait peut-être éprouvé la même sensation, mais les choses s'étaient arrêtées là.

Un dimanche d'octobre, alors que l'école du dimanche était terminée et qu'ils avaient fini de ranger, Amos lui demanda d'un ton désinvolte ce qu'elle pensait de l'Église anglicane.

« C'est la seule religion que je connaisse, répondit-elle. Je crois à la plupart de ses dogmes, et suis heureuse d'aller à l'église, de prier et de chanter des cantiques. Pour autant, je suis absolument certaine que les ecclésiastiques n'en savent pas aussi long qu'ils le prétendent. Mon père était évêque, souvenez-vous, et je ne croyais pas la moitié de ce qu'il disait.

— Alors ça ! J'étais loin de penser que votre agnosticisme allait jusque-là. »

Elsie voyait bien que ses propos l'avaient choqué.

« Je dis aux enfants que leur papa les attend au paradis, reprit-elle. Mais aujourd'hui, nous savons trop de choses sur les planètes et les étoiles pour croire que le paradis est là-haut, dans le ciel… alors où est-il ? »

Au lieu de répondre à sa question, il lui en posa une autre :

« Pensez-vous vous remarier un jour ?

— Je n'y ai pas réfléchi, répondit-elle, ce qui n'était pas vrai.

— Que pensez-vous du méthodisme ?

— Vous en faites une bonne réclame, Spade et vous. Vous n'êtes pas dogmatiques, vous respectez les opinions d'autrui et vous ne voulez pas persécuter les catholiques. Vous n'en savez pas davantage que les anglicans, mais, au moins, vous admettez votre ignorance.

— Avez-vous déjà assisté à un office méthodiste ?

— En fait, non. Je pourrais cependant le faire un jour, pour voir à quoi cela ressemble. Mais pourquoi me posez-vous ces questions ?

— Par simple curiosité. »

Ils se remirent à discuter de la nécessité de trouver un nouveau professeur de mathématiques mais, après coup, Elsie repensa à leur conversation sur la religion. De retour chez elle, elle s'en ouvrit à sa mère :

« Vous ne trouvez pas ça un peu bizarre ?

— Bizarre ? dit Arabella en riant. Pas du tout. Je me demandais quand il allait aborder le sujet.

— Vraiment ? demanda Elsie interloquée. Et pourquoi donc ? Pourquoi est-ce devenu important ?

— Parce qu'il veut t'épouser.

— Oh, Mère, protesta Elsie. Ne soyez pas ridicule. »

*

Sal occupait une chambre dans une maison appartenant à une femme qui prenait des pensionnaires, Patience Creighton, que tout le monde appelait Pat. À un moment, Kit avait proposé à sa mère de vivre avec Roger et lui, mais elle avait refusé. Elle n'était pas convaincue que ce soit une bonne idée. Elle avait deviné depuis longtemps qu'ils vivaient comme un couple marié dans tous les sens du terme sauf le sens officiel, et était persuadée qu'ils avaient besoin d'intimité. Ensuite, ils avaient déménagé à Badford.

Pat était une femme agréable et une propriétaire honnête, mais Sal était malheureuse et Jarge lui manquait. Elle ne travaillait pas : elle avait gagné de l'argent aux Pays-Bas, principalement en vendant aux soldats des articles que l'armée ne leur fournissait pas, et elle pouvait vivre plusieurs mois tranquillement avant de devoir retourner à la manufacture. Mais elle ne trouvait plus de sens à la vie. Il lui arrivait de se demander à quoi bon se lever le matin. Pat estimait que ce n'était pas inhabituel dans une période de deuil ; elle avait été dans le même état, lui avait-elle confié, après la mort de M. Creighton. Sal avait beau la croire, elle n'y puisait aucun réconfort.

Elle fut très étonnée de recevoir la visite de Joe Hornbeam, très élégant dans un nouvel uniforme.

« Bonjour, madame Box, dit-il. Je ne vous ai pas vue depuis Waterloo. »

Elle ne savait pas trop si elle pouvait lui faire confiance. C'était un bon officier, mais le sang infâme de l'échevin Hornbeam coulait dans ses veines. Elle décida de garder l'esprit ouvert :

« Que puis-je faire pour vous, commandant ? demanda-t-elle sans s'avancer.

— Vous savez que votre mari m'a sauvé la vie.

— Plusieurs témoins m'ont relaté les faits, acquiesça-t-elle.

— Il a fait plus que cela : il a sacrifié sa vie pour sauver la mienne.

— C'était un homme au grand cœur.

— Et pourtant, vous étiez, lui et vous, de grands ennemis de mon grand-père.

— C'est vrai.

— Grand-père Hornbeam a du mal à accepter ce paradoxe.

— J'espère que vous n'allez pas me demander de compatir. »

Joe sourit d'un air contrit et secoua la tête.

« C'est plus compliqué que cela. »

Sal était intriguée.

« Vous feriez mieux de vous asseoir. »

Elle lui désigna la seule chaise de la pièce et s'assit au bord du lit.

« Merci. Vous savez, mon grand-père ne changera probablement jamais.

— Les gens ne changent généralement pas, et encore moins quand ils sont vieux.

— Il tient pourtant à marquer sa reconnaissance pour le sacrifice héroïque de votre mari. Il voudrait faire un geste et, puisqu'il ne peut rien donner à Jarge, c'est à vous qu'il aimerait donner quelque chose. »

Sal hésitait à accepter un cadeau de Hornbeam. Elle n'avait pas envie d'être obligée de penser à lui quotidiennement.

« À quoi songe-t-il ? demanda-t-elle prudemment.

— Il ne sait pas. C'est pourquoi il m'a demandé de venir vous parler. Y a-t-il quelque chose dont vous ayez besoin ou que vous désiriez et qu'il pourrait vous procurer ? »

Retrouver mon Jarge, pensa Sal, mais il était inutile de le dire.

« Tout ce que je veux ? dit-elle.

— Il n'a fixé aucune limite. Je suis venu pour essayer de savoir ce qui vous ferait plaisir. Il ne m'a pas donné d'indication de prix. Mais quoi que vous demandiez, je ferai tout mon possible pour que vous l'obteniez.

— C'est comme un conte de fées, où il suffit de frotter une lampe magique pour qu'un génie apparaisse.

— Vêtu de l'uniforme du 107e régiment d'infanterie. »

Elle rit. Joe n'était vraiment pas un mauvais gosse.

Mais devait-elle accepter un cadeau ? Et si oui, que demander ?

Elle réfléchit plusieurs minutes, tandis que Joe attendait patiemment. En vérité, il y avait bien une idée à laquelle elle songeait depuis quelques mois, réfléchissant à ce que cela lui apporterait et à la manière de la réaliser.

Elle finit par se lancer :

« Je veux un magasin.

— Vous voulez ouvrir une boutique ou en reprendre une ?

— En ouvrir une.

— Dans la Grand-Rue ?

— Non. Je ne veux pas vendre des robes de luxe à des femmes riches. De toute façon, je ne saurais pas le faire.

— Alors quoi ?

— Je voudrais avoir un magasin de l'autre côté du fleuve, près des manufactures, dans une des rues construites par votre grand-père. Les habitants se plaignent sans cesse de devoir parcourir des kilomètres pour aller faire leurs courses en ville. »

Joe hocha la tête.

« Je me souviens qu'aux Pays-Bas, vous aviez toujours des petites choses que les soldats voulaient acheter : des crayons, du tabac, des pastilles de menthe, des aiguilles et du fil pour recoudre leurs vêtements déchirés.

— Pour avoir un magasin, il faut savoir ce dont les gens ont besoin et mettre ces choses en rayon.

— Et comment savoir ce dont ils ont besoin ?

— En leur posant la question.

— C'est parfaitement logique, approuva Joe. Comment devons-nous procéder ?

— Eh bien, si votre grand-père est d'accord, il pourrait me donner une de ces maisons, à un coin de rue. J'utiliserais le rez-de-chaussée comme magasin et je logerais à l'étage. Avec le temps, j'entreprendrai peut-être quelques transformations, si je fais assez de bénéfices. Mais au début, tout ce dont j'aurais besoin, c'est d'un peu de stock. J'ai assez d'argent pour me lancer.

— Entendu. Je vais lui présenter votre demande. Je pense qu'il l'acceptera.

— Merci », dit-elle.

Il lui serra la main.

« Je suis heureux de vous connaître, madame Box. »

*

Peu avant Noël, au théâtre, Jane prit Amos à part pendant l'entracte et lui parla sérieusement :

« Je n'apprécie vraiment pas la façon dont vous traitez Elsie, dit-elle.

— Comment ça? s'étonna Amos. Je ne lui ai rien fait !

— Tout le monde pense que vous allez l'épouser, et vous ne la demandez pas en mariage !

— Qu'est-ce qui fait croire aux gens que je vais l'épouser ?

— Pour l'amour du ciel, Amos ! Vous la voyez presque tous les jours. Au bal des Assises, vous avez dansé avec elle toute la soirée. Vous ne manifestez, ni elle ni vous, le moindre intérêt pour quelqu'un d'autre. Elsie a quarante-trois ans, elle est séduisante et célibataire, et elle a cinq enfants qui ont besoin d'un beau-père. Bien sûr, les gens pensent que vous allez l'épouser – cela tombe sous le sens ! Ils ne comprennent pas pourquoi vous n'avez toujours pas fait votre demande.

— Ça ne les regarde pas.

— Détrompez-vous. Il doit y avoir une demi-douzaine d'hommes qui seraient prêts à la demander en mariage s'ils n'étaient pas certains d'être éconduits. Vous réduisez toutes ses chances à néant. Ce n'est pas correct ! Vous devez soit l'épouser, soit céder la place. »

Un placeur agita une cloche et ils regagnèrent leurs sièges. Amos avait les yeux fixés sur la scène mais il ne vit rien de la pièce, tant il était absorbé dans ses pensées. Jane avait-elle raison ? Très probablement, se dit-il. Elle n'inventerait pas une chose pareille – elle n'avait aucune raison de le faire.

Il allait devoir prendre des distances avec Elsie et convaincre tout le monde qu'ils n'entretenaient aucune relation amoureuse. Cette idée l'attrista : la vie sans elle risquait d'être bien lugubre.

Au demeurant, ses sentiments avaient évolué depuis le bal de la duchesse de Richmond. Il était toujours convaincu de ne pas vouloir être plus que l'ami d'Elsie, la vérité, cependant, était qu'il ne s'en satisfaisait plus. Un autre sentiment naissait en lui, un sentiment auquel n'étaient pas étrangères la chaleur et la douceur de son corps qu'il avait senties sous sa robe de soie en valsant avec elle. Il avait un peu l'impression d'un volcan apparemment éteint, mais dont les profondeurs cachent une lave bouillonnante. Tout au fond de lui, il avait envie d'être plus que son ami.

C'était un changement majeur, et il n'éprouvait plus aucun doute : il l'aimait. Pourquoi avait-il mis aussi longtemps à s'en rendre compte ? Je n'ai jamais été très malin pour ces choses-là, pensa-t-il.

Il se prit à imaginer ce que serait leur vie s'ils étaient mariés. Son impatience était telle qu'il aurait voulu l'épouser dès le lendemain.

Il y avait toutefois un problème. Amos était le père d'un enfant illégitime. Elsie le savait-elle ? L'avait-elle deviné ? Et le cas échéant, qu'en pensait-elle ? Son frère Abe était illégitime, ce qui ne l'avait jamais empêchée d'être gentille et affectueuse avec lui. D'un autre côté, elle était fille d'évêque. Épouserait-elle un homme adultère ?

Il n'en savait rien. Il pouvait tout de même lui poser la question.

*

Spade fut aussi surpris qu'intrigué de recevoir la visite de Joe Hornbeam. Le jeune homme avait acquis une bonne réputation auprès des hommes du 107e d'infanterie, ce qui, de l'avis général, était inattendu, quand on connaissait son grand-père.

Joe lui serra la main.

« Je suis heureux que votre beau-frère Freddie ait survécu à Waterloo, lui dit-il.

— Il a décidé de rester dans l'armée.

— Cela ne me surprend pas. C'est un bon sergent. Ils seront heureux de l'avoir. »

Spade se trouvait par hasard en compagnie de Sime

Jackson, assis devant le métier Jacquard. Joe observa la machine avec intérêt.

«Je ne crois pas que mon grand-père ait quelque chose de comparable, remarqua-t-il.

— Il en aura bientôt une, crois-moi, répondit Spade.

— Les trous perforés de la carte guident le métier pour tisser le motif, expliqua Sime. Tout le travail est beaucoup plus rapide.

— Incroyable.

— Je vais vous montrer», proposa Sime qui fit fonctionner le métier à tisser pendant quelques minutes. Joe était fasciné. «Quand on veut changer de motif, il suffit d'insérer une autre carte. C'est un Français qui a inventé ça. Je sais que nous sommes censés détester les Français, à cause de Bonaparte, mais le Froggie qui a imaginé ce système était fichtrement malin.

— Vous avez acheté cette machine en France?

— Non, Kit Clitheroe et Roger Riddick en fabriquent.

— Mais tu n'es pas venu ici pour te renseigner sur le métier Jacquard, Joe, fit remarquer Spade.

— Non. J'aimerais vous dire un mot en particulier, si c'est possible.

— Bien sûr.» L'expression «en particulier» suggérant que Joe ne voulait pas être entendu, Spade lui proposa: «Allons dans mon petit bureau.»

Une fois installés, ils reprirent leur conversation.

«Pas aussi luxueux que le bureau de mon grand-père, mais plus confortable, commenta Joe.

— Alors, qu'as-tu à me dire ? lui demanda Spade.

— Mon grand-père veut que je quitte l'armée pour travailler dans son entreprise.

— Et toi, qu'en penses-tu ?

— J'aimerais en savoir plus long sur la profession avant de me décider. »

C'est tout à fait sensé, pensa Spade.

La remarque suivante de Joe le surprit :

« Vous dirigez la société d'entraide.

— Effectivement...

— Mon grand-père prétend que c'est un syndicat déguisé, un simple moyen de contourner le Combination Act. »

Spade se demanda si Joe ne lui tendait pas un piège.

« Je l'ai entendu dire ça, dit-il évasivement. S'il raison, la société est illégale.

— Peu m'importe qu'elle le soit ou non, je pensais simplement que vous seriez de bon conseil. »

Où diable veut-il en venir ? se demanda Spade, qui resta muet.

« Voyez-vous, poursuivit Joe, je n'ai pas envie de diriger l'entreprise à la manière de mon grand-père. Ses employés sont devenus ses ennemis. Pour être franc, ils le détestent. Et je ne veux pas être détesté. »

Spade hocha la tête. Joe disait vrai, même si tout le monde ne voyait pas les choses sous cet angle.

« À mon sens, il ferait mieux d'essayer d'en faire... non pas ses amis, ce ne serait pas réaliste, mais peut-être ses alliés. Après tout, ils veulent fabriquer de bonnes étoffes et être correctement payés en échange, et lui-même ne veut pas autre chose. »

Tous les gens raisonnables s'accordaient sur ce point, mais il n'était pas courant de l'entendre de la bouche de quelqu'un dont le nom de famille était Hornbeam.

« Alors, qu'as-tu l'intention de faire ?

— C'est le motif de ma visite. Comment puis-je changer les choses ? »

Spade se cala contre le dossier de sa chaise. Tout cela était franchement surprenant. Mais il avait l'occasion d'éduquer un jeune homme qui serait un jour une personnalité importante de Kingsbridge. C'était peut-être un moment décisif.

Il réfléchit un instant à ce qu'il allait dire à Joe, mais ce n'était pas bien difficile.

« Parle aux ouvriers, lui dit-il. Chaque fois que tu décideras d'introduire un changement – une nouvelle machine, par exemple, ou une modification des horaires de travail, consulte-les d'abord. Dans notre industrie, la moitié des conflits sont dus à la volonté d'imposer quelque chose aux ouvriers sans avertissement, ce qui provoque une réaction immédiate de rejet. Explique-leur les raisons de ce changement, discute avec eux des problèmes éventuels, écoute leurs suggestions.

— Vous pouvez parler à vos employés, vous n'en avez qu'une dizaine ou un peu plus, objecta Joe. Mon grand-père en a plus d'une centaine rien qu'à la Porcherie.

— Je sais, convint Spade. D'où l'utilité des syndicats.

— Qui sont illégaux, comme vous venez de me le rappeler.

— Beaucoup de maîtres de l'industrie cotonnière et lainière souhaitent l'abrogation du Combination Act. Entre cette loi, la loi sur la trahison et les dispositions sur les réunions séditieuses, les ouvriers peuvent à peine ouvrir la bouche sans risquer leur peau, et les hommes sont prompts à recourir à la violence lorsqu'ils n'ont qu'elle à leur disposition.

— Cela paraît sensé, reconnut Joe. Merci.

— Reviens quand tu voudras, sincèrement. Je serai toujours heureux de t'aider si je le peux.»

Joe se leva pour prendre congé, et Spade le raccompagna à la porte.

«Y a-t-il une mesure que je pourrais prendre tout de suite, même modeste, qui montrerait à tous que les choses vont changer?»

Spade réfléchit un instant avant de répondre:

«Supprimer la règle qui interdit d'aller aux toilettes en dehors des horaires prévus.»

Joe le regarda fixement.

«Ne me dites pas que mon grand-père impose cela?

— Bien sûr que si. D'autres patrons de la ville aussi, mais pas tous. Pas moi, par exemple. Amos Barrowfield non plus.

— J'espère bien. C'est barbare!

— Les femmes en particulier détestent ça. Quant aux hommes, s'ils n'en peuvent plus, ils pissent par terre.

— C'est répugnant!

— Alors changez ça. »
Joe serra la main de Spade.
« Je le ferai », dit-il, et il s'en alla.

*

Amos attendit d'être seul avec Elsie. Cela se produisait une fois par semaine, après l'école du dimanche. Ils étaient assis à une table dans une pièce qui sentait encore les enfants mal lavés. Amos lui demanda sans préambule :
« L'idée que le comte Henry puisse ne pas être le père du jeune Hal vous a-t-elle jamais traversé l'esprit ? »
Elle haussa les sourcils. La question la prenait au dépourvu, il le voyait. Mais sa réponse fut pleine de réserve :
« Elle a traversé l'esprit de tout le monde, reconnut-elle. Du moins de tous ceux qui aiment les commérages, c'est-à-dire la plupart des habitants de Kingsbridge.
— Mais qu'est-ce qui a éveillé leurs soupçons ?
— Le simple fait que Jane ait attendu neuf ans pour avoir un enfant. Alors forcément, les gens se sont posé des questions quand elle a enfin été enceinte. Bien sûr, les possibilités sont nombreuses, mais les commérages privilégient toujours la plus sordide. »
Elle jugeait donc que l'adultère était sordide. Eh bien, elle avait raison. Il faillit renoncer sur-le-champ.
Il savait ce qu'il devait dire, mais maintenant que

le moment était venu, il était gêné. Il s'obligea à poursuivre :

« Je pense être le vrai père de Hal », avoua-t-il, et il sentit la honte lui empourprer les joues. « Pardon de vous heurter.

— Je ne suis pas plus heurtée que ça, vous savez.

— Vraiment ?

— Je m'en suis toujours doutée. Comme d'autres. »

Il en fut encore plus embarrassé.

« Vous voulez dire que les gens de cette ville ont deviné que c'était moi le père ?

— Ma foi, tout le monde pensait que vous aviez une liaison avec Jane.

— Ce n'était pas une liaison.

— Peut-être, mais vous avez paru très contrarié par la visite du commandant Dwight.

— C'est un fait, car je déteste voir Jane se comporter de manière scandaleuse. Je l'ai aimée un jour, mais je ne l'aime plus, si vous voulez tout savoir.

— Dans ce cas, comment pouvez-vous être le père de Hal ?

— Ce n'est arrivé qu'une fois. Ce n'était pas un péché de longue durée. Oh, mon Dieu, je ne sais plus ce que je dis.

— Amos, une de vos qualités les plus charmantes est votre candeur. Vous n'avez pas à avoir honte, ni même à être gêné, en tout cas en ce qui me concerne.

— Mais je suis un homme adultère.

— Non, ne dites pas ça. Vous avez péché une fois. Il y a longtemps. » Elle tendit le bras au-dessus de la table et posa la main sur la sienne. « Je vous connais bien, probablement mieux que quiconque, et je sais que vous n'êtes pas un mauvais homme. Absolument pas.

— Je suis heureux que vous le pensiez, au moins. »

Ils restèrent silencieux un moment. Elle ouvrit la bouche pour dire quelque chose, se ravisa, puis changea à nouveau d'avis et lui demanda :

« Pourquoi avoir abordé ce sujet avec moi aujourd'hui, plus de dix ans après les faits ?

— Oh, je ne sais pas, répondit-il, puis se rendant compte de sa stupidité, il se reprit : Si, je le sais, bien sûr.

— Alors... pourquoi ?

— Je craignais que vous ne vouliez pas épouser un homme adultère. »

Elle se figea.

« Épouser ?

— Oui. J'avais peur que vous ne vouliez pas de moi.

— C'est une demande en mariage ?

— Oui. Je ne m'y prends pas très bien, n'est-ce pas ?

— Vous n'êtes pas très clair.

— C'est vrai. Bon. Très bien. Elsie, je vous aime. Je crois que je vous aime depuis très longtemps à mon insu. Je suis heureux quand je suis près de vous, et quand je ne suis pas près de vous, vous me manquez. Je voudrais que vous m'épousiez et que vous veniez vivre chez moi et dormir dans mon lit. Je voudrais prendre le petit déjeuner avec vous et vos enfants tous les matins. Mais je crains que mon passé sordide ne rende cela impossible.

— Je n'ai pas dit ça.

— Ce que j'ai fait avec Jane ne vous dérange pas ?

— Non, ça ne me dérange pas. Enfin, pas beaucoup, en tout cas. En fait, si, ça me dérange, mais je vous aime quand même. »

Avait-elle vraiment dit cela ?

Je vous aime quand même.

Elle l'avait dit.

« Dans ce cas… accepteriez-vous de m'épouser ? demanda Amos.

— Oui. Oui, j'accepte. C'est ce que j'ai toujours voulu. Bien sûr, je vous épouserai.

— Oh, soupira Amos. Oh, merci. »

*

En revenant de la manufacture le lundi, Hornbeam entra dans la cathédrale sur un coup de tête. Il espérait que ses idées seraient plus claires à l'intérieur de l'église, et il avait raison. Les piliers et les arches semblaient tous répondre à une forme de logique, et en les regardant à la lumière de quelques bougies, il constata que ses pensées devenaient plus ordonnées. Dehors, son esprit n'était que confusion et colère. Tout ce à quoi il avait cru s'était révélé faux et il n'avait rien pour remplacer ces certitudes. Ici, il retrouvait le calme.

Il descendit la nef jusqu'à la croisée, puis contourna l'autel et continua jusqu'à l'extrémité est de l'église, la partie la plus sacrée. Il s'y arrêta, se retourna et se plongea dans ses souvenirs.

Il pensa à Jarge Box. Il avait toujours pris Box pour un bon à rien, sinon pire. Box était un fauteur de troubles, il se bagarrait, il faisait grève, il cassait des machines. Et pourtant, en définitive, il avait offert à Hornbeam le cadeau le plus précieux du monde : la vie de Joe.

Box avait été soumis à l'épreuve ultime. On lui avait demandé de sauver un camarade au péril de sa vie. C'était un double défi : son courage avait réussi l'épreuve, son altruisme aussi.

C'était un lundi. Le sermon de la veille portait sur le verset suivant : « Il n'y a pas de plus grand amour que de donner sa vie pour ses amis. » L'évêque voulait parler de tous ceux qui avaient donné leur vie à Waterloo, mais Hornbeam n'avait pensé qu'à Box. Il s'était demandé : Qu'est-ce que ma vie, comparée à la sienne ? Et Jésus lui avait donné la réponse : Il n'y a pas de plus grand amour que celui dont Jarge Box a fait preuve.

Sa vie lui paraissait désormais sans valeur. Enfant, il avait vécu de violence et de vol. Adulte, il en avait fait autant, mais moins ouvertement : il avait versé des pots-de-vin pour remporter des appels d'offre, il avait condamné des gens au fouet et aux travaux forcés, ou les avait envoyés aux assises pour qu'ils soient condamnés à mort.

Il s'était toujours retranché derrière la mort cruelle de sa mère. Mais beaucoup d'enfants subissaient des épreuves cruelles et devenaient des adultes exemplaires : Kit Clitheroe en témoignait.

Sa rêverie fut interrompue par des bavardages et

des rires bruyants : les sonneurs de cloches faisaient leur entrée à l'autre bout de la cathédrale pour leur répétition. Hornbeam ne pouvait pas passer son temps en ruminations mélancoliques. Il revint sur ses pas.

Parvenu à la croisée, il remarqua une petite porte dans l'angle du transept nord. Elle était ouverte. Il se souvint que des ouvriers étaient montés sur le toit ce jour-là, sans doute pour réparer la couverture en plomb. Ils avaient dû oublier de refermer en partant. Sans réfléchir, il franchit la porte et gravit l'escalier en colimaçon.

Sa douleur thoracique l'obligea à s'arrêter à plusieurs reprises, mais il se reposa quelques instants avant de poursuivre son ascension vers le toit.

La nuit était claire et la lune brillait. Il longea une étroite passerelle et se retrouva près du sommet du clocher. En levant les yeux vers la flèche, il aperçut la statue de l'ange dont on disait qu'elle représentait Caris, la religieuse qui avait construit l'hôpital pendant la terrible épidémie de peste noire. Encore quelqu'un qui avait fait quelque chose de bien de sa vie.

Hornbeam était désormais sur la face nord du toit, et lorsqu'il regardait en contrebas, il distinguait le cimetière au clair de lune. Ceux qui y reposaient avaient l'âme en paix.

Il savait qu'il existait une solution à son problème, un remède à sa maladie. On en parlait régulièrement dans toutes les églises chrétiennes du monde : la confession et le repentir. Un homme qui avait mal agi pouvait obtenir le pardon. Mais le prix à payer était humiliant. Quand il s'imagina obligé d'admettre qu'il avait mal agi à l'égard de sa famille, de ses clients, des autres drapiers, des échevins, un frisson d'horreur le parcourut. Se repentir ? Qu'est-ce que cela signifiait ? Devait-il s'excuser auprès de ceux qu'il avait lésés ? Il ne s'était excusé de rien au cours des cinquante dernières années. Pouvait-il rendre l'argent qu'il avait gagné grâce aux contrats de l'armée qu'il avait obtenus par la corruption ? Il serait poursuivi. Il risquait d'aller en prison. Que deviendrait alors sa famille ?

D'un autre côté, il ne pouvait pas continuer à vivre ainsi. Tourmenté par ses pensées, il ne fermait presque pas l'œil de la nuit. Il savait qu'il ne dirigeait pas l'entreprise comme il l'aurait dû. Il ne parlait presque à personne. Il fumait sans discontinuer. Et sa douleur à la poitrine s'aggravait.

S'avançant jusqu'au bord du toit, il regarda les pierres tombales tout en bas. Les sonneurs commencèrent leur répétition et, juste à côté de lui, s'éleva le timbre retentissant des énormes cloches, un bruit qui semblait résonner jusque dans ses os, prenant possession de lui. Tout son être vibrait. La paix de l'âme, pensa-t-il, la paix de l'âme.

Il franchit le bord du toit.

Aussitôt, la terreur s'empara de lui. Il voulut changer d'avis, faire demi-tour. Il s'entendit crier comme un animal torturé. Il avait les yeux ouverts et voyait le sol se précipiter vers lui. La peur l'envahit et grandit, encore et encore, mais il ne pouvait pas hurler plus fort. Alors, le pire se produisit, il heurta le sol avec une violence terrible qui inonda son corps d'une douleur atroce, insupportable.

Puis il n'éprouva plus rien.

45

« Le Parlement a été dissous », annonça Arabella en levant les yeux du journal.

Son fils, Abe, qui avait dix-huit ans, avala une bouchée de bacon et demanda :

« Qu'est-ce que ça veut dire ? »

Le jeune homme avait une connaissance parcellaire de la vie. Bien informé dans certains domaines, il était ignorant dans d'autres. Peut-être était-ce normal à son âge. Spade essaya de se rappeler s'il avait été comme lui, mais n'en était pas sûr. Quoi qu'il en fût, Abe entrerait à l'université d'Édimbourg à l'automne, et à partir de là, sa compréhension du monde se développerait rapidement.

Arabella répondit à sa question :

« Cela veut dire que des élections législatives auront lieu.

— Et que nous aurons l'occasion de nous débarrasser de Humphrey Frogmore. »

C'était une perspective séduisante. Humphrey Frogmore avait remporté l'élection partielle organisée après la mort de Hornbeam et s'était révélé un député paresseux et incompétent.

« Pourquoi ? questionna Abe.

— M. Frogmore devra se représenter s'il veut continuer à être notre député, lui répondit Arabella.

— On connaît déjà le calendrier ? » demanda Spade.

Arabella consulta le journal avant de répondre :

« Le nouveau Parlement sera convoqué le 4 août.

— Ce qui nous laisse presque deux mois », calcula Spade. Cela se passait au milieu du mois de juin 1818. « Nous devons trouver un candidat à opposer à Frogmore.

— Pourquoi ? demanda encore Abe.

— M. Frogmore soutient le Combination Act », expliqua Spade.

Un mouvement réclamait l'abrogation de cette loi honnie, mais Frogmore était partisan de son maintien. C'était le seul sujet sur lequel il s'était exprimé au Parlement. Il représentait les jusqu'au-boutistes de Kingsbridge, autrefois menés par Hornbeam.

« En tout état de cause, ajouta Arabella, il nous faut un nouveau candidat. Mon gendre serait parfait. »

Spade acquiesça d'un hochement de tête.

« Amos est populaire, c'est vrai. » Amos Barrowfield avait été élu maire à la mort de Hornbeam. Spade consulta sa montre de gousset. « Je ferais bien d'aller lui parler maintenant. Je le trouverai peut-être chez lui avant son départ pour la manufacture.

— Je t'accompagne », dit Arabella.

Ils mirent leurs chapeaux et sortirent. C'était une belle journée de juin, fraîche mais ensoleillée, et la ville avait revêtu sa pimpante livrée matinale, toute scintillante de rosée. Ils trouvèrent Amos et sa famille à table, terminant leur petit déjeuner. Les enfants d'Elsie grandissaient rapidement. Stephen était parti à Oxford, Billy et Richie avaient l'air de jeunes hommes, et la silhouette de Martha commençait à prendre des formes féminines. Seul Georgie était encore un enfant.

Ils se poussèrent pour faire de la place aux grands-parents à qui l'on servit du café. Spade attendit que les plus jeunes aient fini et soient partis pour demander :

« Vous avez lu le journal ? Vous savez que le Parlement a été dissous ?

— Oui, répondit Amos. Nous devons trouver quelqu'un à opposer à ce bon à rien de Frogmore.

— Je ne te le fais pas dire, répondit Spade en souriant. Et je pense que tu devrais te présenter.

— Je craignais que tu ne me le demandes.

— Tu es un maire populaire. Tu peux battre Frogmore.

— Je regrette d'être obligé de te décevoir, dit Amos qui chercha du regard le soutien d'Elsie.

— Nous n'irons pas à Londres, déclara celle-ci. Je ne veux pas quitter l'école du dimanche.

— Rien ne vous y oblige. Amos peut très bien aller seul à Londres quand on aura besoin de lui au Parlement. »

Spade se doutait cependant qu'il n'obtiendrait pas gain de cause. La vie d'Amos était trop agréable. Il avait l'air comblé et avait même pris du poids.

Amos secoua la tête.

« J'ai gâché la moitié de ma vie en n'étant pas

marié avec Elsie, expliqua-t-il. Maintenant que nous sommes ensemble, il n'est pas question de passer des mois à Londres sans elle.

— Mais il doit bien… »

Arabella interrompit Spade :

« N'insiste pas, mon chéri. Ils ne changeront pas d'avis. »

Spade n'insista pas. Arabella avait généralement raison pour ce genre de choses.

« Il nous faut tout de même un candidat, reprit Amos. Et je pense que celui qui a les meilleures chances de l'emporter est l'autre homme présent à cette table. »

Il se tourna vers Spade.

« Je ne suis pas assez instruit, objecta celui-ci.

— Tu sais lire et écrire, et tu es plus intelligent que la plupart des gens.

— Il n'empêche que je suis incapable de faire des discours remplis de citations en latin et en grec.

— Moi aussi. Et ce n'est pas indispensable. Les anciens d'Oxford adorent se faire valoir pendant les débats, bien sûr, mais la plupart d'entre eux ne connaissent pas grand-chose aux industries qui font la prospérité de notre pays. Tu serais un remarquable avocat en faveur de l'abrogation du Combination Act. »

Spade devint songeur. Cette loi avait été délibérément adoptée par l'élite dirigeante pour écraser toutes les tentatives des travailleurs pour améliorer leur sort. On lui offrait la possibilité de contribuer à l'abolition de cette législation scélérate. Comment refuser ?

« Les crois-tu vraiment prêts à abroger la loi ? Ne cherchent-ils pas tous à garder les travailleurs sous leur coupe ?

— Certains si, mais tous les députés ne sont pas pareils, remarqua Amos. Joseph Hume est le chef des Radicaux, et il est hostile à cette loi. Le rédacteur en chef du journal *The Scotsman* approuve Hume. Et il y a un tailleur à la retraite, Francis Place, qui n'a de cesse d'informer Hume et tous les députés éclairés des effets néfastes de la loi. Place soutient également un journal politique appelé *The Gorgon*. »

Spade se tourna vers Arabella.

« Ça te dirait d'aller à Londres ?

— Elsie et les petits-enfants me manqueraient, évidemment, dit-elle. Mais rien ne nous empêcherait de passer une grande partie de l'année ici. Et la vie londonienne doit être assez gaie. »

Spade voyait à la lueur de son regard qu'elle était sincère. Elle avait soixante-trois ans, mais avait plus d'entrain que la plupart des femmes deux fois plus jeunes qu'elle.

« Je vais y réfléchir », dit-il.

Le lendemain, il accepta de se présenter.

Et il remporta l'élection.

*

Les Irlandais que Hornbeam avait fait venir à Kingsbridge vingt ans plus tôt pour briser la grève s'étaient fondus dans la population locale et ne se faisaient plus traiter de jaunes. S'ils avaient conservé leur charmant accent irlandais, leurs enfants l'avaient perdu. Ils fréquentaient la petite église catholique de la ville, mais pour le reste, ils n'affichaient pas leur religion. À presque tous égards, c'étaient des ouvriers comme les autres. Colin Hennessy, leur représentant, faisait régulièrement ses achats au magasin de Sal.

Le rez-de-chaussée de sa maison était divisé en deux par un comptoir. Derrière celui-ci, où elle se tenait la plus grande partie de la journée, se trouvaient des rayonnages et des placards débordant de marchandises. Elle vendait tout ce dont les gens avaient besoin, sauf du gin. Elle aurait pu gagner beaucoup d'argent en vendant de l'alcool au verre, mais le spectacle de l'ivresse lui faisait horreur – peut-être en raison du penchant de Jarge pour la boisson – et elle préférait tenir tous les alcools forts à distance.

Ils bavardaient souvent. Elle avait toujours apprécié Colin. Ils avaient le même âge et représentaient tous les deux leur communauté. Ils étaient allés affronter Hornbeam ensemble. Et Sal avait rêvé qu'il partageait son lit.

Un jour de 1819, elle lui dit :

« Je ne sais pas si je te l'ai déjà dit, mais mon fils a été le premier à t'adresser la parole à ton arrivée ici.

— Ah bon ?

— À toi et à ta femme, paix à son âme. J'ai été navrée d'apprendre son décès.

— Ça fait un an et demi maintenant.

— Et vos enfants sont tous grands et mariés.

— Oui.

— Je me souviens du jour de ton arrivée. Mon

fils, Kit, était rentré à la maison en courant, pour nous annoncer qu'il avait vu quatre chariots remplis d'étrangers.

— Je crois me souvenir d'un petit gars, en effet.

— Tu lui as demandé son nom et tu lui as donné le tien. Il a dit qu'il avait discuté avec un grand homme aux cheveux noirs qui parlait de façon très bizarre.

— C'est bien moi », approuva Colin en riant.

Regardant par la fenêtre, Sal constata que la nuit tombait.

« Il est temps que je ferme, annonça-t-elle.

— C'est bon. Je vais y aller. »

Elle lui jeta un regard en coin. Il était toujours diablement séduisant.

« Tu veux une tasse de thé ?

— Ma foi, ce n'est pas de refus. »

Elle verrouilla la porte de la boutique et le conduisit à l'étage. Un petit feu brûlait dans la cuisinière, et elle mit la bouilloire à chauffer.

Cela faisait près de quatre ans qu'elle tenait son magasin, et c'était une grande réussite. Elle avait gagné tellement d'argent qu'elle avait dû ouvrir un compte en banque pour la première fois de sa vie. Mais ce qu'elle appréciait le plus, c'était de voir du monde. Toute la journée, des gens entraient et sortaient, chacun avec sa vie de joies et de peines, et ils partageaient leurs histoires avec elle. Il n'y avait que la nuit qu'elle se sentait seule.

« Tout le monde pensait que vous, les Irlandais, vous alliez tous rentrer chez vous, dit-elle à Colin, or vous êtes presque tous restés.

— J'aime l'Irlande, mais il est difficile d'y gagner sa vie. Et puis le gouvernement de Londres n'est pas tendre avec les Irlandais.

— Avec les Anglais non plus, sauf s'ils sont aristocrates ou riches hommes d'affaires. Les premiers ministres gouvernent pour le bénéfice des gens comme eux.

— C'est la vérité vraie. »

Elle prépara le thé, lui en tendit une tasse et lui offrit du sucre. Après avoir bu quelques gorgées, il reprit :

« Il est très bon. C'est drôle comme le thé a meilleur goût quand c'est quelqu'un d'autre qui l'a préparé.

— Ta femme te manque ?

— C'est sûr. Et toi ?

— Pareil. Mon Jarge avait ses défauts, mais je l'aimais. »

Ils restèrent silencieux pendant quelques instants, puis il posa sa tasse.

« Je ferais mieux d'y aller », lança-t-il.

Sal hésita. J'ai cinquante ans, pensa-t-elle, je ne peux pas faire ça.

« Tu n'es pas obligé de partir », dit-elle pourtant.

Puis elle retint son souffle.

« C'est vrai ?

— Tu peux rester si tu veux. »

Il ne dit mot.

« Tu peux rester pour la nuit, ajouta-t-elle pour que les choses soient parfaitement claires. Si tu as envie », précisa-t-elle nerveusement.

Il sourit.

« Oui, Sal, dit-il. Oh, oui, j'en ai envie. »

*

Henry, comte de Shiring, rendit l'âme en décembre 1821. Sa blessure à la tête n'y fut finalement pour rien, puisqu'il mourut d'une chute de cheval.

Le noir seyait à Jane, pourtant Amos savait que ses larmes n'étaient pas sincères. Henry avait été un bon soldat mais un mauvais mari.

Les funérailles eurent lieu dans la cathédrale de Kingsbridge, et furent célébrées par le vieil évêque Reddingcote. Presque toute l'aristocratie terrienne du comté était venue, ainsi que tous les notables de Kingsbridge, et tous les officiers du régiment. Amos estima qu'il y avait plus d'un millier de personnes dans la nef.

Le commandant Percival Dwight avait fait le déplacement depuis Londres. Il affirma à qui voulait l'entendre qu'il représentait le duc d'York, commandant en chef de l'armée, ce qui était certainement vrai, mais n'empêcha pas les gens bien informés de penser qu'il était venu courtiser la veuve.

Après la cérémonie, le cercueil fut sorti de la cathédrale et chargé sur une calèche tirée par quatre chevaux noirs. Il neigeait un peu, et des flocons s'accrochaient à la crinière des chevaux et fondaient sur leur dos. Une fois le cercueil solidement arrimé, la calèche s'éloigna en direction d'Earlscastle, où Henry reposerait dans le caveau de famille.

La veillée funèbre eut lieu dans la salle des fêtes. Amos fut convié dans une salle latérale réservée aux invités de marque. Jane soulevait sa voilette pour parler aux gens, sans révéler la moindre trace de larmes.

Après que la première vague de gens venus lui présenter leurs condoléances se fut éloignée, Amos l'eut quelques minutes pour lui tout seul et put l'interroger sur ses projets.

« J'irai m'installer à Londres. Nous y avons une maison, que Henry n'a presque jamais habitée. Elle appartient à Hal maintenant, bien sûr, mais je lui ai parlé et il est tout à fait disposé à ce que j'y vive.

— Eh bien, vous y aurez au moins un ami.

— À qui songez-vous ?

— Au commandant Dwight.

— J'y aurai d'autres amis que lui, Amos. Il y a la duchesse de Richmond, par exemple. Et plusieurs autres personnes que j'ai connues à Bruxelles.

— Aurez-vous suffisamment d'argent ?

— Hal a accepté de continuer à me verser mon allocation vestimentaire, qui a toujours été plutôt généreuse.

— Je sais. Vous avez fait la fortune de la sœur de Spade.

— Ce n'est pas tout ce que j'ai fait. J'ai pris une assurance sur la vie de Henry, dont j'ai payé les acomptes avec une partie de la rente qu'il me versait, sans le lui dire. J'aurai donc de l'argent à moi.

— J'en suis très heureux. » J'aurais pu me douter, songea Amos, que Jane aurait pris soin d'assurer ses arrières. « Comptez-vous vous remarier ?

— Quelle question déplacée à me poser à l'enterrement de mon mari !

— Je sais, mais vous détestez les gens qui tournent autour du pot. »

Elle pouffa. « Vous me connaissez trop bien, vilain. Mais je ne vous répondrai pas.

— À votre guise. »

Quelqu'un d'autre vint lui présenter ses condoléances, et Amos se dirigea vers le buffet. Son beau-fils, Stephen, conversait avec Hal, le nouveau comte, âgé de seize ans. Amos entendit Hal demander :

« Alors, combien de cours par semaine es-tu obligé de suivre ?

— Aucun n'est obligatoire, répondit Stephen. Mais la plupart des étudiants en suivent un par jour. »

Ils discutaient d'Oxford, de toute évidence. Amos se rappela combien il avait jalousé les jeunes gens qui allaient à l'université, et qu'il s'était demandé si un de ses fils aurait un jour ce privilège. Aujourd'hui, son fils illégitime et non reconnu était sur le point de réaliser ce rêve. Comme c'est étrange, songea Amos. Voilà mon vœu exaucé d'une manière que je n'aurais jamais imaginée.

Mais la vie était ainsi faite, il l'avait appris. Les choses ne se passaient jamais vraiment comme on l'avait prévu.

*

Peu avant Noël 1823, Spade, désormais député, se rendit à une réunion secrète au domicile londonien de Francis Place.

La campagne contre le Combination Act approchait

de son point culminant. Au cours de l'année à venir, on assisterait à un Waterloo parlementaire. Si le gouvernement représentait Bonaparte et l'opposition Wellington, le petit groupe qui se réunissait à Charing Cross incarnait les Prussiens, qui espéraient faire pencher la balance.

Plusieurs députés radicaux étaient présents, dont Joseph Hume. Tous faisaient campagne depuis des années contre le Combination Act, sans résultat. La majorité des députés les désapprouvaient et faisaient semblant de croire que toute réunion de travailleurs conduirait à la révolution et à la guillotine.

Mais un bras de fer se préparait.

Hume annonça qu'il avait persuadé le gouvernement de constituer une commission spéciale sur les artisans et les machines.

« Cette commission sera chargée d'enquêter sur l'émigration des artisans et l'exportation de machines, expliqua Hume. Ces deux sujets sont importants pour le gouvernement et pour les propriétaires de manufactures. Et on nous a demandé, presque après coup, d'étudier l'application du Combination Act. Comme c'est moi qui en ai eu l'idée, le gouvernement a accepté de me confier la présidence de la commission. C'est une occasion rêvée.

— Il va falloir la jouer fine. Il ne s'agit pas d'ameuter nos adversaires trop tôt.

— Comment nous y prendrons-nous ? interrogea Michael Slater, un député circonspect du Nord. Nous ne pouvons pas garder le secret sur la commission.

— En effet, acquiesça Spade, mais nous pouvons

rester discrets. En parler comme si nous y voyions une corvée fastidieuse qui n'aboutira pas à grand-chose.»

Spade avait beaucoup appris sur le Parlement au cours des cinq dernières années. Comme aux échecs, une attaque ne devait pas en avoir l'air jusqu'à ce qu'elle soit imparable.

«C'est fort bien raisonné, approuva Hume.

— Mais tout dépendra des membres de la commission, dit Spade.

— La question est déjà réglée, le rassura Hume. En théorie, les membres seront choisis par le président de la chambre de commerce. Mais je lui soumettrai une liste de noms qui lui seront inconnus, et qui sera composée uniquement de gens favorables à notre cause.»

Spade songea que les choses se présentaient bien. Hume et Place avaient tous deux l'expérience des tractations parlementaires. Ils ne se laisseraient pas manœuvrer aisément.

«Ce qui est essentiel, poursuivit Hume – et c'est d'ailleurs la raison pour laquelle nous avons organisé cette réunion –, c'est d'appeler des témoins convaincants devant la commission, des témoins qui auront fait personnellement l'expérience de l'injustice et des perturbations provoquées par cette loi. Il nous faut pour commencer des ouvriers qui ont été brutalement sanctionnés par les juges pour avoir enfreint la loi.»

Spade pensa à Sal, devenue Sal Hennessy, depuis qu'elle avait épousé Colin :

«Je connais une femme à Kingsbridge qui a été condamnée à deux mois de travaux forcés pour avoir dit à un maître qu'il enfreignait un accord que les drapiers eux-mêmes avaient accepté.

— C'est exactement ce qu'il nous faut. Des décisions de justice stupides et malveillantes reposant sur cette loi.

— Les travailleurs sans éducation font de mauvais témoins, objecta Slater, sceptique. Ils présentent des griefs ridicules. Ils racontent que les maîtres pratiquent la sorcellerie, ce genre de choses.»

Slater était un pessimiste utile, pensa Spade. Il était toujours morose, mais mettait le doigt sur les vraies difficultés.

«Nos témoins seront d'abord interrogés par M. Place, ici présent, expliqua Hume, qui me fera part de l'expérience personnelle de chacun, afin que je veille à lui poser les bonnes questions.

— Bien», acquiesça Slater, rassuré.

Hume reprit:

«Nous avons aussi besoin de propriétaires de manufactures prêts à témoigner qu'il est plus facile de diriger les ouvriers quand on peut négocier avec un syndicat.

— J'en connais aussi quelques-uns», annonça Spade.

Francis Place prit alors la parole:

«En certains lieux, les salaires sont si bas que les employés bénéficient de l'aide aux indigents. Les contribuables sont mécontents parce que, ainsi, ce sont eux qui financent les profits des propriétaires de manufactures.

— Excellent, approuva Hume. Nous devons faire

témoigner des hommes sur ce point. C'est très important.

— Nos ennemis produiront des témoins eux aussi, remarqua Slater.

— Sans nul doute, admit Hume. Mais si nous agissons prudemment, ils n'y penseront qu'au dernier moment, et donneront leurs instructions hâtivement. »

Voilà comment il fallait faire de la politique, songea Spade à la fin de la réunion. Avoir le droit pour soi ne suffisait jamais. Il fallait se montrer plus rusé que ses adversaires.

Il regagna Kingsbridge pour Noël. Les députés ne touchaient pas de salaire, ce qui obligeait ceux qui n'étaient pas financièrement indépendants à exercer un emploi à côté. Spade continuait à diriger son entreprise.

Au cours de son séjour à Kingsbridge, il persuada Sal et Amos de témoigner devant la commission de Hume.

Celle-ci siégea à Westminster Hall entre février et mai 1824 et interrogea plus d'une centaine de témoins.

Amos témoigna des avantages qu'il y avait à traiter avec les syndicats, sous le regard fier de sa femme, Elsie.

Le point culminant des débats fut le témoignage des ouvriers des manufactures. Il apparut avec une évidence scandaleuse que le Combination Act avait été utilisé pour intimider et punir les travailleurs d'une manière que le législateur n'avait jamais envisagée. De nombreux députés en furent indignés.

Un maître bottier londonien avait réduit de moitié le salaire de ses hommes et, comme ils refusaient de travailler, il les avait fait comparaître devant le lord-maire, lequel les avait tous condamnés aux travaux forcés. Une histoire similaire fut rapportée par un tisserand de coton de Stockport, battu par un agent et emprisonné pendant deux mois, en compagnie de dix autres hommes et douze femmes.

« À Kingsbridge, déclara Sal, une grève a pu être réglée par la négociation entre un groupe représentant les maîtres et un groupe représentant les travailleurs. Cet accord prévoyait notamment que lorsqu'un maître projetait d'introduire de nouvelles machines, il devait en discuter avec les travailleurs.

— Le maître était-il obligé de se plier aux demandes des ouvriers ? demanda Hume.

— Non. Il était obligé de discuter, c'est tout.

— Poursuivez.

— Un des maîtres, M. Hornbeam, a surpris ses ouvriers en introduisant une nouvelle machine à carder sans en avoir discuté avec eux. Je me suis rendue à son domicile avec un autre membre de la délégation des ouvriers, Colin Hennessy, et un des maîtres, David Shoveller, et nous lui en avons parlé tous les trois.

— L'avez-vous menacé ?

— Non, nous lui avons simplement rappelé que le meilleur moyen d'éviter une grève était de respecter les accords.

— Et ensuite ?

— Le lendemain, j'ai été réveillée à l'aube et

conduite chez le juge Will Riddick. M. Hennessy aussi.

— Et M. Shoveller?

— Aucune mesure n'a été prise contre lui. Mais M. Hennessy et moi-même avons été accusés d'association et condamnés aux travaux forcés.

— Existait-il un lien quelconque entre M. Hornbeam et le juge?

— Oui. Hornbeam était le beau-père de Riddick. »

Un murmure de stupeur et de désapprobation s'éleva des membres de la commission.

« Résumons, reprit Hume : vous avez dit à M. Hornbeam qu'il ne respectait pas un accord ; il vous a alors fait arrêter et vous a accusée d'association ; après quoi, son gendre vous a condamnée aux travaux forcés.

— En effet.

— Je vous remercie, madame Hennessy. »

La commission rédigea un rapport condamnant sans réserve le Combination Act.

La loi fut abrogée quelques jours plus tard.

*

Will Riddick mourut la même année, et Roger devint châtelain.

Sal et Colin s'installèrent à Badford et reprirent le magasin d'alimentation générale du village.

Sal ne revit jamais Joanie, mais un homme à l'accent étrange se présenta à Badford avec une lettre de sa part. Après avoir purgé sa peine, Joanie avait épousé un colon et ils avaient créé une ferme d'élevage de moutons en Nouvelle-Galles du Sud. Le travail était dur et elle pensait souvent à sa fille, Sue, mais elle aimait son nouveau mari et n'avait pas l'intention de revenir en Angleterre.

Kit, Roger, Sal et Colin s'installèrent au manoir.

La première chose qu'ils firent fut de sortir les chiens de Will de la maison pour les installer définitivement dans la cour, à côté des écuries.

Puis ils nettoyèrent le vestibule de fond en comble, avec l'aide de Fanny.

Une semaine plus tard, ils enfilèrent de vieux vêtements et peignirent toutes les boiseries de la maison en blanc crème.

« Eh bien, au moins maintenant, remarqua Sal, la maison a changé d'odeur.

— Il reste beaucoup à faire, observa Kit.

— J'ai hâte de m'y mettre, dit Fan. Mais ce n'est pas au châtelain et à sa famille de faire ça. Je pourrai y arriver avec un peu d'aide. »

Platts était parti – non qu'il ait jamais été d'une grande utilité – et Fan était désormais la seule domestique.

« Nous finirons par te trouver de l'aide, mais il va falloir vivre modestement pendant un certain temps, lui expliqua Kit. Notre entreprise de construction de machines nous rapporte de l'argent, mais nous devons payer toutes les dettes que Will a laissées. » Il préféra ne pas parler de celles de Roger. « Il va falloir que je me penche sur les finances du manoir et commence à rembourser les hypothèques grâce aux revenus des loyers. »

Kit continuait à gérer toute la partie financière. Roger touchait une allocation mensuelle, et lorsqu'elle était épuisée, il n'avait plus qu'à cesser de jouer jusqu'au mois suivant. Il s'y était habitué et disait maintenant préférer cet arrangement.

Ils gagnèrent la cuisine où Fanny prépara un dîner composé de bacon et de pommes de terre. Apercevant un rat qui se faufilait dans une fente de la plinthe, Kit dit :

« Nous aurons besoin de chats pour chasser les rats et les souris.

— Je t'en trouverai, n'aie crainte, dit Fan. Il y a toujours quelqu'un au village qui essaie de vendre une portée de chatons pour quelques sous. »

À la nuit tombée, ils allèrent tous se coucher. Kit et Roger avaient des chambres séparées par un dressing commun, mais c'était pour la forme : ils dormaient toujours ensemble. Fanny avait percé leur secret, mais lorsqu'ils auraient davantage de domestiques, il leur faudrait, pour sauver les apparences, froisser tous les matins les draps du lit inutilisé.

Kit se déshabilla et se coucha, puis il se redressa soudain, regardant autour de lui à la lueur des bougies.

« Tu n'as pas sommeil ? lui demanda Roger. Moi, peindre m'a épuisé.

— Je me souvenais simplement de l'époque où j'avais dormi ici quand j'étais enfant. J'étais persuadé que c'était la plus grande maison du monde, et que les gens qui y habitaient étaient comme des dieux.

— Et aujourd'hui, tu fais partie des dieux. »

Kit rit.

« Des dieux grecs, probablement, dit Roger en se mettant au lit. Tu sais ce que faisaient les Grecs, j'imagine ?

— Non. Je n'ai pas eu ton éducation, tu sais bien. Que faisaient les Grecs ? »

Roger enlaça Kit.

« Je vais te montrer », lui dit-il.

REMERCIEMENTS

Mes conseillers historiques pour *Les Armes de la lumière* ont été Tim Clayton, Penelope Corfield, James Cowan, Emma Griffin, Roger Knight et Margarette Lincoln.

Je remercie également les personnes suivantes pour leur aide : David Birks et Hannah Liddy du musée de Trowbridge ; Ian Birtles, Anna Chrystal, Clare Brown, Jim Heaton, Ally Tsilika et Julie Whitehouse de l'usine textile de Quarry Bank ; et Katherine Belshaw du musée des Sciences et de l'Industrie de Manchester.

Je me suis abondamment servi de *William Pitt the Younger : a Biography* de William Hague, qui a eu la gentillesse de m'en dire davantage à son sujet à l'occasion d'un entretien privé.

Le personnel et les bénévoles de Waterloo Uncovered ont toujours été prêts à lever les yeux de leurs truelles pour répondre à mes questions.

J'ai eu pour éditeurs Brian Tart chez Viking et Vicki Mellor, Susan Opie et Jeremy Trevathan chez Macmillan.

Parmi les amis et les membres de ma famille qui m'ont prodigué d'utiles conseils figurent Lucy Blythe, Tim Blythe, Barbara Follett, Maria Gilders, Chris Manners, Alexandra Overy, Charlotte Quelch, Jann Turner et Kim Turner.

Du même auteur :

LA FRESQUE DE KINGSBRIDGE
(dans l'ordre historique)

Le Crépuscule et l'Aube, Robert Laffont, 2020.
Les Piliers de la Terre, Stock, 1989 ;
Robert Laffont (2 vol.), 2017.
Un monde sans fin, Robert Laffont, 2008.
Une colonne de feu, Robert Laffont, 2017.
Les Armes de la lumière, Robert Laffont, 2023.

LA TRILOGIE *LE SIÈCLE*
(dans l'ordre historique)

La Chute des géants, 1, Robert Laffont, 2010.
L'Hiver du monde, 2, Robert Laffont, 2012.
Aux portes de l'éternité, 3, Robert Laffont, 2014.

Les thrillers sur la Seconde Guerre mondiale

L'Arme à l'œil, Robert Laffont, 1980.
Le Code Rebecca, Robert Laffont, 1981.
La Nuit de tous les dangers, Stock, 1992.
Le Réseau Corneille, Robert Laffont, 2002.
Le Vol du Frelon, Robert Laffont, 2003.

Les autres romans

Triangle, Robert Laffont, 1980.
L'Homme de Saint-Pétersbourg, Robert Laffont, 1982.
Les Lions du Panshir, Stock, 1987.
La Marque de Windfield, Robert Laffont, 1994.
Le Pays de la liberté, Robert Laffont, 1996.
Le Troisième Jumeau, Robert Laffont, 1997.
Apocalypse sur commande, Robert Laffont, 1999.
Code zéro, Robert Laffont, 2001.
Peur blanche, Robert Laffont, 2005.
Pour rien au monde, Robert Laffont, 2021.

Les premiers romans

Le Scandale Modigliani, Le Livre de Poche, 2011.
Paper Money, Le Livre de Poche, 2013.

La non-fiction

Comme un vol d'aigles, Stock, 1983.
Notre-Dame, Robert Laffont, 2019.

LES ROMANS JEUNESSE

L'Appel des étoiles, R Jeunesse, Robert Laffont, 2016.

Le Mystère du gang masqué, R Jeunesse, Robert Laffont, 2017.

La Belle et l'oiseau, R Jeunesse, Robert Laffont, 2019.

Écoutez la **Bande Originale du livre***
«**Les Armes de la lumière**», conçue en collaboration
avec Universal Music France, en scannant ce QR code :

———

(* Playlist inspirée par le roman, disponible sur les principales plateformes de streaming.)

Ken Follett
au Livre de Poche

Apocalypse sur commande n° 14926

La grande faille de Californie, point faible de l'écorce terrestre, connaît de fréquents séismes. Celui qui vient d'avoir lieu, de faible intensité, aurait pu passer inaperçu s'il n'avait été revendiqué par des terroristes. Revendication que ni le FBI ni la police ne prennent au sérieux. Seul le sismologue Michael Quercus est troublé, car tout indique que ce tremblement de terre a été provoqué artificiellement. C'est alors qu'un deuxième séisme ébranle une petite ville, tue les habitants, détruit les maisons, provoque la panique, et que de mystérieux « Soldats du Paradis » menacent d'en provoquer un troisième, apocalyptique.

L'Arme à l'œil n° 7445

1944. Les Allemands s'attendent à un débarquement. Mais où ? Les Alliés ont édifié sur la côte, au nord de Londres, une formidable base où s'entassent, entre d'interminables rangées de baraquements, des chars, des avions, des canons – tout cela en toile peinte tendue sur du bois ou en carton-pâte. Il s'agit de faire croire à Hitler que le débarquement se fera dans le Pas-de-Calais et non pas en Normandie. La supercherie a l'air de prendre. Mais qu'un agent ennemi découvre la vérité, et alors… Son nom de code est *Die Nadel* (l'Aiguille), car son arme préférée, c'est le stylet. Et il risque de découvrir le secret qui peut faire échouer le débarquement…

Le Code Rebecca n° 7473

1942. Rommel a pris Tobrouk et l'Égypte est sur le point de tomber aux mains des nazis. Dans le grouillement du Caire où le destin vacille encore, une lutte à mort s'engage entre un espion allemand qui, à l'abri chez sa maîtresse, une voluptueuse danseuse égyptienne, transmet chaque jour des renseignements à Rommel en utilisant un émetteur radio et un exemplaire de *Rebecca* de Daphné Du Maurier contenant la clef du code, et un major des services secrets britanniques. Lui a pour aide Elen, une jeune juive égyptienne prête à utiliser sa beauté pour combattre les nazis.

Code Zéro n° 15504

Gare de Washington, le 29 janvier 1958, cinq heures du matin. Affolé, Luke se réveille, habillé comme un clochard... Que fait-il là ? Il ne se souvient plus de rien. Bientôt, il se rend compte que deux hommes le filent. Pourquoi ? Luke est persuadé que son amnésie n'a rien d'accidentel. Mais ses poursuivants sont prêts à tout pour l'empêcher de reconstituer son passé... Traqué, désemparé, il découvre qu'il travaillait sur la base de Cap Canaveral, au lancement d'*Explorer I*. Le décollage de la fusée américaine est prévu pour le lendemain soir... Il a quarante-huit heures pour retrouver son identité, empêcher le sabotage d'*Explorer I* et sauver sa peau... En pleine guerre froide, le lancement de la fusée a été mystérieusement ajourné.

Comme un vol d'aigles n° 7693

Décembre 1978. À Téhéran, à quelques jours de la chute du Shah, deux ingénieurs américains de l'Electronic Data Systems sont jetés en prison. À Dallas, Ross Perot, le patron de cette multinationale, remue ciel et terre pour obtenir leur libération. En vain : le gouvernement américain ne veut pas s'engager pour le moment. Perot décide alors d'agir seul. Il confie au colonel Bull Simons, un ancien des Bérets Verts du Viêtnam, un commando composé de cadres EDS, tous volontaires bien qu'ils soient prévenus du côté suicidaire de la mission, et les expédie à Téhéran. Leur objectif : ramener à Dallas leurs camarades.

Le Crépuscule et l'Aube   n° 36319

997. Les Anglais font face à des attaques de Vikings qui menacent d'envahir le pays. En l'absence d'un État de droit, c'est le règne du chaos. Le jeune Edgar, constructeur de bateaux, voit son existence basculer quand sa maison est détruite au cours d'un raid viking. Ragna, jeune noble normande insoumise, épouse par amour un Anglais, mais sa désillusion sera grande face aux mœurs et aux mentalités d'outre-Manche. Aldred, moine idéaliste, rêve de transformer sa modeste abbaye en un centre d'érudition de renommée mondiale. Tous trois devront s'opposer à leurs risques et périls à l'évêque Wynstan, prêt à tout pour accroître sa richesse et renforcer sa domination.

L'Homme de Saint-Pétersbourg   n° 7628

À la veille de la Première Guerre mondiale, un envoyé du tsar, le prince Orlov, arrive à Londres avec pour mission de renforcer l'alliance entre la Russie et le Royaume-Uni. En même temps que lui débarque dans la capitale anglaise un redoutable anarchiste échappé du fin fond de la Sibérie… Dans le duel qui va opposer ces deux hommes, de grands personnages sont en cause, dont un certain Winston Churchill, pour l'heure Premier Lord de l'Amirauté, et la très belle Charlotte Walden, idéaliste et volontaire, fille de l'homme qui porte sur ses épaules le destin de l'Empire britannique. Passions romantiques et suspense implacable, dans les derniers feux d'une Europe au bord du gouffre...

Les Lions du Panshir n° 7519

Jane, jeune étudiante anglaise qui vit à Paris, découvre que l'homme de sa vie, un Américain du nom d'Ellis, n'est pas le poète sans le sou qu'il prétend être, mais un agent de la CIA. Par dépit, elle épouse Jean-Pierre, un jeune médecin idéaliste comme elle, qui l'emmène en Afghanistan. Ils vivent là en soignant les résistants dans la Vallée des Lions, au cœur du Panshir. Mais Jean-Pierre n'est pas le médecin dévoué que l'on croit. Le cauchemar commence alors pour Jane...

La Marque de Windfield n° 13909

En 1866, dans l'Angleterre victorienne, plusieurs élèves du collège de Windfield sont les témoins d'un accident au cours duquel un des leurs trouve la mort. Mais cette noyade est-elle vraiment un accident ? Les secrets qui entourent cet épisode vont marquer à jamais les destins d'Edward, riche héritier d'une grande banque, de Hugh, son cousin pauvre et réprouvé, et de Micky Miranda, fils d'un richissime Sud-Américain. Autour d'eux, des dizaines d'autres figures s'agitent, dans cette société où les affaires de pouvoir et d'argent, de débauche et de famille, se mêlent inextricablement derrière une façade de respectabilité…

La Nuit de tous les dangers n° 13505

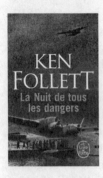

Southampton, Angleterre, septembre 1939 : l'Europe entre en guerre, et le Clipper de la Pan American – un fabuleux vaisseau des airs, le plus luxueux hydravion jamais construit – décolle pour la dernière fois vers l'Amérique. À son bord, un lord anglais, fasciste notoire, et sa famille ; une princesse russe ; un couple d'amants ; un beau jeune homme, très intéressé par les bijoux qui ne lui appartiennent pas ; et puis le chef mécanicien, officier irréprochable, soumis au plus odieux des chantages. Durant trente heures de traversée, la tempête va secouer l'appareil. Au-dehors… et au-dedans.

Paper Money n° 32558

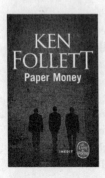

Londres, années 1970. Un homme politique s'éveille au côté d'une rousse sulfureuse, tandis qu'une Rolls-Royce guette au pied de l'immeuble. Au même moment, un mafieux rassemble ses hommes de main et un magnat de l'édition décide de se retirer des affaires. Alors que le soleil se lève, leur vie va basculer. Détournement de fonds, chantage, tentative de suicide, OPA, tirs de chevrotine... Des événements en rafale, sans rapport apparent, que les journalistes de l'*Evening Post* parviendront à recouper de justesse en une seule et même histoire pour l'édition du soir. Ils ne se connaissent pas tous mais, avant le crépuscule, tous seront emportés dans la course folle d'un convoi de billets de banque...

Le Pays de la liberté n° 14330

Entre le jeune Mack, condamné à un quasi-esclavage dans les mines de charbon des Jamisson, et l'anticonformiste Lizzie, épouse déçue d'un des fils du maître, il n'a fallu que quelques regards pour faire naître l'attirance des cœurs. Mais dans la société anglaise du XVIIIe siècle, encore féodale malgré les idées neuves de ses philosophes, l'un et l'autre n'ont de choix qu'entre la soumission et la révolte. Rebelle, fugitif, repris et condamné, Mack ne reverra Lizzie que dans la plantation de Virginie où on l'a déporté pour le travail forcé. Alors seulement ils comprendront que le bonheur se gagne en forçant le destin... Des crassiers de l'Écosse aux docks de la Tamise, de l'Amérique esclavagiste aux premières incursions vers l'Ouest encore vierge, l'auteur des *Piliers de la Terre* nous entraîne ici dans une superbe épopée où la passion amoureuse se confond avec l'aspiration de toute une époque à la liberté et à la justice.

Peur blanche n° 37132

Vent de panique sur la Grande-Bretagne : un échantillon du virus Madoba-2 a disparu du laboratoire Oxenford Medical. Le Madoba-2, contre lequel Oxenford cherchait à créer un vaccin, pourrait devenir une arme biologique effroyable, susceptible de contaminer une ville entière en quelques heures. Alors qu'Antonia, l'ancienne flic devenue responsable de la sécurité, tente de contrôler la situation et de contenir les médias, un groupe de preneurs d'otages séquestre le P-DG, Stanley Oxenford, et sa famille... Que veulent-ils ? Qui leur a donné les informations confidentielles ayant permis cette offensive ?

Les Piliers de la Terre n° 4305

Dans l'Angleterre du XIIe siècle ravagée par la guerre et la famine, des êtres luttent pour s'assurer le pouvoir, la gloire, la sainteté, l'amour, ou simplement de quoi survivre. Les batailles sont féroces, les hasards prodigieux, la nature cruelle. Les fresques se peignent à coups d'épée, les destins se taillent à coups de hache et les cathédrales se bâtissent à coups de miracles... et de saintes ruses. La haine règne, mais l'amour aussi, malmené constamment, blessé parfois, mais vainqueur enfin quand un Dieu, à la vérité souvent trop distrait, consent à se laisser toucher par la foi des hommes. Ken Follett nous livre avec *Les Piliers de la Terre* une œuvre monumentale dont l'intrigue, aux rebonds incessants, s'appuie sur un extraordinaire travail d'historien. Promené de pendaisons en meurtres, des forêts anglaises au cœur de l'Andalousie, de Tours à Saint-Denis, le lecteur se trouve irrésistiblement happé dans le tourbillon d'une superbe épopée romanesque dont il aimerait qu'elle n'eût pas de fin.

Pour rien au monde n° 36723

De nos jours, dans le désert du Sahara, deux agents secrets français et américain pistent des terroristes trafiquants de drogue, risquant leur vie chaque instant. Une jeune veuve tente de rejoindre l'Europe et se bat contre des passeurs. Elle est aidée par un homme mystérieux qui cache sa véritable identité. En Chine, un membre du gouvernement lutte contre de vieux faucons communistes qui poussent le pays vers un point de non-retour. Aux États-Unis, la première femme élue présidente doit manœuvrer entre des attaques au Sahel, le commerce illégal d'armes et les bassesses d'un rival politique. Alors que des actions violentes se succèdent partout dans le monde, les grandes puissances se débattent dans des alliances complexes. Pourront-elles empêcher l'inévitable ?

Le Réseau Corneille n° 37029

France, 1944. Betty a vingt-neuf ans, elle est officier de l'armée anglaise, l'une des meilleures expertes en matière de sabotage. À l'approche du débarquement allié, elle a pour mission d'anéantir le système de communication allemand en France. Après une première tentative catastrophique et coûteuse en vies humaines, Betty va jouer le tout pour le tout en recrutant une brigade unique en son genre : le Réseau Corneille, une équipe de choc. Six femmes à la personnalité hors du commun : l'aristocrate, la taularde, l'ingénue, la travestie... chacune va apporter sa touche très personnelle au grand sabotage.

Le Scandale Modigliani n° 32185

Ils ont entendu parler d'un fabuleux Modigliani perdu et sont prêts à tout pour mettre la main dessus : une jeune étudiante en histoire de l'art dévorée d'ambition, un marchand de tableaux peu scrupuleux et un galeriste en pleine crise financière et conjugale... sans compter quelques faussaires ingénieux et une actrice idéaliste venant allègrement pimenter une course-poursuite échevelée. Qui sortira vainqueur de cette chasse au trésor menée tambour battant, de Paris à Rimini, en passant par les quartiers huppés de Londres ?

Le Siècle, 1. *La Chute des géants* n° 32413

À la veille de la guerre de 1914-1918, les grandes puissances vivent leurs derniers moments d'insouciance. Bientôt la violence va déferler sur le monde. De l'Europe aux États-Unis, du fond des mines du pays de Galles aux antichambres du pouvoir soviétique, en passant par les tranchées de la Somme, cinq familles vont se croiser, s'unir, se déchirer. Passions contrariées, jeux politiques et trahisons… Cette fresque magistrale explore toute la gamme des sentiments à travers le destin de personnages exceptionnels… Billy et Ethel Williams, Lady Maud Fitzherbert, Walter von Ulrich, Gus Dewar, Grigori et Lev Pechkov vont braver les obstacles et les peurs pour s'aimer, pour survivre, pour tenter de changer le cours du monde. Entre saga historique et roman d'espionnage, intrigues amoureuses et lutte des classes, ce premier volet du *Siècle*, qui embrasse dix ans d'histoire, raconte une vertigineuse épopée où l'aventure et le suspense rencontrent le souffle de l'Histoire…

Le Siècle, 2. *L'Hiver du monde* n° 32162

1933, Hitler s'apprête à prendre le pouvoir. L'Allemagne entame les heures les plus sombres de son histoire et va entraîner le monde entier dans la barbarie et la destruction. Les cinq familles dont nous avons fait la connaissance dans *La Chute des géants* vont être emportées par le tourbillon de la Seconde Guerre mondiale. Amours contrariées, douloureux secrets, tragédies, coups du sort... Des salons du Yacht-Club de Buffalo à Pearl Harbor bombardé, des sentiers des Pyrénées espagnoles à Londres sous le Blitz, de Moscou en pleine évacuation à Berlin en ruine, Boy Fitzherbert, Carla von Ulrich, Lloyd Williams, Daisy Pechkov, Gus Dewar et les autres tenteront de faire face au milieu du chaos. Entre épopée historique et roman d'espionnage, histoire d'amour et thriller politique, ce deuxième volet de la magistrale trilogie du *Siècle* brosse une fresque inoubliable.

Le Siècle, 3. *Aux portes de l'éternité*   n° 34014

1961. Les Allemands de l'Est ferment l'accès à Berlin-Ouest. La tension entre États-Unis et Union soviétique s'exacerbe. Le monde se scinde en deux blocs. Confrontées à toutes les tragédies de la fin du XXe siècle, plusieurs familles – polonaise, russe, allemande, américaine et anglaise – sont emportées dans le tumulte de ces immenses troubles sociaux, politiques et économiques. Chacun de leurs membres devra se battre et participera, à sa manière, à la formidable révolution en marche. Tout à la fois saga historique, roman d'espionnage, histoire d'amour et thriller politique, *Aux portes de l'éternité* clôt la fresque magistrale de la trilogie du *Siècle*, après *La Chute des géants* et *L'Hiver du monde*.

Triangle n° 7565

7 mai 1977 : un article paru dans le *Daily Telegraph* soupçonne Israël de s'être emparé d'un navire chargé de 200 tonnes d'uranium… S'inspirant de cette information authentique, Ken Follett a imaginé un scénario haletant : en 1968, les services secrets israéliens apprennent que l'Égypte est sur le point de posséder la bombe atomique, ce qui serait à coup sûr la fin d'Israël. Il faut donc se procurer de l'uranium. L'agent Nathaniel Dickstein va concevoir seul le plan extraordinaire qui lui permettra de s'emparer en haute mer de cet uranium sans laisser aucune trace qui puisse incriminer sa patrie. Et pourtant… Il a contre lui les redoutables agents du KGB, les Égyptiens, les fedayins et, pour seule alliée, une ravissante jeune femme anglo-arabe dont la loyauté n'est pas certaine.

Le Troisième Jumeau n° 14505

Comment deux vrais jumeaux, dotés du même code ADN, peuvent-ils être nés de parents différents, à des dates différentes ? C'est pourtant ce qui arrive à Steve, brillant étudiant en droit, et à Dennis, qui purge une peine de prison à vie. Pour s'être intéressée de trop près à cette impossibilité biologique, Jeannie Ferrami, jeune généticienne de Baltimore, va déchaîner contre elle l'Université et la presse, cependant que Steve, dont elle s'est éprise, est accusé de viol, sa victime l'ayant formellement reconnu… Une seule hypothèse : l'existence d'un troisième jumeau. En s'orientant vers cette piste étrange, Jeannie ne se doute pas qu'elle touche à de formidables secrets, qui impliquent l'Amérique au plus haut niveau.

Une colonne de feu n° 35244

Noël 1558, le jeune Ned Willard rentre à Kingsbridge. Il découvre une ville déchirée par la haine religieuse, et se retrouve dans le camp adverse de celle qu'il voulait épouser, Margery Fitzgerald. L'accession d'Élisabeth Iʳᵉ au trône met le feu à toute l'Europe, et les complots pour destituer la jeune souveraine se multiplient. Pour déjouer ces machinations, Élisabeth constitue les premiers services secrets du pays, et Ned devient alors espion de la reine. En ces temps de grand trouble, de fanatisme et de violence, les pires ennemis ne sont pourtant pas les religions rivales : la véritable bataille oppose les adeptes de la tolérance et les extrémistes.

Un monde sans fin n° 31616

1327. Quatre enfants sont les témoins d'une poursuite meurtrière dans les bois : un chevalier tue deux soldats au service de la reine, avant d'enfouir dans le sol une lettre mystérieuse dont la teneur pourrait mettre en danger la couronne d'Angleterre. Ce jour lie à jamais leur sort… L'architecte de génie, la voleuse éprise de liberté, la femme idéaliste, le guerrier dévoré par l'ambition : mû par la foi, l'amour et la haine, le goût du pouvoir ou la soif de vengeance, chacun d'eux se bat pour accomplir sa destinée dans un monde en pleine mutation – secoué par les guerres, terrassé par les famines, et ravagé par la peste noire.

Le Vol du Frelon n° 37084

Juin 1941. Le ciel appartient à Hitler. La plupart des bombardiers anglais tombent sous le feu ennemi. Comme si la Luftwaffe parvenait à détecter les avions... Les Allemands auraient-ils doublé les Anglais dans la mise au point de ce nouvel outil stratégique : le radar ? Winston Churchill, très préoccupé, demande à ses meilleurs agents d'éclaircir la situation dans les plus brefs délais. Harald, jeune Danois de dix-huit ans, décidé à se battre contre l'occupant germanique, a trouvé une installation allemande ultra-secrète qui semble prévoir l'arrivée des bombardiers anglais. Sa découverte pourrait inverser le cours de la guerre. Mais à qui la révéler ? À qui peut-il faire confiance ? Harald en sait trop, il risque la mort. À bord du *Frelon*, son biplan de fortune, il va jouer sa vie pour faire part de sa découverte.

RETROUVEZ
LES PILIERS DE LA TERRE
EN BANDE DESSINÉE

DIDIER ALCANTE **D'APRÈS L'ŒUVRE DE KEN FOLLETT** **STEVEN DUPRÉ**

Glénat | Robert Laffont

PAPIER CERTIFIÉ

Composition réalisée par Soft Office

Achevé d'imprimer en décembre 2024 en France par
MAURY IMPRIMEUR – 45330 Malesherbes
Dépôt légal 1re publication : Janvier 2025
N° d'impression : 280780
Librairie Générale Française
21, rue du Montparnasse – 75298 Paris Cedex 06

71/9705/7